라이프 오어 데스

LIFE OR DEATH

LIFE

OR
라이프 오어 데스

마이클 로보텀 장편소설 | 김지선 옮김

DEATH

북로드

때때로 우리는 삶의 장엄함에 압도당한다.

그게 바로 삶의 비극이다.

아름다움, 사랑 또는 위험이 없다면 인생은 거저먹기나 다름없을 것이다.

– 알베르 카뮈

죽느냐 사느냐, 그것이 문제로다.

– 윌리엄 셰익스피어

1

오디 파머는 헤엄치는 법을 배운 적이 없었다. 어려서 아버지를 따라 콘로 호수로 낚시를 갔을 때, 아버지는 수영을 잘하는 사람은 안전하다는 착각 때문에 도리어 더 위험할 수 있다고 말했다. 배가 난파됐을 때 스스로 물가로 헤엄쳐 나오던 사람들은 대부분 익사했고, 난파선 파편에 매달려 있던 사람들은 구조되어 살아남았다고 했다.

"그러니까 너는 그렇게 해야 한다." 아빠는 말했다. "삿갓조개처럼 매달려야 해."

"삿갓조개가 뭐예요?" 오디가 물었다.

아빠는 잠시 생각하다가 다시 말했다. "좋아, 그럼 아무리 간지럼을 태워도 기를 쓰고 절벽에 매달리는 외팔이처럼 붙어 있어."

"저는 간지럼을 잘 타잖아요."

"아빠도 알지."

아빠는 오디가 바지에 오줌을 지릴 때까지 간지럼을 태웠다. 배가 양옆으로 마구 흔들리자 근방의 물고기들은 모두 어두운 굴속으로 숨어버렸다.

이 대화는 아빠와 아들 간에 꾸준한 농담이 되었다. 오줌을 지린 것 말고, 매달리기의 예를 든 것 말이다.

"향유고래에 찰싹 들러붙은 대왕오징어처럼 매달려야 해요." 하고 오디가 말하면 아빠는 "깜짝 놀라서 스웨터를 움켜잡는 아기 고양이처럼 매달려야 해." 하고 받아쳤다. "메릴린 먼로에게 모유 수유를 받는 아기처럼 매달려야 해."

그렇게 농담은 오랫동안 이어졌다······.

한밤중이 지난 시간에 흙먼지투성이 길 한복판에서 그 낚시 여행들을 아련하게 떠올리니 아빠에 대한 그리움이 다시금 사무친다. 머리 위에서는 부푼 배를 안고 한껏 뽀얗게 피어오른 달이 호수 표면에 은빛 길을 드리웠다. 호수 반대편은 눈에 보이지 않지만 분명히 있다. 오디의 미래는 반대편 물가에 존재한다. 이편에서는 죽음이 그를 쫓아오니까.

전조등이 모퉁이를 돌아 나와 그를 향해 속도를 높인다. 오디는 골짜기로 몸을 날리고 빛에 포착되지 않도록 얼굴을 땅으로 돌린다. 트럭이 거칠게 지나간 자리에 피어오른 먼지 구름이 풍선처럼 그를 에워싸고 이내 입속에 흙먼지가 씹힌다. 뒤엉킨 찔레덤불을 헤치고 네 발로 엉금엉금 기어가는 오디의 몸통 뒤로 플라스틱 물통들이 딸려간다. 고함소리와 총알이 약실로 미끄러져 들어가는, 그 딸깍 하는 예고음이 당장이라도 들려올 것만 같다.

호숫가로 나와 손으로 진흙을 퍼서 얼굴과 팔에 문댄다. 빈 병들이 맥없이 무릎에 부딪힌다. 오디는 빈 병 여덟 병을 구해 밧줄과 침대시트를 찢어 만든 띠로 비끄러매 놓았다.

벗은 양쪽 신발을 신발끈으로 한데 묶어 목에 늘어뜨린다. 이어 캘리코 천으로 된 세탁물 주머니를 허리에 매듭지어 묶는다. 가시 철망에 찢긴 손에 군데군데 상처가 났지만 출혈은 미미하다. 셔츠를 찢어 만든 붕대를 손바닥에 감고 이로 물어 당겨서 매듭을 단단히 조인다.

머리 위 도로를 지나가는 차량이 늘었다. 전조등들. 말소리들. 곧 개들을 풀겠지. 물속으로 더 깊이 걸어 들어가면서 병에 팔을 둘러 가슴에 안는다. 발장구를 친다. 하지만 물가에서 더 멀어지기 전까지는 물을 너무 세게 튀기지 않도록 조심해야 한다.

별들을 길잡이 삼아 일직선으로 헤엄치려고 애를 쓴다. 초크 캐넌 저수지는 이 지점에서 폭이 5.6킬로미터 정도 된다. 절반쯤 가면, 아니 어쩌면 그보다 덜 가서 섬이 하나 있다. 그때까지 살아 있을 수만 있다면.

분 단위가 끝없이 이어지면서 차츰 시간 감각이 사라진다. 두어 번, 몸이 뒤집혀서 가라앉는다. 빈 병들을 가슴에 더 꼭 끌어안고 수면으로 도로 올라온다. 두 병인가의 빈 병이 떠내려간다. 하나는 물이 새어들기 시작한다. 손의 붕대는 벌써 한참 전에 풀어져서 쓸려갔다.

마음이 기억에서 기억으로 떠돌며 헤맨다. 좋아했거나 두려워했던 장소들과 사람들에게로. 형과 함께 야구를 하던 어린 시절이 떠오른다. 피비 카터라는 여자애와 슬러시를 함께 나눠먹던 기억도. 그가 열네 살 때, 그 여자애는 영화관 맨 뒷좌석에서 희디흰 자신의 팬티에 그의 손을 집어넣게 해주었다. 영화는 〈쥬라기 공원〉, 티라노사우루스가 막 공중변소에 숨으려던 흡혈귀 같은 변호사를 꿀꺽한 참이었다.

영화의 나머지 부분은 기억이 흐릿하지만 피비 카터만은 그의 기억 속에 생생하다. 그 애 아버지는 배터리 재활용 공장의 공장장이었다. 그래서 다른 사람들은 모두 페인트보다 녹으로 더 많이 뒤덮인 똥차를 타고 다닐 때 혼자 벤츠를 타고 웨스트댈러스를 쏘다녔다. 카터 씨는 자기 딸이 오디 같은 사내아이들과 어울리는 것을 못마땅해했지만, 그녀는 뭐란다고 들을 아이가 아니었다. 그 애는 지금 어디 있을까? 결혼을 했을까. 아이를 낳았을까. 행복할까. 이혼했을까. 투잡을 뛰고 있을까. 새치 염색을 시작했을까. 군살이 붙었을까. 오프라쇼를 즐겨 볼까.

또 다른 기억의 파편. 엄마가 부엌에서 설거지를 하면서 〈스킵투 마이 루〉를 부르고 있다. 엄마는 버터밀크에 빠진 파리나 털실속 새끼 고양이에 관한 내용으로 노랫말을 바꿔 부르곤 했다. 차고에서 들어온 아버지가 으레 그러듯 설거지물로 손의 흙먼지와 기름을 씻어낸다.

조지 파머, 지금은 죽고 없는 아버지는 곰 같은 덩치에 야구글러브만 한 손을 가졌고 코에는 마치 검은 파리 떼가 날아와 눌러앉은 듯한 주근깨가 덕지덕지 앉아 있었다. 잘생긴 외모. 저주받은 운명. 오디네 집안 남자들은 다들 젊어서 죽었다. 대개는 광산이나 굴착기 사고였다. 굴이 무너져서. 메탄가스가 폭발해서. 산업 재해로. 그의 할아버지는 폭발로 60미터 거리에서 날아온 3.6미터 길이의 굴착파이프 파편에 맞아 두개골이 으스러졌다. 토머스 삼촌은 다른 열여덟 명의 남자들과 함께 산 채로 매장당했다. 사람들은 굳이 시신을 꺼내려는 수고조차 하지 않았다.

오디의 아버지는 대세를 거슬러 55세까지 살아남았다. 굴착기로 번 돈으로 가스펌프 두 개, 작업장, 수압 인양기를 갖춘 차고를 샀다. 그리고 20년간 일주일에 엿새씩 일해 세 아이를 학교에 보냈다. 아니 보냈을 것이다. 오디의 형인 칼 파머가 그러려고만 했다면 말이다.

아버지는 오디가 만나본 남자들 중 가장 심후하고 가장 부드러운 목소리를 가졌다. 마치 꿀이 가득 든 큰 통에 자갈을 굴리는 것 같았다. 하지만 해가 갈수록 말수는 점점 더 줄고 구레나룻은 허옇게 세었으며 장기들은 암에 갉아 먹혔다. 오디는 장례식장에 가지 못했다. 병마와 싸우는 아버지의 곁을 지키지 못했다. 어쩌면 산산이 부서진 심장 때문이 아니었을까, 하고 오디는 때로 궁금해했다. 평생 입에서 떼어놓지 않은 담배 때문이 아니라.

오디는 수면 밑에서 다시 몸을 뒤집는다. 따뜻하고 씁쓸한 물이 목구멍은 물론이고 귓속까지 가리지 않고 밀려든다. 숨이 막혀 몸부림을 치고 싶지만 숨을 내쉬었다간 곧장 바닥으로 끌려 내려갈 것이다. 다리가 불타오르고 팔이 쑤신다. 반대편까지 가지 못할 거다. 여기가 끝이다. 눈을 뜨자 파도처럼 물결치는 흰 로브를 입은 천사가 보인다. 물에서 헤엄치고 있는 게 아니라 하늘을 날고 있는 듯하다. 천사가 팔을 뻗어 오디를 끌어안자 투명한 옷 아래 알몸이 느껴진다. 향기가 코를 간질이고 가슴에 찰싹 밀어붙여진 그녀의 체온이 따스하다. 천사는 눈을 반쯤 감고 입술을 벌린 채 키스를 기다리고 있다.

그 순간, 천사가 그의 뺨을 세게 때리고는 말한다. "헤엄쳐, 이 새끼야!"

수면을 세차게 때리면서, 가쁜 숨을 몰아쉬면서, 오디는 막 떠내려갈 뻔한 빈 플라스틱 병들을 힘껏 움켜쥔다.

가슴이 들썩이고 입과 코에서 온통 물이 튄다. 콜록댄다. 눈을 껌

빽인다. 초점을 맞춘다. 물에 비친 별빛, 그리고 달빛을 등진 죽은 나무 그림자들의 실루엣이 눈에 들어온다. 저 아래 물속의 유령 같은 형체가 마치 가라앉은 달처럼 자신을 따라온다고 상상하면서, 오디는 다시 발장구를 쳐 앞으로 밀고 나간다.

얼마나 갔을까. 몇 시간쯤 지나자 발이 돌부리에 닿는다. 뭍으로 몸을 끌어올리고 병들을 발길로 차 던지며 좁은 모래밭 위로 무너진다. 야생의 냄새를 풍기는 텁텁한 밤공기는 여전히 한낮의 열기를 내뿜고 있다. 안개 줄기들이 물 위를 일렁인다. 어쩌면 물에 빠져 죽은 어부의 유령처럼.

오디는 등을 대고 누워 먼 우주를 떠가는 듯한 구름 뒤로 모습을 감추는 달을 올려다본다. 눈을 감자 천사가 걸터앉은 허벅지가 묵직하다. 천사가 몸을 숙이자 오디의 뺨에 숨결이 와 닿는다. 그의 귀에 입술을 갖다 대고 천사가 속삭인다.

"약속을 기억해."

2

사이렌이 울리고 있다. 모스는 꿈속으로 돌아가고 싶지만 무거운 군홧발들이 금속 계단들을 걷어차고 있다. 철창살을 움켜쥐는 주먹들, 먼지를 피워 올리는 발걸음들. 시간이 너무 이르잖아. 아침 점호는 보통 여덟 시나 되어야 하는데. 웬 사이렌이람? 둔탁한 금속성 소음과 함께 감방 문이 옆으로 미끄러져 열린다.

모스는 눈을 뜨고 끙 소리를 낸다. 아내인 크리스털의 꿈을 꾸던 중이었다. 사각팬티가 아침의 영광을 알리며 불뚝 솟아 있다. 살아 있네. 그는 생각한다. 크리스털이라면 이렇게 말했을 테지. "그거 쓸 거야, 아니면 하루 종일 그렇게 구경만 할 거야?"

배꼽을 긁고 눈에 붙은 눈곱을 떼어내며 죄수들이 명령에 따라 감방 문을 나선다. 몇몇은 기다렸다는 듯 나오지만 몇몇은 곤봉을 휘둘러 격려해주어야 한다. 감방은 총 3층으로, 자살이나 추락을 방지하기 위한 안전망이 설치된 직사각형 마당을 에워싸고 있다. 천장의 뒤엉킨 파이프들은 마치 어떤 불길한 생물이 그 속에 살고 있는 양 꾸룩꾸룩 뚝뚝 소리를 낸다.

모스는 힘겹게 몸을 일으켜 감방을 나선다. 맨발이다. 얼굴을 벽으로 향한 채 층계참에 올라선다. 신음을 뱉는다. 방귀를 뀐다. 모스는 거한으로, 복부가 물렁해지고 있긴 해도 하루 열두 번씩 하는 팔굽혀펴기와 턱걸이 덕분에 어깨가 다부지다. 피부는 밀크초콜릿색이고 얼굴에 어울리지 않게 너무 큰 눈 때문에 48세치고는 꽤 동안으로 보인다.

왼쪽을 돌아본다. 준버그가 벽에 머리를 기대고 선 채로 잠을 자려고 용을 쓰고 있다. 위 팔뚝과 가슴에서 문신이 날름거린다. 원래 메스(메탐페타민의 준말로, 마약으로 이용되는 화학물질—옮긴이) 중독자로, 갸름한 얼굴에는 날개 모양으로 넓게 다듬은 콧수염이 뺨을 절반쯤 가로질러 뻗어 있다.

"무슨 일이래?"

준버그가 눈을 뜬다. "누가 탈옥했나 본데."

모스가 고개를 돌린다. 수십 명의 죄수들이 감방을 나와 층계참에 서 있다. 이제는 전부 나왔다. 아니, 전부는 아니다. 모스는 오른쪽으로 몸을 기울여 옆 감방 안을 엿본다. 간수들이 다가오고 있다.

"어이, 오디, 일어나, 이 친구야." 모스가 속삭댄다.

침묵.

위층에서 누군가의 목소리가 쩌렁쩌렁 울린다. 말다툼이 벌어진 모양이다. 멱살잡이로 발전하자 닌자 거북이들이 계단을 폭풍처럼 올라와 한바탕 몽둥이찜질을 안겨준다.

모스는 오디의 감방으로 더 다가간다. "일어나, 친구."

침묵…….

준버그를 돌아본다. 마주치는 눈길에 무언의 질문이 오간다.

모스는 간수들의 눈을 의식하며 오른쪽으로 두 걸음 옮긴다. 슬쩍 엿본 어두운 감방 안에서 벽에 박힌 선반이 제일 먼저 눈에 들어온다. 세숫대야. 변기. 사람의 온기는커녕 냉기조차 없다.

간수 하나가 위쪽에서 고함을 친다. "다들 나와서 점호."

모자들과 곤봉들이 다가오고 있다. 수감자들은 몸을 벽에 찰싹 붙인다.

"이쪽입니다!" 한 간수가 고함을 친다.

군홧발들이 따라온다.

제복 둘이서 오디의 감방을 샅샅이 뒤진다. 숨을 만한 공간이 있다고 생각하는 걸까. 베개 밑, 데오도란트 뒤. 모스는 위험을 감수하고 고개를 돌린다. 땀을 뻘뻘 흘리며 층계를 오르는 그레이슨 부소장이 보인다. 앨버트(〈팻 앨버트〉라는 영화에 등장하는 뚱뚱한 주인공—옮긴이)보다 더 불룩한 배가 반질반질한 가죽벨트 위로 늘어져 있고, 목깃의 살은 그보다 더 겹겹이 접혀서 과연 숨이나 쉴 수 있을지 의심스럽다.

그레이슨이 오디의 감방 앞까지 왔다. 안을 들여다보더니 숨을 돌리고는 쓰읍 하고 입술을 빨아들인다. 곤봉을 풀어 손바닥을 때리면서 모스를 돌아본다.

"파머는 어디 있나?"

"모르겠는데요, 부소장님."

무릎 뒤편으로 날아든 곤봉에 모스는 벌채된 나무처럼 쓰러진다. 그레이슨이 그를 굽어본다.

"마지막으로 본 게 언제야?"

모스가 기억을 떠올리려고 애쓰면서 머뭇댄다. 곤봉 끝이 그의 오른쪽 갈빗대 바로 밑으로 쑥 파고든다. 눈 속의 세상이 위아래로

요동친다.

"밥때요." 모스가 숨을 들이킨다.

"지금은 어디 있지?"

"모르겠는데요."

그레이슨의 얼굴에 희미한 빛이 떠오른다. "전부 폐쇄해. 찾아내고야 만다."

"아침밥은 어쩌죠?" 한 간수가 묻는다.

"좀 늦게 먹어도 안 죽어."

모스는 감방으로 끌려 들어간다. 문이 닫힌다. 그 후 두 시간 동안, 모스는 침대에 누운 채로 감옥 건물의 떨림과 신음소리에 귀를 기울인다. 이제 그들은 작업장을 뒤지고 있다. 그 전에는 세탁실과 도서실이었다.

옆방에서 준버그가 벽을 두드린다. "어이, 모스!"

"왜?"

"나간 것 같아?"

모스는 대답하지 않는다.

"왜 마지막 날 밤에 그런 짓을 하지?"

모스는 여전히 침묵을 지킨다.

"내가 늘 말했잖아. 그 새끼는 미친놈이라고."

간수들이 다시 오고 있다. 준버그는 제 침대로 돌아간다. 군홧발 소리에 모스의 괄약근이 풀렸다 조여진다. 발소리들이 그의 감방 앞에서 멈춘다.

"기상! 벽에 등을 붙여! 다리 벌려!"

세 남자가 들어온다. 모스의 손목에 수갑을 채우고 허리에 감긴 사슬을 연결한다. 발목에는 또 다른 밧줄이 묶인다. 모스는 발을 질

질 끌며 힘겹게 걷는다. 바지는 걸치다 말았고 미처 단추를 채울
틈도 없었다. 흘러내리지 않게 한 손으로 붙들고 있어야 하는 형편
이다. 죄수들이 감방에서 환호성을 지르면서 고함을 쳐 소식을 주
고받는다. 가닥진 햇살 속을 걸어가던 모스는 정문 밖에 서 있는
경찰차들을 얼핏 본다. 광택 나는 표면에서 별들이 번쩍인다.

행정실에 도착한 모스는 명령에 따라 자리에 앉아 대기한다. 양
편의 간수들은 한마디도 하지 않는다. 간수들은 뾰족한 모자, 선글
라스, 흑갈색 견장이 달린 황갈색 셔츠를 입고 있다. 인접한 회의실
에서 목소리들이 들린다. 이따금씩 한 사람의 말소리가 다른 말소
리보다 높아진다. 문책을 하고 있는 것이다. 책임을 돌리고 있다.

식사가 도착한다. 모스는 창자가 꼬이고 입에 침이 고인다. 한 시
간이 지났다. 몇 시간이 지났다. 사람들이 자리를 뜬다. 모스의 차
례다. 눈을 내리깔고 종종걸음으로 비틀비틀 방에 들어선다. 교도
소장인 스파크스는 깔고 앉았던 부위가 이미 구깃구깃해진 검은
정장을 입고 있다. 장신에 갈기 같은 은빛 머리카락, 그리고 길고
가느다란 코를 가진 소장은 마치 머리 위에 책을 올려놓고 있는 것
처럼 걷는다. 소장의 몸짓에 교도관들은 뒤로 물러나 문 양편에 자
리를 잡는다.

한쪽 벽에는 반쯤 먹다 남긴 음식 접시들로 뒤덮인 테이블이 있
다. 꽃게 튀김, 돼지갈비, 프라이드치킨, 매시드 포테이토와 샐러드.
자루에 검은 석쇠 자국이 나 있고 버터가 발라져 반짝이는 그릴구
이 옥수수. 교도소장은 돼지갈비 하나를 집어 들고 작은 물수건으
로 연신 손가락을 닦아가면서 뼈에 붙은 고기를 쪽쪽 빨아먹는다.

"자네 이름이 뭔가, 젊은이?"

"모스 제러마이어 웹스터인데요."

"이름이 모스가 뭐야?"

"그게요, 소장님, 엄마가 제 출생증명서에 모세를 잘못 쓰셔가지고요."

경비병 하나가 웃는다. 소장이 콧대를 비튼다.

"시장하신가, 웹스터 씨? 한 접시 드시지."

모스는 만찬을 물끄러미 본다. 위가 꾸르륵댄다. "저를 처형하실 건가요, 소장님?"

"왜 그런 생각을 하지?"

"차림새가 꼭 최후의 만찬 같아서요."

"아무도 자네를 처형하지 않을 거야……. 금요일에는."

소장은 소리 내어 웃지만 모스에게는 딱히 재미있는 농담이 아니다. 그는 꼼짝도 하지 않는다.

'혹시 음식에 독을 탄 거 아냐. 소장은 먹고 있는데. 먹어도 되는 부분만 골라먹고 있을 수도 있지. 씨발, 알 게 뭐냐!'

모스는 비틀비틀 앞으로 걸어가 플라스틱 접시에 음식을 쓸어 담기 시작한다. 돼지갈비와 꽃게의 집게발과 매시드 포테이토를 높이 쌓고, 꼭대기에는 옥수수자루를 아슬아슬하게 올려놓는다. 접시 위로 고개를 잔뜩 수그리고 양손으로 마구 집어먹는다. 육즙이 뺨에 묻어 턱으로 흘러 떨어진다. 반대편에 앉은 스파크스 소장은 돼지갈비를 하나 더 집어 들고 약간 역겹다는 표정으로 구경하고 있다.

"부당취득, 사기, 마약거래……. 자네는 2백만 달러어치 대마초를 소지한 채로 체포되었지."

"그냥 연초였는데요."

"그리고 감옥에서 한 남자를 때려 죽였고."

모스는 대꾸하지 않는다.

"그래도 싼 놈이었나?"

"그때는 그렇게 생각했죠."

"지금은?"

"저는 이제 완전히 새 사람이 됐어요."

"얼마나 있었지?"

"15년이요."

너무 급하게 먹었다. 고기 한 점이 목에 걸렸다. 주먹으로 가슴을 때리자 수갑이 덜그럭거린다. 모스는 빼앗길까 봐 겁을 내며 청량음료 한 캔을 단숨에 들이켠다. 입가를 훔친다. 트림을 한다. 또 먹는다.

스파크스 소장은 돼지갈비를 말끔히 발라먹었다. 몸을 숙이고는 모스의 매시드 포테이토에 뼈를 박아 넣어 깃발 없는 깃대처럼 꼿꼿이 세운다.

"처음부터 시작하지. 자네는 오디 파머하고 친구 사이지, 맞나?"

"아는 사이긴 하죠."

"마지막으로 본 게 언제지?"

"어제 저녁 밥때요."

"같이 먹었지."

"예, 소장님."

"무슨 이야기를 했나?"

"맨날 똑같죠 뭐."

소장은 무표정한 눈으로 기다린다. 석쇠구이 옥수수에 발린 버터가 모스의 혀에 착 감겨온다.

"바퀴벌레요."

"뭐라고?"

"바퀴벌레를 어떻게 없애나 하는 이야기를 했어요. 저는 오디한 테 아머프레시 치약을 벽의 금간 데에 바르라고 했어요. 바퀴는 치약을 싫어하거든요. 왠지는 저도 모르는데요. 그냥 싫어해요."

"바퀴벌레라."

모스는 매시드 포테이토를 에둘러가며 음식을 입에 욱여넣는 틈 틈이 주절댄다. "전에 어디서 들은 건데 어떤 여자가 잠든 사이에 바퀴벌레가 귓속으로 기어 들어갔대요. 그리고 뇌에 직빵으로 새 끼를 깐 거죠. 그래서 그 여자가 어느 날 죽은 채로 발견됐는데 코 에서 바퀴들이 기어 나오고 있었대요. 저희는 바퀴벌레하고 전쟁 중이에요. 어떤 깜둥이들은 셰이빙크림을 쓰라고 하는데, 그 거지 같은 건 하룻밤도 못 가요. 치약이 최고죠."

스파크스 소장은 모스에게 눈을 부라린다. "내 감옥에는 해충 문 제가 없어."

"바퀴벌레들이 아직 그 소식을 못 들었나 봅니다, 소장님."

"우리는 1년에 두 차례씩 훈증 소독을 해."

그 해충 구제법이라면 모스도 잘 알고 있다. 간수들이 들어와서 죄수들에게 침대에 누우라고 명령한 뒤 감방에 뭔가 독한 냄새가 나는 화학약품을 살포한다. 사람들한테는 참 괴로운데 바퀴벌레한 테는 효과 제로다.

"밥때 지나고는 무슨 일이 있었지?" 스파크스가 묻는다.

"도로 제 방으로 왔는데요."

"파머를 보았나?"

"독서 중이던데요."

"독서?"

"책을 읽었다고요." 모스가 이런 것도 설명해줘야 하나 의아해하며 말한다.

"무슨 책?"

"그림 한 개도 없는 두꺼운 거요."

스파크스는 그 상황이 전혀 재미있지 않은 모양이다. "파머가 오늘 석방일인 거 자네도 알고 있었나?"

"예, 소장님."

"뭣 때문에 석방되기 전날 밤에 탈옥을 하지?"

모스가 입술에 묻은 기름기를 닦아낸다. "모르겠는데요."

"틀림없이 뭔가 낌새가 있었을 텐데. 그놈은 안에서 10년을 보냈어. 하루만 더 있으면 자유의 몸인데, 그 대신 탈옥수가 되었지. 잡히면 재판을 받고 또 감옥에 들어올 거야. 20년은 더 받을걸."

모스는 뭐라고 대답해야 할지 알 수 없다.

"듣고 있나, 젊은이?"

"예, 소장님."

"자네가 오디 파머하고 안 친했다는 소리는 하지도 마. 그런 말할 거면 입도 떼지 마. 나는 로데오라면 이미 익숙한 사람이야. 누가 나를 만만하게 보고 올라타려고 하면 그쯤은 대번에 안다고."

모스가 소장을 보며 눈을 껌뻑인다.

"자네는 파머의 옆방을 썼지……. 얼마야……, 7년인가? 틀림없이 자네한테 한마디라도 했을 거야."

"아닌데요, 소장님, 하느님께 맹세코 단 한마디도 안 했는데요."

위산이 역류한다. 트림이 나온다. 소장은 아직도 떠들고 있다. "내 업무는 주 정부에서 말하는 석방 기간까지 죄수들을 가둬두는 거야. 파머 씨는 오늘에야 나갈 자격이 생기는데 하루 일찍 나가기로 마음먹었지. 왜일까?"

모스가 어깨를 으쓱한다.

"고찰해봐."

"저는 그런 어려운 말은 모르는데요, 소장님."

"자네 생각을 말해보라고."

"제 생각을 듣고 싶으세요? 제 생각에 오디 파머가 한 짓은 비스
킷에 똥을 처바르는 것보다도 더 멍청한 짓인 것 같은데요."

모스는 입을 다물고 접시 위에 남은 음식을 본다. 스파크스 소
장이 외투 주머니에서 사진 한 장을 꺼내어 식탁 위에 올려놓는다.
강아지 같은 눈에 앞머리를 늘어뜨린 오디 파머의 사진이다. 우유
광고 모델을 해도 될 것 같다.

"드라이퍼스 카운티의 무장 트럭 강도사건에 관해 뭘 알고 있지?"

"그냥 신문에서 본 게 단데요."

"오디 파머가 틀림없이 그 이야기를 했을 거야."

"아닌데요, 소장님."

"그리고 자네는 묻지도 않았다?"

"묻기야 했죠. 안 물어본 사람이 없을걸요. 경비병들, 깜둥이들, 면
회객들 할 것 없이 다 물어봤죠. 가족들. 친구들. 여기 있는 새끼들
은 하나도 빠짐없이 그 돈이 어디로 갔는지 알고 싶어 했으니까요."

모스는 거짓말을 할 필요가 없었다. 텍사스에 갇혀 있는 남자나
짐승들 중 그 강도사건 이야기를 모르는 놈이 하나라도 있을까 보
냐. 그저 없어진 돈 때문만이 아니라, 그날 네 사람이 죽었기 때문
이다. 하나는 도망쳤다. 하나는 잡혔다.

"그랬더니 파머는 뭐라던가?"

"들은 척도 않던데요."

스파크스 소장은 풍선을 불듯 뺨을 부풀리더니 천천히 숨을 내보낸다.

"그래서 그놈이 도망치도록 도와줬나? 한몫 떼어주겠다는 약속을 받고?"

"저는 아무도 도망치도록 도와주지 않았는데요."

"지금 나를 만만하게 보고 엿 먹이는 건가, 젊은이?"

"아닌데요, 소장님."

"그럼 자네의 제일 친한 친구가 자네한테 한마디도 없이 탈옥했다는 말을 지금 나더러 믿으라는 거야?"

모스는 소장의 머리 위 허공을 눈으로 훑으며 고개를 끄덕인다.

"오디 파머는 여자친구가 있었나?"

"잠꼬대로 어떤 여자 이야기를 하기는 했는데, 헤어진 지 한참된 것 같던데요."

"가족은?"

"어머니하고 누나 하나요."

"어머니는 누구나 있어."

"어머니한테 정기적으로 편지가 왔어요."

"또 누구 있나?"

모스는 어깨를 으쓱한다. 그가 말하는 사실들 중 소장이 오디의 파일에서 찾아낼 수 없는 것은 하나도 없다. 두 남자 다 이 면담에서 중요한 정보는 하나도 안 나올 것을 알고 있다.

스파크스가 자리에서 일어나 서성인다. 신발이 리놀륨 바닥에 끌려 찍찍 소리를 낸다. 모스는 소장을 좇아 고개를 연신 좌우로 돌린다.

"잘 들어줬으면 해, 웹스터 씨. 자네는 처음 도착했을 때 규율 문제가 좀 있었지만 그건 그냥 성격이 좀 삐딱해서 그런 거였고 결국 그 문제를 고쳤지. 자네는 특권을 얻었어. 고생해서 얻은 특권이지. 그래서 나는 자네가 양심 때문에 괴로워하는 걸 알아. 그래서 자네는 놈이 어디로 갔는지 나한테 말해줄 거야."

모스가 어리둥절해서 소장을 본다. 소장이 걸음을 멈추고 양손으로 테이블을 꽉 움켜쥔다.

"설명을 좀 해봐, 웹스터 씨. 너희 같은 놈들 사이에서 작동하는 침묵의 코드 말이야. 그러면 뭐라도 된 것 같나? 짐승처럼 살고, 짐승처럼 생각하고, 짐승처럼 구는 놈들 주제에. 서로 죽여대고, 서로 박아대지. 갱단을 만들고. 코드를 지키는 게 도대체 무슨 의미가 있지?"

"그건 우리를 묶어주는 두 번째 코드죠." 모스가 그만 입을 다물라고 말하는 머릿속 충고를 무시하면서 대꾸한다.

"첫째는 뭔가?" 소장이 묻는다.

"댁 같은 사람들을 증오하는 거."

소장이 탁자를 뒤엎자 음식 접시들이 바닥에 떨어진다. 그레이비소스와 매시드 포테이토가 벽을 따라 흘러내린다. 간수들이 신호를 기다린다. 모스는 강제로 일으켜 세워져서 문밖으로 떠밀려나간다. 넘어지지 않으려고 종종걸음을 친다. 간수들은 모스를 거의 떠메다시피 해서 층계참 두 개를 내려간 후, 반대편에서 열어주어야 열리는 문을 여섯 개나 지나간다. 그의 감방으로 가는 길이 아니다. 특수감방 쪽이다. 독방. 구멍.

또 다른 열쇠가 자물쇠로 미끄러져 들어간다. 경첩이 나지막하게 끼익거린다. 새로운 간수 둘이 모스를 인계받는다. 탈의 명령이 떨어진다. 신발. 바지. 셔츠.

"여긴 왜 왔냐, 새끼야?"

모스는 대꾸하지 않는다.

"탈옥을 방조했어." 다른 간수가 말한다.

"전 그런 적 없습니다, 간수님."

첫 간수가 모스의 결혼반지를 보고 말한다. "그것도 빼."

모스는 간수에게 눈을 껌뻑인다. "규정상 껴도 되는데요."

"손가락 분질러줘?"

"제가 가진 거라곤 이거 하난데요."

모스는 주먹을 꼭 쥔다. 간수가 곤봉을 두 차례 휘둘러 모스를 때린다. 지원을 요청하는 고함소리가 들린다. 모스는 제압당한 채로 두들겨 맞는다. 때리는 소리는 이상하게 멀리서 들려오는 것 같고 점점 부어오르는 그의 얼굴은 기묘한 표정으로 굳어 있다. 쓰러진 모스는 끙끙대며 피를 뱉는다. 광약과 땀이 켜켜이 쌓인 마룻바닥 냄새가 군홧발에 머리를 찍어 눌린 모스의 코를 찌른다. 속이 뒤집히지만 먹은 걸 게워낼 생각은 추호도 없다.

매타작을 끝낸 간수들은 강철망으로 짜인 비좁은 우리에 모스를 던져 넣는다. 모스는 콘크리트 바닥에 꼼짝 않고 누워서 컥컥대며 코의 피를 닦아낸다. 문질러 닦는 손끝에서 피가 기름처럼 미끄럽다. 이 사건의 교훈은 뭘까, 모스는 궁금해진다.

그러다 오디 파머와 사라진 7백만 달러 생각을 떠올린다. 오디가 그 돈을 찾으러 간 거였으면 좋겠다. 멕시코의 휴양지 칸쿤에서 피냐콜라다나 홀짝이며 여생을 보냈으면 좋겠다. 아니면 모나코의 몬테카를로에서 칵테일도 좋고. 개새끼들은 엿이나 먹으라고 해! 최고의 복수는 잘사는 거다.

3

동트기 직전, 별빛이 더 밝아지자 익숙한 별자리들이 눈에 들어온다. 오디가 이름을 아는 것도 몇 개 있다. 오리온과 카시오페이아와 큰곰자리. 다른 것들은 너무 멀리 있어서 수백만 년 전의 빛을 희미하게 쏘아 보내고 있다. 마치 과거가 먼 시공간 저편에서 손을 뻗어 현재에 빛을 비추어주듯이.

어떤 사람들은 별자리가 운명을 결정한다고 믿는다. 그게 사실이라면 오디는 틀림없이 나쁜 별자리 아래 태어났으리라. 오디는 모든 일은 이유가 있어서 일어난다거나, 마치 지나가는 비구름에서 빗방울이 여기 조금 저기 조금 떨어지듯 운이 평생에 걸쳐 균형을 잡는다는 식의 이야기를 믿지 않는다. 마음속 깊은 곳에서 오디는 죽음이 그 어느 순간에라도 자신을 찾아낼 수 있으며, 삶은 다음번 걸음을 옳게 내딛느냐에 달려 있음을 알고 있다.

세탁물 주머니를 끌러 갈아입을 옷을 꺼낸다. 간수가 잠그지 않은 차 안에 놓고 간 운동 가방에서 꺼낸 청바지와 긴소매 셔츠다.

양말을 신고 젖은 부츠에 발을 쑤셔 넣는다.

죄수복을 파묻은 후 동쪽 지평선이 오렌지색 띠를 두르기를 기다려 걷기 시작한다. 좁은 자갈밭을 가로지른 개울이 저수지로 흘러든다. 더 저지대에는 안개가 서려 있고 얕은 물속에 마치 정원의 조각품 같은 모습으로 왜가리 두 마리가 서 있다. 진흙 둑에는 물 위를 스칠 듯 말 듯 날아다니며 둥지를 만드는 제비들이 파놓은 자국이 듬성듬성하다. 개울을 따라가자 먼지투성이 농장길과 1차선 다리가 나온다. 오디는 자동차 소리에 귀를 세운 채 먼지 구름들을 바라보며 걸음을 옮긴다.

자라다 만 나무들의 행렬 위로 붉게 빛나는 태양이 떠오른다. 네 시간 후, 물의 기억은 까마득하고 하늘에서는 불타는 원이 용접공의 불꽃처럼 뒷목을 달구고 있다. 길 위에는 피부의 모든 주름과 패인 곳에 먼지를 뒤집어쓴 오디 혼자뿐이다.

정오를 지나, 오디는 자신이 있는 곳을 파악하려고 높은 곳으로 올라간다. 마치 어떤 고대 문명이 남겨두고 간 죽은 세계를 여행 중인 것 같다. 나무들은 오래된 물줄기를 따라 짐승 떼처럼 한데 웅크렸고, 오토바이 트랙과 바퀴자국들이 죽죽 그어진 평지는 복사열을 뿜어낸다. 오디의 카키색 바지는 잔뜩 처졌고 겨드랑이에는 둥근 땀자국이 뱄다. 두어 번쯤 트럭이 지나가고, 오디는 그때마다 돌과 굳은 점토가 느슨하게 박힌 비탈길을 미끄러져 내려가 관목이나 바위 뒤에 몸을 웅크린다. 잠시 휴식을 취하려고 평평한 돌 위에 걸터앉은 오디는 마당에서 아빠와 술래잡기 하던 기억을 떠올린다. 남의 집 문간에서 우유 값을 훔친 것을 들켰을 때다.

"누가 그러라고 시켰냐?" 아빠는 오디의 귀를 잡아 비틀면서 오디를 추궁했다.

"아무도 안 시켰어요."

"바른 대로 불지 않으면 더 혼날 줄 알아."

아무 말도 하지 않고 남자답게 벌을 받은 오디는 맞은 허벅지를 문지르며 아빠의 눈에 비친 실망을 보았다. 형인 칼은 집 안에서 지켜보고 있었다.

"잘했어." 나중에 칼이 말했다. "하지만 돈을 잘 숨겼어야지."

오디는 다시 길로 올라와 발걸음을 옮긴다. 오후 무렵 4차선 포장도로를 마주친 오디는 차들이 지나갈 때마다 몸을 숨기며 멀찍이 거리를 두고 그 길을 따라간다. 1.5킬로미터쯤 더 가니 북쪽으로 굽어지는 더트 트랙(석탄재, 흙 등으로 만든 오토바이 경주용 도로—옮긴이)이 나타난다. 멀리 바퀴자국이 팬 도로 주변에 석유시추 설비와 펌프들이 서 있다. 태양이 정점에 오른다. 불타고 있는 하늘을 배경으로 아지랑이를 피워 올리는 유정탑의 실루엣이 보인다. 밤이면 먼 행성의 신생 식민지를 연상시키는 빛이 소도시의 꼭대기에서 몇 킬로미터 거리까지 빛날 것이다.

유정탑에 한눈이 팔린 오디는 자신을 보고 있는 노인을 한발 늦게 알아차린다. 햇볕에 갈색으로 그을린, 다부진 체격의 노인은 위아래가 붙은 작업복 차림에 챙 넓은 모자를 썼다. 도색된 장대와 그 끝에 추가 매달린 차량 차단기 옆에 서 있다. 근처에 지붕과 벽 세 개로 이루어진 쉼터가 보인다. 외따로 선 나무 아래에는 닷지 픽업트럭이 세워져 있다.

이마가 납작하고 미간이 넓은 노인은 얼굴에 천연두 자국이 있다. 구부린 팔 안쪽에 산탄총을 기대놓았다.

오디는 억지웃음을 짓는다. 얼굴을 뒤덮고 있던 먼지의 막이 갈라진다.

"안녕하세요."

노인은 어정쩡하게 고개를 끄덕인다.

"혹시 물 좀 마실 수 있을까요?" 오디가 말한다. "목이 무지하게 마르네요."

노인은 산탄총을 어깨에 기댄 채 창고 쪽으로 걸음을 옮겨 커다란 물통의 뚜껑을 열고는, 못에 매달린 철제 국자를 가리켜 보인다. 오디는 국자를 통에 담가 잔잔한 수면을 깨뜨리고 처음 한 모금을 흡입하듯 들이켠다. 물이 코로 들어가는 바람에 사레가 들린다. 또 한 모금. 물이 예상한 것보다 더 차갑다.

노인은 작업복 주머니에서 구겨진 담뱃갑을 꺼내어 불을 붙인다. 그러고는 마치 폐에서 맑은 공기를 싹 몰아내고 싶은 듯 폐 속 깊숙이 연기를 빨아들인다.

"여기서 뭘 하는 거요?"

"여자친구하고 싸웠어요. 그년이 저를 버리고 차를 몰고 가버렸죠. 돌아올 줄 알았는데 안 오네요."

"그렇게 욕을 해서야 어디 돌아오겠나?"

"그런가요." 오디가 물을 머리 위로 부으면서 말한다.

"어디다 버리고 갔는데?"

"캠핑을 하고 있었어요."

"저수지 가에서?"

"예."

"여기서 25킬로는 될 텐데."

"그러게요. 그걸 꼬박 걸어왔네요."

유조차 한 대가 지축을 울리며 다가온다. 노인은 차량 차단기의 추 달린 쪽 끝에 몸을 실어 장대가 하늘로 올라가게 한다. 손을 흔들어 기사와 인사를 주고받는다. 트럭이 지나간다. 먼지 구름이 가라앉는다.

"여기서 뭐 하고 계세요?" 오디가 묻는다.

"이곳을 지키고 있지."

"뭘 지키시는데요?"

"시추 장비. 값나가는 게 잔뜩이라."

오디는 손을 내밀고 중간 이름인 스펜서로 자신을 소개한다. 어쩌면 경찰에서 그것까지는 발표하지 않았을 수도 있다. 노인은 더는 묻지 않는다. 악수를 나눈다.

"나는 에르네스토 로드리게즈라고 하오. 사람들은 어니라고 부르지. 그래야 라틴 쪽 같지 않으니까." 어니가 껄껄 웃는다. 트럭이 또 한 대 다가온다.

"혹시 저를 태워다줄 만한 운전사가 있을까요?" 오디가 묻는다.

"어디로 가시는데?"

"아무 데나 버스나 열차를 탈 수 있는 곳으로요."

"여자친구는?"

"안 돌아올 것 같아요."

"어디 사시나?"

"댈러스에서 자랐지만 오랫동안 서부에 나가 있었어요."

"뭘 했는데?"

"안 해본 것 없이 조금씩 다요."

"아무 데나 갈 생각이고 안 해본 거 없이 조금씩 다 해보셨다?"

"뭐 대충 그렇죠."

어니가 남쪽 평야를 물끄러미 바라본다. 협곡들로 직직 줄이 가 있고 군데군데 광맥들이 튀어나왔다. 거기서 시작된 철조망은 동

30

쪽 끝으로 가라앉듯 사라진다.

"프리어까지는 태워다 줄 수 있소." 노인이 말한다. "하지만 앞으로 한 시간은 더 있어야 일이 끝나는데."

"그래 주시면야 감사하죠."

오디는 그늘에 앉아서 물집과 손의 베인 상처를 건드리지 않도록 살살 부츠를 벗는다. 더 많은 트럭들이 지나간다. 가득 채워 떠났다가 텅 빈 채로 돌아온다.

어니는 수다쟁이다. "은퇴하기 전까지는 즉석 요리사로 일했지." 어니는 말한다. "지금은 그 두 배로 벌고 있지. 다 붐 덕분이지만."

"무슨 붐이요?"

"석유하고 가스, 난리도 아닌데. 이글 포드 세일층이라고 혹시 못 들어보셨나?"

오디는 고개를 가로젓는다.

"암반층인데 남부와 동부 텍사스 바로 밑을 지나가지. 어떤 고대 대양에 있던 해양 화석들이 잔뜩 들어 있는데, 그게 석유의 원료거든. 그리고 바위 속에는 천연가스가 매장돼 있고. 그냥 파내기만 하면 땡이라니까."

세상에 그보다 더 쉬운 일이 없다는 투다.

땅거미가 깔리기 직전, 반대 방향에서 픽업트럭 한 대가 다가온다. 야간 경비다. 어니가 차량 차단기의 열쇠를 넘긴다. 오디는 닷지에서 기다린다. 두 남자가 무슨 이야기를 하는지 신경이 쓰이지만 너무 예민해지지 않으려고 애를 쓴다. 어니가 돌아와서 운전석에 올라탄다. 차는 바퀴자국 패인 길을 달리다 동쪽으로 꺾어 주관리 도로를 탄다. 차창은 모두 열어놓았다. 어니는 팔꿈치로 운전대를 고정시킨 채 담뱃불을 붙이려고 고개를 기울인다. 어니는 창으로 쏟아져 들어오는 바람소리에 지지 않는 큰 소리로, 자신은 딸과 손자와 함께 살고 있다고 말한다. 집은 플레전턴 바로 외곽이라는데, 어니는 플레전턴을 '프레즌턴'이라고 발음한다.

태양이 서쪽 지평선 아래로 가라앉기 전, 구름의 정글에 삼켜진다. 마치 눅눅한 신문지 한 장을 사이에 두고 불길을 바라보는 듯하다. 오디는 창틀에 팔꿈치를 기대고 바리케이드나 순찰차가 보이지 않는지 계속 지켜본다. 지금쯤이면 멀리 따돌리고도 남았겠지만, 수색을 얼마나 오래 할지는 모를 일이다.

"오늘 밤은 어디서 보낼 작정이신가?" 어니가 묻는다.

"아직 결정 못했습니다."

"플레전턴에 모텔이 몇 군데 있긴 한데, 나는 한 번도 묵어본 적이 없소. 그럴 필요가 없으니까. 현금은 있고?"

오디가 끄덕인다.

"여자친구한테 미안하다고 전화를 해야 할 텐데."

"이미 멀리 갔을걸요."

어니가 손가락으로 운전대를 두드린다. "헛간 침대 이상은 제공할 수 없지만 모텔보다는 싸고 딸애가 요리를 잘한다오."

오디는 사양의 말을 혀끝에 굴리지만 생각해보니 모텔에 체크인하는 건 너무 위험할 듯하다. 신분증을 확인할 것이다. 지금쯤이면 경찰에서 수배전단을 붙였겠지.

"그럼 그렇게 하는 걸로." 어니가 라디오로 손을 뻗으며 말한다. "음악 좀 들으려우?"

"아니요." 오디가 너무 딱 잘라 거절하는 것처럼 들리지 않게 대답한다. "그냥 이야기나 하죠."

"나쁘지 않지."

남쪽으로 플레전턴을 몇 킬로미터 남겨두고 트럭은 살풍경한 집 앞에 멈춰 선다. 집 옆에는 헛간이 있고 자라다 만 미루나무 덤불이 보인다. 엔진이 가쁜 숨을 죽이는 사이 개 한 마리가 먼지투성이 마당을 헤집고 와 오디의 장화를 킁킁댄다.

트럭에서 내린 어니는 층계를 올라가 귀가를 알린다.

"저녁식사 손님이 오셨다, 로지야."

열린 복도 깊숙이에서 한 줄기 빛이 새어 나온다. 부엌에 한 여자가 서서 가스레인지를 굽어보고 있다. 둥글고 예쁘장한 얼굴에 펑퍼짐한 엉덩이, 우유 같은 갈색 피부와 길게 째진 눈을 가진 여자다. 멕시코보다는 인도 쪽에 더 가까워 보인다. 빛바랜 패턴 원피스에 맨발 차림이다.

여자가 오디와 아버지를 번갈아 본다. "저한테 뭘 어쩌라고 그런 말씀을 하세요?"

"손님이 식사를 하실 거니까 네가 밥을 차려야지."

여자는 고기가 프라이팬 위에서 쉿쉿 소리를 내고 있는 가스레인지로 몸을 돌린다. "알았어요, 밥 차릴게요."

노인이 오디에게 씨익 웃어 보인다. "씻는 게 좋겠군. 깨끗한 옷을 좀 찾아다 드리지. 로지가 나중에 빨면 되니까." 딸을 돌아본다. "데이브가 예전에 입던 옷 어디다 뒀니?"

"제 침대 밑 상자에요."

"이 친구가 좀 입어도 될까?"

"마음대로 하세요."

노인은 오디에게 샤워실을 알려주고 새 옷들을 건넨다. 오디는 온수 아래에 한참을 서 있다. 살갗이 분홍색으로 익어가지만 상관없다. 사치를 즐긴다. 멍하니 백일몽을 꾼다. 감옥에서의 샤워는 통제 아래 재빨리 해치워야 하는 위험한 활동이라, 전혀 개운하지 않았다.

다른 남자가 입던 옷으로 갈아입은 오디는 손가락으로 머리를 빗어 넘기며 왔던 길을 되돌아간다. 텔레비전 소리가 들린다. 기자가 탈옥 소식을 전하고 있다. 오디는 열린 문틈으로 조심스레 텔레비전 화면을 엿본다.

"오디 스펜서 파머는 4명의 목숨을 앗아간 텍사스 드라이퍼스 카운티의 무장 트럭 강도사건으로 10년형을 선고받고 복역을 거의 마친 시점이었습니다. 관계자들은 그가 껌 포장지로 경보시스템에 합선을 일으킨 후 감옥 세탁실에 있던 침대시트를 이용해 이중 담장을 기어오른 것으로 추정하고 있습니다……."

텔레비전 앞 러그 위에 어린 남자아이가 앉아 있다. 상자에 든 장난감 병사들을 가지고 노는 중이다. 아이는 오디를 올려다본 후 화면을 본다. 내용이 바뀐다. 여자 기상캐스터가 지도를 가리키고 있다.

오디가 엉덩이를 깔고 주저앉는다. "안녕."

아이가 고개를 주억거린다.

"이름이 뭐니?"

"빌리요."

"무슨 놀이 하고 있니, 빌리?"

"전쟁놀이요."

"누가 이기고 있어?"

"저요."

오디가 소리 내어 웃자 빌리는 어리둥절한 기색이다. 로지가 부엌에서 저녁 준비가 다 됐다고 부른다.

"배고프니, 빌리?"

아이가 끄덕인다.

"얼른 가지 않으면 아저씨가 다 먹는다."

로지가 마지막으로 식탁을 차리면서 나이프, 포크, 접시를 오디 앞에 놓는다. 팔이 그의 어깨를 스친다. 그녀는 자리에 앉아 몸짓으로 빌리에게 기도를 시킨다. 아이는 웅얼대다가 "아멘" 소리만 똑 부러지게 한다. 접시가 건네지고 숟가락과 포크가 연신 접시와 입을 왕복한다. 어니는 오디에게 이것저것 물어보지만 로지가 말을 막는다. "밥 좀 드시게 조용히 좀 하세요."

로지가 오디를 흘끔흘끔 엿본다. 로지는 아까와는 다른 드레스를 입고 있다. 더 새것 같고 좀 더 몸에 착 달라붙는 옷이다.

식사가 끝나자 남자들은 현관으로 자리를 옮기고, 로지는 식탁을 치우고 설거지를 하고 접시를 말리고 의자까지 깨끗이 닦은 후, 다음날 먹을 샌드위치를 만든다. 빌리가 알파벳을 외우는 소리가 들린다.

어니가 담뱃불을 붙이고 현관 난간에 발을 걸친다.

"그래 앞으로 어쩔 셈이신가?"

"휴스턴에 친척들이 있어요."

"전화해보시게?"

"저는 20년쯤 전에 서부로 갔었어요. 연락이 끊겼죠."

"요즘에는 사람들하고 연락 끊기기가 쉽지 않은데……. 어지간했나 보군."

"그랬나 봅니다."

로지가 문간 안쪽에 서서 대화를 듣고 있다. 어니는 하품을 하며 기지개를 켜고는 그만 자러 가야겠다고 한다. 오디에게 헛간 침실을 보여주고 잘 자라는 인사를 건넨다. 오디는 잠시 바깥에 서서 별들을 구경한다. 돌아서서 들어가려는데 빗물탱크 그림자 속에 서 있는 로지가 눈에 띈다.

"당신 진짜 누구예요?" 로지가 따지듯 묻는다.

"부인의 친절에 감사하는 나그네이지요."

"혹시라도 우리 집을 털 속셈이라면 우리는 빈털터리예요."

"그냥 하룻밤 신세 지려는 것뿐입니다."

"아빠한테 여자친구가 도망갔다느니 어쩌니 거짓말을 잔뜩 주워 삼켰더군요. 여기 세 시간이나 있는 동안 전화 한 통 걸 생각도 안 했으면서. 여기 온 진짜 이유가 뭐죠?"

"지켜야 할 약속이 있어서요."

로지가 코웃음을 친다. 로지는 반은 그림자 안에, 반은 그림자 밖에 선 채로 꼼짝도 않고 있다.

"이 옷은 누구 건가요?" 오디가 묻는다.

"남편 거예요."

"어디 계세요?"

"나보다 더 좋은 사람 찾아갔어요."

"죄송합니다."

"그쪽이 왜요? 그쪽 잘못도 아닌데." 로지가 오디의 뒤편 어둠 속을 응시한다. "내가 뚱뚱해졌대요. 나하고는 살만 닿아도 소름 끼친 다나."

"제 눈에는 아름답기만 하신데요."

로지가 갑자기 오디의 손을 잡아 자기 가슴에 얹는다. 심장 박동 이 느껴진다. 이윽고 그녀가 고개를 들어 오디의 입술에 입술을 밀 어붙인다. 거칠고 굶주린 그 입맞춤은 절망에 한 발을 걸치고 있다.

그녀의 아픔이 고스란히 전해진다.

오디는 로지의 손아귀에서 벗어나, 한 팔 거리에 그녀를 가만히 붙잡고는 눈을 지그시 들여다본다. 이마에 입맞춤을 한다.

"잘 자요, 로지."

4

날이면 날마다 감옥은 오디 파머를 죽이려 했다. 깨어 있을 때나 잠들어 있을 때나. 밥 먹을 때, 샤워할 때, 그리고 운동장을 돌 때도. 지글지글 끓는 여름에도 꽁꽁 얼어붙는 겨울에도, 그 사이의 짧은 두 계절에도, 감옥은 오디 파머를 죽이려 했다. 하지만 오디는 꾸역꾸역 살아남았다.

제아무리 지독한 짓을 당해도 품위를 잃지 않는 오디는 모스의 눈에 마치 홀로 평행우주에 사는 사람 같았다. 모스는 사람들이 생전에 미처 하지 못한 일을 끝내려고 천국이나 지옥에서 돌아온다는 내용의 영화를 본 적이 있었다. 혹시 오디가 정말로 지옥에서 돌아온 사람은 아닐까, 모스는 궁금해했다. 악마의 명부에 어떤 사소한 오류가 있었다거나 사람을 잘못 알고 데려갔다거나 하는 이유로 말이다. 만약 그렇다면 교도소 생활이라도 감사할 수 있을 것이다. 그보다 훨씬 심한 것도 보고 겪었을 테니까.

모스가 처음 오디에게 눈길을 준 것은 그 젊은이가 다른 모든 신참들과 함께 경사로를 걸어 올라갈 때였다. 축구장만큼 길고 양편으로 감방이 늘어선 그 휑뎅그렁한 경사로는 바닥에 왁스칠이 되어 있고 머리 위로 형광등이 지직거렸다. 감옥의 터줏대감들은 감방에서 야유를 하고 휘파람을 불면서 피라미들을 구경했다. 감방문들이 한꺼번에 열리고 죄수들이 쏟아져 나왔다. 하루 딱 한 번뿐인 이 시간은 마치 지하철의 러시아워를 방불케했다. 죄수들은 회계장부를 확인하고 주문을 하거나 밀수품을 찾아가거나 표적을 노렸다. 피를 보고도 걸리지 않고 빠져나가기에 안성맞춤인 시간이었다.

오디가 찍히기까지는 그리 오래 걸리지 않았다. 원래 같으면 젊고 잘생겼다는 이유로 뉴스감이 되었을 테지만 사람들은 그보다 돈에 더 관심이 있었다. 7백만 달러, 그건 곧 오디를 친구 삼거나 똥을 지릴 만큼 팰 이유가 7백만 가지라는 뜻이었다.

감옥에 도착하고 몇 시간 안 되어 오디에 대한 소문이 쫙 퍼졌다. 그러니 오디는 응당 겁에 질려 얼어 있거나 아니면 독방에 넣어달라고 애원하고 있어야 마땅했다. 하지만 오디는 그러지 않고, 천 명의 남자들이 이전에 백만 번은 서성였을 운동장을 가만가만 서성였다. 오디는 갱스터도 마피아 족속도 살인자도 아니었다. 달리 무슨 척을 하지도 않았는데, 그 사실은 그 후로 줄곧 그에게 시련을 안겨줄 터였다. 오디에게는 족보가 없었다. 아무런 뒷배경도 없었다. 교도소에서 살아남으려면 동맹을 맺든가 갱단에 가입하든가 보호자를 찾아야 했다. 예쁘나 졸보나 부자는 그러지 않고서는 살아남을 수 없었다.

모스는 개입할 생각은 전혀 없이, 이 모두를 그저 먼발치에서 지켜보기만 했다. 피라미들은 대개 초장부터 영역 표시를 하거나 포

식자들에게 경고를 하거나 해서 명확한 입장 표명을 하려고 했다. 다정함은 곧 약점이다. 연민. 자비. 밥을 딴 놈한테 빼앗길 것 같으면 차라리 쓰레기통에 버려라. 절대 새치기를 봐주지 마라.

처음 찔러본 것은 다이스맨(Dice Man, 주로 주사위 게임에서 속임수를 쓰는 사람을 가리키는 별명—옮긴이)이었다. 그는 오디가 부탁하지도 않은 감옥 밀주를 얻어다 주겠다고 나섰다. 오디는 정중히 사양했다. 그러자 다이스맨은 다른 접근법을 시도했다. 자기 식탁 옆을 지나가는 오디의 식판을 뒤엎었다. 오디는 그레이비와 으깬 감자와 닭고기의 웅덩이를 내려다보았다. 이윽고 눈을 들어 다이스맨을 보았다. 다른 죄수들 몇몇이 소리 내어 웃었다. 다이스맨 쪽이 오디보다 15센티미터는 더 클 것 같았다. 오디는 한마디도 하지 않았다. 그저 쪼그려 앉아 음식물을 도로 식판에 퍼 담기 시작했다.

사람들은 의자들 쪽으로 미끄러져 약간의 공간을 만들었다. 마치 정지된 기차의 승객들처럼, 다들 무언가를 기다리는 분위기였다. 오디는 여전히 모두를 무시하면서 바닥에 쪼그려 앉아 음식을 주워 담고 있었다. 마치 다른 사람들의 생각이 미치지 않는, 그보다 못한 남자들은 꿈에서도 가 닿을 수 없는 공간 속에 홀로 살고 있는 사람 같았다.

다이스맨은 자기 신발을 내려다보았다. 그레이비가 튀어서 묻어 있었다.

"핥아." 그가 말했다.

오디가 피로한 듯 한숨을 쉬었다. "뭐 하는 건지 알아요."

"뭐래?"

"그쪽은 나를 자극해서 싸우거나 엎치락뒤치락해보려고 애를 쓰고 있지만 나는 그쪽하고 싸울 생각이 없어요. 나는 심지어 그쪽

이름도 모르는걸요. 그쪽은 일단 시작한 이상 이대로 물러설 수는 없다고 생각하겠지만 그럴 수 있어요. 아무도 그쪽을 우습게 여기지 않을 거예요. 웃는 사람은 아무도 없잖아요."

오디가 일어섰다. 여전히 식판을 든 채였다.

"누구 이 남자를 우습게 생각하는 사람 있어요?" 오디가 외쳤다.

모스는 그 진심 어린 물음에 사람들이 진지하게 고민하는 것을 느낄 수 있었다. 그 무대에서 자신이 있을 곳을 놓친 다이스맨은 당황한 듯 주위를 둘러보았다. 그리고 평소 자신의 출구전략에 따라 오디에게 주먹을 날렸다. 눈 깜짝할 새, 오디는 다이스맨의 옆머리에 식판을 날렸다. 물론 그 행동은 상대를 자극했다. 상대는 포효하며 덤벼들었지만 오디가 더 빨랐다. 식판 모서리에 목을 세게 찍힌 다이스맨은 무릎을 꿇고 몸을 만 채 컥컥대며 마룻바닥을 굴렀다. 간수들이 와서 다이스맨을 감옥 병원으로 데려갔다.

모스는 오디가 죽음을 동경하는 게 아닌가 생각했지만 그건 사실이 아니었다. 감옥은 자기들의 마음속 세상과는 분리된 세계가 존재하지 않는다고 믿는 남자들로 가득하다. 그들은 벽 바깥의 삶을 상상하지 못하므로, 자신의 머릿속 세계를 현실로 만든다. 그 세계에서 남자 하나는 아무것도 아니다. 신발에 붙은 모래 알갱이 하나, 개벼룩 한 마리, 뚱뚱한 남자의 궁둥이에 돋은 여드름 하나에 불과하다. 감옥에서 저지를 수 있는 가장 큰 실수는 자신이 조금이라도 중요한 존재라고 믿는 것이다.

날마다, 아침마다 다시 시작된다. 오디는 첫날 열두 명의 남자와 싸워야 했고, 다음 날에는 새로 열두 명이 더 나타났다. 제재가 들어올 즈음에는 이미 너무 심하게 두들겨 맞아서 음식을 씹을 수도 없었고, 양쪽 눈두덩이 다 보라색 자두처럼 되어 있었다.

넷째 날 다이스맨은 감옥 병원에서 오디 파머를 죽이라는 전갈을 보냈다. 그의 일당은 준비를 했다. 그날 저녁 모스는 식판을 들고 오디 혼자 앉아 있는 식탁으로 갔다.

"앉아도 돼?"

"자유 국가니까요." 오디가 웅얼거렸다.

"그렇지도 않아." 모스가 대꾸했다. "네가 나처럼 감옥에 오래 있었다면 말이야."

모스가 하러 온 말을 꺼낼 때까지 두 남자는 침묵 속에서 먹기만 했다.

"놈들이 아침에 너를 죽일 거야. 독방에 넣어달라고 그레이슨한테 부탁해보든가."

오디는 눈을 들어 마치 허공에서 무언가를 읽어 내리듯 모스의 머리 위를 바라보더니 말했다. "그럴 수 없어요."

모스는 오디가 뭘 몰라서 뻗대고 있는가 멍청하게 만용을 부리는 게 아니면 죽고 싶은 거라고 생각했다. 이 싸움은 돈을 위한 게 아니었다. 아무리 7백만 달러가 있어도 감옥에서는 쓸 곳이 없다. 제아무리 지독한 약물 중독자거나 제아무리 대단한 뒷배경이 있더라도, 그렇다고 초콜릿이나 여분의 비누 같은 사소한 문제도 아니었다. 감옥에서 죽음은 사소하다. 누군가와 눈이 잘못 마주치면…… 죽는다. 밥때에 자리를 잘못 골라 앉으면…… 죽는다. 복도나 운동장에서 잘못된 방향으로 걷거나 밥때에 너무 시끄럽게 굴면…… 죽는다. 거치적거리면. 멍청하면. 불운하면. 죽음이다.

살아남으려면 따라야 할 규약들이 있었지만 그것을 어떤 동지애 같은 의미로 오해해서는 안 된다. 갇혀 있다는 것은 사람들을 더 가까이 모아놓을 뿐, 더 가깝게 만들어주지는 못한다. 사람들은 하나가 되지 않는다.

이튿날 아침 여덟 시 반, 감방 문이 열리자 죄수들이 경사로를 꽉 메웠다. 다이스맨의 병사들이 기다리고 있었다. 행동대원을 맡은 신참은 유리섬유로 만든 칼을 소매에 감췄다. 다른 사람들은 망을 보거나 나중에 무기를 버리는 것을 도우려고 준비하고 있었다. 그 신참은 생선을 손질하듯 내장을 들어낼 것이다.

모스는 거기에 한몫 낄 마음이 전혀 없었지만, 오디에게는 뭔가 호기심을 자극하는 데가 있었다. 다른 죄수들이라면 항복하거나 굽실대거나 독방에 넣어달라고 애원했을 것이다. 또 다른 죄수들이라면 창살에 침대시트를 걸어 목을 맸을 것이다. 오디는 역사상 가장 멍청한 새끼도 가장 용감한 새끼도 아니었다. 이 세계에서 남들은 아무도 보지 못했는데 그 혼자서만 본 게 도대체 뭘까?

감방에서 쏟아져 나온 죄수들은 각자 자기 볼일에 전념하는 척했지만 대부분은 기다리고 있었다. 오디는 나타나지 않았다. 어쩌면 최후의 수단을 택했을지도 모른다고 모스는 생각했지만, 이윽고 오디의 감방에서 〈아이 오브 더 타이거〉(권투 영화 〈록키 3〉의 주제가—옮긴이)의 쿵쿵거리는 베이스음과 짤랑대는 심벌즈 소리가 우렁차게 울려나왔다.

오디가 모습을 드러냈다. 그는 가슴을 풀어헤치고 사각팬티 한 장만 걸친 채 긴 양말과 구두약으로 검게 칠한 운동화를 신고 있었다. 양 주먹에는 양말에 화장지를 채워 만든 거대한 복싱글러브를 끼고 발끝으로 춤을 추면서 섀도복싱을 선보였다. 흠씬 두들겨 맞아 부어오른 얼굴은 과연 아폴로 크리드와 싸우러 15라운드를 오르는 록키 발보아 같았다.

칼을 가진 신참은 웃어야 할지 울어야 할지 몰랐다. 오디는 그

우스꽝스러운 장갑을 낀 채로 춤을 추고 잽을 날리고 허리를 숙여 이리저리 몸을 틀었다. 그렇지만 이윽고 이상한 일이 일어났다. 깜둥이들이 소리 내어 웃기 시작했다. 깜둥이들이 손뼉을 치기 시작했다. 깜둥이들이 영화 주제가를 부르기 시작했다. 노래가 끝나자 그들은 마치 세계 헤비급 챔피언 타이틀이라도 딴 양 오디를 머리 위로 떠메고 갔다.

그날은 오디 파머를 떠올릴 때면 모스가 가장 선명히 기억하는 날이다. 춤을 추며 감방을 나와 유령에게 펀치를 날리고, 고개를 숙여 몸을 홱홱 틀며 섀도복싱을 하던 모습. 그 일을 계기로 무언가가 시작되거나 끝난 것은 아니지만, 오디는 살아남을 방법을 찾아냈다.

물론 사람들은 여전히 돈에 관해 알고 싶어 했다. 간수들도 다를 바 없었다. 자기들이 감시하는 남자들과 똑같이 흙먼지투성이의 빈곤한 임대주택에서 자란 그들은 뇌물과 밀수품에 열린 마음을 가지고 있었다. 여자 교도관 몇 명은 오디에게 자기들의 계좌로 송금을 해주면 성적인 편의를 봐주겠노라고 제의했다. 몸무게와 맞먹는 양의 햄버거를 먹어치울 수 있는 여자들이었지만, 안에서 몇 년쯤 보내고 나면 엄청난 미인으로 보이게 마련이다.

오디는 그들의 제의를 거절했다. 10년간 단 한 번도, 그는 그 강도사건이나 돈 이야기를 입에 올리지 않았다. 그 누구에게 어떤 언질을 주지도, 약속을 하지도 않았다. 그 대신 침착함과 평정함의 분위기를 풍겼다. 마치 모든 피상적인 감정을, 꼭 필요하지 않은 것들에 대한 모든 갈망과 인내심을 자기 삶에서 몰아낸 사람 같았다. 요다와 부처와 검투사를 한데 합쳐 버무린 존재 같았다.

5

오디는 눈꺼풀에 어른거리는 햇살 한 줄기를 벌레인 양 털어버리려 한다. 햇살이 다시 돌아오고 누군가가 킥킥대는 소리가 들린다. 빌리가 작은 거울을 들고 열린 헛간 문틈으로 반사광을 비추고 있다.

"다 보인단다." 오디가 말한다.

빌리가 고개를 숙이고 다시 킥킥 웃는다. 아이는 낡아빠진 반바지와 너무 헐렁한 티셔츠를 입고 있다.

"몇 시니?" 오디가 묻는다.

"아침 먹을 때 지났어요."

"학교 안 가?"

"토요일이에요."

그렇군, 오디는 네 발로 엉금엉금 일어서면서 생각한다. 한밤중에 침대에서 굴러떨어져 마룻바닥에서 웅크린 채로 잤다. 그 편이 오히려 매트리스보다 익숙했다.

"침대에서 떨어졌어요?" 빌리가 묻는다.

"그랬나 봐."

"나는 옛날에는 그랬지만 지금은 안 그러는데. 엄마는 내가 다 커서 그런 거랬어요."

오디가 태양이 비치는 마당으로 나와 수도 펌프에서 얼굴을 씻는다. 어젯밤 도착했을 때는 이미 날이 저문 후였다. 이제는 녹슬어가는 자동차들, 자동차 부품들, 수조 하나, 풍차 하나, 그리고 다 쓰러져가는 돌벽에 기대어 쌓아놓은 목재 더미에 둘러싸인, 작고 페인트칠이 안 된 집들이 보인다. 작은 흑인 남자아이 하나가 덩치에 비해 너무 커 보이는 자전거를 타고 있다. 페달에 발이 닿지 않아 자전거 틀에 내려앉은 채로 파닥거리는 닭들 사이를 헤집고 돌아다닌다.

"쟤는 내 친구 클레이턴이에요." 빌리가 말한다. "쟤는 흑인이에요."

"그건 보면 알지."

"흑인 친구는 별로 없는데 클레이턴은 괜찮아요. 쟤는 키는 작아도 자전거보다 빨리 달릴 수 있어요. 언덕을 내려갈 때만 빼고요."

오디는 바지가 흘러내려가지 않게 허리띠를 조인다. 이웃집 현관에서 체크무늬 셔츠와 검은 가죽조끼를 입은 마른 남자가 그를 지켜보고 있다. 오디는 손을 흔든다. 남자는 마주 손을 흔들어주지 않는다.

로지가 나타난다. "아침식사 불에 올려놨어요."

"어니는 어디 계세요?"

"일하러 가셨죠."

"출근을 일찍 하네요."

"늦게 끝나고요."

오디는 식탁에 앉아 먹기 시작한다. 가스레인지 위 선반에 토르티야, 달걀, 콩, 커피, 밀가루, 말린 콩, 그리고 쌀이 든 유리병이 늘어서 있다. 창문 밖으로 빨랫감을 너는 로지가 보인다. 여기에 머물 수는 없다. 친절을 베풀어준 이 사람들을 성가신 일에 말려들게 할 수 없다. 살아남으려면 유일한 희망은 계획대로 하면서 가능한 한 오래 숨어 있는 것뿐이다.

오디는 다시 부엌으로 들어온 로지에게 마을까지 태워다 달라고 부탁한다.

"정오까지 기다리면 태워줄 수 있어요." 오디의 빈 접시를 싱크대에서 헹구면서 로지가 말한다. 눈을 덮은 머리카락들을 걷어낸다. "어디로 갈 건데요?"

"휴스턴이요."

"샌안토니오의 그레이하운드 역에 내려줄 수 있어요."

"혹시 저 때문에 일부러 가는 거 아니에요?"

로지는 대답하지 않는다. 오디는 주머니에서 돈을 꺼낸다. "숙박비를 좀 내고 싶은데요."

"돈은 넣어둬요."

"깨끗한 돈이에요."

"정 그러시다면야."

*

37번 주간도로를 타고 샌안토니오로 접어들어 북쪽으로 60킬로미터째. 로지의 차는 배기구가 고장 나고 에어컨이 없는 일제 소형

차다. 로지는 창문을 활짝 열고 라디오를 크게 틀어놓았다.

정각에 앵커가 기사들을 죽 훑고는 탈옥 사건을 언급한다. 오디는 자연스러운 척 말을 건다. 하지만 로지는 그 말을 끊고 볼륨을 올린다.

"혹시 그쪽이에요?"

"누굴 다치게 할 마음은 없어요."

"그거 참 안심되네요."

"여기서 바로 내려줘도 돼요, 신경 쓰이면."

로지는 대꾸하지 않는다. 차를 세우지도 않는다.

"무슨 짓을 한 거예요?" 로지가 묻는다.

"제가 무장 트럭을 강탈했다네요."

"그랬어요?"

"이제는 아무래도 상관없어진 것 같아요."

로지가 그를 슬쩍 곁눈질한다. "했으면 한 거고 안 했으면 안 한 거죠."

"때로 하지도 않은 잘못으로 욕을 먹을 때가 있잖아요. 잘못을 저지르고 무사히 넘어갈 때도 있고요. 어쩌면 결국 그런 식으로 셈이 맞을 수도 있겠죠."

로지는 출구를 찾아 차선을 바꾼다. "나도 교회를 끊은 뒤로 남한테 도덕적으로 이래라저래라 할 처지는 아니에요. 하지만 만약 그쪽이 뭔가 잘못을 저지른 거라면 도망쳐서는 안 돼요."

"저는 도망치고 있는 게 아니에요." 오디가 말한다.

그리고 로지는 그를 믿어준다.

버스정거장 앞에 차를 댄 로지는 오디 뒤편의, 먼 도시들로 떠날 버스 대열을 바라다본다.

"혹시나 잡혀도 우리가 그쪽을 도와줬다는 말은 하지 말아요."

로지가 말한다.

"잡히지 않을 겁니다."

6

특수수사관 데지레 퍼니스는 구획이 없는 사무실을 가로질러 상관의 사무실로 향한다. 컴퓨터 화면을 보고 있는 사람들이 고개를 든다면 책상들 위로 삐죽 솟은 데지레의 머리를 보고 아마 웬 어린 아이가 부모를 찾으러 왔거나 걸스카우트 쿠키를 팔러 들어왔나 보다고 생각할 것이다.

데지레는 더 성장하려는 노력으로 생애 대부분을 보냈다. 육체적으로만이 아니라 감정적, 사회적, 그리고 직업적으로도 그랬다. 양친 모두 키가 작았고, 유전적 확률은 그들의 외동딸에게 가장 낮은 결과를 내놓았다. 운전면허증에 따르면 데지레는 158센티미터이지만 실제로 그 키에 도달하려면 하이힐이 필요하다. 대학 내내 하이힐을 신고 다니느라 하마터면 다리를 못 쓰게 될 뻔했다. 진지한 취급을 받고 싶었고 농구 선수들과 데이트를 하고 싶었기 때문이다. 데지레가 하필이면 키 큰 남자들에게 이끌리는 것은 또 다른 잔인한 운명의 장난이었다. 아니면 데지레는 키가 크고 호리호리한 자손을 낳고 싶은 어떤 욕망 같은 것을 타고났는지도 모른다. 아이들에게 다른 유전적 확률을 주고 싶어서 말이다. 심지어 서른 살이 된 지금도 데지레는 여전히 술집과 음식점에서 신분증 제시를 요구받았다. 대다수 여성들에게는 자랑거리겠지만 데지레에게는 굴욕의 연장일 뿐이었다.

성장기에 부모님은 "진짜 좋은 선물은 작은 상자에 들어 있는 법이야." 그리고 "사람들은 삶에서 작은 것들에 감사한단다." 같은 말을 들려주곤 했다. 아무리 선의에서 나온 것이어도, 여전히 아동복 코너에서 옷을 사 입는 사춘기 소녀에게는 받아들이기 쉽지 않은 정서였다. 범죄학을 공부하던 대학 시절 데지레에게 키는 곧 민망함이었다. 그리고 경찰대학에서는 치욕이었다. 그렇지만 데지레는 자신의 키가 곧 자신이 아님을 증명하고 거기에 맞섰다. 연방수사국 아카데미를 1등으로 졸업하여 자신이 다른 그 어떤 지원자보다도 더 튼튼하고 영리하고 결단력이 있음을 입증했다. 신체적 저주가 긍정적인 동기가 된 것이다. 작은 키 덕분에 오히려 더 높이 발돋움할 수 있었다.

데지레는 에릭 워너의 문을 두드린 후 호출을 기다린다.

나이에 비해 일찍 머리가 센 워너는 데지레가 이곳 고향 도시에 배치된 6년 전부터 줄곧 휴스턴 지국을 담당하고 있다. 데지레가 만난 모든 힘 있는 남자들 중에서 워너는 진정한 권위와 카리스마를 가지고 있었다. 그의 자연스럽고 가벼운 찡그림은 웃는 얼굴에도 약간의 아이러니한 슬픔을 가미했다. 그는 데지레의 키를 가지고 놀리지도, 여자라는 이유로 다르게 대하지도 않는다. 사람들이 그의 말에 언제나 귀를 기울이는 이유는 그가 소리를 질러서가 아니라 그의 나지막한 속삭임이 저절로 귀를 기울이게 만들기 때문이다.

"스리 리버스의 탈주자, 그게 바로 오디 파머였어요." 데지레가 말한다.

"누구?"

"2004년 드라이퍼스 카운티의 그 트럭 무장 강도요."

"사형선고를 받았어야 할 그 남자?"

"그 남자요."

"언제가 만기였지?"

"오늘이요."

두 요원은 서로를 마주보면서 같은 생각을 한다. 어떤 멍청이가 석방 전날 탈옥을 한담?

"그 남자는 제 담당이었어요." 데지레가 말한다. "파머가 법적인 이유로 스리 리버스로 이감된 이후로 저는 줄곧 그 사건을 추적하고 있었어요."

"법적 이유들이라니, 어떤?"

"신임 연방검사가 원래 선고 형량에 만족하지 않아서 재심을 하려고 했었어요."

"10년 만에!"

"그보다 더 별스런 일들도 있었는데요, 뭐."

워너가 펜을 담배처럼 잇새에 물고 달그락거린다. "돈의 흔적은?"

"전혀요."

"가봐. 교도소장이 뭐라고 하는지 들어봐."

한 시간 후, 데지레는 와튼을 지나는 사우스웨스트 고속도로를 달리고 있다. 평평한 초록빛 농지에 광활하고 푸르른 하늘. 데지레는 스페인어 어학 테이프를 들으면서 어구들을 따라한다.

돈데 푸에도 콤프라르 아구아(물은 어디서 살 수 있습니까)?
돈데 에스타 엘 바뇨(화장실은 어디 있습니까)?

데지레의 생각이 오디 파머에게로 떠돈다. 데지레는 오디의 파일을 또 다른 현장요원인 프랭크 세노글레스에게서 넘겨받았는데, 그가 먹이사슬의 더 윗 단계로 올라가면서 데지레에게 남기고 간 똥은 그것만이 아니었다.

"이건 해결될 가망이 눈곱만치도 안 보이는데." 사건 메모들을 데지레에게 넘기면서, 데지레의 얼굴 대신 가슴을 보면서 세노글레스가 한 말이었다.

미해결 사건들은 보통 활동 요원들이 나눠 맡는데, 가장 오래되고 가장 오리무중인 파일들은 신참에게 떠넘겨진다. 데지레는 정기적으로 새로운 정보를 확인했지만, 그 사건 이후로 10년이 지나도록 도둑맞은 돈은 한 푼도 회수되지 않았다. 표식이 없고 추적도 불가능한, 신권이 아닌 은행권 7백만 달러가 허공으로 증발한 것이다. 그 현금은 유통을 중단하고 소각할 예정이었기 때문에 아무도 일련번호를 알지 못했다. 낡고 지저분하고 찢어졌지만 그래도 여전히 합법적인 통화였다.

오디 파머는 그 강도사건에서 머리에 총을 맞고도 살아남았다.

그리고 파머의 형 칼 파머로 추정되는 넷째 갱단원은 그 돈을 가지고 빠져나갔다. 지난 10년간 칼에 대한 허위 신고와 확인되지 않은 목격담들이 이어졌다. 2007년 멕시코 티에라 콜로라도의 경찰이 그를 체포했다고 보고했지만, 연방수사국이 송환을 위한 영장을 기다리는 사이에 그를 풀어주고 말았다. 그 1년 후 필리핀에서 휴가를 보내던 한 미국인 관광객이 칼 파머가 마닐라 북쪽 산타마리아에서 술집을 운영하고 있다고 주장했다. 아르헨티나와 파나마에서도 다른 목격담들이 들어왔다. 대부분은 아무런 소득 없는 익명 제보들이었다.

데지레는 스페인어 강의를 끄고 스쳐가는 농지를 물끄러미 바라본다. 도대체 어떤 멍청이가 석방 전날 탈옥을 하지? 환영위원회를 피하기 위해 도망쳤을 가능성이라면 이미 따져보았다. 확실히 하루는 더 기다려도 괜찮았을 것이다. 텍사스의 재범 가중처벌 정책에 따라서 그는 25년형을 더 받을 수도 있다.

데지레는 이전에 오디를 신문하고 돈의 행방을 물으러 스리 리버스 연방교도소를 찾은 적이 있었다. 2년 전이었다. 그때 본 오디는 멍청이 같아 보이지 않았다. 아이큐가 136이고 자퇴하기 전에 대학에서 공학을 전공했다. 물론 머리에 총을 맞아서 사람이 달라졌을 수도 있지만, 그렇다기엔 정중하고 지적이었으며 심지어 거의 미안해하는 듯한 분위기였다. 데지레를 부인이라고 불렀고 키에 대해 아무 말도 하지 않았으며 거짓말쟁이라는 비난에도 기분 나빠하지 않고 평정심을 유지했다.

"그날 일은 별로 기억이 안 납니다." 오디가 말했다. "머리에 총을 맞았거든요."

"기억하는 건 뭐죠?"

"머리에 총을 맞은 거요."

데지레는 다시 시도했다. "그 갱단을 어디서 만났죠?"

"휴스턴에서요."

"어떻게?"

"먼 친척을 통해서요."

"먼 친척이라도 이름쯤은 알겠죠?"

"촌수가 아주 멀어서요."

"당신을 그 일에 고용한 게 누구죠?"

"버논 케인이요."

"그쪽에서 어떻게 접촉해왔죠?"

"전화로요."

"당신이 맡은 역할은 뭐였어요?"

"운전이요."

"당신 형은 어떻게 되었죠?"

"형은 거기 없었어요."

"그럼 그 갱단의 네 번째 사람은 누구였죠?"

오디는 어깨를 으쓱했다. 돈 이야기를 꺼냈을 때도 마찬가지였다. 마치 그 자리에서 자기를 수색해보라는 듯 양팔을 벌렸다.

더 많은 질문들이 던져졌다. 한 시간이 흘렀다. 전체 사건이 빙그르르 돌고 장애물을 넘고 고리를 통과해 엉망으로 뒤엉켜버렸다.

"자, 그럼 정리해보죠." 데지레는 좌절을 감추지 않으며 말했다. "당신은 그 갱단의 다른 멤버들을 그 사건 겨우 한 시간 전에 만났어요. 그 사람들의 이름조차 나중에야 알았고, 다들 마스크를 쓰고 있었고요."

오디는 고개를 끄덕였다.

"돈은 어떻게 할 계획이었죠?"

"나중에 만나서 나누기로 했습니다."

"어디서?"

"저한테는 말 안 해주던데요."

데지레는 한숨을 쉬고 다른 방향에서 접근하려 했다. "일을 참 어렵게 만드네요, 오디. 다들 당신을 가만 두려 하지 않는 건 알아요. 간수고 죄수고 할 것 없이. 그냥 돈을 돌려주는 편이 당신한테는 더 편하지 않겠어요?"

"있어야 돌려드리죠."

"당신은 안에서 썩어가는데 저 바깥에서는 그 돈을 몽땅 써버리고 있는 게 짜증나지도 않아요?"

"원래 제 돈도 아니었는걸요."

"분명히 속은 기분이 들 텐데요. 화가 날 거예요."

"왜요?"

"그 사람들이 빠져나가는 게 억울하지도 않아요?"

"저는 억울한 마음을 품는 건 내가 독약을 먹고 남이 죽기를 기다리는 거나 다름없다고 생각해요."

"그런 말이 뭐 대단히 심오하다고 생각하나 본데, 나한테는 개소리예요." 데지레가 대꾸했다.

오디는 쓴웃음을 지었다. "사랑을 해보신 적 있으세요, 특수요원님?"

"나는 그런 이야기나 하자고 여기 온 게 아니에요……."

"죄송합니다. 요원님을 난처하게 만들 생각은 없었어요."

그 순간을 돌이켜보자 그때의 감정이 다시 솟구친다. 얼굴이 붉어진다. 그처럼 자기 확신이 강하면서도 운명에 순응하는 남자는

56

처음이었다. 하물며 그게 죄수라니. 그는 자기 앞에 놓인 계단이 아무리 가팔라도, 문이 모조리 닫혀 있어도 개의치 않았다. 심지어 거짓말쟁이라는 비난에도 개의치 않았다. 오히려 사과를 했다.

"그 죄송하다는 소리 좀 작작해요."

"알겠습니다, 요원님, 죄송합니다."

스리 리버스 연방교도소에 도착한 데지레는 방문객 주차구역에 차를 세우고 창밖을 가만히 내다본다. 좁은 잔디밭 건너편에 레이저 철망이 달린 이중 담장이 보인다. 그 너머에는 경비탑의 경비병들과 감옥 본관들이 있다. 부츠 지퍼를 올리고 차에서 내린 데지레는 재킷을 잡아당겨 펴고 번잡한 접수 절차를 거칠 마음의 준비를 한다. 양식 작성, 무기와 수갑 제출, 가방 수색.

면회시간이 시작되기를 기다리는 여자들이 몇 명 있다. 남자들을, 또는 범죄자들을 잘못 고른 여자들이다. 잡힌 자들. 패자들. 서툰 자들. 사기꾼들. 데지레는 회상에 잠긴다. 데지레는 이미 좋은 남자를 찾는 건 쉽지 않고, 제일 좋은 남자는 보통 게이 아니면 유부남이거나 허구의 인물이라고 결론을 내려버렸다. 20분을 기다린 후에야 데지레는 교도소장 사무실로 안내된다. 데지레는 의자에 앉지 않는다. 그 대신 교도소장을 앉게 하고 자신은 방 안을 서성이면서 갈수록 더 안절부절못하는 상대방을 관찰한다.

"오디 파머는 어떻게 탈옥했습니까?"

"감옥 세탁실에서 훔친 시트와 세탁기 드럼으로 만든 갈고리를 이용해 담장을 기어올랐습니다. 뭘 두고 왔다는 말에 신참 교도관이 이용시간 이후에 세탁실에 들여보내줬다고 합니다. 그 교도관은 파머가 돌아오지 않은 것을 눈치채지 못했고요. 아마 탑 경비원들이 교대하는 열한 시까지 세탁실에 숨어 있었던 모양입니다."

"경보는요?"

"열한 시 직전에 한 번 울렸는데 회로에 문제가 생긴 줄 알았습니다. 시스템을 재부팅하는 데 2분쯤 걸렸습니다. 틀림없이 그 틈을 이용해 담장을 넘어간 모양입니다. 초크 캐넌 저수지까지 개들을 풀어 추적했지만 냄새의 흔적을 발견하지 못했습니다. 호수를 건너 탈출한 사람은 아무도 없었거든요. 담장 밖에서 누군가 파머를 기다리고 있었을 가능성이 아주 높습니다."

"현금을 가지고 있습니까?"

교도소장이 썩 유쾌하지 못한 기색으로 의자에서 몸을 배배 튼다. "감옥의 신탁 계좌에서 2주에 한 번씩 최대 160달러를 인출한 기록이 있는데 매점에서는 거의 한 푼도 안 쓴 것이 확인되었습니다."

탈옥 이후로 열여섯 시간이 지났다. 목격담은 전혀 없었다.

"어제 이후로 못 보던 차가 주차장에 있었습니까?"

"경찰이 녹화화면을 확인 중입니다."

"지난 10년간 파머를 면회한 모든 사람들의 명단이 필요합니다. 우편으로나 이메일로 교신한 모든 사람들에 대한 신원정보하고요. 파머는 컴퓨터를 사용했습니까?"

"감옥 도서관에서 근무했습니다."

"인터넷 접속이 되나요?"

"감독하에요."

"누가 감독하죠?"

"사서가 있습니다."

"이야기를 나눠봐야겠군요. 그리고 파머 담당 사회복지사와 감옥 심리학자하고도 면담하고 싶습니다. 또 가까이 일했던 직원들

전부하고요. 다른 재소자들은 어떤가요, 누구 각별히 친한 사람이 있었나요?"

"이미 저희가 면담을 했습니다."

"저하고는 안 했죠."

교도소장이 수화기를 들고 부소장을 호출한다. 마치 잇새에 연필을 악물고 말하는 것 같다. 데지레는 통화 내용의 절반밖에 들을 수 없지만 어조는 명확하다. 정원 파티에 멋대로 난입한 스컹크도 그녀보다는 더 환영받을 것이다.

*

스파크스 소장은 특수요원 퍼니스를 감옥 도서관으로 안내한 후 몇 군데 전화할 데가 있다며 자리를 피한다. 입속에 남은 더러운 맛을 씻어내려면 버번 한 잔이 필요하다. 원래 이보다 견딜 만한 날에도 과음으로 인한 숙취로 사무실 블라인드를 내리고 편두통을 핑계로 회의를 미루기 일쑤인 소장이다.

파일 캐비닛 서랍에서 술병을 꺼내어 커피잔에 따른다. 원래 이곳보다 더 작고 보안 수준이 낮은 교도소에 있던 그는 예산을 밑도는 금액으로 신고의무 사건 발생빈도를 최소한도 아래로 유지한 능력을 인정받아 스리 리버스로 승진해왔고, 지난 2년간 교도소장을 지냈다. 이 사건으로 그의 능력에 대한 평가가 추락한다면 부당한 일이다. 여기 있는 이런 남자들이 통제 가능하다면 애초에 가둬둘 필요도 없었을 것 아닌가.

스파크스 소장은 범죄 행위와 재범률이 양육 탓인가 본성 탓인가 하는 물음으로 굳이 골치를 썩인 적이 한 번도 없었다. 그렇지만 그가 굳게 믿는 한 가지는, 문제는 교정 시스템이 아니라 사회에 있다는 것이다. 하지만 그런 정서는 당대의 텍사스와는 들어맞지 않는다. 텍사스는 범죄자들을 가축 취급하고 그 우매한 축생들에게 응분의 대가를 치르게 만드는 곳이니까.

책상 위에는 오디 파머의 감옥 파일이 펼쳐져 있다. 마약이나 알코올 남용의 기록은 없다. 처벌 기록도 없다. 특권을 이용한 형 집행정지 기록도 없다. 첫 해에는 다른 죄수들과의 부딪힘 때문에 몇 차례 입원했다. 칼부림 두 번. 폭행. 목 조름. 독살 시도. 그 이후에는 상황이 어느 정도 안정되었다. 비록 파머의 생명을 노리는 사람들은 주기적으로 나타났지만. 한 달 후에는 한 죄수가 파머의 감방 창살 틈새로 라이터 액을 투척해 그를 불태워 죽이려고도 했다.

그처럼 공격을 당하면서도 파머는 한 번도 다른 죄수들과 떨어져 있으려 한 적이 없었다. 특별 취급을 바라지도 특혜를 구하지도, 자기한테 유리하게 규칙을 누그러뜨리려고 하지도 않았다. 파일에는 대다수 감옥 파일들이 그렇듯 배경에 대한 내용은 거의 없었다. 어쩌면 거지소굴에서 자랐을지도 모른다. 어쩌면 아버지가 알코올중독자였거나 어머니가 마약을 사려고 몸을 팔았을지도 모른다. 물론 그냥 가난뱅이로 태어났다고 해도, 그것만으로도 충분한 불행이지만 말이다. 아무런 설명도, 계시도, 붉은 깃발도 없다. 그렇지만 이 사건의 무언가가 소장의 어딘가를, 남들 앞에서는 도저히 긁을 수 없는 곳을 가렵게 만든다. 오늘 아침 방문객 주차구역에서 본 두 대의 낯선 차량 때문이었을 수도 있다. 한 대는 짙은 남색 캐딜락이었고 다른 한 대는 불바(차량 충돌 시 손상을 막기 위해 앞부분에 다는 쇠봉—옮긴이)와 조명등을 단 픽업트럭이었다. 캐딜락에 탄 남자는 이따금씩 차에서 내려 기지개를 켰는데 군이 면회 신청을 할 마음은 없는 듯했다. 큰 키와 마른 몸의 남자는 딱 붙는 검은 정장을 입고 무거운 군화를 신었으며 모자는 쓰지 않았다. 그리고 낯빛이 묘하게 창백했다.

다른 차의 운전자는 아침 여덟 시쯤에 도착했지만 세 시간이 지나서야 안내 데스크로 왔다. 배 부분에 살집이 붙고 있긴 했지만 다부진 체격의 남자였다. 머리카락은 튀어나온 귀 위로 말끔하게 빗어 넘겼고 다리미로 날카롭게 줄을 잡은 보안관 제복을 입고 있었다.

"드라이퍼스 카운티 보안관 라이언 발데즈입니다." 보안관이 손을 내밀었다. 차갑고 메마른 느낌이 드는 손이었다.

"먼 길을 오셨군요, 보안관님."

"예, 그런 것 같습니다. 아침 내내 바쁘셨겠군요."

"그런데 아직도 이른 아침이네요. 무엇을 도와드릴까요?"

"오디 파머 수색에 협조하러 왔습니다."

"제의는 감사하지만 연방수사국과 지역 경찰이 모든 상황을 통제하고 있습니다."

"연방은 좆도 몰라요!"

"예?"

"소장님이 상대하고 있는 건 애초에 이런 중간 수준의 보안시설로 보내지 말았어야 할 냉혈한 살인마입니다. 곧바로 전기의자로 갔어야 했어요."

"제가 형을 선고한 게 아닌데요, 보안관님. 제가 맡은 일은 그저 그들을 가두어두는 것뿐입니다."

"그래 잘되어가십니까?"

소장의 뺨이 창백해지고 양 눈에는 타다 남은 불길에서 올라오는 붉은 연기구름이 일렁인다. 10초. 20초. 30초. 관자놀이에서 혈관이 펄떡펄떡 뛴다. 소장이 마침내 간신히 입을 뗀다. "죄수 한 명이 내 관리감독하에 탈옥했습니다. 책임을 통감합니다. 겸허함이 뭔지 몸으로 깨닫게 되네요. 보안관님도 언젠가 한 번 직접 겪어보시면 도움이 될 겁니다."

발데즈가 손바닥을 펼쳐 보이며 사과를 한다. "첫 단추를 잘못 꿰게 되어서 유감입니다. 오디 파머는 드라이퍼스 카운티 보안관 사무실에서 워낙 요주의 인물이라서요. 우리가 놈을 체포하고 기소했거든요."

"알겠습니다. 하지만 더는 그쪽의 관심사가 아니죠."

"저는 놈이 드라이퍼스 카운티로 돌아와 옛 동료들과 만나려 할 수도 있다고 생각합니다."

"무슨 근거를 바탕으로요?"

"그 정보를 알려드리는 건 제 재량권 밖입니다. 그렇지만 오디 파머가 극도로 위험하고 인맥이 넓다는 것만은 확실히 말씀드릴 수 있습니다. 놈은 우리 주에 7백만 달러를 빚지고 있습니다."

"그건 연방 돈이죠."

"지금 저하고 해보자는 겁니까, 소장님."

스파크스 소장은 상대를 주의 깊게 뜯어본다. 수면 부족으로 인한 피로의 흔적과 뺨에 폭폭 패인 여드름 자국들이 눈에 들어온다.

"여기 온 진짜 이유가 뭡니까, 보안관님?"

"이미 말씀드렸는데요."

"우리는 오디 파머가 사라졌다고 오늘 아침 일곱 시에 발표했습니다. 당신은 그보다 적어도 한 시간은 더 전에 와서 차를 대놓고 있었습니다. 따라서 당신은 탈옥을 미리 알고 있었거나 아니면 딴 이유가 있어서 온 거라고 생각하는데요."

발데즈가 벌떡 일어서서 허리띠에 엄지손가락을 찔러 넣는다. "소장님, 제가 마음에 안 드십니까?"

"그 똥구멍에 처박은 것 같은 머리통을 빼내면 더 좋은 인상을 줄 수 있을 것 같긴 하군요."

"그 강도사건에서 네 사람이 목숨을 잃었습니다. 파머는 그 사람들의 죽음에 책임이 있습니다. 방아쇠를 당겼든 안 당겼든 간에요."

"그건 당신 생각이죠."

"아니죠, 그건 사실입니다. 나는 그날 거기 있었어요. 잘려나간 몸통들과 피 웅덩이를 건너뛰었다고요. 한 여자가 차 안에서 산 채로 불타는 것을 보았단 말입니다. 아직도 그 여자가 지르던 비명소리가 귓가에 생생한데……."

동료의식의 가면은 물고기가 갈고리를 뱉어내듯 순식간에 사라져버렸다. 보안관은 이를 드러내지 않고 미소를 짓는다. "나는 파머를 아는 사람으로서 도움을 드리려고 여기까지 찾아온 겁니다. 하지만 소장님은 관심이 없으신 모양이군요."

보안관은 모자를 쓰고 챙을 매만진 후 자리를 뜬다. 들리지 않는 소리로 뭐라고 웅얼대면서 손잡이를 잡는 대신 몸으로 문을 밀고 나간다. 소장은 사무실 창으로, 주차장을 가로질러 픽업트럭으로 향하는 발데즈를 지켜본다. 왜 드라이퍼스 보안관이 교도소장에게 교도소 관리하는 법을 충고하려고 320킬로미터나 차를 몰고 와야만 했을까?

7

모스는 멍든 상처보다는 자존심을 달래는 데 더 집중하면서 독방의 하룻밤을 뜬눈으로 새웠다. 그는 자기를 때린 간수들을 탓하지 않는다. 평정을 잃음으로써 빌미를 제공한 것은 그 자신이니까. 정신과 의사라면 모스가 "그들에게 그럴 수 있게 해주었다"고 말할 것이다. 모스는 늘 분노 조절에 어려움을 겪었다. 스트레스 상황에 놓이거나 스트레스에 시달릴 때면 마치 머릿속에 작은 새가 갇혀서 내보내달라고 찍찍대는 것 같은 기분이 든다. 그 새를 짓뭉개고 싶다. 그 소리가 멈추기를 원한다.

평정을 완전히 놓아버리는 순간은 거의 열락에 가깝다. 모든 증오, 공포, 분노, 그리고 교만함, 승리와 실패가 하나로 뒤범벅되면서 인생에 무언가 의미가 생기는 것만 같다. 모스는 어둠과 무지의 세계로부터 해방된다. 살아 있음을 느낀다. 그 느낌은 중독적이다. 천하무적이 된 느낌이다. 그렇지만 그 힘이 얼마나 파괴적인 결과를 불러올 수 있는지, 이제는 알고 있다. 모스는 격한 성질을 통제하고 과거로부터 벗어나 새 사람이 되려고 안간힘을 써왔다.

은반지가 끼워져 있어야 할 손가락을 문지르면서 모스는 크리스털을, 그리고 크리스털이 다음번에 면회를 오면 뭐라고 변명해야 할지를 생각한다. 결혼 20년째(그리고 모스는 그중 15년을 안에서 보냈다)인 모스는 자신들의 만남이 운명이었다고 생각한다…….아니면 말고. 샌안토니오 로데오에서 처음 만났을 때 크리스털은 열일곱 살이었다. 페페로니 피자 같은 면상에 앞니가 튀어나온 남자의 품에 안겨 있었지만, 더 흥미로운 남자를 찾는 것처럼 보였다. 아마도 모스 정도로까지 흥미로운 남자는 아니었겠지만.

크리스털은 어머니에게 모스 같은 남자를 조심하라는 말을 늘 들어왔지만 오히려 그 덕분에 호기심만 강해졌다. 나중에 안 거지만 크리스털은 처녀였다. 크리스털은 남자가 자신을 안아 침대로 던지고 그 난리들을 쳐대는, 그게 도대체 뭔지 진짜로 가르쳐줬으면 했던 적이 몇 번쯤 있었지만 끝내 귓가에 맴도는 어머니의 말을 떨칠 수 없었던 것이다. 육욕은 죽어 마땅한 죄이고 10대 임신은 인생 망치는 지름길이라는.

모스는 원래 경비 상태를 확인하고 입장료 수익을 자세히 알아볼 목적으로 로데오에 갔지만 근무 중인 주 경찰들이 얼마나 많은지 보고는 작업의 전망을 접었다. 그래서 핫도그를 하나 사고는 사격장에서 금속 오리 열두 마리를 쏴서 핑크팬더 인형 하나를 땄다. 그러던 중 로데오 행렬을 구경하고 있던 크리스털이 눈에 띄었다. 이전에 알았던 몇몇 예쁜 여자아이들에 비하면 발끝에도 못 미쳤지만, 그녀에게는 어딘지 모르게 그의 피를 끓어오르게 하는 데가 있었다.

남자친구는 청량음료를 사러 가고 없었다. 크리스털은 모스의 사탕발림에 웃음을 터뜨렸고 음악 속에서 모스를 따라나섰다. 모스는 허세를 부리고 싶었다. 사격장과 코코넛 맞히기 게임에서 대피 덕과 헬륨 풍선 두 개, 그리고 꼬챙이에 꽂힌 인형 하나를 따 선물했다. 두 사람은 함께 앉아 로데오를 구경했다. 모스는 황소와 말을 타는 카우보이를 구경하는 것이 크리스털의 심경에 어떤 영향을 미칠지 알았다. 로데오는 다른 어떤 형태의 오락보다도 더 임신에 기여하는 바가 크다는 것이 모스의 지론이었다. 아마도 남자 스트립쇼만 빼고. 크리스털이 아찔할 정도로 흥분한 것을 보고 모스는 다 넘어왔구나 싶었다. 뭐든 뜻대로 할 수 있을 것이다. 집으로 데려갈까, 차에서 할까, 잘만 하면 유령의 집 뒤에 선 채로 잽싸게 한 발 쏠 수도 있지 않을까.

그렇지만 헛짚었다. 크리스털은 그의 벗어날 수 없는 유혹의 말들을 무시하면서 뺨에 입을 맞추고 전화번호를 알려주었다.

"내일 저녁 일곱 시에 전화해. 1분도 늦거나 빠르면 안 돼."

그 후 마치 메트로놈처럼 엉덩이를 흔들며 걸어가는 그녀의 뒷모습을 보며, 모스는 자신이 마치 싸구려 우쿨렐레처럼 손쉽게 연주당했음을 깨달았다. 하지만 정말 아무렇지도 않았다. 크리스털은 영리하고 섹시하고 기백이 있었다. 남자로서 그 이상의 여자를 바랄 수 있을까?

*

간수가 문을 쾅쾅 두들긴다. 모스는 벌떡 일어나 벽을 보고 선다. 다시 족쇄가 채워진 채 간수들에게 끌려 우선 샤워실로 갔다가 접견실로 향한다. 본관의 면회 구역이 아니라 보통은 변호사들이 의

66

뢰인을 접견할 때 쓰는 작은 면담실이다.

감옥 정신과 의사인 헬러 양이 방 앞에서 기다리고 있다. 재소자들은 의사를 다이어트 양이라고 부르는데, 감옥에서 90킬로그램이 안 나가는 여자는 그녀가 유일하기 때문이다. 모스는 자리에 앉아서 의사가 먼저 입을 열기를 기다린다.

"제가 먼저 시작할까요?" 모스가 묻는다.

"오늘은 나를 만나러 온 게 아니에요." 의사가 대꾸한다.

"아니라고요?"

"연방수사국에서 우리하고 이야기를 하고 싶대요."

"뭣 때문에요?"

"오디 파머 때문에요."

헬러 양을 보면 모스는 늘 고등학교 때 발화술을 가르쳤던 언어 치료사가 떠올랐다. 모스는 'r'을 굴리거나 'th' 소리를 내지 못했다. 20대의 치료사는 모스의 입에 자기 손가락을 넣어 특정한 단어들을 말할 때 혀를 어디다 두어야 하는지 알려주곤 했다. 어느 날 모스는 발기했지만 치료사는 화를 내지 않았다. 그저 수줍은 미소를 지어 보이고는 손가락을 티슈로 닦았다.

문이 열리고 헬러 양이 나가면서 목례를 한다. 모스는 다리를 벌리고 눈을 감고 머리를 벽에 기댄 채로 기다린다. 시간 죽이기에 관한 한 죄수들은 가히 전문가급이다. 감옥의 1년은 바깥의 7년과 맞먹기 때문이다. 똑같은 잡지와 책을 몇 번이라도 다시 읽을 수 있다. 본 영화를 또 보고, 한 말을 또 하고, 했던 농담을 또 하면서 몇 달이나 몇 년쯤은 얼마든지 흘려보낼 수 있다.

모스는 오디 생각을 하면서 그가 자유를 누리는 모습을 그려보려고 애쓴다. 할리우드 신인배우하고 동침하는 오디, 빈 샴페인병들을 요트 밖으로 내던지는 오디. 그럴 가능성은 없다는 걸 알지만, 상상만 해도 절로 입꼬리가 올라간다.

'타이틀 전'에서 살아남은 이후로, 오디는 밥때마다 모스와 같이 앉기 시작했다. 두 사람은 밥을 다 먹을 때까지 거의 말을 하지 않았고, 그 후에는 보통 인생에 대한 고찰보다는 짧은 잡담을 나누거나 그때그때 눈에 보이는 것들을 이야기했다. 오디는 젊고 깔끔했기 때문에 여전히 표적이었고, 그 돈은 남자들의 마음을 사로잡았다. 누군가가 다시 오디를 짓밟으려 하는 것은 단지 시간문제일 뿐이었다.

한번은 로이 핀스터라는, 늑대 같은 얼굴 털 때문에 자칭 울버린이라고 하는 재소자가 샤워구역 앞에서 오디에게 덤벼들더니 주먹세례를 퍼부어댔다. 모스는 로이를 등 뒤에서 덮쳐 마치 로데오를 하듯 올라타 찍어 누른 후 무릎으로 목에 빗장을 걸었다.

"나는 그 돈이 필요해." 로이가 눈을 비비며 말했다. "내가 어떻게든 하지 않으면 우리 리지가 집에서 쫓겨나게 생겼다고."

"그게 오디하고 뭔 상관인데?" 모스가 물었다.

로이는 셔츠 주머니에 든 편지를 꺼냈다. 모스는 그것을 오디에게 건넸다. 리지는 샌안토니오의 집이 은행에 압류당할 예정이고 자신과 아이들은 프리포트의 부모님 댁에 들어가 살 거라고 썼다.

"프리포트로 가면 다시는 못 만날 거야." 로이가 훌쩍거렸다. "아내는 이제 나를 사랑하지 않는대."

"당신은 여전히 사랑해요?" 오디가 아직 숨을 몰아쉬며 물었다.

"뭐?"

"당신은 여전히 리지를 사랑하느냐고요."

"그래."

"그렇게 말한 적 있어요?"

로이가 분개한다. "내가 그렇게 물렁한 줄 알아?"

"어쩌면 그렇게 말하면 리지는 집에서 쫓겨나지 않으려고 좀 더 노력을 할지도 몰라요."

"그걸 어떻게 전하라는 거야?"

"편지를 써요."

"나는 글쓰기는 젬병인데."

"원한다면 도와줄게요."

그래서 오디는 로이를 위해 편지를 썼는데, 아마 틀림없이 뭔가 특별한 편지였던 모양이다. 리지는 아이들을 데리고 프리포트로 가지 않고 집을 지키려 싸웠고, 한 주 걸러 한 번씩 아이들을 데리고 계속 로이를 만나러 왔기 때문이다.

문이 열리더니 간수가 의자 등받이를 걷어차며 일어나라고 명령한다. 모스는 엉거주춤 일어나 방 안을 느릿느릿 서성인다. 키가 좀 작아 보이도록 어깨를 구부정하게 숙인다. 더 겸손해 보이게. 면담실에서 10대 여자아이가 기다리고 있다. 아니, 여자아이가 아니다. 짧은 단발머리에 귀고리를 한 키 작은 어른 여자다. 여자가 배지를 팔락인다.

"특수요원 데지레 퍼니스입니다. 모스라고 부를까요, 제러마이어라고 부를까요?"

모스는 대답하지 않는다. 아직 그녀의 키로 인한 충격을 떨치지 못했다.

"뭐 문제 있습니까?" 데지레가 묻는다.

"누가 당신을 건조기에 넣었나 보네요. 분명히 다섯 사이즈는 줄어든 것 같은데요."

"아니, 이게 원래 내 정상 키예요."

"그렇지만 너무 조그맣잖아요."

"키가 작아서 뭐가 제일 문젠지 당신 알아요?"

모스가 고개를 젓는다.

"사람들의 얼굴이 아니라 똥구멍을 보고 살아야 한다는 거죠."

모스가 눈을 껌뻑인다. 씨익 웃는다. 자리에 앉는다. "재미있네요."

"많은데 더 해줘요?"

"좋죠."

"윌리 웡카가 전화해서 집에 들어오래요. 딩동, 마녀가 죽었대요(『오즈의 마법사』에 나오는 대사로, 난쟁이가 말한다―옮긴이). 혹시 〈반지의 제왕〉에 나오신 분 아닌가요? 중국인이었으면 이름이 타이 니(아주 작다는 뜻의 tiny라는 단어가 중국어와 발음이 비슷한 것을 이용한 말장난―옮긴이)였겠네요⋯⋯."

모스가 의자가 흔들리도록 웃는다. 수갑이 달그락거린다.

"⋯⋯나는 키가 하도 작아서 어린이 전용 수영장에서 수영을 해요. 2층 침대의 1층에 올라가려면 사다리가 필요하고요. 재채기를 하면 땅바닥에 머리가 부딪히죠. 변기에 올라앉으려면 도움닫기를 해야 하고요. 그리고 아, 나는 톰 크루즈하고 아무 혈연관계도 없어요." 데지레가 말을 멈춘다. "이제 됐어요?"

모스가 눈을 문지른다. "기분 나쁘게 하려던 건 아니었습니다, 요원님."

데지레는 모스의 사과를 흘려듣고 다시 폴더를 펼친다.

"얼굴은 어떻게 된 거죠?" 그녀가 묻는다.

"차 사고가 나서요."

"웃기시네요."

"이런 곳에서는 유머감각이 있는 편이 도움이 되죠."

"오디 파머하고 친구였죠."

모스는 대답하지 않는다.

"왜죠?" 그녀가 묻는다.

"뭐가 왜입니까?"

"왜 친구였느냐고요."

흥미로운 질문이다. 한 번도 깊이 생각해본 적이 없는 질문이지만. 왜 우리는 다른 사람과 친구가 될까? 공통 관심사. 비슷한 배경. 화학작용. 이들 중 무엇도 그와 오디에게는 해당되지 않았다. 감옥에 있다는 것 말고 두 사람 사이에는 아무런 공통점도 없었다. 특수요원은 그의 대답을 기다리고 있다.

"그 친구는 굴복하기를 거부했습니다."

"그게 무슨 뜻이죠?"

"이런 곳에서 대부분의 사람들은 썩어버립니다. 너무 일찍 늙어버리고 뻐딱해지죠. 사회가 잘못된 거고 자기들은 그저 거지 같은 아동기나 불운한 상황 때문에 억울하게 희생당한 거라고 굳게 믿으면서요. 아니면 하느님을 욕하거나, 하느님을 찾으면서 시간을 허비하죠. 더러 그림을 그리거나 시를 쓰거나 고전을 연구하는 사람들도 있어요. 역기를 들거나 핸드볼을 하거나 인생을 망치기 전에 그들을 사랑했던 여자애들한테 편지를 쓰는 사람들도 있고요. 오디는 그런 일들을 하나도 하지 않았습니다."

"그럼 무슨 일을 했죠?"

"견뎠습니다."

데지레는 여전히 이해하지 못한다.

"하느님을 믿으세요, 특수요원님?"

"기독교인으로 자랐어요."

"그분이 우리 각자를 위해 원대한 계획을 세워두고 있다고 믿으세요?"

"그건 모르겠는데요."

"우리 아버지는 하느님을 믿지 않았지만 여섯 명의 천사가 있다고 했어요. 고통, 체념, 실망, 절망, 잔인함, 그리고 죽음이요. '결국에 가서는 모두 만나게 될 게다.' 아버지는 그러셨지요. '그렇지만 쌍으로 만나지는 않았으면 좋겠구나.' 오디 파머는 천사들을 쌍으로 만났어요. 삼총사로 만났지요. 매일매일 만났어요."

"그 사람이 운이 나빴다고 생각해요?"

"그 친구한테는 그냥 운이 나쁘지 않은 게 곧 운이 좋은 거였어요."

모스는 고개를 떨구고 손가락으로 머릿속을 뒤적인다.

"오디 파머는 종교를 믿었나요?" 데지레가 묻는다.

"기도하는 건 한 번도 못 들었지만 확실히 감옥의 목사하고 깊은 철학적 대화를 나누긴 했지요."

"무엇에 관해서요?"

"오디는 자기가 특별하다거나 어떤 운명 같은 걸 타고났다고 믿지 않았어요. 그리고 기독교인들이 도덕을 독점하고 있다고 생각하지도 않았고요. 어떤 기독교인들은 말만 번지르르하게 할 뿐 예수보다는 존 웨인에 더 가깝게 군다고 말하곤 했어요. 무슨 말인지 아시겠어요?"

"알 것 같네요."

"성경을 법에다 갖다붙이느라 2천 년을 보내고 나면 그렇게 되는 겁니다. 성경에는 이웃을 사랑하고 반대편 뺨을 내밀라고 적혀 있는데, 사람들 머리 위로 폭탄을 떨어뜨리는 걸 합리화하려면 아직도 시간이 더 필요하죠."

"그 사람이 탈옥한 이유가 뭐죠, 모스?"

"솔직히 말씀드려서 모릅니다, 요원님."

모스는 양손으로 얼굴을 비비면서 멍든 곳과 부어오른 곳을 만져본다. "이런 곳은 밀수품과 소문으로 굴러갑니다. 모든 깜둥이들이 오디에 관해 제각각 다른 말을 할 겁니다. 그 친구가 총을 열네 발이나 맞고도 살았다는 말도 있어요."

"열네 발이요?"

"제가 듣기로는 그렇습니다. 그 친구의 두개골에 난 상처들을 보았거든요. 깨진 달걀을 도로 붙여놓은 것 같더군요."

"돈은 어떻게 됐지요?"

모스가 쓴웃음을 짓는다. "사람들은 그 친구가 전기의자를 면하려고 판사에게 뇌물을 줬다고들 하지요. 이제는 탈옥하려고 간수들한테 뇌물을 먹였다고 하겠네요. 물어보세요. 정말로 모든 깜둥이들이 제각각 다른 이야기를 할 겁니다. 어떤 치들은 오래전에 다 써버렸다고, 또 어떤 치들은 오디 파머가 카리브 해에 섬을 샀다고 할 겁니다. 이스트 텍사스 유전에 현금을 묻어놨다는 등, 그 친구 형 칼이 어떤 스타 영화배우하고 결혼해서 캘리포니아에서 상류 생활을 하고 있다는 등. 가뜩이나 말들이 많은 이런 곳에서, 추적할 수 없는 화폐로 된 재산만큼 피를 끓어오르게 만드는 것도 또 없으니까요."

모스가 몸을 앞으로 기울인다. 발목의 사슬들이 철제 의자다리에 부딪혀 달그락거린다. "제 생각이 궁금하십니까?"

데지레가 고개를 끄덕인다.

"오디 파머는 그 돈에 관심이 없어요. 제가 보기엔 자기가 여기 들어와 있다는 사실에도 별 관심이 없었던 것 같지만요. 다른 남자들은 시간과 날짜를 세지만 오디는 마치 바다 너머를 보듯 먼 곳을 응시하곤 했어요. 모닥불 너머로 떠가는 불꽃들을 지켜보듯이요. 그 친구를 보면 마치 감방 벽이 사라진 것 같은 기분이 들곤 했지요." 모스가 망설인다. "그 꿈만 아니었다면……."

"무슨 꿈이요?"

"저는 침대에 누워서 귀를 기울이곤 했어요. 어느 날 밤에 그 친구가 갑자기 돈을 숨긴 곳을 불쑥 토해내지 않을까 싶어서요. 하지만 그런 일은 없었어요. 그 대신 훌쩍이는 소리가 들려오더군요. 마치 아이가 옥수수밭에서 길을 잃고 엄마를 부르는 듯한 소리가요. 다 자란 남자가 그렇게 우니 이유가 궁금할 수밖에요. 그래서 물어봤지만, 말하려 하지 않더군요. 우는 걸 부끄러워하지는 않았어요. 울면 나약해 보일까 봐 겁내지는 않았어요."

특수요원이 공책을 들여다본다. "당신들 둘은 도서관에서 함께 일했지요. 오디는 거기서 뭘 했나요?"

"공부를 했어요. 책을 읽었지요. 선반들을 쌓고. 독학을 하고. 편지를 썼지요. 남들 탄원서를 대필해주기도 했지만, 자기 거는 한 번도 안 쓰더군요."

"어째서요?"

"저도 물어봤죠."

"뭐라고 하던가요?"

"자기는 유죄라고요."

"어제가 그 사람 석방일인 건 알고 있었죠?" 데지레가 묻는다.

"들었습니다."

"왜 탈옥을 했을까요?"

"저도 계속 그 생각을 하고 있었어요."

"그래서?"

"질문이 잘못된 것 같습니다."

"뭐라고 물어야 하는데요?"

"이곳 남자들은 대부분 자기들이 강인하다고 생각하지만 그렇지 않다는 걸 매일 강제로 깨닫게 됩니다. 오디는 10년을 살아남으려고 바둥대는 데 보냈어요. 일주일이 멀다 하고 간수들이 그 친구 감방에 들이닥쳐서 마치 마누라가 밖에서 낳아온 자식 패듯 두들겨 팼지요. 지금 묻고 계신 바로 그 질문들을 물으면서요. 그리고 낮에는 멕시코 마피아나 텍사스 신디케이트나 아리안 형제단이나 또 다른 어떤 멍청하고 비겁한 깡패들이 오디를 덮치려고 했지요. 여기에는 탐욕이나 권력과는 아무런 상관없는 특정한 욕구를 가진 사람들도 있습니다. 어쩌면 오디한테서 자기들이 짓밟고 싶은 무언가를 보았겠지요. 그 친구의 낙관적인 표정이나 내면의 평화 같은. 그런 쓰레기들은 그저 남을 상처 주는 걸로는 만족이 안 돼서 아주 너덜너덜하게 만들고 싶어 합니다. 가슴팍을 찢어발겨서 심장을 먹어치우고 싶은 거예요. 턱에서 피를 뚝뚝 흘리고 이빨을 붉게 물들여야 직성이 풀리지요. 동기가 뭐였든, 첫날부터 이미 오디를 죽이려는 놈이 있었고, 얼마 안 되어 몇 배로 불어났지요. 그 친구는 칼에 찔리고 목을 졸리고 두들겨 맞고 유리에 베이고 불에 지져졌지만 한 번도 증오나 후회나 나약함을 보이지 않았어요."

모스는 고개를 들고 데지레의 눈길을 붙잡는다.

"그 친구가 왜 탈옥했는지 알고 싶어 하시지만, 그건 잘못된 질문입니다. 왜 더 일찍 탈옥하지 않았는지를 물으셔야 맞습니다."

8

오디는 처음 온 버스를 타지 않고 그냥 보낸다. 그 대신 흐릿한 움직임과 소음에 점차 익숙해져가는 것을 느끼며 샌안토니오의 길거리를 헤맨다. 고층건물들은 그의 기억보다 더 높아졌다. 치마들은 더 짧아졌다. 사람들은 더 뚱뚱해졌다. 전화기들은 작아졌다. 색채들은 탁해졌다. 사람들은 눈을 맞추지 않는다. 서로를 밀치며 어딘가로 서둘러 간다. 유모차를 미는 어머니들, 사업가들, 사무실 직원들, 쇼핑객들, 택배원들, 초등학생들, 택배차 기사들, 가게 점원들, 그리고 비서들. 어딘가로 향해 가는 것인지, 어딘가로부터 도망치는 것인지, 다들 바쁜 모습이다.

사무실 블록 꼭대기에 자리 잡은 광고판이 눈에 들어온다. 두 사진이 나란히 붙어 있다. 한 사진에서는 정장차림에 안경을 쓰고 머리를 틀어 올린 여자가 노트북 컴퓨터로 일하고 있다. 다른 사진에서는 같은 여자가 하얀 백사장에서 비키니를 입고 있다. 물빛은 여자의 눈동자와 같은 색이다. 그 아래에는 이렇게 써 있다.

안티구아에서 또 다른 나를 만나세요.

오디는 그 섬들의 광경이 마음에 든다. 그 해변에 있는 자신을 그려본다. 어떤 예쁜 아가씨의 어깨에 선탠오일을 문지르며 서서히 갈색으로 익어가고 있는 모습을. 오일이 여자의 등 구석구석으로 흘러 떨어진다. 얼마나 오래됐지? 여자 없이 11년. 단 한 명도.

버스를 잡으려 할 때마다 자꾸 무언가에 한눈이 팔리는 바람에 한 시간을 더 보냈다. 모자와 선글라스, 갈아입을 옷, 신발 한 켤레, 싸구려 시계, 팬티, 그리고 이발기를 산다. 휴대폰 가게 점원은 앱이니 데이터 요금제니 4G가 어쩌니 하면서 오디에게 직사각형 유리와 플라스틱으로 만든 미끈한 프리즘을 팔려고 애를 쓴다.

"그냥 전화만 걸 수 있으면 됩니다." 오디가 말한다.

휴대전화와 함께 선불 유심카드 네 개를 사서 새로 산 것들을 작은 배낭 주머니에 집어넣는다. 그레이하운드역 맞은편 술집에 앉아 오가는 사람들을 구경한다. 군복을 입고 여행가방을 든 병사들이 오간다. 텍사스의 이 지역에 군데군데 배치된 군사 기지들로 들어가거나 나가는 중일 것이다. 몇 명은 근처 모텔 방에서 영업을 나온 거리의 공주님들과 시시덕대고 있다.

오디는 휴대폰을 살펴보면서 엄마한테 전화를 걸까 고민한다. 엄마도 지금쯤은 알고 계시겠지. 경찰이 찾아갔을 테니까. 어쩌면 전화를 도청하거나 집을 감시하고 있을지도 모른다. 아빠가 돌아가시고 나서 엄마는 휴스턴에 있는 에이바 이모의 집으로 들어갔다. 엄마가 자란 곳, 한때 뛰쳐나오기만 고대했던 그 원점으로, 제발로 다시 돌아간 것이다.

마음이 정처 없이 헤맨다. 담배와 껌을 훔치러 울프의 주류점 창문 틈새로 들어갔던 여섯 살 적 기억이 떠오른다. 형 칼이 그를 창문턱으로 들어 올렸고 뛰어내리는 그를 받아주었다. 비록 칼은 때때로 거칠게 굴었고 많은 아이들에게 두려움의 대상이었지만, 오디는 열네 살인 칼이 세상에서 가장 멋진 형이라고 생각했다. 칼은 평생 가도 몇 번 보기 드문 멋진 미소를 가지고 있었다. 그 미소는 한순간 안심시키고 호감을 주지만, 그 미소가 사라진 순간 그는 딴 사람이 되어버렸다.

칼이 처음 감옥에 갔을 때 오디는 매주 감옥으로 편지를 썼다. 답장은 몇 번 받지 못했지만 오디는 칼이 읽고 쓰는 데 소질이 없다는 걸 알고 있었다. 그리고 나중에 사람들이 칼에 관한 이야기들을 했을 때, 오디는 믿지 않으려고 애를 썼다. 자신이 우러러보던 형을 기억하고 싶었던 것이다. 주 박람회에 데려가 그에게 만화책을 사주었던 바로 그 형을.

그들은 트리니티 강으로 낚시를 가곤 했지만 폴리염화비페닐 같은 오염물질 때문에 물고기를 잡아도 먹을 수는 없었다. 대개의 경우 낚시에 걸리는 것은 쇼핑 카트 아니면 버려진 타이어였다. 칼은 마리화나를 피우면서 어두컴컴한 물속 깊숙이 가라앉아 있는 시체들에 관한 이야기를 들려주었다.

"콘크리트를 매달아서 가라앉히는 거야." 그는 건조하게 말했다. "여전히 거기 있어, 진흙 속에 파묻힌 채로."

칼은 또한 유명한 갱단들과 클라이드 배로와 보니 파커('보니와 클라이드'라 불리는 유명한 실제 살인자 커플—옮긴이) 같은 살인자들 이야기도 했다. 그들은 오디가 태어난 곳에서 1.5킬로미터도 떨어지지 않은 곳에서 자랐다. 보니는 시멘트 시티 고등학교에 다녔는데, 오디가 입학할 즈음에는 학교 이름이 바뀌었다. 창문에서 내다보이는 공장들은 바뀌었지만 집들은 그대로였다.

"보니와 클라이드가 같이 지낸 시간은 거의 2년도 채 안 돼."

칼은 말했다. "하지만 그 둘은 한순간 한순간을 마치 마지막 순간처럼 살았어. 그건 진정한 러브 스토리야."

"키스 이야기는 하지 마." 오디가 말했다. "어린애라 뭘 모르는구만." 칼이 동생을 비웃었다.

몸을 기울이고 어조를 낮추어, 칼은 마치 모닥불 가에서 귀신 이야기를 하듯 그 최후의 습격 이야기를 들려주었다. 경찰과 레인저들이 루이지애나 주 세일스 앞 고립된 도로에서 그 커플을 급습해 예고도 없이 총격을 가한 1934년 5월 23일, 그 동트기 전 안개가 자욱한 풍경이 오디의 눈앞에 생생히 그려졌다. 보니 파커는 겨우 스물세 살이었다. 그녀는 오디와 칼이 자란 곳에서 90미터도 떨어지지 않은 피시트랩 묘지에 묻혔다(나중에 조부모와 합장하기 위해 크라운 힐 묘지로 유해가 옮겨졌다). 클라이드는 1.6킬로미터 떨어진 웨스턴 하이츠 묘지에 묻혔고, 사람들은 여전히 그의 무덤가를 찾는다.

*

칼은 우편 사기와 현금인출기 사기로 처음 감옥에 갔지만, 그를 망가뜨린 건 마약이었다. 그는 브라운스빌의 주립 교도소에서 마약에 중독되었고 끝내 그 버릇을 떨치지 못했다. 칼이 석방되었을 때 오디는 열아홉 살 대학생이었다. 오디는 차를 몰고 브라운스빌로 형을 마중 갔다. 칼은 녹색 줄무늬 셔츠에 폴리에스터 바지, 그리고 날씨에 비해 너무 두꺼운 가죽 코트를 입고 걸어 나왔다.

"그렇게 입고 안 더워?"

"들고 다니느니 차라리 입고 있는 편이 나아." 칼이 대꾸했다.

오디는 여전히 야구를 하고 체육관을 다니고 있었다.

"좋아 보이네, 꼬마 동생."

"형도." 오디가 대꾸했지만 그건 사실이 아니었다. 칼은 수척했고 피로와 분노로 가득해 보였다. 무언가 손에 닿지 않는 것을 갈망하는 사람 같았다. 사람들은 그 집안의 머리는 오디에게 갔다고들 했다. 마치 지능이 그날 집에 아무도 없으면 반송되는 택배라도 된다는 것처럼. 그렇지만 지능은 전혀 중요한 게 아니었다. 중요한 건 용기, 경험, 욕망, 그리고 십수 가지 다른 재료들이었다.

오디는 칼을 태우고 옛 동네로 차를 몰았다. 동네는 칼의 기억보다 더 번영해 있었지만, 스트립 몰, 체인점들, 버려진 건물들, 마약 굴은 여전했고 차에서 손님을 부르는 싱글턴 대로의 여자아이들 역시 여전했다.

세븐일레븐에 들어갔다가 슬러시를 사러 온 고등학생 여자애 둘과 마주친 칼은 그들을 빤히 보았다. 둘 다 청 반바지에 딱 붙는 티셔츠 차림이었다. 오디와 아는 애들이었다. 그들은 웃음으로 아는 척을 했다. 시시덕거렸다. 그러나 칼이 입을 열자 여자애들의 얼굴에서 웃음기가 사라졌다. 오디는 그때 형을 살펴보고 무언가 새로운 것을 발견했다. 날카로운, 거의 공포스러운 자기혐오의 흔적이었다.

형제는 여섯 캔들이 맥주를 사서 트리니티 강가의 철교 아래에 앉았다. 유니언 스테이션으로 향하는 기차들이 머리 위로 우르릉거리며 지나갔다. 오디는 형에게 감옥에 관해 묻고 싶었다. 어떤 곳이었어? 들려오는 말들 중에 진짜가 반은 돼? 칼은 마리화나가 있느냐고 물었다.

"가석방 중이잖아."

"마음이 안정된단 말이야."

형제는 침묵 속에 가만히 앉아 소용돌이로 휘몰아치는 갈색 흐름을 응시했다.

"정말 저기 시체들이 가라앉아 있다고 생각해?" 오디가 물었다.

"확실해." 칼이 말했다.

오디는 휴스턴의 라이스 대학 장학금 이야기를 했다. 대학 등록금은 집에서 대주고 있었지만 생활비는 직접 벌어야 했기 때문에 아르바이트로 볼링장에서 야간근무를 하고 있었다.

칼은 "우리 집 공부벌레"라며 툭하면 오디를 놀렸지만 거기에는 은근히 자랑스러움이 묻어났다.

"앞으로 어떻게 할 계획이야?" 오디가 물었다.

칼이 어깨를 으쓱하고는 손에 쥔 맥주캔을 구겼다.

"아빠가 공사장 일자리를 얻어줄 수 있댔어."

칼은 대꾸하지 않았다.

마침내 집에 도착하자, 포옹과 눈물의 재회극이 상연되었다. 엄마는 마치 칼이 도망치기라도 할 것처럼 뒤에서 그를 꼭 끌어안았다. 아빠는 웬일로 차고까지 일찍 닫고 귀가했다. 말은 별로 없었지만 아빠가 칼이 집에 돌아와서 정말 행복해한다는 걸 오디는 알 수 있었다.

한 달 후 오디는 휴스턴의 대학으로 돌아가 2학년을 시작했고, 크리스마스가 되어서야 댈러스로 돌아왔다. 그 무렵 칼은 고지대의 주택단지에 살면서 닥치는 대로 이런저런 일을 하고 있었다. 여자친구와는 깨졌고 "친구 대신 맡아주고 있는" 오토바이를 타고 다녔다. 불안정해 보였다. 아슬아슬해 보였다.

"나랑 포커 치자." 칼이 오디에게 제의했다.

"나는 돈을 모아야 돼."

"너도 딸 수 있을 거야."

칼은 동생을 설득해 끌어들였지만 계속해서 규칙을 바꿨다. 감옥에서는 원래 그렇게 한다고 했지만 바뀐 규칙들은 어째 모두 칼에게만 유리한 것 같았고, 오디는 대학 등록금으로 모아둔 돈의 절반을 잃었다. 칼은 나가서 맥주를 가지고 돌아왔다. 암페타민 성분의 마약도 좀 가져왔다. 칼은 약에 취해 오디가 왜 집에 가려고 하는지 이해하지 못했다.

이듬해 여름, 오디는 볼링장과 차고에서 일했다. 칼은 돈을 꾸러 찾아오곤 했다. 그 무렵 버나데트 누나는 시내 중심가의 은행에서 일하는 남자하고 사귀고 있었다. 남자는 고급 옷을 입고 새 차를 타고 다녔다. 칼은 감탄하지 않았다.

"지가 뭐라도 되는 줄 아나 보지?"

"그 사람이 뭘 어쨌다고 그래." 오디가 말했다.

"지가 우리보다 잘난 줄 알잖아."

"뭐가?"

"보면 알아. 아주 삐기고 있어."

좋은 집에 살거나 새 차를 모는 사람들은 그러기 위해 열심히 일했을 거라고 아무리 말해도 칼은 귓등으로도 듣지 않았다. 마치 남의 파티장 밖에 서서 창문에 코를 납작 갖다 댄 채 빙빙 돌아가는 치맛자락과 음악에 맞추어 춤을 추는 예쁜 여자아이들을 구경하는 사람 같았다. 그러나 그저 질투심으로 구경만 한 것이 아니었다. 그의 눈은 탐문하고 있었다. 분노와 굶주림을 품은 채.

늦은 여름의 어느 날, 밤 열 시경에 칼에게서 전화가 걸려왔다. 이스트댈러스의 술집에 있다고 했다. 오토바이가 고장 났으니 집까지 태워다 달라는 거였다.

"데리러 안 가."

"강도를 당했어. 돈이 한 푼도 없어."

오디는 차를 몰아 시내를 가로질렀다. 가게 앞에 차를 댔다. 번쩍이는 맥주 광고판을 내건 술집의 나무 마룻바닥은 바퀴벌레를 으깨놓은 것 같은 담뱃재로 뒤덮여 있었다. 오토바이족들이 당구를 치고 있었는데, 큐볼을 어찌나 세게들 쳐대는지 채찍을 후려치는 소리처럼 들렸다. 10대처럼 옷을 입은 40대 여자가 홍일점으로, 잔뜩 술에 취한 채 남자들의 시선을 즐기며 주크박스 앞에서 춤을 추고 있었다.

"한잔 하고 가." 칼이 말했다.

"돈 없다면서."

"좀 땄어." 칼이 당구대를 가리켰다. "뭐 마실래?"

"안 마셔."

"탄산음료라도 좀 마시지."

"집에 갈 거야."

오디는 나오려고 일어섰다. 칼이 주차장으로 동생을 따라왔다. 새 친구들 앞에서 체면을 구겼다고 잔뜩 뿔이 나 있었다. 동공이 풀린 칼은 차 문손잡이를 잡으려다 두 번이나 놓쳤다. 오디는 칼이 토할 경우를 대비해 창문을 연 채로 달렸다. 침묵이 길어지자 오디는 칼이 잠이 들었나 보다 했다. 그렇지만 그때 칼이 입을 열었다. 길 잃은 어린아이의 목소리처럼 들렸다.

"아무도 나한테 두 번째 기회를 주려 하지 않아."

"좀 기다려봐." 오디가 말했다.

"너는 내 마음 몰라." 칼이 더 똑바로 앉았다. "나는 딱 큰 거 한 탕만 하면 돼. 그러면 정신 차릴 거야. 여기를 버리고 나한테 편견이 없는 어딘가 새로운 곳에서 새로 시작할 수 있어."

오디는 무슨 말인지 이해가 안 갔다.

"은행 털게 도와줘." 칼이 당연하다는 투로 말했다.

"뭐?"

"20퍼센트 떼어줄게. 너는 운전만 하면 돼. 들어올 필요도 없어. 그냥 차 안에만 있어."

오디가 소리 내어 웃었다. "형이 은행 터는 걸 내가 도와줄 일은 절대 없어."

"너는 운전만 하면 된다니까."

"돈이 필요하면 일자리를 구해."

"너야 그런 말이 쉽게 나오겠지."

"무슨 뜻이야?"

"너는 누구에게나 사랑받는 파란 눈의 아이잖아. 나는 탕아 역을 맡는 건 상관없어. 내 몫만 일찌감치 떼어주면 눈 깜짝할 새에 사라져줄게."

"떼어줄 몫이 있어야 떼어주지."

"그야 네가 몽땅 차지했으니까 그렇지."

형제는 부모님 집으로 돌아갔다. 칼은 옛날 자기 방에서 잤다. 한밤중에 목이 말라 잠에서 깬 오디는 물을 마시러 나갔다. 열린 냉장고에서 새어나오는 빛을 제외하면 캄캄한 부엌에 칼 혼자 앉아 있었다. 얼굴만 빛을 받아 둥둥 떠 보였다.

"뭘 한 거야?"

"그냥 잠이 안 와서 조금 했어."

오디가 잔을 헹구고 등을 돌려 부엌을 나서려고 할 때였다.

"미안해." 칼이 말했다.

"뭐가 미안한데?"

칼은 대답하지 않았다.

"세계 기아, 지구 온난화, 운석 충돌, 뭐가 미안한데?"

"이렇게 실망시켜서."

*

대학으로 돌아간 오디는 2학년의 거의 모든 과목에서 과 수석을 차지했다. 24시간 빵집에서 밤새 일하고 밀가루 묻은 옷을 그대로 입은 채 수업에 들어갔다. 치어리더 같은 외모에 캣워크 모델처럼 걷는 여자아이가 오디를 "더프 보이(반죽 소년)"라고 부른 이후로 그는 그 별명을 떨치지 못했다.

다음번 크리스마스에 집에 돌아온 오디는 차가 없어진 것을 알았다. 칼이 빌려가서 가져다 놓지 않은 거였다. 칼은 집을 나가 톰 런드리 고속도로의 모텔에서 살고 있었다. 창녀 같아 보이는 아이 딸린 여자애와 동거 중이었다. 오디가 찾으러 갔을 때 칼은 모텔의 수영장 가에 앉아 있었다. 교도소를 나올 때 입었던 그 가죽 외투 차림이었다. 멍한 눈을 하고, 의자 아래에는 구겨진 맥주캔들이 흩어져 있었다.

"내 차 열쇠 줘."

"나중에 가져다줄게."

"싫어, 지금 줘."

"가스가 떨어졌어."

오디는 믿지 않았다. 운전석에 앉아서 열쇠를 돌렸다. 엔진이 죽었다. 오디는 열쇠를 도로 칼에게 던져버리고 집으로 가는 버스를 탔다. 야구방망이를 집어 들고 타격 연습장으로 가서 공을 80개나 때리며 좌절감을 쏟아냈다.

그날 저녁 무슨 일이 일어났는지, 오디는 나중에 가서야 파악할 수 있었다. 그가 모텔을 떠난 후 칼은 가스탱크를 채우고 해리 하인스 대로의 주류점으로 차를 몰았다. 여섯 캔들이 맥주를 냉장고에서 꺼내고 콘칩 몇 봉지와 껌을 골랐다. 종업원은 나이 지긋한 중국인 남자로, 아무도 발음할 수 없는 이름이 적힌 유니폼을 입고 있었다.

가게의 유일한 다른 손님은 먼 쪽 통로에 쪼그려 앉아 임신한 아내가 사다 달라고 한 맛의 도리토스를 찾고 있었다. 그는 비번인 경찰관 피트 아로요였고, 그의 아내 데비는 짠 것 못지않게 단 것도 당겨서 아이스크림을 먹으며 가게 밖에서 남편을 기다리고 있었다.

칼은 외투에서 22구경 브라우닝 자동권총을 꺼내 들고 점원에게 다가가 머리에 총구를 갖다 대고는 현금인출기를 비우라고 명령했다. 노인은 중국어로 뭐라 뭐라 애원의 말을 쏟아냈지만 칼은 알아들을 수 없었다.

피트 아로요는 분명히 통로들 위에 설치된 둥근 거울에서 칼을 보았으리라. 그는 칼을 향해 기어가서 등 뒤로 손을 뻗어 총을 꺼냈다. 그리고 웅크린 채 총을 겨누고 손을 들라고 명령했다. 바로 그 순간, 데비가 무거운 문을 밀어젖히며 가게로 들어왔다. 임신한 배가 마치 호박 초롱처럼 튀어나와 있었다. 데비는 총을 보았다. 비명을 질렀다.

피트는 총을 쏘지 않았다. 칼이 쏘았다. 경관은 쓰러진 상태에서 간신히 한 발을 쏘아 차를 타고 떠나는 칼의 등을 맞혔다. 구급의료원들이 피트 아로요를 살리려고 40분을 꼬박 분투했지만, 그는 병원에 도착하기도 전에 죽었다. 그 무렵 목격자들이 경찰에게 권총 강도의 인상착의를 설명했고, 누군가는 운전석에 동료가 앉아 있었을 수도 있다고 말했다.

9

휴스턴행 버스는 오후 일곱 시 반에 출발한다. 오디는 마지막 순간 차에 올라 비상탈출구 근처에 자리를 잡는다. 잠에 곯아떨어진 척하지만 가늘게 뜬 눈 틈새로 중앙 홀을 엿보고 있다. 금방이라도 사이렌 소리가 들리고 이글거리는 눈부신 빛이 그를 향해 달려올 것만 같다.

"자리 있어요?" 누군가가 묻는다.

오디는 대답하지 않는다. 한 뚱뚱한 중년 남자가 머리 위 선반에 서류가방을 간신히 밀어 넣고 접이식 탁자에 포장음식 봉지를 내던진다.

"데이브 마이어스입니다." 남자가 붉은 주근깨가 박힌 커다란 손을 내민다. 60대 언저리에 어깨가 처진 남자로, 턱선이 있어야 할 자리에는 살이 몇 겹으로 접혀 있다. "이름은 있으시겠지?"

"스미스입니다."

데이브가 낄낄거린다. "없는 것보단 낫네."

데이브는 손가락에 묻은 소금과 소스를 빨아가며 요란스럽게 쩝 쩝거린다. 다 먹고 나자 머리 위의 독서등을 켜고 신문을 펼쳐 팔 락팔락 넘긴다.

"국경 순찰대를 또 감축하려나 보네." 데이브가 말한다. "이 주에 서 불법 체류자들을 어떻게 몰아낼 셈이지? 한 발만 비켜줘도 안방 까지 곧장 밀고 들어올 텐데."

오디는 대꾸하지 않는다. 데이브가 페이지를 넘기면서 투덜댄 다. "이 나라는 전쟁을 하는 법을 완전히 까먹었다니까. 이라크를 좀 봐요(그는 이라크를 '아이랙'이라고 발음한다). 내 생각에 그 무 슬림 동네는 몽땅 핵폭탄으로 날려버려야 돼. 무슨 말인지 알겠소? 하지만 백악관에 검둥이가 앉아 있는 한 그런 일은 없겠지. 게다가 중간 이름이 후세인 따위니."

오디는 창문으로 고개를 돌려 어두워진 풍경 속에 점점이 찍힌 목장 주택의 불빛들과 먼 산봉우리에서 빛나는 항공 신호 불빛들 을 바라본다.

"내가 다 알고 하는 소리라니까." 데이브가 말한다. "나는 베트남 에서 싸워봤거든. 그 눈 째진 동남아 새끼들을 핵폭탄으로 날렸어 야 했어. 고엽제는 걔들한텐 아깝지. 여자들은 빼고. 그 동남아 계 집들은 엄청 괜찮았거든. 생긴 건 딱 열두 살짜린데 생선처럼 팔딱 대면서 질질 싼다니까."

오디가 소리를 낸다. 남자가 말을 멈춘다. "내 말이 거슬립니까?"

"예."

"어째서?"

"내 아내가 베트남 사람이거든요."

"아 진짜로? 미안하게 됐어요, 친구, 무례하게 굴 생각은 없었어요."

"아뇨, 당신은 그럴 생각이었어요."

"내가 뭐 알고 그랬습니까?"

"당신은 방금 한 인종 전체를, 한 종교 전체를, 그리고 여성 전반을 모독했어요. 당신은 그 사람들을 따먹든가 원폭으로 날리고 싶다고 말했어요. 그건 당신이 인종주의자이고 인간쓰레기라는 뜻이죠."

데이브의 얼굴이 붉어지면서 마치 두개골이 팽창한 듯 살갗이 팽팽해진다. 일어서 서류가방에 손을 뻗는다. 순간 오디는 총을 찾나 싶었지만, 데이브는 그냥 통로로 걸어 나가 다른 자리를 찾아 앉는다. 거기서 새로운 사람에게 자신을 소개하고는 장거리 버스에서 마주치는 "융통성 없는 개새끼"에 대해 욕설을 늘어놓는다.

버스는 세귄과 슐렌버그를 경유해 자정 직전 휴스턴에 닿는다. 늦은 시간인데도 중앙 홀은 삼삼오오 무리 지은 뜨내기들로 번잡하다. 맨바닥에 누워 자는 사람들도 있고 좌석 몇 개를 차지하고 누운 사람들도 있다. 버스에는 로스앤젤레스, 뉴욕, 시카고, 그리고 그 사이의 몇몇 정차지들이 적혀 있다.

오디는 화장실로 향한다. 물을 틀어 얼굴을 축이고 턱선에 돋아난 짧은 수염을 손끝으로 훑는다. 턱수염으로 변장을 하고 싶어도 자라는 속도가 너무 느리다. 볕에 탄 코와 이마에서 허물이 벗겨지려고 한다. 감옥에 있을 때는 매일 아침 면도를 잊지 않았다. 하루 중 5분을 보내는 방법이기도 했지만, 그보다 그것은 그가 아직 자신을 놓아버리지 않았다는 징표였기 때문이다. 이제 거울 속에 비치는 사람은 소년이 아니라 남자다. 더 나이가 들고, 더 마르고, 이전과는 전혀 다른 식으로 강건해진 남자다.

여자가 어린 여자애를 데리고 화장실로 들어온다. 둘 다 금발이고 청바지에 캔버스화 차림이다. 여자는 20대 중반이고 머리카락은 말총머리로 높이 올려 묶었다. 가슴이 깊이 파인 롤링스톤스 티셔츠를 입고 있다. 여자애는 한 예닐곱 살쯤 되어 보이는데 앞니하나가 빠졌고 어깨에는 바비 배낭을 달랑거리고 있다.

"죄송해요." 엄마가 말한다. "여자 화장실이 청소 중이라서요."

여자는 세면대 가장자리에 세면용품이 든 가방을 올려놓고 치약과 칫솔을 꺼낸다. 종이타올을 적셔 딸의 티셔츠에 묻은 얼룩을 닦고 팔 아래와 귀 뒤를 씻긴다. 그리고 세면대로 머리를 숙이게 해서 흐르는 물로 아이의 두피를 적시고 눈을 감으라고 한 후 화장실 비누로 머리를 감긴다.

여자가 오디를 향해 몸을 돌린다. "뭘 그렇게 봐요?"

"아무것도요."

"혹시 무슨 변태예요?"

"아닙니다, 부인."

"부인 아니거든요!"

"죄송합니다."

오디는 젖은 손을 청바지에 문질러 닦으면서 서둘러 자리를 피한다. 버스 정류장 앞 길가에 흡연자들이 어슬렁대고 있다. 몇몇은 마약 판매상들이다. 몇몇은 포주들이다. 몇몇은 가출한 아이들과 길 잃은 사람들을 노리는 약탈자들이다. 달콤한 말로 꼬드길 수 있는 여자아이들, 마약으로 중독시킬 수 있는 여자아이들, 목 위로 손이 감기면 비명을 멈추는 여자아이들. 문득 스스로가 많이 지쳤나 하는 생각이 든다. 보통은 이렇게 사람들을 보면서 최악을 떠올리지 않는데.

블록을 한 바퀴 돌자 불을 환히 밝히고 원색으로 치장한 맥도날드가 나타난다. 먹을 것과 커피를 주문한다. 잠시 후, 화장실에서 만난 그 모녀가 다시 오디의 눈에 띈다. 한쪽 구석에 앉아서 빵과 딸기 젤리로 샌드위치를 만들고 있다.

오디가 그 장면을 즐겁게 바라보는데 매니저가 그 모녀에게 다가간다.

"외부 음식 반입은 안 됩니다."

"누구한테 피해를 주는 것도 아니잖아요." 여자가 말한다.

"여기가 온통 지저분해졌잖아요."

오디가 쟁반을 들고 그쪽으로 걸어간다. "얼른, 뭐 먹을지 결정했어?" 맞은편 의자에 쓰윽 들어가 앉아 매니저를 올려다본다. "뭐 문제 있습니까?"

"아닙니다, 고객님."

"다행이네요, 냅킨이나 좀 더 갖다 주시죠."

매니저는 뭐라고 웅얼대면서 물러간다. 오디는 햄버거를 4등분해서 테이블 저편으로 민다. 아이가 손을 뻗었다가 엄마한테 손목을 찰싹 얻어맞는다. "모르는 사람이 주는 거 받아먹으면 안 됐댔지." 여자가 비난하는 눈길로 오디를 본다. "우리 따라온 거예요?"

"아닙니다, 부인."

"내가 아줌마 같아 보여요?"

"아닙니다."

"그럼 나를 부인이라고 부르지 말아요! 나는 그쪽보다 어려요. 그리고 우리는 그쪽 동정 필요 없어요."

아이가 실망이 가득 담긴 낑낑 소리를 낸다. 햄버거와 엄마를 번갈아 본다.

"그쪽 속셈 다 알아요. 우리한테 환심을 산 다음 끔찍한 짓을 하려는 거죠."

"피해망상이 있으신 것 같은데요." 오디가 말한다.

"나는 마약중독자도 아니고 창녀도 아니에요."

"그거 다행이네요." 오디가 커피를 홀짝인다. "원하신다면 그만 가드리겠습니다."

여자는 아무 말도 하지 않는다. 밝은 네온 불빛이 코에 난 주근깨와…… 그리고 뭐지? ……녹색과 파란색의 중간쯤 되는 듯한 여자의 눈동자 색깔을 비춘다. 아이는 햄버거 조각을 슬쩍 집어다 손 안에 감추고 먹기 시작한다. 손을 뻗어 감자튀김도 채간다.

"이름이 뭐니?" 오디가 묻는다.

"스카레디요."

"이빨 뽑았니, 스칼렛?"

아이가 고개를 끄덕이고는 빨간 머리카락의 낡은 인형을 꼭 감싸 쥔다. 이미 여러 아이의 손을 거친 인형 같지만, 아이는 애지중지한다.

"그 인형 이름이 뭐니?"

"베티요."

"이름이 예쁘구나."

스칼렛이 소맷자락으로 코를 덮는다. "아저띠 냄새 나요."

오디가 소리 내어 웃는다. "곧 샤워할 참이었어." 손을 내밀며 말한다. "나는 스펜서라고 해."

스칼렛이 그의 펼쳐진 손바닥을 본 후 엄마를 본다. 손을 뻗는다. 손이 그의 주먹 안에 쏙 들어간다.

"그리고 이쪽 분은 뭐라고 불러야 할까요?" 오디가 여자에게 묻는다.

"캐시."

여자는 오디의 손을 받아 쥐지 않는다. 아무리 까다롭게 굴어도, 오디 눈에 캐시가 두른 딱딱한 껍질은 오래된 상처를 가리고 있는 반흔처럼 보인다. 가난한 지역에서 자랐을 그녀의 어린 시절이 오디의 마음속에 그려진다. 스노우콘을 얻어먹으려고 남자애들한테 팬티를 보여주는, 그게 얼마나 위험한 게임인지 제대로 알지도 못하면서 자신의 성을 이용하는 여자아이.

"숙녀분들께서 이렇게 늦은 시간까지 뭘 하고 계시는지 여쭤봐도 될까요?" 오디가 묻는다.

"그쪽하고는 상관없는 일이에요." 캐시가 말한다.

"우리는 차에서 자요." 스칼렛이 말한다.

엄마가 아이에게 쉿 하고 주의를 준다. 스칼렛은 눈을 내리깔고 인형을 끌어안는다.

"근처에 혹시 싼 모텔 아세요?" 오디가 말한다.

"얼마나 싼 곳이요?"

"적당히 싼 곳이요."

"택시를 타고 가야 해요."

"그럼 타면 되지요." 오디가 자리에서 일어선다. "자, 저는 그만 가봐야겠네요. 만나서 반가웠습니다." 잠시 뜸을 들이고 말을 잇는다. "마지막으로 온수 샤워를 하신 게 언제였나요?"

캐시가 쏘아본다. 오디는 양손을 들어올린다. "제가 오해하시게 말을 했네요. 죄송합니다. 그냥 버스에서 지갑을 도둑맞는 바람에 신분증이 없어서 모텔 잡기가 좀 힘들 것 같아서요. 현금은 있는데 신분증이 없네요."

"그게 나하고 무슨 상관이에요?"

"방을 잡아주시면…… 돈은 제가 내겠습니다. 방 두 개 값을 낼 게요. 한쪽 방을 스칼렛하고 같이 쓰시면 되죠."

"왜 그렇게 해주는데요?"

"저는 침대가 필요하고 우리는 둘 다 샤워가 필요하니까요."

"그쪽이 강간범이거나 연쇄살인범일지 어떻게 알아요."

"도망 중인 탈옥수일 수도 있고요."

"그렇죠."

캐시는 오디의 얼굴을 꿰뚫을 듯 쳐다본다. 마치 어리석은 결정을 내릴지 말지 스스로에게 강요하는 것처럼. "난 전기충격기가 있어요." 캐시가 불쑥 내뱉는다. "뭔가 이상한 짓을 하려고 하면 지져버릴 거예요."

"아무렴 그러시겠죠."

*

캐시의 차는 낡아빠진 혼다 CR-V로, 코카콜라 간판 밑의 빈자리에 세워놓았다. 캐시는 와이퍼 밑에 끼워진 주차위반 딱지를 박박 찢어서 공처럼 말아 구긴다. 오디는 스칼렛을 팔에 안고 아이의 머리를 가슴에 기대고 있다. 아이는 잠들어 있다. 어찌나 작고 연약하게 느껴지는지 자칫 부러질까 겁이 날 정도다. 마지막으로 어린아이를 안아본 때를 떠올린다. 갈색이라는 단어가 마치 그 아이의 눈동자를 묘사하기 위해 만들어진 것 같았던 그 어린 사내아이를.

캐시가 차 안으로 몸을 굽혀 슬리핑백을 한구석으로 치우고 옷을 여행가방에 집어넣어 자리를 만든다. 오디는 스칼렛을 뒷좌석에 부드럽게 눕히고 머리 밑에 베개를 대준다. 엔진은 두 번쯤 헛돌고 켜진다. 스타터 모터가 거의 다 된 모양이다. 순간 오디는 차고에 앉아 일하는 아빠를 지켜보던 그 시절로 돌아간다. 인적 없는 도로에서 차가 갓돌을 긁는 소리가 들린다.

"차에서 산 지는 얼마나 되셨습니까?" 오디가 묻는다.

"한 달이요." 캐시가 말한다. "원래 언니네 집에서 살고 있었는데 쫓겨났어요. 내가 자기 남편한테 집적거렸다는데 사실은 그쪽에서 그런 거였어요. 손을 가만 못 두는 작자였죠. 이 거지 같은 도시에 괜찮은 남자는 단 한 놈도 없다고 나는 맹세할 수 있어요."

"스칼렛 아버지는요?"

"트래비스는 아프가니스탄에서 죽었는데 육군에서는 나한테 연금을 주지도, 스칼렛을 인정해주지도 않았어요. 우리는 결혼을 안 했거든요. 약혼을 했지만 그건 안 쳐줘요. 그이는 IED에 살해당했어요. 그게 뭔지 알아요?"

"급조 폭발물이죠."

"맞아요. 나는 뭔지 전혀 몰랐어요. 내가 그런 걸 알게 될 줄이야." 캐시가 손목으로 코를 긁는다. "그이 부모님은 내가 무슨 정부 지원금을 얻으려고 어디서 애를 만들어낸 것마냥, 공짜 나랏돈에 환장한 여자 취급해요."

"친정 부모님은요?"

"엄마는 없어요. 내가 열두 살 때 돌아가셨어요. 아빠는 내가 임신했다니까 집에서 쫓아냈고요. 트래비스랑 결혼할 거라고 말했는데 들은 척도 안 하더라고요."

불안감을 떨치려는 듯, 캐시는 쉬지 않고 수다를 떤다. 미용사 자격증을 땄다는 자랑도 늘어놓는다. "학위랑 뭐랑 다 있어요." 캐시는 손톱을 들어올린다. "이것 좀 봐요." 손톱을 무당벌레처럼 칠해 놓았다.

차는 노스 고속도로에 오른다. 캐시는 양손으로 운전대를 쥐고 허리를 꼿꼿이 편 채 앉아 있다. 오디는 그녀가 되고 싶어 했을 사람을 마음속으로 그려본다. 대학교에 가고, 플로리다에서 봄 휴가를 보내고, 해변에서 비키니 차림으로 모히토를 마시고 롤러블레이드를 타는 여자. 직장을 구하고, 남편을 얻고, 집을 사고……. 그 대신 그녀는 차에서 잠을 자고 화장실 세면대에서 아이의 머리를 감긴다. 뭔가를 기대한다는 건 그런 식이지, 하고 오디는 생각한다. 단 하나의 사건이나 단 하나의 잘못된 결정 때문에 모든 게 뒤집힐 수 있다. 타이어에 펑크가 나거나 잘못된 순간에 보도에서 내려서거나 하필이면 급조 폭발물 옆으로 차를 몰아가거나. 오디는 사람이 자기 운을 만든다는 생각을 믿지 않는다. 또한 공정함 같은 건 생각지도 않는다. 피부색이나 누군가의 머리카락을 가리킬 때만 빼고(영어로 '공정한'과 '흰 피부', '금발'은 모두 fair다—옮긴이).

10킬로미터쯤 더 가서 공항 방향으로 나가 스타시티라는 모텔 앞에 차를 세운다. 건물 정문 옆에는 야자수들이 보초를 서 있고 주차장은 깨진 유리들로 반짝인다. 잔뜩 끌어내린 바지에 후드티를 뒤집어쓴 흑인 남자 몇 명이 1층의 한 방 앞에서 어슬렁대고 있다. 다친 영양을 보는 사자의 눈길로 캐시를 훑는다.

"여기는 마음에 안 들어요." 캐시가 오디에게 속삭인다.

"귀찮은 일은 없을 겁니다."

"그쪽이 어떻게 알아요?" 캐시가 잠깐 고민하다 결정을 내린다. "방은 하나만 잡아요. 침대 두 개 있는 걸로요. 그쪽하고 같이 잘 생각은 전혀 없어요."

"알겠습니다."

1층의 싱글룸 가격은 45달러다. 오디가 스칼렛을 한쪽 침대에 눕히자 아이는 엄지손가락을 입에 물고 곧장 곯아떨어진다. 캐시는 여행가방을 욕실로 가져가서 욕조에 따뜻한 물을 받고 세제를 뿌린다.

"좀 쉬지 그래요." 오디가 말한다.

"아침까지 이게 말라야 해요."

오디는 눈을 감은 채 부드럽게 철벅거리는 물소리와 옷감을 쥐어짜는 소리에 귀를 기울이다가 꾸벅꾸벅 졸기 시작한다. 얼마쯤 후, 캐시가 침대 위 딸 옆으로 기어올라 건너편 침대의 오디를 물끄러미 본다.

"당신 정체가 뭔가요?" 캐시가 속삭인다.

"겁낼 필요 없는 사람입니다, 부인."

10

무도회장은 수많은 하객들로 발 디딜 틈도 없다. 남자들은 검은 타이를 맸고, 여자들은 하이힐에 목이 깊이 파이거나 등판이 드러난 칵테일 드레스 차림이다. 전문가 부부, 벤처 금융가, 은행가, 회계사, 부동산 개발업자, 신흥 사업가, 로비스트 등등으로 이루어진 하객들의 목적은 새로 선출된 에드워드 다울링 상원의원을 만나는 것이다. 의원은 그들의 후원에 고마워한다. 그들은 텍사스 상원에 자기들 사람을 심는 데 성공했다.

상원의원은 노련한 전문가답게 회장 안을 돌아다니며 손님들 하나하나에게 힘차게 악수를 하거나 팔을 건드리거나 하는 최적화된 인사로 제 몫을 다하고 있다. 그가 다가오면 사람들은 숨을 죽이고 마치 그에게서 뿜어 나오는 영광의 빛을 쪼이는 듯한 황홀한 표정을 짓는다. 그렇지만 그와 같은 후광과 현저한 매력에도 불구하고, 여전히 다울링의 몸가짐에는 뭔가 중고차 세일즈맨을 연상시키는 구석이 있다. 그 무한한 자신감이 어째 자기계발과 동기부여 책들을 독학한 결과물처럼 보인다.

빅터 필킹턴은 샴페인 쟁반들을 지나쳐 젖빛 잔에 담긴 아이스티를 집어 든다. 195센티미터의 장신인 필킹턴은 머리들의 바다를 위에서 내려다보면서 누가 누구와 동맹을 맺고 있는지, 누가 누구와 말을 하지 않는지를 마음에 새긴다.

필킹턴의 아내인 미나는 잘록한 허리와 가슴 사이로 우아하게 주름 잡혀 내려오는, 흐르는 듯한 은빛 가운을 입고 군중 속 어딘가를 떠돌고 있다. 그녀는 실제 나이인 마흔여덟 살보다 열 살은 어려 보인다. 일주일에 세 번씩 치는 테니스와, '신체 조각가'를 자처하는 캘리포니아의 성형외과의 덕분이다. 엔젤턴에서 자란 미나는 지역 고등학교의 테니스 대표팀에서 활약했고, 대학에 갔고, 결혼을 하고, 이혼을 하고, 다시 결혼했다. 테니스코트에서 혼합복식을 할 때든 아니면 무도회장에서 연하의 남자들과 시시덕댈 때든, 그 20년의 세월 동안 미나가 변하지 않은 점이 있다면 항상 예쁘다는 것이다.

필킹턴은 아내가 바람을 피우고 있을 거라고 짐작하지만 적어도 들키지 않도록 조심하는 한은 개의치 않는다. 그도 똑같이 하려고 노력한다. 부부는 각방을 쓴다. 각자의 삶을 산다. 그렇지만 남들 앞에서는 티를 내지 않는다. 그걸 포기하려면 치러야 할 대가가 너무 크기 때문이다.

한 남자가 그를 스쳐 지나간다. 필킹턴은 손을 들어 지나가는 남자의 어깨를 움켜쥔다.

"어떻게 지내나, 롤랜드?"

"지금은 좀 바쁩니다, 필킹턴 씨." 다울링 의원의 수석보좌관이 대답한다.

"내가 만나고 싶어 하는 걸 그분도 아시겠지."

"예, 아십니다."

"중요하다고 말했나?"

"말씀드렸습니다."

롤랜드는 군중 속으로 사라진다. 필킹턴은 음료를 한 잔 더 마시고 지인들과 잡담을 나누지만 눈길은 내내 상원의원에게 못 박혀 있다. 몇 사람의 정치가를 배출한 가문 출신치고, 그는 정치가들이 영 비위에 맞지 않는다. 증조부인 오거스터스 필킹턴은 쿨리지 대통령 시절 행정부의 국회의원이었다. 필킹턴의 아버지가 석유와 해운에 발을 들였다가 1970년대의 석유파동으로 전 재산을 날려먹는 엄청난 재주를 발휘하기 전까지, 벨모어 교구의 절반이 그 집안 것이었다. 가문의 재산을 축적하는 데는 여섯 세대가 걸렸는데, 그게 휴짓조각이 되는 데는 6개월이면 충분했다. 그게 자본주의의 변덕이다.

그 이후로 빅터는 가문의 이름을 되살리는 데 전력을 기울였다. 농장을 한 블록씩 벽돌 쌓듯 하나씩 되사들였다. 그렇지만 개인적 대가가 없지는 않았다. 부모 덕분에 성공하는 사람이 있는가 하면 부모를 극복하고 성공하는 사람들도 있다. 감옥에서 5년을 보내고 나온 필킹턴의 아버지는 병원 화장실 청소부 신세로 전락했다. 빅터는 그 남자의 나약함을 경멸했지만 그의 생식력만큼은 인정했다. 아버지가 1955년에 잉글랜드에서 특별히 수입한 자신의 빈티지 다임러 뒷좌석에서 아직 10대였던 상점 점원을 강간해 임신시키지 않았더라면 자신은 태어나지도 못했을 테니까.

어떤 집안은 텍사스의 창건자들로 거슬러 올라가 그들의 공직과 사업과 귀족적인 혼맥을 들먹이며 자기 가문의 위대함을 칭송하는데 다른 집안은 그저 살아남은 게 가장 큰 업적이라니, 생각해보면 기묘한 일이다. 빅터는 파산과 아버지의 감옥행 덕분에 평범한 사람들 위로 우뚝 솟는 것이 얼마나 대단한 업적인지 제대로 알게 되었지만, 오늘 밤 이 방에서는 여전히 실패자 같은 기분을 떨치지 못하고 있다.

무도회장의 반대편 구석에서 상원의원 다울링은 지지자들, 아첨꾼들, 정치적 해결사들에 둘러싸여 있다. 멀끔한 외모 덕분에 여자들은 특히 그를 좋아한다. 대학 축구 이야기를 하고 있는 부시 가문 젊은이 하나를 포함해서 그 모든 '전통적 부자' 가문들이 여기 다 모여 있다. 모두 와자하게 웃음을 터뜨린다. 딱히 재미있는 일화는 아니지만, 부시 가의 젊은이라면 꼭 재미있을 필요는 없다.

부엌 쪽 문이 열리고 웨이트리스 네 명이 초가 꽂힌 2단 생일케이크를 들고 나타난다. 재즈 전문 밴드가 생일 축하 노래를 연주하고, 상원의원은 손을 가슴에 얹은 채 무도회장의 구석구석을 향해 허리를 굽혀 인사한다. 사진사들이 기다리고 있다. 의원의 반짝이는 치아가 카메라 플래시를 반사한다. 사파이어와 다이아몬드 목걸이를 걸고 아주 얇은 검은색 이브닝드레스를 입은 의원의 아내가 남편 곁에 나타난다. 남편의 뺨에 입을 맞추자 립스틱 자국이 찍힌다. 이 사진은 《휴스턴 크로니클》의 일요일 사회면에 실릴 것이다.

만세삼창과 박수. 누군가가 초의 개수에 관해 농담을 한다. 상원의원은 재치 있게 받아친다. 필킹턴은 등을 돌려 카운터로 향한다. 뭔가 더 독한 게 필요하다. 버번. 얼음.

"몇 살이죠?" 한 남자가 그에게로 몸을 기울여 묻는다. 남자의 가슴팍에 풀린 나비넥타이가 덜렁거리고 있다.

"마흔넷. 50년 만에 최연소 상원의원이죠."

"그리 감탄한 투는 아니로군요."

"정치가잖소. 어차피 실망만 시키겠지."

"어쩌면 다를지도 모르잖아요."

"그러지 않길 바랍니다."

"그건 어째서죠?"

"그건 산타클로스가 없다는 걸 알게 되는 거나 마찬가지일 테니까."

필킹턴은 인내심이 다했다. 군중을 헤치고 한창 일화를 늘어놓고 있는 상원의원에게 다가가 이야기를 중단시킨다. "미안합니다, 테디(미국의 최연소 대통령이었던 시어도어 루스벨트의 애칭—옮긴이). 당신을 꼭 만나고 싶다는 분이 계셔서요."

다울링의 얼굴에 짜증이 비친다. 사람들에게 실례를 구하고 필킹턴을 따라나선다.

"나를 의원님이라고 불러야 할 것 같은데요." 다울링이 필킹턴에게 말한다.

"어째서?"

"그게 나니까요."

"당신이 엄마의 J. C. 페니 백화점 광고책자를 펼쳐놓고 딸딸이를 칠 적부터 알고 지낸 내가 당신을 의원님이라고 부르게 되려면 시간이 좀 걸릴 겁니다."

두 남자는 문을 밀고 나가 부엌으로 내려가는 직원용 엘리베이터를 탄다. 싱크대에서는 일꾼들이 스테인리스 스틸 냄비들을 박박 문질러 닦고 있고 벤치에는 디저트 접시들이 열을 맞춰 놓여 있다. 밖으로 걸음을 옮긴다. 방금 그친 비의 냄새가 공중을 떠돌고 노랗게 번뜩이는 달빛이 웅덩이에 반사된다. 교통은 중심가 양방향으로 정체되어 있다.

다울링 의원이 나비넥타이를 푼다. 의원의 손은 광대뼈와 작은 입에 어울리게 섬세하고 여성스럽다. 검은 머리카락은 젖은 빗으로 말끔히 빗어 넘겨 두피 왼쪽에서 가르마를 탔다. 필킹턴은 시가를 꺼내어 끝부분을 혀로 핥지만 불을 붙일 마음은 없는 듯하다.

"오디 파머가 그저께 밤에 감옥에서 탈옥했소."

상원의원은 반응을 보이지 않으려 하지만 필킹턴은 의원의 어깨 근육이 긴장하는 것을 눈치챈다.

"통제하에 있다고 했잖습니까."

"그래요. 경찰견들이 초크 캐넌 저수지까지 그의 흔적을 좇았소. 폭이 5킬로미터요. 아마 익사했을 가능성이 높소."

"언론은요?"

"아무 데서도 다루지 않았소."

"수사를 시작하면요?"

"안 할 겁니다."

"하면요?"

"지방검사 시절에 얼마나 많은 사람들을 기소했습니까? 당신은 자기 일을 한 겁니다. 그 말만 하면 돼요."

"그 사람이 죽지 않았으면요?"

"다시 체포되어 감옥으로 돌려보내지겠지."

"그러면 그때까지는?"

"우리야 꼿꼿이 앉아 있으면 그만이지. 이 주에 사는 인간쓰레기들은 몽땅 나서서 파머를 찾아내려 할 테니까. 그 돈의 행방을 알아내려고 파머를 목매달고 손톱을 뽑으려 할 겁니다."

"그래도 그 사람은 우리한테 위험할 수 있어요."

"아니, 놈은 뇌에 손상을 입었소, 잊었습니까? 그리고 당신은 사람들에게 계속 그렇게 말해요. 오디 파머는 위험한 탈옥수라고, 전기의자에 앉았어야 했는데 연방이 등신짓을 했다고." 필킹턴은 잇새에 시거를 꽉 물고 씹은 쪽 잎을 빨아들인다. "그러는 사이, 당신이 몇 군데 인맥을 좀 동원해줘야겠소."

"모든 게 통제하에 있다고 했잖아요."

"추가로 보험을 들어두자는 겁니다."

11

세 간수가 모스를 시렁에서 끌어내려 반쯤 벌거벗은 그를 차가운 콘크리트 바닥에 꿇어앉힌다. 앙심일까 원한일까, 죄수를 감시하는 자들 사이의 돌림병인 가학성에 전염된 한 간수가 모스의 등에 곤봉을 휘두른다.

강제로 일으켜 세워진 모스는 팔에 떠넘겨진 옷가지를 들고 등떠밀려 층계를 오른다. 한 손은 고무줄이 끊어진 싸구려 면 사각팬티를 흘러내리지 않게 붙잡은 채다. 왜 나는 밖으로 나올 때마다 옷차림이 이 꼴이어야만 할까?

경비원이 모스에게 옷을 입으라고 명령한다. 손과 발목에 족쇄가 채워지고 몸통을 가로지른 사슬에 연결된다. 아무런 설명도 듣지 못한 채, 모스는 감옥버스가 주차된 중앙 마당으로 이어지는 경사로를 끌려 내려간다. 다른 재소자들 몇 명이 먼저 타서 우리에 한 명씩 따로 가둬져 있다. 이감이다. 이감은 늘 이런 식으로 일어난다. 캄캄한 한밤중에, 문제가 생길 가능성이 적을 때.

"어디로 가는 거요?" 모스는 다른 죄수에게 묻는다.

"딴 데로."

"그걸 누가 몰라."

문이 닫힌다. 수감자 여덟 명이 굵은 기둥으로 이루어진 철제 우리에 따로따로 갇혀 있다. 감시 카메라가 설치된 우리는 바닥에 물 빠지는 구멍이 있고 가장자리에는 좌석이 있다. 연방 소속 법원 직원이 운전석에 등을 대고 앉아서 무릎에 놓인 산탄총을 어루만지고 있다.

모스가 소리쳐 묻는다. "우리는 어디로 가는 겁니까?"

대답은 없다.

"저는 알 권리가 있는데요. 제 아내한테도 알려주셔야 하고요."

침묵.

버스가 문을 벗어나 남쪽으로 향한다. 다른 수감자들은 꾸벅꾸벅 존다. 모스는 표지판들을 눈여겨보며 어디로 끌려가는지 알아내려 애쓴다. 야간 이송은 보통 다른 주로 간다. 어쩌면 그게 그의 벌인지도 모른다. 집에서 2천 4백 킬로미터나 떨어진 몬태나 주의 어떤 똥구덩이 감옥으로 보낼 셈이겠지. 한 시간 후 버스는 비빌 시 근처의 가자 웨스트 단기교도소로 들어가 선다. 모스만 빼고 다른 죄수는 모두 끌려 나간다.

버스가 다시 출발한다. 모스는 유일한 죄수다. 연방 소속 법원 직원은 사라졌고 모스 외에 버스의 유일한 탑승객은 더러운 플라스틱 스크린에 뒷모습만 비치는 운전사뿐이다. 차는 59번 국도를 타고 북동쪽으로 두 시간쯤 달리다 휴스턴 외곽에서 남동쪽으로 방향을 튼다. 다른 주로 이송할 거라면 공항으로 데려갔을 것이다. 낌새가 이상하다.

동트기 직전, 버스가 4차선을 벗어나 몇 차례 빙 돈 후 버려진 휴게소에 선다. 강철망 틈새로 엿보니 나무 그림자들이 보인다. 감옥의 조명이나 경비탑이나 가시철조망은 보이지 않는다.

제복 입은 운전수가 버스의 중앙 통로를 걸어와 우리 앞에서 멈춰 선다.

"기립."

모스는 몸을 돌려 창을 마주한다. 자물쇠에 열쇠가 꽂히고 찰칵하는 소리가 들린다. 질긴 마대자루가 머리에 씌워진다. 양파 냄새가 난다. 곤봉인지 총인지 모를 것이 모스를 찔러 앞으로 떠민다. 모스는 층계를 비틀대며 내려가 네 발로 착지한다. 자갈이 손바닥을 파고든다. 새날이 시작되려는 듯 차가운 공기에서 신선한 냄새가 풍긴다.

"여기 있어. 꼼짝 말고."

"어떻게 되는 겁니까?"

"닥쳐!"

발걸음 소리가 멀어지다 이윽고 사라진다. 곤충소리, 귓가로 흐르드는 맥박소리. 몇 분이 마치 몇 시간 같다. 모스는 자루의 성긴 짜임 틈새로 흐릿한 윤곽들을 알아볼 수 있다. 전조등들이 흔들리며 그를 비춘다. 차는 두 대다. 버스를 빙빙 돌아서 거리를 두고 멈춰 선다.

차 문들이 열리고 닫힌다. 두 남자가 자갈을 밟고 걸어온다. 모스 앞에서 멈춰 선다. 자루 너머로 그들의 실루엣이 보인다. 하나는 광을 낸 검은 신발을 신고 있다. 정복이다. 과체중이지만 꼿꼿이 서 있을 때는 그다지 티가 나지 않는다. 같이 있는 남자는 더 군살이 없고 아마도 더 젊은 것 같다. 카우보이 부츠를 신고 갈색 바지를 입었다. 아무도 서둘러 대화를 시작할 마음은 없어 보인다.

"절 죽일 건가요?" 모스가 묻는다.

"아직 결정 못했어." 더 나이든 쪽이 말한다.

"제 의견도 반영되나요?"

"그럴 수도 있고."

권총집에서 총을 빼고 안전장치를 푸는 소리가 들린다.

"내가 직접적인 질문을 할 때까지 한마디도 하지 마, 알았어?"

모스는 대답하지 않는다.

"그건 직접적인 질문이었어."

"아, 예, 알겠습니다."

"오디 파머는 어디 있나?"

"모르겠는데요."

"그거 안타깝군. 자네가 거래를 할 줄 아는 사람이었으면 했는데."

권총이 모스의 머리에 겨누어진다. 오른쪽 귀 아래 옴폭 팬 곳을 파고든다.

"저 거래 좋아하는데요." 모스가 말한다.

"오디 파머를 팔아."

방아쇠 당기는 소리가 들린다.

"모르는 걸 어떻게 말합니까."

"너는 지금 감옥에 있지 않아. 아가리를 닫고 있지 않아도 돼."

"알면 말했죠."

"어쩌면 그냥 의리를 지키고 있는 걸지도 모르지."

모스는 고개를 젓는다. 색색의 빛들이 눈앞에서 춤을 춘다. 죽기 직전에 환한 빛이 보인다더니 고작 이런 건가. 삶이 주마등처럼 눈앞을 스쳐간다고 했는데. 모스는 실망한다. 여자들, 파티, 그리고 즐거운 시간은 어디 있지? 왜 나는 그런 것들이 하나도 떠오르지 않지?

더 젊은 남자가 빙그르르 몸을 돌려 주먹으로 모스의 배를 강타한다. 예기치 못한 그 한 방은 흉골 바로 아래의 연한 부분을 깊숙이 파고든다. 입이 저절로 벌어진다. 공기가 새어나온다. 숨을 쉴 수가 없다. 어쩌면 두 번 다시 못 쉴지도 모른다. 등으로 날아드는 군홧발에 모스는 그만 고꾸라져 썩은 낙엽 더미에 얼굴을 처박는다. 턱에서 침이 흘러 떨어진다.

"선고는 얼마나 받았지?"

"종일반이요."

"종신형이야? 얼마나 살았지?"

"15년이요."

"가석방 전망은?"

"늘 희망을 잃지 않고 있지요."

더 나이 든 쪽이 모스 옆에 쪼그려 앉아 말한다. 목소리와 발음에 최면을 일으킬 만큼 나른한 음률이 있다. 남부 신사다. 옛날 스타일의.

"자네에게 제안을 하나 하지, 웹스터 씨. 좋은 제안이야. 일생일대의 거래라고 해도 되겠지, 왜냐하면 거래가 결렬되면 자네 눈구멍에서 총알이 튀어나오게 될 거니까."

긴 침묵이 흐른다. 살짝 들춰진 자루 틈새로 몇 인치 앞의 잔디가 보인다. 송충이 한 마리가 그의 입을 향해 기어온다.

"무슨 거랜데요?" 모스가 묻는다.

"생각할 시간을 드리지."

"그렇지만 뭔지 모르는데요."

"15초."

"뭔지 말씀을 해주셔야……."

"10, 9, 8, 7, 6, 5……."

"할게요!"

"착한 아이로군."

그들은 모스를 강제로 일으켜 앉힌다. 오줌 냄새가 코를 찌르고, 끈끈하고 축축한 것이 바짓가랑이를 적셔온다.

"우리가 여기를 떠나면 천까지 센 다음 그 자루를 머리에서 벗어. 저쪽에 픽업트럭이 서 있는 게 보일 거야. 열쇠는 스위치에 꽂혀 있어. 아이스박스에 천 달러, 휴대폰, 그리고 운전 면허증이 들어 있어. 그 휴대폰은 GPS 추적이 되는 장비야. 그걸 끄거나 잃어버리면, 아니면 전화벨이 울렸는데 딴 놈이 받으면 자네가 브라조리아 카운티의 대링턴 감옥농장에서 탈출했다는 신고가 지역 경찰에서 연방수사국으로 가게 돼. 그리고 나는 자네 마누라 집으로 남자 여섯 명을 보낼 거야……. 그래, 그 여자가 어디 사는지 난 알아……. 그리고 그 남자들은 네 마누라하고 소꿉놀이를 할 거야. 자네가 지난 15년간 제대로 못해본 그 놀이 말이야."

저절로 주먹이 쥐어지지만 모스는 아무 말도 하지 않는다. 정장 남자는 다시 몸을 숙인다. 바짓단이 당겨 올라가 검은 양말 위로 털 없는 창백한 발목이 드러난다. 남자의 눈이 보이지 않아도, 모스는 그들이 꿇어앉아 마치 강속구나 흙먼지를 일으키는 모든 것을 낚아챌 태세를 갖춘 포수 같은 집중력으로 자신을 뚫어지게 보고 있음을 안다.

"자유의 몸이 된 대가로, 자네는 오디 파머를 찾아야 해."

"어떻게요?"

"지하세계의 범죄자 인맥이 있을 거 아냐."

모스는 웃음을 억누르지 못한다. "저는 15년이나 들어가 있었는데요."

그 말은 지체 없는 발길질을 부른다. 맞는 것도 이제는 슬슬 진저리가 난다.

"돈 때문에 그러세요?" 모스는 고통을 억누르며 묻는다.

"돈은 자네가 가져도 돼. 우리가 관심 있는 건 오디 파머뿐이야."

"왜요?"

"놈 때문에 사람들이 죽어갔으니까. 놈이 살인죄로 사형을 면한 유일한 이유는 머리에 총을 맞았기 때문이야."

"그리고 제가 찾아내면, 어떻게 되는 건데요?"

"우리한테 연락해. 번호는 그 폰에 입력되어 있어."

"오디는 어떻게 되는데요?"

"그건 자네가 상관할 바가 아니야, 웹스터 씨. 자네는 이미 삼진 아웃을 당했어. 그런데 이제 다시 플레이트를 밟고 경기장으로 돌아올 기회를 얻은 거야. 오디 파머를 찾아내면 내가 책임지고 자네의 남은 형기를 탕감해주지. 자유의 몸이 되는 거야."

"당신을 믿어도 되는지 어떻게 알아요?"

"젊은이, 나는 방금 연방 감옥에 있던 자네를 자네가 오는지도 모르는 주립 감옥농장으로 이송시켰어. 내가 또 뭘 할 수 있을지 생각해봐. 파머를 찾아내지 못하면 자네의 가련한 여생은 텍사스에서 가장 고생스럽고 가장 야비한 교도소에서 보내게 될 거야. 알아듣겠나?"

그 남자는 더 가까이 몸을 기울여 불붙이지 않은 시가의 축축한 끝을 모스의 얼굴에 튕긴다.

"자네한테 선택지는 하나뿐이야, 웹스터 씨. 그리고 그 사실을 더 빨리 깨달을수록 일이 더 쉬워질 거야. 휴대전화에 관해 한 말 잊지 마. 잃어버리는 순간 자네는 바로 수배자 신세야."

12

오디는 눈을 감을 때마다 다시 사랑에 빠진다. 12년 전부터 줄곧 그랬다. 처음 벨리타 시에라 베가에게 눈길이 머물고, 벨리타가 그의 뺨을 세게 때린 바로 그 순간부터.

벨리타는 회색 앵무새 두 마리가 든 새장의 물그릇을 채울 물동이를 부엌에서 들고 나와, 지글지글 끓는 시멘트 길을 밟으며 가고 있었다. 항아리가 무거워서 물이 양옆으로 흘러넘쳐 얇은 면 드레스를 적셨다. 얼굴은 10대를 갓 벗어난 것 같았고 긴 머리카락은 어찌나 새카만지 검은 조명을 받은 새틴처럼 보랏빛마저 감돌았다. 삼단 같은 땋은 머리는 리본으로 동여맨 허리의 잘록한 부분까지 내려와 있었다.

오디는 집의 그쪽으로 누가 오리라고는 예상하지 못했고 벨리타 역시 마찬가지였다. 시멘트는 뜨거웠고 벨리타는 맨발이었다. 벨리타는 발이 화상을 입지 않도록 춤을 추듯 번갈아 한 발로 뛰었다. 그 바람에 물이 더 많이 엎질러졌고, 드레스 앞부분이 몸에 찰싹 들러붙어 천 밑으로 마치 도토리 같은 유두가 도드라졌다.

"도와드릴게요." 오디가 말했다.

"아니에요, 세뇨르."

"무거워 보여요."

"나 힘세요."

그녀는 스페인어로 말했지만 그 정도는 오디도 알아들을 수 있었다. 그는 벨리타의 손에서 물동이를 빼앗아 새장으로 들고 갔다. 벨리타는 팔짱을 껴 가슴을 가렸다. 이제는 뜨거운 시멘트 길에서 내려와 그늘에 서 있었다. 기다리고 있었다. 갈색 바탕에 금색 점이 콕콕 박힌 눈동자는 마치 사내아이들이 가지고 노는 구슬 같았다.

오디는 정원과 수영장 너머의 장엄한 벼랑들을 응시했다. 맑은 날이면 태평양까지도 보였다.

"경치 좋네요." 오디가 조용히 휘파람을 불며 말했다.

벨리타는 오디가 돌아선 순간 고개를 들었다. 오디의 눈길이 벨리타의 얼굴과 목과 가슴에 떨어졌다. 그녀는 오디의 왼쪽 뺨을 세게 때렸다.

"당신한테 말한 게 아니에요." 오디가 말했다.

벨리타는 한심하다는 눈길을 보내고는 집을 향해 돌아섰다.

오디는 엉터리 스페인어로 다시 시도했다. "죄송해요, 세뇨리타. 볼 생각 없었어요……. 음…… 그러니까…… 당신의 그……" 오디는 스페인어로 가슴을 뭐라고 하는지 몰랐다. 테타스(tetas, 유두)였던가 아니면 페초스(pechos, 유방)였던가?

벨리타는 대꾸하지 않았다. 그를 아예 투명인간 취급했다. 검은 머리카락을 양옆으로 사납게 휘두르며 멀어져 갔다. 스크린 도어가 탕 하고 닫혔다. 오디는 야구모자를 손에 구겨 쥔 채로 밖에서 기다렸다. 그는 무언가가 일어났음을, 어떤 계시 같은 것이 일어났음을 직감했지만 아직 그 의미는 알지 못했다. 콘크리트 길을 돌아보니 물에 젖었던 부분들은 이미 말라버렸다. 머릿속에 남은 기억을 제외하면 방금 일어난 상황을 보여주는 흔적은 하나도 없었다.

다시 나타났을 때 벨리타는 다른 옷을 입고 있었다. 아까 입었던 옷보다 더 낡은 옷이었다. 그녀는 스크린 도어 뒤에 서서 이번에는 서툰 영어로 말했다. "세뇨르, 어반은 집에 없어요. 나중에 와요."

"저는 소포를 가지러 왔습니다. 노란 봉투요. 소브레 아마리 (sobre amari, 노란 봉투)요." 오디는 몸짓으로 그 크기를 알렸다. "서재의 협탁에 있을 거라고 했어요."

벨리타는 오디에게 힐난하는 눈길을 던지고는 다시 사라졌다. 오디의 눈길이 그녀의 엉덩이를 따라 살랑대는 천의 움직임을 좇았다. 물방울이 유리판 위를 미끄러지듯이 힘 한 올 들어가지 않는 매력적인 출렁임이었다.

벨리타가 돌아왔다. 오디에게 봉투를 건넸다.

"저는 오디라고 합니다."

벨리타는 스크린 도어를 잠그고 등을 돌려 어둡고 시원한 집 안으로 사라졌다. 오디는 그 자리에 멍하니 서 있었다. 더 볼일은 아무것도 남아 있지 않았지만, 어쨌거나 그는 계속해서 보았다.

*

디지털시계의 붉은 숫자에 따르면 지금 시간은 여덟 시를 막 지났다. 하지만 이미 한 시간 전부터 커튼 틈새로 빛이 새어 들어오고 있었다. 캐시와 스칼렛은 아직 잠들어 있다. 오디는 살금살금 일어나 욕실로 간다. 작은 책상 옆을 지나가는데 그 위에 놓인 자동차 키가 눈에 띈다. 열쇠고리에 분홍색 토끼발이 달려 있다.

바지를 대충 걸치고 스웨터를 뒤집어쓴 후 변기 뚜껑을 깔고 앉아 모텔 편지지에 쪽지를 남긴다.

차 좀 빌립니다. 두 시간 뒤에 돌아올게요. 제발 경찰한테 알리지 말아주세요.

모텔을 나선 오디는 차를 몰아 45번 주간고속도로를 타고 휴스턴을 벗어나 북쪽으로 향한다. 일요일 아침이라 교통은 뻥 뚫렸고, 30분 안에 도시를 벗어난 차는 77번 출구로 나와 우드랜즈 파크웨이를 따라 골프코스, 호수, 그리고 팀버 밀이니 글로리 바우어니 하는 전원적인 이름이 붙은 길들을 지나간다. 오디는 마음속에 지도를 그린다. 스리 리버스 교도소의 컴퓨터로 그 주소를 검색했을 때 기억에 새겨놓은 지도다.

라마 초등학교의 텅 빈 주차장에 차를 세운 후 반바지로 갈아입고 새 러닝화의 끈을 꿴다. 오크나무, 단풍나무, 밤나무들이 늘어선 자전거로를 따라 우선 천천히 달리기 시작한다. 교차로마다 정지 표지판들이 서 있고 집들은 길에서 한 걸음 물러나 있다. 집집마다 물을 머금은 잔디밭과 화단을 자랑한다. 트레일러가 딸린 자전거를 탄 신문 배달부가 오디를 지나친다. 손도끼처럼 수평으로 핑핑 돌며 날아간 신문은 현관이나 앞길에 철썩 떨어진다. 오디는 10대 때 신문 배달을 했지만 이런 부유한 동네에 배달을 한 적은 한 번도 없었다.

나무들 틈새로 비치는 태양이 얼룩덜룩한 그림자를 만들며 오디를 따라 아스팔트를 달린다. 골프코스에서는 파라오처럼 피둥피둥한 남자들이 빛나는 흰 카트를 타고 있다. 이곳은 그들만의 본거지다. 하얗고 깨끗하고 깃대와 그네가 딸린 전리품 같은 집들로 가득하며 이웃과는 영영 담을 쌓은, 준법 시민들의 근거지.

오디는 멈춰 서서 다리를 소화전에 기대고 오금을 쭉 편다. 박공지붕이 있고 삼면이 섀시 달린 베란다로 에워싸인 2층집을 염탐한다. 3단 접이식 차고 문 앞 콘크리트 바닥에서 10대 소년 하나가 스케이트보드를 타고 있다. 흑발에 올리브색 피부의 소년은 몸놀림이 가볍고 우아하다. 소년은 베니어판 하나와 콘크리트 블록 두 개로 경사로를 만들어 두었다. 스케이트보드를 걷어차 경사로 위로 날아오른 소년은 두 차례 힘차게 발을 휘저은 후 발재간으로 보드를 돌려서 착지한다.

소년이 고개를 들고 이글대는 태양빛으로부터 눈을 가리는 모습에 오디는 숨이 멎는 기분을 느낀다. 계속 달려야 하는데 발이 그 자리에 못 박힌 것만 같다. 오디는 이마가 거의 정강이에 닿도록 깊이 몸을 숙인다. 뒤편에서 차 한 대가 진입로로 들어온다. 호두 껍질들이 타이어에 깔려 쪼개진다. 소년은 스케이트보드를 발로 뒤집어 손으로 잡는다. 소년이 옆으로 비켜서는 동시에 차고 문이 열리고 차가 안으로 들어선다.

식료품이 담긴 갈색 종이봉투를 든 여자가 차고에서 나온다. 청바지와 흰 블라우스 차림에 플랫슈즈를 신었다. 여자는 소년에게 식료품을 건네고 오디를 향해 진입로를 걸어온다. 오디는 공황에 빠지려는 정신을 가까스로 다잡는다. 여자는 신문을 집어 들려고 허리를 숙인 채로 오디를 흘끔 엿본다. 겨드랑이의 땀자국과 이마에 들러붙은 머리카락이 여자의 눈에 들어온다.

"조깅하기 좋은 아침이네요."

"네, 그러네요."

여자는 금발 곱슬머리 한 줌을 옆으로 빗어 넘겨 녹색 눈동자를 드러낸다. 귓불에서 다이아몬드 귀걸이가 반짝인다.

"이 동네 사세요?"

"막 이사 왔어요."

"처음 뵙는 것 같아요. 어디서 지내세요?"

"리버뱅크 드라이브요."

"아, 거기 좋죠. 가족은 있으세요?"

"아내가 얼마 전에 세상을 떠났어요."

"어떡해요."

여자가 작고 하얀 치아를 혀로 훑는다. 오디는 넓은 잔디밭을 응시한다. 소년은 스케이트보드에 한쪽 발로 서서 빠르게 돌고 있다. 균형을 잃고 넘어질 뻔했지만 다시 시도한다.

"우드랜즈에는 무슨 일로 오게 되셨어요?" 여자가 묻는다.

"회사에서 회계감사를 맡아서요. 몇 달만 있으면 되는데 굳이 집을 구해주더군요. 혼자 살기에는 과하게 큰 집이지만 집세는 그쪽에서 내니까요." 등의 땀방울이 증발하는 느낌이 선뜩하다. 오디는 집 쪽으로 몸짓을 하며 말한다. "이 집처럼 좋지는 않지만요."

"컨트리클럽에 가입하세요. 혹시 골프 치세요?"

"아니요."

"테니스는요?"

오디는 고개를 젓는다.

여자가 미소를 짓는다. "그러면 선택지가 좀 좁아지겠네요."

소년이 여자를 소리쳐 부른다. 배가 고프다는 것 같다. 여자가 어깨너머로 돌아보고 한숨을 쉰다. "맥스는 냉장고에서 우유도 못 찾을 거예요. 음메음메 울어도 모를걸요."

"저 아이 이름인가요?"

"네." 여자가 손을 내민다. "저는 샌디예요. 남편은 이 지역 보안관이에요. 우리 동네에 잘 오셨어요."

13

모스가 셔츠 주머니를 툭툭 쳐서 현금 봉투를 확인한다. 흡족한 기분으로 입속에 고이는 침을 삼키며 유광 코팅된 메뉴판을 살핀다. 가격을 본다. 언제부터 버거 값이 6달러나 했지?

검은 눈동자와 꿀 색깔의 피부를 가진 웨이트리스는 흰 반바지와 붉은 블라우스 차림이다. 사립학교 학생들 특유의 풋풋한 열의 덕분에 팁을 억수로 벌어들일 것 같다.

"뭘 드시겠어요?" 웨이트리스가 주문용지 대신 작고 얇은 검은색 상자를 들고 묻는다.

모스는 고른 것들을 줄줄 읊는다. "팬케이크. 와플. 베이컨, 소시지. 에그스크램블, 수란, 달걀프라이, 그리고 그 허옇고 끈적한 소스가 뭐더라?"

"홀랜다이즈요."

"그래요, 그거 좀 주고, 해시브라운하고, 콩하고, 비스킷하고, 그레이비소스하고."

"일행이 오실 건가요?"

"아닌데요."

웨이트리스가 주문내역을 점검한다. "혹시 저한테 장난치시는 거예요?"

모스는 웨이트리스의 이름표를 본다. "아니요, 앰버, 장난치는 거 아닌데요."

"그걸 전부 혼자 드시려고요?"

"그래요, 빵빵한 배를 끌어안고 뒤뚱뒤뚱 걸어 나갈 거요."

앰버가 코에 주름을 잡는다. "같이 드실 음료는 필요 없으세요?"

"커피하고 오렌지주스." 모스가 생각에 잠겨 말을 멈춘다. "자몽 있어요?"

"예."

"그거부터 주세요."

앰버가 주방으로 가자 모스는 휴대폰을 집어 든다. 그 작은 크기에 새삼 놀란다. 이전에는 스파이나 양복쟁이들이 들고 다니는 벽돌 같은 물건이었는데. 이제는 귀금속이나 라이터처럼 보인다. 영화와 텔레비전에서 심통 난 어린애처럼 징징대는 휴대폰을 본 적은 있었다. 사람들은 모스 부호로 신호를 보내듯 앞쪽을 두드리곤 했지.

누구한테 전화를 걸어볼까? 물론 크리스털이 1순위지만 이런 일에 끌어들이고 싶지 않은 마음에 모스는 망설인다. 제대로 안아본 게 벌써 15년 전이다. 보통은 강화유리판을 사이에 두고 이야기나 나누는 게 고작이었다. 손 한 번 못 잡아보고 겨우 한 시간쯤 같이 보낼라치면 크리스털은 다시 치과 간호사로 일하고 있는 샌안토니오로 돌아가야 했다.

놈들이 통화를 도청하면 어떡하지, 그는 고민한다. 그게 가능한가? 오디 파머를 찾아내면 과연 약속을 지킬까? 아마 아닐 테지. 어느 쪽이든 웃으며 내게 엿을 먹일 거다. 웃음 띤 얼굴로 약속과는 정반대 짓을 할 거다.

돈을 찾을 수만 있다면 다른 살길이 생길지도 모른다. 7백만 달러면 왕국이나 섬, 아니면 새 신분이나 새 인생을 살 수도 있을 것이다. 악마의 여행사를 알면 지옥에서 벗어나는 티켓을 살 수 있다.

오디와의 우정은 한두 해에 쌓은 것이 아니지만, 목숨이 걸린 판국에 우정이 다 뭐란 말인가? 감옥에서 우정의 핵심은 생존과 상호 이득이지 존중이나 의리가 아니다. 왜 탈출할 거라고 나한테 알려주지 않았지? 모스는 오디를 살아 있게 해주었다. 뒤를 봐주었다. 감옥 도서관에 일자리를 얻어주고, 모스의 옆방을 쓰게 해주었다. 덕분에 두 사람은 밤에 체스를 둘 수 있었다. 자기 차례에 종이에 수를 적어서 복도를 따라 옆방으로 굴리는 방식으로. 오디는 그에게 알려주었어야 했어. 그 정도 의무는 있었다고.

요리사가 주방에서 나온다. 땅딸막하고 피부가 검은 멕시코인으로 뺨의 여드름 흉터가 어찌나 심한지 씹다 뱉은 몽당연필이 따로 없다. 웨이트리스가 모스를 가리킨다. 요리사가 끄덕이고 만족한 표정을 짓자 앰버가 모스에게 커피와 오렌지주스를 가져다준다.

"뭐죠?" 모스가 묻는다.

"보스가 선불로 해달래요."

"왜요?"

"손님이 계산하기 전에 도망가실까 봐 걱정이 되나 봐요."

모스는 봉투를 주머니에서 꺼내서 20달러 지폐 세 장을 센다.

"이거면 얼마나 멀리까지 갈 수 있나 봅시다."

앰버는 휘둥그레진 눈으로 봉투를 본다. 모스는 10달러를 더 준다. "이건 당신 거."

앰버가 돈을 뒷주머니에 찔러 넣는다. 목소리는 약간 낮아져서, 거의 허스키해졌다. 모스는 아득한 울렁거림을 느낀다. 나이로 따지자면 딸뻘이지만 그래도 울렁거리는 걸 어쩌랴고. 이 여자애에게서는 억울함이나 앙심 같은 건 흔적조차 찾아볼 수 없다. 인생으로 인한 그 어떤 얼룩도, 어떤 문신이나 피어싱도, 퇴색되거나 너덜너덜해지거나 지쳐버린 흔적도 전혀 없다. 순조로웠을 고등학교 시절이 훤히 그려진다. 남자아이들한테 인기 만점이고, 풋볼 구장에서 폼폼을 흔들고, 풍차 돌기를 하면서 팬티를 슬쩍슬쩍 보여주는, 언제나 밝고 꾸밈없는 미소로 가득한 여자아이. 이제는 대학교에 다니면서 아르바이트까지 하고 있으니 틀림없이 부모의 자랑거리일 테지.

"공중전화 있어요?" 모스가 묻는다.

앰버는 그의 휴대폰을 힐끗 보지만 내색하지 않는다. "뒤쪽에요, 화장실 사이에."

앰버가 준 동전 몇 개를 가지고 모스는 번호를 누른다. 신호음이 울리기 시작하자 귀가 쫑긋 선다. 크리스털이 받는다.

"안녕, 자기, 나야." 모스가 말한다.

"모스?"

"나 아니면 누구겠어."

"보통은 일요일에 전화 안 하잖아."

"내가 어디 있는지 짐작도 못할걸."

"장난치는 거야?"

"식당에 앉아서 근사한 아침식사를 하려는 참이야."

침묵이 두 박자 흐른다. "술 마신 거야?"

"아냐, 자기, 나 완전 맨정신이야."

"탈옥했어?"

"아닌데."

"어떻게 된 거야?"

"나가래."

"왜?"

"말하자면 길고……. 이리로 오면 설명해줄게."

"어디 있는데?"

"브라조리아 카운티."

"집에 올 거야?"

"일을 하나 끝내놓기 전엔 안 돼."

"무슨 일?"

"누굴 찾아야 해."

"누구?"

"오디 파머."

"그 사람 탈옥했다며! 뉴스에서 봤어."

"걔가 어딨는지 내가 안다고 생각하나 봐."

"알아?"

모스가 껄껄 웃는다. "전혀 몰라."

크리스틸은 이 상황이 재미있다고 생각지 않는다. "당신한테 그 사람을 찾으라고 했다는 작자들은 누구야?"

"내 고용주들이지."

"그 작자들 믿어?"

"아니."

"아, 모스, 어쩌려고 그래?"

"진정해, 자기야. 내가 다 알아서 해. 자기가 너무 보고 싶다. 난 지금 코끼리만큼 굵고 단단해졌어. 무슨 말인지 알지?"

"저질스럽게 그러지 좀 마." 크리스털이 나무란다.

"진짜야, 자기. 너무 크고 딱딱해지는 바람에 눈꺼풀까지 당겨서 눈도 못 감을 지경이야."

"쉿, 조용히 좀 해."

모스가 자기 휴대폰 번호를 알려주고는 댈러스에서 만나자고 말한다.

"왜 댈러스야?" 크리스털이 묻는다.

"오디 파머의 엄마가 거기 살거든."

"이대로 하던 거 다 놓고 곧장 댈러스로 달려갈 수는 없어."

"내 말 뭘로 들었어? 나는 너무 딱딱하고 커져서……."

"알았어, 알았다고!"

14

칼 형이 비번이던 경관을 쏜 날, 오디는 저녁시간이 넘어서야 귀 갓길에 올랐다. 고등학교의 타격장에서 공을 실컷 때린 후 잔디깎기 기계를 빌리러 친구네 집까지 걸어갔다. 대학으로 돌아가기 전에 잔디 깎는 아르바이트로 돈을 더 모아놓을 셈이었다.

깨어진 보도블럭 위로 잔디깎기 기계를 밀고 가던 오디는 집 근처까지 오자 모퉁이를 돌아 헨더슨네 개를 피하려고 길을 건넜다. 그 개는 누구든 자기 집 근처로 다가오기만 하면 내장까지 토해낼 기세로 짖어댔기 때문이다. 경찰차들과 반짝이는 조명들이 오디의 눈에 들어온 것은 그때였다. 오디의 닳아빠진 쉐보레가 문과 트렁크가 모두 활짝 열린 채로 갓돌에 세워져 있었다.

이웃 사람들이 집 밖에 나와 서 있었다. 프레스콧네와 워커네, 그리고 메이슨네 쌍둥이, 모두 오디가 아는 사람들이었다. 견인트럭이 뒷바퀴를 걸어 쉐보레를 끌고 가는 것을 구경 중이었다.

오디는 멈추라고 소리를 질렀다. 그때 차 후드 너머로 보안관보가 모습을 드러냈다. 권총을 쥔 두 손을 앞으로 뻗은 채 한 눈을 감고 있었다.

"손 들어! 당장!"

오디는 머뭇거렸다. 스포트라이트 때문에 앞이 보이지 않았다. 잔디깎기 기계에서 손을 떼고 하늘로 치켜들었다. 더 많은 보안관보들이 그림자 속에서 게걸음을 쳤다.

"땅에 엎드려."

오디는 무릎을 꿇었다.

"완전히 누우라고."

오디는 배를 깔고 누웠다. 누군가가 그의 등을 깔고 앉았다. 또다른 사람이 무릎을 꿇고 그의 목에 빗장을 걸었다.

"당신은 묵비권을 행사하고 어떤 질문에도 대답하지 않을 권리가 있습니다. 알겠습니까?"

그들의 무릎에 목이 짓눌린 오디는 끄덕일 수조차 없었다.

"당신이 하는 모든 말은 법정에서 당신에게 불리하게 적용될 수 있습니다. 알겠습니까?"

오디는 대답하려고 애를 썼다.

"변호사 비용이 없으면 무료 선임될 겁니다."

양손에 수갑이 채워졌다. 그들은 오디를 돌려세우고 주머니를 뒤졌다. 돈을 꺼내갔다. 오디는 경찰차 뒷좌석에 태워졌다. 보안관 하나가 옆에 탔다.

"당신 형은 어디 있지?"

"칼이요?"

"다른 형도 있나?"

"없는데요."

"형은 어디 있나?"

"모르겠는데요."

그들은 오디를 사우스 라마 스트리트에 있는 잭 에반스 경찰서의 취조실로 데려가 두 시간 동안 꼬박 대기시켰다. 물 한 잔도 마실 수 없었고, 화장실도 전화도 허락되지 않았다. 마침내 한 형사가 와서 톰 비스콘티라고 자신을 소개했다. 1970년대 텔레비전 드라마를 연상시키는 곱슬머리에 선글라스를 머리띠처럼 걸치고 있었다. 형사는 오디의 맞은편에 앉아서 눈을 감았다. 몇 분이 똑딱똑딱 지나갔다. 잠들었나 싶은 순간 형사의 눈꺼풀이 파들거리다 뜨였다. 형사가 웅얼거렸다. "당신 DNA 표본을 채취해야겠는데."

"왜요?"

"거부하는 겁니까?"

"아니요."

다른 경관이 들어와서 면봉으로 오디의 뺨 안쪽을 긁은 후 마개가 달린 유리 시험관에 넣었다.

"저는 왜 잡혀온 겁니까?"

"살인 방조죄."

"무슨 살인이요?"

"오늘 오후 울프 주류점에서."

오디는 눈만 껌뻑거렸다.

"그 표정 좋네. 배심원들한테 잘 먹히겠어. 당신 차가 주류점 앞을 떠나는 걸 목격했다는 사람이 있어."

"저는 오늘 제 차를 안 썼는데요."

"누가 썼지?"

오디는 망설인다.

"칼이 당신하고 같이 있었던 거 다 알아."

"저는 주류점에 가지 않았어요. 타격장에서 공을 치고 있었어요."

"공을 치고 있었다면 배트는 어디 있지?"

"친구네 집에요. 그 친구네 집에 잔디깎기 기계를 빌리러 갔어요."

"그게 당신 알리바이야?"

"사실이에요."

"난 안 믿어." 비스콘티가 말했다. "당신도 안 믿겠지만, 자 1분 줄 테니 다시 기억을 잘 더듬어보시지."

"그래도 달라질 건 없어요."

"칼은 어디 있나?"

"그건 아까도 물으셨잖아요."

"아로요 경관은 왜 쏜 거지?"

오디는 고개를 저었다. 그들은 계속 같은 자리를 맴돌았다. 그 형사는 마치 영상과 목격자들로 빈틈없이 짜 맞춘 것처럼 그 사건의 정황을 들려주었다. 오디는 계속 고개를 저으면서 오해라고 말했다. 그러다 아까 옛날 같은 학년이었던 여자애를 우연히 만난 게 떠올랐다. 애슐리 나이트. 오디는 그 아이가 주유소에서 자동차 타이어에 공기 넣는 것을 도와주었다. 그 애는 오디에게 대학교는 어떠냐고 물었다. 자기는 월마트에서 일하는 중인데 미용학교에 갈 거라고 했다.

"그게 몇 시였지?"

"여섯 시쯤이요."

"확인해봐야겠군." 비스콘티가 불신을 감추지 않으며 말했다. "그렇지만 상황이 당신한테 썩 좋아 보이지 않는다는 걸 명심하라고, 오디. 경찰을 죽이면 전기의자로 가게 돼 있거든. 방조범이라고 다를 게 없어. 배심원단은 둘 중 누가 방아쇠를 당겼는지는 따지지 않을 거야. 물론 당신이 경찰에 협조해서 동료를 불지 않는다면 말이지."

오디는 고장 난 녹음기가 된 기분이었다. 같은 이야기를 아무리 되풀이해도 저쪽에서는 말꼬리를 잡아서 어떻게든 엮어 넣을 생각뿐이었다. 칼이 총에 맞았다고 했다. 출혈이 심할 것이다. 치료를 받지 않으면 죽을 수도 있다.

신문은 36시간 만에 끝났다. 비스콘티가 애슐리와 이야기를 하고 주유소의 영상을 돌려보고 난 후였다. 오디는 돈이 없었다. 집까지 걸어가야 했다. 어머니와 아버지는 이틀간 집을 한 발짝도 나서지 않았다. 집 앞에는 기자들이 몰려와 있었다. 잔디밭에 커피 컵들을 함부로 버리고 모든 사람들의 얼굴에 마이크를 들이댔다.

저녁 식탁은 침묵 속에 잠겼다. 접시가 식탁 위를 오갔다. 칼과 포크가 접시를 긁었다. 벽에 걸린 시계가 똑딱거렸다. 오디의 아버지는 쪼그라든 것처럼, 마치 살가죽 속의 뼈대가 줄어든 것처럼 보였다. 소식을 들은 버나데트 누나는 휴스턴에서 곧장 차를 몰아 달려왔다. 간호사 수련을 막 끝내고 대도시 병원에서 일자리를 찾은 참이었다. 나흘째가 되자 기자들의 군단도 한산해졌다. 칼의 소식은 전혀 없었다.

그 일요일, 오디는 볼링장에 지각을 하고 말았다. 경찰에서 차를 돌려주지 않아 버스 두 대를 갈아타고 마지막 8백 미터를 걸어야 했던 탓이었다. 차는 아직도 강력계의 증거품 A였다.

오디는 늦어서 죄송하다고 사과했다.

"됐으니까 집에 가." 주인이 말했다.

"하지만 저 오늘 근무인데요."

"대신할 사람 찾았어."

주인은 현금 출납기를 열어 오디에게 22달러의 급료를 정산해주었다. "셔츠는 벗어놓고 가라."

"갈아입을 옷이 없는데요."

"그건 네 문제고."

주인은 팔짱을 끼고 기다렸다. 오디는 셔츠를 벗었다. 웃통을 벗고 있으니 버스가 태워주려 하지 않아서 집까지 11킬로미터를 꼬박 걸어야 했다. 싱글턴 대로까지 왔을 때, 픽업트럭 한 대가 게리네 세차장 맞은편에 와 섰다. 운전석에 앉은 여자아이는 칼의 약쟁이 패거리에 속한 콜린 매스터스였다. 탈색한 머리에 얼굴은 예쁘장하지만 마스카라가 너무 짙은 그녀는, 신경이 잔뜩 곤두서서 안절부절못했다.

"타."

"저 셔츠 안 입고 있는데요."

"말 안 해도 보여."

오디는 조수석으로 미끄러져 들어갔다. 겨울처럼 창백하고 얼룩덜룩한 자신의 맨가슴이 자꾸 신경 쓰였다. 콜린은 거울을 들여다보면서 교통 흐름에 합류했다.

"어디로 가는 거예요?"

"칼 만나러."

"병원에 있어요?"

"그만 좀 묻지?"

그들은 더 이상 아무 말도 하지 않았다. 트럭은 덜덜거리며 베드퍼드 스트리트의 철로 옆 고물상으로 향했다. 좌석에 놓인 갈색 봉투가 오디의 눈에 띄었다. 붕대. 진통제. 위스키.

"얼마나 심각한 거예요?"

"네 눈으로 직접 봐."

콜린은 넓게 벌어진 오크나무 아래 차를 세우고 오디에게 봉투를 건넸다. "나는 이만 발 뺄 거야. 네 형이잖아."

그녀는 오디에게 트럭 열쇠를 내던지고 가버렸다. 사무실에 들어가니 2층 침대 위에 칼이 웅크린 채 누워 있었다. 붕대 사이로 피가 배어 나왔다. 역겨운 냄새에 속이 뒤집힐 것 같았다.

칼이 충혈된 눈을 떴다. "어이, 동생아, 마실 것 좀 가져왔냐?"

오디는 봉투를 내려놓았다. 위스키를 컵에 따라 칼의 입술에 가져다 댔다. 오디는 칼의 살갗에 비치는 역겨운 노란색 번들거림이 자신의 손끝에 물들 것만 같았다.

"구급차를 부를게."

"안 돼." 칼이 한숨을 쉬었다. "그러지 마."

"안 그러면 죽을 거야."

"괜찮을 거야."

오디가 창고를 둘러보았다. "여긴 뭐야?"

"고물상이었지. 이제는 그냥 고물이 들어찬 창고고."

"어떻게 알았어?"

"친구놈 하나가 여기서 일했어. 맨날 똑같은 데에 열쇠를 숨겨놨거든."

칼은 기침을 시작했다. 전신이 들썩였다. 얼굴을 찌푸리자 피맺힌 치아가 드러났다.

"사람을 불러오게 해줘."

"말했잖아, 싫다고!"

칼이 베개 밑에서 권총을 꺼내어 오디의 머리에 겨눴다. "그리고 감옥에는 안 돌아갈 거야."

"형이 날 쏠 리가 없어."

"자신 있어?"

오디는 다시 자리에 앉았다. 무릎이 침대 가장자리에 닿았다. 칼이 위스키병으로 손을 뻗으며 갈색 종이봉투 안을 들여다보았다.

"내 물건은 어디 있어?"

"무슨 물건?"

"배신자년! 약속해놓고. 이 형 충고 잘 들어라, 동생아, 약쟁이는 믿는 게 아니란다."

칼의 손이 떨리고 이마에는 땀방울이 맺혔다. 쥐어짜듯 눈을 감자 세모꼴 주름 틈새로 눈물이 새어 나왔다.

"제발 구급차를 부르게 해줘." 오디가 말했다.

"내 고통을 없애주고 싶어?"

"당연하지."

"그럼 내가 말하는 걸 사다 주면 돼."

"약은 절대 안 사다 줄 거야."

"왜? 너 돈 있잖아. 현금으로 모으고 있는 거 다 알아. 그걸로 사면 되잖아."

"싫어."

"내 사정이 더 급해!"

오디는 고개를 저었다. 칼은 한숨을 내쉬었다. 숨소리가 덜그럭거렸다. 한동안 침묵이 내려앉았다. 파리 한 마리가 악취 풍기는 반창고 위를 기어 다니며 고름과 마른 피를 빨아먹었다.

칼이 말했다. "우리 콘로 호수에 낚시 갔던 거 기억해?"

"그럼."

"와일드우드 쇼어스 근처 나무 오두막에 묵었잖아. 볼 건 별로 없었지만 부두에서 바로 낚시를 할 수 있었지. 네가 7킬로그램짜리 배스 잡은 거 기억 나? 씨팔, 나는 그 물고기가 너를 물속으로 끌고 들어가는 줄 알았어. 그래서 네 벨트를 있는 힘껏 움켜쥐었지."

"형이 줄을 팽팽하게 당기라고 고함을 쳤지."

"네가 그 물고기를 놓칠까 봐 그런 거야."

"나는 형이 나한테 화가 난 줄 알았어."

"왜?"

"원래 형이 잡았어야 하는 물고기니까. 형이 아빠한테 냉장고에서 맥주를 꺼내드리고 올 테니까 그동안 나더러 형 낚싯대를 잡고 있으라고 했잖아. 그때 미끼를 문 거고."

"화 안 났었어. 오히려 자랑스러웠지. 우리 주 청소년 최고 기록이었잖아. 신문에도 나고 난리도 아니었지." 칼의 표정은 웃음인지 찡그림인지 분간이 되지 않았다. "휴, 정말 좋은 시절이었어. 물이 참 맑았는데. 시체하고나 어울리는 트리니티 강이랑은 딴판이었지." 칼은 그르릉대며 숨을 쉬었다. "거기 가고 싶어."

"콘로 호수에?"

"아니, 강에, 강을 보고 싶어."

"병원 말고 다른 데로는 절대 안 데려다줄 거야."

"강으로 데려다주면, 약속할게, 그다음에는 뭐든 너 하고 싶은 대로 해."

"형을 어떻게 거기로 데려가란 거야?"

"트럭이 있잖아."

오디는 창문 밖으로 철도 조차장과 20년째 선 채로 녹슬어가는 화물차들을 내다보았다. 넝마나 다름없는 커튼들이 바람에 유령처럼 부풀어 올랐다. 어떻게 한단 말인가?

"강으로 데려다줄게. 하지만 그다음에는 꼭 병원에 가야 해."

*

오디의 마음이 현재로 떠내려온다. 오디는 늘어진 버드나무 가지 아래에 서서 아까 그 집을 바라다보며 그 소년을 생각하고 있다. 여자는 소년의 이름이 맥스라고 했다. 갸름한 얼굴형에 섬세한 생김새, 미간이 넓고 갈색 눈동자를 가진 열다섯 살가량의 소년. 8학년. 열다섯 살짜리 남자애들은 보통 어떻더라? 여자아이. 액션영화. 팝콘. 영웅. 컴퓨터 게임.

일요일 한낮, 그늘은 마치 하루 중 가장 더운 때를 피하려는 듯 나무들 아래에 한데 웅크려 있다. 맥스가 집을 나와 스케이트보드를 발로 밀며 보도블럭을 지나간다. 금간 곳들을 뛰어넘고 개와 함께 산책 중인 여자를 빙 둘러간다. 우드랜즈 파크웨이를 건너 북쪽으로 마켓 스트리트를 향한 맥스는 뮤스에 이르러 소다 한 캔을 사 들고 센트럴 파크의 벤치에 앉아 볕을 쪼인다. 운동화를 신은 발밑으로 스케이트보드를 굴리고 있다.

어깨너머로 고개를 돌려 양편을 살핀 소년은 이윽고 담배를 꺼내 물고는 성냥에 불을 붙여 손으로 감싸고 연기 속에서 성냥개비를 흔든다. 맥스의 시선을 따라간 오디의 눈에 한 상점의 진열장 안에서 일하고 있는 여자아이가 들어온다. 플라스틱 마네킹에 옷을 입히는 중이다. 가발이 벗겨진 민둥머리와 어깨, 그리고 모래시계 같은 굴곡 위로 옷자락을 잡아당겨 내린다. 유리창 속의 여자아

136

이는 대략 맥스와 같은 또래, 어쩌면 조금 더 많을 수도 있겠다. 여자아이가 몸을 숙인 순간 스커트가 올라가서 팬티가 보이려다 만다. 맥스가 스케이트보드를 집어 들어 무릎에 올려놓는다.

"담배를 피우기에 넌 너무 어리지 않니." 오디가 말을 건다.

"열여덟 살인데요." 맥스가 오디를 돌아보고 목소리를 한 옥타브 떨어뜨리려고 애쓰며 말한다.

"너는 열다섯 살이야." 오디가 자리에 앉아서 초콜릿 우유팩을 연다.

"어떻게 알아요?"

"그냥 알아."

맥스가 담배를 끄고 혹시 자기 부모와 아는 사람인지 알아내려고 오디를 뜯어본다.

오디는 본명을 대며 악수를 청한다. 맥스는 오디의 뻗은 손바닥을 응시한다. "오늘 아침에 우리 엄마하고 이야기하던 아저씨죠."

"맞아."

"내가 담배 피운다고 일러바칠 거예요?"

"아니."

"여긴 왜 앉아 있어요?"

"다리가 아파서 좀 쉬려고."

맥스는 다시 상점 창문을 바라본다. 여자아이는 마네킹에게 굵직한 목걸이를 걸어주고 있다. 이쪽으로 몸을 돌리더니 유리창 밖을 내다본다. 손을 흔든다. 맥스는 짐짓 무심한 척하며 마주 손을 흔들어준다.

"누구니?"

"우리 학교 애예요."

"이름이 뭐니?"

"소피아요."

"여자친구?"

"아니에요!"

"그래도 좋아하지?"

"그런 말 한 적 없는데요."

"예쁘구나. 말은 해봤니?"

"우리 파예요."

"그게 무슨 뜻이지?"

"같이 다닌다고요……. 여럿이서."

오디는 고개를 끄덕이고 초콜릿 우유를 한 모금 더 마신다.

"나도 네 나이 때 좋아한 여자애가 있었어. 피비 카터라고. 그 애한테 사귀자고 하고 싶었는데 너무 겁이 났지. 그 애가 그냥 친구로 지내자고 할까 봐."

"어떻게 됐어요?"

"극장에 데려가서 〈쥐라기 공원〉을 보여줬지."

"그건 한물간 영화잖아요."

"음, 그때는 신작 영화였고 아주 무서웠어. 그리고 피비가 겁이 나서 내 무릎에 올라앉았지. 그 영화에 관해 생각나는 건 그것뿐이야."

"한심하네요."

"피비 카터가 네 무릎에 올라앉았다면 한심하다는 생각은 안 들었을걸."

"아닐걸요. 피비 카터는 지금쯤은 꼬부랑 할머니일 테니까."

오디가 껄껄 웃자 맥스도 따라 웃는다.

"소피한테 영화를 같이 보러 가자고 말해보면 어때."

"남자친구가 있어요."

"그게 뭐? 손해 볼 것도 없잖아. 내가 전에 만난 여자는 정말 나쁜 남자친구랑 사귀고 있었어. 나는 그 남자하고 헤어지게 만들려고 했지만, 그 여자는 그 남자한테서 자기를 구해줄 필요가 없다고 생각했어. 사실은 필요했는데."

"뭐가 그렇게 나빴는데요?"

"남자는 조직폭력배였고 그 여자는 노예였어."

"노예는 이제 없어요. 1865년에 해방됐어요."

"그건 수많은 노예제도 중 하나일 뿐이야." 오디가 말한다. "그밖에도 많이 있단다."

"그래서 어떻게 됐는데요?"

"나는 그 여자를 그 남자한테서 빼앗아야 했지."

"그 남자는 위험한 사람이었어요?"

"그럼."

"아저씨를 잡으러 왔어요?"

"그렇기도 하고 아니기도 해."

"그게 무슨 뜻이에요?"

"그 이야기는 언젠가 꼭 해주마."

제복 경관 하나가 45미터 거리에서 그들을 지켜보고 있다. 샌드위치를 먹는 중이다. 마지막 한 입을 먹어치우고는 셔츠에 묻은 부스러기를 털어내며 벤치로 어슬렁어슬렁 걸어온다.

맥스가 고개를 든다. "제라드 보안관보 아저씨, 안녕하세요."

"아버지는 어디 계시냐?"

"오늘 근무세요."

보안관보는 호기심 어린 얼굴로 오디를 본다. "이쪽은 누구시지?"

"맥스하고 같이 그냥 바람을 쐬던 중이었어요." 오디가 말한다.

"이 동네 사십니까?"

"맥스네 집 길 모퉁이 근처에 요전에 이사 왔어요. 오늘 아침에 맥스의 어머니를 뵀죠."

"샌디 말씀이시군요."

"정이 많은 분 같던데요."

보안관보가 그 말에는 동의를 표하고 샌드위치 포장지를 쓰레기통에 버린다. 모자 가장자리를 툭 치는 것으로 인사를 대신하고 자리를 뜬다. 오디와 소년은 그의 뒷모습을 눈으로 좇는다.

"내 이름을 어떻게 알아요?" 맥스가 묻는다.

"너희 어머니한테 들었어." 오디가 말한다.

"근데 왜 그렇게 저를 뚫어져라 보세요?"

"너랑 닮은 사람이 생각나서."

소년은 다시 상점 유리창을 쳐다본다. 소피아는 사라졌다.

"내가 말한 것 잊지 마라." 오디가 일어서며 말한다.

"뭘요?"

"데이트 신청하라는 거."

"옙, 그럽지요." 맥스가 냉소적으로 말한다.

"그건 그렇고…… 아저씨 부탁 하나만 들어줄래? 담배는 안 피웠으면 좋겠다. 천식에 해로워."

"제가 천식인 건 어떻게 알았어요?"

"그냥 알아."

15

캐시가 오디의 배에 주먹을 날린다.

"감히 내 차를 훔쳐가!"

"빌린 거예요." 오디가 헉헉댄다.

"개소리 집어치워요, 아저씨. 묻지도 않고 가져간 게 어떻게 빌린 거야."

"그쪽은 자고 있었잖아요."

"어디 법정에서 그렇게 말해보시지. 댁 눈엔 내가 멍청해 보여?" 캐시가 주먹을 풀고 손을 턴다. "젠장, 내 손이 아프잖아! 댁 몸은 무슨 시멘트로 만들었어? 그런데 어디 갔다 왔어요?"

"신용카드 재발급받으려요."

"일요일이잖아. 은행이 문을 안 열 텐데."

"만날 사람이 있었어요."

"누구?"

"휴스턴 사는 누나요."

"누나?"

"그래요."

"왜 같이 안 사는데?"

"못 만난 지 좀 됐어요."

캐시는 한마디도 믿지 않는다. 전기충격기를 들어올린다. "이거 맛 좀 볼래요?"

오디가 캐시에게서 보았던 내면의 부드러움은 그녀의 자연적 방어기제인 분노와 원한의 껍데기 아래로 완전히 사라졌다. 캐시는 등을 돌려 스칼렛이 배를 깔고 엎드려 디즈니 채널을 보고 있는 침대 위로 여행가방을 끌어올린다.

"얼른, 우리 이제 갈 거야."

"그렇지만 난 여기가 좋은데." 스칼렛이 말한다.

"말 들어!"

캐시가 욕실에서 아직 눅눅한 빨랫감들을 집어와 여행가방에 던져넣는다.

"차는 정말 미안해요." 오디가 말한다. "다시는 안 그럴게요."

"아무렴 그러시겠지."

"내가 저녁 살게요……. 우리 어디 좋은 데 가요."

스칼렛이 기대에 찬 얼굴로 엄마를 바라다본다.

"혹시 가스를 몽땅 써버린 거야?" 캐시가 묻는다.

"가득 채워놨어요."

"좋아요. 저녁식사까지만. 그 후에 우린 남남이야."

식당 선택권은 캐시에게 돌아간다. 그녀는 유광코팅 메뉴판에 모든 요리의 사진이 실려 있는 데니스를 낙점한다.

"난 음식 사진을 보면서 고르는 게 좋거든요." 캐시는 그렇게 말하며 스테이크와 통감자구이를 주문한다. 스칼렛은 스파게티와 미트볼을 시키고 음식을 먹는 사이사이 부러진 크레용으로 색칠공부를 한다. 식사를 마치고 접시들이 치워지고 디저트 이야기가 나올 즈음에는 캐시도 좀 누그러진 기색이다.

"당신한테 백만 달러가 있으면 뭘 하고 싶어요?" 캐시가 마치 아까부터 하던 이야기를 계속하는 투로 오디에게 묻는다.

"엄마한테 새 신장으로 이식수술을 해드릴 거예요."

"헌 신장은 어떻게 됐는데요?"

"좀 시원찮아서요."

"새 신장을 사려면 얼마나 드는데요?"

"나도 잘 몰라요."

"그래도 백만 달러면 사고도 남지 않나요? 그냥 신장 하나에 백만 달러까지는 안 들 것 같은데?"

오디는 동의하고 캐시에게 백만 달러가 있으면 뭘 할 생각이냐고 묻는다.

"집이랑 좋은 옷들을 좀 사고 새 차도 살 거예요. 가게도 열고……. 아예 체인점으로 만들어버릴까."

"아빠를 찾아갈 마음은 없어요?"

"가서 보란 듯이 뻐기고 싶은 마음이야 있죠."

"사람들은 열을 받으면 순간적으로 마음에 없는 말을 하기도 해요."

캐시는 말없이 테이블 위의 동그란 컵 자국을 손가락으로 따라간다. "그 여자 누구예요?"

"네?"

"어젯밤에 자면서 계속 어떤 여자 이름을 불렀잖아요."

오디가 어깨를 으쓱한다.

"혹시 여자친구?"

"아니에요."

"그럼 부인?"

오디는 화제를 바꾸어 스칼렛에게 그림에 관해 물어보면서 아이가 색깔을 고르도록 도와준다. 가게를 나온 세 사람은 밤거리의 노점으로 슬슬 걸어가 싸구려 장신구들을 이것저것 집어 들었다 내려놓는다.

다시 모텔로 돌아온 오디는 욕실 문을 잠그고 거울 속 자신을 뜯어본다. 가방에서 이발기를 꺼내어 마치 작은 잔디밭을 깎듯이 두피를 앞뒤로 훑는다. 검은 머리카락 뭉치가 세면대에 둥둥 떠 있다. 샤워기를 틀어놓고 팔을 벌린 채 얼굴로 물줄기를 받는다. 욕실을 나온 그의 모습은 마치 신병 같아 보인다.

"머리 왜 까까떠요?" 스칼렛이 묻는다.

"달라지고 싶어서."

"마져봐도 돼요?"

스칼렛이 침대 위에 일어서서 손바닥으로 짧은 머리카락을 쓸며 낄낄댄다. 그러다 갑자기 멈칫한다. "이게 뭐예요?"

오디의 상처를 본 것이다. 머리카락이 짧아지니 이제 상처가 더 잘 보인다. 캐시가 방 건너편에서 급히 다가와 오디의 머리통을 양손으로 붙잡고 전등을 향해 돌린다. 산산조각 난 꽃병을 풀로 붙이듯 두개골을 얼기설기 이어 붙여 놓은 꼬락서니다. 팔뚝 위에는 더 많은 흉터들이 나 있다. 납작 눌린 회색 지렁이들이 근육을 휘감았다. 방어의 상흔들. 감옥의 기념품이다.

"누가 이런 짓을?"

"전화번호를 미처 못 받아놔서요."

캐시가 말을 돌리는 오디를 밀쳐버리고 욕실로 간다. 목욕물을 받아 아이를 욕조에서 혼자 놀게 둔 후 방으로 들어온다. 반대편 침대에 올라앉아 무릎에 양손을 올린 채 오디를 빤히 본다. 오디는 팔뚝을 가리기 위해 긴소매 셔츠를 입고 있다.

"도대체 무슨 사정이 있는 거죠?"

오디가 고개를 들어 그 질문을 이해하려 애쓰면서 캐시를 본다.

"그쪽은 그 선글라스하고 야구모자를 쓰고 다니면서 카메라 앞을 지나갈 때마다 고개를 숙이잖아요. 이제는 머리까지 깎고. 당신 도망자예요?"

오디가 차라리 잘됐다는 듯 한숨을 내쉰다. "어떤 사람들이 나를 찾고 있어요."

"그 사람들이 누구예요? 마약거래상, 갱스터, 고리대금업자, 아니면 경찰?"

"말하자면 길어요."

"누굴 다치게 했어요?"

"아니에요."

"십계명 중에 뭔가를 어겼어요?"

"아니에요."

캐시는 한숨을 쉬고는 마치 어린 여자애처럼 한 발을 다른 발 위에 올려놓는다. 머리카락이 완벽한 금발이라, 말할 때마다 올라갔다 내려갔다 하는 짙은 색 눈썹이 마치 그림으로 그려놓은 것처럼 뛰어 보인다.

"나한테 거짓말을 하고 차를 훔쳐간 것만도 큰 잘못인데……."

"나는 범죄자가 아니에요."

"하는 짓은 같잖아요."

"달라요."

수건으로 몸을 감싼 스칼렛이 욕실 문간에 서 있다. 훈김에 머리 카락이 착 달라붙었다.

"나 차에서 자기 시어요, 엄마. 여기 이뜸 안대요?"

캐시가 망설이면서 딸을 가까이 당겨 마치 홍수가 난 강에서 통 나무에 매달리듯 양팔과 양다리로 껴안는다. 딸의 드러난 어깨너 머로 오디를 응시한다.

"딱 하룻밤만이야."

16

　라이언 발데즈는 보통 순찰차를 타고 귀가하지 않는다. 그보다
는 덜 눈에 띄는 픽업트럭을 선호한다. 하지만 그랬다가는 이웃 대
부분이 BMW나 메르세데스나 고급 SUV를 모는 우드랜즈에서 저
소득층처럼 보일 위험이 있다.

　샌디는 남편에게 트럭을 몰면 막노동꾼처럼 보인다고 말한다.

　"영 틀린 말은 아니잖아."

　"그런 소리 하지 마."

　"왜 안 돼?"

　"이 동네에 섞여들지 못한단 말이야."

　샌디는 섞여드는 것을 중시하는데, 발데즈는 아내가 자신이 모
는 차보다 자신의 제복을 더 민망해하는 게 아닌가 싶을 때가 더러
있다. 이웃 사람들이 경찰을 무시한다거나 경찰 제도의 필요성을
못 느끼는 것은 아니지만, 그렇다고 카운티의 보안관과 어울리고
싶어 한다는 뜻은 아니다. 좀 부담스러운 느낌이 있다……. 마치 내

항문 주치의와 저녁식사를 하는 것과 비슷하달까.

발데즈는 컨트리클럽 회원권을 얻으려고 1년 가까이 기다렸지만, 결국 빅터 필킹턴이 인맥을 동원한 뒤에야 뜻을 이룰 수 있었다. 그 이전에 라이언과 샌디는 바비큐와 와인 시음회 자리를 마련했고 샌디는 북클럽을 시작했지만, 사교계의 문은 닫힌 채로 그들을 들여보내주지 않았다. 우드랜즈에서의 삶은 마치 고등학교 시절과 비슷했다. 다만 공부벌레와 운동광과 밴드광과 치어리더들 대신에 이제는 사교계 명사들과 다 자란 자녀들을 떠나보낸 부모들, 컨트리클럽 회원들, 공화당원들(애국자들), 그리고 민주당원들(사회주의자들)이 있을 뿐이었다. 발데즈는 자신이 그중 어디에 들어가야 할지 알 수 없었다.

진입로로 들어온 발데즈는 백만 달러도 더 쏟아부은, 조약돌과 벽돌로 이루어진 건물을 응시하며 현관문이 열리기를 기다린다. 높다란 궁륭형 창문들은 오후 햇살을 받아 빛나고, 잔디밭에 드리운 그늘은 마치 엎질러진 기름 웅덩이 같다.

귀가를 알리지만 아무도 대답하지 않는다. 다들 집에 없는 모양이다. 아이스박스에서 맥주 하나를 꺼내어 정원으로 걸음을 옮긴다. 그때 아이가 가볍게 물장구를 치며 풀장을 왕복하고 있는 것이 눈에 띈다. 맥스가 물 위에 똑바로 누워 하늘을 올려다보며 배영을 하고 있다. 물결이 어깨 위로 넘실거린다. 반대편 끝에 닿자 맥스는 물장구를 멈추고 일어선다.

"안녕."

맥스는 대꾸하지 않는다.

"엄마는 어디 가셨니?"

어깨를 으쓱한다.

발데즈는 뭘 물어보면 좋을지 궁리한다. 맥스하고 대화를 나누기가 언제 이렇게 어려워졌지? 물에서 나온 아이는 가슴에 수건을 둘러 스커트처럼 묶는다. 늦은 오후의 태양이 잔디밭에 노란빛을 던지고 있다. 맥스는 일광욕 의자에 앉아서 요란한 색깔의 캔에 든 음료를 홀짝인다.

"엄마가 저녁 어떻게 하라고 하시던?" 발데즈가 묻는다.

"아뇨."

"내가 차려줄게."

"전 나가요."

"어디로?"

"토비네, 생물학 숙제를 하려고요."

"토비는 내가 아는 애니?"

"모르겠는데요, 아빠. 토비가 누군지 아세요? 걔한테 한번 물어봐야겠네요."

"나한테 그딴 식으로 말하지 마라."

"어떤 식으로요?"

"무슨 말인지 알잖니."

맥스는 전혀 모르겠다는 듯 어깨를 으쓱한다. 순간 발데즈의 안에서 무언가가 툭 끊어지고, 그는 아이의 머리끄덩이를 움켜쥐고 들어올린다. 시야가 좁아지고 스테인드글라스 창문을 통해 보듯 눈앞이 흐릿해진다.

"나한테 그따위로 말하지 마라. 네가 사는 이 집은 내가 마련한 거다. 네 뱃속에 들어가는 음식도 내 돈으로 산 거고. 네가 가지고 다니는 휴대폰 요금도 내가 냈고 네가 입는 옷도 내가 샀고 네 방의 컴퓨터도 다 내가 산 거야. 나한테 또 한 번 그따위로 굴었다간 그 개 같은 풀장에 처넣어 죽여버린다. 내 말 알아듣겠냐?"

맥스는 눈물을 참으며 고개를 끄덕인다.

금세 민망해진 발데즈는 아이를 밀쳐버린다. 사과하고 싶지만 아이는 이미 탈의실로 걸어가고 있다. 문이 닫히고 샤워기 트는 소리가 들린다. 발데즈는 자신을 욕하며 맥주캔을 잔디밭 한가운데에 던져버린다. 튀어 오르는 캔 가장자리에 거품이 인다. 애초에 그의 화를 돋운 맥스 잘못이다. 씨발, 네가 무슨 권리로! 이제 맥스가 엄마에게 일러바쳐서 문제를 더 심각하게 만들겠지. 아내는 늘 그러듯 맥스 편을 들 것이다. 아이가 좀만 더 고분고분해진다면. 조금만 더 나를 존경해준다면. 부자 사이에는 더 이상 아무런 공통된 배경이 없다. 휴스턴 애스트로스의 야구 경기를 같이 보지도, 엑스박스 게임을 같이 하지도, 샌디의 요리 솜씨를 놀리지도 않는다.

맥스의 더 예전 모습이 그의 기억에서 불려나온다. 카우보이모자를 쓰고 보안관의 손을 잡은 어린 소년. 그들은 최고의 친구였다. 아버지와 아들이었다. 범죄의 공모자였다. 그들은 서로 가까웠다. 발데즈의 분노가 사그라든다. 맥스의 잘못이 아니다. 그 애는 열다섯 살이다. 10대들은 원래 그러는 법이다. 부모에게 반항하면서 경계를 시험하는 거다. 발데즈도 그 나이 때 아버지와 관계가 좋지 않았고, 그의 아버지 역시 자신처럼 말대꾸나 입바른 소리를 용납하지 않았다.

샌디 말로는 그건 아이들이 거치는 단계라고 한다. 호르몬 때문이다. 사춘기. 친구들과의 관계로 인한 스트레스. 여자아이들. 왜 맥스는 그냥 다른 흔한 10대 남자애들처럼 하루에 네 번씩 자위를 하지 않을까? 그보다 더 좋은 건 내가 그 애를 창녀촌에 데려가는 거다. 물론 개중 깨끗한 곳으로 골라서. 그게 아이를 불행에서 건져

주는 방법이다. 샌디는 늘 나더러 아버지와 아들이 같이하는 활동을 더 많이 늘려야 한다고 말했지. 발데즈는 슬며시 웃음을 짓는다. 내가 맥스의 총각딱지를 떼어주면 샌디는 발작을 일으키겠지.

슬라이딩 도어가 열리는 소리에 발데즈는 뒤를 돌아본다. 샌디가 파티오로 걸어와서 그에게 양팔을 두른다. 머리는 헝클어졌고 섹시한 땀냄새가 풍긴다.

"어디 갔다 왔어?" 발데즈가 묻는다.

"체육관에."

머리 위 어딘가에서 매의 울음소리가 들린다. 어쩌면 물수리 소리일까. 발데즈는 고개를 들고 손으로 그늘을 만들어 보지만 실루엣밖에 보이지 않는다.

"오늘 당신한테 전화했었어. 휴대폰이 꺼져 있던데." 발데즈가 말한다.

"어젯밤에 어디다 놔뒀는지 그 후로 안 보여."

탈의실을 나온 맥스가 잔디밭을 건너온다. 샌디의 뺨에 입을 맞춘다. 샌디가 젖은 머리카락을 매만져준다. 학교는 어땠니? 숙제는 없어? 토비네? 되지. 너무 늦게 오지만 마.

발데즈는 부엌 벤치에 앉아 식사 준비를 하는 샌디를 지켜본다. 끝이 둥글게 말린 금빛 단발머리에 남자들이 넋을 놓고 응시하게 만드는 신비한 청록색 눈동자. 어떻게 이 여자를 설득해 나와 결혼하게 만들 수 있었을까? 사랑 때문이었으면 좋겠다. 지금도 그랬으면 좋겠다.

"다음 주쯤 맥스랑 캠핑 갈까 하는데."

"걔 야외활동 별로 안 좋아하는 거 알잖아."

"요세미티에서 휴가 보낸 거 기억나? 맥스가 일곱 살쯤 됐을 거야. 개도 그 여행 엄청 좋아했어."

샌디가 발데즈의 정수리에 입을 맞춘다. "그렇게 너무 애쓰는 거 그만 좀 해."

발데즈는 정원 문밖을 내다본다. 오리 두 마리가 수영장에 내려앉았다. 그만하고 싶지 않다. 시간을 되감아 맥스와 축구나 캐치볼을 하면서 행복해하던 때로 돌아갈 수만 있다면……

"그 애한테 시간을 줘." 샌디가 말한다. "그 애는 지금 자기 자신이 마음에 안 드는 거야."

"당신은 그 애가 누구라고 생각하는데?"

"우리 아들이지."

*

식사를 마치고 부부는 현관 그네에 나란히 앉는다. 샌디는 갈색으로 탄 무릎을 당겨 한 팔로 끌어안고, 엄지손가락과 검지손가락으로 작은 브러시를 쥐고 발톱에 패디큐어를 칠하고 있다.

"직장은 어땠어?" 그녀가 묻는다.

"조용하지."

"그 먼 라이브 오크 카운티까지 갔다 온 이유는 말해줄 거야?"

"확인할 사람이 좀 있어서."

"누구?"

"석방일이 잡혀 있던 죄수. 하루 남기고 탈옥했어."

"왜 그런 짓을 하지?"

"그건 중요한 게 아니야."

샌디가 다리를 내려놓는다. 발데즈의 얼굴을 빤히 보며 설명을 기다린다.

"무장 트럭 강도사건 기억해? 살아남은 남자."

"당신이 쏜 사람?"

"그래. 나는 못 나오고 그 안에 있게 만들려고 했는데 사면위원회에서 석방하기로 했어. 탈옥하지 않았어도 어차피 나왔을 거야. 감옥에 가서 교도소장하고 이야기를 좀 해보려고 했는데 이미 오디 파머가 담장을 넘어간 후였어."

샌디는 더 똑바로 앉아서 눈을 가늘게 뜬다. "위험한 사람이야?"

"지금쯤이면 아마 멕시코에 가 있을 거야."

발데즈가 아내를 꼭 껴안자 그녀는 남편에게 기대어 몸을 축 늘어뜨린다. 거기서 이야기를 일단락하려던 발데즈는 무슨 생각에선지 휴대폰을 꺼내 사진들을 손가락으로 훑어 내린다.

"이게 파머 얼굴이야." 그는 샌디에게 최근 찍은 사진을 보여주면서 말한다.

샌디가 눈을 휘둥그레 뜬다. "나 이 사람 봤어!"

"뭐?"

"오늘. 집 앞에서." 샌디가 말을 더듬는다. "조깅을 하고 있었어. 모퉁이에 새로 이사 왔댔어. 휘태커네가 살던 집에 들어온 줄 알았는데."

발데즈는 벌떡 일어서서 온 집 안을 돌아보고 커튼 틈새로 바깥을 엿본다. 머릿속에서 온갖 생각이 들끓고 있다. 창문과 문의 잠금장치를 확인한다.

"뭐 타고 왔는지 봤어?"

샌디가 고개를 젓는다.

"다른 말은 안했어?"

"아내하고 사별했댔어…… 감사인지 뭔지 하는 일을 한다고 했고. 여긴 왜 온 걸까?"

"내가 사준 총은 어디 있어?"

"위층에."

"좀 갖다 줘."

"겁나게 왜 그래."

발데즈가 휴대폰의 긴급 번호를 누른다. 담당이 전화를 받는다. 정보를 전달한다. 오디 파머의 수색령 발동과 순찰차 증차를 요청한다.

"그렇지만 그 사람은 지금쯤 멕시코에 갔을 거라며." 샌디가 말한다. "여길 왜 오겠어?"

발데즈는 총을 집어 들어 탄창을 삽입한다. "이제부터는 항상 이걸 가지고 다녀."

"총을 가지고 다니라니, 싫어."

"시킨 대로 해."

그가 열쇠를 움켜쥔다.

"어디 가?"

"맥스 데리러."

17

셰이디 오크스 모텔은 톰 랜드리 고속도로를 바로 벗어나면 나온다. 기능과 실용성만을 중시한, 사파리용 가건물처럼 흉물스러운 1970년대 건물이다. 모스는 낡아빠진 파란색 픽업트럭을 방 앞에 세우고 샤워를 한 후 침대에 누워 크리스털을 기다린다. 크리스털은 마치 파파라치를 피하려는 듯 검은 선글라스와 번쩍이는 검은 레인코트를 입고 왔다. 문을 열어주자 그녀는 모스의 품에 뛰어들어 허리에 양다리를 감고 열정적으로 입을 맞춘다. 모스는 그 힘에 떠밀려 방 안으로 뒷걸음질 친다.

크리스털이 주위를 돌아본다. "여기가 최선이야?"

"거품욕조가 있어."

"내가 콜레라나 걸렸으면 좋겠어?"

모스가 크리스털의 손을 꽉 쥐고 아래로 내린다. "아니, 자기가 이걸 느껴봤으면 좋겠어."

크리스털의 눈이 커진다. "익숙해지면 안 되는데."

"버터가 얼마나 딱딱한지는 빵이 얼마나 부드러운지에 달려 있지. 그리고 자기 빵은 부드럽고, 공주님."

크리스틸은 깔깔 웃으며 외투를 훌렁 벗어던진 후 모스의 바지 허리띠를 푼다. "옷은 어디서 났어?"

"차에 갖다 놨더라고."

"차도 있어?"

"있지."

크리스틸은 모스를 침대로 밀쳐 넘어뜨린 후 깔고 앉는다. 말 한마디 없이 오직 몸짓에만 몰두하던 둘은 이윽고 땀범벅이 된 채 지쳐 나가떨어진다. 크리스틸이 욕실로 간다. 모스는 수건으로 배를 덮은 채 침대에 누워 있다.

"적당히 씻어." 그가 고함친다.

"왜?"

"눈 풀린 게 돌아오자마자 다시 한판 할 거니까."

크리스틸이 변기 물을 내리고 침대로 돌아와 그의 옆에 눕는다. 레인코트 주머니에서 담배 한 대를 꺼내어 불을 붙여 그의 입술에 물려주고 자신도 한 대 피워 문다.

"얼마나 됐지?"

"15년 3개월 8일, 그리고 열한 시간."

"그걸 일일이 세고 있었을 줄이야."

"아니, 대충 그렇다고."

크리스틸은 오디 파머와 사라진 수백만 달러 이야기를 묻는다. 자신도 알 건 다 안다는 티를 내고 싶어서 중간중간 얼굴을 찌푸리고 헛기침을 하긴 하지만 맥을 끊지 않고 모스의 이야기에 끝까지 귀를 기울인다.

"그 작자들은 누구야?"

"짐작도 안 가. 하지만 나를 빼낸 걸 보면 보통 놈들은 아니지."

"그리고 그 작자들이 돈은 자기가 가져도 된댔다고?"

"말은 그렇게 하더군."

"자긴 그 말 믿어?"

"아니."

크리스털이 모스의 허리에 허벅지를 걸치고 그의 팔을 베고 눕는다.

"그럼 어떡할 건데?"

모스가 담배를 빨아들였다 고리 모양으로 연기를 내뿜는다. 유령 같은 연기가 하늘하늘 올라가다 에어컨에서 내려오는 기류에 흩어진다.

"오디 파머를 찾아야지."

"어떻게?"

"걔 엄마가 웨스트모어랜드 하이츠에 살아. 여기서 1.5킬로미터밖에 안 돼."

"그리고 그분도 모른다고 하면?"

"누나한테 물어봐야지."

"그런 다음엔?"

"아, 좀, 아직 거기까진 생각 못했어! 날 좀 믿어봐. 누군가가 오디를 찾을 수 있다면 나도 할 수 있어."

크리스털은 아직 못미더운 기색이다. "오디는 어떤 사람이야?"

모스는 잠시 고민한다. "그는 영리해. 책을 많이 읽은 타입이고 물정에 밝은 타입은 아니야. 나는 그 친구한테 뒤통수에 눈을 다는 법을 가르쳐줬고, 그 친구는 나한테 이런저런 것들을 가르쳐줬지."

"어떤 것들을?"

"철학이랑 뭐 그딴 것들."

크리스털이 낄낄거린다. "자기가 철학을 알아?"

모스가 비웃은 벌로 크리스털을 꼬집는다. "음, 저번에 내가 심사위원회에 편지를 좀 써보려고 하다가 낙심해서 오디한테 그랬거든. '내가 아는 거라곤 내가 쥐뿔도 모른다는 것뿐이야.' 그랬더니 오디가 방금 내 말이 유명한 철학자가 한 말이라는 거야. 소크라테스라나. 오디는 의심을 품고 모든 것에 의문을 던지는 사람은 영리한 사람이랬어. 우리가 확실히 아는 유일한 것은 우리가 확실히 아는 게 아무것도 없다는 것뿐이라고." 모스가 크리스털을 본다. "이해가 돼?"

"아니, 하지만 영리한 소리 같네."

크리스털이 모스 반대편으로 몸을 굴려 담배를 재떨이에 비빈다. 짓뭉개진 꽁초에서 한 줄기 연기가 피어오른다. 모스의 손을 무심히 집어든 크리스털은 결혼반지가 없어진 걸 알아챈다. 똑바로 일어나 앉아 모스가 고통의 비명을 지를 때까지 손가락을 뒤로 꺾는다.

"어디 갔어?"

"뭐가?"

"자기 결혼반지."

"독방에서 뺏어가서는 안 돌려줬어."

"돌려달라고 좋게 부탁해봤어?"

"물어뜯고 싸웠거든, 공주님."

"날 두고 독신인 척 사기 칠 생각은 하지도 마."

"말도 안 돼."

"자기가 바람을 피우는 것 같으면 나는 자기 물건을 썰어서 개밥으로 던져줄 거야. 내 말 알아들었지?"

"크리스털처럼 명료하게."

18

휴대폰이 부엌 식탁 위를 기어가고 있다. 특수요원 데지레 퍼니스는 가장자리로 떨어지려는 휴대폰을 아슬아슬하게 받아낸다. 상관의 전화다. 잠이 덜 깬 쉰 목소리. 아침형 인간은 아니군.

"어제 아침 우드랜즈에서 오디 파머를 봤다는 사람이 있어."

"그 봤다는 사람이 누구죠?"

"보안관의 아내."

"파머가 우드랜즈에서 뭘 하고 있었던 거죠?"

"조깅."

데지레는 재킷을 집어 들고 권총을 어깨의 총집에 넣는다. 남은 토스트 조각을 욱여넣으면서 바깥 계단을 한 번에 두세 단씩 뛰어 내려가다, 언제나처럼 커튼 틈새로 그녀의 행보를 엿보는 아래층의 집주인 색빌 씨에게 손을 흔들어 인사를 한다. 출근길 교통 혼잡을 거슬러 북쪽으로 내달린 지 20분 후, 데지레는 한구석이 나무로 가려진 대형 주택 앞에 차를 세운다. 진입로에는 순찰차 한 대가 서 있고 차 안에서는 제복 입은 보안관보 두 명이 휴대폰 게임 중이다.

데지레는 늘 하던 버릇대로 키가 커 보이기 위해 어깨를 쭉 펴고 배지를 보여준 후 현관으로 걸어간다. 앞머리가 너무 짧아 핀으로 꽂아도 한쪽 눈 위로 계속 흘러내린다. 너무 짧게 치지 말라고 확실히 말했는데 남자 미용사가 멋대로 잘라놓았다.

사슬이 걸린 문은 15센티미터밖에 열리지 않는다. 샌디 발데즈는 타이트한 탑과 라이크라 레깅스를 입고 발목 양말과 다목적 운동화를 신었다.

"남편은 맥스를 학교에 태워주러 갔어요." 교양 넘치는 남부 여성의 목소리다.

"저는 선생님을 뵈러 왔습니다."

"이미 경찰한테 다 말했는데요."

"저한테도 다시 한 번 말씀해주시면 감사하겠습니다."

샌디가 사슬을 풀고 데지레를 실내 응접실로 안내한다. 사이즈 95 정도에 금발이고 피부가 좋은 여자다. 예쁘다. 집은 취향 좋은 가구들로 채워져 있다. 다만 멋을 내려고 너무 애쓴 듯한, 인테리어 잡지를 열심히 보았지만 한 테마로 마음을 정하지 못했던 티가 어렴풋이 나긴 한다.

뭐 드실 거라도……, 괜찮습니다. 두 여자가 대화거리를 고민하는 짧은 순간, 데지레는 집을 보러와서 고민 중인 구매자인 양 집 안을 둘러본다.

샌디가 데지레의 신발을 눈여겨본다.

"그런 걸 신고 다니면 발이랑 허리가 아플 것 같아요."

"익숙해져서 괜찮습니다."

"키가 몇이세요?"

"클 만큼은 컸어요." 데지레가 용건을 꺼낸다. "오디 파머하고는 무슨 이야기를 하셨나요?"

"우리 동네요." 샌디가 말한다. "모퉁이의 집으로 막 이사 왔댔어요. 친구를 사귀고 싶으면 컨트리클럽에 가입하라고 제가 말해줬어요. 짠해 보여서요."

"어째서죠?"

"부인이 죽었다고 했거든요."

"그 외에 또 무슨 이야기를 하던가요?"

샌디가 기억을 쥐어짠다. "자기네 회사 일로 무슨 감사를 하고 있댔어요. 저는 그 사람이 휘태커네가 살던 집으로 이사 온 줄 알았어요. 그 사람 잡으실 거죠?"

"최선을 다하고 있습니다."

샌디가 고개를 끄덕이지만 안심한 기색은 아니다.

"달리 또 그 사람을 본 분이 계신가요?"

"맥스요, 저희 아들."

"어디서요?"

"차고에서 스케이트보드를 타다가요. 제가 장을 보고 집에 왔을 때 파머가 진입로 옆에 서서 스트레칭을 하고 있었어요."

"맥스가 그 사람하고 이야기를 했습니까?"

"그때는 안 했어요."

"그게 무슨 말씀이세요?"

"나중에 뮤스에서 봤대요. 여기서 얼마 안 떨어진 곳이에요. 맥스가 스케이트보드를 타는데 파머가 공원 벤치에 앉아 있었대요. 다른 형사님들한테 다 한 이야기예요." 샌디가 무릎 위에서 양손을 비틀어짠다. "라이언은 맥스가 오늘 학교를 쉬었으면 했지만, 학교에 가도 안전하겠죠? 제 말은, 아무 일도 없는 것처럼 행동하는 게 옳은 거겠죠? 아직 어린 그 애한테 세상이 괴물로 가득하다고 생각하게 만들고 싶지는 않아요."

"잘 결정하셨어요." 사적이고 친밀한 대화 주제에 어색해하며 데지레가 대꾸한다. "어제 이전에 오디 파머를 만나신 적이 있나요?"

"아니요."

"그 사람이 왜 부인댁에 왔다고 생각하세요?"

"뻔하지 않아요?"

"저는 잘 모르겠는데요."

"그 사람을 쏜 게 라이언이었잖아요. 누구나 아는 사실이죠. 오디 파머는 머리에 총을 맞았어요. 그냥 죽었으면 괜히 사람들 고생도 안 시키고 좋았을 텐데. 아니면 전기의자로나 가든가. 저는 사람들을 함부로 사형시키고 그러는 건 찬성하지 않지만, 네 사람이나 죽었잖아요, 세상에!"

"오디 파머가 복수를 원한다고 생각하세요?"

"전 그래요."

"그 사람 태도가 어떻던가요?"

"무슨 말씀이시죠?"

"불안해하던가요? 스트레스 상태였나요? 화가 났던가요?"

"땀을 많이 흘리고 있었어요. 그렇지만 그건 그냥 뛰어서 그런 것 같았어요."

"그리고 그 외에는요?"

"느긋해 보였어요…… 마치 세상에 근심거리 하나 없는 사람처럼요."

그로부터 3킬로미터도 떨어지지 않은 곳에서, 라이언 발데즈는 학교 정문으로 차를 몰고 들어가면서 라디오를 껐다. 라디오 토크쇼에 굳이 전화를 걸어 자신들의 편견을 쏟아내고 스스로 무지를 폭로하는 사람들에게 발데즈는 늘 놀라곤 한다. 이 사람들은 세상 만사에 대해 지랄하는 것 말고 더 나은 할 일이 없다. 맨날 '좋았던 옛 시절'에는 모든 게 더 나았고 어쩌고. 시간이 지나면 와인은 시어져 식초가 되는데 왜 기억은 달콤해질까.

"그러니까 알아들은 거다. 아빠가 데리러 올 때까지 기다려. 학교를 나오면 안 돼. 이제 모르는 사람하고는 이야기하지 말고……."

맥스가 귀에서 이어폰을 뺀다. "그래서 그 남자가 뭘 했다고요?"

"그건 상관없어."

"저도 알아야 될 것 같은데요."

"큰돈을 훔쳤어."

"얼마나 많이요?"

"아주 많이."

"그리고 아빠가 그 사람을 체포했고요?"

"그래."

"아빠가 그 사람을 쐈어요?"

"그 사람이 총에 맞긴 했지."

맥스는 진심으로 감탄한 기색이다. "그래서 이제 그 사람이 아빠한테 복수하러 온 거예요?"

"아니야."

"아니면 우리 집에 왜 와요?"

"그건 아빠가 걱정할 일이야. 엄마한테 괜히 그런 걸 물어서 언짢게 만들지 마라."

"오디 파머라는 사람은 무서운 사람이에요?"

"그래."

"그렇게 위험해 보이지는 않던데요."

"겉만 봐서는 몰라. 그 남자는 살인범이야. 잊지 마라."

"저도 총 가지고 다니게 해주면 안돼요?"

"총을 학교에 가져갈 수는 없어."

맥스가 짜증 난다는 듯 한숨을 쉬고 차 문을 연다. 교문으로 쏟아져 들어가는 학생들의 물결이 맥스의 모습을 잠식한다. 발데즈는 혹시나 뒤돌아보지 않을까, 손을 흔들지 않을까 싶어 교문으로 걸어 들어가는 아이의 뒷모습을 지켜본다. 그런 일은 없다.

아이가 사라지자 발데즈는 휴대폰을 꺼내어 드라이퍼스 카운티 보안관실에 전화를 건다. 최고 보안관보인 행크 폴작에게 휴스턴과 인접한 카운티의 모든 지령요원에게 연락하라고 말한다.

"오디 파머가 목격되면 제일 먼저 나한테 알려야 해."

"다른 건 또 없습니까?" 행크가 묻는다.

"있어. 오늘은 결근할 거야."

19

이글대는 태양의 붉은 눈길 아래 택시가 고속도로를 달린다. 착색된 창밖으로 일렬로 늘어선 영혼 없는 상점들, 붉은 타일 집들, 창문에 창살이 박힌 싸구려 조립식 창고들의 바다가 지나간다. 휴스턴이 언제 이런 좀비 같은 동네가 되었지? 원래부터 기묘한 도시긴 했다. 로스앤젤레스와 마찬가지로, 서로 왕래는 거의 없이 집과 직장만 오가는 사람들이 모여 사는 동네였다. 유일한 차이는 휴스턴은 목적지인 반면 로스앤젤레스는 그저 어딘가 더 나은 곳으로 가는 길 위의 기착지라는 점뿐이었다.

택시 운전사는 외국인이지만 오디는 그의 출신지를 짐작조차 할 수 없다. 독재자나 미친놈이 지배하는 나라, 아니면 기근에 시달리는 그런 나라 중 한 곳이겠거니 할 뿐이다. 피부는 갈색보다는 올리브에 더 가까운 색이고 이마선은 머리 위로 한창 퇴각 중이다. 운전사는 앞좌석과 뒷좌석 사이의 슬라이딩 유리창을 열고 대화를 시도하지만 오디는 관심을 보이지 않는다. 그의 마음은 칼을 트리니티 강둑에 남겨두고 온 그때로 돌아간다.

살다 보면 중요한 결정의 순간들이 있다. 운이 좋을 경우에는 내가 직접 그런 결정을 내릴 수도 있지만, 그보다는 결정이 이미 다 내려져 있는 경우가 더 많다. 강에 칼을 내려준 오디가 경찰과 구급의료대원들을 데리고 강으로 돌아왔을 때, 칼은 사라지고 없었다. 피 묻은 붕대도, 말 한마디도, 사과 한마디도, 아무것도 남기지 않았다. 오디는 어떻게 된 상황인지 알아차렸지만 아무에게도 말하지 않았다. 칼보다는 부모님을 생각해서였다. 괜히 헛걸음하게 만든 오디를 어떻게든 엮어 넣고 싶었던 경찰은 열두 시간을 더 붙잡아둔 후에야 집으로 보내주었다.

몇 주가 지나자 칼 파머의 이름은 뉴스와 기사 제목에서 사라졌다. 1월, 대학으로 돌아간 오디는 학과장 사무실에 불려갔다. 장학금이 취소되었다고 했다. 경찰 살해사건의 '요주의 인물'이라는 것이 그 이유였다.

"저는 아무 잘못도 하지 않았는데요." 오디가 말했다.

"학생 말이 맞을 거라고 믿네." 학과장이 말했다. "이 모든 일이 확실히 밝혀지고 형이 발견된 후에 재신청을 하게. 행정실에서 자격과 인성 평가를 할 걸세."

오디는 소지품을 챙겨 나온 후 적금을 깨서 산 싸구려 차를 몰고 서부로 향했다. 과거를 저만치 떼어놓고 알 수 없는 미래를 향해 달렸다. 2천 4백 킬로미터를 달리는 내내 차는 금방이라도 죽어 나자빠질 것처럼 덜그럭대고 쿵쾅거렸지만, 마치 의식을 가진 존재인 양 생존의 의지를 보여주었다. 오디는 석양이 바다 너머로 가라앉는 광경을 본 적이 없었다. 서핑을 하는 사람을 실제로 본 적도 없었다. 그리고 남부 캘리포니아에서 그 두 가지를 다 보았다. 벨에

어와 말리부(둘 다 로스앤젤레스 서부의 부촌—옮긴이), 베니스 비치(골동품점, 공예품점, 화랑, 부티크 등이 모여 있고 전위예술가가 모여드는 로스앤젤레스의 해안 거리—옮긴이)······, 유명한 이름들, 영화와 텔레비전 프로그램에서 본 광경들.

웨스트코스트는 딴 세상 같았다. 여자들은 라벤더와 탤컴파우더 대신 선오일과 모이스처라이저 향을 풍겼다. 그들의 화제는 오직 자기 자신이었고, 그들을 사로잡은 것은 물질주의, 영성주의, 치료, 그리고 스타일이었다. 남자들은 구릿빛 피부에 풍성한 머리숱에 기름을 발라 찰싹 붙이고, 백 달러짜리 셔츠를 걸치고 3백 달러짜리 구두를 신었다. 마약상, 사기꾼, 약쟁이, 몽상가, 배우, 작가, 명사, 그리고 거물들이었다.

오디는 바텐더, 경비, 포장, 과일 따기, 배달부 같은 일을 하며 북쪽으로 시애틀까지 갔다. 싸구려 모텔과 값싼 여인숙을 전전했지만 가끔은 처음 만난 여자 집에 신세를 지기도 했다. 6개월의 여행 끝에 오디는 샌디에이고에서 북쪽으로 32킬로미터 떨어진 어느 스트립바로 들어갔다. 그곳은 어반 코빅이라는 남자의 소유였다. 살이 삐져나오는 팬티를 입고 허벅지로 은색 기둥을 문질러대는 희멀건 피부의 여자를 비추고 있는 무대 조명만 제외하면, 동굴보다도 어두운 곳이었다. 열두 명쯤 되는 정장 입은 남자들은 여자를 응원하거나 못 본 척하고 있었다. 대부분은 남자 대학생 아니면 일본인 사업 파트너에게 호감을 사려 애쓰는 월급쟁이였다.

이곳 남부 캘리포니아 여자아이들은 자기 일을 즐기는 듯했다. 회전력과 추진력에 기반한 유서 깊은 방식을 이용해 끈팬티와 브라 끈 틈으로 쓱쓱 비집고 들어오는 달러를 한 장, 한 장씩 벌어들이고 있었다.

가게 매니저는 축축한 머리카락을 마치 갓 갈아엎은 밭처럼 능선을 이루도록 빗어 넘긴 남자였다. 셔츠 주머니에서 빗이 삐죽 나와 있었다.

"혹시 일자리 있나요?" 오디가 물었다.

"가수는 필요 없는데."

"저는 가수가 아니에요. 바텐더 일을 할 줄 알아요."

매니저가 빗을 꺼내어 앞에서 뒤로 두피를 쟁기질했다. "몇 살?"

"스물한 살이요."

"경력은?"

"좀 있어요."

매니저는 오디에게 작성할 양식을 주고 수습 삼아 무급으로 일을 시켜보겠다고 했다. 오디는 자신이 부지런한 일꾼임을 입증했다. 오디는 술을 마시지 않았다. 담배도 피우지 않았다. 약을 하는 일도 없었다. 도박도 안 했다. 여자아이들을 자빠뜨리려고 하지도 않았다.

술집이나 여관 말고도, 어반 코빅은 옆 건물의 멕시코 음식점과 길 건너편 주유소도 가지고 있었다. 덕분에 가족 손님들을 그러모았고, 다른 덜 준법적인 활동을 통해 벌어들인 돈의 일부를 세탁할 수도 있었다. 오디는 거의 매일 밤 여덟 시부터 새벽 네 시까지 일했다. 일을 시작하기 전에 식당에서 밥을 먹을 수 있었다. 식당에는 포도넝쿨 시렁과 포도주병들을 쌓아 만든 장식용 가벽을 세운 뒤뜰이 있었다.

새 일자리를 얻은 지 2주 후, 오디는 주차장에서 번호판을 검게 가린 자동차가 대기 중인 것을 발견했다. 세 명. 오디는 경찰에 전화를 한 후 현금 출납기의 서랍을 비우고 돈을 쓰레기통 밑에 숨겼다. 이내 총열을 잘라낸 산탄총을 들고 방한모를 눌러쓴 괴한들이 가게로 들이닥쳤다. 오디는 그중 한 남자의 문신을 알아봤다. 가게의 한 댄서의 남자친구로, 고객들이 그녀에게 집적대지 못하게 감시하려고 가게를 어슬렁대던 남자의 문신이었다.

오디는 양손을 공중으로 치켜들었다. 사람들은 테이블 밑에 들어가 웅크렸다. 기둥의 여자는 가슴을 가리고 다리를 꼬았다.

현금 출납기를 부순 무장 괴한들은 빈약한 소득에 분통을 터뜨렸다. 문신남이 오디에게 총구를 들이댔지만 오디는 불안함 속에서도 침착함을 잃지 않았다. 사이렌 소리가 다가오고 있었다. 누군가가 총을 쏘았다. 바 위의 거울이 총에 맞아 산산이 깨졌다. 사람은 아무도 다치지 않았다.

자다 깨서 얼굴에 베개 자국이 그대로 남아 있는 어반 코빅이 새벽같이 가게로 출두했다. 매니저가 그에게 무슨 일이 일어났는지 말해주었다. 어반은 오디를 사무실로 호출했다.

"똑똑한 꼬마로군. 어디서 왔다고, 얘야?"

"텍사스요."

"어디로 갈 거냐?"

"그건 아직 안 정했는데요."

어반이 턱을 긁었다. "네 나이 때 애들은 뭔가로부터 도망칠 건지 아니면 그걸 향해 달려갈 건지 결정을 해야 해."

"그런 것 같습니다."

"운전면허증은 있나?"

"예."

"이제부터 너는 내 기사다." 어반은 오디에게 검은색 지프 체로키의 열쇠 꾸러미를 던져주었다. "따로 말이 없으면 매일 아침 열

시까지 날 태우러 와. 필요하면 심부름도 하고. 내가 말하면 집까지 운전하고. 봉급은 두 배로 주겠지만 그 대신 하루 24시간 전화 대기를 해야 해. 필요하면 차에서 자야 할 수도 있고."

오디가 고개를 끄덕였다.

"우선 지금은 집까지 운전 좀 해라."

그렇게 해서 오디의 새로운 경력이 시작되었다. 그는 바 위의 방을 얻었다. 지붕에 짓눌려서 복도보다도 넓을 게 없었지만 일자리에 공짜 숙박이라니 감지덕지였다. 방은 천장에 채광창이 나 있고 거친 소나무 침대가 놓여 있었다. 방 한구석에 오디는 배낭과 함께 책들을 쌓아 놓았다. 언젠가 학위를 마칠 수 있을지도 모른다는 가날픈 미련 때문에 차마 버리지 못한 공학 책들이었다.

오디는 어반을 회의장에 데려다주고 공항으로 사람들을 마중 가고 마른 세탁물을 찾아오고 소포를 배달하는 따위의 일들을 했다. 벨리타를 만나게 된 것도 그러던 중이었다. 어반의 집으로 봉투를 가지러 간 것이 계기였다. 벨리타가 어반의 정부인 줄 오디는 몰랐다. 상관도 없었다. 하지만 그녀를 본 순간, 피가 역류하고 심장판막에서 맥박이 거꾸로 뛰어, 피가 심장으로 올라가는 게 아니라 사지로 내려가고 내장으로 밀려드는 듯한, 이루 말할 수 없이 기묘한 느낌에 사로잡혔다.

때로 인생을 바꿀 운명의 사람을 만나면 느낄 수 있는 감각이다.

20

쩍쩍거리는 새소리와 기발하고 유쾌한 자전거 벨소리가 모스의 잠을 깨운다. 지난 15년간 모스의 잠을 깨우는 소리는 으레 부딪히는 소리, 트림, 기침, 방귀로 이루어진 새벽의 합창이었고, 매일의 새날은 머리 위로 난 네모난 작은 창 이상의 빛은 약속하지 않았다. 그보다는 이런 식으로 깨어나는 편이 아무래도 더 좋았다. 비록 옆에 있는 침대가 비어 있다 해도 말이다. 크리스털은 아침 일찍 일어나 차를 몰고 샌안토니오로 돌아갔다. 그의 허벅지에 걸터앉아 작별의 입맞춤을 하며 조심하라고 말하던 그녀의 무게가 아직도 묵직하게 느껴진다.

성큼성큼 창가로 걸어가 커튼을 살짝 들추고 주차장을 살펴본다. 멀리 댈러스의 번쩍이는 고층 건물들이 거울 같은 가장자리로 햇빛을 반사하고 있다. 부자들은 천국으로 가는 계단을 지을 작정인가. 바늘구멍으로 낙타를 집어넣는 것보다야 아무래도 그편이 더 쉽긴 하겠지.

샤워와 면도를 마치고 옷을 입고 나와 북쪽으로 웨스트모어랜드 하이츠를 향해 달린다. 대부분의 거리에는 똥차들과 그 똥차 값만큼도 안 나갈 나무 오두막들이 늘어서 있다. 콘크리트 블록에 올려져 있는 차들, 불에 타서 속이 훤히 드러난 차들. 황폐한 거리지만 작은 희망의 불씨들이 드문드문 보인다. 신축 건물 또는 조립식 창고 같은 것들. 그렇지만 공간이 있는 모든 벽은 스프레이 낙서를, 깨지지 않은 모든 창은 돌팔매질을 부른다.

싱글턴 대로의 한 편의점 앞에 차를 세운다. 위층 창문들은 판자로 막아놓았고 아래층 창에는 굵은 쇠창살들을 어찌나 빽빽이 박아놓았는지 유리 안쪽에 붙은 포스터도 읽기 힘들다.

문을 열고 들어서자 벨소리가 울린다. 마룻바닥에서 천장까지 상자들이 쌓여 있고 맥주캔, 옥수수, 작은 당근이 담긴 팔레트들이 비닐에 싸여 있다. 외국어로 적힌 라벨도 보인다. 주인 여자는 계산대 뒤에, 타탄무늬 러그로 뒤덮은 커다란 팔걸이의자에 앉아 있다. 남녀 한 쌍이 미소를 지으며 한 믹서기에 채소들을 집어넣고 있는 텔레비전 광고를 보는 중이다.

"낡은 부엌 가전들은 내다버리세요. 이거 하나면 다 되니까요." 남자 호스트가 함박웃음을 머금고 말한다.

"기적 같아요, 스티브." 여자가 말한다.

"그래요, 브리아나. 부엌의 기적이죠. 하느님이 천국에서 쓰시는 착즙기예요."

생방송 스튜디오의 청중이 와자하게 웃는다. 뭐가 그렇게 우스운지 모스는 이해가 가지 않는다.

"찾는 거 있으세요?" 주인 여자가 화면에서 시선을 돌리지 않은 채 묻는다. 날카로워 보이는 눈, 코, 입이 얼굴 한복판에 옹기종기 모여 있는 50대 여자다.

"길을 찾고 있는데요. 제 친구 하나가 예전에 이 동네에 살았거든요. 그 친구 어머니가 아직 여기 사시는 것 같아서요."

"어머니 성함이 뭐죠?"

"아이린 파머요."

주인 여자의 하반신이 가려져 있어도, 모스는 여자가 무언가를 찾아 손을 뻗은 것을 알 수 있다. 집 안쪽에서 벨소리가 울린다.

"아이린 파머를 찾는다고요?"

"그렇게 말씀드렸습니다."

"그런 이름은 몰라요."

"지금 그 말이 거짓말인 거 제가 어떻게 알았게요?" 모스가 말한다. "대답하기 전에 제 질문을 되풀이하셨죠. 원래 거짓말을 하기 전에 그러거든요."

"내가 거짓말을 한다는 거예요?"

"보세요. 그것도 뻔한 수법이에요. 질문을 질문으로 되받아치는 거."

주인 여자의 눈이 가늘어지다 못해 거의 자취를 감추었다. "내가 경찰을 불러야겠어요?"

"말썽을 일킬 생각은 없습니다, 부인. 그냥 어디 가면 아이린 파머를 만날 수 있는지만 알려주세요."

"그 딱한 여자를 좀 가만 놔둬요. 자식들이 저지른 일을 어머니가 몽땅 책임져야 한다는 법이라도 있나."

주인 여자는 덤빌 테면 덤벼보라는 듯 턱을 쑥 내민다. 추리닝바지와 문신을 제외하면 알몸인 남자가 문간에 나타난다. 20대 초반. 근육질이다. 총도 있을 것 같다.

"뭐 문제 있어요, 엄마?"

"아이린을 찾는데."

"꺼지라 그래요."

"그랬지."

남자의 바지 허리춤에 큼지막한 자동권총이 꽂혀 있다. 모스의 눈길이 그곳에 꽂힌다.

"저는 오디 파머의 친구입니다." 모스가 말한다. "그 친구 엄마한테 전할 말이 있어요."

"우리한테 남겨놓고 가요. 꼭 전해줄 테니."

"직접 만나서 전하라고 했어요."

벨이 울리고 시든 주홍 장미만큼이나 쭈글쭈글한 흑인 할머니가 들어온다. 모스는 문을 잡아준다. 노인이 고맙다고 말한다.

"뭐 드릴까요, 노일린?" 상점 주인이 묻는다.

"이 젊은이가 먼저 왔잖아요." 노인이 몸짓으로 모스를 가리키면서 말한다.

"그 사람은 갈 거예요."

더 다퉈도 소용없겠다 싶어진 모스는 밖으로 걸어 나와 그늘진 곳을 찾아 기다린다. 이윽고 노인이 딱딱한 플라스틱 바퀴가 달린 타탄무늬 쇼핑카트를 끌고 가게를 나온다.

"좀 도와드릴까요, 부인?"

"내가 할 수 있어요."

노인이 모스를 지나쳐 울퉁불퉁 깨진 보도 위를 걸어간다. 모스는 그 뒤를 30미터쯤 따라간다. 노인이 걸음을 멈춘다.

"강도질이라도 할 참이유?"

"아닙니다, 부인."

"그런데 왜 따라오는 거유?"

"저는 아이린 파머를 찾고 있습니다."

"흠, 나는 그 사람이 아니에요."

"알고 있습니다. 저는 그분 아들 친구입니다."

"아들 누구?"

"오디요."

"오디라면 기억이 나네. 우리 집 잔디밭을 깎고 마당을 청소하곤 했다우. 학교버스가 우리 집 앞을 바로 지나갔는데. 영리한 아이였지. 똑똑하고, 왜 있잖우, 늘 예의 바르고. 절대로 사고 같은 걸 치는 애가 아니었는데……. 제 형하고는 달리."

"칼이요?"

"그 애를 알아요?"

"모릅니다, 부인."

노인이 고개를 젓는다. 은빛 머리카락을 어찌나 빡빡하게 틀어 올렸는지 두피에 철사로 된 뜨개질 공을 매달아놓은 것 같다.

"칼은 자궁에서 나올 때부터 어긋난 방향으로 나왔어요. 내 말뜻 알겠수?"

"실은 잘 모르겠는데요."

"그 아이는 늘 말썽을 부렸다우. 그 애 부모가 무진 애를 썼는데. 그 애 아빠는 싱글턴 대로에서 차고를 운영했지. 지금은 하늘로 갔지만. 공장들도 없어졌지. 그래도 납 용광로는 없어지길 다행이야. 우리 애들을 중독시켰거든. 납이 애들을 어떻게 만드는지 알우?"

"모르겠는데요, 부인."

"애들을 멍청하게 만든다우."

"그건 몰랐네요."

노인은 깨진 콘크리트 위로 쇼핑카트를 끄느라 애를 먹는다. 모스가 여행가방인 양 사뿐히 쇼핑카트를 들어 올려 노인 대신 끌어준다.

"칼은 어떻게 되었나요?"

노인이 얼굴을 찌푸린다. "오디하고 친구였다지 않았수."

"형 이야기는 안 하더라고요."

"음, 내가 함부로 이러쿵저러쿵할 순 없지. 내가 아는 어떤 사람들하고는 달리 나는 수다쟁이가 아니니까." 그리고 노인은 숨도 안돌리고 모스가 피해야 하는 사람들에 관해 떠들기 시작한다. 노인의 말에 따르면 '쓸모없는 것들'이다.

"이 동네에는 쓸모없는 것들이 몇몇 있어요. 못나고 위험한 작자들이. 게이터 보이스라고 들어봤수?" 모스는 고개를 젓는다. "10대 남자애들을 모아서 약을 팔게 한다우. 그 우두머리는 악어를 줄에 매서 키운다우. 진짜 살아 있는 악어를 애완견처럼 끌고 다닌다니까. 그 악어가 그놈 다리나 콱 물어뜯으면 내 속이 시원하겠네."

노인은 숨이 가쁜지 잠시 말을 멈추고 모스의 팔에 기댄다. 그때 모스의 문신을 본 모양이다.

"댁도 들어갔다 오셨구먼. 오디는 거기서 만났수?"

"예, 부인."

"돈을 찾는 거유?"

"아닙니다."

노인이 의심 섞인 눈길을 던진다. 두 사람은 말끔한 정원이 딸린, 페인트칠이 되어 있지 않은 작은 나무집 정문 앞까지 왔다. 노인은 카트를 들어 올려 바퀴를 계단에 탕탕 부딪히며 층계를 올라 좁은 현관에 다다른다. 열쇠를 꺼내어 스크린 도어를 연다. 문이 닫히기 직전, 노인이 모스를 돌아본다.

"아이린 파머는 휴스턴으로 이사 갔어요. 언니하고 같이 살고 있다우."

"혹시 주소 있으세요?"

"아마. 여기서 기다려보시우." 노인은 어두운 집 안으로 사라진다. 경찰에 전화하러 간 건 아니겠지. 갓길 없는 거리를 둘러보던 모스의 눈길이 소나무 아래에 지어진 놀이터에 머문다. 그네는 줄이 끊어졌고 정글짐 밑에는 더러운 매트리스가 버려져 있다.

스크린 도어가 열린다. 문 사이로 향기 나는 노트 쪽지를 쥔 손이 쑥 뻗어나온다.

"아이린한테 크리스마스 카드를 받았거든. 이게 회송 주소라우."

쪽지를 받아든 모스는 머리를 조아리며 감사를 표한다.

21

오디는 텍사스 아동병원 앞에서 택시를 세운다. 요금을 받은 운전사는 팁을 내놓으라는 눈치를 준다. 팁과 함께 어머니에게 더 잘해드리라는 오디의 인사말에, 운전사는 어떤 어머니라도 눈살을 찌푸릴 욕설로 쏘아붙인다.

오디는 길 맞은편 상점에서 사온 커피와 데니시 페이스트리를 들고 콘크리트 계단에 걸터앉아 병원 입구를 지켜본다. 밤샘근무를 마친 야간 근무조 간호사들이 삼삼오오 짝을 지어 병원을 나선다. 젖은 머리에 깔끔하게 다림질한 파란 바지와 페이즐리 셔츠를 입은 교대조가 도착한다. 오디는 손가락에 묻은 부스러기를 핥으며 종이컵 테두리 위로 버나데트 누나를 엿본다. 수수하고 예쁜 버나데트는 블라우스에 배지 두 개를 달고 있다. 스스로 키가 너무 크다고 생각하는 바람에 걸음걸이가 약간 구부정하다.

오디는 어렸을 때 누나와 그다지 잘 통하는 편은 아니었다. 오디보다 열두 살이나 더 많은 버나데트는 모르는 게 없어 보였다. 오디의 기억 속 버나데트는 입학식 날 학교에 데려다주고 피가 난 무릎에 반창고를 붙여주고 동생의 나쁜 버릇을 고치기 위해 선의의 거짓말을 하던 누나였다. 오디에게 고추를 가지고 놀면 고추가 떨어진다고 했다. 재채기를 하고 방귀를 뀌면서 동시에 눈을 깜빡이면 머리가 빵 터진다고도 했다.

오디는 야구모자를 눈 위로 깊이 눌러쓰고, 병원으로 들어가는 버나데트를 뒤따라간다. 버나데트는 붐비는 엘리베이터를 타고 9층으로 올라간다. 오디는 고개를 계속 숙인 채 휴대폰 메시지를 읽는 척한다. 버나데트가 간호사실로 사라지자 오디는 복도 끝에서 기다리지만 사람들의 눈길이 괜히 신경 쓰인다. 가까이에 관계자 전용이라고 쓰인 문이 하나 보인다. 슬그머니 안으로 들어가자 탈의실이 있다. 모자를 주머니에 쑤셔 넣고는 옷걸이에서 하얀 의사 가운을 꺼내 입고 목에 청진기를 걸친다. 부디 심폐소생술을 하라거나 기도를 세척해달라는 사람을 마주치지 않아야 할 텐데. 오디는 고리에 걸려 있던 클립보드를 집어 들고 확신에 찬 걸음걸이로 복도를 걸어간다.

버나데트는 빈 병실에서 침대를 정돈 중이다. 구석구석을 힘 있게 밀어 넣어 시트를 드럼처럼 팽팽하게 만드는 것이, 예전 어머니가 가르쳐준 방식 그대로다. 겉 시트와 속 시트 사이로 파고들려면 거의 지렛대가 필요할 정도였지.

"안녕, 누나."

버나데트가 찌푸린 얼굴로 가슴에 베개를 쥔 채 얼어붙는다. 얼굴에 희로애락의 모든 감정이 스쳐 지나가고 자기 눈에 보이는 광경을 믿을 수 없다는 듯 고개가 좌우로 흔들린다. 오디를 무서워하는 표정, 어쩌면 자신을 두려워하는 표정이다. 하지만 이윽고 가슴

속에서 무언가가 스르르 녹아내리고, 누나는 동생에게 다가가 힘차게 끌어안는다. 오디의 코끝에 누나의 머리카락 냄새가 스치는 순간, 그 모든 어린 시절이 한꺼번에 밀어닥친다.

버나데트가 동생의 뺨을 쓰다듬는다. "의사를 사칭하는 게 불법인 건 알고 있을 텐데."

"그래봤자 내 죄목 중에서는 가장 가벼울걸."

버나데트는 열린 문 앞에 서 있는 오디를 안으로 끌어당기고 문을 닫는다. 동생의 짧게 친 머리카락 아래로 드러난 상처들을 손가락으로 훑는다. "놀랍다." 버나데트가 말한다. "세상에, 너는 도대체 어떻게 살아남은 거니?"

오디는 대답하지 않는다.

"경찰이 찾아왔었어." 버나데트가 말한다.

"그랬을 거라고 생각해."

"왜 그랬니, 오디? 하루밖에 안 남았는데."

"누나는 모르는 편이 나을 거야."

방 안의 소리는 윙 하는 에어컨의 은은한 작동음뿐이다. 버나데트의 틀어 올린 머리에서 삐져나온 머리카락 몇 가닥이 에어컨 바람에 흩날린다. 군데군데 새치들이 눈에 띈다.

"이제 머리 관리는 손 놨어?"

"그럴 나이도 됐지 뭐."

"몇 살이나 됐다고 그래, 몇 살이더라?"

"마흔다섯."

"아직 젊구먼."

"내 나이 돼보셔."

어떻게 지내느냐는 물음에 버나데트는 잘 지낸다고 대답한다.

둘 다 어디서 이야기를 시작해야 할지 막막하다. 우선 이혼 이야기. 전남편은 애정 넘치고 머리 좋고 성공적인 사람이었지만 동시에 폭력적인 술꾼이었다. 다행히 버나데트는 앞가림을 잘하는 사람이었다. 새 남자친구는 석유 굴착 일을 한다. 두 사람은 동거 중이다. 아이 계획은 엄두도 낼 수 없는 상황이다.

"말했다시피 나는 너무 늙었어."

"엄마는 어떠셔?"

"아파. 투석 중이셔."

"신장 이식은 어떻게 됐어?"

"의사들 말이 엄마한테는 무리일 거래." 버나데트는 다시 침대 정돈을 시작하지만 눈동자에 불현듯 그늘이 드리운다. "여긴 왜 돌아온 거니?"

"마무리 지어야 할 일이 있어서."

"나는 네가 그 무장 강도사건을 저질렀다고는 믿지 않아."

오디가 누나의 손을 꼭 잡는다. "누나 도움이 필요해."

"돈 이야기면 됐어."

"차는?"

버나데트가 팔짱을 낀다. 눈에 불신이 가득하다. "남자친구한테 차가 있어. 한 일주일 정도는 없어져도 모를 거야."

"어디 있는데?"

"길가에 세워놨어."

"열쇠는?"

"감옥에서 그런 것도 안 배우고 뭐했어?"

"차 따는 법 같은 건 몰라."

버나데트가 주소를 휘갈겨 적는다. "열쇠는 바퀴 위에 놔둘게."

다른 간호사가 문으로 들어온다. 버나데트의 상사다. "문제없는 거죠?" 오디를 향한 질문에, 왜 문을 닫아놓았느냐는 무언의 추궁이 담겨 있다.

"문제없습니다." 오디가 대꾸한다.

간호사가 고개를 끄덕이고 기다린다. 오디가 그 시선을 가만히 받아내자 간호사는 퍼뜩 정신을 차린 듯 등을 돌려 병실을 나간다.

"너 때문에 나 잘리겠다." 버나데트가 속삭인다.

"하나만 더 해줘."

"뭔데?"

"내가 전에 준 파일들……. 그거 인쇄했어?"

버나데트가 끄덕인다.

"내일이나 모레쯤 전화할 테니까 그때 내 말대로 처리해줘."

"혹시 나도 엮이는 거니?"

"아니야."

"다시 볼 수 있는 거야?"

"모르겠어."

버나데트는 몇 걸음 물러나 오디를 보다가 다시 다가와 양팔을 벌려 숨이 막힐 만큼 꼭 끌어안는다.

"사랑한다, 내 동생."

22

캐시는 여행가방을 풀었다 다시 꾸렸지만 아직 모텔을 나서지 않았다. 두 침대 사이에 놓인 디지털시계를 멍하니 보고 있자니 똑딱거리는 초침소리가 머릿속으로 옮겨온 것 같다. 어서 결정을 내리라고 재촉하는 것 같다.

스펜서의 배낭은 그의 침대 옆에 틀어박혀 있다. 그게 본명이긴 할까? 머리에는 도대체 어쩌다 그런 상처가 났을까? 폭력적인 상황들을 상상하려니 머릿속이 어질어질해진다.

스칼렛은 엎드려서 손으로 턱을 괸 채 텔레비전으로 〈탐험가 도라〉를 보고 있다. 전에 이미 끝까지 봐서 다 아는 내용인데 참 열심히도 본다. 어쩌면 아이들은 앞으로 무슨 일이 일어날지를 알고 있는 편이 더 좋은 걸까.

캐시는 스펜서의 배낭을 집어 들어 주머니의 내용물을 뒤지기 시작한다. 칸칸마다 지퍼를 내리고 샅샅이 수색한다. 공책을 발견한 캐시는 욕실로 가져가서 문을 닫고 변기 위에 걸터앉는다. 양 무릎 사이로 치맛자락이 해먹처럼 드리워진다. 사진 한 장이 삐져나와 바닥에 떨어진다. 캐시는 타일 바닥에서 사진을 주워 든다. 검은 피부의 젊고 아름다운 여자가 꽃다발을 들고 서 있는 사진이다. 캐시는 갑자기 찌르는 듯한 질투심 같은 통증을 느끼지만 그 이유는 자신도 모른다.

사진을 책등까지 닿도록 깊숙이 밀어 넣고 난 후 다시 첫 페이지를 연다. 앞표지 안쪽에 이름이 쓰여 있다. 오디 스펜서 파머. 아래에는 가격 스티커와 스리 리버스 연방교도소라고 적힌 라벨이 붙어 있다.

공책 안은 자잘하고 거미 같은, 읽기 힘든 손글씨로 가득하다. 아무리 애를 써도 몇 문장 이상은 읽어내기 힘들다. "진실의 지각"이니 "부재의 파토스"니 하는 시 구절 같은 말들이 쓰여 있다. 도대체 무슨 소린지.

캐시는 휴대폰을 꺼내어 찢어낸 전화번호부 페이지를 들여다보며 전화를 건다. 한 여자가 전화를 받아서 마치 대본을 보고 읽듯 줄줄줄 쏟아낸다.

"안녕하세요, 텍사스 범죄신고센터입니다. 모든 통화는 비밀이 보장됩니다. 저는 아일린입니다. 무엇을 도와드릴까요?"

"현상금 주나요?"

"중범죄 용의자의 체포와 기소로 이어지는 정보에 대해서는 금전적 보상을 제공합니다."

"얼마나요?"

"범죄의 심각성에 따라 다릅니다."

"최고 얼만데요?"

"5천 달러입니다."

"탈옥한 죄수가 어디 있는지 안다면요?"

"이름이 뭐죠?"

캐시는 망설인다. "오디 스펜서 파머라는 것 같아요."

"같다고 하셨습니까?"

"예."

캐시는 잠긴 문을 쳐다보며 다시 한 번 생각한다.

"신고자분 성함을 알려주시겠습니까?"

"싫어요."

"오디 파머의 체포에는 연방 보상금이 걸려 있습니다. 지금 계신 곳을 알려주세요. 신고자분을 만나러 갈 경관을 파견하겠습니다."

"이 전화는 비밀이 보장된다면서요."

"신고자분 성함을 모르면 저희가 어떻게 보상금을 드리죠?"

캐시가 말을 멈춘다.

"뭐가 잘못됐나요?" 아일린이 묻는다.

"생각 중이에요."

"신고자분은 지금 위험에 처해 있습니다."

"다시 전화할게요."

"끊지 마세요!"

23

모스는 차창을 내리고 라디오를 크게 틀어놓은 채 휴스턴을 향해 달린다. 컨트리 뮤직은 사절이다. 모스의 취향은 고통과 구원, 그리고 심장을 찢어놓는 여자들을 노래하는 전통적인 남부 블루스다. 늦은 오후, 차는 침례교 교회로 들어선다. 하얗게 페인트칠한 건물 정면 벽에는 "예수님은 트위터를 쓰시지 않습니다"라고 쓰인 간판이, 그 위에는 나무 십자가가 걸려 있다.

느릅나무 그늘에 차를 세운다. 옹이투성이에 몸통이 배배 틀린 나무는 세상에서 가장 느린 지진처럼, 뿌리로 시멘트 보도를 밀어내고 있다. 교회 문은 잠겨 있지만 모스는 옆길을 따라 작은 목조 오두막으로 향한다. 콘크리트 블록 위에 지어진 오두막 지붕에 나무들이 짙은 그늘을 드리웠다. 꽃이 핀 화단은 삽날로 가장자리를 깔끔하게 쳐냈다.

모스가 노크를 하자 지팡이에 몸을 기댄 풍채 좋은 여자의 모습이 나타난다.

"안 사요."

"파머 부인이십니까?"

부인이 목에 건 끈에 매달린 안경을 찾아 쓴다. 모스를 물끄러미 본다. 모스는 위협할 의도가 없음을 보여주고자 뒤로 물러선다.

"그쪽은 누구요?"

"오디의 친구인데요."

"다른 사람은 어디 있어요?"

"누구요?"

"먼저 와서 문을 두드린 사람이요. 오디를 안다고 했어요. 난 그 사람도 안 믿고 댁도 안 믿어요."

"저는 모스 웹스터라고 하는데요. 오디가 편지에 혹시 제 이야기를 하지 않던가요? 그 친구가 매주 편지 드렸었죠."

부인이 망설인다. "그 사람이 당신인지 내가 어떻게 알아요?"

"몸이 좋지 않으시다는 이야기를 들었습니다, 어머님. 새 신장이 필요하시다면서요. 어머님은 가장자리에 꽃이 그려진 분홍색 편지지에 편지를 써 보내셨죠. 글씨체가 아주 아름다우시고요."

"괜히 비행기 태우지 말아요." 부인이 모스에게 오두막 뒤쪽으로 돌아오라고 일러준다.

집 모퉁이를 돌아가는 모스의 머리 위로 빨랫줄에 널린 시트들이 바람에 펄럭인다. 부인은 부엌으로 모스를 불러 레모네이드 피처와 유리잔 두 개를 바깥 테이블로 내가게 시킨다. 테이블은 땅콩 껍질로 뒤덮여 있다. 수선을 피우며 테이블을 치우는 부인의 팔뚝에 보기 싫은 멍 자국들이 울룩불룩 솟아 있다. 마치 피로 채운 풍선들이 살 속에 갇힌 것 같다.

"동정맥루(혈액투석 시 굵은 주삿바늘을 혈관에 삽입하기 위해 인위적으로 정맥 혈관을 굵게 만든 것—옮긴이)예요." 부인이 말한다. "투석을 일주일에 두 번씩 하거든요."

"힘드시겠습니다."

부인이 달관한 듯 어깨를 으쓱한다. "아기를 낳은 이후로 몸이 아주 산산이 해체되고 있지요."

모스가 입술이 오므라들 정도로 신 레모네이드를 홀짝인다.

"그 돈을 찾으려고요?" 부인이 묻는다.

"아닌데요, 어머님."

부인이 쓴웃음을 짓는다. "지난 11년간 얼마나 많은 사람들이 나를 찾아왔는지 알아요? 누구는 사진을 가져오고, 누구는 오디가 서명을 했다는 편지를 가지고 와요. 또 누구는 협박까지 하고. 우리 집 마당을, 바로 저 자리를 파고 있는 사람을 잡은 적도 있어요." 나무 밑둥을 가리키며 말한다.

"저는 그 돈 때문에 온 게 아닌데요."

"그럼 현상금 사냥꾼이에요?"

"아닌데요."

"감옥에는 왜 갔어요?"

"자랑할 일이 아니라 말씀드리기 송구하네요."

"알긴 아시네."

모스는 레모네이드를 한 잔 더 따라 마신다. 나무 테이블에 둥글게 물방울이 맺힌다. 모스는 동그라미를 하나 더 그리고 젖은 선을 그어 두 동그라미를 잇는다.

파머 부인은 오디가 장학금까지 받고 대학교에 가서 공부하다 칼이 사고를 치는 바람에 학교를 그만두어야 했던 사정을 들려준다. 눈에 물기가 어린다.

"칼은 지금 어디 있을까요?" 모스가 묻는다.

"죽었어요."

"정말 그런 건가요 아니면 수사학적인 비유로 말씀하시는 건가요?"

"그런 어려운 말은 넣어둬요." 부인이 나무란다. "아들이 죽은 걸 어미가 모를까."

모스는 양손을 들어올린다. "경찰한테 다 말씀하신 건 알고 있는데요, 어머님. 하지만 혹시 말씀하시지 않은 다른 게 있을까요? 오디가 갔을 만한 곳 같은. 친구들이나."

부인이 고개를 젓는다.

"여자친구는요?"

"누구요?"

"오디가 항상 몸에서 떼놓지 않던 사진이 있었는데요. 애인이라면서도 통 그 여자 이야기는 안 하더라고요. 잠꼬대할 때만 빼고요. 벨리타라는 이름이었어요. 누가 그 사진을 훔쳐간 적이 있는데, 오디가 화내는 건 그때 처음 봤어요."

파머 부인이 정신을 집중한다. 뭔가 떠오르는 게 있는 것일까. 모스는 한순간 기대했지만 헛된 기대였다.

"나는 14년 동안 그 애를 딱 두 번 봤어요. 한번은 그 애가 혼수상태로 누워 있었고 사람들이 그 애가 죽을 거라고 말했을 때. 머리에 맞은 총알 때문에 뇌손상을 입을 거라고 했지만 그 애는 그 사람들 말이 틀렸다는 걸 증명했지요. 그다음에는 그 애가 선고를 받은 날 봤고요. 나한테 걱정 말라고 합디다. 어떤 어미가 걱정을 안 하겠어요?"

"혹시 오디가 왜 탈옥했는지 아세요?"

"몰라요. 하지만 그 돈을 그 애가 가져갔을 거라고는 생각 안 해요."

"자백을 했는데요."

"그야, 그 애가 그랬다면 그럴 만한 이유가 있었겠죠."

"이유요?"

"순간의 충동으로 무슨 일을 저지를 아이가 아니에요. 생각이 많은 애죠. 압정처럼 날카롭고요. 강도질 같은 걸 안 해도 얼마든지 먹고살 수 있는 애였어요."

모스가 고개를 든다. 흐린 하늘에 날개를 펼친 세 마리 새가 흰 벽에 매달아놓은 오리 통구이마냥 선명하게 아로새겨져 있다. 파머 부인이 말을 잇는다. "우리 아들을 찾으면 엄마가 사랑한다고 전해줘요."

"그건 이미 알고 있을 겁니다, 어머님."

*

교회 터를 나서는데 길 건너편에 한 남자가 눈에 띈다. 한 사이즈 작은 검은색 정장 차림에, 덥수룩한 갈색 머리카락은 구레나룻으로 이어지고 다시 턱수염으로 이어져 마치 헬멧에 달린 끈처럼 보인다. 어깨에는 낡은 비닐 가방이 매달려 있는데, 고장 난 지퍼 틈새로 보이는 가방 안은 블랙홀이다.

남자는 나무 뒤에 쪼그려 앉아 한 손은 무릎 위에 늘어뜨리고 다른 손으로는 담배의 불붙은 쪽 끝을 튕기고 있다. 모스는 길을 건너간다. 남자는 모스를 물끄러미 보다 다시 시선을 떨구고 자기 신발 앞을 지나가는 개미 행렬을 구경한다. 자꾸만 흙먼지 속에 손가락을 찔러 넣어 굴을 판다. 개미들은 흩어졌다 다시 모인다. 남자는 담배를 뻐끔댄 후 개미 행렬 가까이에 불타는 끝을 갖다 대고 개미들이 열기에 몸을 뒤트는 것을 구경한다. 몇 마리는 분연히 일어나 싸울 태세를 갖춘다. 나머지는 망가진 몸을 챙기려고 애쓰며 비틀비틀 도망친다.

"당신 나 압니까?" 모스가 묻는다.

남자는 고개를 들어 입가로 담배 연기를 뿜어낸다. 황량하다 못해 악의마저 엿보이는 퀭한 눈 위로 연기가 올라간다.

"아닌 것 같은데."

"여기서 뭘 하는 겁니까?"

"그쪽하고 똑같지."

"아닌 것 같은데."

"우리 둘 다 오디 파머를 찾고 있잖소. 편먹읍시다. 정보를 공유하자고. 머리 하나보다야 둘이 낫잖소, 아미고."

"내가 왜 댁의 아미고야."

남자는 엄지손톱을 물어뜯는다. 모스는 더 가까이 다가선다. 남자가 일어선다. 모스가 예상한 것보다 키가 더 크다. 남자는 오른발을 왼발 뒤로 뻗어 특수한 각도를 만든다. 무술 유단자의 자세다. 동공이 각막을 꽉 채울 듯 확대되고 콧구멍이 벌름댄다.

"파머 부인을 귀찮게 한 거요?"

"그쪽하고 똑같지."

"부인을 귀찮게 굴지 않았으면 좋겠는데."

"생각은 해보지."

모스는 눈싸움에서 굳이 이기려 애쓰지 않는다. 어차피 질 것이다. 가능한 한 이곳을 멀리 떠나서 이 남자 생각은 다시 하지 않는

게 상책이리라. 하지만 마음 한구석으로는 그게 불가능하다는 것을 알고 있다. 마치 다음 장에는 더 나쁜 소식이 적혀 있을 것을 알면서도 도중에 덮을 수 없는 책장을 억지로 넘기는 기분이다.

24

어반 코빅은 오디를 존중해주고 공정임금을 지불하는 너그러운 고용주였다. 어반이 남부 캘리포니아에 가면, 그곳에는 그를 모르는 사람이 없는 것 같았다. 식당에서는 늘 가장 좋은 자리가 예약되고, 시청 문이 알아서 열리고, 신경 쓸 일은 하나도 없어 보였다. 그렇지만 그처럼 눈에 보이는 부와 영향력에도 불구하고, 어반은 사람들이 자신에 대해 가지는 혐오감을 감지하는 듯했다. 어반은 미남이 아니었다. 하느님은 그에게 땅딸막한 몸통과 비둘기 같은 종종걸음과 돌출된 안구를 주셨다. "나는 멍청한 미남으로 태어날 수도 있었는데 똑똑한 추남으로 태어났지." 어반은 오디에게 그렇게 말한 적이 있다. "난 이편이 더 좋아."

젊은 시절 어반을 못살게 굴던 자들은 쥐도 새도 모르게 사라지거나 응분의 벌을 받았다. 어반이 신임하는 행동대장들 덕분이었다. 주로 어반의 조카나 사촌인 근육돼지들로, 어반처럼 영리하지는 못해도 남에게 육체적 위협을 가하는 방법이라면 빠삭한 작자들이었다.

어반은 다양한 차들을 함대처럼 갖추고 있었는데, 하나같이 국산차들이었다. 지역의 일자리를 늘리는 것이 애국자인 자신의 의무라고 느꼈기 때문이다. 매일 아침 오디가 태우러 가면 어반은 어느 차를 세차하고 차고에서 빼내올지 일러주곤 했다. 어반은 뒷좌석에 앉아서, 통화를 하지 않을 때는 그리스 신화 관련 책을 읽거나 신문 기사 제목들을 들먹이기를 좋아했다. 물론 《LA 타임스》나 《샌디에이고 유니언 트리뷴》 같은 신문이 아니라 주로 외계인 납치, 유명인사의 유산, 그리고 원숭이 입양 따위를 다루는, 기사 제목을 굵은 글씨로 때려 박은 지라시였다.

"이 나라는 완전히 개판이 됐어." 어반은 말하곤 했다. "부디 앞으로도 계속 그래야 할 텐데."

어반은 오디에게 자신이 라스베이거스를 떠난 이유도 말해주었다. 네바다 도박규제위원회가 "아주 좆같이 지랄발광을" 하는 바람에 대부분의 폭력조직이 판에서 밀려나 여자 장사나 불법 이동도박이나 하는 처지로 전락했기 때문이라고 했다.

"그래서 내가 여기 와서 틈새시장을 개척한 거지."

어반이 다양한 관심 사업을 그런 식으로 묘사하다니 흥미로운 표현이라고 오디는 생각했다. 농장들, 클럽들, 식당들, 그리고 모텔들을 사들이는 것이 어반의 일이었다.

한 달이 지났다. 매일 아침 어반을 집으로 태우러 가고 태워다주면서도 오디는 벨리타를 한 번도 만나지 못했다. 어반이 전화를 끊더니 물었다. "포커 치나?"

"하는 법은 압니다만."

"오늘 밤 집에서 판 깔기로 했어. 근데 사람이 하나 모자라네."

"제가 낄 자리가 아닐 것 같은데요."

"너무 달아오르면 넌 빠져. 누가 널 벗겨먹으려고 하겠냐."

오디는 벨리타를 다시 만날 수 있겠다는 기대 때문에 동의했다. 새 셔츠를 꺼내 입고 장화에 광을 내고 머리에는 젤을 발랐다.

포커판에는 세 명이 더 있었다. 하나는 샌디에이고 시의원, 하나는 사업가, 그리고 또 하나는 이탈리아 마피아처럼 생긴 사람으로 붉은 포도주와 음식찌꺼기로 물든, 깨진 묘비 같은 치아를 가지고 있었다.

도박판은 식당에 차려졌다. 식당에서는 계곡이 내려다보였지만 조명이 너무 낮게 달려 있고, 또 너무 밝아서 오디는 창에 반사된 자신의 모습밖에 볼 수 없었다. 부엌에선 요리 중인 음식 냄새가 풍겼고 누군가가 돌아다니는 소리가 들렸다.

아홉 시를 지나고 얼마쯤 후 어반이 잠시 쉬었다 하자고 했다. 어반은 사이드보드의 벨을 울렸다. 벨리타가 버팔로 윙, 향신료를 친 견과류, 그리고 텍사스 캐비아가 담긴 쟁반을 가지고 들어왔다. 동부콩, 깍둑 썬 양파, 할라피뇨도 함께였다. 벨리타는 드레스 위로 허리를 꽉 조여 맨 앞치마를 입고 있었다. 땋아서 등 뒤로 늘어뜨린 머릿단은 엉덩이 골에 닿을 정도로 길었다.

오디는 한 달 내내 몽상에 빠져 있던 상대를 직접 마주하자 얼굴이 상기되는 것을 느꼈다. 벨리타는 아무하고도 눈을 맞추지 않았다. 벨리타가 자리를 뜨자 마피아는 손가락에 묻은 바비큐 소스를 핥으며 어반에게 어디서 저런 여자를 찾아냈느냐고 물었다.

"농장에서 과일을 따고 있던데."

"그래, 윗백(wetback, 멕시코 출신 불법 이민자가 강을 건너왔다는 통념을 바탕으로 한 멸칭—옮긴이)이라 이거지." 사업가가 말했다.

"이제는 그렇게 부르면 안 돼." 시의원이 말했다.

"그럼 뭐라고 불러?" 사업가가 물었다.

"피냐타(중남미 지역에서 축제에 사용하는 과자나 장난감을 안에 넣은 종이 인형-옮긴이)." 마피아가 말했다. "두들겨 패면 팡 터지면서 질질 싸니까."

다른 사람들은 껄껄 웃었지만, 오디는 아무 말도 하지 않았다. 그들은 게임을 좀 더 했다. 술을 마셨다. 음식을 먹었다. 오디는 취하지 않았다. 벨리타가 음식을 더 많이 가져왔다. 마피아가 벨리타의 다리에 손을 올려 허벅지를 쓰다듬었다. 벨리타는 몸을 움찔하면서 그때 처음으로 오디와 눈이 마주쳤다. 당황한 표정. 수치스러운 표정.

마피아는 벨리타를 자기 무릎에 끌어다 앉혔다. 벨리타는 손을 들어 그를 때리려고 했다. 하지만 마피아는 그 손을 잡아 손목을 비틀더니 비명을 지르는 벨리타를 예고도 없이 마룻바닥에 내팽개쳐버렸다. 오디는 의자를 뒤로 물리고 일어나 주먹을 쥐고 싸울 태세를 갖췄다.

어반이 끼어들어 벨리타에게 부엌으로 돌아가라고 했다. 마피아가 손가락을 쿵쿵거렸다. "농담이 안 통하는 타입인가?"

"사과를 하셔야 할 것 같은데요." 오디가 말했다.

"앉아서 그 씨발놈의 주둥이를 닥쳐야 할 것 같은데." 마피아가 대꾸했다. 그는 어반을 보았다. "저 여자랑 잤어?"

어반은 대꾸하지 않았다.

"혹시 안 잤으면 꼭 자."

"그냥 게임이나 하자고." 어반이 그렇게 말하고는 다시 판을 벌였다.

새벽 두 시경, 시의원과 사업가는 집으로 갔다. 오디는 상당한 칩 더미를 앞에 두고 있었지만 마피아의 칩 더미가 가장 컸다. 어반은 취해 있었다. "판이 영 안 풀리네." 어반은 자기 패들을 내팽개치면서 말했다.

"잃은 걸 몽땅 도로 딸 기회를 줄까?" 마피아가 말했다.

"무슨 뜻이야?"

"한 판에 올인."

"내가 지는 판에 판돈을 두 배로 올리는 버릇이 있었으면 벌써 알거지가 됐을걸."

"계집애를 걸어."

"뭐?"

"자네 가정부 말이야." 마피아는 칩 한 움큼을 집어서 칩 더미 위에 떨어뜨렸다. "자네가 이기면 몽땅 도로 가져가도 돼. 내가 이기면 오늘밤 저 계집애는 내가 데리고 잔다."

오디는 부엌 쪽 문을 응시했다. 벨리타가 식기세척기에 접시들을 넣은 후 유리잔들을 닦고 있었다. 어반은 테이블을 보았다. 5천, 어쩌면 6천 달러쯤 잃은 듯했다.

"오늘밤은 여기서 끝내죠." 오디가 말했다.

"나는 한 판 더 할 거야." 마피아가 대꾸했다. "넌 빠져도 돼."

입술이 말려 올라 무너져가는 치아가 몽땅 드러났다.

"이건 미친 짓이에요." 오디가 말했다. "저 여자가 사장님 것도 아니잖아요."

그 말에 어반은 대뜸 발끈했다. "너 방금 뭐라고 했냐?"

오디는 상황을 수습하려고 했다. "그냥 저 여자는 아무 잘못도 하지 않았다고요. 오늘 밤은 이만하면 재미있었잖아요. 오늘은 여기까지만 하죠."

마피아가 자기 칩들을 몽땅 테이블 한복판으로 밀었다. "딱 한 판. 승자가 전부 가지는 거야."

어반이 패를 뒤섞기 시작했다. 오디는 테이블을 뒤집어엎어 카드들을 전부 날려버리고 싶었다. 어반이 패를 돌렸다. "텍사스 홀덤 한 판." 어반은 오디를 응시했다. "넌 계집애같이 꽁무니 뺄래 사내답게 한 판 할래?"

"하겠습니다."

어반이 부엌을 향해 소리 질렀다. 벨리타가 눈을 내리깔고 앞치마에 손을 문지르며 나타났다. 낮게 매달린 조명에 머리카락이 반짝이고 둥근 후광이 드리웠다.

"이 신사분들이 이 판에 올인을 하고 싶다시는데 내가 칩이 다 떨어졌지 뭐야." 어반이 기묘하게 활기찬 태도로 말했다. "너를 담보물로 걸라고 하시네."

벨리타는 어리둥절한 기색이었다.

"내가 지면 두 분 중 한 분이 오늘 밤 너를 데려가실 거야. 하지만 한 신사분은 너그럽게도 그 외에 딴 돈은 안 받으시겠대." 어반은 스페인어로 그 문장을 되풀이했다.

벨리타의 눈이 휘둥그레졌다. 겁에 질렸다.

"자, 자, 우리는 약속한 게 있잖아. 나라면 너무 성급히 거절하지 않겠어."

벨리타가 도리질을 치며 애원했다. 그러나 어반은 벨리타를 뼛속까지 전율시키는 목소리로 대꾸했다.

"펜사르 엔 엘 니뇨(아이 생각을 해야지)!"

오디는 니뇨라는 단어가 소년을 뜻한다는 걸 알았지만 그 말이 위협인지 그냥 사실을 말한 것인지는 알 수 없었다. 벨리타가 손등으로 눈물을 훔쳤다.

"꼭 이래야만 하나요?" 오디가 물었다.

"나는 그냥 카드를 하는 거야." 어반이 말했다. "저 애랑 자고 싶은 건 너희들이고."

오디는 벨리타를 차마 볼 수 없었다. 벨리타는 위엄을 잃지 않으려 애쓰면서 테이블에서 등을 돌리고 어깨를 폈다. 하지만 부엌으로 걸어가는 걸음은 후들거리고 있었다.

"나는 쟤를 보면서 했으면 싶은데." 마피아가 말했다.

어반이 벨리타를 도로 불렀다. 패를 돌렸다. 오디는 7 한 장과 킹이 들어왔다. 패를 뒤집자 9, 퀸, 그리고 7이 한 장 더 나왔다. 7 페어가 되었다. 마지막 카드 두 장을 받으며 오디는 눈을 감았다 떴다. 에이스와 7.

어반은 그들을 기다리게 만들지 않고 바로 투페어를 펼쳤다. 두 사람은 오디를 보았다. 7 트리플. 마피아가 꼬끼오 하는 울음소리를 냈다. "이 아가씨들은 참 예쁘기도 하지. 특히 셋이 짝을 지어 올 때는 더더욱."

테이블 위 마피아가 내민 퀸 트리플을 보면서 오디는 위가 졸아붙는 것 같았다. 신경이 쓰인 건 돈을 잃는 게 아니었다. 벨리타의 표정이었다. 충격도 놀라움도 분노도 아닌 체념. 마치 오래전부터 당해온 수모가 한 번 더 되풀이된 것처럼.

어반이 일어서서 기지개를 켰다. 단추가 풀린 셔츠에서 뱃살이 삐져나왔다. 패배에 달관한 태도였다. 밤은 또 오니까. 다음번 판은 설마 이보다 운이 좋겠지.

"자네가 말 거시기는 아니었으면 좋겠군." 어반이 재킷을 걸치면서 말했다. "그리고 멍이 들게 하거나 너무 거칠게 다루지 않았으면 해. 내 말뜻 알지?"

마피아가 끄덕였다. "나는 하얏트 호텔에 묵을 거야."

"정오 전까지는 데려다놔야 돼."

"술이 안 깨서 운전 못할 텐데."

어반이 오디를 보았다. "그럼 네가 운전해. 확실히 집까지 데려다 줘."

산을 내려가는 길에 벨리타는 창가에 붙어 앉았다. 몸을 더 작게 만들거나 아예 사라져버리고 싶은 것 같았다. 마피아가 대화를 시도했지만 벨리타는 상대하지 않았다.

"영어 할 줄 아는 거 알아." 마피아가 술에 취해 혀 꼬부라진 소리로 지껄였다.

벨리타는 고개를 숙였다. 어쩌면 기도를 하거나 울고 있는지도 몰랐다. 오디는 호텔 앞에 차를 세우고 황급히 뛰쳐나와 마치 정식 운전기사처럼 뒷좌석 문을 열었다.

"벨리타하고 잠깐 이야기를 하고 싶은데요." 오디가 말했다.

"뭣 때문에?" 마피아가 물었다.

"데려다줄 약속을 잡으려고요."

오디는 벨리타를 차에서 떨어진 곳으로 데려갔다. 벨리타는 흐릿한 눈빛으로 오디를 보았다. 호텔 로비의 조명이 눈동자에 반사되었다.

"저 남자를 취하게 만들어요. 술에 이걸 타요." 오디는 수면제 네 알을 벨리타의 손에 밀어 넣고 손가락을 쥐어주었다. "같이 잔 척 해요. 쪽지를 남겨줘요. 좋았다고. 내가 기다리고 있을게요."

한 시간 후, 벨리타가 손님을 부르는 택시 운전사들을 무시하며 호텔을 나섰다. 오디가 차 뒷문을 열어주었지만 벨리타는 앞자리에, 그의 옆에 앉겠다고 했다. 15킬로미터 길을 가는 내내 벨리타는 팔짱을 낀 채 한마디도 하지 않고 몸을 가만가만 흔들었다. 산에 다다라서야 스페인어로 말을 걸어왔다.

"당신이 나를 땄으면 어쩔 셈이었어요?"

"아무것도요."

"그럼 왜 했어요?"

"옳지 않은 일 같아서요."

"돈을 얼마나 잃었어요?"

"모르겠어요."

"나는 그럴 가치가 없어요."

"왜 그런 말을 하죠?"

벨리타는 퉁퉁 부은 눈으로 아무 말 못하고 고개만 저었다.

25

맥키니 스트리트에 있는 휴스턴 공립도서관은 시멘트 믹서와 큐비즘 화가의 금지된 사랑이 만들어낸 결실 같은 건물이다. 정면은 말끔히 닦여져 있고 트인 공간에는 나무들이 심어져 있지만, 그 건물에서는 아무런 온기나 매력도 찾을 수 없다.

데스크에 앉은 중년 여성은 모스가 말을 마칠 때까지 거들떠보지도 않는다. 양식에 도장을 찍어 쟁반에 올려놓고, 그제야 고개를 들어 모스에게 파란 눈동자와 더 파란 아이섀도를 보여준다.

"그게 왜 필요하죠?"

"예?"

"뭐가 필요한지는 들었어요. 그런데 그게 왜 필요하냐고요."

"그냥 관심이 있어서 그러는데요."

"왜요?"

"그건 사적인 문제고 여긴 공립도서관인데요."

잠시 더 눈싸움을 한 끝에 여자는 모스에게 8층으로 올라가라고 일러준다. 8층의 다른 사서는 좀 더 기분이 좋아 보인다. 모스에게 색인 카드를 읽고 2004년 1월 이후의 《휴스턴 크로니클》 열람 신청서를 작성하는 법을 알려준다.

지하실 보관소에서 마이크로필름들이 배달된다. 모스는 상자들을 본다. "이걸 가지고 어떻게 해야 하는 건가요?"

남자 사서가 일렬로 늘어선 기계들을 가리킨다.

"어떻게 쓰는 건가요?" 모스가 묻는다.

사서가 한숨을 쉬고는 모스에게서 상자들을 받아다가 붉은색 필름 감개를 고정하고 관람창으로 필름을 돌리는 법을 보여준다.

"이건 앞으로 가는 겁니다. 이건 뒤로 가고요. 초점은 이겁니다."

"번거로우시겠지만 종이하고 펜 좀 주실 수 있을까요?" 모스가 자신의 준비 부족에 민망해하면서 묻는다.

"저희는 문구점이 아닙니다."

"그건 저도 아는데요."

사서는 그걸로 이야기가 끝났다고 생각하지만 모스는 여전히 그의 책상 앞에 버티고 서서 기다리고 있다. 기다리는 건 모스의 전문이다. 사서는 여기저기 뒤적여 종이와 노란 싸구려 펜을 간신히 찾아낸다.

"쓰시고 돌려주세요." 사서가 말한다.

"예, 알겠습니다."

모스는 기계 앞에 서서 그 강도사건이 처음 언급된 기사를 찾아 표지를 눈여겨보며 《휴스턴 크로니클》들을 넘긴다. 기사가 하나 나온다.

무장 트럭 강탈사건

어제 오후 텍사스 주 콘로 외곽에서 도로 건설인부로 위장한 무장 강도들이 미국 달러화를 싣고 가던 무장 트럭에 백주의 기습을 감행해 차량을 강탈했다.

경비원 두 명이 폭행당했고 또 한 명은 무장 트럭과 함께 실종되었다. 트럭은 오후 3시 직후 45번 주간고속도로의 트럭 주차장에 버려졌다.

무장 강도단은 고속도로 건설인부로 위장해 두 경비원을 차에서 유인해 낸 후 무기를 빼앗고 트럭을 강탈했다. 또 한 명의 경비원은 무장 강도들이 차를 몰고 떠났을 때 아직 차 안에 있었다.

"15분 내에 바리케이드가 설치되었지만 아무런 목격자도 나타나지 않았습니다." 드라이퍼스 카운티의 피터 요먼스 형사는 말했다. "현재로서는 실종된 경비원의 소재와 안위 확보에 가장 주력하고 있습니다."

목격자인 데니스 피터스는 강도들이 반사 조끼와 안전모를 쓰고 있었다고 말했다. "들고 있는 게 삽이겠거니 했는데 산탄총이었어요." 목격자는 말했다. "일단정지 표지판을 세워놓고 콘크리트 절단 작업 중이었어요."

웨이트리스인 게일 말라코바는 경비원들이 그에 앞서 식당에서 식사를 했다고 말했다. "웃으면서 농담을 하고 있었는데, 식당을 나서자마자 그 지옥 같은 상황이 벌어진 거예요. 너무 무서웠어요."

다음날로 필름을 감는다. 2004년 1월 28일.

무장 트럭 강탈사건으로 4명의 인명피해가 발생하다

어제 늦게 드라이퍼스 카운티에서 일어난 경찰의 총격전 이후 네 사람이 사망하고 또 한 명은 사경을 헤매고 있다. 사망자는 여성 운전자 한 사람, 경비원 한 사람, 그리고 이전에 현금을 싣고 가던 무장 트럭을 납치한 갱단원 두 명이다. 강도사건의 추가 용의자는 경찰의 총에 맞아 중태다.

그 참극은 어제 오후 세 시 직후, 콘로 바로 북쪽에서 가짜 도로공사로 무장 트럭이 정지되면서 시작되었다. 경비원 두 명은 제압당했고 또 한 명은 강탈당한 트럭의 뒤편에 갇힌 채로 납치되었다.

그로부터 다섯 시간 후, 드라이퍼스 카운티 보안관 사무실의 보안관보 두 명이 콘로 북서쪽 830번 팜 투 마켓 로드의 휴게소에서 도난 차량을 목격했다. 무장 강도들은 경찰과 총격전을 벌이면서 고속으로 차를 몰았다. 올드 몽고메리 로드를 따라 20분 넘게 지속된 추격전은 최고 시속 150킬로미터에 이르렀고, 그 후 무장 트럭은 언덕마루에서 통제를 잃고 진입하는 차량과 충돌했다. 충돌 차량의 여성 운전자는 전복된 트럭에 갇힌 경비원과 함께 사망했다.

뒤이은 총격전에서 갱단원 두 명이 총에 맞아 사망하고 나머지 한 명은 심각한 중상을 입었다. 네 번째 용의자는 검은색의 SUV를 몰아 도피한 것으로 보이는데, 이후 콘로 호수 근방에서 해당 차량이 불태워진 채 발견되었다.

다음 며칠간 강도사건은 계속 표지를 장식했고, 특히 1월 30일에 그 액수가 확정되었을 때는 더욱 그랬다. 《휴스턴 크로니클》은 다음과 같이 보도했다.

7백만 달러가 증발하다
무장 강도, 생명유지장치로 연명 중

화요일 텍사스 주 콘로 근방에서 강탈당한 무장 트럭은 7백만 달러 이상의 현금을 수송하던 중이었다. 미 연방수사국에 따르면 이 사건은 미국 역사상 최대의 강도사건이라고 한다.

이 사건에서 경비원 한 명과 무장 강도 두 명을 포함해 네 명이 목숨을 잃었다. 또 한 명의 갱단원은 중태로, 의사들에 따르면 의식을 회복하지 못할 수도 있다. 신원이 밝혀지지 않은 그 용의자는 심각한 두부 부상을 입고 혼수상태에 있다.

"환자는 생명유지장치에 연결되어 있는데 밤새 상태가 더 악화되었습니다." 병원 대변인이 말했다. "외과의들이 뇌의 압력을 배출하기 위해 수술을 했지만 부상이 다발적입니다."

강도사건은 드라마틱한 고속 추격전과 사고로 끝났다. 갱단원 두 명은 경찰 총에 맞아 사망했고, 경비원 한 명과 여성 운전자는 현장에서 즉사했다. 네 번째 갱단원은 훔친 검은색 랜드 크루저를 타고 도피한 것으로 보인다. 그 차량은 이후 콘로 호수 근방에서 버려지고 불에 탄 채로 발견되었다.

과학수사요원들은 어제 충돌 현장에서 증거를 채취했고, 도로는 24시간 더 폐쇄될 전망이다.

모스는 강도사건에 대한 설명을 더 찾아보지만 그 후 며칠에 걸쳐 보도는 점점 줄어든다. 제38회 슈퍼볼 경기에서 일어난 자넷 잭슨의 유두 노출 사건이 그 이야기의 김을 빼버린 모양이다. 하기야 무장 강도나 도둑질보다는 누드가 더 좋은 뉴스거리긴 하지. 경찰은 죽은 갱단원들의 성명을 공개했다. 루이지애나 출신인 버논 케인과 그의 동생인 빌리였다. 또한 오디 파머의 이름도 밝혀졌고, 악명 높은 경찰 살해범으로 지명수배 중이던 그의 형 칼은 그 강도사건의 '요주의 인물'로 거론되었다. 충격 여덟 주 후 오디는 생명유지장치를 뗐지만 그 뒤로 한 달간 의식을 회복하지 못했다.

모스는 읽으면서 메모를 한다. 사람들의 이름 아래에 줄을 긋고 도표를 그린다. 오랜만에 뇌를 사용하는 기분이 나쁘지 않다. 내가 만약 임대주택단지에서 자라 열한 살에 차를 훔치기 시작했다면 어디까지 갈 수 있었을까. 당시 모스는 자신의 선택이 늘 자기보다 한 발 앞에 있다고 생각했다. 하지만 이제 대부분의 선택은 저만치 뒤에 놓여 있다.

모스는 종이를 접어 셔츠 주머니에 넣고 사건 현장에 가기 위해 도서관을 나선다. 손으로 그린 지도를 따라 45번 주간고속도로를 타고 북쪽으로 달리다 콘로를 끼고 남쪽으로 꺾은 후, 서쪽으로 올드 몽고메리 로드에 오른다. 빽빽하게 줄지어 선 소나무와 오크나무 사이로 뚫린 2차선 아스팔트 도로다.

갓길에 차를 세우고 양 손바닥을 운전대에 얹는다. 외로운 잎사귀 하나가 머리 위 캐노피에서 빙빙 돌며 떨어진다. 눈앞의 직선 도로는 오르막길을 따라 올라갔다 내려간 후 오른쪽으로 확 꺾인다. 모스는 차에서 내려 허리 높이로 자란 울창한 잡초 덤불 한가운데를 흐르는, 흙탕물로 가득한 지하 배수로를 보며 걷는다. 나무 사이로 전선 하나가 걸쳐져 있고, 나무토막, 얇은 철판, 그리고 닳아빠진 타르 돌멩이들을 얼기설기 쌓아 만든 작은 오두막이 눈에 띈다. 오래된 오크나무들과 벌목되거나 도태된 나무 밑둥들로 그늘이 진 마당은 잡초가 무성하고 한구석에는 자연적인 개울이 흐른다.

모스는 도랑을 훌쩍 뛰어넘고 잡초 덤불을 헤치며 진흙투성이 길을 밟아가 현관에 이른다. 아무도 문간에 나오지 않는다. 모스는 감시당하고 있다는 확신을 가지고 뒤로 물러서서 살펴보지만 타이어 자국이나 발자국, 또는 생명의 흔적은 전혀 찾아볼 수 없다. 집 둘레를 살피던 모스는 플라스틱 버튼으로 된 초인종을 발견한다.

엄지손가락으로 벨을 누르자 총알이 약실로 미끄러져 들어가는, 너무나 익숙한 소리가 들린다. 문이 열리고 한 남자가 스크린 틈새로 이쪽을 응시한다. 바지 허리띠는 한참 밑으로 처졌고, 풀어진 셔츠 단추 틈새로 만삭 같은 배가 바깥을 엿본다.

"용감한 깜둥이일세." 남자가 말한다.

"제가 왜요?"

"남의 사유지에 초대도 받지 않고 들어오다니."

"암묵적으로 허락된 거 아닌가요."

"뭐라고?"

"초인종이 있잖아요?"

"고장 났어."

"그건 상관없죠. 초인종을 단다는 건 방문객이 올 수도 있다는 뜻이잖아요. 그러니까 암묵적인 초대죠."

"씨발! 뭐라는 거야?"

"법적인 의미에서 나는 댁의 초인종을 누르라는 암묵적인 초대를 받은 거라고요. 그렇지 않으면 초인종을 달아놓을 이유가 없으니까."

"방금 말했잖아. 고장 났다고. 귀 먹었어?"

이래서야 한 발짝도 앞으로 나아갈 수 없다.

"여기 산 지 얼마나 되셨습니까, 영감님?"

"30년."

"11년 전 사고를 기억하시겠죠? 저쪽에서, 저 나무들 뒤에서 일어난 사고요. 경찰이 무장 트럭을 추격 중이었잖아요. 충돌했죠."

"잊을 리가 있나."

"여기서 분명히 총소리가 들렸을 텐데요."

"듣기만 했나, 보기도 했지."

"뭘 보셨어요?"

노인은 망설인다. "전부 다 봤지만 아무것도 못 봤어."

"그게 무슨 말씀이세요?"

"나는 내 일에만 신경 쓸 테니까 너도 그렇게 하라고."

"어째서요?"

"묻지도 마."

두 남자는 상대방이 먼저 눈을 깜빡이기를 기다리는 눈싸움을 하듯 서로 빤히 쳐다본다.

"제 친구 하나가 엮여 있어서요." 모스가 말한다. "그 친구가 영감 님한테 도움을 좀 구해보래서요."

"이 거짓말쟁이."

"뭘 겁내시는 거죠?"

영감은 고개를 젓는다. "나는 언제 입을 다물어야 하는지 알아. 네 친구한테 가서 이 테오 맥앨리스터는 믿어도 된다고 말해."

문이 쾅 닫힌다.

26

그 후 며칠간 아무도 포커 게임 이야기는 입에 올리지 않았다.
오디는 어반을 다양한 약속 장소로 태워다 주고 그의 의견과 편견
들을 말없이 듣기만 했다. 전에 보스에게 가졌던 정은 뚝 떨어졌지
만 애써 아무렇지 않은 척했다. 어느 날 아침, 가장 큰 농장으로 가
던 길이었다. 어반이 뒷좌석 한가운데 앉아 있어서 오디는 뒷거울
로 그를 볼 수 있었다.

"네가 요전날 밤에 벨리타를 도와주었다면서." 어반이 말했다.
"아주 고결한 일을 하셨더군."

"친구분은 아무 말씀 없으셨나요?"

"벨리타하고 한 게 인생 최고였다고 하던데."

"자존심이 강한 분이네요."

"로빈슨 크루소는 아니지."

차는 농장 문들을 차례로 통과했다. 리무진이 차올린 먼지가 넓
게 퍼져 오렌지나무의 짙은 녹색 잎들 위에 내려앉았다. 노동자들

이 줄지어 선 나무들 사이를 돌아다니면서, 물을 주고 잡초를 제거 중이었다. 4백 미터쯤 더 가자 나무토막과 철조망, 돌멩이와 판자로 뼈대만 간신히 갖춘 집들이 옹기종기 모여 있었다. 임시로 늘어놓은 빨랫줄에는 빨랫감이 널려 있었다. 엉덩이가 큰 애엄마가 양철 욕조에서 걸음마쟁이의 머리를 감기고 있었다. 여자는 비눗물 묻은 손으로 이마의 머리카락을 쓸어 올리면서 고개를 들었다.

"그 애하고 잤냐?" 어반이 물었다.

"아닙니다."

"네가 흑심이 전혀 없어 보였다던데."

"그냥 불쌍해서 도와준 거니까요."

어반이 생각에 잠겼다. "이 시대의 양심일세."

차는 농장의 빛바랜 커다란 집 앞에 멈춰 섰다. 오디는 현금이 든 가방들을 집 안으로 옮겼다. 농장 노동자들에게 임금을 지불하고 노조 집행부에 뇌물을 먹이고 정치가들을 매수하고 세관원들에게 찔러줄 돈이었다. 오디가 보기에, 어반은 샌디에이고에 존재하는 부패함의 동맥에 직통으로 연결된 것 같았다. 어반은 어느 바퀴에, 누구의 손바닥에, 그리고 누구의 뒷구멍에 윤활유를 쳐야 하는지 속속들이 알았다.

"도덕주의자들이 언제 어떻게 분노를 터뜨릴지 몰라." 어반이 설명했다. "늘 젖탱이 장사하고 랩댄스에만 의존해서는 요금을 낼 수가 없다고. 다각화가 중요해. 잊지 마라."

"예, 사장님."

오디는 광을 낸 단풍나무 책상에 현금을 올려놓고, 어반이 벽에 걸린 그림을 들추고 자물쇠에 숫자 조합키를 입력하는 동안 돌아서서 기다렸다.

"벨리타가 쇼핑할 건데 네가 데려가줬으면 해." 어반이 말했다. "고급스러운 옷을 사게 도와줘. 직장 여성처럼."

"그 여자는 사장님 댁 가정부잖아요."

"승진시킬 거야. 내 일꾼 중에 하나가 어제 강도한테 얻어맞고 돈을 뺏겼어. 어쩌면 정말일지도 모르지. 어쩌면 강도사건 같은 건 없었을 수도 있고. 이제부터는 벨리타가 돈을 운반할 거야."

"왜 그 여자를?"

"젊고 예쁜 여자가 그렇게 많은 현금을 운반할 거라고 의심하는 사람은 아무도 없을 테니까."

"만약 누가 의심하면요?"

"네가 그 애를 챙겨줘야지."

오디는 간신히 말문을 열었다. "왜 저한테 그 일을 맡기시려는지 이해가 안 가는데요."

"그 애가 너를 믿거든. 그러니까 나도 믿어."

어반은 현금 뭉치에서 백 달러 지폐 여덟 장을 꺼냈다. "네가 그 애한테 좋은 옷들을 좀 사줬으면 좋겠어. 왜 여자들이 입고 다니는 그 화려한 비즈니스 정장 있잖아. 하지만 바지는 안 돼, 알겠지? 나는 그 애가 치마 입은 게 좋아."

"언제요?"

"내일. 그 애를 비벌리힐스의 로데오 드라이브로 데려가줘. 영화배우들이 사는 데도 보여주고. 내가 직접 데려가면 좋겠지만 바빠서……." 어반은 잠깐 멈췄다 말을 이었다. "그리고 그 애는 그날 밤 일로 아직 나한테 열 받아 있어."

*

오디는 아침식사 후 벨리타를 태우러 갔다. 벨리타는 처음 만났을 때 입었던 드레스에 짜임이 성긴 가벼운 가디건을 걸치고 있었다. 그녀는 조수석에 얌전히 앉아서 딱 붙인 양 무릎 위에 부드러운 천가방을 올려놓고 팔짱을 꼈다.

오디는 벨리타가 지붕을 열고 달리는 걸 좋아할까 싶어 리무진이나 체로키 대신 어반의 무스탕 컨버터블을 빌렸다. 가는 길에 보이는 유명한 건물들을 알려주고 날씨 이야기를 하는 틈틈이 벨리타를 훔쳐보았다. 벨리타는 귀갑으로 만든 핀으로 머리를 뒤로 묶었는데, 피부가 마치 부드러운 천으로 광을 낸 청동처럼 빛났다. 오디는 스페인어로 말을 걸었지만 벨리타는 영어 연습을 하고 싶어 했다.

"멕시코에서 왔어요?"

"아니요."

"그럼 어디?"

"엘살바도르."

"저쪽 방향이죠, 아닌가요?"

빤히 바라보는 눈길에 오디는 바보가 된 기분이 들었다. 다시 대화를 시도했다. "당신은 지금 보니까 그다지……."

"뭐요?"

"아니에요."

"아버지가 바르셀로나에서 태어났어요." 벨리타가 설명했다. "그리고 20대 때 뱃사람으로 엘살바도르에 왔어요. 어머니는 아르헨티나 출신이었어요. 두 분은 사랑에 빠졌죠."

오디는 샌디에이고 고속도로를 타고 북쪽으로 향했다. 첫 백 킬로미터는 왼쪽으로는 대양, 오른쪽으로는 산맥이 있는 해안도로를 탔다. 이윽고 샌클레멘테와 로스앤젤레스를 잇는 5번 주간고속도로로 갈아타고 내륙으로 접어들었다. 주중이고 한여름이라 로데오 드라이브는 관광객들과 외지인들과 부유한 지역민들로 끓어 넘쳤다. 호텔 도어맨들은 제복을, 레스토랑 직원들은 턱시도를 입었고, 모든 표지판은 마치 실리콘 밸리의 한 공장에서 살균 제조되어 나온 것처럼 말끔하고 화려했다.

드라이브 도중에 오디는 이런저런 것들을 물어보았지만 벨리타는 자기 이야기를 하는 데 별 관심이 없어 보였다. 자신이 누군지, 어디 출신인지 굳이 다시 떠올리고 싶지 않은 듯했다. 그래서 오디는 자기 이야기를 했다. 공학을 공부하러 대학에 갔지만 2년 만에 자퇴하고 캘리포니아로 오게 되었다고.

"왜 여자들하고 데이트 안 해요?" 벨리타가 물었다.

"뭐라고요?"

"가게 여자들 있잖아요. 그 사람들 당신을…… 그걸 뭐라고 하는지 모르겠어요. 우나 마리카(Una marica, 남성 동성애자를 비하하는 스페인 말—옮긴이)."

"그게 무슨 뜻이지요?"

"당신이 남자 거시기 좋아한다고 생각해요."

"내가 게이라고 생각한다고요?"

벨리타는 웃었다.

"뭐가 그렇게 웃겨요?"

"그 표정…… 당신 얼굴이요." 오디는 바보가 된 기분에 입을 다물었다. 사실 무슨 말을 해야 할지 전혀 몰랐다. 그렇게 말도 안 되는 소리를 들어본 것은 처음이었다. 오디는 말없이 차를 몰았다. 속이 부글부글 끓었지만 곧 자신도 모르게 다시 벨리타를 훔쳐보고 있었다. 벨리타를 눈으로 조각하듯, 세세한 부분 하나하나를 기억에 새겨 넣었다.

오디는 벨리타가 이상한 생물이라고 생각했다. 트인 곳으로 나올지 말지 마음을 정하지 못해 빈터 가장자리에서 망설이고 있는 야생동물 같았다. 벨리타에게는 세상이 텅 비어버린 듯한 공허감을 주는, 절대 잊을 수 없는, 거의 마법 같은 슬픔이 있었다. 고통이 그녀가 가진 아름다움의 정점이고, 그 완벽함을 제대로 감상하는 유일한 방식은 그 불가능성을 깨닫는 것뿐이라는 느낌이었다. 절대 보이지 않는 결점을 보는 것.

벨리타는 아르마니, 구찌, 까르띠에, 티파니, 그리고 샤넬 같은 친숙한 이름을 가진 명품 전문점들을 가리켰다. 벨리타는 교과서식 영어를 구사했고, 단어들을 하나로 꿰어 각 어구를 시험해보았다. 때때로 자기가 맞게 말했는지 묻기도 했다.

두 사람은 무스탕을 세워두고 로데오 드라이브를 거닐었다. 부티크, 자동차 전시장, 음식점, 명품 전문점, 그리고 샴페인 바들을 지나쳤다. 한 블록에만도 람보르기니 세 대, 페라리 두 대, 그리고 부가티 쿠페 한 대가 서 있었다.

"영화배우들은 어디 있어요?" 벨리타가 물었다.

"누구를 보고 싶은데요?"

"조니 뎁."

"그 사람은 로스앤젤레스에 안 사는 것 같은데요."

"안토니오 반데라스는요?"

"그 사람도 엘살바도르 출신이에요?"

"아니에요."

벨리타는 검은 옷으로 빼입은 비쩍 마른 여직원들이 숙련된 무심함의 분위기를 과시하는 상점 창문을 들여다보았다.

"옷들은 전부 어디 있어요?" 벨리타가 물었다.

"옷은 한 번에 몇 벌씩만 전시해요."

"왜요?"

"그게 더 있어 보이니까요."

벨리타는 옷 한 벌을 자세히 보려고 걸음을 멈췄다.

"입어보고 싶어요?" 오디가 물었다.

"얼마나 해요?"

"물어봐야죠."

"왜요?"

"원래 그러는 거예요."

벨리타는 계속 걸었다. 어느 가게에 가든 똑같았다. 안으로 들어가는 건 엄두도 못 내고 창문이나 문 틈새로 엿보기만 했다. 그렇게 한 시간 동안 세 블록을 계속 왔다 갔다만 했다. 잠시 쉬면서 음료나 커피를 마시거나 뭘 먹자고 해도 싫다고만 했다. 한 자리에 머물고 싶지 않은 것 같았다. 오디는 벨리타를 차에 태우고 샌타모니카 대로를 달려 비벌리힐스 경찰서를 지나 웨스트 할리우드로 향했다. 차이니즈 시어터와 할리우드 명예의 거리는 밝은색 우산을 든 인솔자를 따라가며 메릴린 먼로, 마이클 잭슨, 배트맨처럼 분장한 사람들의 사진을 찍는 일본인 단체 관광객으로 붐볐다.

벨리타는 점차 긴장을 푸는 듯했다. 오디가 사주는 아이스크림도 거부하지 않았다. 오디에게 밖에서 기다리라고 말하고 기념품점에 들어갔다. 오디는 창문 너머로 벨리타가 할리우드 표지판 사진이 인쇄된 티셔츠를 사는 것을 보았다.

"당신한테는 너무 작을 텐데요." 벨리타의 가방을 들여다보며 오디가 말했다.

"선물이에요." 벨리타가 가방을 황급히 여미면서 말했다.

"당신 옷은 아직 하나도 못 샀네요."

"쇼핑몰로 가줘요."

오디는 벨리타를 태우고 콘크리트로 지어진 쇼핑몰로 향했다. 차들이 가득 들어찬 드넓은 주차장으로 둘러싸여 있고, 가짜 같아 보이는 진짜 야자수들이 군데군데 서 있는 삭막한 건물이었다. 벨리타는 오디를 탈의실 앞 플라스틱 의자에 앉혔다. 탈의실을 들락날락하며 오디를 관객 삼아 모델 놀이를 했다. 치마와 재킷을 갈아입고 오디의 의견을 물었다. 오디는 매번 고개를 끄덕였지만 속으로는 벨리타라면 삼베자루를 뒤집어써도 여전히 예쁠 거라고 생각했다. 오디는 여자들의 그런 점을 도저히 이해할 수 없었다. 딱 붙는 치마에 하이힐을 신고 있는 대로 꾸며야 한다고, 샴페인 잔처럼 우아해 보여야 한다고 생각하는 여자들이 너무 많았다. 실은 티셔츠와 바랜 청바지만 입어도 예쁜데 말이다.

벨리타는 주의 깊게 골랐다. 오디가 계산을 했다. 이후 오디는 리넨 테이블보가 펼쳐진 음식점에 벨리타를 앉혔다. 스스로 이해할 수 없을 정도로 행복감이 밀려왔다. 오랫동안 느껴보지 못한 감정이었다. 두 사람은 스페인어로 이야기를 나누었고, 오디는 빛이 뛰노는 벨리타의 눈동자를 응시하면서 이보다 더 아름다운 여성은 세상에 다시없을 거라고 생각했다. 오디는 엘살바도르 어딘가의 작은 해변 카페에 벨리타와 함께 앉아 있는 자신의 모습을 그려보았다. 가이드북에 나오는 사진처럼 머리 위에선 야자나무가 흔들렸고 바다는 쨍한 푸른빛이었다.

"어렸을 때 크면 뭐가 되고 싶었어요?" 오디가 물었다.

"행복한 사람."

"나는 소방관이 되고 싶었어요."

"왜요?"

"열세 살 때 소방관들이 불타는 건물에서 세 사람을 끌어내는 걸 봤거든요. 그중 한 사람만 살아남았지만 그 소방관들이 검댕과 먼지로 뒤덮인 채 연기 속에서 나오던 모습이 아직도 선해요. 동상처럼 보였어요. 기념비요."

"동상이 되고 싶었어요?"

"영웅이 되고 싶었죠."

"공학자가 되고 싶어 하는 줄 알았는데."

"그건 나중에 그렇게 된 거죠. 다리하고 마천루를 지으면 좋을 것 같아서요. 나보다 오래 살아남을 뭔가를."

"그러면 나무를 심어도 되잖아요." 벨리타가 말했다.

"그건 이야기가 다르죠."

"내 고향에서는 사람들이 기념비를 짓는 것보다는 먹을 걸 키우는 데 더 관심이 많았어요."

집으로 돌아오는 길에 차가 늦은 오후의 교통 체증에 갇혔다. 가라앉는 석양이 대양 위에 쏜살같은 황금색 직선을 그렸다. 어딘가에서 불어온 폭풍에 파도가 일어 해안 모래둑을 들이받았다. 그곳에서 거품과 안개가 피어올랐다.

"해변을 걷고 싶어요." 벨리타가 말했다.

"날이 저무는데요."

"제발."

오디는 다음번 출구에서 올드 퍼시픽 고속도로를 타고 황금색 벼랑들이 굽어보는 흙먼지 길을 달려 한 버려진 해상구조대 탑 앞에 차를 세웠다. 벨리타는 샌들을 차 안에 벗어놓았다. 태양이 모래밭 위를 달려가는 그녀의 얇은 드레스 옷감을 통과해, 몸의 모든 굴곡을 눈부시게 부각시켰다.

오디는 힘들게 부츠를 벗은 후 청바지를 걷었다. 벨리타는 흰 거품 속에서 물장구를 쳤다. 드레스 가장자리는 물이 튀기지 않도록 허벅지 위쪽까지 걷었다.

"짠물은 약이에요." 벨리타가 말했다. "어렸을 때 발에 수술을 받았거든요. 아버지가 바다로 데려가줘서 매일 바위 웅덩이에 앉아 있었더니 좋아졌어요. 파도소리를 들으며 잠이 들던 게 기억이 나요. 그래서 난 바다가 좋아요. 바다는 어머니처럼 나를 기억해요."

오디는 무슨 말을 해야 할지 몰랐다.

"나는 수영할래요." 벨리타는 다시 해변으로 달려가면서 옷을 벗어던졌다. 드레스를 엉덩이 아래로 밀어서 모래 위에 떨어뜨렸다.

"옷은 어쩌고요?"

"새 옷 있잖아요."

속옷 차림이 된 벨리타는 숨을 삼키며 차가운 물속으로 걸어 들어갔다. 어깨너머로 돌아보던 벨리타의 몸짓을 오디는 영원히 잊지 못할 것이다. 그 모습은 오디의 마음속에 영원히 아로새겨졌다. 벨리타의 한없이 빛나는 피부, 음악 같던 웃음소리. 꿈에서나 볼 수 있을 법한 완벽한 갈색 눈동자. 그리고 바로 그 순간, 오디는 자신이 언제까지나 벨리타를 동경할 것임을 깨달았다. 그들이 평생을 함께 보내든, 아니면 그날 저녁 헤어져 두 번 다시 보지 못하든 상관없이.

벨리타는 파도 밑으로 잠수해 오디의 시야에서 사라졌다. 시간이 지났다. 오디는 벨리타를 부르며 더 깊은 곳으로 첨벙첨벙 걸어들어갔다. 그래도 벨리타는 수면 위로 나오지 않았다. 오디는 거추장스러운 셔츠를 찢어 던져버리고는 더욱 깊숙이 들어갔다. 반쯤 정신이 나간 상태였다. 발이 미끄러지는 바람에 물속에 빠지고 말았다. 냉기가 온몸을 덮쳐왔다.

파도가 몸 위로 부서지기 직전, 오디는 벨리타를 보았다. 벨리타는 오디의 몸을 돌려 물속으로 끌어당기고 있었다. 더는 위아래가 분간이 가지 않았다. 머리가 무언가에 세게 부딪혔다. 몸이 빙 돌았다. 수면을 향해 발길질을 했다. 또 다른 파도가 그를 물 밑으로 내리눌렀다. 오디는 물을 삼키며 눈먼 사람처럼 몸부림을 쳤다.

두 팔이 오디의 허리를 감싸왔다. 귓가에 속삭임이 전해졌다.

"진정해요."

벨리타는 발이 바닥에 닿는 곳까지 오디를 끌어당겼다. 파도를 통째로 삼킨 듯한 괴로움에 오디는 물을 토하고 연신 기침을 해댔다. 벨리타는 오디의 얼굴을 양손으로 감싸 쥐었고, 오디는 눈을 문지르면서 벨리타의 강렬한 눈길을 마주 받았다. 기묘하고도 불안한 친밀감이 휘감아왔다.

"헤엄칠 줄 모른다고 왜 말 안 했어요?" 벨리타가 물었다.

"당신이 물에 빠진 줄 알았어요."

처음 어반의 집에서 만났을 때처럼, 벨리타의 몸에는 속옷이 착 들러붙어 있었다. "왜 그렇게 자꾸만 나를 구해주려고 해요?"

오디는 답을 알았지만, 그 질문이 두려웠다.

27

발데즈는 아침식사 이후로 샌디에게 네 차례나 전화를 해서, 아무 일도 없고 오디를 곧 잡을 거라고 안심시켰다. 두 사람의 대화는 짧고 긴장되고 거리감이 느껴졌으며 무언의 질책과 항변으로 얼룩져 있었다. 우리의 결혼생활이 언제부터 간극과 침묵으로 채워졌을까, 발데즈는 의아했다.

초기에는 달랐다. 발데즈는 샌디를 힘든 상황에서 만났다. 샌디는 병원 가운을 입고 병원 침대 끝에 걸터앉은 채 성폭행 상담원의 어깨에 기대어 흐느껴 울고 있었다. 입고 있던 옷은 연구실로 보내졌고 부모님이 집에서 새 옷을 가져오는 중이었다. 학교 풋볼팀의 시즌 종료 파티에서 와이드 리시버에게 강간당한 그 사건 당시 샌디는 겨우 열일곱 살이었다.

샌디의 부모는 독실한 준법 시민이었다. 선량한 사람들이었다. 그렇지만 자기네 딸이 "쓰레기 같은 피고 측 변호사"에게 처음부터 다시 강간당하는 것을 보고 싶지 않다는 이유로, 끝내 남자애를 기소하지 않았다.

　그 가족과 연락을 이어가던 발데즈는 그로부터 5년 후, 매그놀리아의 한 술집에서 샌디를 우연히 마주쳤다. 두 사람은 곧바로 사귀기 시작해 약혼을 하고 샌디의 스물세 살 생일에 결혼식을 올렸다. 사실 둘 사이에는 그다지 공통점이 없었다. 샌디는 패션과 음악과 유럽 여행을 좋아했다. 발데즈는 축구와 자동차 경주대회와 사냥을 좋아했다. 발데즈는 진지하고 성실한 섹스를 좋아했지만, 샌디는 소리 내어 웃고 간지럼을 피우는 장난스러운 섹스를 좋아했다. 발데즈는 샌디가 점잖고 잘 꾸미고 호감을 주는 여자이기를 원했지만, 샌디는 발데즈가 때때로 자신을 엎드리게 하고 뒤에서 덮쳐주었으면 했다.

　샌디는 자신이 임신하지 못하는 이유가 그 강간 때문이라고 생각했다. 그때 난소에 무언가 독이 든 씨앗이 뿌려져 아무것도 자라지 못하는 정원이 된 것이다. 어쩌면 하느님이 내 난잡함에 천벌을 내리신 것이 아닐까. 파티에 갔을 때 그녀는 이미 처녀가 아니었다. 처녀는 열다섯 살 때 버렸다. 기다렸더라면……, 순결을 지켰더라면…….

*

　발데즈는 텍사스 아동병원 앞에 차를 세우고 접수 담당자에게 배지를 슬쩍 보여준 후 버나데트 파머를 만나러 왔다고 말한다. 담당자는 컴퓨터 자판을 두드린다. 어딘가에 전화를 건다. 발데즈는 메인 로비를 응시하면서 자신과 샌디가 이곳을 얼마나 자주 오갔는지를 떠올린다. 두 사람은 아기를 가지려고 7년간이나 노력했다.

불임센터를 다니며 주사 요법을 받고 난자를 채취하고 시험관 수정을 했다. 발데즈는 병원을 증오하게 되었다. 남의 집 아이들을 증오하게 되었다. 그리고 매달 샌디의 생리가 다시 시작될 때마다 들려오던 비통한 울음소리를 증오하게 되었다.

접수 담당자가 발데즈에게 방문객용 배지를 주고 위층으로 안내해준다. 그리고 마치 잊어버릴까 봐 일깨워주는 투로 좋은 하루 보내라는 인사를 한다.

버나데트 파머는 휴식 중이다. 발데즈는 서쪽 병동 6층의 카페 겸 식당에서 버나데트를 찾아낸다. 동생과는 닮지 않았다. 큰 키와 굵은 뼈대에 얼굴형이 동그란 여자로, 쪽을 지어 올린 머리에서 회색 머리카락들이 삐져나왔다.

"제가 여기 온 이유를 아십니까?" 발데즈가 묻는다.

"경찰한테 할 말은 이미 다 했는데요."

"동생한테 연락 받으셨습니까?"

버나데트의 눈이 발데즈의 눈길을 피해 온 사방을 헤맨다.

"도망자를 돕는 게 범죄 행위인 건 아시죠?" 발데즈는 말한다.

"오디는 복역을 마쳤어요."

"그는 탈옥을 했습니다."

"그 잘난 하루 가지고…… 그냥 가만히 좀 놔두면 안 돼요?"

발데즈는 의자를 당겨 앉고 경치를 감상하며 잠시 뜸을 들인다. 딱히 아름답지는 않지만 이 각도에서 도시를 보는 것은 자주 있는 일이 아니니까. 높은 곳에서 보니 무질서한 듯 보이던 공간에서 전반적인 구조가 드러난다. 작은 도로들은 더 큰 도로로 합류하고, 전경은 블록으로 깔끔하게 나뉜다. 삶의 모든 것을 이처럼 더 높은 곳에서 보지 못한다는 사실이 안타깝다. 그러면 자신의 위치를 파악하고 넓은 시야로 주변을 볼 수 있을 텐데.

"동생을 몇 명 두셨죠?" 발데즈가 묻는다.

"몇 명인지 아시잖아요."

"하나는 경찰 살해범이고 하나는 그냥 살인범이죠……. 참 자랑스러우시겠습니다."

버나데트는 먹던 샌드위치를 내려놓고 냅킨으로 입가를 닦고는 주의 깊게 접어놓는다.

"오디는 칼하고는 달라요."

"그게 무슨 뜻이죠?"

"한 배에서 나온 형제라고 다 같은 사람이 아니라고요."

"마지막으로 소식을 들으신 게 언제죠?"

"기억이 안 나요."

발데즈는 코요테처럼 입을 길게 찢으며 웃는다. "그거 참 이상하군요. 제가 당신 감독자에게 사진을 보여주었거든요. 딱 당신 동생처럼 생긴 사람이 오늘 아침 당신을 보러 왔다던데요."

버나데트는 대답하지 않는다.

"뭘 원하던가요?"

"돈이요."

"주셨습니까?"

"있어야 주죠."

"어디 머물고 있습니까?"

"말 안 하던데요."

"당신을 체포할 수도 있습니다."

"마음대로 해요, 보안관님." 버나데트가 양손을 내민다. "수갑을 채우는 게 낫겠죠. 나는 위험인물일 수도 있으니까요. 아, 아니다,

그렇지……. 총으로 쏘는 걸 더 좋아하시죠."

발데즈는 미끼를 물지 않지만, 버나데트의 얼굴에 떠 있는 희미한 웃음을 지워버리고 싶은 마음이 간절하다.

버나데트는 샌드위치를 포장지에 싸서 쓰레기통에 버린다. "내 병동으로 돌아갈게요. 아픈 아이들이 기다리고 있어서요."

휴대폰이 울리고 있다. 발데즈는 불이 들어온 화면을 응시한다.

"보안관님?"

"접니다."

"이쪽은 휴스턴 지령 센터입니다. 오디 파머의 이름이 나오면 알려달라고 하셨죠. 한 시간 전에 우리 교환원이 파머에게 현상금이 걸렸는지 알고 싶다는 전화를 받았다고 합니다. 이름은 밝히지 않았답니다."

"어디서 걸려온 전화였습니까?"

"말하지 않았습니다."

"번호는요?"

"휴대폰을 이용했습니다. 신호는 에어라인 드라이브에 있는 한 모텔로 추적되었습니다. 노스 고속도로 바로 외곽이요. 연방수사국에 알리려던 참입니다."

"내가 직접 알리지요." 발데즈가 말한다.

*

두 여자는 뮤직비디오에 맞춰 침대 위에서 춤을 추고 있다. 한때 유연하고 대담했던 캐시는 이제 청바지 허리띠 위로 뱃살이 살짝 튀어나왔지만 그래도 몸을 흔드는 법은 잊지 않았다. 양팔을 하늘로 치켜들고 스칼렛과 엉덩이를 맞부딪힌다.

"내가 파티에 너무 늦게 왔나요?" 오디가 묻는다.

"어디 재주 좀 보여봐요." 캐시가 대꾸한다.

오디는 가장 자신 있는 춤동작을 선보이면서 저스틴 팀버레이크를 따라 노래하지만, 춤을 춘 지가 너무 오래라 영 뻣뻣하고 몸이 따로 논다. 두 여자 모두 웃다가 자지러진다.

오디는 멈춘다.

"우리는 신경 쓰지 말고 계속해요." 캐시가 말한다.

"게소해요." 스칼렛이 오디의 춤동작을 흉내 내면서 말한다.

"여러분이 즐겁다면 저도 기뻐요." 오디가 말하면서 침대 위로 쓰러진다. 스칼렛이 오디를 덮친다. 오디는 스칼렛이 컥컥댈 때까지 간지럼을 태운다. 이윽고 스칼렛은 매트리스 위에서 깡마른 무릎을 세우고 연분홍색 껌을 씹으면서 가장 최근 그린 그림을 오디에게 보여준다.

"어디 내가 알아맞혀 볼게……. 이건 공주님이지."

"응."

"그리고 그건 말인가?"

"아니요, 이거 유니코."

"그럼 그렇지. 그리고 이건 누구니?"

"아저띠요."

"정말? 내가 뭔데?"

"아저띠는 와자에요."

오디는 씨익 웃고는 캐시를 슬쩍 건너다본다. 캐시는 못 들은 척하고 있다. 스칼렛의 마음속 세계는 공주들, 왕자들, 성들, 그리고 오래오래 행복하게 살았습니다로 가득한 것 같다. 현실과는 다른 세계를 만들고 싶은 걸까.

캐시는 닫힌 커튼을 등지고 팔짱을 낀 채 서 있다. 오디는 캐시를 올려다본다. "안 가고 아직 있을 줄은 몰랐어요."

"내일 떠날 거예요."

긴 침묵이 흐른다. "집으로 돌아가는 것도 한 번쯤 생각해봐요."

캐시가 눈길을 떨군다. "환영해줄 사람도 없는걸요."

"어떻게 알아요?"

"아빠가 그렇게 말했으니까."

"그게 언제였죠?"

"6년 전이요."

"6년이면 마음을 열두 번은 바꾸고도 남을 시간이에요. 그분은 다혈질이세요?"

캐시가 고개를 끄덕인다.

"맞은 적 있어요?"

캐시가 눈을 희번덕댄다. "어딜 감히."

"스칼렛하고는 만난 적 있어요?"

"병원에 찾아왔지만 내가 보여주지 않았어요……. 나한테 그따위 소릴 했는데 어림도 없지."

"당신은 아버지하고 좀 닮았을 것 같아요."

캐시의 턱 근육이 불끈한다. "나는 그 사람하고는 전혀 달라요."

"당신은 성마르고 완강하고 언쟁을 좋아하고 비타협적이죠."

"뭐라는 건지 좀 알아들을 수 있는 말로 해요."

"당신은 굽히지 않죠."

캐시가 어깨를 으쓱한다.

"전화를 걸어보지 그래요? 먼저 화해를 청하는 사람이 도덕적으로 더 유리한 위치에 설 수 있어요. 어떻게 되는지 봐요."

"그쪽 일에나 신경 쓰지 그래요."

오디는 침대를 건너와 허리를 숙여 캐시의 휴대폰을 집어 든다. 캐시는 도로 빼앗으려고 한다.

"내가 전화를 할게요."

"싫어요!"

"내가 전화해서 당신하고 스칼렛이 잘 지낸다고 말씀드릴게요." 오디는 캐시의 손이 닿지 않게 전화기를 높이 들어올린다. "전화 한번 거는 건데…… 손해 볼 게 뭐 있어요?"

캐시는 겁에 질려 절박한 표정을 짓는다. "끊어버리면 어떡해요?"

"그래 봐야 그분 손해지 당신은 아쉬울 것 없잖아요."

캐시는 침대 가장자리에 앉아서 창백한 얼굴로 양손을 다리 사이에서 쥐어짜고 있다. 무언가 중요한 일이 일어나고 있음을 감지한 스칼렛이 엄마 옆으로 기어가서 엄마의 어깨에 머리를 기댄다.

오디는 전화를 건다. 수화기 저편의 남자는 무뚝뚝하게 전화를 받는다. 가장 좋아하는 텔레비전 프로그램을 보던 중에 마지못해 전화를 받은 것일까.

"브레넌 씨 댁인가요?"

"누구시죠?"

"캐시의……, 커샌드라의 친구인데요."

망설임. 브레넌 씨가 숨을 고르는 소리가 들린다. 오디는 캐시를 응시한다. 눈동자에 가냘픈 희망의 빛이 어른거린다.

"내 딸은 잘 있습니까?" 목소리가 묻는다.

"잘 있어요."

"스칼렛은요?"

"둘 다 잘 있습니다."

"어디 있습니까?"

"휴스턴이요."

"그 애 언니 말로는 플로리다로 갔다던데요."

"아직 못 갔습니다, 브레넌 씨."

다시금 침묵이 길어지지만 오디는 대화를 질질 끌지 않기로 마음먹었다. "어르신은 저를 모르시고 제 말을 들으셔야 할 이유도 없지만, 저는 어르신이 늘 가정에 최선을 다하려고 애쓰신 좋은 분일 거라고 믿습니다."

"나는 기독교인입니다."

"시간이 모든 상처를 치유해준다고들 하더군요…… 제아무리 깊은 상처라도요. 어쩌면 어르신은 캐시하고 다투셨던 이유를 기억하실 겁니다. 때로 의견 대립이 심각하게 치달을 때가 있죠. 뻔히 잘못된 길로 가는 게 보여서, 실수를 저지르는 걸 막고 싶은데 뜻대로 안될 때는 참 원망스럽죠. 하지만 어떤 일들은 남이 말해주거나 가르쳐줄 수 없다는 걸 어르신도 이미 알고 계실 겁니다. 스스로 깨닫는 수밖에 없지요."

"젊은이 이름이 뭡니까?"

"오디입니다."

"나한테 전화한 이유가 뭡니까?"

"어르신 따님과 손녀따님이 어르신을 필요로 합니다."

"돈이 필요한 거겠지."

"아닙니다, 어르신."

"왜 직접 나한테 전화하지 않았답니까?"

"고집스러운 구석이 있어서요……. 좋은 점이죠. 어쩌면 어르신을 닮았는지도 모르겠네요. 자부심이 강하죠. 좋은 어머니예요. 오랫동안 혼자 버텨왔어요."

브레넌 씨는 더 듣고 싶어 한다. 낮게 깔린 목소리에 회한이 배어나온다. 오디는 브레넌 씨의 물음에 대답하며 이야기를 이어간다. 브레넌 씨는 오랜 시간이 흘러 이제는 기억조차 희미해진 그 언쟁에 관해 이야기한다. 아내가 세상을 떠났다. 남편은 투잡을 뛰어야 했다. 캐시에게 마땅히 기울여야 할 관심을 기울이지 못했다.

"지금 옆에 있습니다." 오디가 말한다. "통화해보시겠어요?"

"그래요, 그러고 싶소."

"잠깐만요."

오디는 캐시를 본다. 대화 내내 혼자 희망에 부풀었다 화를 냈다 겁에 질렸다 민망해했다 오기를 부렸다 하던 캐시는 이제 금방이라도 울음을 터뜨릴 것 같다. 오디가 건네준 전화기를 마치 떨어뜨려 산산조각 날까 봐 겁나는 듯 두 손으로 받쳐 든다.

"아빠?"

눈물 한 방울이 뺨으로 굴러떨어져 입가에 맴돈다. 오디는 스칼렛의 손을 잡는다.

"우리 어디 가요?"

"밖에 나갈 거야."

오디는 스칼렛의 운동화 끈을 묶어주고 방을 나와 계단을 내려가 수영장을 지난다. 수면 아래로 연기 같은 파란빛의 터널들이 흐른다. 오디는 늘어선 차들을 지나 야자나무 사이로 난 도로를 따라 주유소로 아이를 데려가 아이스캔디를 사준다. 아이는 아이스캔디를 아래쪽부터 먹어치운다.

"우디 엄마 왜 맨날 우더요?" 스칼렛이 묻는다.

"왜, 웃기도 하는데."

"달 안 우는데요."

"우리가 되어야 할 사람이 된다는 게, 때로는 쉽지가 않단다."

"그냥 저저로 그더케 되는 거 아니에요?"

"운이 좋다면야."

"무슨 마딘지 모드게떠요."

"언젠가는 알게 될 거야."

*

자정이 몇 시간쯤 지나서, 캐시가 오디의 시트 속으로 파고들어 벌거벗은 자신의 몸을 그에게 밀착시킨다. 오디의 몸에 한 다리를 올리더니 무릎을 꿇은 채 그의 몸 위에 걸터앉아 수염 난 턱에 뺨을 비비고 입술을 스친다.

"소리 내면 안 돼요."

"정말 괜찮겠어요?" 오디가 묻는다.

캐시가 오디의 눈을 탐색한다. "우리는 내일 집에 가요."

"잘됐네요."

캐시가 씨근거리며 몸을 낮추고 골반 근육을 조이자 오디는 신음을 토한다.

여자 없이 11년을 보낸 후에도 몸의 기억은 사라지지 않았다. 어쩌면 동물들이 본능적으로 행동한다는 게 이런 걸까. 가르쳐주지 않아도 뭘 해야 할지 그냥 알 수 있다는 것. 애무. 입맞춤. 움직임. 한숨.

섹스가 끝난 후, 캐시는 살짝 몸을 빼어 자기 침대로 돌아간다. 오디는 까무룩 잠이 들었다 깬다. 어쩌면 그 모든 게 그냥 꿈이었던 것도 같다.

*

오디가 벨리타와 처음 사랑을 나눈 것은 어반의 언덕 집에 있는 벨리타의 방에서였다. 어반은 "패밀리 비즈니스" 때문에 샌프란시스코에 가고 없었다. 오디는 그 말이 무언가 다른 일을 미화하는 말일 거라고 생각했다. 어반은 샌프란시스코를 "호모와 남창" 소굴이라며 욕했지만, 민주당파, 학자, 환경주의자, 텔레비전 전도사, 채식주의자, 스포츠 심판, 중국인, 이탈리아인, 세르비아인, 그리고 유대인도 똑같이 공평하게 멸시했다.

두 달 동안 오디는 어반의 현금 운반책을 맡아 돈을 수금하고 배달하는 벨리타를 수행했다. 벨리타의 일은 금액을 기록하고 영수증을 써준 후 돈을 은행으로 가져가는 것이었다. 어떤 날에는 짬을 내어 라호이아 만이나 퍼시픽 비치로 소풍을 가 레모네이드를 마시며 벨리타가 아침에 만들어온 샌드위치를 먹었다. 그리고 다른 보행자들이나 자전거 또는 롤러블레이드를 타는 사람들 틈에 뒤섞여 기념품 가판대와 술집, 그리고 음식점이 즐비한 거리를 거닐었다. 오디는 묻지도 않은 자기 이야기를 떠들어대며 벨리타도 그렇게 해주기를 내심 기대했지만, 벨리타는 자신의 과거를 거의 입에 올리지 않았다. 라호이아 만 위에 소풍 담요를 깔고 드러누운 오디는 손가락으로 벨리타의 눈꺼풀 위에 춤추는 그림자를 만들었다. 그러고는 야생 데이지를 한데 엮은 왕관을 만들어 벨리타의 머리에 씌워주었다.

"이제 당신은 공주님이에요."

"머리에 잡초를 쓰고요?"

"꽃이에요. 잡초가 아니라."

벨리타는 깔깔 웃었다. "이건 이제부터 내가 제일 좋아하는 꽃이에요."

매일 오후 오디는 벨리타를 집으로 데려다주고 차 문을 열어준후 멀어지는 벨리타의 뒷모습을 지켜보았다. 벨리타는 돌아보거나손을 흔들어주지도, 안으로 들어오라고 불러주지도 않았다. 그 후로 몇 시간 동안 오디는 벨리타의 얼굴, 손, 손가락, 물어뜯은 손톱같은 모든 사소한 것들 하나하나를, 그리고 자신의 입술을 끌어당기는 것만 같던 벨리타의 귓불을 떠올리려 애쓰곤 했다. 그렇지만그날그날의 느낌에 따라 세세한 부분들은 계속 바뀌었다. 오디는벨리타를 처녀로도 공주로도 어머니로도 창녀로도 만들 수 있었다. 그 모두는 환상이 아니라 한 여자 안에 공존하는 다양한 연인의 모습이었다.

소심한 성격의 오디는 그녀에게 아무 말도 하지 못했다. 그러다나중에 혼자가 되면 마음을 털어놓곤 했다. 유창하고 열정적으로웅변을 했다. 내일은, 하고 자신에게 말했다. 내일은 꼭 고백을 하고야 말리라.

마침내 어느 날 오후, 오디는 차 문을 열어주고 벨리타가 빠져나가기 전에 재빨리 손목을 낚아챘다. 벨리타를 끌어안고 입술에 어색한 입맞춤을 했다.

"그만!" 벨리타가 오디를 밀치면서 말했다.

"사랑해요."

"말도 안 되는 소리 하지 말아요."

"당신은 아름다워요."

"당신은 그냥 외로운 거예요."

"다시 키스해도 돼요?"

"싫어요."

"당신하고 함께 있고 싶어요."

"날 알지도 못하잖아요."

오디는 벨리타를 감싸 안았다. 꼭 끌어안고 강제로 입을 맞추면서 입술을 벌리려고 했지만 입술은 굳게 닫혀 있었다. 그러나 놓아주지 않고 그대로 계속 버티자 서서히 벨리타의 몸에서 힘이 빠지는 것이 느껴졌고, 이윽고 벨리타가 입술을 열고 고개를 젖히며 팔로 그의 목을 감아왔다.

"내가 당신하고 자주면 나를 가만 둘 거예요?" 자신이 물러나면 오디가 더 깊이 밀고 들어오려 할까 봐 겁이 난다는 투였다.

"아니요." 오디는 그렇게 대꾸하고는 벨리타를 번쩍 안아들고 집으로 들어갔다.

벨리타의 침실로 비틀비틀 들어간 두 사람은 급한 마음에 서툴게 옷을 벗고 단추와 고리를 풀었다. 떨리는 손으로 잡아당기고 발길질을 하고 한 발로 깡충대는 내내 잠시도 서로를 놓아주려 하지 않았다. 오디는 벨리타의 입술을 깨물었다. 벨리타는 오디의 머리카락을 잡아당겼다. 오디는 벨리타의 양 손목을 하나로 그러쥐어 머리 위로 들어 올리고 질식시킬 듯 입맞춤을 했다.

행위 자체는 쉽고 빠르고 열정적이고 땀에 젖어 미친 듯이 이루어졌지만, 오디는 모든 것이 느려지고 시간이 멀어지는 듯한 감각에 휩싸였다. 여자와 잔 경험이 처음은 아니었다. 대개는 기숙사 방에서, 영화배우 포스터와 가족사진 콜라주 아래에서 짧게 끝나고 마는 우스꽝스럽고 어설픈 만남이었다. 대학 시절 상대들은 흔히 그런지 패션을 입고 페미니즘 논문이나 실비아 플라스의 시를 읽는, 예술가인 척하는 여자애들이었다. 오디는 밤을 보내고 동이 트기 전에 빠져나오면서, 전화나 문자를 하지 않아도 그 애들은 신경조차 쓰지 않을 거라고 스스로에게 변명을 하곤 했다.

오디가 만난 다른 여자애들은 늘 의미심장한 눈짓과 옷과 비밀 이야기로 중요한 존재가 되려고 애썼다. 하지만 벨리타는 오디에게도, 그 누구에게도 인상을 남기려 하지 않았다. 벨리타는 전혀 달랐다. 말을 할 필요가 없었다. 두 사람은 서로의 생각을 알 필요가 없었다. 그렇지만 가장 희미한 눈짓, 살짝 올라간 입꼬리, 또는 반짝 스쳐가는 웃음만으로도 그녀는 오디를 뒤흔들 수 있었다. 오디는 마치 우물 깊은 곳을 들여다보는 것 같았다. 해야 할 일은 그저 풍덩 몸을 던지는 것뿐이었다.

그 외에 오디가 뭘 기억하더라? 전부 다. 벨리타의 사탕수수 같은 피부, 향긋한 살냄새, 오뚝한 콧날과 숱 많은 눈썹, 윗입술 위에서 흐릿하게 빛나던 땀방울, 싱글침대, 마룻바닥에 널브러진 옷가지들. 하도 여러 번 빨아서 빛이 바랜 코튼 드레스, 샌들, 파란 싸구려 팬티, 작은 은 십자가가 달린 체인 목걸이, 손 안에 가득 차던 젖가슴. 절정에 도달하자 어딘가에 갇힌 고양이처럼 야옹거리던 신음소리.

"나는 어반 거야." 벨리타는 오디의 손목을 다독거리면서 건성으로 말했다.

"그래요." 오디는 건성으로 대꾸했다. 벨리타의 손길은 오디를 감전시키고 마비시켰다. 벨리타가 오디의 손에 자그마한 손을 넣어

깍지를 꼈다. 삶의 전부가 그 하나의 부드럽고 따뜻한 접촉 지점으로 수렴되었다.

두 사람은 다시 한 번 사랑을 나누었다. 벨리타는 어반이 집에 와서 함께 있는 두 사람을 덮치거나 오디가 자신을 헤픈 여자라고 생각할까 봐 겁을 내면서도, 자기 허벅지 사이에 낀 오디의 무게를 갈구하는 것 같았다. 그리고 자신의 귓전에서 빨라지는 오디의 호흡을, 그리고 그의 모든 매끄러운 몸 구석구석을.

그 후 벨리타는 일어서서 욕실로 갔다. 오디는 침대 끝에 걸터앉았다. 눈은 어둠에 익어 있었다. 벨리타가 돌아오자 오디는 손가락으로 벨리타의 목 뒤를 훑으며 척추까지 오르락내리락했다. 벨리타는 전신을 흔들며 몸서리를 쳤다. 그리고 지친 듯 웅얼거리면서 몸을 공처럼 말고 잠이 들었다. 오디 역시 잠이 들었다 오밤중에 깨어났다. 물 흐르는 소리가 들렸다. 욕실에서 옷을 반쯤 걸친 벨리타가 나왔다. 팬티를 당겨 올렸다.

"그만 가야 해."

"사랑해요."

"얼른!"

28

휴스턴의 그레이터 서드 워드(휴스턴의 유서 깊은 지역 중 하나로, 주로 아프리카계 미국인 공동체가 자리잡고 있다—옮긴이)에는 보안용 철망이 달린 창문과 강화문을 갖춘 대부업체와 타코 가판대, 교회, 스트립 바, 그리고 음침한 술집이 옹기종기 모인 작은 상업지구가 있다.

모스는 한 상점 앞에 멈춰 선다. 창문에 붙은 간판에는 이런 문구가 쓰여 있다. 포 에이시스 보석 보증(보석금을 마련할 수 없는 피의자에게 보석금의 10퍼센트에 해당하는 수수료를 받고 약속어음을 발행해주는 업체—옮긴이). 그 밑에는 감동적인 광고문구가 있다.

아기 아빠가 감옥에 있나요? 금붙이로 보석금을 마련하세요.

모스는 손을 둥글게 눈 위에 갖다 대고 튼튼한 망 안쪽을 엿본다. 보석, 시계, 전자제품으로 가득한 전시함들이 보인다. 덩치 큰 라틴계 여자가 대걸레와 비눗물 양동이를 가지고 마룻바닥을 청소

중이다. 문을 두드리자 이중 자물쇠가 덜그럭거린다. 청소하던 여자가 끼익 문을 연다.

"레스터를 찾고 있는데요."

"두벌리 씨는 여기 안 계세요."

"어디 계십니까?"

여자가 망설인다. 모스는 현금 뭉치에서 10달러 지폐를 꺼낸다. 여자는 불지도 않는 바람에 날아갈세라 재빨리 돈을 낚아채고는, 알몸의 카우걸이 올가미를 휘두르는 네온사인 간판을 단 길 건너편의 싸구려 술집을 가리킨다.

모스는 간판을 보고 다시 몸을 돌리지만 문은 이미 닫혀 있다.

"감사합니다, 부인." 모스는 허공에 대고 말한다. "저도 만나서 반가웠어요."

모스는 길을 건너 어두운 가게 안으로 걸어 들어간다. 땀과 맥주와 거북한 튀김 냄새로 무르익은 커다란 공간이다. 거울로 된 벽을 따라 카운터가 길게 이어져 있고 선반에는 온갖 모양과 색상의 병들이 놓여 있다. 둥근 병, 가느다란 병, 붉은 밀랍으로 봉인된 병, 꼭대기에 스크루가 꽂힌 병 등등.

레스터 두벌리는 양 팔꿈치를 바에 기댄 채 으깬 얼음이 담긴, 검은 버번 잔을 굽어보고 있다. 손마디가 울퉁불퉁하고 회색 머리카락이 귀 뒤로 덤불처럼 뻗쳐 있는 뚱뚱한 남자다. 입고 있는 페이즐리 무늬 코트는 배 부분의 단추가 잠기지 않는다.

레스터의 머리 뒤로, 한 여자가 스팽글 박힌 끈팬티 하나만 입은 채 경사로 위를 빙빙 돌고 있다. 조명 때문에 피부가 핑크빛으로 물들었다. 크고 약간 처진 가슴에는 다른 곳의 피부보다 더 하얀, 부드러운 거미줄 같은 튼살 자국이 보인다. 여자의 앞 테이블에는 여섯 명쯤 되는 남자들이 앉아 있는데, 그녀보다는 비슷하게 헐벗은 차림에 몸을 숙여 벌린 무릎 사이를 들여다보고 있는 다른 여자에 더 관심이 있어 보인다.

레스터는 모스를 보고 놀란 척도 하지 않는다. 거의 미동도 없다.

"언제 나왔어?"

"그저께."

"종일반인 줄 알았더니."

"일정 변경."

레스터가 이마에 잔을 갖다댄다. 모스는 맥주를 주문한다.

"얼마나 살았지?"

"15년."

"엄청 변해서 놀랐겠네. 아이패드나 스마트폰 같은 건 들어보지도 못했을 테고."

"누가 감옥에 있었지 무인도에 있었대."

"킴 카다시안(육감적인 몸매로 유명한 미국의 패션 디자이너 겸 방송인 겸 사업가—옮긴이)이 누군지 말해봐."

"누구라고?"

레스터가 허벅지를 찰싹 때리고는 반짝이는 금니를 드러내며 껄껄 웃는다.

거나하게 취한 손님 하나가 몸을 숙이고 있는 스트리퍼에게 달려들다 기도의 헤드락에 걸려 밖으로 끌려 나간다.

"왜 저러는지 이해가 안 가." 레스터가 말한다. "여자는 신경도 쓰지 않았는데."

"물어봤어?"

"여긴 지난 6개월 사이 두 차례나 경찰에게 습격을 당했어. 내 생각에 그건 세금 낭비야."

"네가 세금을 내는 줄은 몰랐네."

"진지하게 말하는 거야. 사생활이 남들하고 무슨 상관이라고. 이런 스트립바에서 내가 바가지를 쓰면서 술을 먹고 싶다는데 못하게 막는 이유가 뭐야? 이 사내들은 가난한 여자들이 애들을 먹여 살리거나 학교를 졸업하게 도와주고 있는 거라고. 이렇게 힘든 시대에 그게 도덕적으로 뭐가 잘못된 건데?"

"작은 정부를 원하신다 이거지."

"나는 자본주의자지만 이 나라의 그 얌전 떠는 계집 같은 자본주의는 글러먹었어. 나는 순수한 자본주의를 보고 싶어. 돈이 있으면 염병 뭐든 하고 싶은 대로 다 할 수 있는 미국을 보고 싶다고. 캔자스를 공구리로 바르고 싶어? 돈이 있으면 해야지. 석유와 가스를 시추하고 싶다고? 돈을 내고 하면 돼. 근데 그게 아니라 이런 온갖 규칙이니 규제니 빌어먹을 녹색주의자니 노동조합이니 온정 넘치는 사회주의자들이 판을 치고 있지. 씨발 돈이 알아서 하게 좀 놔두란 말이야."

"과연 진정한 애국자다운 말씀이시군." 모스가 말한다.

레스터가 잔을 들어올린다. "아멘!" 술을 들이키고 어깨를 편다. "원하는 게 뭐야?"

"에디 베어풋하고 만나고 싶어."

"미쳤나? 방금 나와놓고."

"정보가 좀 필요해."

레스터가 이로 얼음을 으깬다. "전화번호라면 가르쳐줄 수 있지."

"아니, 만나고 싶다고."

레스터가 모스를 미심쩍게 본다. "그쪽에서 널 보고 싶지 않다면?"

"내가 오디 파머의 친구라고 해."

"이거 돈 때문이야?"

"네 말마따나, 레스터, 문제는 항상 돈이지." 모스가 맥주잔을 들어 올리고 길게 천천히 한 모금 마신다. "하나 더 있어."

"뭔데?"

"45구경이 필요해. 깨끗한 걸로. 탄창하고 같이."

"내가 만만해 보여?"

"돈 낼게."

"암, 내셔야지."

29

발데즈는 모텔에서 두 블럭 떨어진 곳에 픽업트럭을 세우고 모텔까지 걸어간다. 6차선 도로를 달리는 트럭들이 일으키는 회오리가 그를 휩쓸고 간다. 한기를 쫓으려 재킷을 꽁꽁 여민 그는 모텔 입구에서 멈춰 선다. 야자나무 꼭대기가 바람에 휘청이고 펄럭이는 긴 이파리에 가려진 달은 마치 은색 원반 같다.

야간 매니저는 히스패닉계 중년 남자로 카운터에 발을 올려놓고 앉아서 소형 텔레비전으로 멕시코 드라마를 보고 있다. 배우들의 머리스타일과 옷은 20년은 뒤떨어져 보이고 말투를 보면 곧 서로를 덮치든가 아니면 드잡이를 벌일 것 같다.

보안관이 배지를 보여주자 매니저의 얼굴에 불안이 떠오른다.

"이 남자 봤습니까?" 발데즈가 오디 파머의 사진을 보여주며 묻는다.

"예, 봤어요. 근데 며칠 전부터 안 보이던데요. 머리가 지금하고 달라요. 더 짧아졌어요."

"방을 빌렸습니까?"

"여자친구가 빌렸어요. 2층에 있어요. 아이를 데리고 있어요."

"몇 호실입니까?"

야간 매니저가 컴퓨터를 확인한다. "239호요. 커샌드라 브레넌."

"무슨 차를 탑니까?"

"혼다. 똥차죠. 짐이 잔뜩 실려 있어요."

발데즈가 사진을 다시 가리킨다. "언제 마지막으로 봤습니까?"

"저는 낮 근무를 안 해서요."

"언제 봤습니까?"

"그저께 밤이요. 무슨 짓을 한 거죠?"

"현상수배 탈옥수입니다." 발데즈가 사진을 주머니에 넣는다.

"그 양쪽 옆방에는 손님이 있습니까?"

"이틀 전부터는 비어 있어요."

"열쇠가 필요합니다." 발데즈가 카드키를 받아든다. "만약 내가 5분 내로 돌아오지 않으면 이 번호로 전화를 해서 경찰 도움이 필요하다고 알려요."

"직접 전화하시면 되지 않나요?"

"도움이 필요할지 아직 모르니까."

*

알 수 없는 느낌에 오디는 잠에서 깨어난다. 분명히 꿈을 꾼 것 같은데 무슨 꿈인지는 전혀 기억이 나지 않는다. 의식 가장자리에 걸쳐 있던 무언가가 방금 떨어져나간 듯한, 낯설지 않은 아픔이 느껴진다. 얼핏 볼 수 있었는데 놓쳐버린 무언가. 오디에게 과거는 그런 느낌이다. 흙먼지와 쓰레기의 소용돌이.

무슨 소리가 들리거나 낌새가 느껴진 것은 아니지만 눈을 뜬다. 침대를 나와 창가로 간다. 밖은 어둡다. 조용하다.

"왜 그래요?" 캐시가 묻는다.

"모르겠어요. 하지만 지금 떠나야겠어요."

"왜요?"

"때가 됐어요. 당신은 여기 있어요. 경찰이 아니면 문을 열어주지 말아요."

캐시는 망설이면서 입에서 나오려는 말을 억누르듯 아랫입술을 깨문다. 오디는 장화 끈을 매고 배낭을 집어 든다. 문을 끼익 열고 옥외 통로 양편을 살핀다. 주차장에서는 아무런 움직임도 보이지 않지만 오디는 사방에 보이지 않게 도사린 그림자들을 상상한다. 접수계 구역의 일부가 보이지만 데스크 뒤에는 아무도 보이지 않는다.

옥외 통로는 오른쪽 모퉁이에 있다. 오디가 벽에 찰싹 몸을 붙인 채 층계를 향해 가려는데 누군가가 다가오는 소리가 들린다. 가장 가까운 문에 청소도구함이라는 표지판이 붙어 있다. 문손잡이를 돌려 보니 느슨하게 달그락거린다. 싸구려 자물쇠다. 어깨로 들이받아 문을 열고 안으로 들어가 문을 닫는다. 젖은 대걸레와 빗자루가 똑바로 세워져 있다.

나뭇조각들을 이어붙인 문 틈새로 그림자가 지나간다. 오디는 몇 초 더 기다린다. 목구멍에서 심장이 튀어나올 것 같다. 그 순간 "경찰이다!"라는 외침과 여자의 비명이 들린다. 오디는 이미 달리고 있다. 층계 밑에서 오른쪽으로 돌아 게걸음질로 주차된 차들 사이를 지나 뒷담에 다다른다. 벽을 기어올라 반대편에 무겁게 착지한다. 계속 달리던 오디는 한 공장 마당 끝의 열린 문을 통해 연결 도로로 빠져나간다. 사람들의 고함이 들린다. 타당 타당 소리가 들린다. 경보음. 욕설.

*

발데즈는 늘 몇 가지 선택들이 한 사람의 인생 경로를 결정한다는 믿음을 고수했다. 그 결정 자체로는 반드시 옳거나 틀렸다고 할 수 없지만, 각자는 그 결정 때문에 다른 길로 이어진다. 만약 내가 주 경찰이 아니라 해군에 들어갔다면? 아프가니스탄이나 이라크에 봉착했을 수도 있다. 죽었을지도 모른다. 샌디가 강간당하던 날 밤, 내가 당직이 아니었다면? 어쩌면 샌디를 만나서 위로할 기회가 없었을지도 모른다. 두 사람은 사랑에 빠지지 않았을지도 모른다. 맥스가 그들의 인생에 들어오지 않았다면? '만약'과 '그렇지만'과 '어쩌면'은 너무 많지만, 그들 중 실제로 중요한 것은 겨우 한 움큼에 불과했다. 인생을 바꿀 만큼 강력한 것들은.

발데즈는 모텔 방 앞에 서서 리볼버를 점검하지만 이내 마음을 바꾸고 어깨의 권총집에 도로 넣는다. 그 대신 오른 무릎 아래에 매달고 다니는 비상용 무기를 꺼낸다. 이 방식은 초짜 경찰 시절, 비용 절감을 위한 인원 감축과 정치적 올바름이 지배했던 1990년대를 살아남은 선배 보안관에게 배운 것이다. 바로 버릴 수 있는 무기를 항상 가지고 다녀라. 언제 필요할지 모른다. 발데즈의 것은 깨진 손잡이를 스카치테이프로 동여맨 소형 반자동 권총이다. 추적이 불가능하다.

발데즈는 발코니를 넘겨다본다. 주차장은 텅 비어 있다. 콘크리트로 된 수영장 가에 야자 잎사귀의 어두운 그림자가 흔들리고 있다. 카드키를 밀어 넣는다. 붉은빛이 깜빡이는 푸른빛으로 바뀐다. 손잡이가 돌아가고 문이 끼익 열려 어두운 실내를 드러낸다.

한 여자가 시트로 몸을 감싸고 급히 일어나 앉는다. 눈을 휘둥그레 뜨고 있다. 말이 없다. 발데즈는 총을 좌우로 휘두르면서 방 안을, 침대를, 마룻바닥을 훑는다.

"그 사람 어디 있어요?" 발데즈가 속삭인다.

여자의 입술이 벌어진다. 아무런 소리도 나오지 않는다.

욕실에서 그림자가 걸어 나온다. 발데즈는 본능적으로 반응하며 고함친다. "경찰이다!" 총구에서 불꽃이 터진다. 여자아이가 뒤로 넘어지고, 거울 위로 피가 흩뿌려진다. 어머니가 비명을 지른다. 발데즈가 총구를 돌린다. 다시 불을 뿜는다. 여자의 앞이마에 구멍이 뚫린다. 몸통이 모로 쓰러져 침대에서 떨어지면서 시트를 함께 끌고 간다.

이 모든 일은 한순간에 일어났지만, 발데즈의 마음속에서는 슬로 모션으로 펼쳐진다. 총구를 돌리고, 방아쇠를 당기고, 그 반동으로 총이 뛰고, 그때마다 충격으로 심장이 펄떡펄떡 뛰고.

총격은 멈췄다. 죄책감, 도를 넘은 데 대한 죄책감으로, 발데즈는 얼어붙은 채 꼼짝 않고 서 있다. 손등으로 입가를 닦으며 머릿속을 정리하려고 애를 쓴다. 파머가 여기 있었다. 놈은 어디 있지? 내가 무슨 짓을 한 거지? 누구를 쏜 거지?

누군가가 층계를 달려 내려간다. 창가로 가자 주차장을 달려가는 그림자가 보인다. 발데즈는 옆방으로 이어지는 문을 박차고 뛰어 들어가며 고함을 친다. "멈춰! 경찰이다! 무기를 버려라!"

옥외 통로를 달려가며 지급된 리볼버를 총집에서 빼낸다. 총을 머리 위로 들어 올려 허공에 두 발을 쏜 후 층계를 뛰어 내려가 주차된 차들 사이를 누비며 달린다. 휴대폰을 꺼내어 911을 누른다.

"총격이 있었습니다. 경찰이 무장 탈옥수를 추격 중입니다……. 에어라인 드라이브요. 스타 시티 모텔. 여자와 아이가 총에 맞았습니다. 구급의료원이 필요합니다."

담을 뛰어넘어 화차 조차장을 따라 달려간 발데즈는 악취가 진동하는 개울이 흐르는 널찍한 콘크리트 지하 배수로에 다다른다. 총을 좌우로 휘두르면서 주변을 보고 한 바퀴 빙 돈다. 아직 통화 중이다. "지원과 헬리콥터가 필요합니다."

"범인이 지금도 보입니까?"

"확실합니다. 지하 배수로 가를 따라 동쪽으로 향하고 있습니다. 우측에 공장들이 있습니다. 나무들은 좌측입니다."

"인상착의를 알려주실 수 있습니까?"

"누군지 압니다. 오디 파머입니다."

"무슨 옷을 입고 있습니까?"

"어두워서 못 봤습니다."

순찰차들이 이스트 휘트니 스트리트, 옥스퍼드 스트리트, 그리고 빅토리아 드라이브로 급파된다. 곧 사이렌 소리가 들릴 것이다.

발데즈는 속도를 늦추다 멈춰 선다. 허리를 숙여 무릎에 손을 얹고 숨을 헐떡인다. 물기가 눈으로 흘러들고 등골을 따라 흘러내린다. 들썩이는 가슴을 진정시키며 신발 옆 깨진 콘크리트 틈새에 가래를 뱉는다. 욕설을 내뱉는다. 진저리를 친다. 다시 손으로 입을 문지른다. 천천히 생각하고 상황을 크게 보려고 애를 쓴다. 생각을 해야 해. 호흡을 하자. 계획을 짜자.

손수건을 꺼내 권총에 묻은 지문을 지운다. 총열. 방아쇠. 가드.

안전장치. 지하 배수로 위로 총을 들어 올려 그대로 놓아버린다. 총은 콘크리트 위에 두 번 튕겨 물속으로 잠긴다.

발데즈는 헉 하고 숨을 내쉬고는 휴대폰을 들어 올린다.

"놓친 것 같습니다."

*

오디는 지하 배수로를 따라 남쪽으로 달린다. 다리에서 떨어진 쇼핑카트들이 널브러진 썩은 물웅덩이를 첨벙대며 건너가자, 쥐들이 찍찍대며 쥐구멍에 숨는다.

이처럼 개방된 장소에 익숙지 않은 오디는 텅 빈 주변 공간이 마치 그를 잡아당겨 산산조각 내고 갈기갈기 찢으려 하는 것만 같은 공포심을 느낀다. 오디는 몇 해 동안 주변에 벽을, 경계를, 그리고 레이저 와이어를 두고 살았다. 그동안은 등 뒤에 항상 무언가가 있어서 사방을 상대로 싸울 필요가 없었다.

내가 있는 곳을 경찰이 어떻게 알아냈을까? 캐시가 어딘가에 전화를 한 게 틀림없다. 탓할 일은 아니다. 캐시가 뭘 알겠는가? 아직 어리고, 아마도 지쳐서 자신감을 잃었겠지.

돌아갈 길도, 다시 시작할 길도 없다면 계속 앞으로 움직이는 수밖에. 오디는 총성을 들었다. 생각하니 머리가 어지러워진다. 마치 누군가가 귀에다 대고 몇 시간 동안 고함을 질러댄 것처럼 끔찍한 윙윙 소리가 머릿속을 떠나지 않는다. 오디는 계속 달려 시체처럼 부푼 검은 쓰레기봉투들을, 지붕이 납작하고 금속 문이 달린 창고들을 지나친다. 옅은 안개 속에서 건물 지붕들이 얇게 썬 감자조각 같은 달을 등지고 날카롭게 두드러진다. 오디는 철교 아래에 멈춰 장화를 벗고 물을 비운다. 화물열차 선로가 동서로 뻗어 있다. 지하 배수로를 기어 나온 오디는 거친 자갈 비탈을 비틀대며 올라 선로를 따라 동터오는 쪽을 향한다.

캐시와 스칼렛은 괜찮을 것이다. 아무 잘못도 하지 않았으니까. 오디가 탈옥수인 줄은 몰랐으니까. 그들에게 도움을 청하지 말았어야 했다. 결코 누구에게도 가까이 가서는 안 된다. 절대로 약속을 해서는 안 된다. 이 모든 일이 시작된 게 다 그 약속 때문 아닌가. 오디는 벨리타에게 약속을 했다. 그 후 감옥에서 죽지 않겠노라고 스스로와 약속했다.

캐시미어 버스터미널에서 시내로 가는 버스를 탄다. 동승자들은 야간 교대조 노동자들과 잠이 덜 깬 머리를 창문에 기대고 있는 이른 아침 통근자들이다. 아무도 서로 눈을 맞추지 않는다. 아무도 말을 하지 않는다. 감옥과 그리 다를 것도 없다고 오디는 생각한다. 두드러지지 않고 섞여들려고 노력해야 한다는 점에서. 나는 딱히 두드러지거나 눈에 띄는 사람도 아닌데 왜 항상 누군가의 샌드백이 되는 걸까?

버스는 미닛메이드 공원에 오디를 내려준다. 지쳐서 한 발짝도 더 내딛고 싶지 않지만 마음은 계속해서 질주한다. 오디는 어느 문간에 누워 배낭에 머리를 얹고 눈을 감는다.

30

모텔 방 안을 돌아다니던 데지레 퍼니스는 여자아이의 시신을 타넘는다. 놀라움에 크게 뜬 눈, 피로 떡이 진 금발. 털실 머리카락을 가진 넝마 같은 인형이 아이의 펼쳐진 손바닥 바로 옆에 놓여 있다. 데지레는 인형을 집어 들어 여자아이의 팔에 안겨주고 싶은 충동을 간신히 억누른다.

어머니는 침대와 벽 사이에 쓰러져 있다. 알몸이다. 아랫배가 볼록하고 등의 옴폭 패인 곳에는 소용돌이 모양 타투가 새겨져 있다. 금발. 주근깨. 예쁘장한 얼굴. 아크등의 밝은 빛은 모든 것을 표백하지만 죽음의 순간에 몸에서 빠져나간 분비물의 냄새나 머리 위 벽의 핏자국까지 지워주지는 못한다.

과학수사요원들의 업무는 아직 남아 있다. 보호망을 머리에 쓰고 바삭거리는 흰 작업복에 짧은 비닐 부츠를 신은 남자 셋과 여자 하나가 매트리스에서 정자의 흔적을 확인하기 위해 자외선램프를 설치하고 있다. 데지레는 두 침대를 응시한다. 둘 다 이용한 흔적이 있다. 여자는 일어나려다가 총을 맞았지만 여자아이는 왜 욕실 근처에 있었을까?

책상과 텔레비전 사이 구석에 놓인, 패스트푸드 포장지들과 잡지들로 꽉 찬 휴지통이 눈에 들어온다. 브로슈어, 면봉, 그리고 휴지 뭉치가 들어 있다. 시리얼 상자와 빈 바퀴벌레약 깡통 하나. 거울 아래쪽 끝에 아이의 그림이 구겨져 끼어 있다. 아이는 스칼렛이라는 자기 이름을 한 글자 한 글자 각각 다른 색 크레용으로 썼다.

바깥에서는 회중전등들이 모텔을 비추고 있다. 구경꾼들이 주차장에 모여 순찰차들과 구급차들을 더 잘 보려고 목을 길게 빼고 있다. 몇몇은 아이폰으로 사진을 찍고 있다. 몇몇은 화면 위로 고개를 숙이고 문자를 보내는 중이다. 지역 경찰관 몇 명이 방 안을 엿본다. 지금은 시신을 보고 싶어 하지만, 본 후에는 누가 얼른 치워주길 바랄 것이다.

데지레는 새벽 다섯 시가 넘은 시각에 간신히 깨어나 시의 절반을 가로질러 장돌뱅이, 포주, 창녀를 비롯해 제정신이 아닌 사람들로 가득한 이 싸구려 모텔로 왔다. 사진이 붙은 신분증을 제시하고 하룻밤에 49달러를 낼 수만 있다면 누구라도 묵을 수 있는 곳이다. 이런 사건을, 다중 살인사건을 조사할 기회를 꿈꾸는 현장 요원들도 일부 있다. 범법자를 잡아 우리에 가두는 것이 그들의 꿈이다. 하지만 데지레는 그냥 침대로 돌아가고 싶은 마음뿐이다.

다른 요원들에게는 파트너, 아이, 그리고 그럭저럭 정상에 가까운 삶이 있다. 데지레는 저스틴이라는 모기 새끼를 1년 전에 차버린 이후로 한 번도 남자를 만나지 않았다. 정말이지 모기 같은 괴상한 목소리를 내면서 데지레를 별명으로 부르고, 진지하게 대해달라고 아무리 애원해도 마치 일곱 살짜리 대하듯 하던 남자였다.

데지레는 그에게 정신 차리라고 고함을 지르고 지금 같은 장면을 보여주고 싶었지만, 그 대신 그냥 짐을 싸서 나가라고만 했다.

쪼그려 앉아 여자아이의 시신을 살펴보는데 카펫 위에 피 묻은 부츠 자국들이 눈에 들어온다. 데지레는 인접한 문의 부서진 자물쇠를 확인하고, 방에서 일어난 일들을 머릿속에서 재연하려고 애를 쓴다. 하지만 영 자연스럽지가 않다.

장갑을 벗고 더 신선한 공기를 찾아 밖으로 나선다. 대다수 요원들은 죽은 여자의 차가 있는 바깥으로 나와, 지문을 찾아 옥외통로의 먼지를 털면서 마치 사무실의 흔한 하루인 양 사소한 잡담을 나누고 있다. 책임자인 남자는 30대 중반으로 얼굴살이 뒤룩뒤룩하고 미간에는 고리 모양의 시커먼 주름들이 가 있다. 데지레는 자신을 소개하지만 악수를 청하는 남자의 장갑 긴 손을 맞잡아주지 않는다.

"뭐 좀 찾아냈어요?"

"셋, 어쩌면 네 방일 수도 있고요…… 어머니는 두 방, 아이는 하나."

"무기는요?"

"아마 22구경 권총일 겁니다. 반자동식."

"총격자는 어디 있었나요?"

"아직은 말할 수 없습니다."

"추정은요?"

"어머니는 침대에 있었습니다. 딸은 욕실에서 나왔고요. 쏜 사람은 아마도 방 한중간에, 욕실보다는 창문 가까운 곳에 서 있었을 겁니다."

데지레는 고개를 돌려 손가락으로 머리카락을 훑는다. "조사가 끝나는 대로 탄도학 보고서를 보고 싶군요."

그 순간 텔레비전 카메라의 스포트라이트에 데지레는 눈이 먼다. 기자들이 주차장에서 고래고래 소리를 지르며 질문을 던지고 있다. 지역 텔레비전과 라디오 방송국의 뉴스 보도진이 조간 뉴스를 촬영하러 나왔다. 한 카메라 팀은 지역 강력계와 손을 잡고 케이블 채널을 위한 리얼리티 텔레비전 쇼를 촬영 중이다. 경관들을 유명인사로 만들고 대중에게 겁을 주어, 더 많은 총과 도난 경보기를 사게 만드는 프로그램이다.

데지레는 이곳 강력계가 징발한 빈 객실에서 대기 중인 라이언 발데즈 보안관을 만나러 간다. 그는 모자챙으로 얼굴을 가리고 침대에 누워 잠을 청하고 있던 모양이다. 지급받은 리볼버는 제출했고 양손은 비닐봉지에 싸여 있는데, 옆에는 누군가가 가져다준 듯한 커피가 놓여 있다.

보안관과는 지금이 첫 대면이지만 데지레는 이미 평가를 마쳤다. 그리고 그 평가에는 방금 모텔 방에서 본 광경이 큰 영향을 미쳤다. 발데즈가 일어나 앉아 모자를 뒤로 젖힌다.

"왜 지원을 요청하지 않았습니까?" 데지레가 묻는다.

"만나 뵙게 되어 반갑습니다." 발데즈가 말한다. "인사 정도는 해도 괜찮겠죠."

"질문에 대답하세요."

"오디 파머가 여기 있는지 몰랐습니다."

"야간 매니저가 당신이 보여준 사진을 보고 그 사람이 맞다고 했다면서요."

"이틀 전부터 파머를 본 적이 없다고 했습니다."

"그래서 박차고 들어가기로 했습니까?"

"체포를 하려고 한 겁니다."

데지레는 발데즈를 응시한다. 주먹을 하도 세게 쥐어서 손톱이 손바닥을 파고든다. 데지레는 배지를 보여준다. 발데즈는 본 척도 하지 않는다. 붉게 충혈된 눈을 껌뻑이며 데지레를 훑어보고, 일고 의 여지도 없이 그녀를 무시해버린다.

"어떻게 된 상황인지 설명해보시죠."

"제가 경찰이라고 말하자 어떤 여자가 비명을 질렀고, 이어 총성 이 울렸습니다. 문으로 들어갔지만 이미 죽어 있었어요. 그 냉혈한 이 그들을 쏜 겁니다. 총으로 죽였지요. 양심이란 게 없는 놈이에 요."

데지레는 의자를 집어 들어 보안관 앞에 끌어다 놓는다. 보안관 의 입가에 피가 살짝 맺혀 있다.

"어쩌다 그랬죠?" 데지레는 보안관의 얼굴을 가리킨다.

"아마 나뭇가지에 긁혔나 봅니다."

데지레가 코웃음을 친다. 입안에서 찝찔한 맛이 느껴져 침을 뱉 고 싶다. "당신은 여기서 뭘 하고 있었습니까, 보안관?"

"어떤 여자가 범죄신고센터에 전화를 해서 오디 파머에 대한 현 상금이 있느냐고 물었습니다."

"그리고 당신은 그걸 어떻게 알았지요?"

"한 지령요원이 알려주었습니다."

"여긴 당신의 관할권이 아니잖아요. 당신은 드라이퍼스 카운티 의 보안관이죠."

"정보가 들어오는 대로 알려달라고 요청해놨었거든요. 파머가 저희 집 앞에 찾아왔었어요. 제 아내하고 아들한테 말을 걸었다고 요. 저는 제 가족을 지킬 권리가 있습니다."

"그래서 정의의 사도 흉내를 내어 직접 그 사람의 꽁무니를 쫓기로 작정한 겁니까?"

발데즈의 입꼬리가 말려 올라간다. "그렇게 다 잘 아시는 모양이니까 좀 여쭤보겠습니다, 특수요원님. 오디 파머가 왜 나를 찾아온 것 같습니까? 어쩌면 그 남자는 뇌 손상을 입었을지도 모릅니다. 어쩌면 보복을 하고 싶을지도 몰라요. 그 살인범의 박살난 머릿속이 어떻게 돌아가고 있는지 내가 알 게 뭡니까. 나는 연방수사국이 쫓아가다 놓친 끈을 따라간 겁니다."

"연방수사국은 보고를 받지 못했어요. 이제 두 사람이 죽었고 그들의 피가 당신 손에 묻어 있죠."

"제가 아닙니다. 그놈입니다."

데지레는 이마를 짓누르는 긴장감을 느낀다. 이 남자가 마음에 들지 않는다. 이 남자의 말이 진실일 수도 있지만, 어쩐 일인지 남자가 입을 열 때마다 데지레는 그 여자의 이마에 뚫린 구멍과 피웅덩이 속에 누운 여자아이가 보인다.

"이야기를 다시 해보세요." 데지레는 사건들의 정확한 순서를 파악하기 위해 질문을 던진다. 총성을 들었을 때 당신은 어디 서 있었나? 언제 문을 열었나? 무엇을 보았나?

발데즈는 같은 설명을 되풀이한다. 경찰이라고 말하자 총성이 들렸다고. "문으로 들어갔더니 시체들이 보였습니다. 그 남자가 옆방으로 나가기에 뒤를 쫓아갔습니다. 멈추라고 소리치기도 했고요. 한두 발쯤 쏘긴 했는데 마치 날개 돋친 듯 담장을 넘어가더군요."

"문을 통과할 때 당신은 무기를 꺼내들고 있었나요?"

"예, 요원님."

"파머를 추격할 때 총은 몇 발이나 쏘았습니까?"

"두 발인가 세 발이요."

"맞았습니까?"

"그럴지도 모릅니다. 말씀드린 것처럼 엄청나게 빠른 놈이라서요."

"언제 시야에서 놓쳤습니까?"

"수로를 건너갈 때요. 그때 무언가를 떨어뜨리는 걸 본 것 같습니다."

"어디서요?"

"다리 근처에서요."

"거리는 얼마나 떨어져 있었습니까?"

"70미터나 80미터쯤요."

"그런데 어둠 속에서 그 사람이 보였다고요?"

"물이 튀는 소리가 들렸습니다."

"그리고 놓친 겁니까?"

"저는 여기 돌아와서 여자와 아이를 도와주려고 했습니다."

"시신을 움직였습니까?"

"심장이 뛰는지 확인하려고 여자아이의 몸을 돌린 것 같습니다."

"손을 씻었습니까?"

"피가 묻었으니까요."

발데즈가 눈을 쥐어짜듯 감는다. 눈물이 새어나와 주름 사이를 맴돈다. 눈물을 닦아낸다. "파머가 그들을 쏠 줄은 몰랐습니다."

보안관보가 문을 두드린다. 아직 젊다. 피부가 매끈하다. 씨익 웃고 있다.

"제가 뭘 찾아냈는지 보세요." 엄지와 검지로 진흙이 묻은 권총을 쥐고 있다.

"우와! 근데 당신 뇌는 못 찾았나 봐요?"

보안관보가 웃음을 지우고 얼굴을 찌푸린다.

데지레는 지퍼락 봉투를 연다. "이건 증거라고요, 바보 같으니!" 진흙 묻은 권총이 봉투 속으로 떨어진다. "어디서 찾았는지 알려줘요."

데지레는 보안관보를 따라 밖으로 나와 순찰차들과 구급차들, 구경꾼들, 행인들, 그리고 목을 길게 뺀 사람들 사이를 지나간다. 직접 귀에 들리는 건 아니지만 사람들이 그녀의 작은 키에 놀라고, 농담을 하거나 귀여운 꼬마 연방수사요원 우쭈쭈 해대는 게 온몸으로 느껴진다. 데지레는 매일 이런 것들과 싸워야 한다. 그리고 아무리 간절히 소망해도 자신의 DNA를 재배열하거나 엉덩잇살을 가져다 다리에 붙일 수 없음을 데지레는 잘 알고 있다.

보안관보가 한 공장과 창고 뒤의 지하 배수로로 데지레를 이끈다. 콘크리트 다리에 다다라 보안관보가 하수구에 전등을 비추자 기름진 웅덩이가 드러난다. 데지레는 폴리에스틸렌 장갑을 끼고 경사진 비탈을 미끄러져 내려가 잡초, 자갈, 깨진 유리, 버려진 콘돔, 맥주캔, 포도주병, 그리고 햄버거 포장지 더미를 뒤적인다.

데지레의 첫 상관은 데지레에게 대다수 요원들이 저지르는 실수는 사건을 위에서 아래로 보는 것이라며, 사실은 반대로 해야 한다고 말했다. "범죄자처럼 생각해야 돼." 상관은 말했다. "시궁창으로 내려가서 그들의 눈으로 세상을 봐."

지금 이 순간 데지레는 냄새 나는 하수구의 썩은 물속을 첨벙이며 걷고 있다. 제대로 보는 방식은 올려다보는 것뿐이다.

31

금속 셔터가 철컥 열리고 올라가는 소리가 들린다. 눈을 뜨자 커다란 귀에 터무니없이 큰 노란색 멕시코 모자를 쓴 원색의 쥐 캐릭터가 그려진 이동식 타코 가판대가 보인다. 어렸을 적 오디는 멕시코에서 가장 빠른 쥐, 스피디 곤잘레스가 나오는 만화를 보았다. 그 쥐는 늘 꾀로 멍청한 고양이들을 속여 넘기고 악당인 미국놈들로부터 자기 마을을 지켰다.

"밤새 고생했겠어요." 얇게 썬 양파, 페퍼, 할라페뇨, 치즈가 든 플라스틱 그릇들을 열어놓으며 요리사가 말한다. "뭐 좀 만들어드려요?"

오디는 고개를 젓는다.

"마실 건 어때요?"

오디는 물 한 병을 받아든다. 요리사는 작은 키와 땅딸막한 몸매에 콧수염을 되는 대로 길렀고 지저분한 앞치마를 입고 있다. 철판에 물을 뿌리고 쇠수세미로 문지르는 와중에도 잠시도 입을 쉬지 않는다. 텔레비전은 그의 머리 위 벽에 매달려 있다. 폭스 뉴스가 나오고 있다. 어리숙한 사람들을 위한 공정하고 균형 잡힌 뉴스('공정하고 균형 잡힌 뉴스'는 보수 편향으로 악명 높은 폭스 방송국 뉴스의 표어다—옮긴이). 여기자가 범죄 현장에 둘러치는 테이프 앞에 서서 카메라를 향해 기사를 전하고 있다. 뒤쪽 배경에서는 작업복을 입은 기술자들이 혼다 CRV를 수색 중이다.

"휴스턴 경찰은 오늘 아침 이른 시간 이곳의 한 모텔에서 두 건의 살인을 저지른 위험한 탈옥수를 추격하고 있습니다. 에어라인 드라이브의 스타 시티 모텔 위층 방에서 모녀가 총에 맞아 숨졌습니다. 범죄 현장 조사관들이 현장에 나와 있고 시신들은 아직 방 안에 있습니다. 그 참극은 오전 다섯 시 직전에 시작되었습니다. 투숙객들이 총성을 듣고 경찰이 범인에게 항복을 명령하면서……."

오디의 식도로 뭔가가 역류해 입안을 가득 채운다. 억지로 삼키자 어제 먹은 음식 맛이 난다. 물병이 손가락에서 미끄러져 도랑으로 쏟아진다. 그러는 사이 화면은 목격자들에게로 넘어간다. 체크무늬 셔츠를 입은 덩치 큰 백인 남자다.

"총소리하고 누군가가 고함치는 소리가 들렸어요. '멈추지 않으면 쏜다!' 그 뒤에 총소리가 몇 번 더 들렸어요. 총알이 쌩쌩 날아다녔어요."

"범인을 보셨습니까?"

"아니요. 저는 고개를 숙이고 있었거든요."

"희생자들에 관해 아시는 게 있나요?"

"어떤 여자하고 그 여자 딸이요. 어제 두 사람이 아침식사 하는 걸 봤어요. 여자애는 와플을 먹고 있었어요. 앞니가 빠진 귀여운 꼬마였는데."

오디는 더는 화면을 볼 수 없다. 캐시와 스칼렛은 그의 마음속에 살아 있다. 피를 흘리는 게 아니라 숨 쉬고 있다. 그들이 살해당했다니. 다른 현실은 믿고 싶지 않다. 뛰고 싶다. 아니, 싸우고 싶다. 누군가 제발 설명해줘!

"경찰은 용의자의 성명과 사진을 배포했습니다……."

화면을 바라보자 오디의 지명수배 사진이 뜨고, 이내 고등학교 연감 사진으로 바뀐다. 마치 자신이 거꾸로 나이를 먹는 것 같다. 피부가 더 부드러워지고, 머리가 길어지고, 눈이 더 초롱초롱해지고…….

카메라 화면이 다시 건물 외관으로 전환된다. 배경에서 아는 얼굴이 나타난다. 키가 작고 머리가 부스스한 연방수사국 요원으로, 감옥으로 오디를 찾아왔던 사람이다. 돈의 행방을 물으러 왔었지만 결국 책 이야기와 스타인벡과 포크너 같은 작가들 이야기만 하다 갔던 사람. 시에 관한 여성적 관점을 얻으려면 앨리스 워커와 토니 모리슨을 읽어야 한다는 조언도 해줬더랬지.

요리사는 철판을 닦느라 텔레비전 화면을 보지 못했다. 양손을 문질러 닦고는 오디를 본다. "울어요?"

오디는 요리사를 보고 눈만 깜빡인다.

"아침식사로 토르티야를 만들어줄게요. 먹고 죽은 귀신은 때깔도 곱다잖아요." 요리사는 양파와 페퍼를 철판에 올려놓는다. "혹시 약 해요?"

오디가 고개를 젓는다.

"술꾼이에요?"

"아니요."

"뭐라고 하려고 물어본 건 아니고." 요리사가 말한다. "남자들은 각자 한 가지씩은 죄를 짓고 사니까."

텔레비전 뉴스는 오클라호마의 토네이도와 월드시리즈 3차전으로 옮겨갔다. 오디는 고개를 돌린다. 얼굴이 따갑고 눈에 열이 오른다. 자신의 몸에 닿은 캐시의 몸, 귓전에 와 닿던 숨소리, 손끝에 들러붙은 섹스의 냄새가 여전히 선연하다. 내가 미친 거다. 내 잘못이다. 아인슈타인은 같은 일을 하고 또 하면서 다른 결과가 나오기를 기대하는 게 미친 짓의 정의라고 말했다. 오디의 삶은 그런 식이었다. 매일. 모든 관계. 모든 비극.

도랑 위로 몸을 숙인 채 가슴을 들썩인다. 콧물이 흐르고 어딘지도 모를 곳들이 아파온다. 상실감과 당황 속에서 오디는 자신의 통제를 잃었다. 한때 품었던 모든 계획은 이제 더는 중요해 보이지 않는다. 가능해 보이지도 않는다.

주변의 모든 사람들은 자신들의 삶을 짊어진 채 가고 있다. 통근객들, 쇼핑객들, 관광객들, 사업가들, 야구모자 쓴 소년들, 넝마를 입은 거지들. 자기 자신이 되기로 결심한 사람들, 다른 사람이 되려고 애쓰는 사람들. 오디는 그저 존재하고 싶을 뿐이다.

32

캐럴라인 앤 벨 스트리트 한 모퉁이에서, 모스는 빨간불에 멈췄다 파란불에 서로 밀치며 나아가는 차들을 구경하는 걸로 기다리는 시간을 때우고 있다. 휴대폰을 본다. 아직 전화는 한 통도 걸려 오지 않았다. 어쩌면 GPS 추적장치 운운은 거짓말이 아니었을까. 모스는 고개를 들어 희푸르게 부푼 하늘을 보며 위성들이 지금 자신을 지켜보고 있을지 궁금해한다. 손을 흔들거나 가운뎃손가락을 세우고 싶은 마음을 가까스로 억누른다.

고급 리무진 한 대가 갓돌에 와 서고, 차에서 내린 흑인 운전기사가 모스에게 다리를 벌리고 차체를 껴안으라고 명령한다. 운전기사는 금속 탐지기로 모스의 앞뒤 위아래, 양팔, 그리고 다리 사이를 훑는다. 모스는 45구경을 기름 걸레로 싸서 픽업트럭 앞좌석 아래에 놓아두었다. 탄약통 상자와 레스터가 서비스로 넣어준 수렵용 나이프와 함께.

운전기사가 차를 향해 고개를 끄덕이자 뒷문이 열린다. 에디 베어풋은 결혼식이나 장례식에라도 가는 길인지 검은 정장을 입고 옷깃에는 꽃을 꽂았다. 나이는 적게는 25세에서 많게는 50세까지로도 보일 정도로 종잡을 수 없지만, 노란 곱슬머리와 젓가락 같은 다리 때문에 마치 수채화에서 걸어 나온 사람처럼 고풍스러운 인상을 풍긴다.

원래 마이애미 출신이었던 에디는 마피아인 보나노 가문이 남부 플로리다로부터 멀리까지 사업 관심사를 확장해가던 1980년대에, 휴스턴으로 와 자신의 조직을 꾸렸다. 은행과 우편 사기, 마약, 매춘, 그리고 돈 세탁으로 한밑천 벌었다. 그 이후로는 합법적 사업들로 다각화를 해왔지만, 동부 텍사스에는 여전히 에디 베어풋에게 줄을 대지 않고 할 수 있는 비합법적인 활동은 단 하나도 없었다. 알아서 모시든가 수입의 1퍼센트를 바치지 않으면 온 몸의 뼈가 성치 못할 것이다.

리무진이 움직인다.

"네가 연락해와서 놀랐어." 에디가 옷깃의 꽃을 매만지며 말한다. "내 소식통에 의하면 너는 여전히 큰집에 있어야 하는데."

"소식통을 바꾸셔야겠네요." 모스는 태연한 척하려고 애쓰지만 목소리가 떨려서 속을 들킬까 봐 두렵다. 에디의 이마에 있는 패인 곳에 저절로 눈길이 간다. 듣기로는 커다란 망치에 맞은 흉터라고 한다. 그리고 그 흉터를 남긴 남자는, 사업상 경쟁 상대였는데, 나중에 모래에 목까지 파묻힌 채 수류탄을 삼켜야 했다는 이야기가 있다. 물론 그저 지어낸 것일 수도 있지만 에디는 굳이 사실을 바로잡으려 애쓰지 않았다.

"네가 완전히 손을 씻었다는 소문도 들리던데. 형제들 말로는 네가 하느님을 영접했을지도 모른다고."

"영접하려고 했는데 벌써 가셨더라고요."

"어쩌면 네가 오는 소리를 들었을지도."

"그럴지도요."

그 농담이 퍽 재미있던 모양인지 에디가 웃음을 짓는다. 그의 목소리에는 남부 사투리가 깊이 배어 있다. "그래서 무슨 재주를 부려 거기서 나온 거야?"

"텍사스 주가 내보내주던데요."

"참 마음도 넓은 주일세. 너는 그 대가로 뭘 줬지?"

"아무것도요."

에디가 새끼손가락으로 치아 안쪽의 뭔가를 움직인다.

"그래 그놈들이 널 그냥 보내줬다고?"

"어쩌면 사람을 착각했나 보죠."

에디가 껄껄 웃는다. 모스는 같이 웃을 때라고 판단한다. 차가 고속도로에 올라 속도를 높인다.

"정말 웃긴 게 뭔지 알지." 에디가 눈을 닦으며 말한다. "내가 이 개소리를 정말 믿는다고 네가 생각한다는 거야. 정확히 15초 줄 테니 그동안 왜 여기 왔는지 말해. 안 그러면 차 밖으로 던져버릴 테니. 그리고 혹시 몰라 분명히 해두는데, 우리는 속도를 늦추지 않을 거야."

웃음은 사라졌다.

"이틀 전에 그 사람들이 저를 감방에서 끌고 나와 버스에 태우더니 휴스턴 남부 도로에다 버렸지 뭡니까."

"그 사람들?"

"이름은 저도 몰라요. 머리에 자루가 씌워졌거든요."

"왜?"

265

"자기들을 못 알아보게 하려고 그랬겠죠."

"아니, 등신아, 너를 왜 내보내줬냐고."

"아, 저더러 오디 파머를 찾으래요. 사흘 전에 탈옥했거든요."

"들었어." 에디가 홀쭉한 뺨에 손가락을 튕겨 딱 소리를 낸다.

"넌 돈을 찾고 있군."

"바로 그거죠."

"그 돈을 찾으려고 한 사람들이 얼마나 많았는지 알기나 해?"

"알아요, 하지만 저는 오디 파머하고 아는 사이예요. 안에서 제가 개를 살려줬거든요."

"그래서 너한테 빚이 있다?"

"그렇죠."

파안대소가 번진 에디의 얼굴은 TV 프로그램에 나오는 포주나 마약왕 역할에 딱 어울릴 듯싶다. 리무진은 갤베스턴 만으로 향한다. 화물 터미널과 조차장, 그리고 드넓은 공간에 집짓기 장난감처럼 쌓여 있는 컨테이너들을 지나간다.

"네가 파머를 찾아내면 그다음은 어떻게 되지?" 에디가 묻는다.

"연락하라고 전화를 줬어요."

"그리고 그다음엔?"

"제 형기가 끝나는 거죠."

에디가 다시 껄껄 웃으며 경쾌한 춤을 추듯 허벅지를 손바닥으로 찰싹찰싹 때린다. "씨발 그냥 받은 대로 처먹어, 새꺄. 누가 너 같은 놈한테 감옥 무료 출입카드를 주겠어."

아무리 그렇게 무시하고 욕을 해도, 모스는 에디가 누가 자기 모르게 이런 작전을 굴리는지 궁금해하는 것을 느낄 수 있다. 유죄판결 받은 살인범을 감옥에서 꺼내줄 능력을 가진 게 누굴까? 그런 인맥은 장난이 아닐 것이다. 입법부 공무원, 또는 연방수사요원, 또는 주 의회 고위 직원. 그런 인맥이라면 값어치가 있을 것이다.

"만약 파머를 찾으면 나한테 먼저 전화를 해줬으면 해, 알겠지?"

토를 달 형편이 못 되는 모스가 고개를 끄덕인다. "드라이퍼스 카운티에서 일어난 아머가드 트럭 강도사건에 관해 뭐 아시는 거 있나요?"

"그건 완전 물먹은 사건이었지. 네 명이 죽었으니."

"갱단원은요?"

"뉴올리언스 조직 소속 버논하고 빌리 케인. 형제였지. 캘리포니아에서 열두 곳의 은행을 털고 동부로, 애리조나와 미주리에 왔지. 버논은 기소 중이었어. 래빗 버로스라고 또 다른 짝패가 하나 있었는데 원래 같으면 그 무장 트럭 강도사건에 한몫 끼었을 것을 사건 전 주말에 음주운전으로 잡혀 들어갔지. 루이지애나에서 영장을 발부했어."

"조직에 누가 또 있었죠?"

"안에 누군가가 있었어."

"경비원?"

"어쩌면."

"오디 파머는?"

"그 놈에 대해서는 들어봤다는 사람이 아무도 없어. 녀석의 형인 칼은 일을 망치는 데는 선수였지. 열일곱 살 때부터 임대주택단지에서 크랙 코카인 거래를 했어. 멕시코제 헤로인, 메타암페타민, 뭐든 가리는 게 없었지. 건수만 있다 하면 일단 끼고 보는 놈이었어. 나중에 웨스트 댈러스의 한 조직하고 같이 뛰었는데, 전공은 현금 출금기 사기하고 우편 사기. 브라운스빌에서 5년 복역했고, 나왔을 때는 들어갔을 때보다 약에 훨씬 심하게 절어 있었지. 1년 후에 비번인 경찰을 가게에서 쏘고. 그 길로 사라졌어."

"그래서 지금은 어디 있죠?"

"그게, 내 까만 친구, 바로 7백만 달러짜리 질문이야."

에디는 그다지 분해하지도 않고 달관한 기색이다. 보통 이런 규모의 강도사건이라면 그에게 미리 첩보가 들어왔겠지만, 버논과 빌리 케인은 다른 도시 출신이었고, 칼과 오디는 아마도 우연히 끼게 된 잔챙이들이어서 일이 그렇게 돌아가지 않은 것이다.

에디가 귀를 파듯 태연하게 코를 판다. "내 고견이 듣고 싶어? 그 돈은 오래전에 사라졌어. 칼 파머는 사막의 무덤이 됐거나 숨어 다니면서 몇백만 달러를 몽땅 써버렸을 거야. 어느 쪽이든 지금은 추수감사절 칠면조 뼈다귀보다 더 깨끗이 발라먹혔을 테고."

"래빗 버로스는 어디 가면 볼 수 있죠?"

"대체로는 법의 테두리 안에서 일하고 있어. 클로버리프의 한 빨래방에서 여자 둘을 데리고 장사를 하고 있지. 해리스 카운티의 한 학교에서 파트타임으로 마룻바닥을 닦고 있기도 하고."

버튼이 눌린다. 리무진이 갓돌로 가 선다. 삼면으로 어렴풋이 물이 보인다. 모르건스 포인트의 가장자리까지 온 것이다. 컨테이너 터미널에는 기계 코르셋 같은 기중기가 서 있다.

"넌 이제 여기서 내리면 돼." 에디가 말한다.

"제 차까지 어떻게 돌아가라고요?"

"15년이나 안에 들어가 있었으면 걸어 다닐 수 있는 것만도 고마울 텐데."

33

데지레는 백색 소음으로부터 답이 저절로 모습을 드러내기를 간절히 바라며 밤새 뜬눈으로 그 총격사건의 디테일을 되짚어보았다. 아주 잠깐 눈을 감았을 뿐인데 다시 뜨기가 너무 힘들다. 뒤쪽에서 누군가가 파티션에 기댄 채 어정거리고 있다.

에릭 워너다. 성냥개비를 질겅질겅 씹고 있다. "법무차관 사무실에서 전화 왔어. 당신한테 누가 불만을 제기했대."

"정말요? 제가 맞혀볼게요. 제가 롤러코스터를 타기엔 키가 너무 작대요?"

"농담 아니야."

"누군데요?"

"라이언 발데즈 보안관."

"뭐라고 했는데요?"

"당신이 가혹하고 권위적이고 거칠게 굴었다더군. 심한 비방을 했대."

"그 사람이 '비방'이라는 단어를 썼다고요?"

"썼어."

"내가 거짓말하지 말라고 했지 어휘력을 늘리라고 했나."

워너가 엉덩이 한쪽을 책상 끝에 걸치고 팔짱을 낀다. "그 냉소주의 때문에 자네는 언젠가 난처한 상황에 처하게 될 거야."

"냉소를 포기하면 제 유일한 소통 방법은 창작무용밖에 안 남는데요."

이번에는 워너도 웃고 만다. "자네는 원래 법 집행관들을 못살게 굴지 않잖아."

"그 사람은 거기 있을 자격이 없었어요. 지원을 요청해야 했어요. 연방수사국에 알렸어야 했다고요."

"그랬으면 달라졌을 것 같아?"

"그 모녀는 아직 살아 있을지도 모르죠."

"그거야 모르지."

데지레는 코웃음을 치고 코를 닦는다. "어쩌면 아닐 수도 있겠죠. 제 생각에 카우보이 경찰들과 범죄자들 사이를 가르는 선은 아주 가느다란 것 같아요. 그리고 발데즈는 저 높은 곳에서 외줄을 타고 춤을 추며 우리를 비웃고 있는 것 같고요."

워너가 씹던 성냥개비를 쓰레기통에 던져 넣는다. 뭔가 다른 할 말이 있는데 전하기가 내키지 않는 눈치다.

"프랭크 세노글레스가 이 사건을 맡게 됐어."

"뭐라고요?"

"그 사람이 직급이 높으니까. 이건 두 명이 죽은 사건이고."

"그래도 저는 아직 이 사건 팀에 있는 거 맞죠?"

"프랭크한테 물어봐야 할 거야."

데지레는 입술을 깨물고 하고 싶은 말을 삼키며 실망과 배신감 속에서 워너를 응시한다.

"기회가 올 거야." 워너가 말한다.

"아무렴 그렇겠죠." 데지레는 책상 위의 서류들에 눈길을 꽂은 채 대꾸한다.

고개를 들자 워너는 가고 없다. 그래도 속상한 티를 내거나 애걸로 굴욕을 자초하지는 않았으니 다행이야. 세노글레스한테 가서 말을 해봐야겠지······. 좋게 좋게 대하자. 두 사람 사이에는 내력이 있다. 외부 관찰자라면 애증 관계라고 부를지도 모른다. 세노글레스 쪽에서는 기회만 있다면 데지레의 팬티를 벗기려 했지만, 데지레로서는 그의 으스대는 태도와 고압적인 방식에 혐오감만 느낄 뿐이다. 많은 현장 요원들이 사람들을 대할 때 배지의 위력을 과시하면서 강압적으로 군다. 성과를 올리기 위해 찌르고 회유하고 거짓말하고 위협하고, 나중에는 그걸 자랑으로 떠벌린다. 마치 서로서로 경쟁이라도 하듯이. 누가 사건을 제일 많이 해결할 수 있지? 누가 벽에 가장 높이 오줌을 쌀 수 있지?

안 그래도 키 때문에 계속 농담거리인 데다가 여자라는 이유 때문에 데지레는 오줌 높이 싸기 경쟁에서 자동적으로 불리한 위치에 놓일 수밖에 없다. 하지만 세노글레스는 데지레가 연방수사국에 존재한다는 사실 자체를 뭔가 개인적 모욕으로 받아들이는 듯했다.

특별수사팀 브리핑은 정오로 잡혔다. 세노글레스가 회전문을 요란하게 흔들며 들어온다. 악수와 하이파이브를 마치고 모두가 한곳으로 모여 앉는다. 의자 바퀴들이 바닥을 구른다. 세노글레스는 원형으로 모여 앉은 요원들에게 브리핑을 한다. 자신의 목소리에

도취되어 한마디 한마디 내뱉을 때마다 덩치가 점점 더 부푸는 것 같다. 40대 초반의 나이에 J. F. 케네디의 머리 스타일을 한 그는 파란 콘택트렌즈를 꼈고 입을 벌릴 때마다 표백한 치아가 미묘하게 반짝인다.

"우리가 왜 여기 모였는지 다들 알 거다. 한 모녀가 죽었다. 우리의 제1 용의자는 이 남자, 오디 파머다." 그는 사진 한 장을 들어올린다. "유죄선고를 받은 살인범이자 탈옥수다. 이 근방에서 마지막으로 목격되었고." 대형 휴스턴 지도 위에서 그 지역을 가리킨다.

세노글레스는 다른 요원을 돌아보고 사망자에 관해 묻는다.

"커샌드라 브레넌, 25세, 미주리 주 출생. 아버지는 목회자입니다. 어머니는 커샌드라가 열두 살 때 세상을 떠났습니다. 열일곱 살 때 학교를 그만두고 두 번 가출을 했습니다. 나중에 미용과 메이크업 아티스트 일을 배웠습니다."

"언제 텍사스로 왔지?"

"6년 전이요. 언니에 따르면 어떤 군인하고 결혼하기로 약속했는데 남자는 아프가니스탄에서 죽었고, 유족은 그 관계를 인정하지 않았답니다. 한 달 전까지는 언니 집에 얹혀살면서 웨이트리스로 일했는데 형부하고 문제가 생겼습니다."

"어떤 문제?"

"그 남자가 커샌드라의 신상에 다소 지나친 관심을 보였던 거죠. 언니는 동생을 내쫓았고요. 그 이후로는 차에서 살고 있었습니다."

"전과 같은 게 있나?"

"주차위반 벌금 미납이 두 건, 그리고 초과 지급된 한부모가정 지원금 650달러 미상환 건이 있습니다. 그 외에는 아무런 전과기록도, 가명도, 가까운 친척도 없습니다."

"파머하고는 어떻게 만났지?"

"교도소의 방문객 등록부에는 없습니다." 다른 요원이 말한다.

"그리고 초동 수사에서도 떠오른 적이 없습니다." 또 다른 요원이 덧붙인다.

"그땐 기껏해야 열네 살이었을걸요." 처음 말한 요원이 말한다.

"어쩌면 여관에서 매춘을 하고 있었을 수도 있겠군." 세노글레스가 말한다.

"야간 매니저에 따르면 그렇지 않았습니다."

"매니저도 한패였을지 모르잖아."

사진 한 장이 화이트보드에 붙여진다. 캐시의 고등학교 연감 사진이다. 연한 금발에 앞머리를 내린, 풋풋하고 수줍어 보이는 어린 소녀다.

"주 경찰이 인근 거리에서 집집마다 탐문조사를 하고 있다. 경찰견을 대동해 마당과 헛간을 수색 중이다. 아마 그쪽이 우리보다 먼저 파머를 찾아낼 가능성이 더 높겠지만, 나는 파머가 어디 있었는지, 누구와 접촉했는지, 그리고 어디서 총을 입수했는지 알고 싶다. 파머의 가족, 친구, 지인들을 찾아봐. 파머를 알거나 조력할 만한 사람이면 누구든지. 파머가 어렸을 때 자주 가던 가장 좋아하는 장소들이 있었는지 알아봐. 캠핑을 다녔는지도. 파머가 편안함을 느끼는 곳은 어딜까?"

데지레가 손을 든다. "파머는 댈러스에서 자랐습니다."

세노글레스가 놀란 표정을 짓는다. "거기 있는지 몰랐네, 퍼니스 요원. 다음번에는 의자 위에 서 있어야겠어."

웃음소리가 들린다. 데지레는 반응하지 않는다.

"그래 여긴 왜 온 거야?" 세노글레스가 묻는다.

"저도 특별수사팀에 들었으면 해서요."

"머릿수는 이미 충분한데."

"저는 원래 강도사건과 돈의 행방을 계속 좇고 있었습니다."

"돈은 이제 상관없어."

"저는 파머의 정신감정 보고서와 교도소의 기록파일들을 파악하고 있습니다. 직접 면담도 했고요."

"지금 어디 있는지 아나?"

"아니요."

"음, 그럼 자네는 나한테는 별 쓸모가 없는데." 세노글레스가 이마에 걸쳤던 선글라스를 벗어 안경집에 넣는다.

데지레는 자리에 앉지 않는다. "오디 파머의 어머니는 지금 휴스턴에 살고 누나는 텍사스 아동병원에서 일합니다. 라이언 발데즈는 11년 전에 파머를 체포한 집행관 중 하나였습니다."

세노글레스가 의자 위에 한 다리를 세우고 마치 담장에 기대듯 무릎에 팔꿈치를 얹는다. 눈가에는 오래된 도자기의 미세한 금처럼 자글자글한 주름들이 가 있다.

"그래서 무슨 말을 하고 싶은 거야?"

"저는 오디 파머가 석방 전날 탈옥해서 자신을 체포한 경관의 집앞에 나타난 것이 이상하다고 생각합니다."

"다른 건?"

"여관의 야간 매니저가 사진을 보고 파머가 맞다고 확인해줬는데도 발데즈가 지원을 요청하지 않고 파머를 직접 체포하려 한 것도 이상하다고 생각합니다."

"발데즈에게 뭔가가 있다는 건가?"

데지레는 대답하지 않는다.

세노글레스가 방 안의 요원들을 둘러본다. 고민하는 기색이다. 이윽고 몸을 쭉 편다. "좋아, 자네도 일단 우리 팀에 넣어주지. 하지만 보안관 근처에는 가지 마. 거긴 금지구역이야."

데지레는 반박하려 입을 연다.

"파머는 그 사람 집 앞에 찾아왔었어. 발데즈로서는 당연히 신경이 곤두설 수밖에. 우리가 여기서 쫓는 게 누군지 잊지 말자고. 파머가 복수혈전 같은 걸 시작한 거라면 우리는 그 표적이 될 만한 다른 사람들을 찾아봐야지. 판사, 피고 측 변호사, 지방검사. 모두에게 고지해야 해."

"신변보호는요?" 누군가가 묻는다.

"요청하는 경우에 한한다."

34

젠슨 드라이브의 오래된 그래나다 영화관은 1990년대 중반 이후로 버려졌다. 새똥투성이인 건물은 판자로 폐쇄되고 스프레이 낙서로 뒤덮여 있다. 8백 미터 거리에 들어선 멀티플렉스가 원인이었다. 그래나다 극장이 세워진 것은 1950년대로, 당시 노스 휴스턴은 험블 남부의 마지막 대형 쇼핑구역이었다. 아이들을 연속 상영관에 앉혀놓고 어른들은 장을 보는 것이 토요일 아침 일과였다.

영화관 건너편, 오디가 대학시절 파트타임으로 일했던 라몬트 빵집은 이제 만리장성이라는 중국음식점이 되었다. 빵집 주인이던 라몬트 씨는 옛날에 오디와 동명이인인 텍사스 전쟁영웅 오디 머피를 만난 이야기를 들려주었다. 그 영웅이 자신의 일대기를 그린 영화, 〈지옥에서 돌아오다〉의 프로모션차 휴스턴의 그래나다 극장을 찾았을 때였다.

"그래서 내가 너한테 이 일자리를 준 거야. 너는 내가 만난 가장 용감한 남자하고 동명이인이니까. 그분이 무슨 일을 했는지 알아?"

"아니요." 오디가 대꾸했다.

"불길에 휩싸인 탱크 위에 올라서서 불을 뿜는 기관총을 쏘아댔지. 화염이 발밑에서 날름거리는데 말이야. 총을 엄청나게 맞았지만 치료도 거부했어. 부하들의 안전이 확보되기 전에는 멈출 수 없다는 이유였지. 그분이 얼마나 많은 독일 새끼들을 죽였는지 한번 맞혀봐."

오디는 어깨를 으쓱했다.

"얼른, 맞혀보라고."

"백 명이요."

"바보 같은 소리 하지 말고!"

"50명?"

"정답! 그분은 독일 새끼들을 50명이나 죽였어."

오디는 라몬트 씨에게 언젠가는 꼭 그 영화를 보겠다고 약속했지만 끝내 그 약속을 지키지 못했다. 회한이 또 하나 늘었군.

극장을 빙 돌아가 비상구로 올라간 오디는 자물쇠가 걸린 문을 걷어찬다. 썩어가는 경첩이 부서져 문이 거칠게 열리면서 눅눅한 석고 벽에 부딪힌다. 오디는 흰곰팡이와 썩는 냄새가 코를 찌르는 텅 빈 건물 안을 수색한다. 줄지어 늘어섰던 좌석들은 뜯겨나갔고 카펫 조각들과 뒤틀린 금속, 그리고 깨진 조명 기구들이 흩어져 있는 경사진 동굴만 남았다. 짙은 녹색과 붉은색으로 칠해진 벽의 문틀과 굽도리에는 장식 몰딩이 아직 붙어 있다.

오디는 이곳에서 잠을 청할 작정이다. 태아처럼 몸을 말고 재킷을 베개 삼아서. 내가 지금 몇 살이더라. 한 해 한 해 따져본 끝에 서른세 살에 도달한다. 번개에 떨리며 일렁이는 밤이 찾아온다. 감옥에서 보낸 그 숱한 밤들이 다시 떠오른다. 침상 위에 몸을 말고 벽돌에 기대어, 그 비극들을 다시 한 번 겪는다.

"두려움이 찾아올 거야." 감옥에서 모스가 말했지. "하지만 두려움이 찾아오면 먼저 밤이 아무리 길어봤자 고작 여덟 시간이고 한시간이 아무리 길어봤자 60분밖에 안 된다는 걸 떠올려. 새벽은 반드시 와. 네가 딴 생각을 품지만 않으면 말이야. 그러니 그 생각하고 싸워야 해. 하루만 더 참아."

오디는 감옥이 그리워질 일은 없을 거라고 생각했다. 하지만 모스는 그립다. 그 덩치 큰 친구는 오디의 경호원 겸 후원자였지만, 그보다 더 중요한 것은 친구였다는 사실이다.

탈옥 때문에 모스는 심문을 당했을 것이다. 어쩌면 한두 번쯤 얻어맞았을지도 모른다. 그 생각을 하자 마음이 아팠지만 아무에게도 계획을 알리지 않는 편이 더 안전했다. 아무리 상대가 모스라도. 언젠가 편지를 써서 해명을 하자.

오디는 억지로 생각의 걸음을 옮겨 벨리타를, 그리고 그들의 관계가 시작되고 첫 몇 달간의 일을 떠올린다. 그 구체적인 순간들을 아직도 생생하게 떠올릴 수 있다는 것이 스스로도 경이롭다. 사랑은 언젠가는 일어날 수밖에 없는 사고였다는 게 오디가 내린 결론이었다. 마치 비행기에서 낙하산을 던져버리고, 공중에서 따라잡을 수 있다고 생각하면서 맨몸으로 뛰어내리는 격이었다. 추락하고 있었지만 왠지 죽지 않는다는 확신.

그 시절 오디는 벨리타를 차로 데려다주면서 일주일에 네다섯 번씩 만났다. 둘은 차에서, 오디의 방에서, 그리고 어반이 농장이나 출장을 갔을 때면 어반의 집에서 사랑을 나눴다. 밤을 같이 보내지는 않았다. 서로 껴안은 채 잠이 들거나 아침에 함께 눈을 뜨는 일은 없었다. 그 대신 도둑처럼 순간순간을 훔쳤다. 행위가 끝나면 바다를 바라보거나 밤하늘이나 오디의 방 천장을 올려다보았다.

"이전에 몇 명이나 사랑해봤어?" 벨리타가 어느 날 물었다.

"당신뿐이에요."

"거짓말하네."

"정말이에요."

"괜찮아. 거짓말이라도 믿어줄게."

"당신은 사랑한 남자가 몇 명이에요?"

"두 명."

"나도 포함해서?"

"그래."

"다른 한 명은 누군데요?"

"그건 중요하지 않아."

두 사람은 해변에 세워놓은 어반의 SUV 뒤에 누워 있었다. 파도가 마치 공기를 빨아들였다 뱉어내는 커다란 폐처럼, 밀려왔다 물러가며 모래에 부서졌다. 오디는 벨리타에 관해 알고 싶은 것이 너무나 많았다. 뭐든 다 알고 싶었다. 자기 삶의 사소한 것 하나하나까지 빠짐없이 말해주면 벨리타도 자기 이야기를 털어놓지 않을까 내심 기대했지만, 벨리타는 자신은 거의 말하지 않으면서도 긴 대화를 이어가는 능력이 있었다. 동시에 그 눈, 깜빡이지 않는 벨리타의 눈은 오디가 감히 헤아릴 수 없거나 함부로 건드려서는 안 될 기억과 지식을 담고 있는 듯했다.

오디는 뭘 알게 되었더라? 스페인 사람이었던 벨리타의 아버지는 라스 콜리나스에 작은 가게를 내서 어머니가 만든 웨딩드레스를 팔았다. 가족은 2층짜리 가게 건물 위층에서 살았고 벨리타는 언니와 한방을 썼다는데, 언니 이야기는 왠지 꺼리는 것 같았다. 벨리타가 싫어하는 건 개, 귀신 이야기, 지진, 개똥지빠귀, 버섯, 솜사탕, 병원, 잉크가 새는 펜, 건조기, 쇼핑 광고, 화재경보기, 전기 오븐, 그리고 동물 내장이었다.

벨리타의 방은 오디에게 아무것도 말해주지 않았다. 개인 소지품들은 깨끗이 정돈되어 있었고 서랍은 속옷을 제외하면 대부분 비어 있었다. 옷장에 걸린 건 드레스 여섯 벌이 전부였다. 앞서 쇼핑 여행에서 산 옷까지 포함해서.

가족에 대해, 어디서 자랐는지, 그리고 언제 미국으로 왔는지를 더 자세히 캐물으면 벨리타는 으레 화를 냈다. 사랑을 고백했을 때도 마찬가지였다. 때로는 묵묵히 받아들였지만 때로는 멍청이라면서 오디를 밀쳐냈다. 어리다고 놀리고, 둘 사이의 일을 하찮은 장난으로 치부했다. 어쩌면 정을 떼려고 일부러 그랬을지도 모르지만 그래 봤자 역효과일 뿐이었다. 그렇게 놀리는 것은 그녀가 관심이 있다는 뜻이기 때문이었다.

벨리타는 오디의 손목시계를 보고 그만 갈 시간이라고 말했다. 두 사람은 갈수록 경계심이 느슨해져서 너무 많은 위험을 감수하며 운을 시험하고 있었다.

오디는 벨리타를 집에 데려다주기가 싫었다. 벨리타가 매일 밤 어반의 침대로 갈지 어떨지 확실히는 몰랐지만, 그 사실이 두려웠고, 다른 남자가 벨리타를 만진다는 생각만 해도 오디는 베개에 얼굴을 파묻고 신음하곤 했다. 그는 질투와 욕망 사이에서 마음이 갈가리 찢긴 채 침대에 눈을 감고 누워 머릿속 망상의 극장에 몰두했다. 어디서나 벨리타의 향기를 맡을 수 있었다. 오디의 세계는 벨리타의 향기로 흠뻑 물들어 있었다.

"당신은 이렇게 사는 게 좋아요?" 어느 날 바닷가 도로를 달리다 오디가 물었다. 슬쩍 빠져나와 반나절을 함께 보내던, 그런 날들 중 하루였다. 오디는 이제 그런 식으로, 벨리타와 함께 지내는 시간을 기준으로 자기 삶을 측정했다.

벨리타는 대꾸하지 않았다. 표정조차 바꾸지 않았다.

오디가 다시금 물었다. "어반하고 사는 게 좋아요?"

"그이는 나한테 잘해줬어."

"당신은 그 사람 물건이 아니에요."

"자기는 이해 못해."

"설명해봐요."

벨리타의 목과 뺨에 핏대가 섰다.

"자기는 너무 어려." 벨리타가 말했다.

"당신보다 어리지도 않아요."

"나는 더 많은 걸 봤어."

오디는 태양으로 눈길을 돌렸다. 마음이 무겁게 내려앉았다. 슬 펐다. 혼란스러웠다. 숨어 하는 사랑도 사랑이냐고, 들어줄 사람 하 나 없는 숲에서 나무가 쓰러지는 것이나 마찬가지 아니냐고 묻고 싶었다. 벨리타와 함께 있는 이런 순간들이야말로 오디에게는 너 무나 현실적이었고, 다른 것은 모두 환상처럼 느껴졌다.

"우리 둘이 같이 여기를 떠날 수 있어요." 오디가 말했다.

"그래서 어디로 가는데?"

"동쪽으로요. 우리 가족이 텍사스에 살아요."

벨리타가 마치 정든 백치의 말을 들어주듯 서글픈 표정으로 웃 었다.

"뭐가 그렇게 웃겨요?"

"너는 나를 원하지 않아."

"아니에요, 원해요."

창문이 열리자 바람에 벨리타의 머리카락이 입가로 나부꼈다. 벨리타는 무릎을 가슴께로 들어 올려 턱을 고였다.

"당신은 도대체 무슨 일을 겪은 거예요?" 오디가 물었다.

대답은 없었다. 불현듯 오디는 벨리타가 울고 있음을 깨달았다. 길가에 차를 세웠다. 해는 거의 저물어 있었다. 오디는 몸을 숙여 벨리타의 뺨에 입을 맞추며 미안하다고 말했다. 뺨은 차가웠다. 오디는 마치 눈먼 사람처럼 손끝으로 벨리타의 얼굴을, 패인 곳과 솟은 곳들을 쓸며 그 아름다움을 읽어나갔다. 그리고 사랑이 기쁨과 즐거움만이 아니라 불행과 잔인함과 소멸도 함께 안긴다는 사실을 처음으로 깨달았다.

벨리타는 오디의 손을 밀쳐버리고 집으로 데려다 달라고 말했다. 나중에 샤워실로 간 오디는 칫솔을 손에 쥔 채 한참을 거울 앞에 꼼짝도 않고 서 있었다. 그가 보고 있는 것은 자신이 아니었다. 벨리타의 얼굴이 눈앞을 맴돌았다. 너무 가까우면서도 너무 멀어 보이는 그 얼굴은 오디를 그대로 지나쳐 그 너머 어딘가를 보고 있었다. 눈썹은 너무도 선명하고 너무도 짙었다. 살짝 벌어진 입술, 부드러운 피부와 갈색 눈, 얕게 헐떡이는 숨소리, 그리고 폭포 같은 한숨들. 그들의 열정은 너무 뜨거워서 수많은 도시를 밝힐 수 있을 것만 같았다. 그렇지만 벨리타는 이미 오디를 통과해가고 있었다. 오디의 몸을 이용해, 오디로서는 꿈에서조차 가닿을 수 없는 먼 곳들로 여행을 하고 있었다.

그 후 오디는 복도 끝의 공중전화로 가서 댈러스에 계신 어머니에게 전화를 걸었다. 그동안 엽서와 생일선물을 보내긴 했지만 마지막으로 통화한 건 6개월 전이었다. 선물은 조개껍데기로 테두리를 장식한 사진액자였다(미신을 철석같이 믿는 벨리타의 말에 따르면 그것은 불운을 뜻했다).

전화 신호음이 울리자 어머니가 협탁과 모자걸이를 에둘러가며 좁은 복도를 걸어오는 모습이 그려졌다. 전화선에 울림이 있었다. 오디는 전선이 자신의 소리를 그대로 전하는지 아니면 신호로 바꾸어 전하는지 궁금해졌다.

"별일 없니?" 어머니가 물었다.

"만나는 사람이 있어요."

"어디 출신이니?"

"엘살바도르요. 결혼하고 싶어요."

"너는 너무 어려."

"그 사람이 제 짝이에요."

"물어는 봤니?"

"아니요."

*

동틀 녘에 잠이 들었는데 깨어나 보니 거의 정오 무렵이다. 밖으로 나가 피부에 와닿는 햇빛을 느끼며 자유를 들이마시고 싶다. 할 수 있는 동안만이라도. 극장을 나온 오디는 머릿속을 정리하려고 애쓰면서 거리를 거닌다. 감옥을 나왔을 때는 계획이 있었지만 지금은 그 대가가 너무 비싼 것이 아닌지 의심스러워졌다. 무고한 사람이 두 명이나 더 죽었다. 그런 수단이 목적으로 정당화될 수 있을까?

지나가는 사람들이 자신을 쳐다보고 손가락질하고, 손으로 입을 가리고 속닥거리는 것만 같다. 드레싱 가운을 입은 남자와 타투를 한 젊은 여자가 스쳐 지나간다. 위층 창문 안쪽에서 어떤 여자가 분노로 떨리는 목소리로 "씨발 문 열어!" 하고 고함을 치고 있다. 불에 탄 차, 버려진 냉장고, 할인상점들, 쇼룸들, 그리고 오토바이의 행렬이 오디를 지나쳐 간다. 얼마쯤 가다가 고개를 드니 교회가 있다. 간판이 달려 있다.

하느님을 진심으로 사랑한다면 당신의 돈을 보여주세요.

반대편 구석에는 문 위에 네온사인이 빛나는 작은 주류점이 있다. 수많은 병들이 선반에 늘어서 있다. 증류주와 리큐어, 그리고 발효 과일주. 한 번도 맛보거나 들어본 적도 없는 술들이지만 취해서 모든 걸 잊을 수만 있다면 얼마나 좋을까 하는 생각이 오디를 사로잡는다.

머리 위로 벨이 울린다. 통로는 비어 있다. 상점 입구에는 감시 카메라가 있다. 오디는 화면에 비치는 자신을 본다. 카운터 뒤의 남자에게 목례를 한다.

공중전화가 있다. 어머니에게 전화를 걸고 싶은 마음을 억누르고 그 대신 전화 교환수에게 전화번호를 묻는다. 신호가 가고 접수계원이 전화를 받는다.

"퍼니스 특수요원님께 드릴 말씀이 있는데요." 오디가 말한다.

"실례지만 누구시죠?"

"그분께 드릴 정보가 있습니다."

"성함을 밝히셔야 합니다."

"오디 파머입니다."

딱딱한 표면에 수화기를 내려놓는 소리. 숨죽인 목소리와 사람들이 복도 저편을 향해 외치는 소리가 전해져온다. 오디는 가게의 남자를 본다. 목례를 한다. 등을 돌린다.

여자가 전화를 받는다.

"퍼니스 특수요원님이신가요?"

"접니다만."

"오디 파머입니다. 전에 한 번 뵀었죠."

"네, 기억해요."

"요원님이 권해주신 책들을 읽어봤어요. 도서관에 들어오기까지 좀 기다려야 했지만 무척 좋던데요."

"북클럽 모임을 하자고 전화한 건 아니겠죠."

"아닙니다."

"우리가 당신 찾고 있는 거 알죠, 오디."

"그럴 거라고 생각했습니다."

"자수해요."

"그럴 수 없습니다."

"왜죠?"

"아직 해야 할 일이 남아 있어요. 하지만 제가 캐시와 스칼렛을 쏘지 않았다는 것을 아셔야 해요. 제 명예를 겁니다. 제 어머니의 목숨과 아버지의 무덤을 걸고, 제가 그런 게 아니에요."

"이리 와서 나한테 직접 설명하는 게 어때요?"

겨드랑이에서 땀이 흘러 떨어진다. 수신기를 머리에서 떼고 어깨로 귀를 닦는다.

"여보세요?"

"예, 요원님."

"왜 탈옥했어요, 오디? 하루만 더 참으면 됐는데."

"저는 그 돈을 훔치지 않았습니다."

"당신은 강도사건을 자백했어요."

"그럴 이유가 있었습니다."

"왜?"

"그건 지금 말씀드릴 수 없습니다."

특수요원 퍼니스가 엉킨 침묵의 매듭을 푼다. "당신이 형이나 누구 때문에 일부러 자백했을 수도 있다고 생각해요, 오디. 하지만 법의 눈으로 보면 강도사건에 관련된 모든 사람은 그 강도질을 직접 저질렀든, 도피 차량을 몰았든 아니면 그저 전화만 했든 모두 똑같이 유죄예요."

"요원님은 모르세요."

"그럼 나한테 설명해봐요. 왜 감옥에서 탈옥했어요? 어차피 석방될 거였는데."

"저는 결코 자유의 몸이 되지 못했을 겁니다."

"어째서요?"

오디가 한숨을 쉰다. "저는 지난 11년을 겁에 질려 보냈습니다, 퍼니스 요원님. 일어날지도 모르는 일들 때문에, 그리고 일어난 일들 때문에 겁에 질렸죠. 잘 때도 한 눈을 뜬 채로 잤습니다. 반드시 벽에 등을 대고요. 하지만 그거 아세요……. 밖에 나온 뒤로는 잠을 아주 잘 잤어요. 진짜 적은 공포라는 걸 이젠 알겠더군요."

데지레가 깊이 심호흡을 한다. "어디 있어요?"

"어떤 주류점이요."

"내가 당신을 데리러 갈게요."

"여길 뜰 겁니다."

"칼은 어떻게 됐어요?"

"형은 죽었어요."

"언제요?"

오디는 전화기를 귀에 바짝 갖다 대고 눈을 쥐어짜듯 감는다. 색색의 빛들이 반짝이는 만화경이 동공에 휘몰아친다. 빛이 흐려지고 강가에 앉은 형의 모습이 떠오른다. 얼굴은 땀으로 번들거리고, 무릎 위에는 총이 놓여 있다. 피가 스민 붕대를 가슴에 감은 칼은 검은 물속을 하염없이 들여다보고 있다. 강이 삶의 가장 중요한 문제에 대한 답을 알기라도 하는 것처럼.

칼은 자신이 병원에 가지 않을 것을 알았다. 캘리포니아를 벗어나서 새로운 삶을 시작하는 일도 없을 거였다.

"내가 죽인 그 남자는 아내가 있었고 임신 중이었어." 칼이 말했다. "다시 과거로 돌아갈 수만 있다면 좋을 텐데. 아예 태어나지 않았으면 더 좋고."

"의사를 불러올게." 오디가 말했다. "형은 괜찮아질 거야." 그렇지만 그 말을 하면서도 오디는 이미 그 말이 사실이 아님을 알았다.

"나는 용서나 기도를 받을 자격이 없어." 칼이 말했다. "저게 내가 가야 할 곳이야." 강을 가리켰다. 흐르는 물이 똬리를 틀며 빨려 들어가는, 용서를 모르는 기름진 검은색 강물을.

"그런 소리 하지 마." 오디가 말했다.

"엄마한테 사랑한다고 말씀드려줘."

"이미 알고 계셔."

"앞으로 일어날 일은 말씀드리지 마."

오디는 반박하고 싶었지만 칼은 더 듣고 있지 않았다.

칼은 오디에게 총을 겨누고 떠나라고 했다. 오디는 거부했다. 칼이 오디의 이마에 총을 갖다 대고 고함을 치자 오디의 얼굴에 피와 침이 튀었다.

오디는 트럭에 올라 차를 몰아 떠났다. 차는 바퀴자국 패인 길을 따라 덜컹거리며 달렸다. 눈물에 앞이 흐려졌다. 뒷거울을 보았지만 강둑에는 아무도 보이지 않았다. 그 후로 몇 년간이나 오디는 칼이 어떻게든 빠져나가서 이름을 바꾸고 좋은 직장을 얻고 아내와 가족과 함께 살고 있다고 스스로를 설득하려 애썼지만, 마음속 깊은 곳에서는 칼이 몸을 던졌음을 알고 있었다. 특수요원 퍼니스는 오디의 설명을 기다리며 여전히 수화기를 들고 있었다.

"칼은 14년 전에 트리니티 강에서 죽었어요."

"어떻게?"

"물에 빠져서요."

"우리는 칼의 시신을 발견하지 못했는데요."

"고철을 매달고 강으로 뛰어들었으니까요."

"당신 말이 정말인지 내가 어떻게 알죠?"

"강바닥을 훑으세요."

"왜 아무한테도 말하지 않았죠?"

"형하고 약속을 했거든요."

오디가 전화를 끊으려 했다.

"잠깐만!" 데지레가 말했다. "보안관의 집에는 왜 간 거죠?"

"확인해야 했어요."

"뭘 확인해요?"

전화가 끊어진다.

35

모스는 오후 늦게야 래빗 버로스를 찾아냈다. 수위는 대걸레를 마치 거식증 걸린 댄스 파트너처럼 다루면서 학교 체육관 바닥을 청소 중이다. 이곳은 땀, 호랑이연고, 그리고 모스의 어린 시절을 떠올리게 하는 어떤 냄새를 풍긴다. 어쩌면 호르몬일지도. 어린 여자애 하나가 스탠드에 앉아서 휴대폰을 가지고 놀고 있다. 열세 살쯤 됐으려나. 과체중이고 따분한 기색이 역력하다.

"이제는 그런 일 하는 기계가 나오지 않았어요?" 모스가 수위에게 말을 건다.

"고장 났어요." 래빗이 천천히 돌아보며 대답한다. 반소매 하와이언 셔츠를 입었는데 한 사이즈 작아서 위쪽 팔뚝이 크리스마스 햄처럼 불뚝 튀어나왔고, 세어가는 장발은 포니테일로 묶었다.

"학교는 끝났어요. 다들 집에 갔어요."

"내가 만나고 싶은 건 당신입니다."

래빗이 대걸레를 왼손에서 오른손으로 옮긴다. 이제는 무기가 될 수 있다. 싸울지 도망칠지 결정하려고 모스를 가늠하고 있다.

"위협하러 온 게 아니에요." 모스가 양손을 들어 올리며 말한다. "여기서 일한 지는 얼마나 됐죠?"

"댁이 알 바 아니지."

"당신이 흉악범 전과자인 거 사람들도 알아요?"

래빗이 눈을 깜빡인다. 잔뜩 열이 오른 표정이다. 피부는 축축하고 눈꺼풀이 처져 있다.

"분명히 모를 것 같은데."

래빗이 대걸레를 양손으로 움켜쥐고 있다.

"진정해요. 온통 물이 튀잖아요."

래빗이 물웅덩이를 본다.

"저 여자애는 누구죠?" 모스가 묻는다.

"여기 애야."

"그게 무슨 뜻이죠?"

"애 엄마가 일하는 중이라고. 나는 애를 봐주고."

"애 엄마는 무슨 일을 하는데요?"

"화장실 청소."

모스는 광을 낸 마룻바닥 위를 걸어 다닌다. 보이지 않는 농구공을 드리블해서 바스켓에 골인시킨다. 체육관에서 웅웅 소리가 울린다. 모스는 조사를 통해 래빗이 주 교도소에서 두 차례 복역했으며 최장기는 6년이었음을 알아냈다. 우편 사기와 마약 소지로 두 차례 소년원을 들락거린 기록도 있다. 그렇지만 그런 전과기록은 한 남자의 성장 과정에 관해서는 아무것도 알려주지 않는다. 아버지가 난폭한 술주정뱅이였는지 아니면 그냥 그가 못생기고 가난하거나 멍청했을 뿐인지.

래빗은 알코올 중독이다. 모스는 알 수 있다. 눈의 흰자에는 붉은 혈관이 불거졌고 입가에는 마른 콧물이 들러붙어 있다. 주정뱅이들의 스타일은 제각각이다. 어떤 사람들은 그 순간의 흥분에, 신나는 기분에 빠지려고, 어떤 사람들은 도피하려고 술을 마신다. 혼자서. 흠뻑 절어서.

"드라이퍼스 카운티 트럭 강도사건 이야기 좀 해봐요."

"무슨 소린지 모르겠네."

"당신 거기 조직원이었잖아."

"난 아니야."

"그 강도사건 직전에 음주운전으로 잡혀 들어갔죠."

"잘못 아셨군."

래빗은 아까보다 훨씬 힘을 주어 걸레질을 다시 시작한다. 이번에는 왈츠라기보다는 폭스트롯에 더 가깝다. 모스는 더 가까이 다가선다. 대걸레가 머리로 날아온다. 모스는 가볍게 고개를 숙여 피하고 대걸레를 비틀어 빼앗은 후 무릎에 대고 두 동강 내버린다. 여자아이가 고개를 든다. 하지만 너무 순식간에 벌어진 일이라 아이는 보지 못했다. 다시 휴대폰으로 고개를 떨군다.

래빗은 둘로 쪼개진 조각을 건네받아 마치 치어리더들이 폼폼을 들듯 양손에 나눠 쥔다.

"나더러 물어내라고 할 텐데."

모스는 주머니에 손을 넣어 20달러 지폐를 꺼낸다. 래빗의 하와이언 셔츠 주머니에 쑤셔 넣는다. 래빗은 체념한 기색으로 관람석에 주저앉아 주머니에서 납작한 술통을 꺼낸다. 뚜껑을 열고 금속 용기를 거꾸로 들어 꿀꺽댄다. 눈가가 젖어든다. 입술을 문질러 닦는다.

"다들 나 같은 건 한마디만 해도 쫄 줄 알지. 망가진 난파선 취급이야. 하지만 나는 쫄 사람이 아니야. 그 강도사건으로 얼마나 많은 사람들이 나한테 물어보러 왔는지 알아? 협박하고 두들겨 패고 담뱃불로 지지고 들들 볶아대고, 아주 죽이려고 했지. 연방수사국은 아직도 2년에 한 번씩 신문을 한다고 사람을 불러들이질 않나. 전화를 도청하고 은행계좌를 확인하는 것도 난 다 알고 있다고."

"당신한테 그 돈이 없는 건 알아요, 래빗. 그냥 그 강도사건에 관해서만 말해봐요."

"나는 카운티 감옥에 처박혀 있었어."

"원래는 당신이 운전을 맡기로 했죠."

"그러기로 했지만, 못 갔다니까."

"버논하고 빌리 케인 이야기를 해봐요."

"아는 사이긴 하지."

"그 사람들하고 같이 은행을 털었잖아요."

래빗은 술을 한 모금 더 마신다. "빌리는 소년원에서 만난 후로 쭉 친구로 지냈지. 버논은 몰랐는데 어느 날 빌리가 나를 갑자기 불러서는 일거리가 있다더군. 마침 일자리에서 짤린 데다 자동차 할부금 기한이 다가오던 참이었지. 버논이 대장이었어. 버논은 이런 식으로 작업을 했어. 그 친구하고 빌리가 은행에 각자 따로 가서는 각자 딴 줄에 서서 기다리는 거야. 뒷사람들한테 양보를 하거나 해서 양쪽이 대략 같은 때에 창구에 가. 계원만 볼 수 있게 안에 총을 쑤셔 넣은 접은 신문이나 잡지를 가지고 말이지. 소리를 지르거나 사람들한테 땅바닥에 엎드리라고 고함을 치거나 공중에 총을 쏘는 식으론 안 했어. 그 대신 아주 부드럽게, 계원에게 가방에 현금을 담으라고 했지. 그러고 나서 걸어 나오는 거야. 가능한 한 냉정하게. 그리고 나는 차를 운전했지. 그런 식으로 턴 은행이 틀림없이 서른 곳이나 마흔 곳은 될걸. 캘리포니아에서 시작해 동쪽으로 갔지."

"드라이퍼스 카운티의 그 일은요?"

"그건 완전 달랐어. 버논이 보안회사에 일하는 사람하고 알았는데, 그 회사는 은행하고 중개소에서 현금을 수거하는 계약을 맺고 있었어."

"스콧 보챔프?"

"그 남자는 만난 적도 없는데."

"그 남자가 그 강도사건에서 죽은 경비원이었어요."

래빗은 어깨를 으쓱한다. "어쩌면 그 사람이 내부자였을 수도 있고, 어쩌면 아니었을 수도 있지. 버논은 말해주지 않았어. 완벽한 계획이었지. 그 무장 트럭은 한 달에 두 번씩 은행을 방문해서 손상된 지폐들을 수거했어. 찢어지거나 세탁기에 돌려지거나 너덜너덜한 지폐들을 말이야. 그리고 시카고 근처 데이터 파쇄 시설로 보내지. 씨발 연방이 대형 소각로에서 그 돈을 태우는 거야. 그게 믿어져? 버논은 타이밍하고 운송경로를 알았기 때문에, 도중에 습격해서 경비원을 묶어두고 뒷문을 폭파해 현금을 챙겨 도망친다는 계획을 세웠지. 표시도 없고 추적 불가능한 현금을 가지고 말이야. 심지어 일련번호도 아무도 몰라. 남의 돈을 도둑질하는 것도 아니었어. 그 돈은 어차피 불에 태울 거였으니까, 안 그래?"

"오디 파머는 어쩌다 그 일에 끼게 된 건가요?"

"버논이 찾아냈겠지."

"파머를 만난 적 있습니까?"

"아니."

"그 형은요?"

래빗이 고개를 가로젓는다. "그 난장판이 벌어지기 전까지는 둘 다 한 번도 들어본 적도 없어. 버논과 빌리를 그런 식으로 잃고 내 가슴이 얼마나 미어졌던지. 빌리는 약간 멍한 스타일이었어. 10대 때 환각제를 복용하는 바람에 좀 편집증이 생겼지만 좋은 애였지. 내 여동생하고 잠깐 사귀기도 했었어."

"그 이후로 칼의 소식을 들은 적이 있습니까?"

"남아메리카에 있다고 들었어."

"그 사람이 현금을 가져갔다고 생각해요?"

"경찰들은 그러데. 적어도 50만 달러는 당연히 나한테 왔어야 하는데."

"어째서요?"

"버논이 내가 그 일을 못 맡아도 한몫 떼주겠다고 약속했으니까. 지금 내 꼴을 좀 봐. 씨발 피오나 공주를 모시면서 마룻바닥이나 닦고 있다니."

여자애가 고개를 들고는 찡찡대는 소리로 외친다. "배고파요."

"자판기에서 뭐 꺼내 먹어."

"돈이 없어요."

래빗이 주머니를 뒤진다. 20달러짜리밖에 없다. 모스를 본다. "더 적은 건 없나?"

모스가 5달러 지폐를 건넨다. 여자아이는 그것을 받고는 머리카락을 뒤로 젖힌다. 래빗이 아이의 뒷모습을 지켜보는데 엉덩이에 눈길이 너무 오래 머무는 것 같다.

"저 애 어머니가 어디 있다고 했죠?"

"일한다고."

"당신 눈은 마룻바닥에 두는 게 좋겠군요."

"본다고 닳나." 래빗이 씨익 웃는다. "실컷 본 다음에 집에 가서는 불을 꺼놓고 쟤 어미하고 해야지."

모스가 래빗의 셔츠를 움켜잡자 단추들이 뜯어져서 마룻바닥 위로 튕긴다. 래빗의 발가락이 발 디딜 곳을 찾아 꼼지락거린다.

"농담이었어." 래빗이 낑낑댄다. "유머감각은 언다 팔아먹었수?"

"댁 똥꼬에 쑤셔 넣은 것 같은데. 부츠를 찔러 넣어 찾아볼까."

래빗을 벤치에 내동댕이치고 체육관을 걸어 나오던 모스는 층계 밑동에서 여자애와 마주친다. 아이는 손가락을 핥으며 봉지에 든 감자칩을 먹고 있다.

모스는 걸음을 멈춘다. 아이를 돌아본다. "저 사람이 너를 건드린 적이 있니?"

아이는 고개를 젓는다.

"만약 그렇게 하면 어떻게 할 거니?"

"좆대가리를 잘라버릴 거예요."

"똘똘한 아이일세."

36

오디는 버나데트의 아파트 앞에서 장장 두 시간을 기다렸다. 거리를 염탐하는 한편으로 어두워진 창문들을 세심히 뜯어본다. 계단통에 웅크린 기동대와 지붕 위에 자리 잡은 저격수의 실루엣이 보이는 것만 같다. 땅거미가 깔리고 비구름이 태양을 가릴 때마다 얼룩덜룩한 그림자가 거리를 뒤덮는다.

주민들이 오간다. 한 여자가 오디 옆을 스쳐 지나간다. 소화전을 쿵쿵대기에는 너무 게으르고 다리를 들어올리기엔 너무 뚱뚱한, 산책 의지를 상실한 개를 억지로 산책시키는 중이다. 큰 키와 마른 몸에 검은 정장을 입은 남자 하나가 입구 계단에서 담배를 피우면서 두 발 사이의 공간을 응시하고 있다. 콘크리트에 무슨 계시라도 적혀 있는 걸까.

오디는 이 동네 사람인 양 자연스럽게 보이려고 애쓰면서 길을 건넌다. 이 동네뿐 아니라 어디에도 이미 자신이 속할 곳은 존재하지 않는 것 같지만. 먼지투성이 관목들과 화학적으로 색을 조작한 듯한 작은 잔디밭 사이의 공터에 차들이 서 있다. 파란색 비닐 커버로 싸인 차 옆에 멈춰 선다. 미풍에 커버가 물결치니 마치 그 밑에 살아 있는 무언가가 도사리고 있는 것 같다. 오디는 몸을 웅크려 커버 속에 손을 집어넣고 타이어 위를 훑으며 열쇠를 찾는다. 누나가 약속했는데. 어쩌면 마음이 바뀐 건 아닐까. 배를 깔고 누워 다시 찾아본다. 반짝이는 은빛이 눈길을 붙잡는다. 열쇠는 바퀴 옆 타르 위에 떨어져 있다. 차 밑으로 기어 들어간다.

뒤쪽에서 길을 걸어오는 발걸음소리가 들린다. 오디는 열두 대의 총이 자신에게 겨누어지는 상황을 그리며 쪼그려 앉는다. 그 소리의 주인은 태양을 가린 채 오디를 굽어보고 있다. 장신에 코가 길고, 구레나룻과 턱수염이 마치 리본처럼 이어져 있다. 바짓단은 부츠 속에 집어넣었다.

"안녕하세요."

오디는 웃음을 지으려고 애쓰며 고개를 끄덕인다.

"뭐 잃어버렸습니까?"

"열쇠요."

남자가 담배를 꺼낸다. 불붙은 끝이 반짝인다. 오디는 남자의 눈이 무감하고 잔인하다는 것을 보지 않고도 본능적으로 느낄 수 있다. 감옥 앞마당의 죄수들에게서 보던 눈. 실수가 아니고서는 누구도 가까이 가려 하지 않을, 한 번 가까이 가면 그걸로 끝인 눈이다.

오디는 차의 커버를 벗기기 시작한다. 거의 새 차에 가까운 도요타 캠리다. 남자는 군홧발로 담배를 짓이긴다.

"열쇠를 나한테 던져주시지."

"왜요?"

"세상에는 피할 수 없는 일이 있어. 버텨봤자 괜히 힘만 더 빠져."

남자는 재킷 주머니에 손을 찔러 넣었다. "이걸 꺼내면, 난 바로 쏠 거야."

오디는 남자에게 열쇠를 던진다.

남자는 차 뒤로 걸어가서 트렁크를 연다. 뚜껑이 끼익 열린다.

"들어가."

"싫어요."

주머니에서 나온 손끝에 총이 딸려 나온다. 작고 텅 빈 검은 튜브 같은 총열이 오디의 가슴을 겨눈다.

"당신 경찰 아니지."

"들어가."

오디는 가슴에서 이마로 올라가는 총구를 눈으로 좇으며 고개를 젓는다.

"생사는 상관없다던데, 아미고. 나야 어느 쪽이든 가릴 이유 없고."

오디가 트렁크로 몸을 숙이자 총이 뒤통수를 가격한다. 번쩍이는 빛이나 폭죽 같은 건 보이지 않는다. 그 찰나의 순간, 빛은 작고 하얀 점으로 모여들어 오래된 흑백 텔레비전이 꺼질 때처럼 완전히 사라진다.

*

때때로 오디는 자신이 누군가 다른 사람의 꿈속에 살고 있다는 상상을 한다. 또 어떨 때는, 벨리타가 여전히 캘리포니아에서 어반 코빅의 집을 청소하면서 주인의 침대에서 잠을 자고 있는 평행우주의 가능성에 골몰하곤 한다. 이 평행우주에서 칼은 아빠의 차고에서 엔진을 고치고 있고, 담배는 발암물질이 아니며, 버나데트의 남편은 난폭한 술꾼이 아니고, 오디는 하수와 정수 시스템을 건축하는 해외 원조국에서 일하는 공학자다.

흔히들 인생의 갈림길이라는 말을 한다. 삶의 경로가 바뀌는 지점 말이다. 때로는 그런 갈림길이 있었다는 사실조차 나중에 가서야, 되돌아본 후에야 알게 된다. 우리는 대부분 상황의 희생양이거나 운명의 죄수들이다.

돌이켜보면 오디는 자신이 그런 갈림길에 서게 된 날을 명확히 짚어낼 수 있다. 그것은 10월 중순의 어느 수요일 아침이었다. 벨리타를 데리러 어반의 집으로 갔는데, 그녀는 선글라스와 밀짚모자를 쓰고 있었다. 오디는 차 문을 열어주었다. 벨리타가 차에 탔다. 이윽고 오디는 그녀의 왼쪽 눈을 보았는데, 부어서 반쯤 감긴 눈두덩은 이미 색이 변하고 있었다.

"어떻게 된 거예요?"

"아무것도 아냐."

"그 사람이 때렸어요?"

"내가 화나게 만들었어."

"그 사람은 그럴 권리가 없어요."

벨리타가 오디에게 딱하다는 듯한 웃음을 지어 보였다. 마치 너는 세상이 어떤 곳인지, 여자의 인생이, 내 인생이 어떤 건지 전혀 이해하지 못하는 어린애일 뿐이야, 하고 말하는 것 같았다. 벨리타는 앞좌석에서 내려 뒷좌석으로 갔다. 두 사람은 침묵 속에서 달렸다. 평소 그들 사이에 있던 편안함과 온기는 사라졌고, 오디는 벨리타의 아름다움에 마음껏 젖어들 기회를 잃었다.

어반이 두 사람의 관계를 눈치챘나? 그래서 벌을 받은 건가? 맞났나? 오디는 눈앞이 흐려지면서 어반의 세계를 찢어발기고 싶은 충동을 느꼈다. 그 도박 테이블, 주크박스, 술병들, 과일나무들을 몽땅 짓밟아버리고 싶었다.

오디와 벨리타가 그날 주고받은 말들은 다 합쳐도 몇 마디 되지 않았다. 벨리타는 돈을 받고 영수증을 쓰고 예금 전표를 적었다. 두 사람은 세 시경 집에 돌아왔다. 오디는 차문을 열어주고 벨리타의 손을 잡으려 했다. 하지만 무시당했다. 그러다 오디는 벨리타가 새 옷을 입고 있음을 알아차렸다. 작은 은십자 목걸이 대신 에메랄드처럼 보이는 펜던트를 목에 걸고 있었다.

"어디서 났어요?"

벨리타는 대답하지 않았다.

"그 사람이 줬어요? 때리기 전에 아니면 때리고 나서?"

벨리타는 들은 척도 하지 않았다.

"자고 나서 줬어요?"

벨리타가 몸을 돌려 오디의 따귀를 때렸다. 다시 때리려 했지만 오디가 손을 붙들어 끌어당겼다. 입을 맞췄다. 벨리타는 저항했다. 오디는 벨리타에게 고함을 쳤다.

"왜?"

"그 사람이 나를 구해줬으니까."

"나도 당신을 구해줄 수 있어요."

"너 자신도 못 구하는 주제에!"

벨리타는 손을 뿌리치고 집 안으로 사라졌다.

그 후로 한 달간 벨리타는 오디와 거리를 두었다. 대화에 함정을 파고 압정을 깔고 독을 풀었다. 그녀가 원하는 게 그거라면 얼마든지 떨어져 있어줄 수 있다고 오디는 스스로에게 말했지만, 마음은 다른 말을 했다. 온 사방에서, 모든 것에서 벨리타가 보였다. 그리고 누군가가 벨리타를 가진다는 생각만 해도 뺨이 불타오르고 가슴이 미어졌으며 생명의 정수가 빠져나가는 것만 같았다.

어느 토요일, 오디는 어반의 언덕 집에서 웃통을 벗은 채 몇 주 전부터 물이 안 나오는 샘을 손보고 있었다. 거품이 이는 더러운 물 한가운데에는 사과 같은 가슴과 펑퍼짐한 엉덩이에 머리에는 화관을 쓴 요정 조각상이 서 있었다.

밝은 파란색 바닥 타일들은 군데군데 이가 빠져 있었다. 오디는 펜나이프 칼날로 물구멍에 낀 진흙들을 긁어내기 시작했다. 벨리타가 베란다에서 지켜보고 있었다. 오디에게 셔츠를 입지 않으면 화상을 입을 거라고 했다. 한 달 만에 처음 아는 척을 한 거였다.

칼날이 미끄러져 오디의 손을 파고들었다. 오디는 상처를 보았다. 손을 들어 올렸다. 손목으로 피가 흘러내렸다.

"이 바보천치야!" 벨리타가 스페인어로 다급히 외쳤다.

잠시 후 벨리타가 반창고와 소독약이 든 구급상자를 들고 나타났다.

"꿰매야 할 수도 있겠는데."

"괜찮을 거예요."

벨리타는 상처를 지혈하고 소독했다.

"나한테 화났어요?" 오디가 물었다.

벨리타는 대꾸하지 않았다.

"내가 뭘 어쨌다고 나한테 화를 내요?"

"물 닿지 않게 조심해."

"나를 사랑해요?"

"묻지 마."

"당신하고 결혼하고 싶어요."

"그만! 그런 소리 하지 마."

"왜요?"

"나는 언젠가 돌려보내질 거야."

"그게 무슨 뜻이에요? 말해봐요. 왜 그렇게 겁을 먹고 있어요?"

"나는 이전에 모든 걸 잃어봤어……. 그런 일은 두 번 다시 없어야 해."

그리고 그 후 벨리타는 자신의 이야기를 들려주었다. 천지가 진동하고 사람들이 거북이처럼 뒤집혀서 바둥대고 건물들이 비스킷처럼 바스러진 이야기를, 기관차가 터널을 달려올 때처럼 우르릉거리는 소리가 들렸던 이야기를. 40초. 그게 산이 무너져 내려 산살바도르 동쪽 라스콜리나스의 집들 4백 채를 쓸어버리는 데 걸린 시간이었다. 대다수 사람들이 잠들어 있던 탓에 사망자 수가 엄청났다.

남편이 벨리타를 밖으로 끌어냈다. 그리고 벨리타의 동생을 찾아 도로 들어갔다. 언니를 구하러 세 번째로 다시 들어갔지만 이번에는 둘 다 나오지 않았다. 강화 콘크리트로 지어진 4층 건물은 돌무더기와 먼지 구름만 남기고 아코디언처럼 납작 짜부라졌다. 작업은 여드레 동안 이어졌고 이따금씩 다른 건물들에서 생존자가 구출되기도 했지만 대부분은 시신이었다. 사람들은 보도가 시신들로 뒤덮이고 역겨운 냄새가 자욱할 때까지 맨손으로 파고 또 팠다. 여덟 살짜리 여자애 하나가 지하실에서 끌려나왔다. 청동으로 주조한 것처럼 진흙에 한 겹 싸인, 연로한 부부가 서로 끌어안은 채 발견되었다.

벨리타의 양친 모두 숨졌다. 남편, 언니, 십수 명의 이웃들……

모두가 휩쓸려갔다. 벨리타와 남동생이 남은 가족의 전부였다. 남동생 오스카는 열여섯 살이었다. 벨리타는 열아홉 살이고 임신 중이었다. 남매가 북쪽으로, 미국으로 가기로 결정했을 때 불도저들은 여전히 돌무더기를 치우고 있었다. 그들에게 무슨 다른 선택지가 있었을까? 그들은 집이 없었다. 극빈자였다. 아무것도 없었다.

그래서 남매는 트럭의 짐칸을 얻어 타거나 버스를 타거나 아니면 걸어서 정글, 산, 강, 그리고 끝없는 사막을 건너는 여행을 했다. 멕시코 국경을 건너고 애리조나까지 사막을 건너가는 데 도움을 받을 수 있도록, 코요테(돈을 받고 미국 국경을 통과하도록 도와주는 사람들을 가리키는 은어—옮긴이) 두 명에게 돈을 주었다. 남매는 물병을 들고, 가시철망 담과 가시투성이 관목에 살갗을 찢겨가면서 캄캄한 밤길을 걸었다. 국경 경비원을 피해 도망치다 잡혔다. 포박당했다. 밴에 실려서 감옥에 갇혔다. 맨바닥에서 사흘 밤을 보낸 후 버스에 태워져 도로 멕시코로 송환되었다.

두 번째는 남매 둘이서만 시도했지만 담장의 구멍을 기어서 통과하려고 기다리던 중에 노상강도들에게 발각당했다. 남매는 옷과 소지품을 모두 빼앗겼다. 벨리타는 가슴을 가리고 임신한 배를 숨기려고 했다. 남자들은 벨리타를 강간할지를 두고 언쟁을 벌였다.

"임신했잖아, 좀." 한 남자가 말했다.

"임산부가 최고야." 다른 남자가 대꾸했다. "아기를 위해 곁을 지켜줄 아빠를 필요로 해서 밍크처럼 바싹 조이거든."

남자는 벨리타의 배를 건드렸다. 오스카는 몸을 날렸다. 그리고 강도를 한 대 때리기도 전에 즉사했다.

"염병, 잘했다 아주."

오스카는 땅바닥에 널브러졌다. 코에서 피가 흘러나왔다. 벨리타는 동생이 누운 흙바닥에 무릎을 꿇고 시체를 굽어보며 몸을 가만 가만 흔들었다. 노상강도들은 벨리타를 놔두고 갔다. 벨리타는 담장의 구멍을 보고 그 너머 사막을 보았다. 자신이 온 길을 돌아보았다. 옷을 뒤집어쓰고 구멍으로 기어들어가면서, 벨리타는 자신이 그날 밤을 넘기지 못할 거라고 생각했다.

밤의 냉기, 벌레, 그리고 날카로운 돌과 싸우며 음식도 물도 없이 사막을 건너던 그 시간은 가장 막막한 어둠의 시간이었다. 국경 순찰대의 차량들이 지나갈 때면 도랑에 몸을 던졌다. 동틀 녘을 지나 정오가 되도록 걸었다. 그러다 트럭을 만나 운전수에게서 물을 얻어 마시고 투손까지 차를 얻어 탔다. 이틀 밤 동안 벨리타는 버려진 차에서 잠을 잤다. 또 하룻밤은 목재 야적장의 톱밥 더미 위에서, 그 이튿날 밤은 철도 대피선에 있는 화물차에서 보냈다. 개밥을 훔쳐 먹고 쓰레기통을 뒤졌다. 줄곧 걷다가 간신히 차를 얻어 타고 샌디에이고에 도착했다.

사촌언니가 벨리타에게 과수원 일자리를 소개해주었지만 임신한 10대를 고용하고 싶어 하는 감독은 찾기 힘들었다. 벨리타는 세탁일을 하고 한 과수원 일꾼의 캠프에서 요리를 하던 중에 양수가 터졌다. 그러고는 병실을 기다리다 병원 복도에서 아이를 낳았다.

그게 3년 전이었다. 그 후 벨리타는 곡식을 추수하고 세탁일을 하고 마룻바닥을 청소하는 등 온갖 막노동을 했다. 늘 불법 체류자였다. 기록이 없는, 등록되지 않은, 보이지 않는 존재였다.

벨리타는 이야기를 하는 내내 눈물 한 방울 보이지 않았다. 동정을 구하려 하거나 충격을 주려고 하지도 않았다. 그리고 심지어 두 남자가 밭에서 일하던 자신을 잡아다 눈과 입을 틀어막고 유곽에서 일하지 않으면 죽이겠다고 협박한 이야기를 할 때도, 그 부당함에 분개하지 않았다. 벨리타의 과거는 현실의 삶이지 우화가 아니었다. 가난에 떠밀리고 희망에 이끌려서 오는 다른 수많은 불법 체류자들의 이야기와 하나 다를 것 없었다.

오디는 벨리타가 이야기하는 동안 꼼짝도 하지 않았다. 벨리타가 이야기를 멈추는 것도, 이야기를 계속하는 것도 똑같이 두려웠다…… 벨리타의 손은 그의 손과 나란히 놓여 있었지만, 오디는 벨리타의 손을 잡기에는 자신의 손이 너무 무겁게 느껴졌다. 그리고 벨리타는 그렇게 말을 이었다. 무시무시한 진지함으로 가득한 눈을 휘둥그레 뜨고, 오디를 자신의 이야기로 빨아들였다. 그 이야기는 아직 오디의 이야기가 아니었지만, 오디는 그 이야기에 빨려들어 자신을 잊을까 봐 두려웠다.

벨리타의 이야기가 끝났다.

오디의 입술에서는 낯선 신음이 새어 나왔다. "아들은 어디 있어요?"

"사촌이 돌봐주고 있어."

"어디서?"

"샌디에이고에." 벨리타는 손가락으로 오디의 반창고 붙인 손을 훑었다. "일요일마다 만나."

"사진 있어요?"

벨리타는 오디를 방으로 데려가 서랍을 열어 작은 은색 액자에 든 사내아이의 사진을 보여주었다. 아이는 벨리타의 무릎을 베고 누웠고, 벨리타는 아이의 머리에 턱을 괴고 있었다. 아이는 눈 바로 위까지 앞머리를 늘어뜨렸는데, 아이의 눈동자는 제 엄마와 꼭 같이 갈색이라는 말로는 도저히 표현할 수 없는, 그런 갈색이었다. 누군가가 사진 아래쪽에 이렇게 휘갈겨 써 놓았다.

인생은 짧다. 사랑은 무한하다. 오늘이 마지막인 것처럼 살아라.

벨리타가 말없이 사진을 도로 가져갔다. 이야기는 끝났다. 이제 오디는 알았다. 벨리타에 대해.

37

　모스는 포스워드 모텔 창가에 앉아 창밖을 지나가는 마약과 매춘의 뒤엉킨 행렬을 구경한다. 가장 최근의 붐에서 남겨졌거나 폭풍 후의 잔해처럼 물가로 떠밀려온 사람들이다. 텍사스에서 돈은 찍혀 나온다기보다는 오줌방울처럼 똑똑 떨어진다. 그리고 누가 요행으로 돈을 벌었다고 하면 사람들은 기분 좋게 그 친구의 등을 두들겨주겠지만, 행여나 그 친구가 그렇게 되도록 한 푼이라도 보태주어야 한다면 부당한 요구를 받은 양 생각할 것이다.

　페이즐리 커튼이 달리고 나일론 카펫이 깔린 모텔 방의 인접한 발코니들에는 흑인 아가씨들이 매달려 있다. 바깥 거리를 어슬렁대는 포주들이 아가씨들을 감시 중이다. 한 세기 전 휴스턴은 매음굴과 아편굴로 가득했다. 심지어 도시의 부유한 여성들도 마음을 안정시키기 위해 마약에 가담했다. 이제 마약 거래상들은 보통 자만심으로 가득한 얼굴과 최신 전자제품들로 가득한 명품 가방을 든 흑인 10대들이다.

땅거미 질 무렵 모스는 술집과 싼 밥집을 찾아 나선다. 승용차들과 택시들이 한판 붙어 보자는 듯 서로 거칠게 밀치고 있다. 모스는 한 술집에 들어가 맥주를 주문하고, 문을 등진 자리에 앉는다. 미성년자 시절 형의 신분증을 빌려 술을 마시러 가던, 딱 그런 종류의 가게다.

성에가 낀 잔에 올라오는 거품을 멍하니 보던 모스는 다시 한 입 가득 머금고 입안에서 굴린다. 10대 시절, 금단의 열매였던 시절의 그 맛이 아니다. 하지만 어쨌거나 마실 것이다. 술에 취해본 지가 너무 오래되었기 때문이다.

불현듯 다시 바깥으로 나가고 싶어진다. 양손을 주머니에 찔러넣고 공장과 세차장과 6차선 도로에 마치 윤활유처럼 들러붙은 패스트푸드점을 지나 걸어간다. 교차로에 서 있는 신문 자판기가 눈에 들어온다. 오디 파머의 얼굴이 1면에서 이쪽을 응시하고 있다. 한쪽 입꼬리가 올라간 미소에 늘어진 앞머리.

휴스턴의 한 모텔에서 모녀가 총격으로 사망하다

접힌 부분이 보이지 않는데 잔돈이 없다. 행인에게 부탁해보려 했지만 상대는 무슨 병균이라도 피하듯 모스를 피해간다. 모스는 경첩이 달린 자판기 뚜껑을 힘으로 들어 올리려 한다. 좌절이 극으로 치닫자 모스는 그 쇠뭉치를 걷어찬다. 몇 번쯤 걷어차자 경첩이 부서져 빠진다. 모스는 망가진 자판기에서 신문을 꺼내고 흔들어 펼친 후 자세한 내용을 읽는다. 오디가 모녀를 쏘았다니 도저히 믿을 수 없다.

어쩌면 끝끝내 망가져버린 것일까, 모스는 생각한다. 자신도 예민한 성격일뿐더러 그 이전에도 그런 일이 벌어지는 것을 왕왕 보아왔기 때문이다. 어떤 재소자가 아내나 여자친구한테 온 편지를 받는다. 이별 통보다. 그의 가장 친한 친구와 바람이 났다. 저축해둔 돈을 가지고 내뺐다. 그 지점에서 남자들은 맛이 간다. 철창에 올가미를 걸거나 면도날로 손목을 긋거나, 아니면 교도소 뜰에서 제일 못돼먹은 개새끼에게 시비를 걸거나 교도소 담장으로 달려가 벌집이 된다.

어쩌면 오디 파머도 그래서 감옥을 나갔는지도 모른다. 공책에 끼워둔 사진을 노상 보고 있었다. 손가락으로 사진 속 여자의 얼굴을 훑거나, 자기가 비명을 지르고는 제풀에 놀라 깨어나 가슴을 들썩이며 식은땀을 흘리곤 했다. 사랑은 남자를 그렇게 만든다. 남자를 미치게 만든다. 사랑은 남자를 장님이나 불사신으로 만들지 않는다. 약하게 만든다. 남자를 인간으로 만든다. 현실로 돌려놓는다.

싸구려 술집의 바깥마당에 지그재그로 걸쳐진 장식용 전구들이 반짝인다. 배배 꼬인 포도넝쿨이 매달린 격자구조물에서 튀어나와 있다.

카우보이 셔츠를 맞춰 입은 밴드가 연주 중이다. 마치 짓밟힌 고양이의 비명소리 같은 음을 내는 슬라이드기타로 비치보이스를 노래하고 있다.

모스는 어깨들 틈바구니를 밀치고 가다 핑크 셔츠와 발레 스커트를 똑같이 맞춰 입은 여자들이 앉은 테이블을 지난다. 한 여자는 머리에 면사포를 핀으로 꽂고 목에는 임시운전면허증을 걸고 있다. 댄스플로어에서 맥주병을 양손에 하나씩 든 채 빙빙 돌고 있다.

간신히 발 하나를 디딜 만한 공간을 찾아낸 모스는 벽에 등을 기대고 한 발을 세운 채 음악에 맞춰 고개를 주억거린다. 주머니에서 진동이 느껴진다. 휴대폰이 내는 소리가 익숙지 않아서 잠시 후에야 전화가 온 것을 알아차린다. 뭘 눌러야 할지 몰라 허둥댄다. 작은 버튼에 비해 손가락이 너무 크다. 전화를 조심스럽게 귀에 갖다 대지만 음악 때문에 아무 소리도 들리지 않는다.

"잠깐만요." 모스는 군중을 밀치고 화장실로 가면서 말한다. 칸막이를 열고 안으로 들어간다. 문 안쪽은 온통 낙서와 성기 그림이다. 누군가가 휘갈겨 써놓았다. 행복한 어린 시절을 보낸 내가 이렇게 뭉개질 줄이야.

"오디 파머를 찾고 있어야 하지 않나." 목소리가 말한다.

"왜 안 찾고 있다고 확신하시죠?"

"파머가 비치보이스하고 동거 중인가 보군."

모스는 전화기를 변기에 던져버리고 물을 내리고 싶은 강렬한 느낀다.

"파머의 위치가 파악됐어." 목소리가 말한다. "자네가 데리러 갔으면 해."

"어디 있습니까?"

"문자로 찍어주지."

"뭘 하신다고요?"

"문자 메시지로 보낸다고, 등신아!"

"오디를 잡았는데 내가 왜 필요하죠?"

"감옥으로 돌아가고 싶어?"

"아니요."

"그럼 시키는 대로 해."

아동기 이후로 오디는 줄곧 좁은 공간에 갇히는 공포에 시달렸다. 칼이 예전에 숨바꼭질을 하다가 오디를 낡은 냉동고에 가둔 적이 있다. 오디는 질식사할 뻔했다.

"너 계집애처럼 끽끽대더라." 칼이 웃으며 말했다.

"아빠한테 이를 거야."

"그러기만 해봐. 도로 집어넣을 테니까."

오디는 마치 눈먼 사람이 처음 눈먼 날을 맞이한 것처럼 깨어난다. 세계가 그 색과 빛을 다시 뿜내주기를 간절히 바란다. 도로를 달리는 타이어 소리가 어깨와 엉덩이에 진동을 전달한다. 손목과 발목은 플라스틱 타이로 묶여 있고, 숨을 쉴 때마다 배기가스와 자신의 체취가 뒤섞인 역겨운 냄새가 코를 찌른다. 공황에 빠지려는 마음을 다잡으면서 오디는 더 행복했던 시절을 그려본다. 야구 시합, 고등학교, 지역대회, 좌측 외야를 넘어 사라져버린 두 방의 홈런을. 오디는 1루를 돌면서 허공에 주먹질을 하고, 홈에 도달해 팀원들과 하이파이브를 나눈다. 외야석에 앉은 아빠가 다른 학부형들과 관객들의 축하와 칭찬 속에 후광을 누리고 있다. 또 다른 장면이 어른거리다 선명해진다. 댈러스에서 열린 텍사스 주 박람회다. 북아메리카에서 가장 큰 회전관람차인 텍사스 스타 위로 폭죽들이 팡팡 터지고, 카우보이가 '프렌지'라는 이름의 900킬로그램짜리 소의 흔들리는 등 위에 마치 쌀겨처럼 착 달라붙어 있다. 소가 아무리 몸을 비틀고 뒷발질을 하고 들이받아도 꿈쩍도 않는다.

신호에 걸렸는지, 차가 때때로 멈춰 선다. 라디오에서 노래가 들려온다. 외로운 카우보이와 그를 배신한 어떤 여자에 관한 컨트리

웨스턴 노래다. 왜 남자들은 늘 여자들을 욕할까, 오디는 의아해한다. 오디는 자신의 비극을 만든 사람이 벨리타라고 생각지 않는다. 벨리타는 오디의 구원자였다. 아무런 전망이 없는 소년을 받아주고 살아갈 이유를 주었다. 아니면 왜 오디가 지금 여기 있겠는가?

길 가장자리로 차체가 기울고 길의 기복을 따라 심하게 요동친다. 타이어에 튕겨 나간 잔돌멩이들이 차대를 때린다. 오디는 주변을 더듬으며 무기가 될 만한 것을 찾는다. 몸 아래에 스페어타이어가 있다. 몸을 둥글게 말고 손가락으로 나일론 매트를 잡아당긴다. 손바닥으로 바퀴 테두리를 훑으니 중심이 나사로 조여져 있고 너트가 박혀 있다.

너트를 풀어보려고 안간힘을 쓰는데 차가 요동치는 바람에 날카로운 금속에 쓸려 살갗이 벗겨진다. 다시 시도해보니 느슨해지기는 하는데 막상 그것을 누르고 있는 자신의 몸무게 때문에 타이어를 들어 올릴 수가 없다. 소용없다. 바보짓이다. 안 될 거다. 다시 시도한다. 왼쪽 어깨가 당장이라도 빠질 것 같다.

차가 느려진다. 멈춘다. 엔진 소리가 잦아든다. 군홧발 소리가 들리더니 이어서 철컥 소리와 함께 잠금장치가 열린다. 트렁크 뚜껑이 들어 올려진다. 오디는 차가운 숲속의 밤공기를 한껏 들이킨다. 밤하늘과 나무를 배경으로 꺽다리의 실루엣이 눈에 들어온다. 꺽다리는 목깃을 잡고 오디를 끌어내 흙바닥에 던진다. 오디는 신음을 뱉고 고개를 돌린다. 가장 가까운 나무들은 전조등을 받아서 둔중한 은빛을 발하고 있다. 그들이 있는 곳은 흙길 언저리의 공터다. 집이었는지 방앗간이었는지, 오래전에 사라진 건물의 낡은 돌 밑동이 보인다. 지저분한 잡초들이 돌무더기를 뚫고 올라왔다.

꺽다리는 오디의 손목을 묶은 채로 두고 발목을 묶은 플라스틱 타이를 끊는다. 조수석 문을 열고 삽과 총열을 짧게 잘라낸 산탄총을 꺼낸다. 오디에게 걸으라는 몸짓을 하고는 둥근 전조등 빛 속으로 밀친다. 두 남자는 무릎 높이로 자란 잡초들을 헤치고 걷는다. 새 한 마리가 머리 위 나뭇가지에서 폭발하듯 솟구친다. 껑다리가 공중에 산탄총을 휘두른다.

"그냥 올빼미예요." 오디가 말한다.

"씨발 조용히 해! 고귀한 대자연의 수호자이신가?"

두 남자는 집의 잔해 뒤에 펼쳐진 모래밭에 다다른다. 집의 밑동을 이루던 콘크리트 블록들은 먼지로 뒤덮여 있다. 블록 하나는 한쪽 끝에 쇠로 된 고리가 박혀 있다. 껑다리는 고리에 사슬을 걸고 오디를 무릎 꿇린다. 사슬을 오디의 오른 발목에 감은 후 콘크리트 블록에 개줄처럼 묶는다. 마지막으로 오디의 손목을 묶은 플라스틱을 끊어주고 뒤로 물러선다. 오디는 쓸린 살갗을 문지르며 서 있다. 삽이 옆으로 날아온다.

"파."

"왜요?"

"네가 들어가 누울 자리야."

"왜 내가 내 무덤을 파야 하죠?"

"그야 퓨마나 코요테나 독수리가 네 시체를 뜯어먹는 건 바라지 않을 거 아냐."

"어차피 죽은 다음인데……. 아무러면 어때요."

"맞는 말씀이야. 하지만 이러면 너도 시간을 벌 수 있잖아. 기도나 좀 해. 엄마랑 친구들한테 작별인사를 하라고. 그러면 죽는 게 그렇게 나쁘게만 느껴지지는 않을 거야."

"그게 당신 지론인가요?"

"나는 마음이 바다 같은 사나이거든."

오디는 삽자루를 양손으로 쥐고 삽에 발을 얹어 부드러운 모래 속 깊숙이 내리꽂는다. 갈빗대에 부딪히는 심장 박동과 겨드랑이에서 올라오는 시큼한 냄새가 강렬하다. 삽질을 하는 내내 머릿속은 핑핑 돌며 에너지를 소모하는 행위의 손실과 이득을 따져본다.

사슬이 허용하는 반경은 약 4.5미터다. 얼마나 갈 수 있나 최대한 당겨보니 시멘트 블록이 살짝 들썩인다. 껑다리는 납작한 돌덩이에 걸터앉아 카우보이 부츠를 신은 발을 꼰 채 몸을 뒤로 젖히고 있다. 산탄총은 왼 팔뚝에 기대어놓았다.

오디는 삽질을 멈추고 이마의 땀을 닦는다.

"당신이 그들을 죽였습니까?"

"누구?"

"그 여자하고 딸이요."

"뭔 소린지 모르겠네."

"모텔에서요."

"닥치고 하던 삽질이나 하셔."

달이 구름을 가르고 나와 나무들 사이에 그림자를 드리우고 위쪽 가지들에 부드러운 후광을 두른다. 구멍은 더 깊어졌지만 흙이 너무 거칠고 건조해서 가장자리가 계속 무너진다. 껑다리가 담뱃불을 붙인다. 빨아들이는 연기보다 내뿜는 연기가 더 많아 보인다.

"그냥 그쪽이 여자하고 어린애한테 총질하는 걸 좋아하는 취향인지 궁금해서요." 오디가 자신의 운을 시험하듯 다시 말을 건다.

"나는 여자나 어린애는 절대 안 쏴."

"누굴 위해 일하세요?"

"돈만 주면 누구든지."

"내가 더 줄 수 있어요. 내가 누군지 알아요? 난 오디 파머예요. 드라이퍼스 카운티 트럭 강도사건 들어봤죠? 7백만. 그게 나였다고요." 오디가 다리 위치를 바꾼다. 사슬이 블록에 부딪혀 달그락거린다. "그 돈은 끝내 발견되지 않았다는 거 알죠?"

꺽다리가 껄껄 웃는다. "그렇게 말할 거라고 하더니 역시."

"정말이에요."

"그런 돈이 있었으면 네가 거지 같은 모텔들을 전전하거나 애초에 연방 감옥에서 10년간 썩지를 않았겠지."

"내가 거지 같은 모텔을 전전했는지는 어떻게 알아요?"

"뉴스를 봤으니까. 계속 파기나 해."

"내 친구들이 그쪽한테 돈을 줄 거예요."

총구가 오디의 가슴팍을 겨누다 더 아래로 내려간다. "닥치지 않으면 다리를 쏜다. 피가 나도 삽질하는 덴 문제없으니까. 습기가 좀 있으면 흙 파기도 좋고."

꺽다리의 전화벨이 울린다. 총을 오디에게 겨눈 채로 주머니에 손을 넣어 휴대폰을 연다. 오디는 삽에 담긴 모래를 남자의 눈에 뿌리면 어떨까 고민한다. 시멘트 블록을 매단 채 끌고 간다면 나무들 있는 곳까지는 갈 수 있을지도 모른다. 하지만 그다음에는?

오디의 귀에는 통화의 이쪽 절반만 들린다.

"그 자식한텐 언제 전화했는데……. 그래서 여기로 오는 중이라고……. 그밖에 뭘 더 알고 있습니까? 좋아요. 그러면 두 명이니까 두 배로 줘야 해요."

전화를 끊은 꺽다리가 구멍 가장자리로 다가선다.

"구멍을 더 크게 파야겠어."

*

모스는 주어진 길안내를 따라간다. 도시를 벗어나 동쪽으로 달리다 주간고속도로를 벗어나 바퀴자국이 깊이 팬 시골길로 접어든다. 길은 갈수록 좁아진다. 이윽고 바퀴자국들과 말라붙은 개울바닥이 지그재그로 그어진 울창한 소나무숲 지역에 들어선다. 주행 기록계를 확인한다. 마지막 갈림길에서 5킬로미터 더 가라고 했지. 흙 위에 생긴 지 얼마 안 된 바퀴자국들이 보인다. 속도를 늦추면서 엔진과 전조등을 죽이고 다음번 오르막에서 중립 기어로 서행한다. 어둠 속을 엿보니 나무들 틈새로 희미한 깜빡임이 눈에 들어온다.

차를 세우고 천천히 문을 연다. 엔진이 식으면서 망치 소리를 낸다. 좌석 아래에 숨겨둔 45구경을 꺼내어 청바지 뒤춤에 쑤셔 넣고, 문 열 때 딸깍 소리가 나지 않도록 최대한 조심한다. 눈이 점차 어둠에 익숙해진다. 모스는 빛이 나오는 방향으로 발길을 향한다. 이거야 죄수 호송이 아니라 매복 공격을 하러 가는 것 같잖아. 혀로 입술을 축인다. 솔방울 냄새가 코끝을 간질이고 삽을 흙에 찔러 넣는 소리가 들린다.

모스는 시골을 사랑하는 사람이 아니다. 도시에서 나고 자란 모스는 평원에서 신나게 뛰어다니는 갓 태어난 양이나 미풍에 흔들리는 밀밭의 풍경을 바라보는 것보다는 가장 가까운 음식점이 어디쯤 있는지에 더 관심 있다. 시골은 윙윙대고 물고 기어 다니고 으르렁대는 것들이 너무 많다. 또한 공교롭게도 흑인 학대를 스포츠인 줄 아는 살인마 촌놈들로 가득하다. 특히 남부 지역들은 더 심하고.

앞쪽에 공터가 보인다. 먼 쪽에 주차된 은색 세단 한 대가 자라다 만 관목들과 잡초들로 뒤덮인 메마른 모래밭에 전조등을 비추고 있다. 두 남자가 있다. 하나는 바위에 걸터앉아 있고 하나는 구덩이를 파고 있다.

모스는 더 높은 지점에서 보려고 발밑에 집중하면서 비탈길을 오른다. 삽을 치켜들었다 내리꽂는 소리가 들린다. 발밑에서 돌멩이 하나가 굴러 떨어지면서 작은 메아리가 울린다.

앉아 있던 남자가 벌떡 일어서서 총열을 잘라낸 산탄총을 움켜쥐고 어둠 속을 엿본다.

"방금 건 올빼미가 아니었어." 남자가 말한다.

"올빼미 말고도 얼마든지 있죠." 구멍을 파는 남자가 말한다. 모스가 아는 목소리다. 오디 파머. 모든 걸 표백시키는 전조등 불빛은 오디의 살빛을 누렇게 띄우고 눈 밑 그늘을 검은 얼룩으로 만든다. 그렇지만 가장 충격적으로 느껴지는 것은 오디의 눈 그 자체다. 한때는 생명력과 활력으로 반짝이던 눈이 이제는 안쪽 깊은 곳에서 마치 겁에 질린 동물처럼, 얻어맞은 개처럼 바깥을 응시하고 있다.

모스는 언덕마루에 누워서 낮의 열기가 식지 않은 돌들 틈새로 바깥을 엿본다. 오디는 여전히 삽질 중이다. 또 다른 남자는 오디의 어머니 집 앞에서 마주친 그 커다란 불행의 조짐과 동일인물이다. 잔인한 눈빛과 괴상한 턱수염을 가진 전과자. 여전히 산탄총을 좌우로 휘두르면서 빛 가장자리로 움직인다.

"거기 누구야?"

모스는 몸을 웅크린다. 돌멩이들이 무릎과 손등을 파고든다. 모스는 돌을 집어 들어 마치 수류탄을 투척하듯 머리 위로 던진다. 꺽다리는 그 소리를 향해 산탄총을 휘두르고, 적막함 속에 총성이 마치 대포처럼 폭발한다.

소음이 잦아들자 꺽다리는 무너진 건물 밑동 뒤로 몸을 숨긴다.

"거기 있는 거 다 알아!" 꺽다리가 고함을 친다. "해칠 마음은 없어."

"그래서 총을 쐈나?" 모스가 대꾸한다.

"등 뒤에서 다가오니까 그렇지."

"난 댁이 나를 기다리고 있는 줄 알았는데."

"웹스터 씨?"

오디가 삽질을 멈추었다. 아는 이름이 나오자 놀란 듯 비탈을 응시한다.

"왜 그냥 왔다고 알리지 않았나?" 꺽다리가 묻는다.

"댁이 총질을 좀 좋아하게 생겨서."

"그쪽을 해칠 마음은 없어."

"그럼 총을 내려놓으시지."

"왜 그래야 되는데?"

"그래야 태양이 떠오르는 걸 볼 수 있으니까."

오디는 여전히 등성이를 응시하고 있다. "언제 나왔어요, 모스?"

"며칠 됐어."

"당신이 사면을 신청했는지 몰랐어요."

"나도 몰랐어."

"어떻게 지냈어요?"

"좋아. 우리 마나님을 만날 수 있었지."

"회포를 풀었겠네요."

모스가 소리 내어 웃는다. "시트를 아주 찢어발겨버렸지. 아직도 근육통이 장난 아냐."

꺽다리가 불만스러운 소리를 낸다. "뭐하는 거야……. 감방 동창회인 줄 알아?"

모스는 꺽다리를 무시한다.

"어이, 오디! 네가 여자하고 어린애를 죽였다며?"

"알아요."

"네가 그랬어?"

"아니에요."

"그럴 줄 알았지. 구덩이는 왜 파고 있어?"

오디가 꺽다리에게 몸짓을 한다. "무덤이래요."

꺽다리가 끼어든다. "그냥 댁이 올 때까지 일거리를 좀 준 것뿐이야."

"두 사람이 들어갈 만큼 크게 파랬어요." 오디가 고함을 친다.

"헛소리야, 아미고." 꺽다리가 오디에게 산탄총으로 위협하며 말한다.

모스는 다음번 행동을 고민하면서 꺽다리를 더 잘 보려고 등성이를 더듬더듬 기어간다. 밤하늘을 배경으로 실루엣이 드러나지 않도록 최대한 노력하면서 바위 너머로 엿본다. 격발 장치를 완전히 세운 45구경으로 상대를 겨누고 있는데, 하도 꽉 움켜쥐어서 총열이 덜덜 떨린다. 요행수가 없는 한, 이 거리에서 명중할 가능성은 낮다.

"그래서 이 남자를 데려가겠다고, 말겠다고?" 꺽다리의 고함소리가 나무들 사이를 기묘하게 튕긴다.

"먼저 저승사자 같은 것들은 좀 해결을 봐놔야지." 모스가 대꾸한다. "산탄총을 좀 내려놓는 게 어때? 나는 총구를 들이대면 입이 굳어버리는 버릇이 있거든."

"그쪽이 무기가 없는지 내가 어떻게 알아?"

"못 믿겠으면 할 수 없고."

꺽다리가 전조등 빛 속으로 들어온다. 산탄총을 머리 위로 들어올렸다가 캠리의 후드 위에 내려놓는다. 빈손을 들어올린다. "내려놨어."

"친구한테 거짓말은 안 하겠지, 안 그래?"

"나는 안 해, 아미고."

"나를 그렇게 부르는 건 집어치웠으면 좋겠는데. 우리가 펜팔한 적도 없잖아."

모스가 45구경을 청바지에 쑤셔 넣고 일어서서 셔츠 앞에 붙은 먼지를 털어낸다. 산탄총과 꺽다리에게 눈길을 꽂은 채로 비탈을 미끄러져 내려간다.

*

오디는 목 근육이 뭉치고 뒤틀리는 것을 느낀다. 모스가 어떻게 감옥에서 나왔고 여기서 뭘 하는지 생각하느라 머리가 팽팽 돌아간다. 오디는 몸을 숙여 사슬에 쏠린 발목을 주무른다. 꺽다리가 구덩이로 들어가라고 명령한다.

"싫어요."

"쏜다."

"뭘로요?"

모스는 아직 15미터쯤 떨어져 있다. 얼굴은 아직 보이지 않지만 분명 모스의 걸음걸이다. 오디는 콘크리트 블록에 가까이 가서 양손으로 사슬을 들어 올려 반대편 주먹에 마치 올가미처럼 감는다.

두 남자는 이제 더 가까이 있다. 모스는 손수건을 흔들면서 왼손으로 이마를 닦는다. 오른손은 엉덩이에 놓여 있다. 껑다리는 전조등을 등지고 담뱃불을 붙이고 있는데, 모스는 눈이 부셔 그가 잘 안 보인다.

"둘이 서로 어떻게 아는 사이야?" 껑다리가 묻는다.

"역사가 아주 길지." 모스가 대꾸한다.

"차는 어디 세워뒀어?"

"좀 떨어져서 언덕마루 위에."

긴 침묵이 흐른다. 껑다리가 침묵을 깬다. "그래서 우리 이제 어떻게 할까?"

"오디를 넘기고 꺼져."

"부탁하는 거야, 명령하는 거야?"

"그렇게 해서 기분이 더 나아진다면 남들한테는 내가 부탁했다고 말해도 돼." 모스가 오디의 발목에 감긴 사슬을 응시한다. "열쇠 넘겨."

"여기."

껑다리가 뒷주머니로 손을 뻗는 척하면서 허리띠에 쑤셔 넣었던 권총을 꺼내든다. 총이 엉덩이를 떠나는 그 찰나의 순간, 오디는 사슬을 날리고, 사슬은 공중을 날아 총을 든 손을 때린 후 다시 제자리로 돌아온다. 발사된 총알은 모스의 머리를 스치고 뼈가 아닌, 더 단단한 곳에 부딪혀 불꽃을 튀긴다. 두 번째 총알은 표적에 더 가까이 갔지만 모스는 이미 바위 뒤에 숨은 후다. 모스는 무릎을 엇갈려 몸을 한껏 숙인 채 욕설을 퍼부으며 겨냥도 않고 닥치는 대로 쏘아댄다. 두 남자 다 서로를 향해 미친 듯이 총질을 한다.

오디는 사슬을 다시 팔에 감고 몸을 굽혀 콘크리트 블록을 들어

올린다. 블록의 무게로 비틀대면서도 차로 향한다. 만삭의 임산부가 배를 안고 가듯 바위를 안고 가는 그의 등에 언제고 총알이 날아와 박힌다 해도 이상할 것 없다. 근육에 젖산이 쌓여 팔이 불타 떨어질 것 같지만 오디는 쉬지 않고 달려 캠리에 도달한다. 콘크리트 블록을 땅에 내려놓고 산탄총을 집어 들어 후드 건너편을 겨냥한다.

꺽다리가 마지막 순간에 오디를 보고 구덩이로 뛰어든다. 오디가 두 남자 모두에게 총질을 멈추라고 고함을 친다. 뒤이어 침묵이 내려앉는다. 오디에게 들리는 것은 자신의 숨소리와 귓가에 밀려드는 혈관의 맥박뿐이다.

"놈을 겨누고 있어?" 모스가 고함친다.

"두 사람 다 겨누고 있어요." 오디가 말한다.

"나는 널 도우러 온 거야."

"그건 두고 봐야 알죠."

오디가 차창 위로 고개를 살짝 들어 차 안을 확인한다. 엔진은 여전히 돌고 있다.

"좋아요, 내 계획을 알려줄게요. 나는 차를 타고 여길 뜰 테니, 당신들 둘은 여기서 서로 죽이든가 말든가 마음대로 해요."

"운전대에 앉으면 쏠 거야." 꺽다리가 대꾸한다.

"마음대로 해요. 하지만 이 산탄총이 댁을 쏠 가능성이 더 높죠." 오디는 자신의 발목을 본다. "열쇠는 어디 있죠?"

"줄 것 같으냐."

"좋으실 대로."

오디는 몸을 웅크려 블록을 집어 든다. 차 문을 열고 안으로 집어넣는다. 블록을 타고 넘어 운전석에 몸을 싣는다.

껑다리가 모스에게 어떻게든 해보라고 고함을 치고 있다.

"내가 뭘 어떻게 해야 되는데?"

"그 새끼를 쏘라고!"

"네가 쏘면 되잖아."

"저러다 도망치겠어!"

"구덩이가 왜 두 사람이 들어가기 충분할 만큼 크게 파여 있는지 말해주면 쏘지."

"이미 말했잖아. 놈에게 그냥 일거리를 준 것뿐이라고!"

오디가 캠리를 후진 기어로 바꾼다. 전조등이 땅 위를 휩쓸고 껑다리가 숨은 구덩이로부터 멀어진다. 모스가 몸을 숨긴 돌멩이 더미를 지나서 소나무에 에워싸인 비포장도로로 향한다. 금방이라도 유리를 깨는 총성이 들려올 것 같다.

소리는 들리지 않는다. 오디는 숨을 내쉰다. 한숨을 쉰다. 땀이 얼굴에서 차갑게 식는다.

차는 느슨하게 박힌 돌들을 밟아 굴리며 힘겹게 오르막길을 오르고, 먼지 구름이 나무 위로 떠오른다.

"그래서, 아미고, 이제 어떻게 하지?" 껑다리가 고함을 친다.

"너를 쏴서 그 구덩이에 묻어버려야지."

"왜 나는 너를 안 쏠 거라고 생각해?"

"총알이 떨어졌으니까."

"꽤 대담한 추측인데."

"내가 다 셌어."

"산수 실력이 젬병이구만. 그리고 나한테 다른 탄창이 있을 수도 있잖아."

"아니라고 봐."

"어쩌면 네가 총알이 떨어졌을지도 모르지, 아미고. 그리고 뻥을 치고 있을지도."

"그럴지도."

모스가 일어선다. 무릎의 통증이 욱신거린다. 몸을 숨겨주던 큰 돌 뒤에서 일어나 절뚝거리며 꺽다리를 향해 걷는다. 새로 판 구덩이 속에 누워 있는 꺽다리는 검은 그림자로만 보인다. 모스가 더 명확히 볼 수 있도록 때맞춰 달빛이 비춘다.

"우리는 아미고잖아." 꺽다리가 말한다. "너도 나처럼 임무를 완수하고 싶을 테고. 총을 내려놔."

"총알이 떨어진 쪽은 내가 아니지."

"계속 그 소리를 하는데, 그건 사실이 아니야."

모스는 꺽다리의 괴상한 턱수염이 충분히 보일 만큼 가까이 와 있다. "나하고 오디를 어떻게 할 셈이었지?"

"너한테 그 자식을 넘기려고 했어."

모스가 45구경을 겨냥한다. "정직하게 대답해. 아니면 네 뇌가 네 머리 뒤로 날아오를 거야."

꺽다리는 여전히 모스를 겨냥하고 있다. 방아쇠 당기는 소리와 둔한 클릭 소리가 들린다. 꺽다리는 지긋지긋하다는 표정을 지으며 무기를 떨어뜨린다.

"무릎 꿇어! 손을 머리 뒤로!" 이제 구덩이 가에 와서 선 모스가 말한다. 무릎 꿇은 꺽다리 주위를 빙빙 돈다. "너는 아직 내 질문에 답하지 않았어."

"알았어, 알았다고. 나는 당신을 죽이기로 했어……. 뭐 느슨한 매듭을 묶어야 한다나."

"누가 명령을 내렸지?"

"이름은 몰라. 휴대폰을 줬어."

"거짓말하지 마."

"아니야, 하느님께 맹세코 정말이야."

"하느님을 보증인으로 내세우는 것들은 어김없이 거짓말쟁이더군."

"맹세해."

"휴대폰은 어디 있어?"

"내 주머니에."

"이리로 던져."

꺽다리가 머리에서 한 손을 떼어 휴대폰을 꺼낸다. 모스에게 던진다. 모스가 받은 것과 똑같은 모델이다.

"그 남자는 어떻게 생겼지?"

"얼굴은 못 봤어."

모스는 한 눈을 감고 팔과 시선을 일치시킨다. 손가락으로 방아쇠를 쓰다듬는다.

"어쩔 셈이야?" 꺽다리가 묻는다.

"아직 결정 못했어."

"나를 보내주면 다시는 눈앞에 나타나지 않을게. 오디 파머를 더는 찾지 않을게. 너 혼자 다 가져도 돼."

"구덩이 안에 누워."

"제발, 선생님, 그러지 마세요."

"누우라고!"

"어머니가 계세요. 예순여섯 살이세요. 귀가 잘 안 들리고 눈도 잘 안 보이세요. 그래도 저는 매일 저녁 전화를 드리거든요. 그래서 오디 파머의 엄마를 해칠 생각은 하지도 않았어요. 그분을 위협하라는 말을 들었지만 그럴 수가 없었어요."

"닥치라고. 생각 중이니까." 모스가 말한다. "머릿속 한쪽 구석에서는 너를 쏘아야 한다고 말하지만, 그게 바로 내 문제가 시작되는 지점이지. 가석방심사위원회 앞에 설 때마다 의장이 나더러 내가 저지른 죄에 대해 미안하냐고 물으면, 나는 가슴에 손을 얹고 이제는 새사람이 되었다고, 더 신중하고 인내심이 강해졌다고, 전처럼 금방 화를 내지 않는다고 말하거든. 지금 너를 쏘면 내가 거짓말쟁이라는 증거가 돼. 그리고 또 다른 문제도 있지."

"그게 뭔데요, 선생님?"

"나도 총알이 떨어졌어."

모스가 짧고 날카로운 호를 그리며 총을 휘둘러 껑다리의 관자놀이를 때리자, 껑다리의 입에서 피 섞인 침이 튀어나온다. 껑다리의 몸이 구덩이에서 앞쪽으로 기우뚱하더니 쿵 소리를 내며 쓰러진다. 내일 아침이면 혹과 멍과 불쾌한 기억을 가지고 깨어나겠지만, 못 깨어나는 것보다야 확실히 나을 테지.

38

　다시 도로에 오르자 캠리는 그저 흔한 여행길 위의 흔하디흔한 차량일 뿐이다. 오디는 행여 이목을 끌어 위험을 자초하지 않도록, 과속의 충동을 억누르려고 양손으로 운전대를 꼭 붙든다. 미행이 있을 것만 같은 의심 때문에 도저히 거울에서 눈을 뗄 수 없다. 가까워지는 전조등은 모두 자신을 향하는 것처럼, 자신을 찾아내려는 것처럼 느껴진다. 영혼까지 비춰지고 말 것 같다.

　얼마쯤 더 가자 포장도로가 끝나고 헛간 하나와 말들과 물탱크가 있는 목초지가 나타난다. 비탈길 위에 어두운 창문에 값비싼 난간을 단 집의 실루엣이 보인다. 오디는 조수석의 블록을 끌고 나와 바위 끝부분에 사슬을 걸쳐놓는다. 산탄총의 총열로 사슬을 누르고 고개를 돌린 후 방아쇠를 당긴다. 귀를 찢는 굉음과 함께 바위 파편들이 뒤통수를 때린다. 연기가 피어오르는 끊어진 사슬을 옆으로 던져버린다.

　오디는 다시 차에 올라 4차선 도로로 돌아오며 모스를 생각한다.

아까 처음 봤을 때는 잡초밭을 헤치고 달려가 와락 부둥켜안고 싶었다. 춤을 추고 함께 웃음을 터뜨리고 만취해서 그간의 회포를 풀고 싶었다. 함께 돌이켜보면 감옥 시절은 아무것도 아닌 것이 되고, 죽은 사람들은 모두 살아 돌아올 것이다. 그들이 두 사람의 마음속을 너무나 신나게 뛰어다녀서, 마음을 가라앉히려면 술을 더 마셔야 하리라.

감옥에서 죄수들은 모스를 덩치라고 불렀다. 육체적인 존재감 때문이기도 했지만, 영역과 권력을 놓고 벌어지는 매일의 암투에서 벗어나게 해주는 평판 덕분이기도 했다. 모스는 이름값으로 뭔가를 요구하거나 자신의 지위에 대한 특권을 취하려 하지 않았다. 때때로 오디는 모스가 자신이 상상으로 만들어낸 존재가 아닌가 싶을 정도였다. 다른 인간, 자신을 덮치거나 죽이려 하지 않는 인간과의 연대가 너무나 절박하게 필요해서.

모스는 감옥에서 나와서 뭘 하고 있었고, 그 숲속으로 오디를 어떻게 찾아왔을까? 여전히 친구일까 아니면 다른 사람의 하수인이 되어버린 걸까?

흰 차선을 응시하고 있는데 갑자기 수치심과 죄의식과 억눌린 분노가 찌르듯 솟구친다. 계획이 엉망진창이 되어간다. 캐시와 스칼렛의 모습이 눈앞에 선하다. 자신 때문에 죽은 그 두 사람의 얼굴이 여전히 움직이고 소리 내어 웃고 있다. 방아쇠를 당긴 것은 내가 아니었지만 그래도 결국 내 탓이다. 나는 탈옥수다. 개처럼 두들겨 맞았다. 똥처럼 변기에서 내려졌다. 칼에 찔렸다. 목이 졸렸다. 불에 지져졌다. 족쇄에 매였다. 아직도 당할 게 더 남았나?

오디는 한 번도 증오를 품었던 적이 없다. 사람들이 지나친 에너지를 쏟아 증오하는 대상은 보통 그들이 자신 안에서 가장 증오하는 무언가를 가졌기 때문이다. 그렇지만 벨리타를 잃은 이후로는 분노가 가장 지배적인 감정이 된 것 같다. 마치 기계의 기본 설정처럼. 오디는 그것이 언제 시작되었는지 안다. 2003년 신년 초, 미래가 자신을 알리고 오디에게 결정을 강요했을 때다.

어반은 파티를 열기로 했다. 오디는 심부름을 하고, 외식업체들을 조직하고, 테이블을 차리고, 택배를 받느라 몇 주를 보냈다. 행사 준비를 도울 추가 인원들이 왔다. 정원에는 텐트들이 세워졌고 나뭇가지에 걸쳐진 색색의 조명들은 마치 별자리처럼 반짝였다. 외식업체들은 몇 트럭분의 음식을 가져와 임시 주방을 차렸다. 통돼지 한 마리가 금속 장대에 매달려 서서히 돌면서 구워졌다. 기름이 아래의 숯 구덩이로 떨어져 지글지글 소리를 내며 탔고, 냄새는 장식용 꽃들의 향기와 뒤섞였다.

오디는 크리스마스에 벨리타를 미사에 태워준 이후로 한 번도 보지 못했다. 벨리타는 오디를 교회로 들어오지 못하게 했고, 그 이후로는 자신에게 손도 대지 못하게 했다. 성스러운 날이니까, 하느님이 보고 계시니까 안 된다고 했다. 오디는 신경 쓰지 않았다. 벨리타의 몸을 가지지 않고도 머릿속으로 곰곰이 돌이켜보는 즐거움을 발견했기 때문이었다. 벨리타를 너무 속속들이 알고 있어서, 눈을 감으면 어깻죽지의 부드럽게 움푹 팬 곳과 뼈의 쏙쏙 들어간 곳들을, 그리고 그곳들을 혀로 훑는 느낌을 떠올릴 수 있었다. 허리의 곡선과 가슴의 무게를 느끼고, 손가락으로 특정한 음조들을 연주할 때 그 밑에서 가빠지는 숨소리를 들을 수 있었다.

나중에 신년 전야 파티에서 벨리타는 오디에게 어반과 나눈 대화를 들려주었다. 벨리타는 드레싱 테이블 앞에 앉아서 거울 속으로 어반이 벨벳 상자를 열어 작은 다이아몬드로 한 바퀴 빙 두른

화단백석 목걸이를 꺼내는 것을 지켜보고 있었다.

"오늘 밤 널 모든 사람들한테 소개할 거야." 어반이 스페인어로 말했다.

"나를 뭐라고 소개하게요?"

"내 여자친구라고 할 거야."

벨리타는 빤히 쳐다보기만 했다. 어반의 뺨이 달아올랐다.

"네가 원하는 게 그거 아냐?"

벨리타는 대답하지 않았다.

"너하고 결혼할 수는 없어. 두 번 물렸으면 됐어. 알잖아. 하지만 너는 아내가 가질 수 있는 모든 걸 가질 수 있어."

"내 아들은요?"

"걔는 지금 있는 곳에서 행복하잖아. 앞으로도 주말마다 볼 수 있어. 휴일에도."

"왜 여기서 같이 살면 안 돼요?"

"사람들이 물어볼 테니까."

땅거미 질 무렵 파티가 시작되었다. 오디가 맡은 일은 큰 석조 현관을 지나는 교통 흐름을 통제하고 들어오는 차들을 주차시키는 것이었다. 거의 대부분 최고급 유럽산 차들이었다. 손님들과 어울려 악수를 하고 농담을 걸면서 상냥한 주인 역할을 수행하는 어반의 모습이 보였다. 열한 시에 벨리타가 음식을 가져다 주었다. 가슴 윗부분에 검은 반투명 베일이 달린 실크 드레스는 육체의 윤곽들을 강조했다. 갸날픈 끈으로 매달린, 공기보다 가벼워 보이는 그 옷은 당장이라도 미끄러져 내려 발목에 모일 것 같았다.

"그러지 말고 나랑 결혼해요." 오디가 말했다.

"나는 너랑 결혼 안 해."

"왜요? 나는 당신을 사랑해요. 당신도 나를 사랑하잖아요."

벨리타는 고개를 가로젓고는 어깨너머로 파티장을 응시했다.

"마지막으로 춤춘 지가 까마득하네."

"나랑 같이 춤춰요."

벨리타가 오디의 뺨을 애달프게 쓰다듬었다. "너는 여기 있어야해."

"나중에 만날 수 있어요?"

"어반이 나를 원할 거야."

"술에 취해 있을 거예요. 슬쩍 빠져나오면 되잖아요."

벨리타는 고개를 저었다.

"현관 근처에서 기다릴게요." 오디가 벨리타의 등 뒤에 대고 말했다.

오디는 그날 저녁 남은 시간에 음악을 들으며, 올림머리를 한 벨리타가 턱을 높이 치켜들고 춤을 추는 것을 지켜보며 보냈다. 현관등에 이끌리는 나방처럼, 모든 남자들의 시선은 엉덩이를 비단처럼 출렁이며 춤을 추는 벨리타를 향했다.

한밤중에 〈올드 랭 사인〉이 울리고 등성이 위에서 터지는 폭죽들이 빛줄기를 쏟아냈다. 개들이 짖기 시작했고 클랙슨이 요란하게 울렸다.

마지막 주정꾼들이 네 시에 떠났다. 어반은 손을 흔들어 배웅했다. 취해서 비틀대고 있었다. 오디는 현관을 닫고 진입로에 버려진 빈 병들을 한데 모았다.

"재미있었어?" 어반이 물었다.

"주차하는 게요?"

어반이 소리 내어 웃더니 오디에게 한 팔을 둘렀다. "내려가서 유곽에라도 다녀와. 맘에 드는 여자를 골라. 내가 쏠게."

"새해 복 많이 받으세요." 오디가 말했다.

"너도, 이 녀석아."

오디는 문밖에서 기다렸다. 정원의 나무들은 여전히 동화 같은 조명들로 반짝이고 있었다. 한 시간이 지났다. 두 시간이 지났다. 오디는 계속 기다렸다. 하지만 벨리타는 오지 않았다. 오디는 가지고 있던 열쇠로 집 뒷문을 열고 벨리타의 방까지 살금살금 복도를 기어가서, 옷을 벗고 벨리타가 깨지 않도록 슬그머니 침대로 들어갔다. 살에 닿지 않도록 조심스레 손끝으로 잠옷을 붙들고 숨 쉴 때마다 거의 소리도 없이 오르락내리락하는 가슴의 움직임을 지켜보았다.

그러다 잠이 들었다.

이내 벨리타가 오디를 깨웠다. "가야 해."

"왜요?"

"그 사람이 올 거야."

"어떻게 알아요?"

"그냥 알아."

벨리타가 문을 보았다. "네가 열어놨어?"

"아니요."

열린 문 틈새로 검은 어둠이 드러났다.

"그 사람이 우리를 봤어."

"그걸 어떻게 알아요."

벨리타는 오디를 침대에서 밀어내고 옷을 입게 시켰다. 오디는 양말과 신발을 손에 든 채 맨발로 집 안을 살금살금 걸어갔다. 한 방에서 라디오 소리가 들렸다. 커피 향기가 풍겼다. 부엌으로 미끄러져 가서 계단을 내려갔다. 진입로 위의 뾰족한 자갈들을 밟지 않으려고 발끝으로 조심조심 걸었다.

오디는 차를 몰고 자신의 방으로 돌아갔다. 신년 초하루라 거리는 거의 텅 비어 있었다. 바 앞에 몇 대인가 차들이 주차되어 있었다. 어떤 여자인가는 분명히 초과수당을 벌고 있겠지, 오디는 생각했다.

방 문간에 발을 들여놓은 순간 누군가가 뒤에서 오디를 밀쳤다. 세 남자가 그를 완력으로 제압했다. 찌익 소리가 나더니 입과 눈에 테이프가 감겼다. 오디는 후드를 뒤집어쓰고 묶인 채로 아래층으로 끌려가 차 뒷좌석에 던져졌다. 아는 목소리가 들렸다. 운전대를 잡은 사람은 어반이었고, 그의 조카 둘이 각각 오디의 양편에 앉아 있었다. 오디는 그들을 대해 J. C.와 R. D.라는 이니셜로만 알았다. 스키니 청바지와 스냅 버튼 셔츠를 커플룩처럼 입고 다니는 작자들이었다. 또한 한때 잡지에서 패셔너블하다고 밀었던 까칠한 수염을 길렀지만 오디가 보기에는 여자들보다는 동성애자들에게 더 어필할 것 같았다.

오디는 입이 바짝바짝 마르고 얼굴 피부가 당기는 것을 느꼈다. 어반이 알았다. 어떻게 알았을까? 두 사람이 함께 있는 것을 보았겠지. 가장 강력한 욕구는 모든 것을 부정하려는 것이었다. 그다음에는 무릎을 꿇고 고백할까도 생각했다. 죄의식을 가지고 살아갈 수도 있었다. 그 어떤 벌도 받을 수 있었다. 벨리타만 무사하다면.

오디는 차가 몇 번이나 모퉁이를 도는지를 외우려고 했지만 너무나 많았다. 한 조카가 다른 조카에게 농담을 했다. "여기가 멕시코가 아니라 참 다행이지. 아니면 도랑에서 머리통이 발견됐을 텐데."

차가 도로를 벗어났다. 바퀴자국이 너무 깊어서 차대가 땅을 들이받았고 바퀴는 옆으로 미끄러져 움푹 팬 곳에 안착했다. 차가 멈췄다. 문이 열렸다. 오디는 밖으로 끌려 나왔다. 억지로 무릎이 꿇려졌다.

어반이 말했다. "우리는 태어나는 순간은 선택하지 못해. 하지만 죽음의 시간은 총탄이나 다른 어떤 치명적인 수단으로 예정이 가능하지."

후드가 벗겨지자 갑자기 날카로운 빛이 눈을 찔렀다. 빛에 적응하려고 눈을 깜빡이던 오디는 채석장의 깎인 바위벽을 보았다. 밑동에 물이 고여 석유보다 더 짙은 색의 호수가 만들어져 있었다.

테이프가 뜯어지면서 머리카락과 살점이 함께 떨어져 나갔다. 어반은 오디의 지갑을 가져갔다. 운전면허증과 사회보장카드를 빼내어 흙 속에 떨어뜨렸다. 벨리타의 사진을 찾아냈다. 오디의 무릎에 앉아 찍은 사진이었다. 물속에 떨어진 사진은 미풍에 떠밀려 가는 이파리처럼 빙빙 돌았다. 어반은 오디 옆에 쭈그리고 앉아서 허벅지 위에 손을 늘어뜨렸다.

"네가 왜 여기 왔는지 알아?"

오디는 대답하지 않았다. 어반이 신호를 보내자 조카들은 오디를 붙잡아 일으켜 세웠다. 어반이 명치를 어찌나 세게 갈겼던지 오디는 몸을 반으로 꺾으면서 비명을 질렀다.

"네가 나보다 똑똑하다고 생각해서." 어반이 말했다.

입을 쩍 벌린 채로 오디는 고개를 가로저었다.

"너는 내가 내 똥구멍하고 땀구멍도 분간 못하는 멍청한 스페인 새끼라고 생각하지."

"아닙니다." 오디가 숨을 헉 들이켰다.

"나는 너를 믿었어. 내 옆에 있게 해줬지."

어반의 목소리는 떨렸고 눈은 번뜩였다. 조카들에게 고갯짓을 하자 조카들은 오디를 물가로 끌고 가 무릎 꿇렸다. 오디는 매끈하고 유리 같은 수면에 비친 자신의 모습을 보았다. 그 모습은 몇 초 만에 나이를 먹고 늙어갔다. 아버지의 흰 머리가 보였다. 주름. 실망. 후회.

오디의 얼굴이 수면에 닿자 그 이미지는 흩어졌다. 오디는 놈들의 손아귀에서 벗어나려고 몸부림을 쳤지만 그들은 오디의 머리를 더 깊이 밀어 넣었다. 발길질을 하면서 입을 꼭 다물려고 애를 썼지만 곧 몸이 공기를 찾아 비명을 질렀고 뇌는 본능적으로 반응했다. 오디는 숨을 들이켜 물로 폐를 채웠다. 입에서 나온 공기거품이 눈 위로 지나갔다. 고개가 위로 젖혀졌다. 오디는 기침을 하고 물을 뱉으면서 죽어가는 물고기처럼 입을 뻐끔거렸다. 그들은 또다시 오디를 물속에 밀어 넣고 자기들의 몸무게로 오디의 목을 찍어 눌렀다. 머리가 어찌나 깊이 밀어 넣어졌던지 이마가 웅덩이 바닥에 닿을 정도였다. 저항해봤자 힘만 빠졌다. 오디는 그들의 다리와 허리띠를 움켜잡고 마치 밧줄로 절벽에 매달린 사람처럼 그들의 몸을 기어오르려고 했다.

오디는 의식을 잃어서 물에서 끌려 나온 것을 기억하지 못했다. 정신이 들었을 때는 배를 깔고 누운 채 전신을 들썩이며 물을 토하고 있었다. 어반은 그 옆에 쪼그려 앉아 아버지처럼 오디의 목 뒤를 받쳐주었다. 어반의 입술이 더 가까이 다가왔고 그의 숨결이 오디의 살갗을 마치 깃털처럼 간질였다.

"나는 너를 우리 집에 들여놓고 내 밥을 먹여주고 내 술을 마시게 해주었어……. 너를 아들처럼 대했다고. 나는 너를 성공시켜줄 생각이었어. 하지만 너는 나를 배신했지."

오디는 대답하지 않았다.

"오이디푸스 이야기 알아? 친아버지를 죽이고 어머니하고 결혼하는 바람에 자기 왕국에 재앙을 가져왔지. 모두 오이디푸스가 어렸을 때 이루어진 예언 때문이야. 늙은 왕은 그 일이 일어나는 것을 막으려고 했지. 그래서 아기를 빼앗아다 산기슭에 버렸는데 어떤 양치기가 구해서 키워준 거야. 그리고 오이디푸스는 자라서 그 예언을 실현시켰지. 이런 신화들을 내가 진짜로 믿는 건 아니지만, 그런 것들이 오래가는 이유가 있어. 늙은 왕은 오이디푸스를 죽였어야 했어. 양치기는 남의 일에 신경을 껐어야 했고."

어반이 오디의 목을 더 힘주어 누른다. "네가 나타나기 전까지 벨리타는 나를 사랑했어. 나는 그 애를 구해줬어. 그 애를 교육시켰어. 옷을 입혀주고 머리 위에 지붕을 씌워주었어." 어반이 손가락을 앞뒤로 흔들었다. "뱃속에 코카인 풍선을 채워서 국경으로 돌려보낼 수도 있었지만 그러지 않고 내 침대에서 재워줬다고."

어반은 조카들을 본 후 다시 오디를 보면서 목소리를 높였다. "다음에 내 눈에 띄면 넌 죽는다. 순교자가 되고 싶다면 내가 도와주지. 로미오와 줄리엣처럼 죽고 싶다면 내가 그렇게 해줄 수 있어. 그렇지만 일이 빨리 끝나지는 않을 거야. 내 지인 중에 사람을 몇 주 동안 살아 있는 상태로 유지할 수 있는 녀석들이 있거든. 뼈에 구멍을 뚫고 피부에 염산을 붓고 눈알을 파내고 사지를 자르면서 말이야. 그런 일이라면 아주 환장하지. 그 녀석들한테는 자연스러운 일이거든. 차라리 죽여달라고 애원해도 죽음은 오지 않아. 믿었던 모든 걸 포기하게 되지. 아는 비밀은 모조리 털어놓게 돼. 아무리 애걸하고 애원하고 약속을 해도, 그 녀석들은 듣지 않아. 무슨 말인지 알아듣겠어?"

오디는 끄덕였다.

어반은 다친 곳이 없는지 자신의 양 주먹을 살펴보고는 등을 돌려 차를 향해 걸어갔다.

오디가 등 뒤에서 불렀다. "제 월급은요."

"압수야."

"제 소지품은요?"

"불이 잘 붙는 재질이었으면 좋겠군."

어반은 열린 차 안 좌석에서 외투를 꺼내어 쓰윽 걸치고 소매에 팔을 집어넣었다. "내가 너라면 벨리타를 잊겠어. 감옥의 콘돔보다 더 너덜너덜한 계집애야."

"그러면 놔주세요."

"내가 핫바지로 보여?"

"저는 그녀를 사랑해요." 오디가 불쑥 말했다.

"그것 참 아름다운 이야기로군." 어반이 대꾸했다. 조카들에게 고개를 끄덕이자 각자 오디에게 한 차례씩 발길질을 했다. 한 방은 배에, 한 방은 등에 꽂혔다. 고통 때문에 하마터면 괄약근이 풀릴 뻔했다.

"다음 생에 보자." 어반이 잠긴 목소리로 말했다. "나한테 감사하며 살아."

39

드라이퍼스 카운티 형사법원 지하실에는 150년 전부터 판사 앞에서 진행된 모든 사건에 대한 기록이 구비되어 있다. 법적 서류들, 재판 속기록들, 증거품 목록들, 그리고 진술들……. 어둠침침한 이야기들과 음험한 행위들의 방대한 저장고다.

스크린 뒤에 앉은 모나라는 여자는 칠흑 같은 머리카락을 하도 높이 틀어 올려서 머리가 무거워 보일 정도다. 모나는 절반쯤 남은 샌드위치를 옆으로 밀어놓고 데지레를 올려다본다. "뭘 도와줄까요, 우리 요원님?"

데지레는 기록 자료를 신청하는 양식을 작성했다.

모나가 신청서를 본다. "이건 시간이 좀 걸릴 텐데."

"기다리죠."

모나는 교차 서명을 하고 두 번 도장을 찍은 양식을 둥글게 말아 금속 용기 안에 쑤셔 넣은 후 활송장치에 투입한다. 통은 곧 아래로 빨려 들어간다. 모나는 펜 하나를 귀에 꼽고는 데지레를 더 자세히 살펴본다. "연방수사국에는 얼마나 오래 있었어요?"

"6년이요."

"그 사람들한테 꽤 시달리지 않았어요?"

"조금은요."

"분명히 그랬을 거예요. 당신은 다른 남자들보다 분명히 두 배는 더 뛰어나야 했을 거예요." 모나가 자리에서 일어나 허리를 숙여 데지레의 신발을 내려다본다.

"저한테 뭐 문제 있나요?"

데지레의 질문에 모나가 소심한 표정을 지으며 대기실 쪽을 가리킨다.

데지레는 의자에 앉아 철 지난 잡지 몇 권을 뒤적이면서 중간중간 손목시계를 확인한다. 시계는 아버지가 쓰던 것이다. 아버지는 졸업식 날 데지레에게 시계를 주면서 매일 밤 태엽을 감을 때마다 엄마 아빠를 떠올리라고 했다.

"나는 직장 생활을 하는 동안 지각한 적이 딱 한 번밖에 없단다." 아버지는 말했다.

"제가 태어난 날이죠." 데지레가 대꾸했다.

"알고 있었니?"

"그럼요, 아빠." 데지레는 소리 내어 웃었다. "그걸 어떻게 몰라요."

횅뎅그렁한 보관소는 복사기액과 마루 광택제와 종이와 가죽 바인딩의 냄새를 풍긴다. 높은 창에서 비스듬히 떨어지는 밝은 빛의 기둥들 속을 먼지 티끌들이 부유한다.

데지레는 자판기에서 뽑은 커피를 한 입 마시자마자 움찔한다. 컵을 버리고 다시 청량음료를 뽑는다. 배가 꼬르륵거린다. 몇 끼나

거른 거지?

모나가 데지레를 부르더니 스크린의 빈틈으로 폴더 열두 개를 밀어 보낸다.

"이게 전부인가요?"

"아, 아니에요, 우리 요원님." 모나가 데지레 뒤편을 가리킨다. 트롤리에 상자들이 쌓여 있다. "이게 두 대 더 있어요."

데지레는 독서실 책상 하나를 차지하고 앉아 메모지를 꺼낸 후 사건 자료들을 읽어나가기 시작한다. 한 장 한 장 펼쳐놓고, 세부사항들을 순서대로 늘어놓고, 마치 영화를 편집하듯 머릿속에서 영상을 자르고 붙인다. 사진들. 타임라인들. 검시 보고서들. 진술들.

트럭 강탈은 오후 세 시 직후 콘로 바로 북쪽에서 일어났다. 보안회사 아머가드는 은행과 신용기관에서 손상된 지폐들을 수거하는 계약을 맺었다. 지폐는 그 후 자료 파괴 시설이 있는 일리노이로 운송될 예정이었다.

운송 스케줄과 경로는 2주마다 변경되었다. 따라서 분명 정보원이 있었다는 이야기다. 강도사건에서 사망한 경비원인 스콧 보챔프는 내부자로 의심받았지만 재판에서는 아무런 증거도 제시되지 않았다. 수사국들은 마지막 갱단원과 잃어버린 돈의 행방을 찾아 보챔프의 통화기록과 동선을 조사했지만 불리한 증거는 오로지 정황증거뿐이었다.

오디 파머는 유죄판결을 받았지만 관련된 누구의 이름도 밝히기를 거부했다. 형을 거론하지도 보안요원에 대한 암시를 주지도 않았다. 오디는 부상 때문에 3개월 후에야 경찰 심문을 받았고, 법정에 설 만큼 회복되기까지는 다시 8개월이 더 걸렸다.

목격자 진술을 읽어나간다. 경찰 일지에 따르면 대략 10시 13분,

즉 사건 다섯 시간 후에 순찰 보안관보와 그 파트너가 정기 순찰을 하던 중에 리그 라인 로드를 지나가는 I-45의 북부 측면도로에 주차된 그 무장 트럭을 발견했다. 면허판을 살펴보던 보안관보는 운전자 한 명만 탑승한 짙은 색 SUV가 들어오는 것을 포착했다. 무장 트럭의 뒷문이 열리고 두 차량 사이로 자루들이 운반되었다.

보안관보는 지원을 요청했지만 순찰차를 발견한 두 용의 차량은 급속히 출발했다.

데지레는 무전 통신 녹취록을 읽으면서 관련된 경관들의 이름을 눈여겨본다. 라이언 발데즈와 닉 펜웨이가 첫 대응자들이었다. 티모시 루이스가 모는 두 번째 순찰차가 추격전에 합류했다.

첫 무전 메시지는 1월 27일 10시 13분으로 기록되어 있다.

펜웨이 보안관보: 1522, 용의 차량이 팜 마켓 3083 서쪽 근처 롱마이어 로드에 주차되어 있다. 조사 중이다.

지령요원: 알겠다.

펜웨이 보안관보: 무장 차량이 있다. 면허판은 11월, C, D, 영, 사, 칠, 구. 갓길에 주차되어 있다. 그 강도사건의 차량으로 보인다.

지령요원: 알겠다. 탑승자는 있나?

펜웨이 보안관보: 남자 둘, 셋일 수도 있다. 백인. 중간 체격. 검은 옷. 발데즈 보안관보가 더 가까이 가려 하고 있다……. 총이 발사되었다! 총이 발사되었다!

지령요원: 경관들이 총격을 받고 있다. 전 유닛. 롱마이어 로드와 팜 마켓 로드 서쪽 모퉁이로.

펜웨이 보안관보: 범인들이 도피 중이다. 추격한다!

지령요원: 알겠다. 전체 가능 차량, 전체 가능 차량. 경찰 추격전이 진행 중

이다. 총격이 벌어졌다. 조심해서 접근하라.

펜웨이 보안관보: 홀랜드 스필러 로드를 통과하고 있다. 시속 110킬로다. 교통은 한산하다. 계속 총격 중이다. 우리는 리그 라인 로드에 다가가고 있다. 차들은 어디 있나?

지령요원: 아직 5분 거리에 있다.

루이스 보안관보: 1522, 어디로 가야 하나?

펜웨이 보안관보: 리그 라인 로드다. 스파이크(밟으면 못이 튀어나와 타이어를 주행불능으로 만드는 장치인 스파이크 스트립을 말한다─옮긴이) 있나?

루이스 보안관보: 없다.

루이스 보안관보: 트럭이 방금 리그 라인 로드를 지났다. 빠른 속도로 계속 북행 중이다.

지령요원: 서쪽에서 목격담이 들어왔다.

추격전은 7분간 더 이어졌고, 순찰차들과 무장 트럭은 시속 최고 140킬로에 도달했다. 10시 29분의 기록은 다음과 같다.

펜웨이 보안관보: 놓쳤다! 트럭이 뒤집혔다! 미끄러진다! 젠장! 어딘가에 충돌한 것 같다.

지령요원: 알겠다.

지령요원: 위치를 알려달라.

펜웨이 보안관보: 올드 몽고메리 로드. RV 파크 서쪽으로 400미터 지점이다. 우리를 쏘고 있다! 총이 발사되었다. 총이 발사되었다……

루이스 보안관보: 지금 가고 있다.

펜웨이 보안관보: (알아들을 수 없음)

지령요원: 다시 말해달라, 1522.

펜웨이 보안관보: 하차했다. 총격을 당하고 있다. (4분간의 침묵 후 지령요원이 경관들을 호출한다.)

펜웨이 보안관보: 세 용의자가 쓰러졌다. 보안요원 한 명이 심각한 부상을 입었고, 차량 한 대에 화재가 발생했다. 코드 4.

지령요원: 코드 4. 화재 발생. 구급의료대가 출동 준비 중이다.

데지레는 다시 처음으로 돌아가 대응자들의 최초 진술을 읽는다. 반응자들은 마치 쪽지를 교환했거나 서로 입을 맞추기로 한 것처럼 비슷한 어구들과 거의 똑같은 언어를 자주 이용해 그 사건을 묘사하고 있다. 이후 재판이 벌어질 경우 불리할 여지를 없애고 싶은 법 집행관들이 흔히 하는 관행이었다. 추격전은 방향 전환에 실패해 뒤집힌 무장 트럭이 다른 차량을 들이받으면서 종료되었다. 충돌된 차량은 불길에 휩싸여 폭발했고, 혼자 타고 있던 운전자는 목숨을 잃었다. 오디 파머와 케인 형제들은 총격전을 벌이며 빠져나가려 했다.

펜웨이와 발데즈 보안관보의 설명에 따르면 격렬한 총격 때문에 꼼짝할 수 없었다. 차량 뒤에 숨어서 대응사격을 했지만 상대편의 총이 더 많아서 루이스 보안관보가 오기 전까지는 열세였다. 루이스는 총격의 전선으로 차를 후진해서 동료들에게 더 유리한 위치를 확보해주었다.

세 보안관이 총 70발 이상을 발사했다. 세 용의자 모두 총상을 입었으며 두 명은 현장에서 즉사했고 마지막 하나는 심각한 부상을 입었다. 드라이퍼스 카운티 병리학자인 허먼 월포드에 따르면 버논 케인은 가슴에 맞은 총상 때문에 사망했고 동생인 빌리는 세 방을 맞았다. 다리, 가슴, 목에. 둘 다 출혈로 현장에서 즉사했다. 오디 파머는 머리에 총을 맞았다. 묶이고 재갈이 물린 채 트럭에 갇혀 있던 보안요원 스콧 보챔프는 충돌로 인해 사망했다.

데지레는 범죄 현장을 찍은 사진 앨범 다섯 권을 꺼내어 이미지들을 재빨리 훑은 후 몇몇 사진들을 더 자세히 들여다본다. 도로를 가로막은 두 대의 경찰차가 보이고, 트럭과 불에 탄 차의 뒤틀린 잔해도 함께 찍혀 있다. 트럭은 문이 열려 있다. 안에 피가 고여 있다. 그림과 컴퓨터 시뮬레이션을 이용해 데지레는 머릿속에 현장의 축소 모형을 만들고 각 "말들"을 현장에 놓는다.

앨범들에는 빈 곳이 있다. 사진 장수보다 번호가 더 많다. 라벨을 잘못 붙인 게 아니면 누군가가 빼돌린 거다. 2004년 무렵 텍사스의 경찰차량은 대부분 카메라와 녹화시스템을 갖춘 하드드라이브를 장착했다. 경관들이 일부러 켜지 않아도 순찰차가 특정한 속도에 도달하면 자동으로 작동되는 시스템이었다. 그보다 더 신형 시스템들은 지속적으로 녹화하고 순찰차가 본부로 돌아올 때마다 와이파이로 데이터를 내려받는다.

법정보고 때 변호인 측은 계기판 카메라에 관한 질문을 했고, 두 순찰차에는 그런 장비가 없었다는 답변을 들었다. 데지레는 그 사실을 머리에 입력한다. 사진들을 다시 훑어본다. 펜웨이와 발데즈가 탄 경찰차는 길에 대각선으로 걸쳐 서 있다. 자동차 전면유리는 박살났고 금속문 곁에는 구멍이 숭숭 뚫려 있다.

데지레는 휴대폰의 돋보기앱을 들고 사진 위를 맴돌며 순찰차의 계기판에 초점을 맞춘다. 전면유리 위의 볼록한 혹이 예사로워 보이지 않는다. 카메라 한 대. 데지레는 사진 위에 코드를 휘갈겨 쓰고 옆에 놓인 공책에 물음표를 그린다.

사진들을 더 들여다보던 데지레는 배경에 놓인 불탄 차의 잔해를 눈여겨본다. 뒤집힌 잔해에서 불에 그을린 시신이 보일락 말락 한다. 잔뜩 뒤틀리고 열과 충돌로 구부러져 있어서 마치 추상 조각품 같기도 하다.

데지레는 차량의 세부정보를 확인한다. 1985년식 폰티악으로, 캘리포니아 번호판이다. 검시 보고서에 따르면 운전자는 여성으로 20대 중반이었다. 사진들 속에서 불에 그슬린 여자의 시신은 팔꿈치에 불룩하게 힘을 주고 양손을 주먹 쥔 권투선수 같은 자세로 굳어 있다. 강한 열로 신체 조직들과 근육들이 응축하면서 그렇게 된 것이다. 알코올이나 마약 복용, 또는 아동기 골절의 흔적은 전혀 없었다.

얼굴이나 지문이 없어 희생자의 신분을 밝히기가 어려워지자 경찰은 전국 DNA 및 치아 데이터베이스를 뒤졌다. 나중에는 더욱 범위를 넓혀 인터폴과 문서 없는 이민자 관할 조직 같은 국제 부서들도 포함시켰다. 데지레는 차의 과거 주인들을 살펴보았다. 폰티악 6000은 처음에 오하이오 주 콜럼버스의 한 중고차 거래상에 팔렸고, 이후 두 번 더 팔렸다. 마지막 등록된 주인은 남캘리포니아 주 라모나의 프랭크 오브리라는 남자였다.

데지레는 아이폰을 집어 들어 워싱턴의 동료에게 전화를 건다. 연수를 함께 받은 닐 젠킨스라는 남자로, 현장에서 일하고 싶은 욕구가 전혀 없어 보였다. 그는 펜실베이니아 애비뉴의 사무실 일자리를 원했고, 특히 다른 사람들의 대화를 엿들을 수 있는 데이터 감시 섹션을 선호했다.

젠킨스는 역시 그답게 잡담부터 하려고 했지만 데지레는 그럴 여유가 없었다.

"차량 기록 검색을 해줬으면 좋겠어. 폰티악 6000이고 1985년

식이야. 캘리포니아 번호판이고 3HUA172." 데지레는 자동차 등록
번호를 다다다 읊었다. "2004년 1월 사고로 폐차됐어."

"다른 건 없어?"

"여자 혼자 운전하고 있었어. 신원확인이 됐는지 알아봐 줘."

"급한 거야?"

"알아보고 연락 줘."

데지레는 그 강도사건에서 죽은 보안요원으로 옮겨갔다. 스콧
보챔프는 전직 해군으로 걸프전의 두 순회전투에 참전했고 보스니
아에도 한 차례 참전했다. 1995년에 퇴역해 아머가드에서 6년간
근무했다. 경찰은 내부 정보원을 의심했지만 전화통화 내역 추적
으로는 보챔프와 그 갱단 사이의 연결고리가 드러나지 않았다. 그
러나 주유소 영수증 추적을 통해 그 사건 한 달 전에 보챔프가 버
논 케인과 같은 화물차 휴게소 식당에서 식사를 했음이 밝혀졌다.
보챔프의 사진을 본 웨이트리스는 그를 알아보았지만 두 남자가
서로 이야기하는 것을 본 기억은 없다고 했다.

데지레는 상자 아래쪽에서 DVD 하나를 꺼낸다. 증거 라벨을 증
거품 목록과 교차 대조한다. 오디 파머의 기소인정 청문회 촬영분
이다.

접수계로 돌아가자 모나가 데지레를 보고 놀란 표정을 짓는다.

"여기 있은 지 여섯 시간이나 됐어요."

"내일도 올 거예요."

"우리는 45분 후에 닫아요. 침낭을 가져오지 않았다면······."

"DVD 플레이어가 필요해요."

"저쪽에 방 보여요? 저기 컴퓨터가 있어요. 열쇠는 여기요. 잃어
버리면 안 돼요. 그리고 여섯 시까지 못 보면 내일 다시 와서 봐요."

"알았어요."

데지레는 컴퓨터를 급히 켜고 DVD가 돌아가는 소리를 듣는다. 화면이 깜빡이다 켜진다. 고정된 카메라가 병원 침대에 누운 오디 파머를 보여준다. 머리에는 붕대가 감겨 있고 코와 손목에서 튜브들이 빼져나와 있다. 의학 보고서는 이미 읽었다. 오디의 생존을 예측하는 사람은 아무도 없었다. 외과의들은 뼛조각들과 금속판들을 이용해 마치 퍼즐처럼 두개골을 한데 짜맞춰야 했다. 오디는 3개월 간 혼수상태로 누운 채, 첫 몇 주간은 최소한도의 뇌 활동만을 보여주었다. 전문가들은 플러그를 뽑아야 할지를 놓고 설전을 벌였지만 텍사스는 사형대에 있는 사람들만 처형한다. 뇌사상태일 때는 예외다.

심지어 오디가 혼수상태에서 벗어났을 때조차 의사들은 그가 다시 말을 하거나 걸을 수 있을지 의심했다. 그리고 오디는 그들이 틀렸음을 입증했다. 하지만 그가 침대에 누운 채 기소인정 절차를 밟을 수 있을 만큼 회복되려면 두 달은 더 있어야 했다.

영상에 변호인인 클레이턴 러드가 보인다. 오디 옆자리에 앉아 있는데, 빌려온 보드에 짧은 문장들을 써서 소통하고 있다. 지방검사는 이제는 주 의원이 된 에드워드 다울링으로, 병원균이라도 옮을까 봐 두려운지 외과용 마스크를 착용했다.

기소위원회를 소집하기 전에, 해밀턴 판사는 다울링에게 왜 지역 지방검사 사무실에서 파머를 고소하느냐고 물었다. "피고인은 연방이나 주 법에 의해 재판을 받을 수도 있었습니다, 판사님. 하지만 이해관계의 상충이 발생할 수도 있다는 것이 제 판단입니다." 다울링이 의도적으로 모호하게 말한다.

"무슨 이해관계의 상충입니까?"

"한 잠재적 목격자가 연방 고위 공무원과 혈연관계입니다." 다울링이 대꾸했다. "따라서 연방수사국에서는 이 사건을 지방검사 사무실에서 다룰 것을 권고하고 있습니다."

해밀턴 판사는 만족한 표정으로 러드 씨에게 그의 의뢰인이 이 절차의 목적을 이해했는지 물었다.

"예, 판사님."

"기록을 하려면 피고인이 완전한 성명을 말할 수 있어야 합니다만."

"글로 쓰면 됩니다."

"파머 씨, 내 말 들립니까?" 판사가 물었다.

오디가 고개를 끄덕였다.

"본 판사는 오늘 피고인을 세 명의 살인죄 및 차량 강탈, 그리고 차량을 이용한 2급 살인죄에 대한 죄목으로 기소하려고 합니다. 이해합니까?"

오디는 신음소리를 내고 눈을 꼭 감았다.

"이런 혐의에는 사형선고, 또는 감형이나 기한이 없는 종신형을 포함한 최고형이 선고될 수 있습니다. 피고인은 이런 기소들과 최대치의 결과들을 이해합니까?"

서서히 그리고 의지를 담아 오디는 보드의 "예스" 단어 쪽으로 손을 움직였다.

해밀턴 판사는 다울링에게 몸을 돌렸다. "진행해도 됩니다."

"이것은 텍사스 주민 대 오디 스펜서 파머의 사건입니다. 사건번호 48, 사건일람표 642."

지방검사는 10분에 걸쳐 그 살인과 강도 혐의들을 조목조목 읊은 후 사건기록을 요약한다. 파머는 공범들과 함께 미국 중앙은행

소유의 7백만 달러를 절도하려 한 죄로 기소되었다.

해밀턴 판사가 말한다. "피고인, 피고인은 사형죄 및 중범죄들로 기소되었습니다. 피고인에게 특정한 권리들이 있음을 고지합니다. 피고인은 변호사의 변호를 받을 권리가 있고 공공비용으로 러드 씨가 변호사로 지명되었지만 피고인이 직접 변호사를 고용하고 싶을 경우 그렇게 할 수 있습니다. 피고인은 당일 기소인정 절차를 밟는 동안 러드 씨의 변호를 받는 것에 만족합니까?"

오디는 예스를 표시했다.

"유죄나 무죄 청원을 하고 싶습니까?"

오디는 응답을 적으려 했지만 클레이턴 러드가 보드에 손을 뻗어 그의 떨리는 손을 멈춘다. "제 의뢰인이 범행을 부인한다는 사실을 기록에 남겨주십시오." 러드는 마치 승인을 구하듯 다울링을 응시하며 말했다. 변호사는 오디에게 몸을 기울였다. "만약을 대비하는 게 좋아요, 젊은이."

"보석은 어떻습니까?" 판사가 물었다.

"저는 보석에 반대합니다." 다울링이 말했다. "이것은 중죄입니다, 판사님, 그리고 돈도 아직 발견되지 않았습니다."

"내 의뢰인이 가까운 시일 내에 병원을 떠날 전망은 없어 보입니다." 러드가 대꾸했다.

"피고인의 가족이 있습니까?" 판사가 물었다.

"부모님과 누나가 있습니다." 러드가 말했다.

"공동체의 다른 인맥이나 실질적인 재원이 있습니까?"

"아니요, 판사님."

"보석은 거부됩니다."

DVD가 끝난다. 데지레는 버튼을 눌러 디스크를 꺼내 플라스틱

케이스에 집어넣고 상자에 다시 담는다.

오디 파머가 드라이퍼스 카운티 법정에서 재판을 받은 것은 그로부터 5개월 후였다. 그때는 판사가 바뀌었고 클레이턴 러드는 지방검사 사무실과 거래를 해서 모든 혐의에 유죄를 인정하는 대가로 특수살인죄를 2급 살인으로 낮췄다. 오디는 어떤 사실도 반박하지 않았고 형 감경을 위한 진술을 거부했다.

《휴스턴 크로니클》은 그 평결을 보도했다.

23세의 한 남성이 어제 2004년 실패로 돌아간, 동료 두 명을 포함해 보안요원 한 명과 여성 운전자 한 명의 목숨을 빼앗은 무장 트럭 강도사건 재판에서 강도와 2급 살인으로 유죄판결을 받았다.

매튜 코플런 판사는 끝내 발견되지 않은 미국 현금 7백만 달러에 대한 절도를 포함해 모든 죄를 인정한 오디 파머에게 10년형을 선고했다.

선고를 내리기 전, 코플런 판사는 파머가 그 인명 살상에 가담한 데 대해 1급 살인죄를 적용하지 않았다는 이유로 지방검사 에드워드 다울링을 비난했다. "이것은 심각한 범죄이고, 내 견해로 오늘의 평결은 이 범죄자에게 정의의 심판을 내리기 위해 목숨을 걸었던 법 집행관들에 대한 모욕입니다."

법원 밖에서, 미국 연방수사국 특수요원인 프랭크 세노글레스는 기자들에게 연방수사국이 그 사건과 관련해 천 건 이상의 신문을 하고 그 조직의 친지들과 알려진 지인들에 관심과 주의를 집중해왔지만, 돈의 흔적을 추적하는 것은 불가능했다고 말했다. 폐기 예정이었던 현금은 전혀 일련번호가 기록되지 않았기 때문이다.

"우리가 아직 파일을 열어두고 있고 주와 카운티 경찰들과 전략 및 전술들에 관해 정기적인 대화를 주고받고 있다는 점은 확실히 말씀드릴 수 있습니다. 책임자들에 대한 생각은 바뀌지 않았지만 대중의 도움이 없는 한 시간이 지날수록 그 사건은 해결하기가 더 어려워질 겁니다."

데지레는 프랭크 세노글레스가 인용된 것을 보고 깜짝 놀란다. 왜 자신이 이 사건의 초기 신문에 관여했다고 말하지 않았을까? 연방수사국이 그 수사를 지휘했으니, 이는 세노글레스가 라이언 발데즈와 다른 보안관보들을 신문했을 거라는 뜻이 된다. 또한 오디 파머와도 이야기를 나누었을 것이다. 그렇지만 데지레가 자신이 그 사건을 다른 누구보다도 더 잘 안다고 말했을 때 세노글레스는 그 말을 바로잡거나 반대하지도, 데지레를 무시하지도 않았다. 평소라면 기다렸다는 듯 그렇게 했을 텐데.

페이지를 넘기자 또 다른 새로운 소식이 있다.

정부가 영웅 경찰들을 칭찬하다
– 마이클 기들리

강탈당한 무장 트럭과 고속 추격전을 벌이던 드라이퍼스 카운티의 보안관보인 라이언 발데즈, 닉 펜웨이, 그리고 티모시 루이스는 총알세례 속에서도 망설임 없이 서로를 구하기 위해 나섰다.

세 경관은 영웅적 활약 덕분에 살아남았고 위험한 범죄자는 철장에 갇혔다. 2004년 1월 그 아수라장에서 보여준 무용에 대해 발데즈, 펜웨이, 루이스 보안관보는 오늘 "의무를 초월한 영웅적 행동"을 포상하는 텍사스주 최고의 영예, 텍사스 스타 상을 수상했다.

주지사 릭 페리와 지방검사 스티브 케널리는 주의회 의사당에서 시상식을 개최하고 해당 경관들의 탁월한 용기와 공무수행을 치하했다.

사진 속에서 제복 차림의 세 보안관보가 주지사 페리 옆에 서서 카메라를 향해 웃고 있다. 펜웨이, 발데즈, 그리고 자세가 좀 불편해 보이는 루이스. 주지사는 그 후광을 즐기고 있다. 그 뒤쪽으로는 카메라에서 고개를 돌리는 프랭크 세노글레스의 옆모습이 보인다. 손에 무전기를 들고 있다. 어쩌면 그도……

데지레는 휴대폰의 재발신 버튼을 누른다.

"또 하나 있어." 그녀는 젠킨스에게 말한다. "주 경관 두 사람을 찾아줘야겠어. 닉 펜웨이하고 티모시 루이스야. 둘 다 2004년 드라이퍼스 카운티 보안관 부서에서 일했어."

40

오디는 올드 그래나다 극장 한구석에 숨어 공처럼 몸을 말고 잠을 자려고 애를 쓴다. 하지만 12년 전 어느 폭풍우 치던 날, 트리니티 강의 꿈을 자꾸만 꾼다. 머리 위 둥글납작한 먹구름에서 번개가 지지직거리고, 오디는 물가에 서서 물속 깊은 곳을 들여다본다. 갑자기 검은 파도를 타고 해골 하나가 수면으로 떠오른다. 갈빗대 안에는 희고 날카로운 이빨을 가진 바다표범 같은 생물이 갇혀 있다. 꺼내달라고 비명을 지르고 있다. 해골은 도로 수면 아래로 미끄러져 가라앉고 잔물결만 남는다. 또 다른 것들이 수면으로 떠오른다. 칠흑 속에서 무서운 것이 새로 떠올라 자신을 풀어달라며 오디에게 손을 뻗는다.

오디는 번쩍 눈을 뜨고, 비명은 목구멍 속에서 잦아든다. 똑바로 일어나 앉은 오디는 산산조각 난 거울 속에 비치는 자신의 얼굴을 알아보지 못한다. 초췌한 그림자, 이 한심한 남자, 이 잔재……

밤은 지나갔다. 오디는 축축한 벽에 기대어 필요한 것들의 목록을 적는다. 다른 사람들이라면 도망칠 것이다. 시계를 팔고, 금이빨을 팔고, 신장을 하나 팔아서라도. 버스를 잡아타고 멕시코나 캐나다로 떠나거나, 컨테이너선 노동자가 되거나 헤엄이라도 쳐서 쿠바로 갈 것이다. 어쩌면 오디는 스스로의 파멸을 원하는지도 모른다. 비록 죽고 싶은 소망을 실현하는 데 필요한 용기가 있을지는 <u>스스로도 미덥지 않지만</u>.

이미 적은 것 말고 뭐가 더 필요하지?

- 마스킹 테이프
- 침낭
- 심카드
- 물

비슷한 목록을 만든 기억이 난다. 어반의 조카들한테 흠씬 두들겨 맞고 다시는 벨리타를 만나지 말라는 협박을 받은 후, 상처를 치료하고 있을 때였다. 멕시코 국경 근방의 싸구려 모텔에 체크인한 오디는 침대에 병원 환자처럼 누워 있다가 중간중간 욕실로 기어가서는 세면대에 침을 뱉고 깨진 치아 틈새를 빨았다. 넷째 날에 꼬박 한 시간 걸려 두 블록 떨어진 약국과 주류점에 가서 진통제와 항염제와 얼음주머니와 버번 한 병을 샀다.

약물과 술의 뒤섞인 효과로 둥둥 뜬 상태가 된 오디는 도로 모텔로 향했다. 오는 길에 벨리타가 보인 것 같았다. 이쪽으로 걸어오는 벨리타의 치마가 부풀어 올랐다 허벅지에 달라붙었다 했다. 머리카락은 뒤로 모아 거북등껍질 핀<u>으로</u> 말끔히 묶었다. 엘살바도르에서 오는 길에 무사히 남은 것은 그 핀 하나뿐임을 오디는 알고 있었다.

벨리타가 어쩌나 등을 쭉 펴고 턱을 높이 들어 올리고 우아하게 걷는지, 행인들이 웃음을 지으며 옆으로 비켜주는 것 같았다. 오디가 외쳐 불렀을 때 벨리타는 겨우 15미터 거리에 있었다. 벨리타는 대답하지 않았다. 오디는 뛰기 시작하면서 다시 그녀의 이름을 부르려 했다. 벨리타는 걸음을 멈추지도, 잠시 멈칫하지도 않고 성큼성큼 걸어갔다.

"벨리타." 이번에는 더 큰 소리로 외쳤다. 벨리타는 걸음을 빨리해 길을 건넜다. 차가 브레이크를 밟았다. 경적이 울렸다.

"벨리타!"

여자가 멈추었다. 돌아보았다. 얼마나 말랐던가. 얼마나 늙었던가. 벨리타가 아니었다. 여자는 오디에게 그다지 정중하지 못한 태도로 꺼지라고 말했다. 말문이 막힌 오디는 그저 뒤로 물러서서 양손바닥을 펼쳐 보였다.

모텔로 돌아와서 필요한 것들의 목록을 만들었다. 오디는 어반의 자세한 계좌 내역, 은행 지점, 계좌명과 번호들을 훤히 알고 있었다. 1월 9일 금요일, 선글라스를 쓰고 야구모자를 쓴 어떤 남자가 은행 지점 여덟 곳을 찾아가 각각 천 달러씩 출금했다. 열 번이나 스무 번쯤, 아니 계좌의 모든 돈을 몽땅 출금할 수도 있었다. 하지만 남자는 자기가 받아야 할 액수만큼만, 그리고 병원비로 약간만 더 추가로 출금했다. 남자가 다양한 출금 서류를 작성하고 어반의 서명을 위조하면서 스스로에게 한 말이 그거였다. 그 후 남자는 새 옷을 몇 벌 사고 짧은 중고차 광고를 검색했다.

"딱 한 번만 더." 오디는 스스로에게 말했다. 한 번만 더 보자. 애원은 하지 말자. 그냥 간단히 물어보기만 하자. 아무리 마음이 천

갈래 만 갈래 찢기더라도 자존심을 지키자.

오디는 아침 예배 한 시간 전에 미리 교회로 가서 근처의 막다른 골목에 차를 세우고 교회 문이 열리기를 기다렸다. 차 트렁크에는 작은 여행가방과 현금이 들어 있었다. 차 지붕 위로 스카이라인이 살짝 보였고, 한 블록도 떨어지지 않은 곳에서 고속도로의 자동차 소음이 들려왔다. 그녀가 올까? 오디는 궁금했다. 어반이 그녀를 보내줄까?

목사가 문을 열자 오디는 그림자 속에 가린 세례 구역에 들어가서는 들어오는 교구민들을 지켜보았다. 벨리타는 맨 끝으로 들어왔다. 벨리타를 태우고 온 어반의 조카들은 담배를 피우고 라디오를 들으며 밖에서 기다렸다. 오디는 아이에 대해서는 전혀 알아차리지 못했다. 아이는 앞에서 넷째 줄에, 날카로운 인상의 검은 염색 머리에 화려한 스카프를 두른 히스패닉계 여자 옆에 앉아 있었다.

벨리타는 성수에 손가락을 담갔다가 십자가를 그었다. 그리고 눈을 내리깐 채 오디가 앉은 좌석 옆을 지나갔다. 아이에게 양팔을 두르고 무릎을 꿇은 채 신도석을 따라 움직였다. 아이는 마치 소복한 눈 속에 가라앉듯 엄마에게 폭 안겨 있었다.

미사에 온 사람들은 많아야 서른 명 정도였다. 오디는 벨리타의 옆얼굴이 보이는 신도석 뒷자리로 슬그머니 들어가 앉았다. 벨리타는 배 부분이 딱 붙는 빛바랜 파란 여름용 원피스를 입고 발등에 금색 버클이 달린 흰 샌들을 신었다. 뺨의 먼지 같은 얼룩은 자세히 들여다보니 오래된 멍으로 드러났다. 벨리타가 맞은 것은 오디의 탓이었다. 직접 때린 것이나 다름없었다. 옆에 앉은 아이는 반바지 차림에 긴 양말과 광을 낸 검은 신발을 신었다. 아이가 다리를 쭉 뻗고 엄마의 팔에 매달려 엄마를 올려다보자 마치 견장처럼 기다란 속눈썹이 드러났다.

모두 일어섰다. 행렬이 시작되었다. 뚱뚱한 사제가 오르간 소리와 웅웅대는 찬송가 소리에 맞춰 중앙 통로로 나아갔다. 흰 로브를 입은, 남매인 듯한 남자아이와 여자아이가 성경과 촛불을 들고 따라갔다. 벨리타는 아이들을 보려고 고개를 돌렸다. 그 순간 오디를 얼핏 보았다. 눈에 안심이, 이어서 공포가 떠올랐다. 고개를 돌렸다. 스카프를 쓴 여자가 뒤를 돌아보더니 낌새를 챈 것 같았다. 얼굴이 한층 날카로워졌다. 벨리타의 아들을 봐주고 있다는 사촌이 분명했다.

오디의 눈이 벨리타에게 못 박혔다. "당신하고 꼭 이야기를 해야겠어요."

대답은 없었다. 사제가 제단에 올라 교단에 성경을 올려놓았다. 찬송가는 거의 끝났다. 마지막 후렴구에서 목소리가 거침없이 높아졌다.

벨리타는 십자가를 그었다. 오디는 이제 바로 뒤에 서서 턱을 벨리타의 어깨에 거의 갖다 대다시피 하고 있었다. 벨리타의 향수 냄새가 코를 간질였다. 아니, 향수 냄새가 아니었다. 비누나 샴푸나 파우더가 아니라 무언가 흙냄새 같고 날것 같은, 그녀의 살냄새였다. 그녀 없이 살 수 있다고 생각했다니 내가 어리석었지.

아이는 한 손으로는 벨리타의 드레스 자락을 꼭 쥐고 다른 손으로는 곰인형을 안은 채 무릎에 놓인 찬송가 책의 글자를 읽는 척하고 있었다.

"나랑 같이 떠나요." 오디가 속삭였다.

벨리타는 못 들은 척했다.

"사랑해요." 오디가 애원했다.

"그 사람이 우리 둘 다 죽일 거야." 벨리타가 웅얼거렸다.

"멀리 가면 돼요. 그 사람이 못 찾아낼 곳으로요."

"어딜 가든 그 사람은 찾아낼 수 있어."

"텍사스로 가면 못 찾아요. 우리 가족이 거기 살아요."

"거길 제일 먼저 찾아볼걸."

"숨어서 피하면 돼요."

두 사람은 숨죽여 말하려고 애를 썼지만 사람들이 슬슬 알아차리기 시작했다. 벨리타의 사촌이 몸을 돌려 오디에게 따졌다.

"푸에라! 푸에라! 우스테드 에스 엘 디아블로(나가! 나가! 이 악마 같으니)."

오디의 가슴을 찌르면서 밀쳤다. 누군가가 쉿 하고 주의를 주었다. 사제가 안경 너머로 노려보았다.

오디는 벨리타의 목에 숨결이 닿을 만큼 더 가까이 몸을 기울였다. "당신은 이곳에 오려고 그런 엄청난 위험을 무릅썼잖아요. 이보다 더 좋은 대접을 받아야 해요. 당신은 아들하고 같이 살 자격이 있어요. 행복할 자격이 있다고요."

벨리타의 아래쪽 속눈썹에 눈물이 맺혔고, 양손은 배의 볼록한 부분 위에서 파닥거렸다.

"인생은 짧아요." 오디가 말했다.

"사랑은 끝이 없지." 벨리타가 속삭였다.

오디는 벨리타의 어깨에 턱을 얹었다. "옆문으로 나가서 담장을 따라가면 문이 있어요. 들키지 않게 조심해요. 기다리고 있을게요. 나는 차도 있고 돈도 있어요."

설교가 끝났다. 오디는 몰래 빠져나가서 중고로 산 폰티악으로 돌아갔다. 길가에 스케이트 공원이 있었는데, 콘크리트 파이프를 반으로 잘라 만든 틀에 스프레이 페인트로 낙서가 되어 있었다. 보드를 탄 사람들이 몸을 흔들며 공중 곡예를 펼친 후 위쪽 플랫폼에 착지했다. 오디는 입이 바짝 말랐다. 안 오면 어쩌지? 나 같은 걸 어떻게 믿고? 오디를 움직인 건 진정한 기대가 아니라 눈먼 희망에 의지한 요행수였다.

미사가 끝났다. 아무도 오지 않았다. 교회 쪽으로 서서히 차를 몰아가자 조카들이 벨리타를 차로 호위해가는 것이 보였다. 아이는 엄마와 헤어지기 싫어서 다리에 매달리며 치맛자락에 얼굴을 파묻었고, 벨리타는 그런 아이를 꼭 안아주었다. 몸을 웅크리고 아이의 눈에 붙은 머리카락을 쓸어 넘겨주었다. 아이도 울고 벨리타도 울었다. 하지만 문이 쾅 닫히고 벨리타는 곧 떠나버렸다.

오디는 차에 가만 앉은 채로 그 장면을 끝까지 지켜보고 있었다. 마치 배우들이 돌아오기를 기다리는 관객처럼. 이대로 끝일 리가 없어. 상실감에 빠진 오디는 마치 자유를 갈망하는 노예처럼 하늘을 향해 고개를 들었다. 넓디넓은 창공이 그의 공허한 내면을 거울처럼 그대로 비추는 듯했다. "좋아, 좀 보여줘 보시지." 오디는 비명을 지르고 싶었다. "이걸 어떻게 견뎌내야 할지 나한테 방법을 좀 보여달라고!"

그 순간 누군가가 옆 창문을 두드렸다. 부루퉁한 표정의 사촌이 오디에게 창문을 내려보라는 몸짓을 했다. 여자는 소년의 손을 잡고 있었다.

"그쪽 주소를 써요." 여자는 스페인어로 말했다.

펜이⋯⋯, 오디는 펜과 종이를 절박하게 찾았다. 차 판매 영수증에 모텔 이름을 휘갈겨 썼다. 24호실.

"연락이 갈 거예요."

"언제요?"

"그냥 고마워하며 기다리기나 해요."

*

기다림은 수동적인 행위 같지만 오디에게는 그렇지 않았다. 밤샘은 그가 해본 그 어떤 일 못지않게 걱정과 압박감으로 가득했다. 서성였다. 머리를 굴렸다. 팔굽혀펴기를 했다. 텔레비전은 틀 생각도 안 들었다. 한숨도 자지 못했다. 도저히 시간을 죽일 방법이 없었다. 시간의 심장에 말뚝을 박고 토막 치고 불태운 후 땅속 깊이 파묻어버려도 절대 죽지 않을 것만 같았다.

사흘을 기다린 끝에 벨리타의 사촌에게서 전갈이 왔다. 그로부터 이틀 후, 오디는 내셔널 애비뉴의 그레이하운드 버스정류장에 서서 텅 빈 장거리버스를 지켜보며 내리는 승객들의 얼굴을 확인하고 있었다. 벨리타가 버스를 놓쳤으면 어쩌지? 마음을 바꿨으면 어쩌지?

하지만 그 순간, 벨리타가 작은 여행가방을 손에 들고 마지막 계단을 내려와 버스들 사이에 섰다. 오디는 갑자기 말을 잃었다. 머리가 멍해졌다. 그들 사이의 거리가 엄청나게 멀어 보였다. 벨리타가 웃음을 지었다. 수척한 모습. 지쳐 있었다. 아름다웠다. 추레한 오렌지색 여행가방을 들고 있었고, 배에는 어린 사내아이가 찰싹 달라붙어 있었다. 베이지색 코듀로이 바지와 티셔츠와 밝은 빨강 간 운동화를 신은 아이는 겁에 질린 기색이 역력했다.

무슨 말을 해야 할지, 뭘 해야 할지 오디는 알 수 없었다. 우선 벨리타의 여행가방을 받아들었다. 그런 다음 내려놓았다. 벨리타를 으스러질 듯 세게 껴안았다.

"가만 있어봐." 벨리타가 몸을 빼며 말했다.

오디는 풀이 죽었다. 그러나 벨리타가 그의 손을 잡아 자기 배에 올려놓았다. 오디가 눈으로 물었다.

"자기 아이야." 벨리타는 그렇게 말하고 오디의 반응을 기다렸다.

오디는 허리를 굽혀 벨리타를 안아 올렸다. 엉덩이를 안고 높이 치켜들자 얼굴이 벨리타의 배에 파묻혔다. 오디는 벨리타의 배를 덮은 면 드레스에 입을 맞추었다. 벨리타는 깔깔 웃으며 그만 내려놓으라고 했다.

어린 사내아이는 여행가방 옆에 서 있었다. 머리카락은 초콜릿 시럽 색이었고 눈동자는 전에 보았듯 엄마처럼 이루 형언할 수 없는 갈색이었다.

"안녕." 오디가 말했다. "네 이름이 뭐니?"

아이가 제 엄마를 보았다.

"미겔이야." 그녀가 말했다.

"만나서 반갑다, 미겔."

오디는 아이와 악수를 했다. 손을 놓자 아이는 마치 오디가 자기 손가락 하나를 훔쳐가기라도 했을까 봐 걱정하는 듯한 표정으로 자기 손을 보았다.

"신발이 멋진데." 오디가 말했다.

미겔이 자기 발을 내려다보았다.

"빨간색이 예쁘네."

미겔은 직접 확인해야겠다는 듯 한쪽 다리를 안으로 굽혀 본 후 엄마의 치마폭에 얼굴을 묻었다.

세 사람은 그날 저녁 출발해 한밤중까지 달렸다. 미겔은 뒷좌석에서 항상 손에서 떼어놓지 않는 곰인형을 꺼안은 채 잠이 들었다. 아이는 나이에 비해 체구가 작았고, 눈꺼풀에 졸음이 내려앉을라치면 자동으로 엄지손가락이 입으로 들어갔다.

두 사람은 차창을 연 채로 달리면서 장래 이야기를 했다. 벨리타는 자신의 어렸을 적 이야기를 들려주었다. 마치 오디가 잘 따라오는지 확인하려는 듯 디테일들을 빵부스러기처럼 조금조금씩 떨어뜨렸다. 때로는 말조차 필요 없었다. 벨리타는 오디의 어깨에 머리를 기대거나 오디의 허벅지를 손가락으로 쓸었다.

"이제 자기가 원한 대로 된 거야?" 벨리타가 물었다.

"당연하죠."

"자긴 날 사랑하지."

"그럼요."

"만약 자기가 나를 속이거나 실망시키거나 날 버리고 도망치면······."

"그럴 일 없어요."

"우리 결혼하는 거야?"

"그래요."

"언제?"

"내일."

라디오에서 노래가 흘러나왔다.

"컨트리 음악은 안 들을 거야." 벨리타가 말했다. "엘비스 프레슬리 기념성당에서는 결혼 안 할 거고."

"정말요?"

"정말."

"좋아요!"

41

데지레는 아침햇살을 받으며 아침식사용 시리얼을 그릇에 붓고 바나나를 썰어 올린다. 부모님에게 전화를 해서 내일 못 간다고 말씀드려야 한다. 별일이 없으면 부모님 댁을 방문하는 게 평소 일요일 일과다. 엄마가 차려준 밥을 먹으면서, 안락의자에 앉아 화면에다 고함을 지르고 보이지 않는 페널티 깃발들을 던지며 축구경기의 심판 노릇을 하는 아버지를 구경한다.

데지레는 마음을 단단히 먹고 전화를 건다. 어머니가 받자마자 묻는다. "어떻게 도와드릴까요?" 꾸민 듯한 고급스러운 악센트다. 어머니는 식당에서 음식을 주문할 때 서빙하는 웨이트리스나 웨이터의 억양을 따라하곤 하는데, 그것이 그 사람을 얕잡아보거나 조롱하는 것처럼 보일 수 있다는 걸 영 모르는 눈치다.

"저예요." 데지레가 말한다.

"안녕, 우리 딸, 우리는 방금 네 이야기를 하고 있었단다. 안 그래, 해럴드? 데지레야. 그래, 데지레 전화야."

아버지는 보청기가 없으면 귀머거리나 다름없는데, 데지레는 어머니의 말이 들리지 않도록 아버지가 일부러 빼놓는 게 아닌가 의심하고 있다.

"금방 햄을 사왔어." 어머니가 말한다. "네가 좋아하는 식으로 구우려고. 머스터드랑 꿀을 입혀서."

"저 집에 못 가요." 데지레가 말한다. "근무가 있어서요."

"아, 안타깝구나……. 데지레는 안 온대, 해럴드. 근무가 있대."

"햄을 먹으려고 했는데." 아버지가 뒤편에서 마치 자기가 아니라 남들이 귀가 먼 것처럼 큰 소리로 외친다.

"얘도 알아, 해럴드, 방금 말했어."

"남자친구라도 사귀었대?" 아버지가 묻는다.

"네가 좋은 남자를 만났는지 알고 싶으시대." 어머니가 말한다.

"결혼해서 쌍둥이를 낳았다고 말씀드려주세요. 티몬하고 품바요. 품바는 방귀대장이긴 한데 아주 착해요."

"그렇게 농담으로 얼버무리지 좀 말고." 어머니가 말한다.

뒤편에서 아버지가 고함을 친다. "레즈비언이라도 괜찮다고 말해줘. 우리는 개의치 않는다고."

"얘는 레즈비언이 아니야." 어머니가 나무란다.

"진짜 레즈비언이라는 게 아니라 그냥 그래도 괜찮다고." 아버지가 말한다.

"그런 소리 하지 말라니까!"

곧 엄마와 아버지의 말다툼이 벌어진다.

"그만 끊어야겠어요." 데지레가 말한다. "내일 못 가서 죄송해요."

전화를 끊고 소지품을 챙긴다. 아파트를 나서 집 앞 계단을 내려가면서 커튼 틈새로 엿보는 집주인 색빌 씨에게 손을 흔든다. 한적

한 주말 도로를 달려 휴스턴 북부 교외로 향한다.

30분 후, 톰볼로 접어들어 파란색과 흰색으로 칠해진 말끔한 방갈로 앞에 차를 세운다. 에메랄드그린색 잔디밭에, 정원 관목은 헐벗고 차가운 느낌으로 다듬어져 있다. 초인종을 누르지만 아무도 나오지 않는다. 뒤편 정원에서 끽끽거리는 아이들 웃음소리가 들려온다. 쪽문의 빗장을 풀고 길을 따라 집을 빙 돌아간다.

외부 파티오 위의 격자시렁은 풍선과 장식용 테이프들로 꾸며져 있다. 아이들과 손자들이 개를 뒤쫓아 나무들 사이사이를 뛰어다닌다. 여자들은 테이블에 둘러앉아 담소를 나누며 프렌치 토스트를 만들기 위해 달걀을 깨고 팬케이크 반죽을 준비하고 있다. 얼마 안 되는 남자들은 그릴 주위에 모여 있다. 그릴은 항상 사회적 계급과 지위들을 평준화하는 위대한 도구다. 그곳에서만큼은 돈을 얼마나 벌거나 어떤 차를 모느냐가 아니라 스테이크를 얼마나 자주 뒤집느냐가 남자를 판단하는 기준이 된다.

전직 드라이퍼스 카운티 소속 병리학자였다가 이제는 은퇴한 허먼 윌포드는 영화감독들이 앉는 접이식 의자에 앉아서 무릎에 플라스틱 접시를 올려놓고 있다. 바지 허리춤은 잔뜩 추어올려 허리띠를 둘렀고 가디건 가슴팍은 단추로 팽팽하게 여몄다. 아이들이 시끄럽게 깩깩대는 소리를 낼 때마다 마치 이가 갈리는 듯 몸을 움찔거린다.

후덕한 중년 부인이 양손을 앞치마에 문질러 닦으며 데지레에게 다가온다. 데지레는 배지를 보여준다.

"오늘은 가족 모임 자리인데요."

"중요한 일이라서요. 그렇지 않으면 성가시게 해드리지 않았을 겁니다."

여자는 한숨을 쉬지만 윌포드는 잠시 빠져나올 핑계가 생겨서 안심한 기색이다. 윌포드는 데지레를 집 안으로 데려가서 감사의 술을 권한다. 데지레가 사양하자 윌포드는 늙으니 참을성이 없어진다고 투덜대며 다들 그만 가졌으면 하는 바람을 내비친다.

"가족에는 문제가 있어요." 바삐 움직이는 눈썹 아래에서 날카로운 눈빛이 빛난다. "가족한테서는 은퇴가 불가능하다는 겁니다."

데지레는 챙겨온 범죄현장 사진과 지도를 거실의 커피 테이블에 펼쳐놓는다. 늙은 병리학자는 더 젊고 유능했던 시절이 떠오르는지 자못 사랑스런 눈길로 그것들을 살펴본다.

"치명적인 총탄들이 날아온 방향을 알고 싶은 겁니까?"

"사건의 순서를 파악하려 하고 있습니다."

"버논과 빌리 케인은 경찰이 쏜 총에 사망했습니다. 버논은 목에 맞았고 빌리는 심장을 관통당했지요."

"오디 파머는 어떤가요?"

"근거리에서 맞았습니다."

"얼마나 가까웠나요?"

"1미터, 조금 넘을 수도 있고요." 늙은 병리학자는 사진 한 장을 집어 든다. "총탄의 각도로 보면 앞에서 맞은 것 같습니다."

"총알을 찾으셨나요?"

"사입구와 사출구는 있었지만 탄환은 발견되지 않았어요."

"그런 일이 흔한가요?"

"그날 발사된 총알이 70발이나 됩니다……. 모든 탄환이 회수되지는 않지요."

"어느 경관이 파머를 쐈는지 말씀해주실 수 있나요?"

"확실히야 말 못하죠."

"왜죠?"

병리학자가 낄낄댄다. "나는 살아남은 사람들에 대한 검시는 하지 않으니까요."

"왜 그 사람은 다른 사람들하고 그토록 멀리 떨어진 곳에서 발견되었을까요?"

"경찰 진술에 따르면 도망치려고 했답니다."

"1미터 거리에서 총에 맞았다면서요."

윌포드는 어깨를 으쓱한다.

"그리고 손은 불에 탔죠. 그건 어떻게 설명하시겠어요?"

"가스탱크가 폭발할 때 화염에 휩싸인 거죠."

"왜 손만?"

병리학자가 한숨을 쉰다. "자 보세요, 특수요원님, 그 총을 누가 쐈는지, 그 사람의 손이 왜 탔는지가 어째서 중요한 겁니까? 내 업무는 검시관에게 그 사람들이 어떻게 죽었는지 말해주는 겁니다."

"그 여자는 끝끝내 신원이 확인되지 않았죠. 이상하다고 생각지 않으세요?"

"아니요."

"왜요?"

"아무 카운티라도 좋으니 영안실에 한번 가보세요. 연고 없는 시신들이 널려 있을 겁니다."

"신원 불명자가 얼마나 되죠?"

"들으면 놀랄걸요. 브룩스 카운티에서는 작년 한해에만 129명의 시체를 발견했어요. 그중 68명이 신원불명이었죠……. 대부분은 사막에서 죽은 불법 이민자들이었고요. 때로는 뼈만 겨우 남아서 발견되기도 합니다. 그 여자는 알아볼 수 없을 정도로 불에 탔어요. 얼굴을 복원할 수조차 없었어요. 고열로 인한 다발성 골절이 너무 심했거든요. 음모 같은 건 없었어요, 특수요원님. 우리는 그저 그 딱한 여자에게 이름을 찾아주지 못했을 뿐입니다."

윌포드의 딸이 열린 문틈으로 들여다보고 있다. 아버지를 보호해야 할 경우 금방이라도 들어올 수 있게 감시 중인 듯하다. 데지레는 사진들을 주섬주섬 챙기면서 병리학자에게 감사 인사와 브런치를 방해한 데 대한 사과를 한다.

밖에서 한 아이가 비명을 지르고 이어 한바탕 눈물바람이 휘몰아친다. 윌포드는 한숨을 쉰다. "사람들은 손자들이 축복이라고 하는데 내 손자들은 공포 그 자체예요. 난쟁이들로 가득한 정신병원에 갇힌 느낌이랄까." 윌포드는 데지레를 응시한다. "난쟁이는 그냥 비유였어요. 제 얘기에 기분 상하지 않으셨으면 좋겠네요, 요원님."

42

오디는 커다란 체육관 유리창 너머로 트레드밀을 달리고 있는 샌디 발데즈를 지켜본다. 샌디의 머리카락이 어깨에 찰싹찰싹 부딪힌다.

이윽고 샤워를 마치고 흰 골프 반바지와 헐렁하지만 가슴이 돋보이는, 꽤 보이는 민소매 탑을 입은 샌디가 체육관을 나선다. 태닝을 하고 양말 없이 운동화만 신은 다리가 늘씬하다. 테이크아웃 커피를 주문한다. 윈도 쇼핑을 한다. 셔츠를 입어본다.

오디는 신문 위로 눈을 들어 밝은 조명의 아트리움을 지나 에스컬레이터에 오르는 샌디를 엿본다. 쇼핑몰 천장은 돔형 유리로 되어 있고, 물이 유리벽을 타고 열대우림을 흉내 낸 수영장으로 흘러 떨어진다. 샌디는 하행 에스컬레이터로 내려가는 친구를 발견하고 손을 흔든다. 두 여자는 손짓으로 서로에게 신호를 보낸다. 전화해. 커피 한 잔. 잡담이나 하자. 이따가.

또 다른 가게에 들어간 샌디는 스커트와 블라우스를 골라 탈의실로 들어간다. 몇 분 있다 다시 나와 옷걸이로 가서는 다른 사이즈를 찾는다.

운을 구경한 지가 너무 오래된 탓에, 오디는 하마터면 제 발로 찾아온 행운을 놓칠 뻔했다. 샌디가 운동가방을 탈의실에 놔둔 것이다. 오디는 탈의실 안으로 슬그머니 들어가 가방 지퍼를 열고 휴대폰을 꺼낸다.

점원이 지나간다. "도와드릴까요?"

"아내가 전화기를 가져다 달라고 해서요." 오디는 라벨을 살펴보고 있는 샌디를 향해 몸짓을 한다. 그 순간 샌디가 몸을 돌려 탈의실 쪽으로 걸어오기 시작한다. 점원은 다른 쇼핑객에게 불려간다. 오디는 고개를 숙이고 샌디를 30센티미터 거리로 스쳐 지난다. 경고의 외침이나 경찰을 부르는 고함소리를 예상하면서. 5미터……, 6미터……, 10미터……. 상점 밖으로 나왔다……. 에스컬레이터에 탔다……. 중앙 홀을 걸어 나왔다.

몇 분 후 오디는 캠리의 운전석에 앉아서 샌디의 문자메시지들을 훑고 있다. 아이가 보낸 것이 있다. 답장하기를 눌러 메시지를 찍는다.

계획이 바뀌었어. 집으로 와. 15분 안에 학교로 태우러 갈게. 엄마 쪽쪽.

전송 버튼을 누르고 기다린다. 진동이 새로운 메시지를 알린다.

무슨 일이에요?

나중에 설명해줄게. 주차장에서 보자.

오디는 다시 연락처를 뒤져 새로운 번호를 누른다. 한 여자가 받는다. 밝은 목소리다. 가벼운 목소리.

"오크 리지 고등학교입니다."

"라이언 발데즈 보안관입니다." 오디가 모음을 질질 끌면서 여자에게 말한다.

"무엇을 도와드릴까요, 보안관님?"

"제 아들 맥스가 2학년인데요. 조퇴해야 합니다. 제가 몇 분 안에 데리러 갈 겁니다."

"조퇴 신청서를 제출했나요?"

"아니요. 그래서 전화를 드리는 겁니다."

"부인께서 보안 문제가 있다고 말씀하셨는데요."

"그래서 저희가 데려가려는 겁니다. 이 전화는 아내 휴대폰입니다."

비서가 번호를 확인한다. "알겠습니다. 맥스를 수업에서 빼올게요."

오디는 전화를 끊고 무릎에 휴대폰을 떨어뜨린다. 다음번 신호등에 멈춰 섰을 때 그는 손을 뒤로 뻗어 좌석에 놓인 배낭 밑에서 총열을 잘라낸 산탄총을 꺼낸다. 탄환은 세 발 있다. 둥근 금속의 선뜩함을 느끼며 손바닥에 탄환들을 굴린다.

교문 근처 주차장에 차를 대고 엔진을 식히면서 교문을 지켜본다. 하늘은 코발트색도 아니고 수증기가 어려 있지도, 스모그로 흐려지지도 않은 더없이 순수한 파란색이다.

휴대폰이 울린다. 맥스의 문자다.

어디예요?

교문 쪽으로 나와.

뭔가 서명해야 한다는데요.

나중에 한다 그래. 서둘러야 해.

잠시 후 무거운 유리문을 밀어 열고 계단을 내려오는 맥스가 보인다. 야구모자를 귀 위로 내려 쓰고, 깡마른 10대 아이의 어색한 걸음걸이로 다가오며 어머니의 차를 찾는다.

오디는 비상등을 켠다. 맥스가 더 가까이 온다. 선팅한 유리창 안을 들여다보려고 몸을 웅크린다. 창문이 내려간다.

"차에 타."

아이가 오디를 보고 눈을 깜빡인다. 오디의 무릎 위에 놓인 산탄총에 눈길이 꽂힌다. 찰나의 순간, 도망칠까 고민하고 있다.

"너희 엄마를 데리고 있다." 오디가 말한다. "안 그러면 내가 어떻게 이 일을 꾸몄겠냐?"

맥스가 망설인다. 오디는 샌디의 전화기를 보여준다. "차에 타. 엄마한테 데려다줄게."

아이는 어깨너머를 돌아본다. 어쩔 줄 모르고 있다. 완전히 겁에 질렸다. 잠시 망설인 끝에 아이가 조수석으로 올라탄다. 오디는 왼쪽 바닥으로 산탄총을 밀어뜨리고 갓길을 벗어난다. 문이 자동으로 잠긴다. 맥스가 시험하듯 문손잡이를 돌려본다.

"엄마하고 이야기하게 해주세요."

"조금만 기다려."

I-45 도로를 타고 중앙 차선을 유지하면서 북쪽으로 향한다. 오디는 미행이 없는지 확인하려고 거울을 들여다보면서 이따금씩 속도를 줄이거나 올린다.

"엄마는 어디 있어요?"

오디는 대답하지 않는다.

"엄마를 어떻게 한 거예요?"

"엄마는 무사하셔."

오디가 차선을 옮긴다. "네 휴대폰 이리 줘."

"왜요?"

"그냥 줘."

맥스가 휴대폰을 건넨다. 오디는 창문을 내린다. 샌디와 맥스의 휴대폰이 고속도로의 갓길로 날아가 산산조각이 나고, 조각들이 아스팔트 위를 통통 튄다.

"아! 내 휴대폰!" 맥스가 뒤 창문을 내다보면서 말한다.

"새로 사줄게."

맥스가 오디를 죽일 듯이 노려본다. "나를 엄마한테 데려가는 거 아니죠?"

침묵.

맥스가 문손잡이를 잡아당기며 고함치기 시작한다. 창문을 쾅쾅 두드리면서 지나가는 차들을 향해 소리를 지른다. 자기들의 작은 세상 속에 있는 운전자들은 맥스에게 관심이 없다. 맥스가 갑자기 운전대에 덤벼든다. 캠리는 두 차선을 가로질러 안전난간을 들이받기 직전에 간신히 멈춘다. 차량들이 급히 방향을 틀어 비켜간다. 오디가 맥스의 얼굴에 팔꿈치를 날리자 아이는 코를 싸쥐고 자기 자리로 쓰러진다. 손가락 틈새로 피가 흘러내린다.

"너 때문에 같이 죽을 뻔했잖아." 오디가 고함친다.

"어차피 날 죽일 거잖아요." 맥스가 딸꾹질을 한다.

"뭐?"

"날 죽일 거면서."

"내가 왜 그런 짓을 해?"

"복수를 하려고요."

"난 너를 다치게 하고 싶지 않아."

맥스가 손을 내린다. "그럼 이건 뭔데요?"

오디의 심장이 여전히 방망이질 치고 있다. "때려서 미안하다. 너 때문에 정말 놀라서 그랬어." 손수건을 꺼내어 맥스에게 건넨다. 아이는 받아서 코에 갖다 댄다.

"머리를 뒤로 젖혀." 오디가 말한다.

"내가 알아서 할 수 있어요." 맥스가 화를 내며 쏘아붙인다. 차는 침묵 속에 달린다. 오디는 사고 날 뻔한 상황이 감시카메라에 잡히거나 다른 운전자에게 알려지지는 않았는지 걱정하며 다시 거울을 들여다본다.

맥스는 코피가 멎었다. 코를 조심조심 만져본다. "아빠가 그러는데 아저씨가 돈을 왕창 훔쳤다면서요. 그래서 아저씨를 쏜 거랬어요. 우리 아빠가 아저씨를 다시 잡을 거예요. 이번에는 확실히 죽일 거예요."

"그야 그러고 싶겠지."

"그게 무슨 뜻이에요?"

"너희 아빠가 날 죽이고 싶어 한다고."

"나도 마찬가지거든요!"

맥스는 고개를 숙인 채 구부정하게 앉아 지나가는 밭과 농장들을 응시한다.

"우리는 어디로 가요?"

"어딘가 안전한 곳으로."

43

데지레는 콘로의 한 조촐한 오두막집 문을 두드린다. 안에서 여자의 고함이 들린다. 마시라는 이름의 누군가에게 음악을 줄이고 개가 나가지 않게 조심하라고 소리 지르고 있다.

10대 여자아이가 문을 끼익 연다. 딱 붙는 짧은 청바지와 미니마우스 티셔츠를 입고 있다. 개 한 마리가 나무로 된 마룻바닥을 박박 긁으면서 아이의 다리 사이로 빠져나오려고 용을 쓰고 있다.

"안 사요."

데지레는 배지를 보여준다.

마시는 뒤를 돌아보고 고함을 친다. "엄마! 짭새예요."

"애야, 텔레비전 좀 적당히 보는 게 어떻겠니."

마시는 데지레를 문간에 그대로 세워두고 물에 젖은 개의 목줄을 붙잡아 복도로 끌고 간다. 한 여자가 손을 문지르면서 나타난다.

데지레는 배지를 들어 보인다. "이렇게 찾아와 번거롭게 해드려 죄송합니다."

"제 경험상 그런 말을 하는 사람들은 전혀 죄송해하지 않던데요."

보챔프 부인은 손등으로 눈에 달라붙은 머리카락을 걷어낸다. 반바지에 군데군데 젖은 오버사이즈 셔츠를 입었다. "개를 목욕시키던 중이었어요. 죽은 동물을 밟고 뒹굴었거든요."

"떠나신 부군에 관해 몇 가지 여쭤보고 싶습니다."

"12년 전 1월에 떠난 사람을 왜 이제 와서 찾으실까."

거실은 어수선하다. 부인은 소파에 널브러진 잡지들을 한데 모아 겨우 앉을 자리를 만든다. 데지레는 소파에 앉는다. 보챔프 부인은 시계도 없는 빈 손목을 내려다본다.

"아머가드 강도사건을 다시 한 번 살펴보는 중입니다." 데지레가 말한다.

"그 사람이 탈옥한 거죠, 맞죠? 뉴스에서 봤어요."

데지레는 대답하지 않는다.

"아직까지도 저를 이상한 눈으로 보는 사람들이 있어요……. 슈퍼마켓이나 주유소만 가도, 아니면 마시를 학교로 데리러 갈 때도……. 다들 똑같은 생각들을 하고 있는 거죠. 내가 돈이 어디 있는지 알 거라고." 부인은 냉소를 짓는다. "나한테 그 수백만 달러가 있으면 우리가 이런 꼴로 살겠냐고요." 마치 어떤 끝나지 않은 생각을 떠올리는 듯, 코끝에 핏기가 사라진다. "사람들은 우리 남편을 탓했어요."

"어떤 사람들이요?"

"전부 다……. 경찰, 이웃, 생판 모르는 사람들까지요. 하지만 특히 심한 건 아머가드였죠. 그이의 생명보험금을 안 주려고 했다니까요. 결국 법정까지 가야 했죠. 이기긴 했지만 보상금은 변호사들한테 거의 다 뺏겼어요. 쓰레기 도둑놈 새끼들!"

데지레는 강도사건에 대한 부인의 설명에 조용히 귀를 기울인다. 라디오에서 그 사건 소식을 들은 부인은 남편과 통화를 하려고 시도했다.

"그이가 전화를 안 받는 거예요. 마시가 학교 끝나고 집에 왔을 때 저는 애한테 아빠가 사고가 났다고 말했어요. 무슨 일이 일어났는지 도저히 말할 수가 없더라고요. 카운티 검시관 말로는 그이가 부상 때문에 죽었대요. 그 돈을 지키려고 애쓰다가 죽은 거죠. 염병할, 그이는 영웅이었는데 사람들은 그이를 악당으로 만들었어요."

"경찰은 뭐라고 하던가요?"

"소문을 퍼뜨리더라고요. 증거 따윈 전혀 없었지만 누구 한 사람을 밟아 뭉개기로 마음을 먹은 거죠. 돈은 돌아오지 않았고 스콧은 자신을 변호할 수 없었으니까요."

"그분은 평소 시카고 운송을 담당하셨습니까?"

"다섯 번인가 여섯 번쯤 했을 거예요."

"늘 다른 경로로 가셨나요?"

부인은 어깨를 으쓱한다. "스코티는 저한테 일 이야기를 하는 법이 없었어요. 군인 출신이었잖아요. 아프가니스탄에서 싸웠을 때도 어디 배치되었고 하는 이야기는 입 밖에도 안 냈어요. 작전하고 관련된 거니까. 비밀이니까."

보챔프 부인이 일어서서 망사 커튼을 연다. "그이는 심지어 그때 갈 예정도 아니었어요."

"어째서죠?"

"트럭 한 대가 사고로 고장이 나서, 이전에 배달 한 번을 걸렀거든요. 스코티는 휴무 중이었는데 그 일을 맡아달라고 부탁을 받았죠."

"누가 부탁했나요?"

"그이 감독이요." 부인이 뺨에 묻은 먼지를 닦아낸다. "그래서 그 트럭에 돈이 그렇게 많이 실렸던 거예요. 현금이 2주치가 아니라 4 주치였거든요."

"그 트럭은 어쩌다 고장이 난 건가요?"

"누가 탱크에 기름을 잘못 넣었대요."

"누가요?"

"몰라요……. 어떤 견습생이나 흔한 멍청이겠죠." 보챔프 부인은 커튼을 내려뜨린다. "나는 투잡을 뛰어요……. 둘 다 최저임금을 간 신히 넘는 수준이지만, 그런데도 내가 뭘 새로 사기만 하면 사람들 이 날 이상한 눈으로 본다니까요."

"틀림없이 부군을 의심할 만한 이유가 있었을 겁니다."

부인은 코웃음을 치고 얼굴을 찌푸린다. "강도사건 한 달 전에 어떤 주유소에서 찍은 사진이 있었어요. 그 사진 본 적 있어요?"

데지레는 고개를 젓는다.

"그럼 가서 좀 찾아보시든가요! 어떤 남자가 문으로 들어가는데 우리 스코티가 그 문을 잡아주고 있었어요. 그 남자가 버논 케인이 었죠. 스코티는 그냥 인사나 하고 있었을지도 모르는데. 날씨나 축 구 경기 이야기를 했을 수도 있잖아요. 그렇다고 스코티가 그 갱단 원이 되는 건 아니라고요."

부인의 머리로 김이 오르고 있다. "그이는 나라를 위해 싸웠고 업무를 위해 죽었는데 사람들은 그이를 무슨 쓰레기 범죄자 취급 해요. 그런데 그 범인은 자백을 하고는 전기의자에 가는 게 아니라 10년형을 받았죠. 이제는 새처럼 자유롭게 돌아다니고 있고요. 혹시 지금 내 말투가 심술 맞고 꼬인 것처럼 들린다면 아마 그게 내 진심일 거예요. 스코티는 훈장까지 탄 사람이에요. 이딴 취급을 받을 사람이 아니라고요."

데지레는 뭐라고 말해야 할지 몰라 눈길을 피한다. 시간을 빼앗은 데 대한 사과와 추수감사절 인사를 하고 황급히 나온다. 바깥 날씨는 더욱 화창해졌고 나무들은 파란 하늘을 등지고 녹음을 자랑한다. 데지레는 워싱턴의 젠킨스에게 전화를 걸어 아머가드 사의 직원 명단을 요청한다. 2004년 1월의 감독 이름도 포함해서다.

"벌써 11년 전이잖아." 젠킨스가 대꾸한다. "기록이 없을 수도 있어."

"있을 거라고 크게 기대하지도 않아."

44

모스는 1층은 점포, 2층은 사무실로 된 일련의 건물들 뒤로 돌아가 픽업을 세운다. 의자 등받이에 기대어 눈을 감는다. 뇌를 억지로 끄집어내 뙤약볕 아래에 마르라고 널어놓은 기분이다. 이번 세기 들어 처음 느끼는 숙취다. 그리고 이번 세기의 숙취는 이제 이걸로 족하다 싶다.

지금쯤이면 다들 알았을 것이다. 그를 감옥에서 꺼낸 사람들. 다들 그가 오디 파머를 데리고 있지 않다는 사실을 알았고, 따라서 모스는 실종자, 또는 그보다 더 위험한 인물로 신고당할 것이다. 무슨 일이 일어나든, 조기 석방이라는 결말은 이미 물 건너갔다. 다시 잡히든가 살해당하든가……. 숲에 묻히지 않으면 사막이나 걸프만에 버려질지도. 전에 듣기로 에디 베어풋은 시체를 처리하는 참신한 방법이 있다고 했다. 이동식 톱밥제조기를 빌려서 원하는 곳에 가져다놓는다. 반원을 그리며 땅을 서서히 물들여가는 다홍빛 피를 머릿속으로 떠올리기만 해도 모스는 속이 메슥거린다.

가장 큰 질문은 이유다. 어째서 그들은 오디가 죽기를 원할까? 그 이유를 알 수만 있다면 상황을 받아들이기가 더 쉬울 것 같다. 어쩌면 누군가 설명만 해줘도 기꺼이 용서하고 잊어버릴 수 있을지 모른다.

그 공터를 우두커니 바라보던 오디의 모습이 계속 떠오른다. 겁에 질린 사냥감 같은 그 눈빛. 감옥에서 그 오랜 세월을 함께 보내는 동안 모스는 오디가 허둥대거나 겁에 질린 모습을 한 번도 본 적이 없었다. 다른 사람들과는 전혀 다르게, 오디는 독야청청 그 자체였다. 마치 아담이 사과를 베어 물고 이브가 몸을 가린 그때부터 줄곧 살아온 사람 같았다. 이미 이전에 다 보았으니 놀랄 일도 충격받을 일도 없다는 듯한 태도였다.

모스는 벗은 팔을 내려다본다. 창문으로 쏟아져 들어오는 햇빛에도 한기는 떨쳐지지 않는다. 크리스털과 함께 있고 싶다……, 안고 싶다……, 목소리가 듣고 싶다.

모퉁이에 낡은 공중전화 부스가 있다. 주머니를 급히 뒤져 잔돈을 꺼내 들고 부스로 들어가 안내문을 따라 전화를 건다. 세 번째 신호음에 크리스털이 전화를 받는다.

"안녕, 자기?"

"안녕은 무슨." 크리스털이 걱정 어린 목소리로 말한다.

"잘 있지?"

"술 마신 목소리네."

"한두 잔 했어."

"아무 일 없는 거야?"

"오디 파머를 찾아냈는데 다시 놓쳤어."

"다쳤어?"

"아니야."

"문제 생겼어?"

"상황이 계획대로 돌아갈 것 같지가 않아."

"그럴 줄 알았다고 말하고 싶진 않은데."

"알아. 미안해."

"왜 내가 자기를 탓할 거라고 생각해?"

"그게 맞으니까."

"이제 어떻게 할 거야?"

"잘 모르겠어."

"포기해. 경찰한테 가서 그동안의 일을 털어놔."

"누굴 믿어도 되는지 알게 되면 그렇게 할 거야. 들어봐, 당신이 며칠 동안 부모님 댁에 가 있었으면 해."

"왜?"

"이 사람들이 어떻게 나올지 몰라서, 자기가 안전한 데 있었으면 좋겠어."

창 밖 도로에 메르세데스가 와서 선다. 정장 셔츠에 파란 타이를 맨 과체중의 남자가 차에서 내린다. 옷걸이에 걸어놓은 외투를 팔에 걸치고 서류가방을 집어든 후 차 문을 어깨로 밀어 닫고 계단을 오른다.

"그만 가봐야겠다, 자기야." 모스가 말한다.

"어디 가는데?"

"나중에 전화할게."

급히 길을 건너간 모스는 계단을 한 번에 두 칸씩 뛰어올라 문이 자동으로 닫히기 직전에 한 발을 밀어 넣는다. 법률가는 서류가방을 턱과 목 사이에 끼운 채 무거운 열쇠 꾸러미와 이중 자물쇠를 뒤적거리고 있다.

"클레이턴 러드 씨?"

변호사가 몸을 돌린다. 덥수룩한 흰 머리에 배가 나온 60대 중반의 남자다. 가장 눈에 띄는 특징은 양끝이 말려 올라간 남부식 콧수염으로, 프라이드치킨을 팔면 딱 어울릴 듯싶다. 더 젊었을 때나 어울렸을 법한 정장을 입고 있는데, 단추가 너무 압박을 받아서 금방이라도 튕겨 나와 누구 눈을 찌를 것만 같다.

"약속하셨나요?"

"아니요, 변호사님."

모스가 러드를 따라 사무실로 들어간다. 변호사가 외투를 걸고 책상에 앉는다. 흐릿하고 튀어나온 눈은 한순간도 어떤 특정한 대상에 머물지 않고 끊임없이 배회한다.

"말씀하세요. 어떤 놀라운 불운과 저주 때문에 저를 찾아오셨습니까?"

"뭐라고요?"

"기소되셨나요? 다쳤나요? 아니면 억울한 일을 당했습니까?"

"아닌데요, 변호사님."

"음, 그럼 왜 변호사가 필요하지요?"

"제 일이 아닙니다, 러드 씨. 저는 오디 파머 이야기를 하러 왔습니다."

변호사의 몸이 뻣뻣하게 굳는다. 무테 안경 속의 눈알이 쉴 새 없이 굴러간다. "그런 이름을 가진 사람은 모릅니다만."

"그 사람의 변호를 맡으셨잖아요."

"뭘 잘못 아셨나 봅니다."

"드라이퍼스 카운티 트럭 강도사건이요."

러드는 모스에게 보이지 않도록 책상 맨 아래 서랍을 발로 밀어서 연다.

모스가 눈썹을 들어올린다. "그 서랍에서 총을 꺼낼 생각을 하고 계신다면, 러드 씨, 모쪼록 다시 생각해주셨으면 합니다."

변호사는 서랍 안을 들여다보고는 다시 밀어 닫는다. "조심해서 나쁠 건 없으니까요." 변명조다. "파머 씨하고 친구세요?"

"아는 사이입니다."

"그 사람이 보내서 온 건가요?"

"아닙니다."

러드의 눈이 전화기를 향한다. "나는 사건에 관한 이야기를 해서는 안 됩니다. 변호사와 의뢰인 간 면책권이죠. 이해하시겠습니까? 오디 파머는 나한테 불평하면 안 됩니다. 그 사람은 운이 좋았다고요."

"운이 좋아요?"

"나를 변호사로 뒀으니까! 나는 그 사람한테 인생의 거래를 얻어다 준 거예요. 전기의자로 갈 것을 10년 형으로 때웠으니."

"어떻게 그런 대단한 일을 해내셨습니까?"

"그저 내 일을 잘한 것뿐입니다."

"그 친구가 변호사님께 감사 인사를 드렸어야 할 텐데요."

"그런 일은 거의 없죠. 의뢰인은 무사히 빠져나가면 자기가 사법 시스템을 이겼다고 생각하거든요. 잡혀 들어가면 나를 탓하고요. 어느 쪽이든 내 공은 인정받지 못해요."

모스가 아는 한 그것은 사실이다. 모든 범죄자가 변호사 때문에 누명을 썼거나 경찰의 함정에 빠졌거나 아니면 단순히 운이 나빴다고 말할 것이다. 자기의 명청함이나 욕심이나 원한 때문에 그랬다고 인정하는 사람은 하나도 없다. 오디만은 예외였다. 자신의 유죄판결에 관해 이야기하거나 평결에 관해 불평한 적이 한 번도 없었다. 다른 죄수들이 청원을 하고 탄원을 넣는 것을 도와주면서도 자신의 상황에 관해서는 한마디도 입 밖에 내지 않았다.

"오디가 왜 석방 전날에 도망쳤는지, 혹시 짐작 가시는 게 있나요?"

클레이턴 러드가 어깨를 으쓱한다. "그 청년 머리에는 토스터기보다 더 많은 쇳조각이 박혀 있어요."

"제 생각엔 그렇지 않은 것 같습니다." 모스가 말한다. "제 생각에 그 친구는 자기가 뭘 하고 있는지 정확히 알았던 것 같거든요. 그 친구가 돈 이야기를 한 적이 한 번이라도 있었나요?"

"아니요."

"그리고 변호사님은 묻지도 않으셨고요."

"그건 내 일이 아니니까요."

"이런 말씀 죄송합니다만, 변호사님, 저는 당신 말씀이 개똥 같은 거짓말이라고 생각합니다."

러드는 몸을 뒤로 기대고 가슴 앞에서 손깍지를 낀다. "내가 한 가지 알려주지요, 젊은이. 오디가 10년형을 받은 건 행운의 여신이 정말 미친 듯이 애를 쓴 덕분입니다."

"왜 특수살인으로 기소되지 않았지요?"

"기소됐지만 내가 감경시킨 거요."

"우라지게 굉장한 사법 거래였군요."

"내가 말했지 않습니까……. 내 일을 제대로 해냈다고."

"지방검사국에서는 왜 동의했지요? 왜 그랬을까요?"

변호사가 지친 듯 한숨을 쉰다. "내 생각을 알고 싶습니까? 아마 아무도 오디 파머가 살아남을 거라고는 예상하지 않았을 겁니다. 그러기를 원하지 않았겠지요. 심지어 어떤 기적 덕분에 그 사람이 살았다 해도, 의사들은 그 사람이 양배추나 다름없다고 말했어요. 그래서 지방검사가 거래를 제시한 거죠. 유죄를 인정함으로써 우리는 정부의 재판 비용을 절감해줬어요. 파머 역시 동의했고요."

"아니요, 그게 다가 아니었지요."

러드는 일어서서 파일 캐비닛을 연다. 샌드백보다 무거워 보이는 법률 폴더를 펼친다. "여기요! 직접 읽어봐요."

파일은 그 사건에 관한 신문 스크랩으로, 여전히 머리를 붕대로 감싼 오디가 클레이턴 러드와 법정에 나란히 앉은 사진도 있다.

"그 사람은 말을 제대로 할 수 있는 처지가 아니어서 증언대에 세울 수 없었어요. 사형 선고를 원하는 기자들이 미친개들처럼 으르렁대고 있었죠. 그 보안요원에다 무고한 여자까지 같이 죽었으니까요."

"사람들은 오디를 탓했지요."

"달리 누구를 탓하겠습니까?" 러드가 문을 본다. "이제 실례지만 나는 할 일이 있어서요."

"돈은 어떻게 된 겁니까?"

"당신한테 허용된 질문은 이제 끝났습니다. 비용 청구는 안 할게요. 문에 엉덩이 찧지 않게 조심해서 나가요."

45

드라이퍼스 카운티의 법원 건물은 크리미널 저스티스(Criminal Justice, 형사사법) 제1로에 위치해 있다. 의도와 희망사항이 엿보이는 야심찬 주소다. 현대적이고 기능적으로 보이는 건물이지만 옛날식 경찰서들에 비하면 건축물 자체의 매력은 부족한 편이다. 역사보다 땅값이 더 비싸기 때문에 대부분 팔려나간 카운티 법정과 시청 건물들에 비해서도 그렇다.

데지레는 자동차의 사이드미러로 자신을 점검한다. 오디 파머의 전화로 인한 흥분이 가라앉지 않았다. 오디는 그 모녀를 쏘지 않았다고 했지만 믿어달라고 애원하거나 이해해달라고 부탁하지도 않았다. 데지레가 자기 말을 믿는지 안 믿는지도 전혀 관심이 없어 보였다. 또한 형이 죽었다고 했고 증거를 원한다면 트리니티 강을 준설하라고도 했다.

왜 지금 나한테 그 이야기를 하지? 11년 전에 말했더라면 그에게 조금이라도 도움이 되었을 것 아닌가. 그렇지만 오디의 솔직함과 계산 없는 태도에는 어딘가 믿고 싶게 만드는 구석이 있었다.

데지레는 모텔 방에 발을 들여놓던 순간을 기억한다. 그 현장은 단순히 무심한 폭력을 보여주는 것만이 아니라, 무언가 불협화음을 울리는 것이 있었다. 오디가 무엇 때문에 캐시와 스칼렛을 죽이려 했을까? 어쩌면 캐시가 신고전화를 한 걸 원망해서 그랬을지도 모르지만, 왜 하필이면 그 순간에 그녀를 쏘지? 발데즈가 문을 두드리고 자신의 존재를 알린 바로 그 순간에?

보안관의 설명에 따르면 세 발을 쏘아서 두 사람을 죽인 오디는 옆방과 이어진 문을 부수고 빠져나간 후 옥외 통로로 계단을 내려가 주차장을 건너갔다고 했다. 옷은 완전히 갖춰 입었고, 이틀 밤을 보낸 모텔 방에 개인 소지품 하나도 남기지 않았다. 보안관이 문을 두드리고 자신을 알리고 카드키로 문을 여는 그 짧은 시간 동안 그 모든 일을 해치운 것이다. 논리에 어긋난다. 상식을 조롱한다. 데지레가 의심을 떨쳐버리지 못하는 것도 당연하다.

발데즈의 보안관 사무실은 건물 4층에 있는데, 창밖으로는 아무런 간판도, 무엇을 보관하거나 제조하는지 짐작할 만한 표지 하나도 내걸지 않은 특징 없는 공장이 보인다. 데지레가 문을 노크하고 들어가도 발데즈는 고개를 들지 않는다. 전화 통화 도중에 손을 허공에 휘저으며 자리에 앉으라는 손짓을 한다.

통화가 끝난다. 보안관이 의자 등받이에 몸을 기댄다.

"바쁠 때 찾아뵌 게 아니었으면 좋겠네요." 데지레가 말한다.

"정직 중에 바쁘긴 힘들지요. 총기를 사용한 경관은 모두 진행 중인 수사의 완결을 기다려야 하니까요."

"그게 규칙이죠."

"압니다."

데지레는 의자에 앉는다. 핸드백을 무릎에 놓고 양손으로 윗부분을 쥔다. 뜨개질감을 들고 취조실에 들어온 미스 마플이 된 것 같은 당황스러운 기분이다. 두 발 사이의 마룻바닥에 가방을 내려놓는다.

보안관은 머리 뒤로 손깍지를 낀 채 상대를 뜯어본다. "내가 별로 마음에 안 들죠, 안 그렇습니까, 특수요원님?"

"당신을 믿지 않지만, 그게 그 뜻은 아니죠."

발데즈가 자신의 신뢰도는 그저 의미론의 문제일 뿐이라는 듯 고개를 끄덕인다. "여긴 어쩐 일로 오셨습니까?"

"사과를 하려고요. 요전에 내가 한 질문들에 불쾌해하셨다는 말을 들어서요."

"도를 넘긴 하셨죠."

"난 그냥 내 일을 하려던 것뿐이에요."

"남한테 그런 식으로 말하는 건 옳지 않아요. 특히 동료 법 집행관에게는요. 당신은 나를 인간쓰레기처럼……, 범죄자처럼 취급했습니다."

"아마 그 젊은 여자와 딸이 죽어 쓰러져 있는 광경을 봐서 균형감각을 잃었나 봐요."

"맞아요, 분명히 그랬죠."

데지레는 발데즈에게 할 말을 연습했다. 그렇지만 버터를 바르지 않은 빵을 억지로 삼킬 때처럼 말이 계속 목에 걸린다.

"나는 죽음을 가까이서 본 경험이 그리 많지 않아서요." 데지레는 말한다. "당신은 분명히 아주 익숙하겠죠."

"무슨 의미죠?"

"그 무장 트럭 강도사건은 어떻게 보아도 피범벅이었죠. 그 남자들을 쏠 때 어떤 기분이었나요?"

"나는 내 일을 했을 뿐입니다."

"그 강도사건 이야기를 다시 좀 해주시죠."

"파일을 읽으셨잖습니까?"

"당신은 무장 트럭 옆에 주차된 SUV 차량에 관해 진술했지만 지령실의 무선통신기록 원본에는 SUV에 관한 언급은 전혀 없었어요."

"그 무장 트럭에서 떨어진 곳에 주차되어 있었거든요. 나중에 봤습니다."

"그럴싸하게 들리네요." 데지레가 말한다.

"그럴싸하다고요? 씨발, 내 말은 진실이에요!"

데지레는 보안관의 정곡을 찔렀다는 기쁨을 애써 숨긴다. "루이스랑 펜웨이하고도 이야기를 나눠보고 싶은데요."

"그 사람들은 이제 공직을 떠났습니다."

"전화번호나 연락처를 알 수 있도록 도와주면 고맙겠어요."

한 박자 침묵이 흐른다. 데지레는 창밖을 응시한다. 먼 곳에서 피어오르는 먼지와 연기에 햇빛이 황금색으로 번진다.

"루이스의 주소는 드릴 수 있습니다. 펜하고 종이 있습니까?" 발데즈가 말한다.

"있어요."

"텍사스 주 제퍼슨 카운티 버몬트 시 매그놀리아 묘지."

"뭐라고요?"

"사인은 경비행기 충돌이었습니다."

"언제 그랬죠?"

"6년인가 7년 전에요."

"펜웨이는?"

"마지막으로 들었을 때 플로리다 키스에서 싸구려 술집을 차렸다더군요."

"주소는요?"

"모릅니다."

"가게 이름은?"

"그냥 싸구려 술집이라고 했던 것 같군요."

발데즈의 냉소가 데지레의 어딘가에 불을 붙인다. "계기판의 촬영영상은 어떻게 됐죠?"

발데즈가 머뭇대다 정신을 차리고 아래턱을 좌우로 비튼다.

"촬영영상이요?"

"범죄현장 사진을 보면 당신 순찰차 계기판에는 카메라가 있었어요. 그런데 촬영영상에 관한 이야기는 전혀 없었죠."

"카메라는 작동하지 않았어요."

"어째서?"

"우리를 향해 날아온 그 수많은 총알세례에 맞서서 고장이 났나보죠."

발데즈는 입안에서 분노를 마치 가래처럼 거칠게 씹으면서 굴린다. 억지로 웃음을 짜낸다. "공식 해명이 어떻게 나갔는지는 모르겠군요. 그런 덴 별로 관심이 없었거든요. 아마도 나를 죽이려 하는 놈들이 쏘는 총알들을 피하느라 너무 바빴나 봅니다. 당신은 총에 맞아본 적이 있습니까, 특수요원님?" 발데즈는 대답을 기다리지 않는다. "아니, 없을 겁니다. 당신 같은 사람들은 호젓한 특권의 상아탑 속에서 사니까. 실제 세계의 팩트나 현실성과는 담을 쌓고서. 총과 배지를 가지고 화이트칼라 범죄자들과 탈세범들과 현상수배범

들을 쫓아다니느라 바쁜 당신 같은 사람들은 칼을 휘두르는 메스
중독자나 자동권총을 가진 마약장사하고 직접 대치하는 게 어떤
건지 알 리가 없지. 당신은 한 번도 전선에서 싸운 적이 없어. 인간
쓰레기들을 다뤄본 적은 한 번도 없다고. 동료나 친구를 위해 목숨
을 걸어본 적도 없을 테지. 그런 일들을 하나라도 해본 다음에 다
시 내가 뭘 했는지, 왜 그랬는지 물어보러 오쇼. 씨발, 내 사무실에
는 그런 다음에나 찾아오라고!"

발데즈는 일어서 있다. 목의 근육이 불룩 튀어나왔고 이마에는
구슬땀이 맺혔다.

책상 위의 전화기가 울린다. 발데즈는 낚아채듯 수화기를 든다.

"무슨 말이야? ……나는 전화 안 했어……. 그리고 학교에서 애
를 내보냈다고?"보안관의 눈길이 데지레에게 꽂힌다. "알았어, 알
았어, 진정해……. 다시 처음부터 말해봐……. 마지막으로 전화
기를 어디서 가지고 있었는데? ……그럼 아마 도둑맞은 모양이
군……. 침착해, 찾아낼 거야……. 알아……, 괜찮을 거야……. 내가
학교에 전화할게. 당신 지금 어디야? ……당신 데리러 순찰차를 보
낼게."

발데즈가 전화기를 귀에서 내리고 손을 구부려 송화기 부분을
가린다.

"누군가가 우리 아들 학교에 전화를 해서 저인 척했답니다."

"언제요?"

"45분 전에요."

"그래서 아드님은 지금 어디 있죠?"

"모릅니다."

46

오디는 사우스 프리웨이를 타고 휴스턴을 벗어나 브라조리아 카운티로 달린다. 잭슨 호에서 서쪽으로 614번 도로를 타고 이스트 컬럼비아로 향한다. 앞에 가는 녹슨 픽업트럭 뒤 창문에는 "분리가 아니면 죽음을 – 텍사스의 애국자"라고 쓰인 범퍼 스티커가 붙어 있다(텍사스 주 일부에서는 미합중국으로부터 분리해 독립하자는 주장이 있다 —옮긴이). 운전자가 담배를 창밖으로 내던지자 꽁초가 통통 튀면서 아스팔트 위에 불꽃을 흩뜨린다.

농장들은 대부분 깔끔하고 부유해 보인다. 밭들은 해바라기, 면화, 그리고 추수로 꺾여나간 옥수숫대로 가득하다. 곡식 저장고, 풍차, 헛간, 트랙터가 획획 지나간다. 사람들은 남자 한 명과 10대 소년 하나가 탄 평범해 보이는 캠리가 지나가는 것에는 신경도 쓰지 않고 일상을 영위하고 있다.

한두 번쯤 맥스를 슬쩍 훔쳐본 오디는 아이의 입가에 맺힌 침방울과 눈가의 붉은 테두리를 알아차린다. 아이는 겁을 먹었다. 돌아가는 상황을 이해하지 못하고 있다. 어떻게 이해하겠는가? 아이들은 대개 세계가 정해진 대로 돌아간다고 믿으면서 자란다. 동화를 듣고, 고아는 모두 가족을 찾고, 길 잃은 개들은 모두 집을 찾아가는 개운한 영화들을 보면서. 이런 이야기에는 교훈이 있다. 좋은 사람들에게는 좋은 일이 일어나고 사랑은 늘 길을 찾는다는 것이다. 하지만 많은 아이들에게 현실은 그처럼 매끈하고 건전하지 못하다. 그 아이들은 날아오는 허리띠나 허공을 가르는 지팡이나 떨어지는 주먹을 통해 인생을 배우기 때문이다.

오디의 어머니 쪽 삼촌 하나는 가족 모임 때면 으레 오디를 자기 무릎에 잡아다 앉히곤 했다. 그리고 한 손으로는 간지럼을 태우면서 다른 손 엄지손가락으로는 오디의 갈빗대를 후벼 파서 그 통증으로 거의 기절 직전까지 몰아가곤 했다.

"들어봐." 삼촌은 말하곤 했다. "애가 웃어야 할지 울어야 할지를 모른다니까."

오디는 삼촌이 그처럼 자신을 아프게 한 이유를 끝내 이해하지 못했다. 어린 남자애를 고문하면서 도대체 어떤 즐거움을 느꼈는지. 맥스를 건너다보면서 그는 아이가 사디스트인 삼촌이나 학교의 일진 같은, 약자들을 먹이로 삼는 놈들을 만날 일이 없기를 마음속으로 기원한다.

콘로를 떠난 지 두 시간 만에 사젠트에 닿는다. 캐니 크리크 강줄기를 따라 옹기종기 모인 건물 몇 채가 그곳의 전부다. 캐니 크리크는 수 킬로미터에 걸쳐 완만한 곡선을 그리며 굽어지다 걸프만에 이른다. 차도는 거의 완전히 일직선으로, 타르 길은 선개교를 건너 사르젠트 해변에서 급작스레 끝난다.

T자 교차로에서 운하 길을 따라 동쪽으로 꺾어든 차는 열기 때

문에 거미줄처럼 쫙쫙 갈라진 일차선 도로를 달린다. 길은 해변을 따라 5킬로미터 더 이어진다. 집들의 수가 서서히 줄어들기 시작한다. 대부분은 휴가용 별장들인데, 바닷물을 거의 마루널 높이까지 쳐올리는 높은 조수와 폭풍 때문에 기둥 위에 세워져 있다. 겨울을 대비해 집들은 꽁꽁 닫혀 있다. 깃발은 모두 내리고 데크의 가구는 집 안으로 들이거나 동여매놓았다. 배들은 헛간에 들어갔거나 앞마당에 매여 있다.

길 왼편을 차지하고 있는 것은 준설용 바지선과 유람선을 연안 내륙 수로로 실어 나르는 큰 운하다. 더 내륙 쪽은 늪지와 수 킬로미터에 걸친 헐벗은 평지, 그리고 얕은 연못들과 좁은 물길들이 드문드문 패인 습지가 차지했다. 낯선 땅거미 속에서, 오리들이 마치 먼 해안을 가리키는 화살표 같은 V자 대형을 이루며 하늘을 날아간다.

길 반대편의 길고 평평한 해변에는 해초 덩어리들이 점점이 찍혀 있고 바퀴자국들이 갈빗대를 그려놓았다. 오디는 차에서 내려 인적 없는 해변을 훑어본다. 빛이 공기를 칙칙한 물빛으로 물들이고 있다. 오디는 조수석으로 가 문을 연다.

"왜 세운 거예요?" 맥스가 묻는다.

"오늘 밤 잘 데를 찾아야지."

"집에 가고 싶어요."

"아무 일 없을 거야. 친구네 집에 놀러 와서 하룻밤 자고 간다고 생각해."

"내가 무슨……, 아홉 살짜리 어린앤 줄 알아요?"

오디는 아이의 양손에 마스킹 테이프를 동여맨다. 그 후 아이를 해변 쪽으로 떠민다.

둘은 모래 언덕과 낮은 관목 뒤에 숨은 불 꺼진 집에 다다른다. 오디는 밀물이 들어오는 가장 먼 지점 위쪽의 움푹 팬 곳에 웅크리고 앉아 10분간 지켜본다. 인기척은 전혀 없다.

"여기 가만 있겠다고 약속해. 도망치려고 하지 마. 안 그러면 도로 잡아다가 트렁크에 가둬놓을 거야."

"트렁크에 들어가는 건 싫어요."

"좋아, 금방 올게."

*

어둠 속에서 오디의 모습이 사라지자 맥스는 뜻밖에도 마음이 놓이는 게 아니라 불안해진다. 맥스는 어둠이 싫다. 이 어둠 속에서는 벌레소리나 자신의 숨소리나 해안에 부딪히는 파도소리가 더 크게 들린다. 해변 쪽에서는 바다로 나가는 빛들이 보인다. 서서히 움직이거나 아예 멈춰 있는 그 빛은 선박 같기도, 석유굴착 플랫폼 같기도 하다.

왜 나는 이 남자가 그다지 무섭지 않은 것일까? 차 안에서 맥스는 한두 번쯤 곁눈질로 오디의 얼굴을 몰래 뜯어보았다. 살인자는 뭐가 다를지 알고 싶었다. 눈빛에 드러나거나 이마에 쓰여 있지 않을까. 분명히 티가 날 것이다. 증오, 피를 향한 갈망, 복수를 위한 목마름.

차로 오는 내내 맥스는 표지판들과 지형지물들을 머릿속에 새겼다. 틈을 봐서 경찰에 전화를 할 수 있을지도 모르니까. 차는 휴스턴에서 남쪽으로 접어들어 올드 오션과 슈거 밸리를 지나 서부로, 베이 시티로 향했다.

오디는 차에서 대화의 물꼬를 트려고 맥스에게 부모님에 관한 질문을 했다.

"뭐가 알고 싶은데요?"

"그냥 관심이 있어서 그래. 아빠하고는 사이가 좋니?"

"네, 그럴걸요."

"같이 여러 가지 일들을 하고 그래?"

"때때로요."

많이는 아니지만……. 요즘은 전혀 아니지만.

이제 맥스는 어둠 속에 웅크려 파도소리를 들으며 아빠와 가까웠던 때를 떠올려보려고 애를 쓴다. 어쩌면 맥스가 리틀 리그에 가입해서 야구를 하거나 오토바이 경주 같은 걸 좋아했더라면 달라졌을지도 모른다. 하지만 맥스는 스케이트보드조차 서툴렀다. 중학교 때 같은 반이었던 딘 오빈이나 팻 크라인에 비하면 말이다. 맥스는 아빠와 그다지 공통점이 없었지만 그건 두 사람이 겉도는 주요한 이유가 아니었다. 맥스가 가장 싫어한 것은 말다툼이었다. 직접 하는 게 아니라 밤에 침대에 가만 누운 채 들어야 하는 말다툼.

아주 볼 만하던데! 정말이지! 그놈하고 시시덕댔잖아. 내가 다 봤거든. 질투를 해? 내가? 말도 안 돼. 당신처럼 애도 못 낳는 석녀 때문에 내가 왜 질투를 해?

이런 싸움들은 물건 던지는 소리나 쾅 하는 문소리, 더러는 눈물 바람으로 끝났다. 맥스가 보기에 아버지는 아내와 아들이 자신의 가치와 고마움을 모르고, 심지어 하찮게 여긴다고 믿는 것 같았다. 하지만 그런 말다툼이 아침까지 지속되는 일은 거의 없었다. 아침 식사 때면 상황이 정상으로 돌아왔고, 어머니는 아빠에게 점심 도시락을 싸주고 입맞춤으로 배웅했다.

맥스는 엄마와 아빠가 모두 보고 싶고, 아빠가 와주기를 바란다. 경찰차들이 번쩍번쩍 경광등을 켜고 비명 같은 사이렌 소리를 내며 나를 향해 급히 달려온다면 얼마나 멋질까. 맥스는 상상 속에 빠져 헬리콥터의 날개들이 허공을 가르고, 네이비실 팀이 고무보트를 타고 고함을 지르며 해변에 상륙하는 장면을 그린다. 잠시 귀를 쫑긋해보지만, 사이렌이나 헬리콥터나 보트 소리가 들려올 기미는 없다. 맥스는 혹시 오디가 돌아오고 있지 않나 등 뒤를 돌아다보며 살금살금 걸어간다. 차에 다다르자 잠시 멈춰 서서 어둠 속을 응시한다. 길은 앞쪽으로 수백 미터까지 펼쳐져 있다. 지나가는 차를 세울 수 있을 것이다. 경보를 울릴 수 있을 것이다.

양손이 묶여 있으니 달리는 것도 자유롭지 못해 맥스는 깡충깡충 뛰어간다. 그러다 갑자기 무언가에 걸려 넘어져 모래밭에 얼굴부터 떨어진다.

"정식으로 배운 안면 낙법 같은데." 오디가 산탄총을 어깨에 기댄 채로 담장 뒤에서 나오면서 말한다. 맥스는 입에 들어간 모래를 뱉는다.

"다치게 하지 않을 거라면서요."

"그러고 싶다고 했지."

*

오디는 맥스를 부축해 일으키고 모래를 털어준다. 맥스는 손길이 닿는 것조차 질색하듯 화난 몸짓으로 오디의 손을 밀쳐버린다. 둘은 길을 따라 빙 돌아 해변 방향에서 집으로 다가가 바다를 면한 뒤쪽 데크의 계단을 올라간다. 모래와 바람과 햇빛의 협공으로 난간의 페인트가 벗겨져 있다.

셔터와 바깥문의 점검을 마친 오디는 팔을 외투로 감싸고 팔꿈치로 문손잡이 위의 작은 정사각형 유리창을 깨부순다. 손을 넣어 잠금장치를 풀고 문을 연 후, 맥스에게 깨진 유리를 조심하라고 주의를 준다. 오디는 맥스를 부엌 식탁에 앉힌 후 재빨리 집 안을 돌아다니며 각 방을 수색한다. 집은 퀴퀴하고 밀폐된 분위기를 풍긴다. 소파에는 시트가 씌워져 있고 침대는 시트 대신 비닐로 덮여 있다.

오디는 지도와 낡은 신문들 사이에 놓인 잡지 한 권을 발견한다. 세 달은 지난 잡지다. 벽난로 위와 몇몇 방에는 가족사진들이 있다. 아버지. 어머니. 세 자녀. 약 10년의 세월에 걸쳐 걸음마쟁이들이 10대로 변한다.

냉장고에 전기를 넣고 찬장에 있는 건조식품들과 방부 처리된 식량의 재고를 점검한다. 전등을 켜지 않은 채로 바다를 면한 쪽 셔터를 연다. 만 저편의 석유시추 플랫폼이 마치 공중에 뜬 도시들처럼 보인다.

그러는 동안 맥스는 한마디도 하지 않았다. 오디는 수납용 트렁크에서 수건을 찾아내고 온수기를 켠다.

"따뜻해지려면 몇 시간은 걸릴 거야." 오디가 말한다. "아침에는 샤워를 해야겠지. 옷장에 옷이 몇 벌 있더라."

"우리 게 아니잖아요."

"맞아." 오디가 말한다. "그렇지만 가끔은 필요할 경우 규칙을 깰 수도 있어."

"나 계속 묶여 있어야 해요?"

오디는 곰곰이 생각한다. 아까 어느 방의 선반 위에 탬버린이 있었지. 탬버린을 부엌으로 가져온 오디는 맥스에게 일어서라고 한 후 아이의 무릎 사이에 그것을 동여맨다. 이제는 움직일 때마다 쨀랑거리는 소리가 날 것이다.

"그 의자에 계속 앉아 있어야 한다. 움직이는 소리가 들리면 네 손하고 발도 묶을 거야. 알겠지?"

맥스가 끄덕인다.

"배고프니?" 오디가 묻는다.

"아니요."

"그래, 그래도 난 뭔가 만들어야겠다. 먹고 싶으면 너도 먹으렴."

오디는 냄비에 물을 끓이고 식료품 저장실에서 찾아낸 푸실리 파스타를 붓는다. 토마토 캔, 허브 몇 개, 마늘가루, 그리고 양념들을 뒤져 꺼낸다. 맥스는 요리하는 오디를 지켜본다.

이윽고 두 사람은 부엌 식탁에 앉아 침묵 속에 식사를 한다. 유일한 소리는 때때로 쨀랑거리는 탬버린과 접시를 긁는 포크 소리뿐이다.

"난 요리를 잘 못해." 오디가 말한다. "해본 적이 많지 않아서."

맥스는 접시를 식탁 가운데로 밀어낸다. 눈에 붙은 앞머리를 치우고 오디의 팔뚝 위에 난 십자 모양 상처들을 본다.

"감옥에서 그런 거예요?" 1분의 침묵 후에 맥스가 묻는다.

오디가 끄덕인다.

"어쩌다가요?"

"사람들은 서로 뜻이 맞지 않을 때가 있단다."

맥스는 오디의 오른쪽 손등을 가리킨다. 상처 하나가 엄지손가락 밑동에서 손목까지 죽 이어져 있다. "그건 어쩌다 생겼어요?"

"녹인 칫솔로 만든 칼."

"그리고 그건요?"

"죽음의 면도날."

"면도날을 어떻게 구해요?"

"아마 틀림없이 어떤 간수가 몰래 들여왔겠지."

"왜 그런 짓을 해요?"

오디가 맥스를 서글프게 본다. "나를 죽이려고."

싱크대에서 접시를 헹구면서 오디는 창밖 하늘을 살핀다. "밤에 폭풍이 오더라도 아침에 날이 개면 낚시를 갈 수 있을 거야."

맥스는 대꾸하지 않는다.

"낚시하는 법 알지, 모르니?"

맥스는 어깨를 으쓱한다.

"사냥은 어떠니?"

"아빠 따라 한 번 갔었어요."

"어디로?"

"이스트 텍사스에 있는 아빠 친구네 사슴 방목장으로요."

오디는 형 칼을, 그리고 10대 때 갔던 사냥 여행을 떠올린다. 늘 방아쇠를 당기는 데 두려움이 없던 칼은 총을 쏠 때 철저히 무표정했고 심지어 눈 하나 깜짝하지 않았다. 오리, 다람쥐, 꼬리가 흰 사슴, 비둘기, 거위……. 칼의 얼굴은 늘 가면 같았다. 한편 오디가 죽인 모든 것들은 그의 소심함과 함께 몸을 뒤틀고 그의 불안과 함께 피를 흘리곤 했다.

"나를 쏠 거예요?" 맥스가 묻는다.

"뭐? 절대 아니야."

"날 왜 여기로 데려왔어요?"

"친구가 되고 싶어서."

"친구요!"

"그래."

"씨발 미친 거 아니에요!"

"욕은 하지 마라. 우리는 공통점이 많아."

맥스가 무시하듯 코웃음을 친다.

"너 라스베이거스에 가본 적 있니?" 맥스가 묻는다.

"없어요."

"나는 예전에 그곳에서 결혼을 했단다. 11년 전에. 세상에서 가장 아름다운 여자하고 결혼했지……." 그 순간을 다시 떠올리는 오디의 얼굴에 웃음과 함께 주름이 번진다. "신문기사 같은 데 나오는 그런 성당에서."

"엘비스 프레슬리 성당처럼요?"

"거긴 아니고." 오디가 말한다. "라스베이거스 대로에 있는 벨스 성당이었어. '혼인서약 서비스'가 있었는데 음악과 혼인증명서에 145달러가 들었지. 결혼 직전에 쇼핑을 갔어. 나는 벨리타가 드레스를 사려는 줄 알았는데 철물점을 찾는 거였어."

"왜요?"

"부드러운 밧줄 2미터를 사려고. 그리고 나더러 금화 열세 개를 구해서 자기한테 달라고 하더라. 진짜 금은 아니어도 돼. 벨리타는 그렇게 말했어. 그냥 상징이니까."

"뭐의 상징이요?" 맥스가 묻는다.

"예수님과 사도들을 상징하는 거랬어." 오디가 대답한다. "그리고 나는 벨리타와 그녀의 아들을 지켜주겠다고 약속하는 의미로 그 동전들을 그녀한테 주는 거야."

"아들이요? 아들이 있다는 말은 안 했잖아요."

"그랬나?" 오디가 위쪽 팔에 난 상처를 훑는다. "신랑 들러리였어. 그 아이에게 결혼반지를 맡겼지."

맥스는 대꾸하지 않았지만, 짧은 순간 오디는 아이에게서 기억의 기미를 감지한다. 하지만 그 순간은 금세 지나갔다.

"이름이 뭐였어요?"

"미겔……, 마이클의 스페인식 이름이지."

이번엔 아무런 기미도…….

"결혼식 때 벨리타는 부드러운 밧줄로 내 손목과 자기 손목을 묶었단다. 우리를 무한히 이어주는 끈의 상징이라고 했어. 우리 운명은 이제 서로 묶였으니까."

"엄청 미신 같은 소리인데요." 맥스가 말한다.

"그렇지." 오디가 대답하는 순간 멀리서 날아온 번개의 첫 섬광이 두 사람의 그림자를 지운다. "미신을 믿는 사람이었던 것 같아. 하지만 물건에 악령이 깃들어 있다고 믿지는 않았어. 사람들한테만 그렇다고 했지. 장소는 부패할 수 없어. 부패할 수 있는 건 영혼뿐이야."

맥스가 하품을 한다.

"잠을 좀 자야겠구나." 오디가 말한다. "내일은 중요한 날이니까."

"뭘 하는데요?"

"너랑 같이 낚시를 갈 거야."

47

발데즈 집의 진입로에는 경찰차들이, 그리고 길가 양쪽에는 표식 없는 경찰차들이 늘어서 있다. 과학수사팀은 맥스의 방에서 지문과 체모 표본을 채취했고, 형사들은 이 방 저 방을 드나든다.

부엌에서 격앙된 목소리들이 들린다. 비난. 거기에 맞선 비난.

"오디 파머인지는 아직 모르잖아요." 데지레가 냉정함을 유지하려 애쓰면서 말한다.

"아니면 도대체 누구겠어요?" 발데즈가 말한다.

"그 사람은 이미 우리를 위협했잖아요." 샌디가 티슈로 눈물을 찍어내며 가세한다.

"그 사람이 무슨 위협을 했죠?"

"여기 나타난 것 자체가 위협이죠, 당연히……, 그리고 맥스한테 말을 걸었고요."

데지레는 고개를 끄덕이고 세노글레스를 본다. 그는 스툴에 걸터앉은 채 턱을 쓰다듬으며 현자 흉내를 내고 있다.

"그렇다 해도 맥스를 납치한 이유는 설명이 되지 않아요." 데지레가 말한다.

샌디는 평정을 잃는다. "저희 말 듣고 계신 거예요? 라이언이 그 사람을 쏘았다고요. 라이언이 그 사람을 체포했다고요. 라이언이 그 사람을 잡아 가뒀다고요!"

"좋아요, 그건 압니다. 하지만 그래도 말이 안 돼요." 데지레가 다른 각도로 접근하려 한다. "맥스는 몇 살이죠?"

"막 열다섯 살이 됐어요."

"아드님한테 파머 이야기를 하신 적이 있나요?"

발데즈가 고개를 젓는다.

"유죄판결을 받은 후로 파머가 어떤 연락이나 서신을 보낸 적이 있습니까?"

"아니요, 무슨 뜻으로 하시는 말씀입니까?"

"파머가 지난 일요일 이곳에 나타난 이유를 알아내려는 겁니다. 맥스가 표적이라면 왜 그 첫날 납치하지 않았을까요? 왜 지금까지 기다렸을까요?"

발데즈가 화가 나서 눈만 껌뻑인다. "미친놈 머릿속을 어떻게 압니까! 뇌가 박살난 놈인데!"

"감옥에서 파머를 치료한 정신과 의사는 그렇게 말하지 않던데요." 데지레는 침착하고 평온한 목소리를 유지하려고 애를 쓴다. "맥스한테는 뭐라고 말씀하셨습니까?"

"그러면 뭐가 달라져요?"

"파머의 동기를 이해하려는 겁니다."

발데즈가 양손을 내팽개치듯 뻗는다. "우리를 보호해줬어야 했어요. 우리한테 안전한 은신처를 제공했어야 했어요."

세노글레스가 대답한다. "그야 얼마든지 보호해줄 수 있었어, 라이언. 하지만 요청하지 않았잖아."

"그래서 내 잘못이라는 겁니까, 프랭크?"

"스스로 알아서 할 수 있다면서."

두 사람은 서로 상대에게 눈을 부라린다. 데지레는 언제부터 그들이 서로 이름을 부르는 사이가 되었는지 궁금해한다. 어쩌면 그전 수사 때부터였을까.

"맥스를 학교에 보내지 말걸 그랬어." 샌디가 남편의 품에 안겨흐느낀다. "내 잘못이야. 내가 당신 말을 들었어야 했는데."

발데즈가 아내에게 한 팔을 두른다. "우리 잘못이 아니야. 우리는 맥스를 안전하게 되찾아올 거야." 그리고 세노글레스를 응시한다. "당신이 직접 말해요, 프랭크."

"우리는 최선을 다할 겁니다."

세노글레스가 일어서서 양손을 비빈다. "좋아요, 우리가 아는건 이겁니다. 샌디와 맥스의 휴대폰 둘 다 맥스가 학교를 나선 10분 후까지 신호를 보내고 있었어요. 마지막 발신지는 I-45, 우드랜즈 북쪽 약 24킬로미터 지점으로 확인되었고요. 우리는 주간고속도로와 쇼핑몰의 감시카메라들을 확인해서 파머의 차량을 확인할수 있는지 알아볼 겁니다. 그것만 알아내면 교통카메라로 동선을확보하고 수색 영역을 좁힐 수 있을 겁니다." 세노글레스가 샌디를본다. "언론에 내보낼 맥스의 최근 사진이 필요합니다. 그리고 기자회견을 열게 될 수도 있습니다. 진술을 해주실 수 있습니까?"

샌디가 남편을 본다.

"그러면 홍보 효과가 더 높아질 수 있어요." 세노글레스가 말한다. "가족이 감정적으로 호소하며 도움을 요청하는 거죠. 제발 우리

아들을 돌려주세요……. 뭐 그런 거요."

데지레가 덧붙인다. "맥스한테 어떤 의학적 증상이 있나요? 알레르기 같은?"

"천식이 있어요."

"약은요?"

"어느 정도는 가지고 있을 거예요."

"혈액형은 아세요?"

"그게 왜 필요한데요?"

"대비 차원입니다." 데지레가 설명한다. "구급의료대원과 의사에게 준비를 위해 브리핑을 할 겁니다."

그 얘기에 샌디가 다시 절망 어린 울음소리를 내자 발데즈가 세노글레스를 노려본다. "저 여자를 당장 여기서 내보내, 프랭크!"

세노글레스는 데지레에게 문 쪽을 향해 몸짓을 해보이고는 앞장서서 파티오로 나간다. 둘만 있게 되자 세노글레스는 등을 돌려 수영장을 응시한다. 물속에 잠긴 햇빛이 반사된 얼굴에 외계인 같은 푸른빛이 감돈다.

"나는 당신이 이 사람들을 무슨 죄인 취급하고 있는 것 같아."

"나는 그렇게 생각하지 않는데요."

"그리고 나는 당신이 아무래도 오디 파머한테 너무 무르게 구는 것 같아. 내 생각이 맞나? 혹시 살인마 쓰레기들을 보면 꼴리고 그래, 특수요원님?"

"당신이 뭔데 감히 나한테 그런 소리를 하죠?"

"내가 뭐냐면 씨발, 당신 상관이야. 그리고 지금쯤이면 당신도 그 사실을 받아들일 때가 된 것 같은데."

데지레는 빛을 비켜 서 있다. 뺨에는 머리카락이 늘어졌고 눈은 그림자 속에서 빛나고 있다.

"오디 파머는 뇌에 손상을 입지 않았어요. 아주 지적인 사람이죠, 거의 최상급으로. 그 강도 행각으로 마음대로 쓸 수 있는 엄청난 돈을 손에 넣었는데 왜 위험을 무릅쓰고 여기로 돌아올까요? 왜 보안관의 아들을 유괴할까요? 물론 전부 말이 안 되죠. 다만⋯⋯."

"다만 뭐지?"

데지레가 말을 멈추고 코 옆으로 숨을 훅 불어 이마에 드리워진 머리카락들을 흩날린다.

"제3의 범인이 있다면요? 경찰이 돈을 가져갔다면요?"

"뭐라고?"

"끝까지 들어봐요."

세노글레스는 기다린다.

"아주 잠깐이라도 좋으니까, 파머와 갱단이 무장 트럭을 강탈했지만 현금을 옮기기 전에 경찰들이 우연히 그 사람들을 발견했다고 생각해봐요. 고속 추격전, 총격전이 벌어졌죠. 갱단은 죽었고요. 돈은 그 자리에 있었고 누구든 가져갈 수 있었어요."

"오디 파머는?"

"갱단원이었고요."

"파머가 그 돈을 가져갔을 수도 있잖아."

"그들은 파머를 쐈어요. 파머가 살아날 줄은 몰랐겠죠."

"그렇지만 살았잖아."

"어쩌면 그게 바로 돌아온 이유일지도 모르죠⋯⋯. 자기 몫을 찾으려요."

세노글레스가 고개를 젓고 엄지와 검지로 입술을 문지른다.

"심지어 당신이 말한 게 맞다 해도⋯⋯, 물론 아니지만⋯⋯ 파머는 변호사한테 전화를 해서 거래를 시도하려 했어야 옳아."

"어쩌면 바로 그렇게 했을지도 모르죠……. 더 중한 형을 받을 수도 있었는데 10년형밖에 안 받았잖아요."

"파머의 10년은 달랐어. 엄청나게 지독했으니까."

데지레는 반박하려 하지만 세노글레스가 말을 끊는다. "당신은 경관들이 연루된 음모 이야기를 하고 있어. 지방검사 사무실, 피고 측 변호인, 검시관, 어쩌면 심지어 판사까지."

"아닐 수도 있겠죠." 데지레가 말한다. "파일이 없어지고. 기소 내용이 달라지고."

세노글레스는 한쪽 발을 들어 윤이 나는 구두코를 반대쪽 다리 뒤편에 문지른다.

"자신이 무슨 말을 하는지 알고는 있는 거야?" 분노로 떨리는 목소리로 세노글레스가 묻는다. "당신은 냉혈한 살인범인 오디 파머를 변명해주려고 기를 쓰고 있어. 혹시 잊어버렸나 싶어 말해주는데……, 그는 유죄를 인정했어. 범죄를 인정했다고!"

세노글레스는 코를 들이킨 후 정원에 가래를 뱉고는 냉혹한 목소리로 말한다. "당신은 내가 당신한테 너무한다고 생각하지, 퍼니스 요원. 당신이 이러니까 그러는 거야! 나는 팩트를 다루는데 당신은 판타지에 빠져 있어. 좀 어른이 되란 말이야. 당신은 장난감이나 가지고 노는 일곱 살짜리 어린애가 아니잖아. 이건 실제 현실이야. 이제 집 안으로 다시 들어가서 저 선량한 부부한테 아드님을 되찾아드리기 위해 우리가 할 수 있는 모든 일을 하겠다고 말씀드려!"

"……예, 보스."

"안 들려!"

"예, 보스!"

48

아침 일찍 찾아온 폭풍이 걸프 만을 휩쓸면서 창문에 비와 소금을 흩뿌리고 문과 마룻바닥 판자 틈새로 차가운 바람을 밀어 보낸다. 멀리 구름 사이에서 번개가 일렁이는 순간순간 그 빛이 오디와 맥스를 액자처럼 에워싼다. 어릴 적 오디는 이런 밤을 좋아했다. 침대에 누워 빗줄기가 창문을 두드리고 빗물이 꿀럭거리며 홈통을 내려가는 소리에 귀를 기울이곤 했다. 이제 딱딱한 표면과 얇은 담요가 몸에 익은 그는 맨바닥에서 잠을 잔다.

잠든 아이의 모습을 한참 동안 지켜본다. 아이는 꿈속에서 어디로 갈까. 그를 기다리는 여자애들에게로 날아갈까, 아니면 홈런을 치거나 승리의 터치다운을 할까?

오디는 원하기만 하면 뭐든 될 수 있다는 말을 들으며 자랐다. 소방관, 경찰, 우주비행사, 심지어 대통령까지도……. 아홉 살 때는 전투비행사가 되고 싶었지만 〈탑건〉의 톰 크루즈 같은 건 아니었다. 그건 전투라기보다는 컴퓨터 게임처럼 보였다. 그가 되고 싶은 건 바론 폰 리히트호펜이었다. 하늘의 전설, 1인자. 오디는 그가 주인공으로 등장하는 만화책을 가지고 있었는데, 특히 마음속 깊이 새겨진 그림이 하나 있었다. 리히트호펜이 불을 뿜으며 땅을 향해 곤두박질치는 카멜을 향해 인사를 하는 그림이었다. 그는 승리감을 과시하기보다는 용맹한 적을 잃은 것을 애도하는 듯했다.

마침내 잠에 빠져든 오디는 라스베이거스에서 애리조나와 뉴멕시코 남부의 산맥들을 가로질러 텍사스로 가던 그때의 꿈을 꾼다. 그들은 그 길에서 피닉스의 아동박물관, 캠프 베르데 근처의 몬테주마 성, 그리고 과달루페 산맥의 갈스배드 캐번 같은 관광지들에 들렀다. 뉴멕시코의 관광 목장에 2박 3일 동안 머물면서 말을 타고 소를 쳤다. 오디는 미겔에게 카우보이모자와 가죽 총집에 든 장난감 6연발총을 사주었다.

잠은 보통 길가 모텔이나 야영용 통나무 오두막에서 잤다. 미겔은 두 사람 사이에서 잘 때도 있었고 다른 침대에서 잘 때도 있었다. 어느 날 아침 벨리타가 잠에서 깨자마자 오디의 뺨을 때렸다.

"왜 때려요?"

"자기가 떠나버린 꿈을 꿨어." 그녀가 말했다.

"뭐라고요?"

"내가 일어났더니 자기가 떠나고 없는 꿈을 꿨다고."

오디는 벨리타를 감싸 안고 그녀의 배에 머리를 기댔다. 깨끗한 잠옷 냄새가 풍겼다. 벨리타는 팔을 X자로 꼬아 옷자락을 들어 올리고 자기 몸을 보여주었다. 그 후 그의 손을 잡아 그가 가장 큰 기쁨을 줄 수 있는 곳에 가져다 댔고, 두 사람은 천천히 사랑을 나누었다. 절정에 다다르자 벨리타는 마치 추락하지 않으려는 듯 오디에게 필사적으로 매달렸다.

"언제까지나 나를 사랑할 거야?" 벨리타가 물었다.

"언제까지나."

"나 좋은 아내 아니야?"

"최고예요."

*

다섯째 날, 차는 주 경계선을 넘어 텍사스로 향했다. 하늘에는 너무 까마득해서 보일락 말락 한 비행운이 흐릿하게 뻗어 있었다. 말수가 늘어난 미겔은 오디의 농담에 웃음을 터뜨렸고 오디의 어깨위에 목말을 탔다. 밤이면 오디에게 옛날이야기를 들려달라고 졸라댔다.

벨리타는 개의치 않았다. 결코 완전히 마음을 놓지 않은 상태에서 두 남자를 지켜보았고, 늘 문에 안전고리가 걸려 있는지를 확인했다. 벨리타가 긴장의 끈을 놓는 것은 오로지 꿈속에서만이었다. 숨이 하도 얕아서, 오디는 맥박이 뛰는지 확인하려고 그녀의 목을 손가락으로 살짝 누르곤 했다. 그녀의 혈관은 마치 부드러운 노래를 부르듯 피부 밑을 돌았다.

그때까지 오디는 사람이 사랑으로 죽을 수 있다는 것을 믿지 않았다. 그런 운명은 그저 셰익스피어 같은 시인과 작가가 지어낸 것이라고 생각했다. 그렇지만 이제 오디는 그들이 말한 고통이 무슨 뜻인지 이해했고, 그 기쁨을 세상의 그 무엇과도 바꾸지 않을 작정이었다.

바깥에서는 바람이 더 거칠어져 창문을 뒤흔들고 있다. 번뜩이는 섬광과 거의 동시에 천둥이 떨어져 공기를 짓찢는다. 맥스가 벌떡 일어나 앉더니 침대에서 뛰어내려 옷장 문에 부딪힌다. 오디는 뛰쳐나가려는 맥스를 잡아서 서투른 역도 자세로 들어올린다. 단단히 부둥켜안는다. 여전히 도망치려고 다리를 버둥대는 맥스를 공중으로 들어올린다. 탬버린이 무릎 사이에서 짤랑거린다.

맥스는 기침을 토하면서 공기를 벌컥벌컥 들이킨다. 마치 커다란 빵 덩어리를 물어뜯어 급히 삼키려는 것 같다.

"괜찮니?"

맥스는 대답하지 못한다.

오디는 아이를 침대에 편안히 눕힌다. 창백한 얼굴은 땀투성이다. 가슴이 잔뜩 조여 있고 입술에는 퍼런빛이 감돈다.

"천식 펌프 어디 있니?"

오디는 맥스의 책가방을 집어 들어 주머니를 뒤진다. 아이가 씨근대기 시작한다.

"마음을 안정시키려고 해봐. 심호흡을 해." 오디가 말한다.

오디는 가방을 거꾸로 들고 흔들어 내용물을 쏟는다. 천식 호흡기가 마룻바닥에 튕긴다. 네 발로 무릎을 꿇고 바닥을 더듬어 기구를 잡는다. 세게 흔든 후 맥스의 입술과 치아 사이에 노즐을 집어넣는다. 소년은 반응하지 않는다.

"얼른, 물어."

맥스는 고개를 돌린다.

"나한테 이러지 마라." 오디는 간절히 애원한다.

오디는 아이의 머리를 붙잡고 입술 사이에 흡입기를 밀어 넣으면서 노즐을 누른다. 맥스가 숨을 들이키기를 기다리던 오디는 결국 맥스의 코를 꼭 잡아 입을 벌리게 한다.

결국 맥스는 정상적으로 숨을 쉰다. 몸이 이완된다. 가슴에 힘이 빠진다. 눈이 감기고 뺨이 젖어든다.

"집에 가고 싶어요."

"알아."

천둥이 머리 위로 우르릉댄다. "나는 폭풍이 싫어요."

"너는 아주 어렸을 때부터 그랬어." 오디가 말한다.

"어떻게 알아요?"

다음으로 나아가는 게 두려운 마음에 오디는 한숨을 쉰다. 어쩌면 선택의 여지는 없을지도. 침대 머리에 기대어 앉은 맥스는 이제 정상적으로 숨을 쉬고 있다.

"아저씨는 내가 천식인 걸 알고 있었죠."

"그래."

"어떻게요?"

눈을 감으면 아직도 선하다. 뉴멕시코 소로 외곽의 길가 모텔. 방 앞에 주차할 수 있는 흔한 2층짜리 콘크리트 건물. 장거리 화물차들, 4륜구동 픽업트럭들, 레저용 차들, 그리고 캠핑카들이 주차장을 메우고 있었다. 한밤중인데도 접수계원은 마치 금방 배터리가 충전되기라도 한 듯 기운차게 부산을 떨었다. 윙윙 돌아가는 모터 소리가 날 것만 같았다.

"아기를 재우셔야겠어요." 그녀가 말했다. "아침은 열 시까지 드실 수 있어요. 수영장이 있긴 한데 정오까지는 좀 추워요."

오디는 미겔을 방으로 안고 가 작은 침대에 눕혔다. 그토록 약해 보이면서도 그토록 완벽하게 형태를 갖춘 아이를 보며 오디는 경이감을 느꼈다. 방은 고속도로에서 20미터도 채 떨어져 있지 않아서 지나가는 모든 자동차 불빛이 벽을 따라 미끄러져 가고, 지나가는 모든 트럭이 그 가벼운 구조를 뒤흔들며 금방이라도 앞 벽을 부수고 돌진해올 것처럼 굉음을 냈다.

그처럼 시끄러운 속에서도 그들은 용케 잠이 들었다. 날이 밝아 올 때마다 캘리포니아에서 더 멀어졌지만 어반 코빅이 그들을 찾고 있다는 느낌은 도저히 떨칠 수 없었다.

그러던 어느 날 오디는 비명 같은 소리에 깨어났다. 미겔이 악몽을 꾸며 몸을 뒤틀고 있었다. 숨을 들이쉬고 내쉴 때마다 가슴이 솟구쳤다 꺼졌다 하며 사투를 벌였다. 벨리타는 가방에서 천식용 흡입기를 꺼내어 미겔의 입과 코에 마스크를 씌우고 약이 폐 깊숙이 확실히 도달할 때까지 그대로 눌렀다. 아이는 이내 엄마의 목에 대고 흐느끼기 시작했고, 벨리타는 아이가 몸을 말고 곯아떨어질 때까지 가슴에 안고 어르며 달랬다. 지나가는 트럭 불빛이 아이의 얼굴을 비췄다.

"약속 하나만 해줘." 벨리타가 아이의 머리를 오디의 가슴에 기대면서 말했다.

"몇 개라도 해줄게요."

"몇 개씩이나는 필요 없어…… 딱 하나만 해줘."

"좋아요."

"자기가 미겔을 끝까지 지켜주겠다고 약속해."

"둘 다 지켜줄 거예요."

"그렇지만 나한테 무슨 일이 일어나면……."

"자기한테는 아무 일도 안 일어나요. 그런 음울한 소리 하지 마요."

"음울한 게 뭐야?"

오디가 설명하려고 했지만 스페인어가 생각나지 않았다.

벨리타는 오디에게 아무 말 말라고 했다. "약속해, 목숨의 위협을 받더라도……, 어머니 목숨을 걸고……, 하느님을 증인 삼아서……, 나한테 무슨 일이 일어나면 자기가 미겔을 끝까지 지켜주겠다고 약속해줘."

"나는 하느님을 안 믿는데요." 오디가 농담을 던졌다.

벨리타가 그의 아랫입술을 멍들 때까지 꼬집었다.

"약속해."

"약속할게요."

*

맹렬하게 휘몰아치는 바람에 벽들이 신음을 토한다. 맥스는 침대 머리에 기대 앉아 오디가 질문에 답해주기를 기다리고 있지만, 오디는 눈을 감고 침묵에 잠긴 채 이따금씩 떠오르는 기억에 몸을 움찔거린다. 아이는 자신도 모르게 연민 비슷한 감정을 느낀다. 망가진 사람의 모습이 저럴까. 아니, 그보다는 어딘가에 갇힌 사람 같다. 덫에 붙들려 발을 구르며 철망에 덤벼들지만 그럴수록 점점 더 꼼짝 못하게 얽혀드는 토끼 같다.

"생일이 며칠이지?" 오디가 묻는다.

"2월 7일이요."

"몇 년?"

"2000년."

"어디서 태어났니?"

"텍사스요."

"제일 처음 기억나는 게 뭐니?"

"그게 무슨 말이에요?"

"네 최초의 기억."

"몰라요."

"계속 그 집에 살았니?"

"그래요."

"캘리포니아에는 간 적이 없고?"

"없어요."

오디가 침대에서 굴러 내려와 배낭을 집어 든다. 한 포켓에서 여자의 사진을 꺼낸다. 여자는 꽃으로 장식된 아치 아래에서 작은 부케를 손에 들고 서 있다. 어린 사내아이가 옷자락 뒤에서 겨우 얼굴만 내밀고 카메라를 향해 수줍게 웃음 짓고 있다.

오디는 사진을 맥스에게 건넨다. "그게 누군지 아니?"

아이가 사진을 뜯어보고 고개를 젓는다.

"내 아내란다."

"지금은 어디 있어요?"

"나도 몰라."

오디는 엄지와 검지로 조심스레 사진을 도로 받아든다. 눈가가 촉촉해진다. 사진을 다시 집어넣고 마룻바닥의 잠자리로 돌아간다.

"저를 어떻게 알았는지 말해줘야죠." 맥스가 말한다.

"내일 이야기해줄게."

49

발데즈는 차 열쇠를 집어 들고 집을 나선다. 진입로 끝에 모여서서 길을 가로막고 있는 기자들을 못 본 척 지나친다. 서쪽으로 매그놀리아를 향하는 내내, 샌디와의 말다툼으로 인한 씁쓸함이 가시지 않는다. 날카로운 혀와 의심으로 가득한 마음을 지닌 여자다. 한순간은 자신을 비난하고 다음 순간은 그를 비난한다.

독신이었다면 상황이 이토록 복잡하지 않았을 텐데. 예전에는 자기 한 몸만 신경 쓰면 그만이었다. 하지만 이제는 마치 목에 사슬이 감긴 것처럼, 아무리 높이 날아올라도 샌디가 가볍게 손목 한 번만 당기면 땅으로 끌려 내려오는 신세가 된 것 같다.

빅터 필킹턴은 올드 밀 호수를 내려다보는 맨션에 산다. 1, 2층 모두 사면이 베란다로 에워싸인 남부 고딕풍 건물이다. 페인트칠 때문에 웨딩 케이크를 연상시킨다. 그 고풍스러운 정면 뒤에는 포켓볼 당구장, 개인 극장, 그리고 유사시 비상대피소나 방공호 역할을 할 무기고를 갖춘 최신식 건물이 숨어 있다.

흑인 여자가 문을 열어준다. 필킹턴의 집을 20년간 관리해왔지만 먼저 말을 걸지 않으면 말 한마디 하는 법이 없는 여자다. 일하는 집 주인에게 환심을 사려는 가사도우미들도 있지만, 이 여자는 다른 건 아무것도 할 줄 모르는 유령처럼 집 이곳저곳을 떠돈다.

여자가 발데즈를 거실로 안내한다. 잠시 후 이중문이 열리고 긴 나이트가운을 입은 이모 미나가 방으로 살랑살랑 들어온다. 발데즈 어머니의 여동생으로 50대 초반의 나이에도 조각 같은 몸매를 가졌지만 슬슬 펑퍼짐해지는 기미가 보인다. 미나가 발데즈에게 양팔을 두르고 흐느낀다.

"너무 속상하다……. 소식 들었어. 너무 충격적이야. 괜찮니?" 미나는 발데즈를 놓아주려 하지 않는다. "샌디는 어떠니? 잘 견뎌내고 있니? 전화를 할까 했는데 무슨 말을 해야 할지 알 수가 있어야지." 미나가 손으로 발데즈의 어깨와 팔을 쓰다듬는다.

"그렇게 잘생긴 아이인데. 분명히 다 괜찮을 거야. 경찰이 찾아낼 거야. 그 끔찍한 탈주범을 반드시 잡을 거야."

발데즈는 힘을 주어 미나의 손아귀에서 벗어난다.

"빅터 이모부는 어디 있나요?"

"그이 사무실에." 미나가 층계를 응시한다. "다들 한숨도 못 잤어. 올라가보렴."

필킹턴은 유료방송으로 권투를 보고 있다. 가죽으로 된 대형 팔걸이의자에 앉아 몸을 앞으로 숙이고, 마치 펀치를 날리듯 어깨를 앞으로 기울이고 있다. "얼른, 때려, 이 계집애 같은 자식!" 그리고 화면에서 고개를 돌리지 않은 채 발데즈에게 자리에 앉으라고 손짓을 한다. "심호흡을 해, 라이언. 내 앞에서 화 내지 마."

"씨발, 우리는 어떻게 해야 되죠?"

필킹턴은 발데즈를 무시한다. "요즘 권투선수들은 뭐가 문젠지 알아? 맞는 걸 각오하고 앞으로 나서려고 하질 않아. 이 새끼를 좀 봐······. 푸에르토리코 출신이야. 이 싸움을 이기면 파퀴아오하고 붙을 수 있어. 하지만 얘가 파퀴아오를 상대로 두 라운드라도 버티려면 가까이 접근해서 몇 대 맞는 수밖에 없어."

"내 말 들었어요?"

"들었어."

필킹턴이 일어선다. 몸을 쭉 편다. 유리 포트에서 커피를 따라서는 권하지도 않고 혼자 마신다. 기껏해야 열다섯 살 차이지만, 필킹턴은 발데즈의 이모부다. 게다가 나이보다 체력이 좋은 편이다.

"네 매력적인 마누라는 잘 있어?" 필킹턴이 묻는다.

"젠장! 내 말 듣고 있는 거예요?"

"말조심해라."

"우리 아들이 실종되었는데 이모부는 마치 아무 문제도 없는 것처럼 그러고 계시잖아요!"

필킹턴이 그 말을 무시한다. "네가 결혼한 여자는 조련사 스타일이지. 내가 그걸 어떻게 알게?"

발데즈는 대꾸하지 않는다.

"냄새 때문이야." 필킹턴이 커피에 설탕 한 덩이를 떨어뜨린다. 휘젓는다. "인간은 개하고 그리 다를 것도 없어. 맨 처음 느껴지는 건 냄새야. 일차적 본능이지. 즉각적이고, 강력해. 무슨 말인지 알겠어?"

아니, 발데즈는 생각한다. 전혀 모르겠다. 가서 구운 칠면조든 뭐든 원하는 대로 박으시지. 절대 샌디만 건드리지 마······. 넌 맥스를 찾는 것만 도와줘.

경기가 끝났다. 푸에르토리코 녀석이 졌다. 필킹턴은 텔레비전을 끈 후 커피잔을 들고 창가로 간다. 창가에 놓인 망원경은 반대편 집들을 겨누고 있다.

"네 잘못이야."

"뭐라고요?"

"파머 말이야. 기회가 있었을 때 문제의 소지를 없앴어야 했어."

"제가 노력을 안 했다고 말씀하실 순 없겠죠! 그 감옥의 쓰레기들 중 절반한테 그놈을 죽이라고 돈을 먹였다고요."

"개똥 같은 변명은 하지도 마, 라이언. 파머가 나오면 어떻게 되었을 것 같아? 스웨터 조끼를 사 입고 골프나 치러 갈 줄 알았어?"

"저한테 훈계하실 필요는 없을 것 같은데요."

"뭐라고?"

"저는 훈계 듣는 걸 좋아하지 않아요."

"그래?"

"전쟁에서 뭘 했죠, 이모부는? 총알은 몇 발이나 쏴봤어요?"

필킹턴은 곰 모양의 문진을 집어 들어 양손으로 무게를 가늠한다. 발데즈는 아직 떠들고 있다. 필킹턴과 얼굴을 맞대고 분노를 쏟아붓고 있다.

"다른 사람을 사서 지저분한 일을 대신 시키고는 악취가 나네 어쩌네 투덜대는 사람이 하는 훈계 따윈 듣고 싶지 않다고요!"

발데즈는 더 할 말이 남았는지 입을 벌렸지만 그럴 틈은 없다. 필킹턴이 문진을 휘둘러 그의 배에 명중시키자, 조카는 무릎을 꿇고 쓰러진다. 필킹턴은 덩치 큰 남자치고는 놀랍도록 민첩한 동작으로 청동 곰 문진을 발데즈의 머리 위로 치켜든다.

"소를 잃어버리고 온 주제에 개소리를 잘도 하는구나, 라이언. 나

421

없으면 너 따윈 아무것도 아니야. 네 일자리, 네 화려한 집, 아무도 모르는 네 재산……. 전부 내가 만들어줬다. 네 뒤를 봐주고 있는 프랭크를 책임자로 앉혀놓은 것도 나야. 그렇지만 더는 내 힘을 너한테 낭비할 생각이 없다. 너는 기회가 있었을 때 파머의 입을 막았어야 했어."

"저는 이제 어떻게 해야 하죠?" 발데즈가 여전히 숨을 쉬려고 애쓰면서 말한다.

"놈을 찾아내."

"저 혼자서요?"

"아니, 라이언, 너는 카운티와 주와 연방 부처들의 자원을 모두 이용할 수 있지. 나는 그거면 충분하다고 본다. 그리고 놈을 찾아내면, 이번에는 일을 제대로 해내는지 내가 직접 확인할 거다."

"그리고 제 아들은요?"

"내 일에 거치적거리지 않기나 빌어."

50

휴스턴 하이츠의 밀로이 파크 맞은편, 좁은 길을 따라가면 계단이 나무로 된 건물이 나오고 그 2층에 데지레의 아파트가 있다. 부동산업자 말로는 전용면적이 3백 평방미터라지만 데지레는 가구를 재배치하려고 할 때마다 그 말을 의심한다.

나무 계단을 올라가는데 갑자기 뭔가 빠뜨린 것 같은 생각이 든다. 가방을 점검한다. 열쇠. 휴대폰. 다 제자리에 있다.

충계를 다 올라와서 보니 문이 빠끔 열려 있다. 데지레는 꼼짝도 않고 서서 혹시 어머니가 와 있을 가능성을 따져본다. 어머니는 열쇠를 가지고 있지만 보통은 오기 전에 전화를 한다. 그리고 어머니라면 분명히 문을 닫았을 것이다.

그밖에 열쇠가 또 누구한테 있지? 집주인, 색빌 씨가 시찰을 하고 있을지도 모른다. 어쩌면 집 안에서 내 속옷을 입어보고 있을지도 몰라.

글록 반자동권총을 총집에서 꺼내면서 직장에 신고를 할까 하는 생각도 잠시 해보지만, 착오일 가능성을 배제할 수 없다. 그랬다간 얼마나 비웃음을 살지 빤하다. 세노글레스는 시간이 흘러 그 민망한 사건이 저절로 잊히도록 놔두지 않을 것이다.

데지레는 귀를 문에 바짝 갖다 대고 발소리나 움직임, 또는 이야기 소리가 들리는지 확인한다. 어머니라면 텔레비전을 켜놓았을 것이다. 부모님은 텔레비전을 신처럼 숭배하는 분들이니까.

데지레는 문을 발로 열고 짧은 현관 복도로 들어선다. 총은 따뜻하고 이상하게 끈적끈적한 느낌이다. 복도 저편 끝에는 거실과 좁은 주방이 있다. 침실은 왼쪽이고 욕실은 오른쪽이다. 3년째 살아온 아파트인데, 지금은 왠지 낯설어 보인다. 그림자들은 은신처가 되고 구석들은 사각지대가 된다.

총을 좌우로 휘두르면서 침실을 먼저 살핀다. 문 뒤를 확인한다. 길고 좁은 방 반대편 구석에 퀸사이즈 침대가 밀어붙여져 있다. 목제 옷장과 커다란 붉은 의자. 모든 것이 나갈 때 그대로다. 드라이클리닝한 옷이 침대에 펼쳐져 있다. 검은 재킷과 바지로, 아직 비닐도 벗기지 않았다. 나이트스탠드 위에는 은제 액자에 끼워진 어머니와 아버지의 흑백 결혼사진이 있다.

복도 맞은편은 욕실이다. 세면대에 샴푸, 비누, 그리고 파우더가 한데 몰려 있다. 유리 선반 위에는 더 많은 제품들을 늘어놓았다. 호텔에서 주는 공짜 샘플병들로 들어찬 바구니도 있다. 샤워 커튼은 닫힌 채다. 내가 닫아두었나? 커튼이 저절로 움직였나?

왼손으로 등 뒤를 더듬어 머리 위 전등을 켠다. 흰 커튼은 투명하다. 그림자는 없다. 욕실은 비어 있다. 수도꼭지에서 물이 똑똑 떨어진다.

뒤돌아서 도로 현관 복도로 나와 거실로 향한다. 소파 하나, 팔걸이의자 하나, 커피탁자 하나, 그리고 읽어야 한다고 생각하는 작가들이 쓴, 언젠가는 읽어야지 하는 책들이 꽂혀 있는 책꽂이 하나. 개키지 않은 빨랫감들이 쌓여 있는 다림질 바구니, 아침식사를 마친 접시들이 들어 있는 싱크대……. 게으른 건지, 일에 너무 열중한 건지 스스로도 잘 모르겠다.

커피 탁자에 폴더가 있지 않았나? 무장 트럭 강도사건의 범죄현장 사진 복사본들이 있었는데. 특히 경찰차의 계기판 카메라가 찍힌 사진들. 진술들. 노트들. 클리핑들.

거실을 훑어본다. 선반이나 벤치 위에도 없다. 욕실로 들고 갔었나? 한쪽 무릎을 꿇고 소파 밑과 커피 탁자 아래를 들여다본다. 마룻바닥에 갖다 댄 뺨에 희미한 바람이 느껴진다. 창문이 열려 있는 게 분명하다……. 혹시 발코니의 슬라이딩 도어가 열려 있나.

그 순간, 평소 하나뿐인 화분에 물을 줄 때를 제외하고는 그 슬라이딩 도어를 잠가둔다는 사실이 떠오른다. 발코니를 확인했어야 했다. 전등 밑으로 그림자가 다가와 데지레의 뒤통수를 무언가로 때리기 전, 그녀가 마지막으로 떠올린 생각이다.

*

동트기 한 시간 전, 모스는 겨드랑이에 버번 한 병을 낀 채로 깨어난다. 머리 옆 베개 위에 술잔이 엎질러져 있다. 꼼짝도 않고 그대로 누워 느린 혈관 박동과 바깥에서 불어 닥치는 바람소리에 귀를 기울인다. 언제 잠이 들었는지 기억도 나지 않는다, 그저 감옥 시절 사람들의 얼굴이 획획 지나가는 단편적인 꿈들만 떠오를 뿐이다. 살인자는 자기가 죽인 사람들의 꿈을 꾼다는 말이 있지만, 모스는 자신이 운동장에서 바벨로 때려죽인 남자를 한 번도 다시 떠올리지 않았다. 듀이 하트우드는 죽어도 싼 놈이긴 했지만, 모스는 이제 더 나이를 먹었고 현명해졌고 자신을 더 잘 통제할 수 있게 되었다.

어두운 욕실 안으로 비틀비틀 걸어가 고개를 숙이고 수도꼭지의 물을 빨아들여 바짝 마른 입속을 축인다. 밖에서 노숙자들이 마분지 상자나 담배꽁초를 두고 다투는 소리가 들린다.

방으로 와서 텔레비전을 켠다. 작은 화면은 지직거리고 깜빡인다. 한 여자가 교통 정보를 전하고 있는데, 마치 인생을 바꿔놓을 소식이라도 전하는 투다. 화면이 바뀌고 두 앵커가 오늘의 헤드라인 뉴스들을 보도한다.

"휴스턴에서 모녀를 살해하여 수배중인 탈옥수가 보안관의 아들을 납치한 것으로 추정됩니다. 아이는 어제 오후 고등학교를 나서는 모습이 마지막으로 목격되었습니다."

모스가 볼륨을 높인다.

"오디 파머는 일주일 전에 연방 감옥을 탈옥했고 이제는 경찰, 연방수사국, 연방보안관이 관여하는 대대적인 탈주자 수색작전의 중심에 놓였습니다."

"사라진 소년, 15세의 맥스웰 발데즈는 드라이퍼스 카운티 보안관 라이언 발데즈의 아들로, 보안관은 10년도 더 전의 무장 트럭 강도사건 당시 파머를 체포했습니다. 아이의 가족은 오늘 오후 기자회견을 열 예정입니다……."

모스는 나머지 소식들에는 정신을 집중할 수 없다. 오디는 도대체 왜 이런 일을 벌이는 걸까. 감옥에서 보낸 그 오랜 세월 동안 오디는 모스가 만난 가장 현명한 남자였다. 오디는 요다였다. 간달프였다. 모피어스였다. 그러던 오디가 이제는 좌충우돌하는 멍청이가 되어버렸다. 도대체 왜?

뇌가 지끈거리지만 버번 탓만은 아니다. 모스는 인간 행동을 통제하는 데에 동기가 과도한 평가를 받고 있다는 결론을 내린다. 말하자면 엿 같은 일은 그냥 일어난다. 논리 따윈 없다. 아무런 창대한 계획 따윈 없다.

재킷 주머니를 뒤져 아스피린 병을 꺼내 두 알을 씹어 먹는다. 철퍼덕 엎드려 팔꿉혀펴기를 50차례 했더니 괜히 머리만 더 아파온다. 근육을 풀면서 거울 속 자신을 보니 확실히 물렁해졌다.

샤워와 면도를 마치고 청바지를 당겨 입고 셔츠 단추를 채운다. 재킷을 집어 드는데 주머니에서 종이가 바스락거린다. 꺼내 보니 도서관에서 끼적인 쪽지들이다. 모스는 쪽지를 다시 읽어보면서 그 강도사건과 그 뒷이야기를 말이 되게 맞춰보려고 머리를 쥐어짠다. 땀에 젖어 이름과 날짜가 뭉개졌다. 총격을 목격했다는 등 입을 다물어야 한다는 등 떠들어대던 노인과의 만남이 떠오른다.

테오 맥앨리스터는 겁에 질려 있었다. 하지만 모스를 겁낸 것은 아니었다. 숲 속에서 혼자 문간에 산탄총을 두고 사는 남자를 겁먹게 만든 게 도대체 뭘까?

51

데지레는 얼음주머니를 머리 뒤에 댄 채 쇼파에 걸터앉아 있다. 여성 구급의료원이 그녀의 눈에 펜슬형 손전등을 비추고 위아래와 좌우를 보라고 말한다.

"손가락이 몇 개로 보여요?"

"엄지손가락은 빼고요?"

"몇 개죠?"

"세 개요."

세노글레스가 발코니에서 지켜보고 있다. "발코니 문을 먼저 확인했어야지." 대단한 명탐정이라도 된 양 뻔한 소리를 한다.

데지레는 대꾸하지 않는다. 혀가 부어 있다. 맞을 때 깨문 게 분명하다.

"왜 곧장 전화하지 않았어?" 세노글레스가 묻는다.

"확실하지 않아서요."

세노글레스가 손가락으로 책장을 훑으며 아파트를 돌아본다. 필립 로스. 애니 프루. 토니 모리슨. 앨리스 워커.

"아마 어떤 마약 중독자였겠지."

"마약 중독자들은 보통 잠긴 집에 침입하지 않죠." 데지레가 파도처럼 밀어닥치는 멀미와 싸우면서 말한다.

"아무것도 없어진 게 없다면서."

"사건 파일 말고는요."

"그리고 거기 든 사진하고 진술들은 여기 있으면 안 되는 거였지." 세노글레스는 이제 그녀의 요리책을 살피고 있다. "내가 이 수사의 책임자라는 걸 알고는 있는 거야? 내 지휘를 받았어야지."

"예, 팀장님."

데지레는 질책을 받게 될 것을, 자신을 보호하려면 입을 꼭 다물고 참아야 한다는 것을 안다. 그러는 한편 도대체 누가 왜 그 파일을 가져가려 했을지 머리를 짜내고 있다. 내가 범죄현장 사진들과 진술들의 복사본을 가지고 있는 걸 누가 알았을까? 기록보관소 방명록에 이름을 적었다. 허먼 윌포드를 찾아갔고. 라이언 발데즈에게 계기판 카메라에 관해서 묻기도 했지.

세노글레스는 여전히 떠들고 있지만 데지레는 한 손을 든다.

"나중에 다시 이야기해도 될까요? 지금은 좀 토해야겠어요."

마침내 구급의료원과 법의학 기술자들이 떠나고 세노글레스는 데지레에게 아침에 출근할 필요 없다고 한다.

"정직인가요?"

"병가야."

"저는 괜찮은데요."

"그러면 추후 고지가 있을 때까지 현장에서 제외야. 그리고 괜히 워너한테 전화해서 성가시게 하지 마. 그분도 내 결정을 승인했어."

샤워를 하고 나온 데지레는 매트리스 끝에 걸터앉아 어둠 속을 응시한다. 생각이 턱턱 막힌다. 맨발로 냉동고로 가 얼음주머니를 하나 더 꺼내온다. 휴대폰을 보니 부재중 메시지가 두 건 있다. 워싱턴의 젠킨스가 보내온 음성메일이다.

"나더러 추적해달라고 한 그 차량……, 1985년 폰티악 6000 말이야. 1985년에 오하이오에서 처음 판매됐고 전 주인이 세 명 있었어. 마지막은 캘리포니아 주 샌디에이고에 사는 프랭크 로브레도라는 남자야. 중고차 판매상이고. 그 사람이 2004년 1월에 900 달러를 받고 그 폰티악을 어떤 남자한테 팔았대. 소유증명서에 서명을 하고 매도증서를 제공하고 닷새 안에 면책동의서를 제출했는데, 소유권 이전이 완료되지 않았대. 구매자가 이전신청서를 제출 안 했거나 중앙차량관리국에 요금을 지불하지 않았다는 거야. 그 남자의 이름은 기억이 안 난다는데, 드라이퍼스 카운티 보안관보하고 이야기한 건 기억하고 있더라고. 보안관보가 그 구매자 이름이 가명이었다고 알려줬대. 캘리포니아 중앙차량관리국에 연락해서 원 문서를 아직 가지고 있는지 문의해놨어. 진행 상황이 확인되면 알려줄게."

메시지가 끝나고 다른 메시지가 시작된다. 이번에도 젠킨스다.

"캘리포니아 중앙차량관리국이 폰티악 6000 건으로 연락을 줬어. 디지털 사본은 없어져서 인쇄본을 찾고 있는 중이래. 근데 정말 이상한 게 있어……. 같은 걸 요청한 사람이 있다는 거야. 6개월 전에. 문의한 사람은 스리 리버스 교도소의 도서관 직원이었고."

데지레는 시계를 본다. 교도소로 전화를 걸기에는 너무 늦은 시간이다. 메시지는 계속된다.

"그리고 나한테 말해준 그 이름들을 추적해봤어. 티모시 루이스는 경비행기 사고로 7년 전에 사망했어. 플로리다에 술집을 차렸다는 닉 펜웨이에 대해서는 아무것도 알아내지 못했지만 계속 찾아볼게."

메시지가 끝난다. 데지레는 창밖의 고요한 거리를 응시한다. 오디 파머는 도서관 컴퓨터에 접근했다. 하지만 왜 그 폰티악에 관심을 가진 걸까? 이 사건은 아이가 피아노 건반을 멋대로 뚱땅거리듯, 음악이 아니라 소음에 가까운 불협화음들로 가득하다.

데지레는 책상에 앉아 뚜껑을 열고 아이패드를 꺼낸다. 오래된 이메일들을 뒤진다. 첨부파일이 딸린 메일이 있다. 파머의 교도소 파일로, 지난 10년간 그를 면회한 사람들의 이름도 기록되어 있다.

데지레는 반 페이지도 채 안 되는 그 목록을 훑어본다. 오디의 누나가 십수 번쯤 찾아왔다. 그 외에는 여덟 명의 이름이 있다. 그중 하나는 프랭크 세노글레스로, 틀림없이 그 미해결 사건을 담당 중일 때 오디를 신문했을 것이다. 교도소를 세 번이나 찾아갔네. 2006년에 두 번, 그리고 이상하게도, 바로 한 달 전에. 그 무렵이면 이미 파일을 데지레에게 건넨 다음이었다. 왜 더는 자신의 담당도 아닌 미제사건을 위해 오디를 찾아갔을까?

명단의 다른 면회객들을 확인한다. 한 명은 캘리포니아 운전면허증을 신분증으로 제출한 어반 코빅이라는 남자다. 검색엔진에 이름을 쳐보니 샌디에이고 출신 사업가로 나온다. 호수 주변에 골프코스를 개발하려다가 습지를 위협한다며 반대하는 지역 환경단체들과 충돌한 건으로 몇몇 기사에 인용되어 있다. 그 단체의 본부들은 소이탄 공격을 당했고, 코빅은 시 의원들에게 불법 기부를 제공한 혐의를 받고 있었다.

연방수사국 데이터베이스에 로그인하기 위해 이름과 비밀번호를 입력한다. 데지레는 임의 번호를 생성하는 키체인을 사용하고 보안을 더욱 강화해주는 전자키까지 가지고 있다. 접근을 허가받아 어반 코빅을 검색해보니 즉각 결과가 떠오른다. 코빅은 네 개의 가명이 있고 정보에 따르면 한때 라스베이거스의 마피아인 파나로가를 위해 일했지만, 베니 파나로와 두 아들이 공갈로 유죄판결을 받은 1990년대 중반에 그곳에서 떨어져 나왔다.

그 이후로 코빅은 샌디에이고에서 나이트클럽과 스트립바를 운영해 한밑천 번 후 건설, 부동산 개발, 그리고 농장으로까지 발을 뻗었다.

어반 코빅이 왜 감옥으로 오디 파머를 찾아갔을까?

파일에는 코빅의 주소들과 알려진 지인들이 기록되어 있다. 전화번호도 몇 개 있다. 시계를 본다. 거의 자정이다. 그래도 시차 덕분에 캘리포니아는 아직 밤 열 시겠지. 전화를 건다. 전화를 받은 남자의 툴툴대는 말투에는 반가운 기색이 전혀 없다.

"어반 코빅 씨인가요?"

"그렇게 묻는 쪽은 누구실까?"

"연방수사국 특수요원 데지레 퍼니스입니다."

한 박자, 침묵이 흐른다.

"이 번호는 어떻게 알았소?"

"파일에 있더군요."

또 다른 침묵.

"어떻게 협조해드릴까요, 특수요원님?"

"10년 전에 텍사스 연방 교도소를 찾아가셨죠. 기억나세요?"

"아니요."

"오디 파머라는 이름의 죄수를 만나러 가셨을 텐데요."

"그래서요?"

"파머를 어떻게 아시죠?"

"예전에 내 밑에서 일했으니까."

"어떤 일을 했죠?"

"내 심부름꾼이었소. 내가 필요한 게 있으면 나 대신 가서 가져 다주는 거지."

"그 사람이 선생님 밑에서 얼마나 오래 일을 했습니까?"

"기억이 안 나는데."

이 대화에는 그만 질렸다는 목소리다.

"특별히 가치 있는 고용인은 아니었다?"

"그렇소."

"그런데도 선생님은 교도소에 있는 별 가치 없는 그를 만나러 나라를 반이나 가로질러 가셨군요."

코빅은 침묵으로 일관한다. 이윽고 한숨. "만약 나를 뭔가로 기소할 작정이라면, 특수요원님, 끝까지 갈 각오를 해야 할 겁니다."

"오디 파머는 트럭 강탈과 7백만 달러의 절도에 대해 유죄판결을 받았습니다."

"나하고는 아무 상관없는 일이에요."

"그래서 오디 파머를 친구로서 찾아갔다는 겁니까?"

"친구!" 코빅이 소리 내어 웃는다.

"뭐가 그렇게 우습죠?"

"그 녀석은 나한테서 도둑질을 했소."

"뭘 훔쳤죠?"

"내가 아주 귀중히 여기는 어떤 것……. 그리고 8천 달러도."

"절도 신고는 하셨습니까?"

"아니요."

"왜 안 하셨죠?"

"내가 직접 처리하기로 했으니까. 하지만 알고 보니 내가 굳이 나설 필요도 없었지 뭡니까."

"왜요?"

"오디 파머는 스스로 자신을 좆같이 망쳐버렸으니까."

"그러면 선생님은 왜 교도소에 그 사람을 찾아간 거죠?"

"비웃어주려고."

52

이제 깨어난 오디는 자신이 얼마나 어처구니없는 짓을 저질렀는가 하는 생각에 얼이 빠진 채 멍하니 천장만 바라본다. 아이를 납치하다니. 지금까지 그 모든 잘못을 저질러놓고, 거기에 또 한 번의 잘못을 추가하면 균형이 맞아서 상황이 제대로 돌아가기라도 할 줄 알았나. 동전이 같은 면으로 착지하는 일이 제 아무리 여러 번 일어난대도, 그것으로 확률이 바뀌지는 않는다. 그리고 인생은 길게 보고 균형을 맞추어야 하는 저울이나 거대한 회계장부 따위가 아니다.

홍수나 허리케인 같은 재난에서 살아남은 사람들에게, 기자들은 으레 어떻게 버텼느냐고 묻곤 한다. 어떤 사람들은 기도를 들어주신 하느님께 은공을 돌리거나 "아직 갈 때가 안 되어서"라고 대답한다. 마치 우리 모두에게 보이지 않는 만료기한이 있는 것처럼 말이다. 하지만 보통은 뭐라고 대답하지 못한다. 비결 따위는 없기 때문이다. 특별한 기법은 없다. 바로 그래서 그토록 많은 생존자들이

죄의식을 느끼는 거다. 그 사람들은 더 용감하거나 더 영리하거나 더 강해서 그런 행운을 손에 넣은 게 아니다. 그저 운이 좋았을 뿐이다.

침대에서 일어난 오디는 부엌으로 가 창밖을 내다본다. 광택이 도는 풀 무더기들이 모래언덕에 들러붙어 있고, 집으로 불어닥치는 바람이 셔터를 두들기고 있다. 손대지 않은 날것 같은 이런 아침을 맞으면 어쩐지 밤에 대한 승리감 비슷한 기분이 든다.

변기 물 내리는 소리와 함께 탬버린 소리가 들린다. 맥스가 맨발로 문턱에 서 있다. 머리카락은 부스스하고 얼굴에는 베개 자국이나 있다.

"아침 좀 먹을래?" 오디가 묻는다. "인스턴트 커피는 있는데 우유가 없네."

"저는 커피 안 마셔요."

"안 마시는 게 좋지."

오디가 달걀가루를 그릇에 부으며 말을 잇는다. "잘 잤니? 매트리스는 어떻던? 담요를 하나 더 줄 수 있는데."

맥스는 대꾸하지 않는다.

"대답 안 해도 돼." 오디가 말한다. "나는 혼자 하는 대화에 익숙하거든." 그는 달궈진 프라이팬에 달걀을 올리고 팬을 기울인다. "빵이 없어서 미안하다. 크래커를 좀 찾아내긴 했는데." 열린 셔터 밖을 내다본다. "낚시 가자고 했는데 아직 바람이 심하구나. 폭풍이 아직 완전히 지나가지 않았나 봐. 라디오 뉴스에서 그러더라. 철지난 폭풍이 쿠바로 이동 중이래. 허리케인으로 변할 수도 있다고. 그래도 당장 북서부로 올 것 같지는 않다더라."

"저는 낚시 가고 싶지 않아요. 집에 가고 싶어요." 맥스가 말한다.

오디는 맥스 앞에 접시를 차려놓는다. 두 사람은 침묵 속에 식사를 한다. 식사가 끝나고 오디는 설거지를 마치고 접시의 물기를 닦는다. 맥스는 꼼짝도 하지 않는다.

"오늘은 말해줄 거죠."

"맞아."

오디가 마치 넓이라도 측량하듯 방을 둘러본다. 이윽고 가방을 들고 와서 공책을 꺼내 맥스에게 어제의 사진을 보여준다.

"내가 결혼했다고 한 말 기억나니?"

아이가 고개를 끄덕인다.

"이 사진을 찾아내는 데 한참 걸렸어. 성당 예식장의 사진사가 술 때문에 잘려서 라스베이거스를 떠났거든. 우편물 전송 주소도 안 남겨놓고 말이야. 사진사는 그 후 몇 년간 유럽을 떠돌았어. 오래된 사진 파일들은 원래 버릴 생각이었는데 보관함에 몇 개를 남겨두었더라고."

맥스는 얼굴을 찌푸리지만, 뭔가 번뜩하는 게 있는 모양이다.

"이걸 왜 저한테 보여주세요?"

"그게 너야." 오디는 사진 속의 사내아이를 가리키며 말한다.

"뭐라고요?"

"너는 겨우 세 살이었어. 그리고 네 손을 잡고 있는 분이 네 엄마야."

맥스가 고개를 젓는다. "우리 엄마는 샌디예요."

"그분의 이름은 벨리타 시에라 베가이고 엘살바도르 출신이야."

또 다른 침묵, 이번에는 더 길다.

"네 원래 이름은 미겔 시에라 베가야." 오디가 말한다. "너는 2000년 8월 4일 샌디에이고 병원에서 태어났어. 나는 네 출생증명서를 봤어.”

“내 생일은 2월 7일이에요.” 그렇게 말하면서도 맥스는 차차 동요하는 기색이다. “나는 미국인이에요.”

“네가 미국인이 아니라고 한 적은 없다.”

“나는 불법 체류자가 아니에요. 어머니하고 아버지가 있다고요.”

“알아.”

“난 입양되지 않았어요.”

“내 말은 그저 이분이 네 어머니라는 거야.”

“개소리 하지 마요.” 맥스가 고함을 친다. “나는 라스베이거스나 샌디에이고에 간 적이 없어요. 나는 휴스턴에서 태어났다고요.”

“설명해줄게…….”

“싫어, 아저씨는 거짓말쟁이야!”

“네가 어렸을 때 제일 좋아하던 장난감이 있는데…… 기억나니? 보라색 나비넥타이가 달리고 눈은 까만 단추로 되어 있었고, 너는 그 인형을 부부라고 불렀어. 만화에 나오는 꼬마 친구 이름이지.”

맥스가 망설인다. “아저씨가 그걸 어떻게 알아요?”

“귀가 하나밖에 없었지.” 오디가 말한다. “다른 쪽은 네가 하도 빨아서 떨어져 나갔거든. 엄지손가락을 빨던 것처럼.” 맥스는 침묵을 지킨다. “우리는 캘리포니아에서 텍사스로 가는 길이었어. 라스베이거스에 들러 결혼식을 하고 애리조나를 거쳐 뉴멕시코로 갔지. 중간에 여기저기 엄청 많이 들렀어. 칼스바드 캐번 갔던 거 기억나니? 종유석이랑 석순들이 있는 곳. 네가 분홍 얼음 같다고 했잖아.”

맥스는 머릿속 생각을 떨쳐버리려는 듯 고개를 가로젓는다.

오디는 처음으로 돌아가 이야기를 시작한다. 되도록이면 벨리타가 썼던 것과 동일한 단어들을 써서 그 이야기를 다시 들려주려 한다. 지진, 남편과의 사별, 부모님, 여동생. 탈출과 걸어서 사막을 건 넌 것, 남동생의 죽음, 그리고 캘리포니아로의 여정을 다시 들려준 다. 눈에 눈물이 차오르지만 오디는 말을 멈출 수 없다. 말이 영영 자신을 떠나버릴까 봐 두렵기 때문이다. 사랑과 상실의 말들.

"벨리타는 너를 임신하고 있었어." 오디가 말한다. "너는 샌디에 이고에서 태어났지만 나는 한참 후에야 너를 만났지. 그 무렵 나는 벨리타와 사랑에 빠졌단다. 너무 자연스럽게 느껴졌어. 마치 나 자 신은 사라지고 다른 누군가에 대한 생각만이 나를 가득 채우는 것 같았지. 우리는 함께 도망쳤어……. 나쁜 사람을 피해서. 그리고 새 인생을 시작하려고 텍사스로 왔지. 네 엄마는 아기를 임신하고 있 었어. 우리의 아기. 네 남동생이나 여동생을……."

오디는 말을 하면서 아이의 눈에 비치는 자신을 본다. 내가 혹시 지금 잘못을 저지르고 있는 건 아닐까. 그는 맥스가 알았고 믿었던 모든 것을 찢어발기면서, 그 아이의 과거의 틀을 다시 짜고 있다.

"아저씨 말은 틀렸어요." 맥스가 속삭인다. "거짓말이에요."

그 말에 담긴 차디찬 확신과 강렬한 미움에 오디는 극심한 현기 증을 느낀다. 파괴만이 예정된 엄청난 소용돌이에 휩쓸리는 기분 이다.

감옥에서 보낸 그 오랜 세월 동안 오디는 미겔의 성장 과정을 그 려보았다. 자전거를 처음 배우고, 젖니가 처음 빠지고, 입학을 하 고, 읽고 쓰고 그리는 법을 배우는, 수천 가지 일상적 통과의례들 을. 야구장에 아이를 데려가 나무 배트에 부딪히는 깔끔하고 날카 로운 딱 소리와 함께 공이 하늘로 날아오르고 치켜든 팔들의 숲으 로 떨어지는 순간, 관중석의 해일에 몸을 맡기는 상상을 했다. 아이 의 첫 여자친구를 만나고, 첫 맥주를 사주고, 첫 콘서트에 데려가고. 함께 엘살바도르로 가서 벨리타의 먼 친척들을 만나고, 그녀가 어렸을 적 걷던 해변을 함께 걷고. 탑을 오르고, 급류를 타고, 해넘이를 구경하고, 같은 책을 읽고 같은 영화를 보고, 빵 한 조각을 나눠먹고, 한 지붕 아래에서 잠이 드는 상상을 했더랬다.

헛소리였다. 엉망이 되어버렸다. 시간이 너무 많이 지나버렸다.

맥스는 자신의 목숨을 구해준 오디에게 고마워하지 않을 것이다……. 자신의 인생을 망가뜨린 오디를 탓할 것이다.

53

기자회견은 시작부터 순조롭지 않을 모양이다. 학교 측에서 다울링 의원이 도착하기 전에는 강당 문을 열어주지 않으려 하는 바람에 기자들과 카메라 촬영진들은 비를 쫄딱 맞으며 기다려야 했다. 상원의원은 비에 젖은 얼굴들을 보며 사과를 하고 교육 관련 발표를 하기 시작하지만 기자들이 묻고 싶어 하는 건 드라이퍼스 카운티 보안관 아들의 납치 사건이다.

"저는 문제의 보안관하고 아는 사이입니다." 의원이 말한다. "제 오랜 친구인 라이언 발데즈와 그의 가족에게 아들을 되돌려주기 위해 힘닿는 한 모든 노력을 아끼지 않을 것을 분명히 말씀드립니다."

다울링 의원은 준비한 연설을 재개하지만 또 다른 기자가 큰 소리로 묻는다. "의원님은 드라이퍼스 카운티의 지방검사로 그 사건을 맡았을 때 왜 오디 파머를 1급 살인 혐의로 기소하지 않으셨습니까?"

다울링이 손등으로 입가를 문지르자 손바닥에 수염이 쓸리는 소리가 마이크로 울려 퍼진다.

"실례지만, 저는 과거를 되돌아보고 제가 기소한 모든 사건에 대한 부검을 실시할 생각은 없습니다."

"오디 파머가 기소를 감경하려고 주 공무원들에게 뇌물을 먹였나요?"

"그건 터무니없는 거짓말입니다!" 상원의원은 붉으락푸르락해진 얼굴로 질문자에게 삿대질을 한다. "그 결정을 내린 건 제가 아닙니다. 오디 파머에게 형을 선고한 건 제가 아닙니다. 그리고 저는 지방검사 시절 했던 모든 행동을 해명할 생각이 없습니다. 제 기록이 스스로 말해줄 겁니다."

보좌관이 다가가서 그의 귓전에 뭐라고 속삭인다. 다울링은 고개를 끄덕이고 입술을 불분명하게 달싹거린다. 잠시 후 허심탄회하고 진정성이 가득 담긴 부드러운 어조로 다시 입을 연다.

"여러분 모두가 이해해주셔야 할 부분이 있습니다. 여러분에게 이 일은 그저 또 하나의 흔한 사건일 뿐이지만 이 가족에게는 자기 아들이 걸린 일입니다. 여러분은 사람들에게 손가락질을 하기 전에 저기 어딘가에서 살인자의 손아귀에 붙잡혀 있는 소년에 관해, 그리고 소식이 돌아오기만을 기도하며 기다리고 있는 그 가족에 관해 생각해보셔야 합니다. 하느님이 보우하사 아이가 무사히 건강하게 집에 돌아오고 나면 이 사건을 검토할 시간은 차고도 넘칠 겁니다. 그리고 선출직 공무원으로서 저는 그렇게 될 수 있도록 제 힘이 닿는 모든 일을 할 겁니다."

다울링은 더 이상의 질문을 무시하고 연단을 내려와 서둘러 복도로 이어진 쪽문을 통과한다. 그리고 "씨발 기자놈들, 흡혈귀 같은 거머리들, 천한 것들" 운운하는 욕설을 끊임없이 내뱉는다.

정문 앞에서 우산 속에 몸을 움츠리고 고독하게 서 있는 빅터 필킹턴을 보자 그의 분노의 표적이 바뀐다. 의원은 아랫것들한테 꺼지라고 말하고는 계단 밑에서 대기 중인 리무진으로 필킹턴을 끌고 간다. 우산을 들고 따라오느라 애를 먹던 운전기사에게는 산책 좀 하고 오라며 떨쳐버린다.

의원은 필킹턴을 차 안으로 밀친다.

"다 통제하고 있다고 했잖습니까."

"기본적으로는." 빅터가 말한다.

"기본적으로는?"

"사소한 차질이 빚어졌지."

"씨발 그놈이 애를 납치했다고! 그게 당신 보기에 사소해 보이면 가서 돋보기라도 좀 맞춰! 우리는 그놈한테 휘둘리고 있다고."

"경찰이 할 수 있는 건 전부 하고 있소."

"씨발 진짜 안심 되네. 놈이 다 불면 어떡하시려고?"

"아무도 그를 믿지 않을 거요."

"젠장!"

"진정하시고."

"진정은 개뿔. 클레이턴 러드하고 통화를 했는데 보호가 필요하다는 둥 하며 징징대더군. 어떤 검둥이가 지 사무실로 찾아와서 오디 파머에 관해 물었다는 거요. 그리고 이제는 기자들이 나더러 왜 기회가 있었을 때 사형을 구형하지 않았느냐고 추궁하질 않나. 누가 이 사태를 책임질 거야!"

"아무도 책임질 필요 없어요."

"한 사람 있지. 씨발, 고독한 한 사람."

"나는 이렇게 하면 될……."

"아니! 씨발 닥쳐요! 댁이 내 선거에 얼마를 썼건 알 바 없어, 빅터. 몽땅 돌려드리지. 다시는 내 앞에 나타나지 마쇼. 연락도 하지마. 댁이 이 개새끼를 찾아내면 우리는 그걸로 끝이야."

54

　모스는 판잣집에서 70미터쯤 떨어진 소나무 숲에 픽업트럭을 세우고, 허리까지 자란 풀밭을 헤치며 현관에 다다른다. 바람이 잦아들고 비도 멈췄지만, 하늘은 여전히 눅진눅진한 담뱃재 색깔이다. 양손 손바닥을 바지에 문지른 후 스크린 도어를 잡아당기고 한 발을 밀어 넣는다. 노크를 한다. 안쪽 문이 갑자기 열린다. 어두운 내부에서 마치 빛을 따라 모양을 바꾸는 창백한 구름 같은 두 눈동자가 바깥을 엿본다. 깜짝 놀란 모스가 잠깐 뒤로 기우뚱하는 사이 스크린 도어가 쾅 하고 닫힌다.

　"또 너야! 총이 맞고 싶어서 아주 근질근질한 모양일세." 테오 맥앨리스터가 양손으로 라이플을 쥐고 있다. 회색 머리카락이 모자 테 밖으로 숭숭 삐져나왔다. "원하는 게 뭐야?"

　"여쭤볼 게 하나 더 있어서요."

　"씨발, 꺼져!"

　"그 아이에 관한 겁니다."

테오는 망설이며 눈을 가늘게 뜬다. "그 애 일은 어떻게 알았어?"

"어르신하고 똑같이요."

"보안관이 보냈어?"

"예."

"뭘 원한대?"

모스는 이게 무슨 이야기인지 감도 잡히지 않는다. 하지만 미끼도 없이 낚시를 하고 있다는 걸 들키기 전에, 갈 수 있는 데까지는 가볼 작정이다.

노인은 모스를 뜯어보면서 목의 벌레 물린 자국을 긁는다.

"음, 일단 안으로 들어와."

모스는 테오를 따라 식용유와 커피 냄새가 풍기는 어두운 복도로 들어선다. 거실은 텔레비전 화면의 파란 빛에 탈색되어 있다. 팔걸이의자에는 동양계 여자가 앉아서 녹음된 웃음소리가 나오는 코미디 프로를 보는 중이다. 나이는 노인의 절반가량, 반바지와 속셔츠 차림이다.

"보안관이 돈을 더 준대?"

"그걸 바라는 겁니까?"

"난 새 신부를 먹여 살려야 해. 전처는 3년 전에 세상을 떠났지. 이 여자는 아시아에서 왔지만 그래도 미국인이야. 내 말뜻 알지…… 확인했다고."

지저분한 부엌 바닥은 군데군데 리놀륨이 들떴고 누렇게 변색된 신문들이 깔려 있다.

"내가 그 아이에 관해 아무한테도 입도 뻥긋 안 했다고 보안관한테 전해. 단 한 명한테도. 난 약속을 확실히 지켰어."

"돈을 받았군요."

"충분한 액수는 아니지."

"얼마나 더 원합니까?"

테오가 목을 다시 긁으며 곰곰이 생각한다. "2천."

"그건 과한데요."

"협박하는 게 아니야, 말해두지만. 그 사람한테 그런 인상을 주지는 마. 그냥 부탁이니까. 배은망덕하게 보이고 싶지는 않아."

"그러면 확실히 해두죠⋯⋯. 어르신은 그 아이에 관해 입을 다무는 대신 보안관한테 돈을 더 받았으면 하시는 거죠."

"그래."

테오는 개수대로 걸어가 수도꼭지를 틀어 병에 물을 받는다. 물방울이 수염을 타고 흘러내려 체크무늬 셔츠 단추에 머문다. 테오는 다시 물을 받아 모스에게 건넨다.

"아뇨, 전 됐습니다." 모스가 말한다. "그 아이는 어디서 찾으셨어요?"

테오가 병을 비운다. "저쪽에서." 넝마나 다름없는 커튼 너머를 가리킨다. "그 어린 게 길을 잃고 헤매고 있더군. 무지막지하게 지저분한 상태였는데 세 살쯤, 많아도 네 살 이상은 아니었어. 카우보이모자와 총집에 든 플라스틱 총을 가지고 있었지. 거기서 죽지 않은 게 기적이야. 개울에 빠지거나 다리가 부러지거나 차에 치일 수도 있었는데. 어찌나 빼빼 말랐던지. 진흙투성이에 흠뻑 젖어가지고. 그래서 내가 애한테 그랬지. '너는 어디서 왔니, 꼬마 영웅아?' 그런데 말을 한마디도 안 하더라고."

모스는 이야기를 하는 노인의 표정 변화를 살핀다. "다치진 않았나요?"

"내가 보기엔 아니었어."

테오가 한쪽 콧구멍에 엄지손가락을 대고 요란한 소리와 함께 개수대에 코를 푼다.

"그 아이는 어디서 온 겁니까?"

테오가 코 옆을 두드린다. "의심이 가는 데는 있지만 비밀이야."

모스가 끄덕인다. "어디서 찾아냈는지 좀 보여주세요."

"어째서?"

"관심이 있으니까요."

모스는 테오를 따라 집 밖으로 나가 담장을 따라 걷다가, 경첩 하나로 간신히 매달려 있는 문짝을 통과한다. 높이 자란 잡초들과 딸기나무들이 걸음을 방해한다.

"여기서 개를 키웠지. 사냥용으로. 개들이 배가 고프기만 했어도 아마 그 애는 잡아먹혔을 거야. 하지만 그 애는 마치 한 배에서 난 형제처럼 개들 사이에 끼어 앉아 있더군. 지저분한 몰골로. 말은 한 마디도 안 했어. 틀림없이 밤새 거기 있었던 것 같아."

"어르신은 어떻게 하셨습니까?"

"집으로 데려와서 먹을 걸 좀 줬지. 다리에 온통 베이고 멍든 상처투성이데. 당연히 좀 있으면 애 엄마가 와서 우리 집 문을 두드리겠거니 했는데 결국 안 왔어. 그래서 텔레비전 뉴스를 틀어봤지. 어린 아들을 잃어버렸다면 경찰에 전화를 하거나 수색대를 내보낼 거라고 생각했거든. 무슨 말인지 알지?"

모스가 끄덕인다. "그래서 어떻게 하셨습니까?"

"보안관이 그 강도사건과 총격 일로 나를 만나러 왔었어. 그때는 아직 보안관보였지만."

"이게 그 총격사건이 일어난 날이었나요?"

"아니, 다음 날이었어……. 어쩌면 다다음 날이었을 수도 있고."

"총격전을 보았다고 하셨지요."

"어두워서 번쩍번쩍하는 것만 보였어."

"그리고 그때 그 발데즈 보안관보를 만나셨고요?"

"나더러 상금을 받게 될 거라면서, 진술서를 쓰는 걸 도와주겠다고 했지."

"아이에 관해서요?"

"그리고 총격전에 관해서도."

"뭐라고 하던가요?"

"누가 그 아이 일을 물으면 다른 곳에서 발견했다고 하라고."

"어디서요?"

"여기서 한 3킬로 정도 떨어진 저수지에서."

"이유를 말하던가요?"

"아니." 테오는 모자를 벗어 들고 집과 트레일러와 녹슬어가는 트럭들을 바라본다. "그때 상금을 받았어. 그 꼬마 카우보이를 찾은 데 대해 2천 달러를 받고 신문에 내 기사가 실렸지."

"그 후 아이를 다시 보신 적이 있습니까?"

테오가 고개를 젓는다. "보안관보의 사진은 신문에서 봤어. 그 무장 강도들을 사살해서 무용 훈장을 받았더군."

"그리고 그 후로 그 사람을 보신 적이 있나요?"

"몇 년에 한 번씩 찾아왔어. 그래서 그 사람이 보안관으로 승진한 걸 알았지. 아마 그 사람은 내가 죽었으면 하는 눈치였지만, 이렇게 질기게 버티고 있지. 다른 사람을 보낸 건 이번이 처음이야. 댁을 보통 믿는 게 아닌가 봐."

"그런가 봐요."

55

노란 태양이 하늘 높이 떠 있다. 데크에서 아지랑이가 올라오고 아스팔트가 반짝인다. 맥스는 소파에 앉아 벨리타의 사진 위로 몸을 숙이고 있다. 오디는 안락의자에 앉아 그런 맥스를 지켜본다. 기다린다. 눈을 찡그리면 여전히 그 아이가 보인다. 세 살 때, 교회에서 어머니 옆에 앉아 찬송가 책을 읽는 척하던 그 아이가. 이제는 다 커서 거의 남자가 되었다. 오디는 아이가 커가는 것을 지켜보면서 동화를 읽어주거나 베인 곳에 반창고를 붙여주거나 삶은 비극일 때도 있고 황홀할 때도 있다고 알려줄 기회를 얻지 못했다.

"그래서 이 사람이 내 친엄마고 엘살바도르 출신 불법 이민자라는 거예요?"

"밀입국자였지."

"그리고 나는 샌디에이고에서 태어났고요?"

"그래."

아이가 몸을 뒤로 기대어 천장을 올려다본다.

오디는 말을 잇는다. "아름다운 사람이었어. 길고 검은 머리는 빛을 받으면 반짝반짝 윤이 났고 눈동자에는 벌꿀 같은 황금색 점이 찍혀 있었지."

"지금은 어디 있는데요?"

오디는 대답하지 않는다. 맥스를 납치한 이래 줄곧 두려워했던 바로 그 순간이다. 더는 돌아갈 수 없는 지점이다. 지금 그 이야기를 하지 않으면 영영 못할 것이다.

"너를 만나게 될지 확신이 없었어. 탈옥하는 도중에 총에 맞거나 호수에 익사하거나, 너를 만나기 전에 다시 잡힐 거라고 생각했어. 그래서 무슨 일이 일어날 경우에 대비해 글로 적어놓은 거야. 네가 진실을 알 수 있도록. 읽든 태워버리든 네가 결정해."

오디는 맥스에게 공책을 건네지만 맥스는 받으려 하지 않는다.

"말로 설명해주세요."

"정말 괜찮겠어?"

"그래요."

*

이윽고 오디는 기억과 마음에 의지해 과거의 사건들을 현재로 불러낸다.

그 마지막 날, 그들은 오스틴을 지나 290번 도로를 타고 동쪽으로 차를 달렸다. 엘긴, 맥데이드, 그리고 기딩스를 지나갔다. 브레넘에서 105번 도로를 타고 나바소타로 가다가 몽고메리로 향했다. 벨리타에게 어렸을 적 낚시를 했던 호수를 보여주고 싶어서였다.

더는 서두를 필요가 없어진 그들은 시골길을 택해 농장과 포도주 양조장을 지나갔다. 창문을 열어놓고, 라디오에서 흘러나오는 카우보이에 관한 노래들을 따라 불렀다. 미겔은 물소를 본 적이 없었다. 오디는 개인 소유의 한 목장에 들러 맥스에게 물소를 보여주었다.

"털이 많은 소네요." 아이는 말했다. 그들은 웃음을 터뜨렸다.

오디는 미겔에게 열까지 셀 수 있느냐고 물었다.

셀 수 있었다.

"알파벳은 아니?"

미겔이 고개를 젓는다. "ABC는 알아요."

"그게 그거야."

오디는 다시 웃었고 미겔은 뭐가 우스운지 알 수 없어서 얼굴을 찌푸렸다.

그렇지만 그 쾌활함과 웃음 가운데에도 오디는 콘로 호수가 가까워질수록 점점 더 마음이 어지러워졌다. 그의 마음속에서 형인 칼과 떼어놓을 수 없는 장소이기 때문이었으리라. 칼이 감옥에 가거나 아빠의 폐에 종양이 생기기 전, 그 시절은 오디의 인생에서 가장 행복한 시절이었다. 그들은 모닥불을 피워 요리를 하고, 귀신 이야기를 주고받거나 플래시를 가지고 숨바꼭질을 하곤 했다.

갈림길을 1.5킬로미터쯤 남겨두고, 오디는 다리 위로 차를 몰았다. 호수의 일부는 태양빛에 표백된 작은 나무 부두로 분리되어 있었다. 예전에 그곳에는 물가에서 대략 90미터 떨어진 곳에 부잔교가 매여 있었다. 손끝에 닿는 검고 차가운 물은 마치 실크처럼 부드러웠다.

그들은 콘로 호숫가의 아이어 섬 맞은편 쪽에서 피크닉을 하며 점심을 먹었다. 식사를 마치고 남은 빵 부스러기는 오리들에게 던져주고 아이스크림을 사 먹었다. 미겔은 오디의 무릎 위에 앉아 셔츠 앞부분에 초콜릿을 묻히고 있었다. 아이는 카우보이모자도 장난감 총도 한사코 몸에서 떼어놓으려 하지 않았다. 그 후 세 사람은 정박지에 묶인 배들을 구경하면서 혹시 그 배들의 주인들이 유명인사는 아닐까 궁금해했다.

오디는 벨리타에게 팔을 두르고 땋은 머리카락을 자신의 주먹에 휘감았다. 벨리타는 상큼하고 젊고 아름다웠다.

"자기는 모든 일이 원래 그렇게 되도록 정해져 있다고 생각해?" 벨리타는 물었다.

"운명처럼요?"

"응."

"난 그냥 불운을 최대한 잘 넘기고 행운은 최대한 누리면 그뿐이라고 생각해요."

오디는 벨리타를 꼭 껴안았고, 벨리타 역시 그를 마주 안았다. 벨리타의 엉덩이가 움직이는 것이 느껴졌다.

"우리 형 칼." 오디는 벨리타의 머리카락에 입을 맞추었다. "우리는 어렸을 때 여기 왔었어요. 이곳을 다시 와보면 기분 좋을 줄 알았는데, 지금은 그냥 얼른 떠나고만 싶어요."

"엘살바도르에는 기억이 온기를 유지해준다는 속담이 있어."

벨리타가 그의 뺨을 쓰다듬으며 말했다. "하지만 자기를 보니 꼭 그렇지도 않은가 봐."

오후 늦게야 그들은 다시 길에 올랐다. 오디는 휴스턴 외곽에서 묵기로 했다. 아침에 어머니에게 전화를 드릴 생각이었다. 어반이 혹시나 사람을 보내 그를 기다리고 있는 건 아닌지 확인하기 전에는 어머니를 찾아가고 싶지 않았다.

"오줌 누고 싶어요." 미겔이 말했다.

"참을 수 있겠니?"

"어떻게 참아요?"

오디는 길가에 차를 세웠다. "좋아, 형씨, 나무 뒤로 가자."

"카우보이처럼요."

"그래, 카우보이처럼."

그들은 눅눅한 공기 속에서 켜켜이 쌓인 폭신한 낙엽과 솔방울들을 밟으며 나무들 사이를 헤치고 걸어갔다. 걸음을 내디딜 때마다 모기떼가 구름처럼 솟아올랐다.

"잡아줄까?"

"아니요."

미겔은 다리를 벌리고 서서 사타구니를 내밀고 가느다란 황금색 물줄기가 나무 몸통에 튕기는 것을 지켜보았다.

"어른은 이렇게 하는 거죠." 미겔이 말했다.

"그래." 오디는 말했다.

아이는 뭐라고 말을 했지만 오디의 관심은 다른 곳에 쏠려 있었다. 저 하늘 높이 어딘가에서 경적 같은 사이렌 소리가 들렸다.

"소방차예요?" 아이가 물었다.

"아닌 것 같은데." 어깨너머를 돌아보며 오디가 대답했다. 길 너머는 눈에 보이지 않았다.

그 소리는 더 가까이 오고 있었다. 처음에는 소리가 오는 방향이 분간이 되지 않았다. 벨리타가 폰티악의 조수석에서 오디를 보며 손을 흔들었다. 그 후 고개를 돌린 오디의 눈에 트럭이 보였다. 한 쌍의 전조등이 불길처럼 타오르고 있었다. 그 속도가 얼마나 빠른지 오디는 잠시 깨닫지 못했다. 커브를 돌기에는 지나치게 빨랐다.

차는 방향을 잘못 틀었고, 바깥쪽 타이어들이 갓길을 파고들었다. 오디는 운전대를 잡은 남자의 상황이 한순간에 그려졌다. 제어 블능의 차에서 몸부림을 치다 충돌을 피하려고 팔을 비틀 듯 뻗었을 것이다. 너무 늦었다. 트럭이 한순간 기우뚱하며 두 바퀴로 휘청거리더니 그대로 뒤집히면서 두 차선에 걸쳐 미끄러져 돌진했다.

길가에 서 있던 폰티악이 다음 순간 사라져버렸다. 금속이 찌그러지는 소리에 뒤이어 미친 듯 춤추는 불꽃들이 보였다. 이윽고 쾅하는 굉음이 들렸다. 시간이 느려졌다. 아니, 시간이 멈췄다. 오디는 힘겹게 몸을 숙여 어린 미겔을 안아 올리고, 마치 자장가를 들려주듯 미겔의 엉덩이를 부드럽게 흔들어주었다.

트럭은 보였지만 폰티악은 보이지 않았다. 오디는 미겔을 내려놓고 팔을 꼭 붙들었다. 빈약한 살 속으로 손가락이 파고들었다. "여기 그대로 있어. 손을 나무에 대고 있어. 놓으면 안 돼."

"엄마는 어디 있어요?"

"아저씨 말 들었니?"

"엄마는 어디로 갔어요?"

"움직이면 안 돼."

아 하느님! 아 하느님! 아 하느님!

달렸다. 비틀대다 넘어졌다. 방금 무슨 일이 일어난 건지 이해할 수 없었다. 눈이 착오를 일으킨 거다. 차로 가보면 아무 일도 없었음을 알게 될 거다.

현장은 요란한 사이렌 소리와 함께 불빛들이 소용돌이쳤다. 모로 누운 트럭은 마치 안쪽에서부터 폭발한 양 갈기갈기 찢겨 있었다. 오디는 숨을 쉬려고 했지만 쉬어지지 않았다. 그곳에서 약 25미터쯤 떨어진 길 위에 폰티악이 뒤집혀 있었다. 하지만 더는 폰티악처럼 보이지 않았다. 아니, 아예 차 같지도 않았다. 여전히 두 바퀴가 공중에서 헛돌고 있는, 짓이겨진 쇳덩어리였다.

오디는 비명처럼 벨리타를 불렀다. 흔적만 남은 문을 열어보려 했지만 충돌의 충격 때문에 마치 용접된 것처럼 단단히 닫혀 있었다. 오디는 도로에 납작 엎드려 산산조각 난 뒤쪽 창문을 통해 주저앉은 지붕 밑으로 뱀처럼 기어 들어갔다. 연료가 셔츠 앞섶을 적셨고 유리가 손과 무릎을 사정없이 베었다.

찢긴 철사들과 뒤틀린 좌석들이 뒤엉킨 한복판에서 팔 한쪽과 손 하나가 보였다. 피가 손가락을 타고 흘러내렸다. 그 찰나의 순간, 그는 몸통이 없다고 생각했다.

오디는 머리 위 좌석을 움켜쥐고 어깨가 빠져도 상관없다는 기세로 몸을 앞으로 끌어냈다. 그 순간 벨리타가 보였다. 계기판 아래에 끼여서 몸이 부자연스럽게 찌그러져 있었다. 오디는 손을 뻗어 벨리타의 얼굴을 건드렸다. 눈을 떴다. 살아 있다. 겁에 질렸다.

"미겔은?"

"괜찮아요."

매연이 눈과 목구멍을 찔러서 오디는 기침을 하고 싶었다. 뜨거운 금속 위로 쏟아진 연료가 지글지글 끓는 소리가 들렸다.

"다리를 움직일 수 있어요?"

벨리타가 발가락을 꼼지락거렸다.

"손가락은?"

손가락을 움직였다. 팔이 부러졌다. 뺨과 이마가 유리에 베였다.

벨리타는 움직이려고 했지만 뭉개진 계기판에 다리가 끼어 있었다. 그때 오디는 총성을 들었다. 트럭에 남자 두 명이 있었다. 남자들은 차 창문으로 간신히 기어 나와 땅으로 추락했다.

한 남자가 빙그르르 돌더니 목을 붙잡고 주저앉았다. 손 틈새로 피가 흘러내렸다. 다른 남자도 거의 동시에 총에 맞았다. 총알이 그의 무릎을 으스러뜨렸다. 제복 입은 경관이 양손으로 총을 붙든 채 총구를 위로 향하고 있었다. 군인처럼 짧게 친 뻣뻣한 머리에 피부를 짙게 태닝한 남자였다.

여전히 돌고 있는 폰티악 바퀴 뒤에서, 오디는 깨어진 창문 틈새로 엿보고 있었다. 25미터쯤 떨어진 곳, 트럭 먼 쪽에 또 다른 보안관이 서 있는 게 보였다. 총에 맞은 두 남자 중 하나가 일어서려고 했다. 남자는 힘없이 늘어뜨린 손에 권총을 쥔 채 무력하고 불안한 시선을 오디 쪽으로 향했다. 보안관이 그를 쏘았다. 두 발 모두 명중해 남자를 쓰러뜨렸고, 셔츠에는 주홍색 꽃이 피어났다. 마지막 한 발에 남자는 빙 돌아서 마치 온몸의 뼈가 녹아내린 듯 제자리에 풀썩 주저앉았다.

경관은 아직 오디를 보지 못했다. 동료가 고함을 쳤다. 보안관이 총을 들어 올리더니 시야에서 사라졌다. 오디는 소리를 지르려 했지만 알 수 없는 예감에 멈칫했다. 두 경관이 다시 나타났다. 그들은 이제 밀봉된 캔버스 천 자루들을 경찰차의 트렁크로 실어 나르고 있었다. 자루 하나가 튀어나온 금속 부분에 걸려 찢어지자 은행권들이 쏟아져 나와 바람에 흩날려 풀에 감기고 나무에 꽂혔다.

더 많은 사이렌 소리가 들려왔다.

오디는 팔과 팔꿈치에 의존해 벨리타 쪽으로 기어갔다. 납작 눌린 지붕 때문에 벨리타의 머리는 이상한 각도로 뒤틀려 있었다. 오디는 손을 뻗어 벨리타의 손을 잡으려 했다. 손가락으로 그녀의 손목을 감았다. 잡아당기자 벨리타는 고통에 찬 신음을 냈다.

오디는 뒤로 물러나 보안관들에게 소리를 질렀다. 하나가 돌아보더니 오디를 향해 걸어왔다. 바지에는 다림질 주름이 빳빳이 잡혀 있었다. 검은 가죽구두. 오디는 고개를 들었다. 보안관의 창백한 뺨에는 홍조가 돌았다. 그가 돈 자루를 땅에 내려놓았다.

"이 사람을 꺼내야 해요." 오디가 애원했다.

경관이 몸을 돌렸다. "어이, 발데즈?"

"뭐야?"

"문제가 생겼는데."

발데즈라 불린 보안관이 다가오더니 몸을 숙이고 양팔을 허벅지에 얹었다. 오른손에는 리볼버가 총열을 바닥으로 향한 채 매달려 있었다. "어디서 나타났지?"

파트너가 어깨를 으쓱했다.

발데즈가 몸을 가까이 숙이자 시큼한 입 냄새가 풍겼고 입술 사이에서 가느다란 침 가닥이 늘어졌다 끊어지는 것이 보였다. 발데즈는 고개를 돌려 차의 잔해 속에 갇힌 벨리타를 보았다. 턱을 긁적였다.

오디는 보안관의 셔츠를 움켜쥐며 외쳤다. "제발 도와줘요!"

그 순간, 길이 일렁이면서 사방이 식식대는 소리로 가득 찼다. 트럭의 부서진 연료 탱크에서 일어난 파란 불꽃이 길을 따라 번졌다. 벨리타의 동공이 커진 채 얼어붙었다.

"불이야!" 오디는 몇 번이고 고함을 쳤다. 비틀린 잔해 속으로 다시 기어들어가 벨리타를 잡아 끌어내려고 안간힘을 썼다. 도와달라고 소리를 질렀지만 경관들은 옆구리에 손을 얹은 채 가만히 서서 구경만 했다. 오디는 뒤로 물러나 차의 반대편으로 달려갔다. 셔츠자락을 찢어서 불길을 때렸지만 손에 갑자기 불이 붙었다. 셔츠를 던져버리고 손가락으로 금속 틈새를 벌리려고 애를 썼다. 하지만 불길에 물러설 수밖에 없었다. 발데즈가 모자를 집어 들어 머리에 썼다. 다른 보안관은 현금 자루를 집어 들었다.

벨리타의 비명이 희미해지다 잦아들었다. 오디는 양팔과 양 무릎으로 주저앉아 울부짖었다. 검게 물든 엄지손가락에서 피가 줄줄 흘러내렸다. 어느새 다가온 보안관이 그를 굽어보며 서 있었다. 발데즈는 다 쓴 탄창을 버리고 새로 장전을 시작했다. 그리고 오디를 내려다보며 그의 이마에 총을 겨누었다. 눈에는 아무런 감정도 내비치지 않았다. 불합리한 세계에서 합리와 논리 따위는 아무런 설 자리가 없음을 알고 있는 남자였다.

오디는 고개를 돌려 카우보이모자를 쓰고 곰인형을 든 채 여전히 나무들 사이에 서 있는 어린 미겔을 보았다. 오디는 자신의 거죽 속에서 사라져버리려고 애를 썼다. 모든 인지와 감각을 마음에서 지우고 먼지가 되어서 미풍에 흩날렸다가 나중에 다시 모여 그의 육체와 영혼을 재건할 수 있도록, 언젠가 완전한 전체가 될 수 있도록.

"사적인 감정은 없어." 보안관이 방아쇠를 당기면서 말했다.

맥스는 기억한다. 머릿속 깊은 곳 어딘가에서 문과 창문이 열린다. 종이들이 책상 위를 날아다닌다. 먼지가 떠오른다. 기계들이 윙윙거린다. 전화벨 소리가 울린다. 단일한 프레임들이 이어져서 영화처럼 이어 붙여지고, 되감아지고, 다시 상연된다. 꽃무늬 드레스를 입은 여자의 이미지들. 바닐라와 망고 냄새가 풍긴다. 색색의 빛이 수놓인 박람회장의 기억. 폭죽들.

그렇지만 맥스는 열리려 하는 자신의 마음을 애써 닫는다. 다른 과거는 원하지 않는다. 자신이 아는 과거를 원한다. 자신이 살아온 과거. 왜 신생아 때 사진이 없는지, 맥스는 궁금하다. 전에는 한 번

도 물어본 적이 없었지만, 지금 맥스는 샌디가 서랍장에 넣어둔 앨
범들을 머릿속에서 뒤적인다. 마음속으로 한 장 한 장 넘겨본다. 맥
스가 면 담요에 싸여 있는 사진, 또는 병원 침대에서 엄마에게 안
겨 있는 사진은 보이지 않는다.

부모님은 그의 출생에 관해 한 번도 이야기한 적이 없다. 그 대
신 "네가 왔을 때" 그리고 "우리는 너를 아주 오랜 시간 기다렸단
다" 하는 식으로 말했다. 체외수정 이야기도 했다. 유산 이야기도
했다. 그들은 맥스를 사랑했다. 맥스를 원했다.

이 남자는 이야기를 지어내고 있는 거다. 살인범이잖아! 거짓말
쟁이! 그렇지만 그가 이야기하는 것을 들으면 왠지 믿지 않을 수가
없다. 오디는 자신이 처음부터 거기에 줄곧 있었던 것처럼 이야기
한다.

"괜찮니?" 오디가 묻는다.

맥스는 대답하지 않는다. 한마디도 하지 않고 욕실로 들어가 손
으로 물을 받아 입에 가져간다. 입안에 남은 맛을 헹궈낼 수만 있
다면. 거울 속 자신의 얼굴을 응시한다. 맥스는 아버지를 닮았다.
둘 다 같은 올리브색 피부에 갈색 눈을 가졌다. 샌디는 더 피부가
하얗고 금발이고 주근깨가 있다. 그렇지만 그건 전혀 중요하지 않
다. 두 사람은 맥스의 부모다. 그들은 맥스를 키웠다. 그들은 맥스
를 사랑한다.

맥스는 변기 뚜껑을 닫고 앉아서 양손으로 머리를 받친다. 왜 이
남자, 알지도 못하는 이 남자는 내게 이 이야기를 해야만 했을까?
왜 나를 가만 내버려두지 않았을까?

어렸을 때 그는 카우보이가 되고 싶었다. 종이 화약을 쏠 수 있
는 은색 총과 머리띠에 별이 달린 카우보이모자가 있었다. 보라색

나비넥타이가 달린 곰인형이 있었다. 이것들은 사실이다. 하지만 맥스는 지난 몇 시간 사이에 다른 사람이 되어버렸다.

그는 샌다에이고에서 태어났다. 이후에 텍사스로 왔다. 그는 어머니가 죽는 것을 직접 보았다.

56

데지레는 사무실 로비를 걷고 있다. 비슷한 또래의, 옷을 잘 차려
입은 예쁜 여자가 바쁜 걸음으로 데지레를 지나친다. 주말 약속이
있는 거겠지. 남자친구하고 영화를 보러 가는 걸까, 아니면 여자친
구하고 술을 마시러 가는 걸까. 데지레는 그런 약속이 하나도 없다.
우울해야 할 것 같지만 실은 그렇지도 않다.

누군가가 음료수 냉장고 옆 화이트보드에 신문 클리핑을 붙여놓
았다. 스타 시티 건물 앞에서 찍은 사진이다. 옆에 선 형사보다 60
센티미터는 더 작은 데지레가 2층의 무언가를 향해 손가락질을 하
고 있다. 누군가가 말풍선도 그려놓았다. "비행기예요, 팀장님! 비
행기요!"

데지레는 그 클리핑을 찢어버리지 않는다. 실컷 웃으라지. 원래
데지레는 사무실에 있으면 안 되지만 세노글레스가 한 시간 전에
사무실을 나간 것을 이미 알고 왔다. 다른 사람들은 데지레가 몸조
리를 집에서 하든 사무실 책상에서 하든 개의치 않을 것이다.

전화벨이 울린다.

"퍼니스 특수요원님이세요?"

"누구시죠?"

"아마 저를 기억 못 하실 겁니다. 스리 리버스 감옥에서 말씀 나눴었는데. 오디 파머에 관해 알고 싶어 하셨죠."

데지레가 얼굴을 찌푸리고 기억을 더듬는다. "기억나요, 웹스터 씨. 오디에 관한 정보가 있나요?"

"예, 요원님. 그런 것 같습니다."

"어디 있는지 아세요?"

"아니요."

"뭘 알려주고 싶으세요?"

"그 친구가 저질렀다고들 하는 그 강도사건이요. 저는 그 친구가 무죄인 것 같습니다."

데지레가 속으로 한숨을 푹 쉰다. "그 충격적인 결론에는 어떻게 도달한 거죠?"

"그 친구가 납치한 남자애요. 저는 그 아이가 그 강도사건에서 죽은 여자의 아이인 것 같습니다. 신원을 밝히지 못한 여자요."

"뭐라고요?"

"그 여자가 아이를 데리고 있었던 것 같아요. 충돌이 일어났을 때 왜 아이가 차에 있지 않았느냐고는 묻지 마세요. 어쩌면 밖으로 튕겨나갔을 수도 있죠. 며칠 후에야 발견되었잖아요."

"그걸 당신이 어떻게 알죠?"

"그 애를 발견한 남자하고 이야기를 했어요."

"전화로요?"

"아니요, 요원님."

"그 사람이 감옥으로 찾아왔다는 거예요?"

"저는 지금 감옥에 있지 않습니다."

"당신은 종신형이잖아요!"

"어떤 사람들이 저를 내보내줬어요."

"그게 누군데요?"

"이름은 모릅니다. 저더러 오디 파머를 찾아내면 형기를 면해주겠다고 했지만 아마 거짓말인 것 같아요. 제 생각에 그 사람들은 오디를 죽일 거고, 요원님한테 말했다는 이유로 저도 죽일 것 같습니다."

데지레는 아직도 모스 웹스터가 감옥에 있지 않다는 사실을 머리에 입력하려 애쓰고 있다.

"기다려! 기다려요! 끊지 마요!"

"잔돈이 없어서 금방 끊길 겁니다." 모스가 말한다. "제 말을 잘 들어주세요. 아까 말한 그 남자 말로는 어떤 보안관보가 자기더러 아이를 찾아낸 곳을 거짓말로 대라고 했대요. 사실은 그 총격전 근처였는데 그 경관이 몇 킬로 떨어진 곳에서 발견했다고 말하라고 시켰대요."

"처음부터 이야기해보죠. 누가 당신을 감옥에서 꺼내줬죠?"

"모릅니다."

"그 사람들을 봤나요?"

"저는 머리에 후드를 덮어쓰고 있었어요. 그 사람들은 제가 탈옥했다고 말할 겁니다, 요원님. 하지만 저는 탈옥하지 않았어요. 그 사람들이 내보내준 거예요."

"이쪽으로 와요, 모스. 내가 도와줄 수 있어요."

모스는 금방이라도 눈물을 쏟을 것 같은 목소리다. "도움이 필요한 사람은 오디입니다. 오디는 도움을 받을 자격이 있어요. 저는 어차피 감옥으로 돌아갈 겁니다. 그때까지 살아 있을 수만 있다면요. 애초에 오디와 친구가 되지 말걸 그랬다 싶어요. 지금 그 친구를 도와줄 수 있었으면 좋겠어요."

전화기에 삑삑 소리가 들린다.

"동전이 떨어졌어요." 모스가 말한다. "그 아이에 관해 말씀드린 것 잊지 마세요."

"모스? 자수해요. 내 휴대폰 번호 알려줄게요." 데지레는 번호를 외치지만 끊어지기 전에 모스가 마지막 자리까지 들었는지 모르겠다. 전화는 끊어졌다.

교환대에 통화 추적을 요청한다. 교환수가 지역을 알려준다. 콘로에 있는 한 슈퍼마켓의 공중전화다. 그러는 사이 스리 리버스 감옥의 워든 스파크스 소장과 전화 통화가 연결되었다.

"모스 웹스터는 오디 파머가 탈출하고 이틀 뒤에 이감되었습니다." 소장이 말한다.

"이유는요?"

"매번 이유를 알려주지는 않습니다. 죄수들이야 늘 옮겨 다니니까요. 운영상의 이유일 수도 있고 죄수의 사정을 봐주는 경우도 있습니다."

"누군가가 틀림없이 승인을 했겠죠." 데지레가 말한다.

"그건 워싱턴에 알아보셔야 할 겁니다."

한 시간 후, 이미 열두 군데쯤 전화를 걸었지만 데지레는 여전히 수화기를 붙들고 있다. "이건 개똥 같은 소리예요!" 데지레는 고함을 치며 연방 교도소국의 한 하급 직원을 질책한다. 직원은 아마 그녀의 전화에 회신해준 것을 후회하고 있을 것이다. "왜 모스 웹스터가 연방 교도소에서 브라조리아 카운티의 휴가 캠프로 이감된 거죠?"

"외람된 말씀이지만, 특수요원님, 다링턴 감옥은 교도소 농장이지 휴가 캠프가 아닙니다."

"그 사람은 종신형을 받은 살인범이에요."

"저는 제 앞에 써 있는 걸 말씀드릴 수밖에 없습니다."

"그래서 뭐라고 쓰여 있죠?"

"웹스터는 웨스트 콜럼비아 소재 데이리 퀸의 휴게소에서 직접 만든 칼을 이용해 미국 집행관을 위협해 무기를 빼앗았습니다. 그 집행관은 상해를 입지 않았습니다. 주 경찰에게 보고가 갔습니다."

"누가 죄수 호송을 승인했죠?"

"그 정보는 저한테 없습니다."

"왜 연방수사국은 그의 탈출을 고지받지 못했죠?"

"시스템에 따른 겁니다."

"그 집행관과 다른 모든 목격자들의 진술을 확인하고 싶어요. 그가 왜 이감되었는지 알아야겠어요. 누가 승인을 했는지 알아야겠어요."

"국장님에게 메모를 보내놨습니다. 내일 아침 출근하자마자 확인할 겁니다."

데지레는 직원의 목소리에 배인 냉소를 들을 수 있다. 수화기를 쾅 하고 내려놓은 데지레는 잠깐 전화기를 방바닥에 내던져버릴까 생각하지만 그건 남자들이나 하는 짓이다. 남자들이라면 지긋지긋하다.

그 대신 데지레는 모스가 들려준 이야기를 되새긴다. 컴퓨터에 로그인해서 실종 아동 정보를 불러온다.

매년 텍사스에서 얼마나 많은 아이들이 실종되는지 당신이 알기나 해요, 웹스터 씨?

검색 조건을 드라이퍼스 카운티, 2004년 1월로 한정하자《휴스턴 크로니클》의 기사가 뜬다.

맨발의 미아 소년이 발견되다

지난 월요일, 카우보이 차림을 한 어린 소년이 드라이퍼스 카운티 번트 크리크 저수지 가에서 발견되었다. 경찰은 소년이 밖에서 밤을 보낸 것으로 추정한다. 3, 4세가량의 소년은 테오 맥앨리스터와 그의 개 버스터에 의해 저수지 동쪽 부근에서 발견되었다.

"트랙을 산책하고 있었는데 버스터가 덤불 밑에서 웬 넝마 더미를 찾아냈어요. 가까이 가보니까 어린 사내아이더라고요." 맥앨리스터는 말했다. "어린 영웅이 배고파하기에 먹을 걸 좀 주었습니다. 애 엄마가 안 보이기에 경찰에 전화를 했고요."

소년은 세인트 프랜시스 병원으로 옮겨졌는데, 병원 측에 따르면 아이는 감기에 걸렸고 탈수증상을 보이며 찰과상과 타박상이 있다. 아이는 야외에서 밤을 보낸 듯하다.

라이언 발데즈 보안관보는 다음과 같이 말했다. "아이는 확실히 트라우마 상태로, 아직까지 말을 한마디도 하지 못했습니다. 우리가 제일 먼저 해야 할 일은 아이 어머니를 찾아내어 필요한 모든 지원을 제공하는 것입니다."

데지레는 지도를 띄운다. 번트 크리크 저수지는 그 총격전이 일어난 곳에서 3킬로미터도 넘게 떨어져 있다. 타임라인에 따르면 그 소년은 사흘 후에 발견되었다. 라이언 발데즈를 제외하면 두 사건은 전혀 접점이 없었다……. 그리고 모스 웹스터의 전화를 제외하면.

거의 일주일이나 지나서 후속 기사가 신문에 실렸다.

수수께끼의 외로운 카우보이 소년

주와 연방 관계자들은 지난 월요일 카우보이모자를 쓴 채로 드라이퍼스 카운티 번트 크리크 저수지 근처를 헤매다 발견된 어린 소년의 수수께끼를 풀려는 노력에 박차를 가해왔다.

3세가량의 소년은 올리브색 피부에 갈색 눈과 검은 머리를 가졌고 키는 약 89센티미터, 체중은 약 15킬로그램이다. 허리가 고무줄로 된 파란 청바지와 면 셔츠, 그리고 카우보이모자를 착용하고 있었다.

관계자들은 지금 소년의 부모나 보호자를 찾을 수 있기를 바라며 연방 수사국의 연방범죄정보망 시스템과, 전국 실종자 및 신원미상자 시스템을 확인 중이다.

라이언 발데즈 보안관보가 수사 지휘를 맡고 있다. "아이가 말을 한마디도 하지 않고 있어서 어려운 상황입니다. 영어를 못하거나 트라우마 상태로 보입니다. 현재로서는 아이를 발견한 개의 이름을 따서 아이를 버스터라고 부르고 있습니다."

데지레는 드라이퍼스 카운티의 가족 및 아동보호국에 전화를 건다. 신원을 세 차례나 밝힌 끝에 간신히 2004년부터 근무 중인 사회복지사에게 연결된다.

"빨리 말씀하세요. 지금 바빠요." 주위가 시끄러운 것을 보니 여자는 바깥에 나와 있는 모양이다. "경찰관 네 명하고 같이 마약굴에서 어린애를 구하러 가는 길이에요."

데지레는 속사포처럼 내뱉는다. "2004년 1월. 남자아이, 서너 살, 드라이퍼스 카운티 저수지 근처에서 발견. 그 아이 어떻게 되었죠?"

"버스터 말인가요?"

"그래요."

여자가 누군가에게 기다리라고 소리를 지른다. "맞아요, 맞아. 기억나요, 그 아이. 이상한 경우였죠. 말을 한마디도 안 하더라고요."

"친척을 찾았나요?"

"아니요."

"그래서 어떻게 됐죠?"

"위탁 갔어요."

"누구한테요?"

"그런 세부사항은 개인정보라 말씀드릴 수 없어요."

"이해합니다. 이렇게 하죠. 제가 제 추측을 말씀드릴게요. 제 추측이 틀렸으면 끊으세요. 맞으면 수화기를 들고 있어 주시고요."

"어느 쪽이든 끊을지도 몰라요."

"그 아이는 보안관보 부부에게 위탁을 갔죠. 아마 나중에 그 집에 입양되었을 거고요."

긴 침묵이 흐른다. 전화선 너머로 여자의 숨소리가 들린다.

"이쯤이면 충분히 오래 들고 있었죠." 여자가 말한다.

"고맙습니다."

57

조각구름 뒤에서 태양이 반짝 모습을 드러내자 수면에는 마치 선사시대 바다 괴물이 그 밑에서 움직이고 있는 듯한 그림자가 어른거린다. 오디와 맥스는 데크에 앉아, 갈매기들이 미풍을 거스르며 맴도는 바다를 건너다본다.

"총에 맞으면 어떤 느낌이에요?"

"기억이 잘 안 나. 정말로."

"틀림없이 사고였을 거예요." 맥스가 말한다. "아저씨가 갱단원인 줄 알았을 거예요."

오디는 대답하지 않는다.

"아빠가 일부러 그런 게 아닐 거예요. 실수였다고요." 맥스가 말한다. "그리고 그 돈도 아빠가 가져간 게 아니에요. 아빠한테 말하면 아저씨를 도와줄 거예요."

"그러기엔 너무 늦었지." 오디가 말한다. "너무 많은 사람이 너무 많은 걸 잃게 돼."

맥스가 앉아 있는 의자의 팔걸이에서 페인트 조각을 떼어낸다. "왜 더 일찍 말하지 않았어요?"

"나는 3개월간 혼수 상태였거든."

"하지만 그러다가 깨어났잖아요. 경찰한테 말할 수도 있었잖아요……. 변호사나."

오디는 병원에서 깨어나 서서히 주변이 눈에 들어오던 그때를 떠올린다. 간호사들이 나누는 대화가 들리고 자신의 몸을 씻기는 손길이 느껴졌지만, 마치 술에 취한 꿈속에서 싹둑 잘라낸 장면 같았다. 처음 눈을 떴을 때 보이는 것이라고는 흐릿한 형체들과 색채들의 소용돌이가 다였다. 그 강렬한 밝음이 견디기 어려워, 그는 다시 잠에 빠졌다. 의식이 있는 시간은 점차 늘어났고, 마침표 없이 길게 이어졌다. 마치 검은 그림자들이 환한 빛 속에서 움직이는 빛의 터널처럼 눈부셨다.

그 후 얼마쯤 지나 다시 눈을 떠보니 신경과 의사가 침대 옆에 서서 거기 모인 인턴들에게 뭐라 말하고 있었다. 한 인턴이 오디를 검진하도록 지시를 받았다. 곱슬머리의 그 젊은 남자 인턴이 침대 위로 몸을 숙이고 막 오디의 눈꺼풀을 뒤집으려는 참이었다.

"환자가 깨어났는데요, 선생님."

"바보 같은 소리 하지 마." 신경의가 대꾸했다.

오디가 눈을 깜빡이자 대소동이 벌어졌다.

오디는 말을 할 수 없었다. 입과 코에도 튜브가 꽂혀 있었는데, 폐와 직통으로 연결된 것 같았다. 고개를 돌리자 침대 근처에 놓인 기계의 오렌지색 다이얼들과, 녹색빛이 점멸하는 LCD창이 보였다. 마치 색색의 빛들이 파도를 타는 스테레오 시스템을 연상시켰다.

머리맡의 철제 스탠드에는 비닐 주머니가 걸려 있었고, 그 안의 액체는 유연한 튜브로 떨어져 그의 왼쪽 팔뚝에 감긴 넓은 외과 테이프 밑으로 사라졌다.

침대 위 천장에 거울이 있었다. 흰 시트 위에 누운 한 남자의 모습이 보였다. 마치 마분지 위의 곤충 표본처럼 핀으로 꽂혀 있었고, 붕대가 머리에서 왼쪽 눈까지 뒤덮고 있었다. 너무 초현실적으로 보여서, 오디는 어쩌면 자신이 이미 죽어서 유체이탈을 겪는 중이 아닐까 생각했다.

이런 상태로 몇 주가 흘렀다. 오디는 붕대가 감긴 손을 들어 올리거나 눈을 깜빡여서 소통하는 법을 배웠다. 신경의는 거의 매일 찾아왔다. 청바지에 카우보이 부츠를 신고 다니는 신경의는 자신을 할이라고 소개했다. 그리고 입 모양으로 단어들을 표현하면서 마치 오디의 나이가 다섯 살인 것처럼 천천히 말을 하곤 했다.

"발가락을 꼼지락거려 볼래요?"

오디는 시키는 대로 했다.

"내 손가락을 보세요." 할이 손가락을 한쪽에서 다른 쪽으로 움직이면서 말했다. 오디는 눈동자를 움직였다.

할은 둥그렇게 구부러진 금속 도구로 오디의 팔과 발바닥을 긁었다.

"느껴져요?"

오디는 고개를 끄덕였다.

이제쯤 입과 코의 튜브는 빠졌지만 성대의 타박상 때문에 아직 말은 할 수 없었다. 할은 의자를 끌어다가 거꾸로 걸터앉아 등받이 위로 팔을 늘어뜨렸다.

"내 말을 알아들을지는 모르겠지만, 파머 씨, 무슨 일이 있었는지 설명해줄게요. 당신은 총에 맞았어요. 총알이 뇌 앞쪽으로 들어가서 좌측을 지나 뒤통수로 나왔어요. 영구적 손상의 정도를 판별하는 데 몇 달이 걸릴 수도 있어요. 하지만 당신이 여전히 살아 있고 소통한다는 것 자체가 이미 기적이에요, 젠장. 당신이 종교가 있는지 모르겠지만, 어딘가의 누군가가 틀림없이 당신을 위해 기도를 엄청 열심히 하고 있었을 겁니다."

할은 확신에 찬 미소를 지었다. "이미 말했지만, 그 총알은 당신 뇌의 좌반구를 관통했어요. 양쪽을 다 관통하는 것보다야 낫죠. 더러 뇌 반쪽이 없어져도 견디는 경우가 있어요. 쌍둥이 엔진이 달린 비행기에 엔진이 하나만 남은 것고 똑같죠. 당신 경우에 그 탄환은 주요 자산, 말하자면 뇌간하고 시상을 비껴갔어요."

할의 말이 계속 이어졌다. "뇌의 왼편은 언어와 발화를 관장하기 때문에 그런 기능들이 회복되려면 시간이 좀 걸리거나, 아니면 회복이 아예 안 될 수도 있어요. 며칠 있다가 자기공명영상을 촬영하고 당신 뇌가 어떻게 기능하고 있는지를 알아보기 위해 몇 가지 신경 검사들을 실시할 겁니다."

할은 오디의 손을 잡았다. 오디는 그의 손가락을 꼭 쥐었다.

몇 시간 후 오디는 어두워진 병실에서 깨어났다. 기계에서 새어 나오는 것을 제외하면 빛은 전혀 없었다. 한 남자가 침대맡에 서 있었다. 오디는 고개를 돌려 남자를 볼 수 없었다.

남자는 허리를 숙이더니 오디의 머리에 감긴 붕대에 주먹을 갖다 대고 산산조각 난 뼈들을 꾹 눌렀다. 두개골 안에서 지뢰가 터지는 느낌이었다.

"느껴져?" 남자가 말했다.

오디는 끄덕였다.

"내 말 알아듣겠어?"

"나는 당신이 누구인지, 그리고 당신 가족이 어디 사는지도 알고 있어, 파머 씨."

남자는 오디의 머리에 주먹을 누른 채로 돌리면서 부서진 뼈와 금속판들을 압박했다. 운동을 통제하는 신경이 끊긴 듯, 오디의 팔이 공중에서 파도를 쳤다.

"우리는 그 애를 데리고 있어. 알아듣겠지? 아이가 살기를 바란다면 내가 시키는 대로 해."

극심한 고통으로 오디는 남자의 말이 잘 들리지 않았지만, 그래도 그 의미는 이해할 수 있었다.

"계속 입을 다물고 있어. 그리고 유죄를 인정해. 알아듣겠지? 당신이 유죄를 인정하지 않으면 그 아이는 죽어."

심장 모니터가 삑삑 경고음을 내기 시작했다. 오디는 의식을 잃었다. 다시 깨어나기를 기대하지 않았다. 깨어나고 싶지 않았다. 그날의 사고가 처음부터 생생하게 떠올라 죽고 싶은 마음뿐이었다. 벨리타의 죽어가는 비명소리가 들려왔고 미겔의 얼굴이 보였다. 매일 밤 똑같은 꿈을 꾸다 깨어나서는 너무 겁에 질려 다시 잠들지 못한 채, 천장에 달린 거울에 비친 자신의 모습을 응시하곤 했다. 침을 삼킬 때마다 목젖이 부드럽게 오르내리는 것이 보였다.

"그 남자는 누구였어요?" 맥스가 묻는다.

"프랭크 세노글레스라는 연방수사국 요원이었어."

아이는 오디가 허풍을 떠는 것인지, 아니면 아무 말이나 지어내서 대답하고 있는 건 아닌지 판단하려는 듯 오디를 응시한다.

"나 때문에 감옥에 갔다는 말을 하고 있는 거예요?"

"나를 감옥에 넣은 건 네가 아니야."

"그렇지만 그 사람들이 나를 위협했기 때문에 그랬다는 거잖아요?"

"널 지켜준다고 네 어머니하고 약속을 했거든."

"경찰한테 말할 수도 있었잖아요."

"정말?"

"자신이 누구인지 증명할 수도 있었을 거예요."

"어떻게?"

"그 사람들은 아저씨를 믿어줬을 거예요."

"나는 말할 수가 없었어. 그리고 내가 말을 할 수 있게 됐을 즈음에는 증거들이 왜곡되거나 사라지거나 날조된 후였지. 나는 무죄를 입증할 아무런 방법이 없었어……. 그리고 내가 그러려고 했다간 그 사람들이 너를 죽일 거라 생각했고."

맥스가 벌떡 일어서더니 화가 난 듯 서성인다. "아저씨가 틀렸어요! 씨발 이건 잘못됐어요! 우리 아빠는 절대 나를 다치게 하지 않을 거예요. 누가 그러려고 하기만 해도 우리 아빠는 몽땅 죽여버릴 거예요. 아저씨를 찾아내면 아빠는 아저씨를 죽여버릴 거라고요……."

맥스가 눈을 꼭 감고 어금니를 간다. 분노와 역겨움에 얼굴이 일그러진다. "우리 아버지는 무공 훈장을 받았어요. 영웅이라고요, 젠장."

"그 남자는 네 아버지가 아니야."

"씨발, 아저씨는 거짓말쟁이야! 아저씨가 틀렸어! 나는 행복했어. 사랑을 받았다고요. 아저씨는 나를 납치할 권리가 없었어요."

맥스가 폭풍처럼 집 안으로 달려 들어가 침실 문을 꽝 닫는다. 오디는 따라가려고 하지 않는다. 자신과 소년 사이에 있던 모든 끈이 끊어져버린 것 같다. 마치 상황에 전혀 개입하지 않고 카메라로 모든 사건을 기록만 하는 사람이 된 것 같다. 그와 맥스는 같은 장소에 있지만 단절되어 있다. 부드러운 밧줄은 오래전에 끊어졌다……. 화염이 폰티악을 집어삼키고 벨리타가 비명처럼 그의 이름을 부르던 그 순간에.

나는 그 아이가 뭘 하기를 기대한 걸까? 달리 무슨 말을 할 수 있었을까?

11년간 사람들은 줄곧 오디가 입을 다물기를 원했다. 흐릿한 배경 속으로 물러나기를, 사라지기를, 죽기를……. 그 바람을 들어줄 수도 있었다. 그를 가만 두기만 했더라면. 그의 목숨을 빼앗으려던 그 수많은 시도들에 굴복하거나, 매일 감옥에서 끝도 없이 풀려나오던 폭력의 실타래에 희생될 수도 있었다. 그러나 벨리타의 기억을 포기할 수는 없었다. 그녀는 여전히 오디를 최면에 빠뜨렸고 마치 몽유병자처럼 벼랑으로 끌고 갔다. 그는 벨리타에게 약속을 했으니까.

오디가 수동적이었던 것도 아니다. 처음에 그는 자신에게 벌을 주었다. 모든 폭행과 모욕을 감수했다. 그런 고통들이 오히려 내면의 진짜 고통을 감추는 데 도움이 되었기 때문이다. 그렇지만 양뺨이 모두 멍이 들고 두 눈이 다 감겨서 더는 다른 뺨을 내밀 수 없는 지점이 오고야 말았다. 오디는 자신이 다른 사람의 죄를 대속하고 있음을 알았다. 그는 비단뱀 굴속에 던져져 슬픔과 자신이 한 약속의 무게에 짓눌린 채 서서히 짜부라져가는 생쥐였다.

얻어맞고 칼에 찔리고 불에 지져지고 협박당한 이야기를 맥스에게 할 수는 없었다. 그리고 병원 침대에 누운 자신을 협박했던 남자가 석방을 한 달 앞두고 스리 리버스로 찾아왔다는 이야기도 할 수 없었다. 남자는 유리창 반대편에 앉아서, 오디에게 전화를 받으라는 몸짓을 했다. 오디는 전화기를 느릿느릿 귀에 가져다 댔다. 남자의 목소리를 다시 들으니 마지막으로 이야기했던 때가 떠오르면서 기묘한 감각이 찾아왔다.

남자는 네 손가락으로 느긋하게 뺨을 긁었다. "나 기억해?"

오디가 끄덕였다.

"겁 나?"

"겁이요?"

"바깥에서 뭐가 널 기다리고 있을지."

오디는 대답하지 않았다. 어지러움과 오한 때문에 수화기를 놓칠 것만 같았지만, 실은 너무 세게 귀에 대고 있는 바람에 그때 생긴 멍이 그 후로 몇 주를 갔다.

"감탄했어." 남자가 말했다. "만약 누군가가 네가 이 안에서 10년을 살아남을 거라고 말했다면 나는 그놈을 염병할 저능아라고 불렀을 거야. 도대체 어떻게 살아남았지?" 남자는 대답을 기다리지 않았다. "씨발, 감옥에서 능력 있는 암살자 하나 찾아내지 못하다니 세상이 어떻게 돌아가는 거야?"

"능력 있는 사람들은 애초에 잡히지 않겠죠." 오디가 태연한 척 애쓰면서 말했다. 사실 심장은 마치 쓰레기통에 갇힌 고양이처럼 그의 갈빗대를 쾅쾅 들이받고 있었다.

"우리는 하다못해 너를 새로 재판에 회부하려고도 했어. 근데 미국 검사가 겁을 먹었지." 남자가 손가락으로 화면을 두들겼다.

"그래 지금 네가 여기를 나갈 수 있을 거라고 생각한다 이거지. 얼마나 버틸 수 있을 것 같나? 하루? 일주일?"

오디가 고개를 저었다. "그냥 나를 가만 놔둬주기만을 바랄 뿐이에요."

남자가 재킷 안으로 손을 넣더니 사진 한 장을 꺼내어 유리창 앞으로 들어올렸다. "알아보겠어?"

반바지와 티셔츠를 입은 10대 소년의 사진을 보고 오디는 눈을 껌뻑였다.

"그 애는 아직 우리 손아귀에 있어." 남자가 말했다. "네가 우리 있는 쪽으로 숨이라도 한 번 쉬었다간……, 알지?"

전화를 내려놓고 손과 발목에 족쇄를 찬 채 절룩거리며 감방으로 돌아오는 오디의 심정은 유죄선고를 받은 사람의 자포자기에 가까웠다. 그날 밤 오디는 분노로 끓어올랐고, 그 분노에는 쾌감이 있었다. 상처의 흔적을 씻어주고 벗겨내고 박박 문지르는 것 같았다. 그는 너무나 오랫동안 유령들과 싸워왔지만, 이제는 그 유령들에게 이름이 생긴 것이다.

58

차가 다가오는 소리가 들린다. 움푹 팬 곳들 위를 굴러가는 난폭한 공회전 소리다. 부엌 창문으로 엿보니 낡은 닷지 픽업트럭이 폭풍이 남긴 웅덩이 물을 튀기고 있다. 차는 집의 앞쪽에 멈추더니 배가 들어 있는 차고 쪽으로 후진한다.

한 노인이 차에서 내린다. 위아래가 붙은 작업복 차림에 작업용 장화를 신고 미식축구팀 휴스턴 오일러스의 빛바랜 모자를 썼다. 이미 1996년에 휴스턴을 떠난 오일러스지만, 어떤 사람들의 기억 속에는 아직도 생생히 남아 있다. 노인은 헛간을 열어 알루미늄 소형보트의 덮개를 벗기고, 방수포를 차곡차곡 갠 후 트럭의 견인봉에 그 소형보트의 트레일러를 건다.

옆집 사람, 아니면 배를 빌리러 온 친구일 것이다. 어쩌면 계단을 올라오지 않을지도 모른다. 어쩌면 열쇠가 없을지도 모른다. 맥스는 어디 있지? 아이는 침실에서 아이패드로 음악을 듣고 있다.

노인은 픽업트럭 뒤편에서 선외 모터를 꺼내 소형요트로 향한다. 고물에 걸고 볼트를 조인다. 연료 탱크와 낚시도구 상자를 꺼낸다. 모든 것을 제자리에 챙긴 후 노인은 운전석에 앉았지만 이윽고 고개를 들더니 열린 셔터에 눈길을 준다. 머리를 긁으며 차에서 내려 정원을 걸어온다.

오디는 산탄총을 들어 옆구리에 끼운다. 아직은 그냥 넘어갈 수도 있다. 폭풍 때문에 셔터가 열렸다고 생각할 것이다. 문만 확인하지 않으면……. 노인은 계단 꼭대기까지 올라왔다. 그의 하중에 나무가 삐걱거린다. 노인은 셔터를 닫고 경첩을 점검한다. 깨지거나 휘어진 것은 아무것도 없어 보인다. 그는 문을 향해 데크를 걸어온다. 네 걸음쯤 못 미쳐서, 깨진 유리가 노인의 눈에 띈다.

"이런 애새끼들." 그는 웅얼거리면서 깨진 유리 안쪽에 손을 뻗어 잠금장치를 벗긴다. "어린놈들은 도대체 왜 이런 짓들을 하고 다니는 거야?"

문을 밀고 집 안으로 들어선 노인의 눈동자가 이마에서 1센티미터쯤 떨어져 있는 산탄총의 검은 쌍둥이 총구와 마주친다. 다리가 고무처럼 흐느적거린다. 얼굴에서 혈색이 빠져나간다.

"다치게 하지 않을 겁니다." 오디가 말한다.

노인은 뭐라 말하려는 것 같았지만 마치 금붕어와 대화하려는 것처럼 입만 뻐끔거린다. 손이 심장 위를 때린다. 텅 빈 듯한 쿵 소리가 울린다.

오디가 총을 내린다. "괜찮으세요?"

노인이 고개를 가로젓는다.

"심장이에요?"

노인이 끄덕인다.

"드시는 약 있어요?"

다시 끄덕인다.

"어디 있어요?"

"……트럭."

"계기판? 글로브박스? 가방?"

"……가방."

맥스가 무릎에 탬버린을 거칠게 부딪히면서 방에서 나온다. 노인을 보자 짤랑거림을 멈춘다.

"심장에 문제가 있으시대." 오디가 말한다. "차에 있는 가방에 약이 있어. 당장 좀 가져다줘야겠다."

맥스는 아무것도 묻지 않는다. 탬버린 소리가 계단을 내려가 정원까지 이어지다 조용해진다. 셔터가 내려져 있어서 오디는 차를 볼 수 없다.

의자를 가져다 노인을 앉힌다. 노인은 땀에 젖어 번들거리는 흙빛 얼굴로, 마치 『크리스마스 캐럴』에 나오는 과거의 유령이라도 보듯 오디를 응시한다.

"성함이 어떻게 되시나요?"

"……토니." 노인이 헉헉댄다.

"심장마비인가요?"

"……협심증."

＊

맥스는 차 문을 열고 안을 뒤져 낡은 스포츠가방을 찾아낸다. 점화장치에 열쇠들이 대롱거리고 있다. 어쩌면 이게 기회가 아닐까. 오디가 계단을 내려오기 한참 전에 차를 몰고 이곳을 뜰 수 있을 거다. 행인한테 구조신호를 보내거나 공중전화를 찾으면 된다. 스스로 탈출한 영웅이 되는 거다. 어쩌면 소피아 로빈스가 나랑 데이트를 해줄지도 몰라.

이런 생각들에 빠져 가방을 뒤지던 맥스의 손가락에 휴대폰이 닿는다. 그 옆에는 알약이 든 플라스틱 병이 있다. 맥스는 집을 돌아다 보며 노인의 휴대폰을 열어 아버지의 휴대폰에 문자 메시지를 보낸다.

맥스예요. 저는 무사해요. 해변가의 집이에요. 사젠트 동쪽, 걸프 만과 운하 사이에요. 파란 집이요. 널빤지 지붕. 보트용 헛간.

맥스는 전원을 끈 휴대폰을 속옷 사타구니 사이에 쑤셔 넣는다. 알약이 든 병을 꺼내어 차 문을 닫고 해변을 잠깐 바라본다. 8백 미터쯤 서쪽으로 사륜구동차 한 대가 모래를 도넛 모양으로 파헤치고 있다.

"약은 찾았니?" 오디가 고함을 친다. 그는 데크에 서 있다.

"네, 찾았어요."

맥스가 병을 들어 올려 머리 위로 흔든다.

"가방을 통째로 가져와라."

"알았어요."

*

오디가 토니에게 물 한 잔을 건넨다. 그리고 약병을 연다.

"한 알이요, 두 알이요?"

토니가 손가락 두 개를 편다. 오디는 알약을 손바닥에 올려주고, 토니가 약을 삼키고 물을 마시는 모습을 지켜본다.

"이분 괜찮을까요?" 맥스가 묻는다.

"그럴 것 같구나."

"구급차를 불러야 하지 않을까요."

"잠시만 기다려보자."

토니는 눈을 뜨고는 거의 경건한 표정으로 주위를 둘러본다. 뭔지는 몰라도 그의 심장을 규칙적으로 뛰게 하거나 고통을 멈춰주는 약물이 효과를 발휘하고 있는 모양이다. 토니는 맥스에게 웃음을 지어 보이고 물 한 잔을 더 청한다.

"심장병이란." 아직 눈꺼풀이 무거운 노인이 입을 연다. "혈관 우회술을 받아야 한다는데 보험을 들어놓질 않아서요. 딸이 저축을 하고는 있는데 15만 9천 달러나 든다지 뭡니까. 딸애가 투잡을 뛰고 있지만 그 돈을 벌려면 내가 죽고 20년은 더 지나야겠지."

노인은 넝마와 그리 다를 바 없는 손수건으로 얼굴을 문지른다. "그래서 낚시를 하는 겁니다. 입에 풀칠이라도 하려고. 할리건네 배를 빌려서요. 그 사람들은 모르지만." 노인은 오디를 올려다본다. "아마 당신도 모를 것 같군요."

오디는 대답하지 않는다.

"그래서 당신은 누구고 여기서 뭘 하는 겁니까?"

노인은 맥스와 오디를 뜯어본다. 아래로 향하던 그의 눈길이 맥스의 양 무릎 사이에 묶인 탬버린에 잠깐 머문다. 이윽고 생각이 떠올랐는지 눈썹을 움찔한다. "사람들이 찾고 있던 그 애가 바로 너로구나. 뉴스에서 온통 그 이야기던데." 노인이 오디를 보며 얼굴을 찌푸린다. "그리고 당신은 살인범이라더군요."

"그 사람들이 틀렸어요."

"그래서 나를 어떻게 할 거요?"

"생각 중입니다."

"나는 낚시를 못 가겠군요."

"오늘은 안 되죠. 따님은 어르신이 언제 귀가하시는 걸로 알고 있습니까?"

"땅거미 질 무렵이요."

"휴대폰 있으세요?"

맥스가 끼어든다. "가방 안에는 아무것도 없었어요." 맥스는 오디의 등 뒤로 토니를 바라보고, 둘 사이에 눈빛이 오간다.

"딸은 하나 장만하라고 계속 그러는데." 토니가 말한다. "나는 어떻게 쓰는 건지 모르겠어서요."

"몸은 괜찮으세요?" 오디가 묻는다.

"괜찮을 겁니다."

"할아버지를 병원으로 데려가야 해요." 맥스가 말한다.

"더 나빠지면." 오디가 창문을 확인하고 산탄총의 안전장치를 잠그면서 말한다.

"내 딸은 어떡하죠?" 토니가 묻는다. "내 걱정을 할 텐데요."

오디가 시계를 본다. "땅거미 질 때까지는 안 돼요."

59

데지레는 마치 사료를 기다리는 개떼마냥 그녀를 둘러싸고 춤을
추는 기자들과 텔레비전 촬영진들을 간신히 뚫고 지나간다. 방송
차량들과 미디어 차량들이 발데즈 집 앞 길을 막고 서서, 뉴스가
방송되기 전에 먼저 보려고 찾아온 구경꾼들을 끌어들인다.

경찰의 가족연락 담당관이 허리에 찬 권총에 한 손을 얹은 채 문
을 열어준다. 샌디 발데즈가 그녀 뒤에 서 있다. 눈이 퀭하다. 바랜
티셔츠에 청바지 차림, 맨발에 헝클어진 머리, 화장기 없는 얼굴에
잠을 못 잔 기색이 완연하다. 그들은 커튼을 닫고 블라인드를 내려
놓은 거실에서 이야기를 나눈다. 데지레는 자리에 앉는다. 커피는
사양한다.

"남편분은 댁에 계신가요?"

샌디가 고개를 젓는다. "가만 있으라고 있을 남자가 아니에요. 밖
에 나가서 나무를 잡아 흔들고 지붕 위에 올라가 고함을 치고 싶을
걸요."

데지레가 그 심정 이해한다고 말한다. 비록 샌디는 믿는 것 같지 않지만.

"왜 맥스가 입양이라는 말씀을 안 하셨죠?"

샌디가 코밑에 티슈를 갖다 댄 채 얼어붙는다. "그러면 뭐가 달라지나요?"

"그 정보를 일부러 감추신 건가요?"

"아니요! 당연히 아니죠!"

"입양하신 게 언제죠?"

"네 살 때요……. 그게 왜 중요하죠?"

데지레는 질문을 무시하고 묻는다. "입양기관을 거치셨나요?"

"우리는 모든 적절한 과정을 거쳤어요. 그걸 물으시는 거라면요." 샌디는 양 무릎을 붙인 채로 소파 끝에 아슬아슬하게 걸터앉아 있다. 젖은 티슈를 가닥가닥 찢고 있다. "라이언은 그 애가 버려진 애랬어요. 숲을 헤매다가 발견됐댔어요. 지저분하고 꽁꽁 얼어 있었대요. 라이언은 애를 병원에 데려갔고 엄마를 찾아주려고 했어요. 그 후에는 가족 및 아동보호국에 연락을 취했고요."

"위탁하셨다가 입양하셨군요?"

"우리는 아이를 가지려 애쓰고 있었어요. 할 수 있는 건 다 해봤어요……. 주사, 난자 채취, 체외수정……. 하지만 아무것도 소용이 없었어요. 입양 이야기는 정말 한 번도 안 해봤는데 갑자기 맥스가 나타났죠. 마치 하느님이 그 애를 우리에게 데려다주신 것 같았어요."

"맥스도 아나요?"

샌디가 양손을 응시한다. "그 애가 나이를 먹을 만큼 먹으면 말해줄 계획이었어요."

"그 애는 열다섯 살인데요."

"기회가 없었어요." 샌디가 화제를 바꾼다. "그 애가 다섯 달 동안 말 한마디 안 한 거 아세요? 소리 한 번을 안 내더라고요. 아무도 그 애의 본명을 몰랐어요. 우리는 그 애를 오랫동안 버스터라고 불렀죠. 걔를 발견한 개 이름을 따서요. 하지만 그러다 아이가 입을 열었는데 자기 이름이 미켈이라고 했어요. 라이언이 그 이름이 마음에 안 든다면서 맥스로 정했는데 아이도 싫어하지 않는 것 같았어요."

데지레는 대답하지 않는다. "미켈이 자기 성을 말해주었나요?"

"아니요."

"자기가 어디서 왔다고 말하던가요?"

"한두 번쯤, 사진을 가리키거나 뭔가 실마리가 될 법한 말을 하긴 했는데, 라이언이 애한테 부담 주지 말라고 해서요." 샌디가 눈을 비빈다. "누가 그 애를 찾으러 올까 봐 얼마나 겁이 났는지 몰라요. 전화벨이 울리거나 문간을 두드리는 소리가 날 때마다 그 애 어머니가 아이를 돌려달라고 찾아왔나 보다 했죠. 라이언은 맥스가 이제 법적으로 우리 거니까 그래도 달라질 건 없다고 말했지만요."

샌디는 그윽한 눈으로 데지레를 응시한다. "우리는 왜 이런 벌을 받고 있는 걸까요? 우리가 한 일은 좋은 일이었는데 말이에요. 우리는 좋은 부모예요."

*

오디는 부엌 찬장을 뒤지며 재고 조사를 한다. 음식이 동나기 전에 시간이 먼저 동날 듯하다. 그를 지켜보고 있는 토니의 얼굴은 창백하지만 더는 땀으로 번들대지 않는다.

말이 많은 남자다. 눈에 보이는 모든 것에서 자기 인생과의 관련성을 찾아낸다. 어딘가에서 인질은 인질범과 감정적 애착을 맺도록 노력해야 한다는 말을 듣기라도 한 걸까. 아니면 오디를 말로 지치게 만들어 죽게 만들 속셈인지도 모른다.

"군대에 복무한 적 있습니까?" 토니가 묻는다.

"아니요."

"나는 해군에 있었어요. 독일놈들이나 한국전쟁에서 싸우기에는 너무 어렸고 베트남에 가기에는 너무 나이가 많았지. 나더러 용접공을 하라더군요. 배관일을 하고 석면으로 엔진실 단열처리를 하곤 했어요. 매기, 내 아내가 그 때문에 죽은 거예요. 사람들이 그러는데 내가 내 옷에 그걸 묻혀 와서, 아내가 그걸 빨다가 섬유가 폐에 들어갔다더군요. 내 폐에는 아무런 영향이 없었는데 아내가 죽은 거지요. 아이러니하다고 하는 게 이럴 때 쓰는 말인가?"

"아닌 것 같은데요."

"그럼 그냥 운이 나빴던 건가 보지. 불평하는 건 아니에요." 노인이 말을 멈추고 입술을 가느다란 일자가 되도록 꾹 다문다. "아니, 씨발! 불평하는 거 맞아요. 그냥 아무도 내 말을 안 들어줄 뿐이지."

"참전군인이었으면 의료보험이 있지 않나요?" 오디가 묻는다.

"나는 해외에서 복무하지 않았으니까."

"그건 좀 잘못된 것 같은데요."

"잘못된 건 누구나 알지만 그렇다고 현실적으로 바뀌는 건 없지요."

토니가 몸을 움찔하더니 마치 멈춘 심박 조율기를 다시 켜려는 듯 가슴을 쿵 친다. 입원을 하든가 적어도 병원에 가야 할 상태다. 또 누군가가 죽는다면 오디의 양심은 견뎌낼 수 없을 것이다. 그의 계획의 다음 부분이 문제가 되리라는 건 처음부터 알고 있었다. 어쩌면 출구전략을 일부러 만들지 않았다고 해야 할까. 애초에 이렇게 멀리까지 올 거라고는 예상하지 못했으니까. 맥스는 이제 진실을 안다. 어쩌면 세세한 부분까지는 믿지 않을지도 모르지만. 아이를 교회와 주일학교에 데려가 신앙을 받아들일지 거부할지 스스로 선택할 기회를 주듯, 오디는 맥스에게 선택지를 준 것이다.

남은 돈은 120달러가 전부다. 오디는 돈을 세어 앞주머니에 넣는다. 배낭을 열어 휴대폰을 꺼내고 새 유심카드를 넣은 후 전원을 켜고 신호를 확인한다. 텍사스 아동병원에 전화를 걸어 누나를 찾는다. 버나데트는 병실에 있다. 누군가가 그녀를 부르러 간다.

오디는 토니를 응시한다. 맥스와 뭔가 이야기 중이다. 고개를 끄덕인다. 둘이 무슨 꿍꿍이라도 꾸미고 있는 것일까. 당장은 아무래도 상관없지만.

"나야. 오래는 통화 못해."

"오디? 경찰이 왔었어." 버나데트가 전화기를 손으로 가리고 속삭인다.

"알아."

"그 아이를 다치게 할 거니?"

"아니."

"자수해. 애를 집에 보내줘."

"그럴 거야. 하지만 그 전에 부탁 좀 할게. 누나한테 부탁했던 파일 있지, 아직 가지고 있어?"

"그래."

"그걸 누구한테 좀 갖다 줬으면 해. 이름은 데지레 퍼니스야. 연방수사국 특수요원이고. 그 사람한테 직접 줘야 해. 다른 사람은 절대 안 돼. 직접 만나서. 알겠지?"

"그 사람한테 뭐라고 말해?"

"돈을 추적하라고 해."

"뭐라고?"

"파일을 읽으면 무슨 말인지 이해할 거야."

버나데트의 목소리가 떨린다. "그 사람이 네가 어디 있는지 알고 싶어 할 텐데."

"그렇겠지."

"뭐라고 말해?"

"아이는 무사하다고, 내가 잘 보살필 거라고 해."

"너 때문에 난처해 죽겠어. 나는 사람들한테 네가 착한 애라고 계속 말하고 있는데, 네가 계속 그게 아니라는 걸 증명하고 다니잖아."

"나중에 다 갚을게."

"네가 죽으면 무슨 수로 갚니? 그 아이를 집으로 보내줘."

아이의 진짜 집은 어디에 있을까, 오디는 궁금해진다. "그럴 거야."

전화를 끊고 다시 다른 곳에 전화를 건다. 오디가 조금이라도 믿는 사람은 그가 감옥에서 살아남도록 도와준 사람이다. 모스가 어떻게 스리 리버스를 나와서 자신을 찾아냈는지는 모르겠지만, 오디가 숲속에 판 무덤은 그들 둘 다를 위한 것이었다.

여자가 전화를 받는다. "하모니 치과입니다."

"크리스털 웹스터 씨와 통화하고 싶은데요."

"전데요."

"저는 오디 파머라고 합니다……. 이전에 한두 번 뵌 적이 있죠."

"누군지 알아요." 크리스털이 불안한 어조로 말한다.

"모스한테 연락 받으셨어요?"

"거의 매일 전화해요."

"왜 모스를 감옥에서 내보내줬는지 아세요?"

"그쪽을 찾으라고요."

"그다음엔요?"

크리스털이 망설인다. "그쪽을 넘기라고요. 돈은 찾으면 그이가 가져도 된댔대요."

"돈은 없어요."

"모스도 알아요. 그렇지만 어쩌면 시킨 대로 하면 형을 면제받을 수 있지 않을까 희망을 품고 있었어요."

"지금은 무슨 생각을 하고 있는데요?"

"그 사람들이 거짓말한 걸 알아요."

창밖에서 갈매기들이 목 깊은 곳에서 울려나오는 기묘한 울음소리를 내며 파도 위를 맴돌고 있다. 울음소리가 이따금씩 아기의 울음소리처럼 들린다.

"모스한테서 연락이 오면 저한테 계획이 있다고 전해주세요. 모스가 여기로 와서 아이를 데려갔으면 해요. 함정에 빠진 그 친구가 공을 세울 수 있게요. 여기 주소를 알려주세요. 저는 여섯 시간 후면 여길 떠나야 해요."

"그이가 전화를 하면 되나요?"

"이 전화는 꺼놓을 거예요."

"아이는 괜찮아요?"

"괜찮아요."

"내가 바로 경찰한테 전화를 해서 그쪽 있는 곳을 알려주면 안 될 이유는요?"

"모스한테 물어보세요. 그러라고 하면 경찰에 전화하세요."

크리스털이 잠시 생각에 잠긴다. "만약 우리 모스가 다치면 내가 직접 그쪽을 잡으러 갈 거예요. 그리고 약속하는데, 파머 씨, 나는 그이보다 훨씬 무서운 사람이에요."

"압니다, 부인. 모스도 그렇게 말했어요."

60

고개를 들어 빠르게 흘러가는 구름을 쳐다보던 필킹턴은 환한 빛에 눈을 찡그린다. 공기는 서쪽에서 오는 미풍이 불어다 주는 눅눅한 야생의 냄새를 머금고 있다. 그의 집 앞 좁은 진입로에 차량 두 대가 서 있다. 마른 호수바닥에 가라앉은 백골 같은 가지를 가진 죽은 나무들이 차 위로 앙상한 그늘을 드리웠다.

"이번에는 제대로 할 거야." 필킹턴이 태우지 않은 시거의 흠뻑 젖은 끝을 씹으며 말한다. "아무도 못 빠져나가."

프랭크 세노글레스를 응시한다. 세노글레스는 라이플을 점검하고, 망원 조준기를 오른쪽 눈께로 들어 올린 후 왼쪽 눈을 감는다. 발데즈는 차 트렁크를 닫고 검은 라이플 케이스의 지퍼를 연다. 허벅지에 주머니가 달린 검은 카고팬츠를 입은 남자 두 명이 더 있다. 제이크와 스태브라는 가명을 쓰는 이 용병들은 꼭 필요한 경우가 아니면 입도 열지 않는 남자들이다. 하지만 돈을 받는 한은 맡은 몫을 해낼 것이다. 제이크는 긴 머리카락을 뒤통수에서 하나로 묶었지만 앞머리가 벗겨지고 있다. 마치 밀물이 눈썹만 뒤에 남기고 빠져나가는 것 같다. 더 키가 작고 스포츠머리에 피부가 거무스름한 스태브는 입가를 손등으로 문지르는 불안한 습관이 있다. 목에 마치 화상 흉터 같은 상처가 나 있다.

필킹턴은 그 찌그러진 피부에 눈길이 가는 것을 어쩔 수 없다.

"내 얼굴에 뭐 불만 있습니까?" 스태브가 묻는다.

필킹턴은 고개를 돌려 사과조로 웅얼거린다. 남한테 압박을 받는 건 딱 질색이다. 상황에 대한 통제권은 내 손에 있어야 한다. 증권과 금융사기로 복역한 아버지가 감옥에서 얻어 나온 것은 뜻밖에도 범죄자들과 범법자들에 대한 존경심이었다. 그 폭력의 세계에서 사람들은 돈보다 권력을 더 가치 있게 여겼다. 폭력은 그저 수단이 아니라 목적이었다. 더 큰 막대를 휘둘러라. 더 세게 때려라. 더 먼저 때려라. 더 자주 때려라.

필킹턴은 리틀리그 팀이라도 소집하듯 장갑 낀 손바닥을 찰싹 맞부딪친다. "뭉치면 살고 흩어지면 죽는다, 알겠지?"

아무도 대답하지 않는다.

세노글레스는 화난 기색으로 발데즈를 본다. "자, 나는 문제를 일으킨 사람이 문제를 해결해야 한다고 생각하는데."

"내가 그놈 머리를 쐈죠." 발데즈가 맞선다. "아니면 내가 어떻게 했어야 하는 겁니까?"

"두 번 쐈어야지."

"말다툼은 그만!" 필킹턴이 말한다.

"씨발 무슨 뱀파이어 같아." 발데즈가 말한다. "심장을 찌르고 태우고 묻어도 누가 계속 다시 파내서 살려내고 있으니."

"꽤 죽이기 힘든 새끼인가 보네요." 제이크가 말한다.

"그래봤자 피 흘리는 건 똑같아." 스태브가 검은 방탄조끼에 팔을 끼우고 벨크로 끈을 조이면서 말한다.

"애가 기억하면 어쩌지?" 세노글레스가 묻는다.

"기억 못해요." 발데즈가 대꾸한다.

"아니면 왜 파머가 걔를 데려갔겠어? 틀림없이 그 애가 자기 이야기를 뒷받침해주기를 바라겠지."

"맥스는 네 살도 안 됐었어요. 아무도 그 애 말을 믿지 않을 겁니다."

세노글레스는 설득당하지 않는다. "DNA 검사는 어쩌고, 응? 만약 파머가 자기가 그 강도사건에 가담하지 않은 걸 입증하면?"

"입증 못해요."

발데즈는 자동 피스톨의 탄창을 뺐다가 다시 끼운다. 세노글레스가 확인을 요구하는 표정으로 필킹턴을 본다.

"맥스는 아무 말도 안 할 거야. 착한 애거든." 필킹턴이 말한다.

"걔는 씨발, 느슨한 매듭이야."

발데즈가 끼어든다. "아무도 걔를 건드리지 말아요, 알겠죠? 다들 그 점에 합의를 해주었으면 합니다."

"나는 아무 합의도 안 할 거야." 세노글레스가 맞선다. "그리고 네가 어떤 스페인 애새끼를 입양했다고 해서 내가 감옥에 갈 생각은 없어."

발데즈가 세노글레스에게 덤벼들어 트럭으로 밀친다. 트럭이 충격으로 흔들린다. 세노글레스의 목을 팔뚝으로 압박한다.

"그 애는 씨발 내 아들이야! 걔는 아무도 못 건드려."

세노글레스가 그의 눈길을 맞받는다. 두 남자 모두 눈을 깜빡이지도, 뒤로 물러서지도 않는다.

"좋아, 다들 진정하자고." 필킹턴이 말한다. "우리는 해야 할 일이 있잖아."

몇 초쯤 더 서로 눈을 부라리다 발데즈가 손아귀 힘을 풀자, 두 남자는 서로를 밀친다.

"좋아, 프랭크, 전체적인 작전 설명을 해봐." 필킹턴이 말한다.

세노글레스가 포드 익스플로러의 후드 위에 위성 지도를 펼쳐놓는다.

"그 집은 여기인 것 같아요. 캐널 드라이브에. 출입로는 하나뿐이에요. 거길 봉쇄하면 배가 없는 한 놈은 갇힌 거죠."

"우리가 가는 걸 파머가 아나?" 필킹턴이 말한다.

"그럴 리가요."

"무장은 했나?"

"그렇다고 봐야겠죠."

"처리 후엔 무슨 이야기로 위장할 거지?" 필킹턴이 묻는다.

세노글레스가 대답한다. "몸값 요구를 받고 발데즈 보안관이 스스로 문제를 해결한 겁니다. 맥스의 안전을 우려했으니까요." 그러고는 몸을 돌려 다른 사람들을 향한다. "나는 여기에 온 적이 없어요, 알겠죠? 혹시 검문에 걸리면 보안관이 나설 겁니다. 휴대폰은 없어요. 삐삐도 없고. GPS 추적장치도, 무선응답기도 없어요. 신분증도……. 무기는 숨겨요."

"맥스가 전화할지 모르니 휴대폰은 필요해요." 발데즈가 말한다.

"좋아, 그럼 당신 폰만."

발데즈의 머릿속에서는 갈등과 의심이 들끓고 있다. 모든 살인범은 꿈속에서도 지워지지 않는 이미지들을 안고 살아야 한다. 무의식에 영원히 아로새겨진 살인의 장면들. 사흘 밤 내내 캐시 브레

년과 그 딸 스칼렛의 이미지가 그를 찾아왔다. 그들을 쏘아 죽였을 때 그는 그들이 누군지도 몰랐다. 욕실에 있는 사람이 오디인 줄 알았는데 꼬마 여자애였다. 그 여자애가 죽은 이상 어머니도 죽일 수밖에 없었다. 그것만이 유일한 선택지였다.

그리고 지금 그는 아내나 동료나 신부나 바텐더, 그 누구에게도 그 일을 말할 수 없다. 다 오디 파머 탓이다. 돈과는 아무런 관련이 없다. 돈은 이미 오래전에 다 써버렸다. 지금 이 일은 맥스 때문이다. 그 아이는 그의 결혼을 지켜주었다. 그의 가족을 온전한 가족으로 만들어주었다. 그렇다. 그들은 임신을 위해 한 번 더 노력해볼 수도 있었지만, 그리고 입양기관이나 대리모 알선소 같은 곳을 이용할 수도 있었지만 맥스는 그날의 우연 덕분에 그들을 찾아왔다. 세상에서 가장 행복한 사고이자, 그의 기도에 대한 응답이었다.

이제 그 아이가 오디 파머의 수중에 있다. 중요한 질문은 어째서냐다. 맥스를 죽이고 싶었다면 감옥을 나온 첫날 해치울 수도 있었다. 아니, 그는 아이를 결코 죽이지 않을 것이다. 바로 그게 핵심이다. 그렇지만 그가 맥스에게 실제 일어난 일을 들려주거나 기억을 떠올리도록 한다면? 맥스가 그를 키워준 사람들에게 등을 돌리게 만든다면? 나는 어떻게 할까?

오디 파머가 순리대로 순순히 죽기만 했더라면 아무 문제없었을 텐데……

61

　버나데트 파머는 간호복을 갈아입지도 못한 채 연방수사국 건물 로비에서 기다리고 있다.

　"그냥 누나가 살면서 본 중에 제일 키가 작은 사람을 찾아." 오디 는 그렇게 말했다.

　저 여자가 분명해, 버나데트는 엘리베이터에서 내리는 데지레 퍼니스를 보고 생각한다. 하이힐 부츠까지 신고도 버나데트의 가 슴께에도 못 미치지만, 마치 실물을 축소한 모형처럼 전체적인 비 율은 완벽하다.

　데지레는 버나데트에게 앉으라고 권한다. 두 여자는 가죽소파에 서로 마주 앉는다. 사람들이 엘리베이터를 타러 가는 길에 두 사람 을 쳐다본다. 버나데트는 왠지 눈치가 보인다. 이 일은 빨리 해치울 수록 더 좋다. 숄더백에서 폴더 하나를 꺼낸다.

　"이게 무슨 뜻인지, 왜 중요한지 저는 모르지만 오디가 이걸 꼭 다른 사람 아닌 요원님께만 드리라고 했어요."

"연락이 왔었군요."

"직장으로 전화가 왔어요."

"언제요?"

"한 시간 전에요."

"그 사람 어디 있어요? 경찰에는 알렸나요?"

"요원님한테 알리고 있잖아요."

데지레가 파일을 펼친다. 첫 문서는 1982년 4월 30일 엘살바도르에서 발행된 벨리타 시에라 베가라는 사람의 출생증명서다. 부모는 스페인에서 태어난 상점 주인과 아르헨티나에서 태어난 재봉사다. 다음 문서는 역시 벨리타가 등장하는 결혼증명서로, 2004년 1월 라스베이거스의 한 성당에서 발행되었다. 신랑 이름은 오디 스펜서 파머.

데지레가 파일에서 눈을 든다. "이건 어디서 났죠?"

버나데트는 그 질문이 무슨 뜻인지, 자신이 골치 아픈 일에 엮이는 것은 아닌지 고민하는 듯한 표정을 짓는다.

"오디가 보냈어요. 이런 식이었어요. 그 애는 자기 이메일의 암호하고 아이디를 저한테 알려줬어요. 매주 제가 로그인을 하면 그 애는 제가 볼 수 있게 임시작성 폴더에 메시지를 남겨놨어요. 가끔은 첨부파일도 딸려 있었고요. 파일을 몽땅 인쇄한 후 메시지는 완전히 삭제하라고 했어요. 아무한테도 말하면 안 된댔어요. 그리고 다른 용도로는 절대 그 계정을 사용하지 말라고 했어요."

데지레는 그 과정을 머릿속으로 정확히 그려볼 수 있다. 오디는 감옥 컴퓨터를 이용해 익명의 메일 계정을 만들었다. 임시 폴더에 메시지를 남기는 것은 테러리스트나 10대들이 추적을 피하기 위해 이용하는 해묵은 수법이다. 이런 메일들은 발송되지 않아서 온

라인상에 찾기 힘든 흐릿한 발자국만을 남기기 때문이다.

파일 중에는 오디가 흰 꽃과 분홍 꽃으로 장식된 아치 아래에 서 있는 사진이 있다. 어떤 젊은 여자의 허리에 팔을 두르고 있고, 어린아이 하나가 여자의 옷자락 사이에 숨어 내다보고 있다.

"동생분이 결혼한 걸 알고 계셨나요?"

버나데트는 고개를 젓는다.

"이 여자를 아세요?"

"아니요."

데지레는 샌디에이고 카운티에서 발행한 출생증명서를 찾아낸다. 2000년 8월 4일에 한 사내아이가 태어났다. 이름은 미겔. 성은 시에라 베가. 아버지 이름은 에드가르 로베르토 디아즈, 사망.

이제 데지레는 폴더를 더 서둘러 넘기면서 나머지를 훑어본다. 텍사스 토지 기록 검색결과들, 부동산 증서 복사본들, 영수증들, 회계 기록들, 회사 수익보고, 그리고 잡지 기사들이 있다. 수집하는 데 족히 몇 년은 걸렸으리라.

동일한 이름이 서류들에 반복 등장한다. 빅터 필킹턴. 텍사스에서 자란 사람이라면 누구나 익히 아는 이름이다. 데지레의 집안에도 그와 관련된 사람이 있다. 증증조부인 윌리스 퍼니스는 1852년에 필킹턴 대농장에서 태어나 거의 50년간 그 집안 소유의 밭에서 일했다. 그리고 그의 아내인 에스메는 유모이자 침모로 아마도 빅터 필킹턴의 할아버지에게 젖을 물렸거나 그의 양말을 꿰맸을 것이다.

필킹턴 집안은 국회의원 두 명과 주 상원의원 다섯 명을 배출했지만, 그들의 제국은 1970년대 중반의 석유파동으로 폭삭 주저앉았다. 집안 재산은 산산이 흩어졌고 그 집안 사람 한 명은 증권 사기와 내부자 거래로 감옥에 갔는데, 누구인지 데지레는 기억하지 못한다.

최근 몇 년간, 빅터 필킹턴은 부동산 거래와 기업 사냥으로 재산을 모아 가문의 지위를 어느 정도 재건했다. 자료들 중에는 필킹턴이 휴스턴 미술관 앞에서 웃음 짓고 있는 사진도 있다. 그는 그 박물관의 라틴아메리카 기금마련 무도회 주최를 맡았다. 검은 타이. 흰 치아. 기름 발라 넘긴 머리. 그가 휴스턴 애스트로스의 야구경기에서 시구를 하는 모습을 찍은 다른 기사도 있다. 유니폼에는 접혀 있던 자국이 아직 남아 있다. 언론은 그에게 '체어맨'이라는 별명을 붙였고, 필킹턴은 거기에 어울리게 행동했다. 태우지 않은 시거를 노상 손에 쥐고 다녔다. 그는 성이 이중으로 된 사교계 여자와 결혼을 했는데, 그녀의 아버지는 1976년 메인에서 조지 W. 부시가 음주운전으로 붙잡히던 날 밤, 그와 함께 파티장에 있었다.

부는 부를 낳는다. 데지레도 알고 있다. 하지만 그런 돈 많은 엘리트 계층을 부러워한 적은 한 번도 없다. 그들은 경이로울 정도로 따분하고, 타인들의 삶에 무지하며, 자연의 아름다움을 볼 줄 모르기 때문이다. 데지레는 다시 오디의 폴더를 들여다본다. 페이퍼 컴퍼니들과 해외 계좌들에 관한 문서들이 몇 건 있다. 그것들을 해석하려면 전문 회계사가 필요할 것이다.

파일의 거의 끝부분에, 다른 종이 두 장 사이에 끼어 있던 종이가 낙엽처럼 마룻바닥으로 하늘하늘 떨어진다. 완전한 한 페이지가 아니다. 아래쪽 절반이 찢겨나갔다. 문서 제목은 다음과 같다.

캘리포니아 차량국
소유권 이전 통보 및 면책 신고서

데지레는 잠시 후에야 그 문서의 중요성을 깨닫는다. 문서에 언급된 차량은 화염에 휩싸인 그 차와 동일한 제조사, 모델, 번호판의 폰티악 6000이다. 차는 2004년 1월 15일 캘리포니아 주 샌디에이고에서 9백 달러의 가격에 프랭크 로브레도로부터 매입되었다. 그 차를 산 남자는 오디 스펜서 파머.

데지레는 종이를 뒤집어본다. 복사본이긴 하지만 위조 같지는 않다.

"이 서명을 알아보시겠어요?"

"오디의 서명이에요."

"그게 무슨 뜻인지 아세요?"

"아니요."

데지레는 안다. 그녀는 버나데트를 로비에 놔둔 채 폴더를 집어들고 다급히 엘리베이터로 간다. 작은 조각들 하나하나가 순식간에 제자리로 맞아떨어진다. 이것은 그녀가 감당할 수 있는 한도를 넘어선다. 신부가 부케를 수십 개씩 연달아 던져대는 바람에 팔로 다 받지 못하는 결혼식 들러리가 된 기분이다. 차 속의 여자는 벨리타 시에라 베가, 오디의 아내였다. 사진 속 사내아이는 필시 그녀의 아이일 것이다.

데지레는 자신의 책상에 다다랐다. 폴더를 다시 열어 결혼식 사진을 들여다보며 어린 소년의 얼굴을 뜯어본다. 살바도르 사람보다는 스페인 사람에 더 가까운 생김새다. 벨리타의 아버지는 스페인 출신이고 어머니는 아르헨티나 출신이다. 맥스 발데즈의 현재 사진을 요청해서 두 사진을 비교한다. 세월을 제하면 분명 동일한 소년이다. 어떻게 이럴 수가 있지?

발데즈가 그 입양 절차를 준비했다. 지방검사, 변호사, 그리고 판

사실에 인맥이 있으니 모두 그 과정을 매끄럽게 만들어줄 수 있었다. 아무도 미겔을 안다고 나서지 않았다. 그의 친아버지는 지진 때 죽었다. 어머니는 불타는 차 안에서 숨졌다. 오디는 깨어날 가망 없이 혼수상태로 누워 있었다. 의료 기록에 따르면 그는 근거리에서, 거의 직통으로 총에 맞았다. 마치 누군가가 그를 처형하려 한 것처럼. 하지만 오디는 살아남았다. 무슨 일이 일어났는지 목격했다. 무슨 수로 그 남자의 입을 다물게 만들었을까?

"야근 중?"

데지레는 숨을 들이켜고 폴더를 재깍 닫는다. 너무 열심히 집중하고 있어서 에릭 워너가 다가오는 소리를 듣지 못했던 것이다.

"이런 세상에, 감옥에서 열린 로데오를 구경하는 숫처녀라도 지금 당신보다 더 놀라지는 않겠어." 워너가 데지레의 책상으로 다가오며 말한다.

"놀라게 하니까 그렇죠."

"뭘 읽고 있어?"

"옛날 사건 파일이요."

"파머에 대한 소식은 있나?"

"아뇨, 없습니다."

"세노글레스한테 연락할 일이 있는데 전화를 안 받네."

워너는 주머니에서 제산제 알약을 꺼내어 종이 포장을 벗긴다. "집에 누가 침입했다는 이야기 들었어. 괜찮아?"

"괜찮아요."

"집에 있으라고 한 줄 알았는데."

"그랬죠. 뭐 하나 여쭤봐도 돼요?"

그가 알약 하나를 혀에 던져 올린다. "글쎄."

"이 수사를 왜 프랭크에게 맡기셨어요?"

"그 친구가 더 선배니까."

"다른 이유는 없고요?"

워너가 공중으로 손을 든다. 멈추라는 신호다. "내가 존 F. 케네디를 만난 이야기를 한 적이 있던가? 우리 아버지는 케네디의 경호를 맡았었지. 천만 다행히도 마지막 순간은 아니었어. 그런 사건을 극복하고 살아갈 수는 없었을 테니까. 나는 그냥 어린애였지. 내가 가장 좋아하는 케네디의 인용문은 정치는 그냥 미식축구하고 똑같다는 거였어. 빈틈이 보이면 일단 뚫고 나가라."

"정치적인 거였나요?"

워너의 웃음에 아이러니한 슬픔이 감돈다. "세상에 정치적이지 않은 것도 있나?"

62

침대 시트를 벗기고 설거지를 끝낸 오디는 화장실 물을 한 번 더 내려 집을 나설 준비를 마친다. 깨끗한 속옷 몇 벌과 레인코트를 챙겨 베갯잇에 쑤셔 넣는다.

"그냥 빌리는 거야." 오디가 맥스에게 말한다. "돌려줄 거니까."

"어디로 가는데요?"

"아직 결정 안 했어."

"어디로 가는지 계획이 있기는 해요?"

"시작할 때는 계획이 있었어."

"무슨 계획이요?"

"네 안전을 확보하는 거."

"잘되어가나요?"

오디가 소리 내어 웃자 맥스도 따라 웃는다. 온기와 위안이 오디에게 밀려든다. 감옥에서 이런 순간을 상상하곤 했지만, 기대는 항상 현실과 일치하지 않는다. 삶은 가장 평범한 꿈도 짓밟고 꺾어버린다. 그렇지만 지금 이 순간만은 거의 일치하는 것 같다.

"그래서 저는 어떻게 되는 거예요?" 맥스가 묻는다.

"내 친구가 올 거야. 그 친구가 너를 안전히 집까지 데려다줄 거야."

토니는 부엌 식탁에 앉아 지켜보고 있다. 물과 약을 먹을 수 있도록 손은 몸 앞쪽으로 묶어놓았다. 오디는 발목을 감싼 테이프를 느슨하게 풀어준다.

"나는 어떻게 되는 겁니까?" 노인이 묻는다.

"병원에 내려드릴게요."

"빌어먹을 병원에는 가고 싶지 않아요. 이미 내가 다 아는 소리만 할 텐데."

오디는 짙어가는 어둠속을 가만히 들여다본다. 서쪽 지평선에 붉은색 줄과 오렌지색 줄들이 죽죽 그어져 있다. 마치 불붙은 석탄 자루를 열어놓은 것 같다. 오디는 가방과 베갯잇을 집어 든다.

"이것들만 차에 갖다놓고 다시 데리러 올게요, 토니."

"내 차를 훔칠 셈입니까?"

"안전한 곳에 세워둘게요."

맥스는 셔터가 달린 창문을 불안한 눈길로 쳐다본다. 아버지에게 문자 메시지를 보낸 이후로 줄곧 굶주린 쥐가 뱃속을 갉아먹으며 밖으로 뛰쳐나올 것 같은 기분이다. 옳은 일을 한 건지 확신이 들지 않는다. 아버지는 나를 자랑스러워 할 거다. 등을 두들겨주고 친구들에게 자랑할 거다. 그 총격전 때 내가 그랬듯 내 아들도 숨지 않고 정정당당하게 고개를 빳빳이 들고 있었다고 자랑할 거다.

"나가지 마요!" 맥스가 불쑥 내뱉는다.

오디는 문간에서 멈춰 선다. "모스가 금방 올 거야."

"혼자 있고 싶지 않아요."

"내가 같이 있어줄게, 얘야." 토니가 말한다. "아니면, 아이를 같이 데려가게 해줘요. 내가 경찰을 부르기 전에 당신이 먼저 출발하면 되잖아요."

오디는 가방을 부엌 식탁에 올려놓고 주머니의 지퍼를 내린다. 휴대폰과 새 심카드를 꺼낸다.

"우리가 가자마자 엄마한테 전화해도 돼."

맥스는 대꾸하지 않는다.

"왜 그러니?" 오디가 묻는다.

"아무것도 아니에요."

"정말 아니야?"

맥스가 맥없이 고개를 끄덕인다. 속옷에 쑤셔 넣은 토니의 휴대폰을 느끼며 경찰이 접근하는 광경을 그려본다. 오디에게 자기가 한 행동을 말하고 싶지만 이유 없이 두렵다.

"걱정하지 마." 오디가 말한다. "잘 풀릴 거야."

"어떻게 알아요?"

"너한테는 늘 그랬으니까."

63

지하 차고에 세워둔 차를 향해 걸어가는 데지레 옆에 군데군데 움푹 패고 도색이 벗겨진 파란색 픽업트럭이 와서 선다. 고개를 돌려 운전대 뒤의 남자를 흘끗 본 데지레는 놀라 쓰러질 뻔한다.

데지레는 휘청이는 몸을 똑바로 세우려 하지만 힐 한쪽이 통풍구에 끼어 빠지질 않는다. 한 걸음 폴짝 뛰어 물러나서 부츠를 빼내려 한다.

"도와드려요?" 한 팔을 운전대 위로 늘어뜨리고 다른 한 팔은 조수석에 걸친 채, 모스가 묻는다.

데지레는 총집에서 총을 꺼내려다 오디 파머의 파일을 양팔로 안고 있어 망설인다. 떨어뜨렸다가는 종이가 온 사방으로 날아가겠지. 한심한 꼬락서니일 것이다.

"여기서 뭘 하는 거죠?" 데지레가 묻는다.

"타세요."

"자수할 생각이에요?"

모스는 잠시 고민하는 표정을 짓는다. "좋아요, 그렇다 치고, 우선 저하고 같이 가줘야 돼요."

"나는 당신하고 아무 데도 안 가요."

"오디는 우리 도움이 필요해요."

"나는 오디 파머를 돕자고 여기 있는 게 아니에요."

"압니다, 요원님, 하지만 사람들이 그 친구를 죽이려 하는데 그 불쌍한 친구는 혼자란 말입니다."

"사람들이라니 누가요?"

"아마도 그 돈을 훔친 진짜 범인들이겠죠."

데지레는 모스를 보며 눈을 깜빡인다. 이 사람이 내 메일을 훔쳐 읽었나. "내 아파트에 침입한 게 당신인가요?"

"아닙니다, 요원님."

"무장했어요?"

"아뇨."

힐이 철망에서 간신히 빠졌다. 데지레는 권총을 꺼내들고 열린 조수석을 겨냥한다. "차에서 내려요."

모스는 움직이지 않는다.

"불가피하다면 쏠 거예요."

"물론 그러시겠죠."

모스가 차에서 내리지 않고 앞유리 너머를 응시하며 지친 표정으로 눈을 치켜뜬다.

데지레는 총을 거두지 않는다. "그 사람이 어디 있는지 말해요."

"요원님이 어떻게 하실지 저는 빤히 보입니다." 모스가 말한다. "상관한테 알리실 거고, 상관은 회의를 소집할 거고, 그 후에 SWAT 팀에게 보고를 해서 그 지역을 훑고는 위성사진을 연구해서 도로 차폐물을 깔고 주민들을 내보내겠지요. 그러고 나면 발견되는 건 오디 파머의 핏자국뿐일 겁니다. 안 오실 거면 저 혼자라도 가야죠."

"그냥 보내줄 수야 없죠. 당신을 체포하겠어요."

"그럼 절 쏘셔야겠군요."

데지레가 머리카락을 쓸어 넘기며 머리의 혹을 조심스레 어루만진다. 그녀가 받은 훈련의 모든 논리는 모스 웹스터를 체포하라고 명령하지만, 본능은 다른 말을 하고 있다. 누군가가 그녀의 집에 잠입해 그녀를 쓰러뜨려 기절시키고 파일을 훔쳐간 지 아직 24시간도 안 됐다. 상관은 그녀에게 거짓말을 하고 그녀를 벤치에 잡아두거나 쓸데없는 심부름이나 시켜 치워버리려고 했다. 만약 오디 파머에 대한 데지레의 생각이 틀린 거라면 그녀의 경력은 그걸로 끝장날 것이다. 옳았다고 해도 고마워할 사람은 없을 것이다. 어느 쪽이든 마지막에 예정된 것은 패배뿐이다.

데지레는 트럭에 올라 안전벨트를 매고 총구가 모스의 사타구니로 향하도록 45구경을 무릎에 올려놓는다.

"정지신호 하나만 어겨도 당신 불알을 날려버릴 거예요."

64

포드 익스플로러 두 대가 비포장 갓길에 접어들어 집에서 90미터쯤 떨어진 낮은 잡목 관목림 아래 멈춰 선다. 하늘은 설거지물 같은 탁한 색이고 태양은 죽죽 그어진 거품의 줄들로 회색빛을 띄고 있다. 비가 내린다. 태양이 사라진다. 시간이 급하다.

세노글레스는 차에서 내려 라이플을 후드에 기대고 뺨을 나무 개머리판에 착 붙인 채, 피부에 와 닿는 차가움과 단단함과 부드러움을 음미한다. 숨을 고르고 창문과 문을 주시하며 집의 벽을 따라 조준경을 훑는다. 폐쇄된 집 같다. 인기척이 없다.

"이 집이 확실해?"

발데즈가 고개를 끄덕이고 쌍안경을 든다. 해안선은 버려진 것처럼 보인다. 눈에 보이는 유일한 빛은 운하에 정박한 운반선의 돛대와 걸프를 따라 움직이는 두 척의 배에서 나오는 것뿐이다.

"어떻게 할 거죠?" 발데즈가 묻는다.

"우선 아직 여기 있는지 확인해야지."

세노글레스가 다른 차로 걸어가서 제이크와 스태브에게 집 반대편을 먼저 정찰하라는 명령을 내린다. 그들은 쌍방향 무전기를 점검하고는 운하 가장자리를 따라 이내 어둠 속으로 사라진다. 바깥에 서 있는 발데즈와 세노글레스의 머리카락과 방탄조끼에 빗방울이 떨어져 맺힌다. 필킹턴은 아직 차 안에 있다. 총책임자 흉내를 내고 있지만 실제 작전을 지휘하는 것은 세노글레스다.

발데즈는 다시 쌍안경으로 염탐한다. 목의 맥박이 느릿느릿 뛰고 있다. 강도사건 날 밤을 다시 떠올린다. 축축한 손으로 운전대를 꼭 붙잡고 트럭이 도착하기만을 똥줄 타게 기다리던 그때를. 필킹턴이 그 기회를 만드는 데 꼬박 4년이 걸렸다. 보안회사에 사람을 심어넣고, 그들이 관리직에 오르기를 기다렸다. 필킹턴은 운송경로와 시간표를 입수했고, 발데즈는 버논과 빌리 케인을 찾아냈다. 덤 앤 더머 같은 놈들. 법 집행관의 이점 중 하나였다. 폭 넓은 인맥을 얻을 수 있다는 것. 사기꾼, 빈집털이범, 돈세탁 전문범, 금고털이범, 총기 밀수꾼, 자동차 강도, 그리고 무수한 도둑놈들.

무장 트럭을 강탈한 케인 형제는 한 고립된 도로의 갓길에 차를 세우고 도피용 차량이 마중 나오기를 기다렸다. 그러나 그들을 맞이한 것은 기습 공격이었다. 계획과는 달리 실행은 서툴렀지만 결과는 동일했다. 오디 파머는 카드의 조커였다. 누구도 허락한 적 없는 와일드카드. 잘못된 장소. 잘못된 시간. 영영 입을 다물게 만들수 있었는데 실패하고 말았다.

다른 사람들은 발데즈를 탓했다. 술주정꾼 펜웨이, 도박꾼 루이스, 둘 다 멍청하고 현금을 흥청망청 뿌리고 다닌 탓에 목숨을 잃었다. 필킹턴의 토지 거래를 통해 돈을 세탁하기로 했는데, 자랑하고 싶어서 도저히 기다릴 수가 없었던 것이다. 예기치 않은 부는 이목을 끄는 법이다. 위장할 이야기가 필요하다. 조심해야 한다.

"누가 나오는데."

세노글레스가 한 눈을 감고 라이플의 조준경을 들여다본다.

"파머다."

"맥스가 안 보여요."

"안에 있겠지."

파머는 층계를 내려가 보트 트레일러가 부착된 닷지 픽업트럭을 향해 걸어가고 있다. 차 문을 열고 가방을 던져놓은 후 조수석에 담요를 깐다.

"뜨려나 본데." 세노글레스가 방아쇠에 손가락을 얹고 눈을 크게 뜬 채 말한다. "지금 잡아야 해."

"조금만 더 거리가 좁혀질 때까지 기다려요."

파머는 보트를 빙 돌아가며 트레일러를 분리한다. 청바지에 양손을 문질러 닦는다. 겨냥이 더 쉬워졌다. 세노글레스는 안전장치를 풀고 파머의 양미간에 십자선을 고정한다. 이번에는 결코 놓치지 않는다. 숨을 쉬고, 폐 속 깊숙이 공기를 빨아들인 후 서서히 내보낸다. 그 후 1초에 걸쳐 숨을 더 얕게 쉬고, 반쯤 내보내면서 거리와 바람과 파머의 보폭을 가늠한다. 눈을 깜빡이고 마음을 안정시킨다. 다시 눈을 깜빡인다. 방아쇠를 당긴다.

*

오디는 보트 트레일러를 분리하고 타이어를 점검한 뒤 탱크에 가스가 얼마나 남았을지 생각한다. 해안을 멀찌감치 벗어날 때까지는 버텨줘야 할 텐데. 맥스를 찾아내어 사실을 알려주겠다고 그

고생을 했는데 이렇게 도망친다는 게 내키는 건 아니다. 하지만 내가 사라지고 모스가 오기만 하면, 맥스는 지금보다 더 안전해질 것이다.

퍼니스 요원이 지금쯤이면 파일을 받았겠지. 그녀는 뭘 해야 할지 알 것이다. 물론 그가 사람을 잘못 본 게 아니라면. 그럴 경우 오디가 할 수 있는 일은 그저 사냥당할 때까지 계속 도망치는 것뿐이리라. 저들이 원하는 게 그저 오디 하나라면 별로 문제될 것도 없지만, 이제는 맥스까지 비밀을 안다. 발데즈는 맥스를 친아들로 키웠다. 과연 진짜 친아들을 지키듯 맥스를 끝까지 지켜줄까?

작고 밝은 반짝임이 오디의 시야 가장자리에 포착된다. 동시에 총알 하나가 왼쪽 어깨를 가르고 마치 망치로 수박을 깨듯 그의 쇄골을 날려버린다. 그에게 들린 것은 몸을 관통한 총알이 금속 보트에 부딪혀 마치 폭죽 터지듯 귓전에서 폭발하는 충격음뿐이다. 오디는 땅에 쓰러져 왼쪽 팔을 움켜쥔다. *끈끈하다. 젖었다.*

사수는 탄도를 바꾸어 이제 보트의 철판에 구멍을 내고 있다. 오디는 트레일러 밑으로 납작 엎드려 트럭 운전석 아래로 기어간다.

또 다른 방향에서, 해변 가까이에서 총알세례가 날아든다. 계속 빗나가기만 하지는 않을 것이다. 왼팔은 이제 있으나 마나다. 오디는 차 문을 열고 팔을 뻗어 시동키를 돌린다. 엔진이 불꽃을 튀기며 으르렁거린다. 총알 두 방이 운전석 창유리를 날려버린다. 오디는 기어를 주행 모드에 놓고 핸드브레이크를 내린다. 차가 앞으로 구르기 시작한다. 그는 앞 유리창 아래로 고개를 숙이고 몸을 웅크린 채 구르는 차를 따라 달린다. 오른쪽 앞 타이어에서는 계속 픽픽 소리가 나고 이어 뒤쪽 타이어에서도 같은 소리가 난다. 차가 느려진다. 오디는 뛰쳐나와 계단을 한 번에 세 칸씩 뛰어 올라간다.

오른손 옆의 나무판자가 쪼개진다. 오디는 문을 향해 데크를 달리고 있다. 문이 잠겨 있다면 죽은 목숨이다. 그 순간 문이 열린다. 오디는 집 안으로 쓰러지면서 맥스를 잡아당겨 마룻바닥에 눕힌 후 토니에게로 미끄러져 가서는 다리를 묶은 테이프를 끊고 납작 눕게 한다. 노인은 고함을 지르며 총을 쏘는 게 누구냐고 묻는다.

"내 화물차도 맞았나요? 보트는 어때요? 그 보트가 망가지면 난 실업자 신센데."

오디는 거실로 기어가 반대편 벽에 등을 붙인다. 고개를 들어 나뭇조각들을 이어붙인 셔터 틈새로 밖을 엿본다. 약 90미터 거리에 두 차량의 상자 같은 실루엣이 보인다. 저 멀리 운하의 준설기에서 나오는 빛을 제외하면 밖은 캄캄하다. 곧게 떨어지는 빗방울들이 빛나는 필라멘트를 감싸고 원광을 그린다.

"아저씨 팔이." 맥스가 외친다.

오디는 상처를 지압하려 애쓴다. 깨끗한 관통상이다. 지혈을 하지 않으면 출혈로 죽고 말 거다.

"시트를 가져다줘." 오디가 말한다. 맥스가 황급히 시트를 가져온다. "길게 찢어줘. 욕실 구급상자에 거즈 붕대가 들어 있어."

오디는 거즈를 꼭 쥐고 총알 입구를 감싼 후 맥스에게 총알 출구도 똑같이 해달라고 부탁한다. 그 후 시트로 팔 아래에서 어깨 위까지 겹겹이 두르고 남은 부분으로 가슴께를 묶는다. 벌써 피가 스며 나오고 있다.

"제 잘못이에요." 맥스가 훌쩍인다. 창백한 얼굴. 눈물이 그렁그렁하다.

오디가 맥스를 본다.

"제가 아빠한테 메시지를 보냈어요. 어디 있는지 말했어요."

"어떻게?"

"할아버지 가방에 휴대폰이 있었어요." 맥스가 바지춤에 손을 넣어 휴대폰을 꺼낸다. "제가 아빠한테 말할게요. 쏘지 말라고 할게요."

"이젠 너무 늦었어."

"제 말은 들을 거예요."

맥스는 휴대폰 번호를 누르지만 오디에게 뺏긴다. 발데즈가 받는다.

"맥스니?"

"아니, 오디입니다."

"이 개새끼, 맥스나 바꿔."

"같이 듣고 있어요."

"맥스. 너 괜찮니?"

"쏘지 말라고 말해주세요, 아빠. 전부 엄청난 오해였어요."

"닥쳐! 그놈이 너를 다치게 했니?"

"아니에요. 제발 총은 쏘지 마세요."

"내 말 들어. 그놈이 하는 말은 한마디도 믿지 마. 다 거짓말이야."

"저 입양된 거 맞아요?"

"닥치고 듣기나 해!"

발데즈는 고함을 치고 있다. 뒤편에서 속닥거리는 말소리가 들린다. 말다툼을 벌이고 있다. 오디는 스피커를 끄고 휴대폰을 귀에 갖다 댄다. "아이에게 고함을 칠 필요는 없잖아요."

그 말에 발데즈가 발끈한다. "씨발! 내 아들한테 내 맘대로 하겠다는데 네가 뭔 상관이야!"

"거짓말이나 하겠죠."

"이 멍청한 새끼! 너 때문에 맥스가 죽게 생겼어. 주둥이 좀 그냥 닥치고 있었으면 좋았잖아!"

"지난번처럼?"

발데즈는 차에서 멀어져 걸음을 옮긴다. 오디는 틈새로 보안관이 귀에 갖다 댄 휴대폰의 깜빡임을 볼 수 있다.

"내 말대로 해. 양손을 공중에 치켜든 채로 걸어 나와."

"일이 그렇게 간단하지 않아요."

"아주 간단해."

"우리하고 같이 있는 사람이 있습니다. 이 동네 사람이에요. 겨울을 대비해 잠가둔 집들을 관리하는 일을 해요. 당신이 방금 쏜 화물차의 주인입니다."

발데즈는 대꾸하지 않는다.

"그 사람은 심장병 때문에 힘들어하고 있어요. 당신네가 여기 들이닥치면 진짜 죽을지도 몰라요."

"그 사람이 죽으면 네 탓이 될 거야."

"캐시하고 스칼렛처럼?"

보안관이 숨을 훅 들이키는 소리가 들린다. 이 남자를 건드리지 않는 편이 오디에게는 더 이롭지만, 무고한 사람들이 주변에서 죽어가는 것에 화가 난다. 부엌 창 너머로 해변을 바라보니 움직이는 두 사람의 머리가 보인다. 모래언덕들 사이를 달리고 있다. 점차 거리를 좁혀온다. 검은색 옷차림에 눈만 빼꼼 내놓은 방한모를 쓰고 있다.

"그 사람을 내보내." 발데즈가 말한다. "내가 책임지고 그 사람을 병원에 보내줄게."

오디는 부엌 벤치에 등을 돌리고 앉은 토니를 건너다본다.

"당신은 못 믿겠습니다."

"그 사람을 도와주겠다는 거야 말겠다는 거야? 30초 준다."

발데즈는 전화를 끊는다. 오디는 차로 걸어가서 다른 이들과 뭔가 상의를 하는 발데즈를 지켜본다. 몸을 끌고 토니 옆으로 바닥을 기어간다.

"당신 괜찮아요?"

"괜찮아요. 그 사람 말 잘 들었습니다. 나를 쏘지 않는댔어요."

"거짓말이에요."

"그 사람은 경찰이잖아요!"

"아니요, 그렇지 않아요."

"우리 아빠는 카운티 보안관이에요." 맥스가 항변한다.

오디는 반박하고 싶지만 집 안에 있다고 토니가 더 안전하지 않다는 것을 알고 있다. 당장이라도 총을 난사하며 진입해서, 모조리 한꺼번에 쏘아 죽일지도 모른다.

토니가 알약 두 개를 손에 쥐고 흔든 뒤 물도 없이 삼킨다.

"당신이 괜찮다면 나는 당신보다는 저쪽에 내 운을 걸어보겠소. 탈옥수보다 경찰 쪽 확률이 더 높을 테니까."

65

픽업트럭의 모스 옆자리에 앉은 데지레는 자신이 위반하고 있는 법들을 하나하나 세어본다. 행동규약을 무시했고 명령을 어겼고 자신의 직업적 생명을 위험에 내던졌다. 그렇지만 이 사건은 모든 면에서, 무엇이 정상인가에 대한 그녀의 인식을 바꾸었다. 옆자리에 앉은 남자는 원래 감옥에 있거나 수갑을 차고 있어야 한다. 그는 탈옥한 건 절대 아니라고 맹세했다. 그를 풀어준 사람은 누군지 몰라도 엄청난 영향력과 인맥이 있다. 그들이 원하는 건 돈이 아니다. 모스에 따르면 그들이 원하는 건 파머의 죽음이다.

"이 트럭은 훔친 거예요?" 휴스턴 외곽을 벗어난 후로 데지레가 처음 한 말이다.

"아닌데요, 요원님." 모스가 그런 의심에 상처받았다는 표정으로 대답한다. "그 사람들이 줬는데요."

데지레는 휴대폰으로 전화를 걸어 모스 웹스터의 상태 확인과 차량 조회를 신청한다.

이윽고 모스를 본다. "당신 나한테 거짓말했죠. 당신이 탈옥한 후 데이리 퀸 근처 차고에서 도난당한 차라잖아요."

"뭐라고요?"

"이게 도난 차량이라고요."

"절 너무 무시하시는군요. 제가 훔치면 이런 똥 같은 걸 훔칠 것 같습니까? 이런 건 막노동꾼이나 타는 거죠. 그리고 저는 탈옥하지 않았습니다. 그 사람들이 저를 내보냈다고요!"

"그건 당신 말이고요."

"이 따위 똥차를 몰다가 죽어서 남의 눈에 띄고 싶진 않습니다."

데지레가 총을 흔든다. "글쎄, 어쩌면 바로 그렇게 될지도 몰라요."

모스가 부루퉁해서 입을 다물고 있자 데지레는 화제를 바꾸어 아이를 찾아낸 노인에 관해 묻는다.

"테오 맥앨리스터의 집은 길 뒤편으로 쑥 들어가 있어요." 모스가 설명한다. "그렇지만 총성을 듣고 불타는 차를 보기에는 충분히 가까운 거리였지요. 이튿날 그 아이를 찾아냈고요."

모스는 손으로 운전대를 무심히 두드린다. 데지레는 큰 손을 가진 남자가 좋다.

"그때 그런 생각이 들었어요. 혹시 그 애가 그 여자, 그 누군지 알아내지 못한 여자의 아들이었던 거 아닐까?"

"그 여자에 관해서는 어떻게 알았어요?"

"신문에서 읽었는데요."

"이제는 이름이 있어요."

모스가 데지레를 응시한다.

"벨리타 시에라 베가."

모스의 눈썹이 치켜 올라간다.

"전에 들어본 적 있어요?"

모스는 다시 길로 시선을 돌린다. "오디가 악몽을 꾸곤 했어요. 항상은 아니지만, 꽤 자주 그랬죠. 언제나 비명처럼 이름을 부르며 깨어나곤 했어요. 그 이름이었어요. 벨리타. 그 여자에 관해 물어봤지만 오디는 그냥 꿈이라고만 했어요." 그는 데지레를 응시한다. "그 친구가 그 아이의 친아빠라고 생각하세요?"

"출생증명서에 따르면 아니에요."

데지레는 침묵에 잠긴 채 마음속에서 형체를 갖춰가는 그림에 작은 붓칠들을 더하기 시작한다. 오디와 벨리타는 라스베이거스의 한 성당에서 결혼을 했다. 닷새 후 그들은 텍사스에 있었다. 오디가 그 강도사건에 가담했다면 왜 아내와 아이를 그 장소로 데려가겠는가? 그는 그냥 행인이었을 가능성이 높다. 어쩌다 그 상황에 말려든 것이다. 어쩌면 오디와 그 아이는 충돌의 충격으로 밖으로 튕겨나갔거나 차를 길가에 세우고 내렸었는지도 모른다. 벨리타의 시신을 수습하러 온 사람은 아무도 없었다. 오디는 혼수상태였다. 아이는 도움을 주기에는 너무 어렸다.

모스가 침묵을 깬다. "오디는 왜 그 아이 이야기를 아무한테도 안 한 걸까요?"

"어쩌면 협박을 당했을지도 모르죠. 아이를 미끼로 위협했을지도요."

모스가 잇새로 휘파람을 분다. "정말 소중한 아이였나 보군요."

"어째서요?"

"오디가 감옥에서 어떤 일들을 당했는지 모르시죠. 대부분의 사람들은 그냥 빠져 죽는 편을 택했을 똥물 바다를 그 친구는 꾸역꾸역 헤엄쳐 나왔어요."

데지레는 잠시 모스를 무시한 채 마음속 이야기를 발전시킨다. 데지레와 모스는 같은 목적을 향해 탐색을 해나갔지만 서로 다른 각도에서 접근했다. 둘의 결과를 합치면 더 설득력 높은 이야기가 완성되지만 그렇다고 반드시 사실이라는 법은 없다.

오디 파머는 그 사건과 총격전을 목격했다. 아내가 죽는 것을 목격했다. 7백만 달러면 목격자를 모두 제거하기에 충분한 이유다. 그러려면 오디를 죽이거나 입을 다물게 해야 했다. 그리고 그들은 양쪽을 모두 시도했다.

그 총격전에 개입한 보안관보는 세 명이었다. 하나는 죽었고 또 하나는 실종 중이고 셋째가 라이언 발데즈다. 지방검사 에드워드 다울링은 이제 새로 선출된 주 상원의원이다. 프랭크 세노글레스는 초동 수사를 지휘했고, 이제는 이 사건의 수사를 맡은 특수요원이다. 다른 누가 또 개입했을까? 그 음모는 오디 파머의 침묵에 달려 있었다. 그들은 틀림없이 아이를 지렛대로 이용했을 것이다. 그래서 아이를 가까이 둔 것이다……. 너무나도 가까이.

다른 갱단원은 어떤가? 두 보안관보는 처음 진술에서 강도들이 트럭 옆에 검은색 SUV를 세워놓고 현금이 든 가방들을 옮기는 중이었다고 주장했다. SUV는 빠져나갔고 나중에 콘로 호수 근방에서 불태워진 채로 발견되었다. 그 부분은 총격전 이후에야 이야기에 덧붙여졌다. 지령요원의 기록에서 도난당하고 불태워진 차들에 대한 보고를 검색한 후, 하나를 선택해 그 사건에 연루시키는 것쯤은 보안관보들에게 식은 죽 먹기였으리라.

사라진 갱단원에 관해서는 아무런 설명도 없었다. 칼 파머를 보았다고 주장한 사람은 아무도 없었다. 그것은 늘 가설이었다. 경찰이 루머, 제3자 진술, 그리고 익명의 보고를 날조해 키워낸 가설이었다. 누군가가 칼의 이름을 미디어에 흘리자 그 이야기는 스스로 생명력을 얻었다. 곧 멕시코와 필리핀 제도 같은 곳들에서 칼에 대한 목격담이 주기적으로 나오면서 그것은 팩트로 받아들여졌다. 사진이나 지문 같은 건 하나도 없었다. 칼은 신비롭게도 연방수사국에서 신원을 확인하려 할 때마다 홀연히 사라졌다. 세노글레스 같은 사람이 그 이야기를 심었을 수도 있다. 이런 허구의 갱단원을 살려둠으로써 누군가가 그 강도사건 자체에 대한 조사를 더 자세히 할 마음을 먹지 않게 만들 수 있다.

데지레의 마음이 현재로 되돌아온다. 불타는 태양이 지평선 아래로 가라앉고, 농장들은 습지, 운하, 그리고 얕은 호수에 밀려났다. 짧은 풀밭이 바람에 허리를 숙이고 공기는 소금과 비의 냄새를 머금었다. 커다란 하늘. 커다란 땅. 커다란 바다.

66

"아이를 나랑 같이 가게 해줘요." 토니가 마치 두피 전체가 가려운 듯 양손으로 머리를 문지르면서 말한다.

"여기 있는 편이 더 안전할 겁니다." 오디가 허허롭고 불안한 목소리로 말한다. 그리고 토니의 가방에서 반사 조끼를 꺼낸다. "그래도 나가겠다면 이거라도 입어야 해요."

토니는 비틀거리며 조끼를 어깨에 끼운다.

"할아버지를 쏘지는 않을 거예요." 맥스가 동의해달라는 듯 오디를 보면서 말한다. "아빠가 밖에 있어요. 아빠는 보안관이에요."

토니가 아이를 보고 웃음을 짓는다. "내가 너처럼 용감했으면 여기 있겠다고 할 텐데."

"할아버지는 충분히 용감하세요." 맥스가 대꾸한다.

오디는 토니를 말리고 싶지만 더 우길 말이 남아 있지 않다. 안에 있다고 나가는 것보다 더 안전할 것도 없다. 하지만 한편으로는 모텔 방 안의 스칼렛과 캐시가 떠오른다. 자신이 그때 있었다면 상황이 달라졌을까 생각한다. 내가 그들을 지켜줄 수 있었을까?

토니가 오디의 어깨를 몸짓으로 가리킨다. 붕대에서 피가 새어 팔로 흐른다. 광을 낸 마루 위에 핏방울들이 마치 수은 방울처럼 맺혀 있다.

"당신이 여기서 뭘 하려고 하는 건지 난 잘 모르겠어요, 젊은 양반."

오디가 양 손바닥을 펼치고 물끄러미 들여다본다. "저는 맥스를 안전하게 지키려 하고 있습니다. 그리고 어르신을 안전하게 지키려 하고 있습니다. 그리고 저는 살아 있고 싶습니다. 어느 부분이 혼란스러운 겁니까?"

"아마 세 번째 부분인 것 같군요. 나는 일흔두 살이에요. 아내를 먼저 보냈지요. 은퇴했고, 무직자고, 전직 해군이고. 나는 심장이 나쁘고 오줌을 누려면 한 시간이나 걸려요. 아들은 없고 딸들뿐이지만 그건 불만 없어요. 나한테 잘하거든. 맥스하고 당신을 보니까 당신이 애초에 맥스를 해칠 마음이 전혀 없었다는 걸 알겠어요."

"고맙습니다." 오디가 말한다.

"나한테 고마우면 뭘 하나." 토니가 다시 맥스를 본다. "행운을 빈다, 애야."

토니가 데크를 지나 천천히 계단으로 가서 어둠 속에서 한 계단 한 계단 더듬듯 내려간다. 픽업트럭 앞까지 온 그는 걸음을 멈추어 총알구멍들을 확인하고는 나지막하게 욕설을 내뱉는다. 길을 따라 걸어간다. 발걸음에 더 힘이 들어간다. 가슴의 통증이 더 심해진다.

공황은 적이다. 옛날 훈련 담당 교관은 그렇게 말하곤 했다. 공황은 공포가 뇌를 마비시킬 때 찾아든다. 경찰차들은 어디 있지? 왜 나를 데리러 나오지 않지?

그 순간 폭발하듯 켜진 빛에 토니는 하마터면 뒤로 쓰러질 뻔한다. 양손을 들어 눈을 가려보지만 아무것도 보이지 않고, 눈꺼풀에는 타오르는 붉은 동그라미들이 어른거린다.

"거기 서." 누군가가 말한다.

"나는 무기가 없습니다."

"손을 머리에 올려."

"이봐요, 눈이 멀 것 같아요. 그 빛 좀 꺼주세요."

"무릎 꿇어."

"나는 무릎이 영 시원치 않아요."

"꿇어."

"나는 그냥 관리인이에요. 나 때문에 신경 쓸 필요는 없어요. 아이는 안전해요."

"이름이 뭐지?"

"토니 슈로더요."

"오디 파머는 어떻게 알지?"

"모르는 사람이에요. 방금 만났어요. 폭풍이 불어서 집을 점검하러 나왔다가요. 당신들이 내 화물차하고 할리건네 보트에 총을 쐈죠. 누군가가 보상을 해줬으면 좋겠네요."

"당신이 이 일에 말려든 게 잘못이야, 영감."

"그게 무슨 뜻입니까?"

＊

조금 떨어진 곳에서 둔하고 물기 어린 타당 소리가 들려오고, 전조등의 밝은 빛 속으로 핏빛 안개가 번진다. 토니가 아스팔트 위로 쓰러진다. 마치 누울 베개를 찾는 사람처럼 고개가 옆으로 기울어진다.

집 안에서 상황을 목격한 맥스가 비명을 지른다. 문을 향해 달려가지만 오디는 멀쩡한 팔을 뻗어서 아이를 공중에서 붙잡는다. 아이의 발이 땅에서 붕 뜬다.

"할아버지를 쐈어요!" 맥스가 못 믿겠다는 듯 눈을 깜빡이며 비명을 지른다. "토니 할아버지를 쐈어요!"

오디는 무슨 말을 해야 할지 모른다.

아이는 흐느끼고 있다. "왜요? 할아버지는 아무도 다치게 하지 않았는데요. 무릎을 꿇고 있었잖아요. 그 사람들이 무릎 꿇은 할아버지 머리를 쐈어요."

오디는 11년 전에 망쳐놓은 일을 마무리하기 위해, 목격자 제거 작업을 벌이고 있음을 안다. 맥스는 바닥에 무릎을 꿇은 채 마치 줄이 끊긴 꼭두각시처럼 축 늘어져 있다. 오디는 심장이 아파온다. 엄지손가락으로 소년의 아랫입술을 쓸어 길을 벗어난 눈물을 닦아낸다.

바깥의 전조등이 꺼졌다. 이제 그들이 진입할 것이다. 오디는 맥스 옆에 앉아서 허허로운, 텅 빈 기분을 느낀다. 위기의식에도 불구하고 그의 몸은 포기할 준비가 되어 있다. 새어나간 피처럼, 희망도 새어나갔다. 퀘스트는 끝났다. 해변까지 도망친다 해도 그다음엔 어쩌지? 저들이 맥스를 살려둘까?

아이는 울음을 멈춘다. 벽에 등을 기대고 무릎을 세우고 앉아 휴대폰을 응시한다.

"기억이 나요." 아이가 쉰 목소리로 속삭인다. "아저씨는 무릎을 꿇고 있었고, 누군가가 아저씨를 내려다보며 머리에 총을 겨누고 있었어요. 아저씨는 저를 보고 있었어요……."

"너는 도망쳐야 해, 맥스."

"아빠가 나까지 쏘지는 않을 거예요."

"그건 몰라."

바깥 계단 위에 누군가 있다. 부엌 창문을 통해, 데크 위로 삐죽 솟은 머리통의 실루엣이 오디의 눈에 띈다. 한쪽 무릎을 세우고 쏠 준비를 마친 산탄총을 창턱에 기대놓는다.

"내가 총격을 유인해볼게. 내가 나가면 너는 해변으로 뛰어."

"어디로요?"

"운하를 헤엄쳐 건널 수 있잖아. 안 보이게 숨어 있어."

"아저씨는 절대 밖에 나가면 안 돼요."

"다른 방법이 없잖니."

*

모스는 선개교를 건너 캐널 드라이브로 차를 몬다. 대부분 겨울을 앞두고 비워둔 집들을 지나 동쪽으로 향한다. 전조등 빛 너머로 보이는 것은 표백된 해안과 더 어두운 빛깔의 바닷물이 전부다.

드물게 있던 집들이 점차 자취를 감춘다. 운하와 해안선이 한 곳으로 모여 군데군데 면적이 90미터도 안 되는 좁은 땅덩어리들만 남겨놓았다. 그곳의 모래언덕은 고작해야 해발 1미터밖에 안 되지만, 그래도 한 남자가 누워서 몸을 숨기기에는 충분할 만한 높낮이들이 있다. 소금과 나무 연기와 썩어가는 해초 냄새가 공기에 촘촘히 배어 있다. 어쩌면 누군가가 모닥불을 피웠거나 10대들이 해변에서 술을 마시고 있었는지도 모른다.

모스는 속도를 늦춘다. 앞쪽 굽이 너머로, 길을 막아선 차량 두 대의 붉은 후면 반사판이 얼핏 눈에 들어온다. 모스는 전조등을 끄고 차를 세우고 엔진을 죽인다. 동시에 데지레가 고개를 돌린다.

"들었어요?"

총성.

두 사람은 귀를 쫑긋 세운다. 이윽고 더 큰 총성, 그리고 뒤이어 짧은 반자동 총성들이 터져 나온다. 마치 다 쓴 페인트 깡통 속에서 폭죽이 터지는 소리 같다. 데지레는 휴대폰을 열고 지원을 요청한다. 너무 어두워서 표정은 보이지 않지만 목소리의 떨림이 모스에게도 전해진다.

모스는 앞 유리창 너머로 바깥을 엿본다. 와이퍼 날개가 유리를 훔칠 때마다 시야가 또렷해진다. 쌍안경이 있었으면 좋았을 텐데.

데지레가 부츠 지퍼를 내린다. "당신은 여기 있어요."

"어디 가요?"

"밖으로."

"미쳤어요?"

데지레가 권총을 들어 올린다. "나 이거 쏘는 법 알아요."

"이 남자들은 휴대폰 번호나 알아내려는 게 아닙니다."

"나도 마찬가지예요."

모스는 데지레가 차 밖으로 나가는 것을 지켜본다. 그리고 좌석 아래로 손을 넣어 더듬다 기름걸레에 싸인 대형 리볼버를 꺼낸다. 무릎 위에서 천을 조심스레 펼치고 손으로 무게를 가늠한다. 처음 총을 손에 쥐었던 열세 살 무렵이 떠오른다. 총이 주는 느낌을 그는 좋아했다. 15센티미터쯤 더 커지고 20킬로그램쯤 더 묵직해진 기분. 더는 약하거나 하찮은 존재가 아니라는 그 기분. 총은 모스를 진지한 존재로 만들어주었다. 총이 있으면 말도 더 또렷하게 할 수 있었다. 용기가 솟았다. 물론 모두 한때의 상상에 불과했지만. 그 사실을 깨닫기까지는 감옥에서 오랜 인고의 세월이 필요했다.

데지레는 이미 25미터쯤 가 있고, 더 멀어진다. 신발 없이 스타킹만 신고 있으니 열두 살짜리처럼 보인다. 모스는 좌우로 고개를 틀며 낮은 관목숲을 훑어보다 해변 쪽으로, 모래언덕들 사이를 헤치며 가보기로 마음먹는다.

*

데지레는 전신이 그대로 노출된 기분을 느끼면서 얕은 도랑을 따라가다 작은 언덕에 오른다. 배를 땅에 납작 붙이자 풀이 턱을 간질인다. 포드 익스플로러까지 대략 9미터쯤 남겨두고 울퉁불퉁한 땅 위를 기어가기 시작한다. 처음 보았을 때는 차가 비어 있는 줄 알았는데, 이제는 살짝 열린 조수석 문틈으로 앉아 있는 남자의 실루엣이 보인다. 시거를 태우고 있다. 데지레는 납작 누운 채 팔뚝을 모래에 박아 넣고 총으로 남자의 머리를 겨냥한다. 손가락이 방아쇠를 단단히 감아쥔다.

"연방수사국이다! 손을 계기판 위에 올려."

남자가 머리를 홱 돌려 깜짝 놀란 표정을 보인다. 마치 동정녀 마리아가 홀연히 눈앞에 나타나기라도 한 것처럼. 한 손은 올라가고 한 손은 떨어진다.

모스는 차 반대편에서 지켜보고 있다. 남자의 얼굴은 보이지 않지만 모스는 다음번 수순을 감지한다. 이 남자는 주사위를 굴릴 것이다. 어쩌면 데지레가 쏘지 않을 거라고 생각할 수도 있다. 어쩌면 자기가 더 빠르다고 믿을 수도 있다.

남자는 몸을 한차례 휘둘러 경기관총을 차창께로 들어 올린다. 안정적으로 잡으려면 두 손이 필요한 무기지만 남자는 한 손만 쓰고 있다. 방아쇠를 당기자 총이 반동하고 단속적으로 발사된 총알들이 풀 언덕을 갈퀴질한다. 데지레는 두 발을 쏘아 남자의 겨드랑이 밑, 뒤이어 목을 맞힌다. 남자는 모로 쓰러진다. 몸의 반은 차 안에, 반은 차 밖에 걸쳐 있다. 실내등에 그의 얼굴이 빛난다.

모스가 숨은 곳에서 뛰쳐나와 도랑을 건너 가보니 데지레가 블라우스에 피를 흘리고 있다.

"그냥 스친 상처예요!" 데지레가 모스에게 팔을 보여주며 악을 쓴다. 총소리에 귀가 살짝 먹어서 자신이 고함치고 있다는 사실도 모른다.

모스가 시신을 본다. "누구죠?"

"빅터 필킹턴."

더 많은 섬광들이 어둠을 가른다. 소리들은 한 박자 늦게 도달한다. 모스는 데지레를 부축해 일으킨다. 데지레의 키는 모스의 허리에 간신히 닿을락 말락 한다. 그녀는 모스의 리볼버를 가리킨다.

"무장 안 했다면서요."

"거짓말을 좀 했습니다, 요원님."

데지레가 고개를 젓는다. "아 진짜!"

67

바깥의 그림자들은 이제 더는 보이지 않는다. 아마도 벽에 착 붙어서 창문과 문으로 진입할 틈을 노리고 있을 것이다. 오디는 산탄총을 창턱에 기댄 채 층계 꼭대기를 겨냥하고 있다.

"내가 유인할 테니 달릴 준비 해."

"무서워요." 맥스가 말한다.

"일을 이 지경으로 만들어서 정말 미안하다. 너를 가만 놔뒀어야 했는데."

멀리에서 폭발하는 총성들이 들린다. 동시에 한 어두운 그림자가 데크에 나타난다. 오디가 방아쇠를 당기자 누군가가 신음하며 층계 뒤로 쓰러진다. 오디는 기다리지 않는다. 문을 벌컥 열어젖히고 데크를 달려가다 멀쩡한 손으로 난간을 꼭 잡고 몸을 날린다. 약 4.5미터 높이다. 무겁게 떨어지는 충격으로 무릎이 배를 가격한다. 오디는 등을 대고 누워서 가쁜 숨을 들이킨다.

숨어 있던 곳에서 뛰쳐나와 집 쪽으로 달려오는 두 사람의 윤곽이 지평선을 등지고 눈에 들어온다. 또 한 사람은 해변에 서서 팔을 뻗고 총을 쏠 태세를 하고 있다. 오디는 주섬주섬 일어서서 달리기 시작한다. 힘줄에서 공포가 윙윙댄다. 모래언덕에 닿은 순간 그 위로 몸을 날려 반대편으로 구른다. 바다는 70미터쯤 떨어져 있다. 해변에는 만조선에 걸린 해초들이 널려 있다. 바다를 건너면 어떨까? 쿠바, 멕시코, 벨리즈. 한 번도 본 적 없는 곳들. 셀 수 없는 수백만 명의 사람들이 열과 빛 속에서 살아가는 세계. 그에 비해 자신은 고립된 단 하나의 우주다. 해변에 홀로 선 다시는 불을 켤 수 없는 등대.

모래밭을 훑어보니 거의 숨이 막힐 듯한 절박한 슬픔과 버려진 기분에 가슴이 메어온다. 세상은 왜 그토록 나를 필요로 하지 않을까? 왜 그냥 무심할 수 없을까?

오디는 끙 소리를 내며 힘겹게 일어서서 해변을 따라 달리기 시작한다. 총알들이 모래를 차올리고 귓전을 스치며 윙윙댄다. 아무렇게나 쏘아대는 것이 아니다. 매번 쏘는 간격이 일정하다. 싸구려 청부업자가 아니라 정밀하게 조준하는 전문가들이다. 일을 확실히 끝내러 온 것이다.

지그재그로 달려가다 다른 도랑으로 쓰러진 그는 쓸모없는 팔을 움켜쥐고 하늘을 올려다보며 선택지를 생각한다. 선택지가 있기는 한가.

포기해.

싫어.

일어나.

못 해.

달려온 방향을 돌아보자 벌레도 숨을 죽인 우중충한 풀밭 속에 숨은 그림자들이 보인다. 망령들. 유령들. 복수의 여신들. 인내심 없는 신들. 놈들은 재장전하고 있다. 그가 나오기를 기다리고 있다.

*

집에 다다른 모스와 데지레는 데크 뒤에서 웅크린 채 시멘트와 열대 고사리의 차가운 냄새를 맡으며 기다린다. 누군가가 층계 아래쪽에 누워서 얼굴을 감싸 쥐고 신음하고 있다. 위에서는 목소리가 들린다. 두 사람이 층계를 내려오고 있다. 10대 소년과 경기관총을 든 남자.

"시키는 대로 해."

"할아버지를 쐈죠!"

"닥쳐!"

남자의 목소리는 데지레도 아는 목소리다. 모스는 그들이 내려오는 계단 바로 뒤쪽에 서 있다. 앙상한 나무 층계 틈새로 손을 뻗어 발목을 낚아챈다. 발데즈가 앞으로 넘어진다. 맥스는 층계 중간에서 뛰어내린다. 데지레가 그림자 속에서 뛰쳐나와 보안관의 머리에 총을 댄다.

"꼼짝 마!"

"하느님 감사합니다. 당신이 와주시다니." 발데즈가 말을 건다. "파머를 발견했습니다. 도주 중입니다."

데지레가 소년을 본다. "네가 맥스니?"

소년이 끄덕인다.

"다친 덴 없니?"

"아저씨를 도와주셔야 돼요." 소년이 눈물로 애원한다. "아저씨를 죽일 거예요!"

이처럼 겁에 질리고 절박하고 애원하는 목소리를 현실로 들은 적은 없다. 데지레는 저도 모르게 몸을 돌려 소년이 팔을 뻗어 가리키는 방향을 바라본다. 그 순간 재빨리 경기관총을 낚아챈 발데즈가 몸을 돌려 방아쇠를 당기려 한다. 그렇지만 모스는 이미 그의 속셈을 꿰뚫어보고 있었다. 모스는 맥스를 옆으로 밀쳐내고 보안관의 가슴에 한 방을 쏜다. 45구경 리볼버는 방탄조끼를 관통하지 못하지만, 발데즈는 권총을 놓치고 몸을 웅크린 채 신음하며 갈빗대를 움켜쥔다.

모스가 고개를 들었을 때 맥스는 자리에 없다. 이미 해변을 향해 달리고 있다.

"아이를 멈춰야 해요." 데지레가 말한다. "저러다 죽고 말 거예요."

모스가 경기관총을 집어 들고 뒤쫓기 시작한다. 부드러운 모래 속을 달리기가 쉽지 않다. 그는 지난 15년 내내 성질을 억눌러왔는데 드디어 지니가 요술램프에서 나온 셈이다. 피에 대한 갈망을 채우거나 갈증을 해소하려는 것이 아니다. 감옥에서 썩어가는 대신 살아 있다는 사실을 느끼고 싶은 것이다. 흔하디흔하고 지루한 일생보다, 가치 있고 살아 있는 한순간을 보내고 싶은 것이다.

엔진음이 들리고 앞의 모래언덕 꼭대기 위로 ATV 차량 한 대가 솟구친다. 앞바퀴가 공중에 떠 있고 이어 뒷바퀴도 떠오른다. 놈들이 차를 가지러 갔던 거다. 차는 이제 모래 속을 휘몰아치며 전조등으로 오디를 수색하고 있다. 앞뒤로 휩쓸던 빛줄기가 모래언덕 위를 달려가는 외로운 실루엣을 포착한다. 오디는 상처 입은 오리처럼 파닥거리며 우중충한 풀밭 위를 달려간다.

오디의 부상당한 팔에는 산탄총이 대롱대롱 매달려 있다. 남은 것은 한 발뿐이다. 그는 총을 다른 손으로 옮기고 몸을 돌려 발사한다. 몸이 휘청한다. 그 한 발은 하늘로 향한다. 도랑으로 굴러 떨어진 오디의 입속에 모래가 가득 찬다. 전조등 빛이 머리 위를 휩쓴다. 이 사람들은 허둥대지 않을 것이다. 그를 마지막까지 사냥할 것이다.

앞쪽에 침식을 막기 위해 엇갈린 형태로 세워놓은 철조망들이 보인다. 조수가 실어다 버린 해초가 아래쪽에 뭉쳐져 있다. 오디는 해초를 차폐물로 이용해 담장에서 담장으로 건너뛴다. 물에 더 가까이 가자, 마치 해변으로 올라온 고래처럼 보이는 이상한 둔덕이 눈에 들어온다. 다시 보니 누군가가 모래밭으로 끌고 왔거나 닻이 풀려 해안으로 쓸려온 보트다. 오디는 어깨를 붙잡고 유리섬유 재질의 소형 보트 뒤편으로 몸을 날린다. 산탄총은 쓸모없는 팔에 여전히 매달려 있다. 손가락이 말을 듣지 않아 억지로 비틀어 펴야 한다.

ATV는 물가에 더 가까이 와서 멈춘다. 스포트라이트가 모래언덕을 위아래로 훑으며 그를 찾고 있다.

발소리가 들린다……. 누군가가 그를 향해 달려오고 있다. 오디는 산탄총의 따뜻한 총열을 움켜쥐고 여차하면 곤봉처럼 휘두를 태세를 갖춘다.

네놈들 중에 하나는 내가 데려간다!

오디는 총을 힘껏 휘두르기 직전, 아슬아슬하게 손에서 놓는다. 총은 달려오던 맥스의 머리를 스치듯 지나쳐 빙빙 돌면서 물속으로 첨벙 떨어진다. 맥스는 오디 옆에 주저앉아 숨을 폐 속 깊숙이 빨아들인다.

"다른 방향으로 갔어야지!"

"아빠가 죽은 것 같아요."

오디는 무슨 일이 일어났는지 묻지 않는다. 이제는 그들 둘 다 살려두지 않을 것이다.

"내가 미끼가 될게. 너는 운하로 가."

"같이 가요."

"안 돼."

"왜 안 돼요?"

"나는 헤엄을 못 쳐."

맥스가 오디의 어깨를 보고 다시 배를 본다. 일어서서 요트를 물로 끌고 가려고 하지만 너무 높고 메마른 곳에 올려져 있다. 맥스는 배를 양옆으로 흔든다. 맥스는 당기고 오디는 민다. 모래의 자연적인 경사를 따라 배가 서서히 움직이기 시작한다. 배가 철조망에 도달함과 동시에 스포트라이트가 모래언덕들을 휩쓸며 물가로 내려오기 시작한다.

맥스는 얕은 물속에 서 있다. 둘은 다음번 파도를 기다려 마지막 힘을 다해 밀어붙인다. 배가 옆으로 미끄덩하는 바람에 오디는 물속으로 넘어져 바닷물을 한 사발 들이킨다. 맥스는 오디를 요트 안으로 굴려 넣고 배를 더 깊은 곳으로 끌어당긴 후, 바닥이 닿지 않을 때까지 물속을 걸어가다 발장구를 치기 시작한다.

뱃전 너머로 멈춰 서는 차가 오디의 눈에 들어온다. 잠시 후 한 줄기 빛이 오디의 시야를 가득 채우고, 이어 날아드는 총알들이 유리섬유를 꿰뚫고 고물에 거미줄 같은 패턴을 만든다. 오디는 맥스에게 숙이라고 말하고 빗물 웅덩이가 고여 있는 바닥 널에 몸을 납작 붙인다. 더 많은 총탄들이 선체를 짓찢으며 스쳐간다. 오디는 맥스에게로 기어가며 고함을 치지만 맥스는 보이지 않는다.

아이가 얼굴에서 물을 뚝뚝 흘리며 보트의 좌현에 나타난다.

"아직 해안에 너무 가까이 있어요."

오디는 해안을 본다. 차는 그리 멀지 않다. 해류가 배를 양쪽으로 잡아당긴다. 한 남자가 총을 쏘며 모래밭을 달려오고, 다른 누군가는 스포트라이트를 비추고 있다. 더 많은 총알들이 선체를 때린다. 오디는 얼굴을 아래로 해서 데크에 눕는다. 셔츠는 이미 젖어 있고 뺨은 더 깊은 웅덩이에 처박혀 있다. 물맛이 짜다. 배가 가라앉고 있다.

총격이 잠시 멈춘다. 오디는 옆으로 굴러가서 멀쩡한 팔로 배에 매달린다. 오디와 맥스는 함께 발장구를 치지만 배가 너무 무거워서 이내 뒤집히고 만다. 그때 어찌된 일인지 스포트라이트가 흔들리면서 총알들이 빗나가기 시작한다. 해변을 보니 누군가가 마치 브레이크가 고장 난 미식축구 선수처럼 모래밭을 가르며 달려오고 있다. 수풀과 풀밭을 짓밟으며 달려온다.

*

모스 웹스터는 그야말로 불이 붙었다. 마치 존 웨인의 서부영화에 나오는 정의의 총잡이가 고삐를 입에 문 채 불을 뿜는 총알들 속으로 뛰어드는 장면 같다. 한 손에는 라이플을, 다른 손에는 피스톨을 쥔 채 "총을 뽑아, 이 자식들아" 하고 외치는 모습.

모스는 세상에 아무 두려울 게 없다는 듯 총알세례를 무시한다. 분노로 이성을 잃었다. 스포트라이트가 그를 뒤쫓으려 하지만 조명을 움직이던 인물은 총탄에 가슴을 난사당하면서 꼭두각시 인형처럼 춤을 추기 시작한다.

다른 남자가 대응사격을 하려 하지만 전조등 빛에 갇혀 앞을 보지 못한다. 밝은 빛에 붙들린 인간의 망령. 모스는 경기관총이 텅빌 때까지 계속 쏴대다가 총을 옆으로 던져버린다. 앞으로 걸어가면서 다른 총으로 조준하고 발사하고, 조준하고 발사한다.

상대는 몸을 웅크렸지만 그래 봤자 소용없다. 이윽고 목에 한 발을 맞은 그가 펄떡이며 쓰러진다. 피가 흘러나와 모래를 적신다.

침묵이 뒤따른다. 요트는 물 위로 뱃머리만 삐죽 나왔다. 오디는 한 손으로 뱃머리를 붙잡고 가장자리에 턱을 걸치고 있다. 다리 높이까지 들어찬 차가운 물이 오디를 물속으로 끌어내리려 한다.

"헤엄을 쳐야 해요." 맥스가 말한다.

"너는 가. 나는 여기 있을게."

"멀지 않아요."

"어깨가 망가졌어."

"발장구를 치면 되잖아요."

"안 돼."

"여기 두고는 못 가요."

오디는 난파선에 매달리라던 어렸을 적 아버지의 이야기를 떠올린다. 삿갓조개처럼 매달리라고 했지만 오디는 삿갓조개가 뭔지 몰랐다.

"좋아, 아무리 간지럼을 태워도 절벽에 찰싹 달라붙어 있는 외팔이처럼 매달려."

"저는 간지럼을 잘 타잖아요."

"아빠도 알지."

겁에 질려 스웨터를 움켜잡는 새끼고양이처럼 매달려야 해.

메릴린 먼로에게 모유 수유를 받는 아기처럼 매달려야 해.

아버지의 이야기처럼 오디는 손가락에 감각이 없어지고 멀쩡한 팔이 한계에 도달할 때까지 요트에 매달린다. 힘이 빠지고 거의 의식을 잃은 그는 손가락이 풀리는 것도 느끼지 못한다. 붙잡을 곳을 찾아 더듬대거나 공기를 더 들이키려고 굳이 애쓰지 않는다. 더는 싸우는 데 지쳐서, 그만 잠들고만 싶은 심정으로 수면 아래로 미끄러진다.

물 아래쪽으로 내려가던 오디는 요트를 올려다보며, 물속에서도 별이 보일까 하는 생각을 한다. 이윽고 그녀가 나타난다. 교도소에서 탈옥해 저수지를 가로질러 헤엄친 날 밤, 오디를 찾아왔던 바로 그 천사다. 둥둥 떠 있는 그녀의 투명한 흰색 로브는 마치 슬로모션으로 추락하고 있는 것처럼 흔들린다.

심장이 거칠게 뛴다. 그녀가 여기 있는 한 그는 혼자 죽는 게 아니다. 벨리타가 오디의 허리에 다리를 감고 머리를 자신의 가슴으로 끌어당긴다. 그녀의 따뜻한 체온과 그의 얼굴을 쓰다듬는 부드러운 머리카락의 촉감이 선연하다.

그들의 미래가 눈앞에 펼쳐진다. 해변에 부서지는 파도소리를 들으며 순면 시트 위에서 깨어난다. 시장의 카페에서 아침식사를 하고, 토르티야와 바나나 튀김을 먹는다. 진녹색 파도 속에서 헤엄치고, 모래 위에 누워 있다가 뜨거운 태양에 쫓겨 시원한 방 안으로 들어간다. 방문을 닫고 돌아가는 선풍기 날개 아래에서 태양보다 뜨거운 사랑을 나눌 것이다……

"돌아가야 해." 벨리타가 속삭인다.

"싫어요. 당신이랑 여기 있게 해줘요."

"아직 때가 안 됐어."

"나는 약속을 지켰어요. 그 애는 이제 안전해요."

"그래도 아직 자기가 필요해."

"그동안 너무 외로웠어요."

"이제는 그 애가 있잖아."

벨리타는 오디에게 입을 맞추고, 오디는 더 아래로 가라앉는다. 그녀의 품에 안겨 가라앉는 것이 행복하지만, 누군가의 손이 그의 셔츠 목깃을 움켜쥐고, 팔을 목에 감고, 10대의 힘찬 다리로 그를 위쪽으로 끌고 간다. 해변을 향해 힘차게 발장구를 친다.

에필로그

평생의 거의 3분의 1을 지낸 감옥. 그곳의 방명록에 서명을 하고 들어가자니 기분이 싱숭생숭하다. 그리고 좁은 면회실을 걸어가는 기분은 그보다도 더 묘하다. 유리창 화면 앞에서 죄수들이 아내, 어머니, 아들딸을 기다리고 있다.

어머니 무릎 위에 앉아서 꼼지락거리는 아이들. 투명한 유리창에 입을 맞추는 아이들. 오디는 자리에 앉아 불안한 마음으로 다른 사람들을 훑어본다.

모스가 나타나서 의자를 바짝 당겨 앉고는 커다란 덩치를 잔뜩 웅크리며 전화기를 든다. 손에 쥔 전화기가 장난감처럼 보인다.

"어이!"

"어떻게 지내요, 덩치 양반?"

모스가 씩 웃는다. "북극곰 발가락보다 더 시원하게 지내지. 어깨는 좀 어때?"

오디가 여전히 깁스를 하고 있는 왼팔을 들어 올린다.

"NBA는 이제 은퇴해야 할 것 같아요."

"너희 백인놈들은 어차피 덩크도 못하잖아." 모스가 뒤로 기대어 좁은 탁자 위에 다리를 올려놓는다. "여기까진 어떻게 왔어?"

"퍼니스 요원님이 태워줬어요."

"그분은 어디 있는데?"

"교도소장하고 이야기 중이세요. 인사하러 오실 거예요. 우리가 둘이서만 있을 시간이 필요할 거라고 하셨어요."

"우리가 게이라고 생각하는 건 아니겠지?"

"일단 나는 확실히 아니긴 한데……."

"그러셔, 내가 여길 나간 다음에 내 앞에서 다시 한 번 말씀해보시지."

"과연 그게 언제일까요?"

"변호사가 그러는데 조기 가석방의 전망이 밝대. 특히 발데즈와 필킹턴에 관해 법정에서 증언을 한 덕도 있어서."

"얼마나 일찍요?"

"쉰 살 전에는. 상대적으로 보면 그리 긴 시간은 아니지."

"그러고 보니 크리스털은 어때요?"

"아, 잘 있어. 방금 왔었지. 내가 제일 좋아하는 드레스를 입고. 찌찌가 아주 그냥."

"퍼니스 특수요원님 앞에서는 그런 소리 하지 말아요."

"그럼, 당연하지." 모스가 씩 웃는다. "텔레비전 뉴스 봐?"

"그럼요."

다울링 상원의원의 체포를 말하는 것이다. 의원은 텔레비전 카메라들과 사냥개 같은 기자들에게 겹겹이 에워싸인 채 두 연방수사국 요원들에게 연행되었다. 한 요원은 키가 너무 작아서 정수리만 간신히 보였다. 그 직후 의원은 사법 부패와 공무집행방해 혐의로 기소되었다.

클레이턴 러드 변호사는 전기구이 통닭보다 더 빠르게 방향을 싹 바꿨다. 다울링과 발데즈에 대한 불리한 증언을 내놓았다. 발데즈에 따르면 필킹턴과 세노글레스가 수뇌였다. 발데즈는 법정에서 자신은 그 강도사건에서 단순히 하수인이었을 뿐이며, 범행을 폭로하고 파산시키겠다는 협박 때문에 어쩔 수 없이 필킹턴에게 조종당했다고 말했다. "오디는 살아 있잖아! 나는 아무도 죽이지 않았어!" 그는 법정 구속으로 끌려가며 기자들에게 소리쳤다.

그가 재판을 받기까지는 앞으로 1년이 걸릴 수도 있다. 그때까지 얼마나 더 많은 사람들이 그물에 걸릴까? 아니면 더 윗선에서 꼬리를 자르고 손실을 최소화하려 할지도 모른다.

맥스는 샌디의 집으로 돌아가 살고 있다. 물론 발데즈의 보석이 거부당했기 때문에 가능했다. 그 강도사건과 은폐공작에 관해 자신은 아무것도 몰랐다는 샌디의 말을 오디는 믿고 있다.

"너 한밑천 잡겠다." 모스가 말한다. "저지르지도 않은 죄로 10년을 살았으니……, 수백만 달러는 받아낼 수 있을걸."

"돈은 원하지 않아요."

"얼씨구 그러세요! 그럼 받아서 나 주든가."

"사람들이 내가 부자인 줄 알았을 때 내가 무슨 짓을 당했는지 생각해봐요."

"그렇지, 하지만 이번엔 다르잖아. 너는 무죄잖아."

"나는 원래부터 무죄였어요."

면회 줄 저쪽에서 아기가 울기 시작한다. 젊은 엄마가 블라우스 한쪽 단추를 풀고 아이에게 젖을 물리려 하지만, 간수들이 다른 곳에 가서 하라고 명령한다. 여자는 시무룩해서 작별 인사를 하고는 아기를 안고 일어선다. 대기실이나 공중화장실, 그도 아니면 지글 지글 끓는 더운 차 속으로 돌아가야 할 것이다.

"아이를 낳을 생각을 해본 적 있어요?" 오디가 묻는다.

"만드는 거야 좋지." 모스가 대꾸한다. "하지만 키우는 건 좀 겁나. 내가 대단히 훌륭한 모범인 것도 아니고."

"좋은 아버지가 될 거예요." 오디가 말한다. "대부분의 아버지보다는 나을걸요." 이어 말을 멈추고 목청을 가다듬는다. "고맙다는 말을 할 틈이 없었네요."

"내가 뭘 했다고 그래."

"내 말 알잖아요. 내 평생 사람들은 늘 나를 위해 애써줬는데, 내가 그런 대접을 받을 만한 일을 했는지 정말 모르겠어요."

"너는 많은 일을 했어." 모스가 몸을 앞으로 기울인다. 눈동자에 물기가 어려 빛난다. "네가 처음 오던 날이 기억나. 별 볼 일 없어 보였지. 우리는 네가 얼마나 오래 살아남을지 내기를 했어."

"나한테 걸었어요?"

"너 때문에 20달러하고 초콜릿 바를 두 개나 잃었어. 아무도 네가 뭘 할 수 있을 거라고 생각하지 않았지만, 너는 제대로 본때를 보여주었지."

오디가 깊은 숨을 쉰다. "나는 애초부터 그럴 생각이……."

"내 말 아직 안 끝났어." 모스가 눈을 꼭 감으며 말한다. "넌 여기가 어떤지 알지……. 매일이 시험이야. 단조로움. 폭력. 비참함. 외로움. 그런 것들은 사람의 가슴속에 마치 비명처럼 쌓여가. 그야 확실히 때때로 농담도 하고 사식이나 편지나 면회 같은 것들 덕분에 몇 시간쯤은 인생이 견딜 만하다 싶을 때도 있지만, 그걸로는 부족

해. 그러다가 네가 왔어, 오디. 네가 애초부터 딱히 고귀하거나 명예로운 존재가 될 생각이 없었던 건 알지만, 그게 바로 기묘한 진실이야. 너는 끔찍한 일들을 겪었지. 너는 맞서 싸웠고 그런 일들을 멈출 수 없었지만, 결국 그걸 딛고 일어섰어. 너는 우리한테 우러러볼 무언가를 보여주었어. 약한 남자들, 짐승 취급을 받는 쓰레기 같은 우리한테. 너는 우리가 더 나은 존재가 될 수 있다는 걸 보여준 거야."

목에 걸린 덩어리를 삼키려 애쓰던 오디는 때맞춰 면회실에 들어온 데지레를 반갑게 맞는다. 데지레는 죄수들의 휘파람과 희롱을 무시하면서 면회객들을 지나간다. 그리고 두 번째 전화기를 집어 든다.

"키가 더 큰 것 같네요." 모스가 말한다.

"그쪽은 살이 더 쪘고요."

모스는 배를 쏙 집어넣는다. "여기서 고급 요리를 너무 많이 줘서 그런가 봐요."

오디가 데지레에게 의자를 양보한다.

"그냥 앉아 있어요." 데지레가 말한다.

"아니요, 다리를 좀 펴야겠어요." 오디가 불안한 시선으로 주변을 돌아본다. "사람들이 뭔가 착오가 있었다는 걸 깨닫고 저를 다시 잡아 가둘 것 같은 생각이 자꾸만 들어요."

"아무도 당신을 잡아 가두지 않을 거예요."

"그래도요."

오디가 오른손 손바닥을 펴서 창에 갖다 대자 모스도 똑같이 한다. 양편 손바닥이 겹친다.

"무사히 잘 지내요, 덩치 양반."

"나 대신 크리스털한테 안부 전해줘."

"그럴게요."

오디는 면회장을 걸어가면서 몇몇 면회객들이 고개를 돌려 자신을 쳐다보는 것을 의식한다. 의자를 뒤로 미는 소리와 손뼉을 치는 소리가 들린다. 돌아보자 유리창 뒤에 일어서 있는 준버그가 눈에 들어온다. 옆에는 클러츠가, 또 그 옆에는 샌달스와 바우언과 리틀 래리와 쇼츠가 있다. 다들 일어서서 박수를 치고 있다. 교도소의 거친 삶을 살아나가고 있는 거친 남자들이다. 그리고 그 소리는 마치 파도처럼 스리 리버스에 밀어닥쳐 멀리 재소자들이 철창살을 깡통으로 두들기고 발을 구르며 오디의 이름을 외치는 감방들에까지 번져간다. 11년이나 기다린 끝에, 마침내 그 짧은 거리를 걸어가는 오디의 귓전에 그 소리가 메아리치고 시야가 흐려진다.

*

바람 한 번만 불면 훅 날아갈 씨앗 뭉치 같은 구름들이 맑고 푸른 하늘에 줄을 긋고 있다. 그렇지만 바람이 불 기미는 전혀 보이지 않고, 자동차와 새소리를 제외하면 아무런 소리도 들려오지 않는다. 오디는 차에서 나와 아스팔트의 복사열을 쪼인다. 앞쪽에 펼쳐진 묘지에는 수천 개의 묘비들이 늘어서 있다. 띄엄띄엄 난 아기의 치아처럼 가지런히 줄지어 섰는데, 이 빠진 곳은 금 대신 꽃으로 채워져 있다.

샌디 발데즈가 조수석에서 내려 맥스가 오기를 기다린다.

"혼자 갔다 오고 싶어요?" 샌디가 묻는다.

"아니요." 오디가 맥스를 보며 말한다.

"나는 여기서 기다릴게요." 샌디가 꼭 쥔 맥스의 손을 놓는다.

두 사람은 나무 그늘 속을 걸어 잔디가 아무렇게나 자라고 철망 담장으로 4차선 도로와 분리되어 있는 묘지 한구석에 다다른다. 그 터에는 조그만 흙 둔덕들이 점점이 솟아 있다. 오디는 드라이퍼스 카운티 검시관 사무실에서 받은 지도를 들여다본다.

"여기다." 오디가 말한다. 비석은 없다. 꽃도 없다. 유일한 표지라고는 잡초에 거의 가려진, 흙 속에 박혀 있는 열두 개의 정방형 금속판들뿐이다. 각 판에는 숫자가 새겨져 있다. 오디는 찾는 번호를 발견했다. UJD-02052004.

무릎을 꿇고 판 주변의 잡초들을 뽑아내기 시작한다. 꽃이라도 가져올걸. 근처 무덤 앞에 시든 꽃들의 잔해가 담긴 잼 항아리가 놓여 있다. 오디는 시든 줄기들을 빼내 던져버리고 항아리를 셔츠로 닦는다. 그리고 담장 근처에 자란 덕분에 잔디깎기 기계를 피해 살아남은 빼빼 마른 데이지를 꺾어 모은다.

맥스도 가세해서 두 사람은 곧 작은 꽃다발을 완성한다. 항아리가 쓰러지지 않도록 오디는 멀쩡한 손으로 흙을 파고 항아리를 반쯤 묻는다. 벨리타에게 그토록 많은 걸 주고 싶었는데, 이제 그녀가 가진 것은 이게 전부다. 묘비 없는 무덤, 판에 새겨진 일련번호, 잼 항아리에 담긴 데이지 꽃다발.

"더 일찍 오지 못해서 미안해요." 자기 몸 아래에 베개를 베고 누운 벨리타의 모습을 떠올리며 그가 속삭인다. "당신이 제일 좋아하던 꽃이에요. 기억나요?"

오디는 맥스를 올려다본다. "미겔을 데려왔어요."

맥스는 뭘 어찌 해야 할지 몰라 당황한 표정이다. 무릎을 꿇어야 하나? 기도를 해야 하나?

"물에 빠진 나를 구해줬어요." 오디는 아직 벨리타에게 이야기 중이다. "당신도 나를 구해준 적이 있죠. 아무래도 당신 집안 유전 인가 봐요." 오디는 벨리타에게 이야기를 들려주기 시작한다. 맥스 가 오디를 구해서 해안으로 헤엄쳐 와 해변으로 끌어올린 것을 설 명한다. 경찰차가 도착하고 헬리콥터가 머리 위를 맴돌았다. 오디 는 의식이 가물가물했지만 밝은 빛과 사람들의 외침을 기억한다. 모스는 주변 사람들에게 떠들면서 마치 경비를 서듯 오디를 굽어 보고 있다.

오디가 다음번에 눈을 떴을 때는 열여덟 시간이나 지난 후였다. 팔에 깁스를 하고 병원 침대에 누워 있었고, 침대 맡에는 데지레 특수요원이 서 있었다.

"어떻게 한 사람이 그렇게 운이 나쁜 동시에, 그렇게나 운이 좋 을 수가 있는 거죠?" 데지레는 물었다.

"아마 거울을 깨먹은 날, 네잎 클로버도 발견했나 보죠." 오디는 진통제로 멍한 상태에서 말했다.

벨리타를 찾아낸 사람은 데지레였다. 드라이퍼스 카운티에는 찾 는 사람이 없거나 신원불명인 시신 전용 묘지 구역이 따로 있었다.

"왜 비석이 없어요?" 맥스는 윗입술의 땀을 훔치면서 묻는다.

"나 말고는 아무도 그녀의 이름을 모르니까……. 그리고 나는 말 해줄 처지가 아니었고." 오디가 지저분해진 손을 청바지에 문지르 면서 대답한다.

"기도하실 거예요?"

"기도하는 법을 몰라. 진짜로."

"제가 할게요." 맥스가 오디 옆에 무릎을 꿇고 성호를 긋는다. 주 님, 벨리타를 축복하고 그분을 사랑한 사람들을 보살펴주세요. 오디는 아멘을 한다. 횡격막과 목구멍 사이의 어딘가에 심장이 꽉 막혀 있다. 오디는 그 빈약하고 네모난 땅을 보며, 그 아래에 묻힌 역사를 담아두기에 그것이 얼마나 좁은지를 떠올린다.

우리 삶에서 행복과 불행은 물려받는 거라고, 오디는 생각한다. 어떤 사람들은 넉넉하게 받고 어떤 사람들은 모자라게 받는다. 어떤 사람들은 부스러기 하나까지 음미하고 마지막 골수까지 쪽쪽 빨아들인다. 우리는 빗소리, 새로 깎은 풀 냄새, 모르는 사람들의 웃음, 더운 날 새벽의 시원한 공기에서 기쁨을 느낀다. 우리는 세상을 배우고 우리가 모르는 것 이상은 결코 알 수 없음을 깨닫는다. 우리는 감기에 걸리듯 사랑에 걸리고, 폭풍우 속 난파선에 매달리듯 사랑에 매달린다.

"제대로 된 비석을 세워야겠어요." 맥스가 일어서는 오디를 부축하며 말한다. "뭐라고 쓰는 게 좋을까요?"

잠시 생각에 잠겼던 오디는 이내 자신이 그 말을 항상 알고 있었음을 깨닫는다.

인생은 짧다.
사랑은 무한하다.
오늘이 마지막인 것처럼 살아라.

옮긴이 **김지선**

서울에서 태어나 서강대학교 영문학과를 졸업하고 출판사 편집자로 근무했다. 현재 전문 번역가로 활동하고 있다. 옮긴 책으로 제인 구달『희망의 자연』, 알란 위너『밝은 하늘의 별들』, 테리 이글턴『반대자의 초상』, 제인 오스틴『엠마』, 어빈 웰시『필스』, 사이먼 메이『사랑의 탄생』등이 있다.

라이프 오어 데스

초판 1쇄 발행 2016년 11월 1일
초판 5쇄 발행 2023년 1월 2일

지은이 마이클 로보텀
옮긴이 김지선
펴낸이 신경렬

상무 강용구
기획편집부 최장욱
마케팅 신동우
디자인 박현경
경영기획 김정숙 김태희
제작 유수경

펴낸곳 (주)더난콘텐츠그룹
출판등록 2011년 6월 2일 제2011-000158호
주소 04043 서울시 마포구 양화로12길 16, 7층(서교동, 더난빌딩)
전화 (02)325-2525 | **팩스** (02)325-9007
이메일 longest@thenanbiz.com | **홈페이지** www.thenanbiz.com
ISBN 979-11-5879-051-6 03840